CONSTANZE WILKEN

Die Lautenspielerin

Buch

Verfolgt und am Ende ihrer Kräfte suchen die Hugenottin Jeanne und ihr Vater Endres Fry im Winter 1569 Zuflucht im sächsischen Helwigsdorff. Alles, was ihnen nach einem Racheakt an ihrer Familie geblieben ist, sind Jeannes Laute und Endres' Talent als Instrumentenmacher. Die Dorfbewohner begegnen den Neuankömmlingen jedoch mit Neid und Missgunst.

Abseits des Dorfes lebt der gelehrte Medicus Hippolyt, von dem niemand weiß, woher er kommt. Der geheimnisvolle Mann hat sich des Tagelöhnersohnes Gerwin angenommen, der die Begabung des Heilens besitzt. Der schüchterne Gerwin verliebt sich in Jeanne, wohl wissend, dass der Standesunterschied zwischen ihnen unüberbrückbar ist.

Jeanne drängt es derweil aus dem ärmlichen Dorf an den prächtigen Dresdner Hof, wo man Musiker feiert. Doch wird Jeanne nach kurzem Erfolg als Lautenspielerin der Hexerei angeklagt und nur dank der Fürsprache der Kurfürstin und der Großzügigkeit des hugenottischen Kaufmannes Cosmè Paullet gerettet. Der Preis ihrer Begnadigung ist die Heirat mit Paullet, der ihr und ihrem Vater ein Heim in Paris geben wird. Widerwillig, doch sich ihrer Pflichten bewusst, fügt sich Jeanne.

In Paris scheint ihr Leben endlich eine Wende zu nehmen, denn ihre Musikalität erregt die Aufmerksamkeit der Herzogin de Nemours und der Königinmutter Katharina de Medici. Ihrem Aufstieg bei Hofe scheint nichts im Wege zu stehen. Doch dann wird sie in eine gefährliche Intrige verstrickt. Jeanne glaubt schon, alles verloren zu haben. Aber dann begegnet sie Gerwin wieder …

Autorin

Constanze Wilken, geboren 1968 in St. Peter-Ording, wo sie auch heute wieder lebt, studierte Kunstgeschichte, Politologie und Literaturwissenschaften in Kiel und promovierte an der University of Wales in Aberystwyth. Constanze Wilken wurde als Autorin großer Frauenromane bekannt, bevor sie mit »Die Tochter des Tuchhändlers« ihren ersten sehr erfolgreichen historischen Roman geschrieben hat. Weitere Titel der Autorin sind bei Goldmann in Vorbereitung.

Von Constanze Wilken außerdem bei Goldmann lieferbar:

Die Tochter des Tuchhändlers. Roman (46667)
Die Malerin von Fontainebleau. Roman (46686)

Constanze Wilken

Die Lautenspielerin

Roman

GOLDMANN

Das Gedicht von Hwang Chin-I auf S. 291 in der Übersetzung von Peter H. Lee wurde nach folgender Ausgabe zitiert:
Peter H. Lee (Hg.): Kranich am Meer. Koreanische Gedichte, München: Hanser, 1959.
Der Abdruck erfolgt mit freundlicher Genehmigung des Hanser Verlags.

FSC
Mix
Produktgruppe aus vorbildlich bewirtschafteten Wäldern und anderen kontrollierten Herkünften
Zert.-Nr. SGS-COC-001940
www.fsc.org
© 1996 Forest Stewardship Council

Verlagsgruppe Random House FSC-DEU-0100
Das FSC-zertifizierte Papier *München Super* für dieses Buch liefert Arctic Paper Mochenwangen GmbH.

1. Auflage
Originalausgabe September 2010

Umschlaggestaltung: Uno Werbeagentur München
Umschlagfoto Collage: Die heilige Maria Magdalena beim Lautenspiel, Gemälde, c.1500–50, vom Meister der weiblichen Halbfiguren, Hamburger Kunsthalle
© Bridgemanart.com und Fine Pic, München (Bordüre)
Redaktion: Regine Weisbrod
BH · Herstellung: Str.
Satz: omnisatz GmbH, Berlin
Druck und Einband: GGP Media GmbH, Pößneck
Printed in Germany
ISBN: 978-3-442-47300-7

www.goldmann-verlag.de

Für meine Eltern

drum ist nit alle lieb verloren,
lieb hat oft lieb durch lieb geboren

Im rosenton Hans Sachsen. 9. august 1543

Languedoc, Montagne de la Séranne
September 1568

Die Sonne senkte sich bereits über den Bergen und tauchte die Landschaft in ein Meer aus Rotorange. Ein älterer Mann und ein junges Mädchen gingen gut gestimmt nebeneinander her. Der Mann pfiff eine fröhliche Melodie und wechselte den schweren Ledersack von einer Schulter auf die andere.

»O Vater!«, sagte das Mädchen. »Wir hätten nicht so viel einkaufen sollen. Mutter wird uns dafür schelten.« Dabei lachte sie, weil sie natürlich wusste, wie sehr ihre Mutter sich über die Geschenke freuen würde, die sie ihr aus Montpellier mitgebracht hatten.

»Ich hätte auch die goldene Spange noch kaufen sollen, Jeanne! Aber das machen wir, wenn wir dem Apotheker die Theorbe bringen, die er zusätzlich bestellt hat. Welch ein Segen ist dieser großzügige Pillendreher!«

Der Instrumentenbauer Endres Fry war mit dem Ausgang der Verkaufsverhandlungen in Montpellier höchst zufrieden. Im Haus des reichen Apothekers war ein Edelmann zu Gast gewesen, den die erlesene Qualität von Endres' Handwerkskunst und das Spiel seiner Tochter derart begeistert hatten, dass dieser eine siebenchörige Diskantlaute und eine Theorbe in Auftrag gegeben hatte. Nach schwerer, entbehrungsreicher Zeit schien die Zukunft endlich wieder voller Hoffnung.

Doch die Freude der beiden zerbrach wie die dünne Wand eines Muranoglases in tausend Scherben, als sie an die Weggabelung bei Saint-Guilhem-le-Désert kamen und ihnen Brandgeruch entgegenwehte. Von hier war es nur noch eine kurze Wegstrecke bis zu den

Häusern ihrer kleinen hugenottischen Siedlung am Rande der Montagne de la Séranne. Angstvoll sah Jeanne ihren Vater an, der die Stirn runzelte und seinen Schritt beschleunigte. Je näher sie ihrem Heim kamen, desto stechender wurde der Gestank von verbranntem Holz und etwas anderem, Süßlichem, das Jeanne nicht einordnen konnte. Ihr Vater stieß einen gellenden Schrei aus und begann zu rennen. Jeannes Herz setzte einen Schlag aus, und sie fühlte eine nie gekannte, unbeschreibliche Furcht in sich aufsteigen, während sie ihrem Vater folgte, bis ihre Lungen zu bersten drohten.

Und schließlich standen sie am Weg, der in ihren bescheidenen Weiler führte. Welch ein Grauen! Das erste Haus brannte lichterloh, davor lagen die Bewohner: grässlich verstümmelte Leiber, nackt und jeder Würde beraubt. Jeanne schrie und presste sich die Hand vor den Mund, denn der Gestank von Kot und Blut war unerträglich. Selbst den Hund der Familie hatten die Schlächter gemordet, eine Lanze steckte noch in seinem struppigen Körper.

»Christine!«, brüllte ihr Vater wie von Sinnen, warf den Sack auf die Erde und stürzte ans Ende der Häuserreihe, wo sich ihr kleines Gut befand. Jeanne lief hinterher, und ihr Verstand weigerte sich zu begreifen, was sie im Vorbeirennen sah: das Neugeborene ihrer Freundin lag zerteilt neben seiner geschändeten Mutter, das ausgerissene Kinderärmchen neben der mütterlichen Hand, die es noch im Tode greifen wollte. Eine unschuldige Kinderseele konnte weder hugenottisch noch papistisch denken. Welche Bestien waren hier am Werk gewesen? Alles hatten sie verwüstet, als verbreiteten selbst die Tiere den falschen Glauben. Der Eselin des Korbmachers hatten sie den Bauch aufgeschlitzt und das Gedärm herausgezogen, den Korbmacher selbst auf seine Frau gebunden und beide mit einem Spieß durchbohrt.

Endlich gelangten sie zu den Pinien, welche die Grenze ihres Landes markierten, und fanden am stärksten Ast den Knecht erhängt. Ihr Vater rannte auf ihr Haus zu, dessen steinerne Mauern von Ruß geschwärzt waren. Der Dachstuhl war eingestürzt, die Plünderer hatten alles Brauchbare herausgeschleppt, dabei Fenster und Türen zerschlagen und die Stallungen in Brand gesetzt. Die Feuersbrunst musste bis vor kurzem gewütet haben, denn noch rauchte und schwelte es überall. Auch hier hatten die Mörder kein Leben verschont. Die Magd hatten sie geschändet, genau wie die Milchmarie, deren Brüste sich unwirklich weiß von ihrem blutverschmierten Rock abhoben.

»Mutter, o Mutter ...«, flüsterte Jeanne wie ein Gebet und wollte ihrem Vater in die Trümmer ihres Hauses folgen, doch der stieß sie zurück.

»Bleib!«, rief er und verschwand hustend im Rauch.

Weinend stand Jeanne vor den Trümmern ihres glücklichen Lebens und wagte nicht, sich weiter umzusehen. Schließlich kam ihr Vater zurück, das Gesicht versteinert, Kleidung und Haut rußverschmiert. Wie einen kostbaren Edelstein trug er mit beiden Händen einen Haufen Asche vor sich her.

»Gib mir ein Stück Tuch«, sagte er mit heiserer Stimme.

Jeanne hielt ihm ein Taschentuch hin, in welches er die Asche mit zärtlicher Geste gleiten ließ.

»Verwahre sie gut.«

Langsam begriff sie, was er ihr eben in die Hände gegeben hatte, und schluchzte, bis sie keine Tränen mehr hatte, ihr Magen schmerzte und die Augen brannten.

»Gehen wir.« Ohne sich noch einmal umzusehen, ging Endres Fry den steinigen Pfad hinauf zur Straße, sammelte seine Habseligkeiten auf und schlug denselben Weg ein, den sie gekommen waren.

Als sie die Weggabelung hinter sich gelassen hatten, war es bereits dunkel. Er hielt an und drückte seine verzweifelte Tochter lange stumm an sich. Sein Körper wurde von Weinkrämpfen geschüttelt, aber er sagte nichts. Kein Wort des Hasses auf die Mörder kam über seine Lippen.

Sie gingen zurück nach Montpellier und fanden einige Zeit Aufnahme bei dem begüterten Apotheker. Aus edlen Hölzern fertigte Endres ein Kästchen für die Asche seiner Frau. Jeanne spielte stundenlang melancholische Weisen auf ihrer Laute, einem zierlichen Instrument, das auch ihre Mutter beherrscht hatte. Der Tod von Christine Fry, geborener Bergier, hatte alles verändert und die Heiterkeit aus dem Leben derer verbannt, die sie liebten, und wann immer Menschen ihre Religion mit flammender Rede verteidigten, wandte Endres sich ab.

Eines Morgens trat er zu seiner Tochter, die mit ihrer Laute unter einer Pinie saß. »Wir gehen nach Sachsen, Jeanne. Dort lebt mein Ziehvater.«

Erster Teil

Helwigsdorff in Sachsen
Ianuarius 1569

1

Langsam holperte der Wagen über den gefrorenen Schlamm. Die erhitzten Körper der Ochsen dampften in der eisigen Januarluft, und aus den Nüstern der bulligen Tiere stieg warmer Atem, der sich sogleich in Eiskristalle verwandelte. Geführt wurde der Karren von einem finster dreinblickenden Mann, der sich ständig den Rotz mit seinem dreckigen Ärmel von Mund und Nase wischte. Auf den groben Händen hatten Kälte und harte Arbeit ihre Spuren hinterlassen. Mit einer kurzen Rute schlug er auf die Ochsen ein, denen der unebene Weg große Mühe bereitete. Die tiefen Spurrinnen hatten sich in scharfkantig gefrorene Hindernisse verwandelt, auf denen die Hufe der Zugtiere kaum Halt fanden.

Auf der anderen Seite des Karrens ging schweigend Endres Fry. Sein sehniger Körper wurde von einem dicken Wollumhang und einer Pelzkappe vor der Kälte geschützt. Nervös nestelte er an seinem Gürtel und warf Jeanne, die regungslos auf dem Wagen hockte, besorgte Blicke zu.

»Dort vorn, Herr.« Der Karrenführer zeigte auf eine Ansammlung niedriger Häuser, die sich entlang des Flusses unter Fichten und den nackten Zweigen einiger Laubbäume zu verstecken schienen.

Plötzlich kam Bewegung in Jeanne, deren ebenmäßiges Gesicht skeptisch aus einer samtverbrämten Kapuze hervorlugte. Mit den Armen hielt sie einen unförmigen Sack auf ihrem Schoß umschlungen. Obwohl ihre Lippen blau von der Kälte waren, konnte niemandem verborgen bleiben, dass sie eine Schönheit war. Große, dunkle Augen schätzten unter fein geschwungenen Brauen die armseligen Behausungen ab. »Das kann nicht sein. Jedes Dorf in Frankreich sieht herrschaftlicher aus als diese Hundehütten!«

»Jeanne!« Scharf mahnte sie ihr Vater.

Das Mädchen senkte den Blick und strich liebevoll über den Sack, dessen langes Ende mit einer Kordel verschlossen war, wobei ihre Lippen verdächtig zitterten.

»Jeanne«, sagte Endres nun sanfter, und der bittende Ton ließ das Mädchen den Kopf wenden. »Es ist nicht für immer, und wir müssen dankbar sein, wenn sie uns überhaupt aufnehmen. Wir haben alles verloren. Ohne meine Werkzeuge und ohne das Holz kann ich keine Instrumente bauen und kein Geld verdienen. Und ohne Geld kann ich …«

»Kein Holz kaufen«, beendete Jeanne den Satz und brachte ein schwaches Lächeln zustande. »Ich weiß, Vater. Es tut mir leid. Ich will mir Mühe geben, aber … Ich meine, sieh es dir an!«

Endres seufzte tief. Helwigsdorff an der Freiberger Mulde, so nannte sich das schmale Gewässer unter der Eisdecke, war ein einfaches Waldhufendorf im Kurfürstentum Sachsen. Für jemanden, der im warmen Süden Frankreichs aufgewachsen war, mussten der trübe Winterhimmel und die Braun- und Grautöne, in die Boden, Wiesen und Häuser getaucht waren, trostlos erscheinen.

Der Karrenführer spuckte aus. »Hundehütten! Das trifft es irgendwie. Geht mich ja nichts an, aber warum seid Ihr nicht in Frankreich geblieben? Holz gibt es da doch auch. Ihr seid geflohen, weil Ihr Hugenotten seid!«

Endres runzelte die Stirn. »Halt den Mund und bring uns zum Haus des alten Froehner.« Seit Großhartmannsdorf mussten sie die Gegenwart dieses ungehobelten Friedger Pindus ertragen, dessen einzige Sorge der nächste Schluck Selbstgebrannter war. Im Grunde war es ein Wunder, dass er sie ohne Zwischenfälle die schwierige Wegstrecke hergebracht hatte.

Und doch hatte der einfache Karrenführer recht mit seiner Vermutung. Sie waren Hugenotten, und die politische Lage in Frankreich war brisant. Es herrschte Krieg, Bruderkrieg. In Endres' Augen die furchtbarste Form von Krieg, wenn ehemalige Freunde, Familien, Menschen einer Nation gespalten wurden durch den Glauben. Niemand konnte sich sicher fühlen, weil unter dem Deckmantel des Glaubenskampfes Bespitzelung, Neid und Verrat die finstersten Abgründe der menschlichen Seele zutage brachten. Ausgerechnet jetzt wurde Frankreich von Karl IX., einem jungen, schwachen Herrscher, und dessen Mutter, der Italienerin Katharina de Medici, regiert. Die Königinmutter betrieb eine intrigante, machiavellistische Politik, doch die religiöse Spaltung des Landes konnte sie nicht aufhalten. Sie stand zwischen zwei mächtigen Interessengruppen, den katholischen Guisen und den protestantischen Bourbonen. Die von Katharina propagierte relative religiöse Toleranz war 1562 im Edikt von Saint-Germain-en-Laye sanktioniert worden, doch das Massaker von Vassy hatte die Konflikte erneut und mit weit größerer Schärfe als zuvor ausbrechen lassen.

So griffen Katholiken in Troyes, Meaux oder Sens protestantische Gläubige auf dem Weg zu ihren Gottesdiensten an, obwohl offiziell festgelegt worden war, dass protestantische Versammlungen in jeder Landvogtei abgehalten werden durften. Willkürlich wurden Häuser von wohlhabenden Hugenotten geplündert, so dass viele Familien ins lutherische Straßburg flohen. Erschwerend kam hinzu, dass die Hugenotten in zwei Lager gespalten waren: Die Konservativen wollten die strengen Glaubensgrundsätze, die in Genf propagiert wurden, durchsetzen, während die Liberalen darin eine Gefahr für die gesamte Sache sahen.

Endres konnte nur den Kopf schütteln über so fanatische Glaubensbrüder wie die *anciens* von Troyes, welche auf der Ausgabe einer *méreau* an fromme Gläubige bestanden. Gläubige, die nicht im Besitz dieser Münze waren, wurden vom Abendmahl ausgeschlossen.

Vor diesem Hintergrund hatte Endres mit seiner Tochter die

beschwerliche Reise nach Sachsen unternommen. Im protestantischen Sachsen herrschte Kurfürst August, der dem für seine Toleranz in Konfessionsfragen bekannten Kaiser Maximilian II. nahestand und sich um den Religionsfrieden von Augsburg verdient gemacht hatte. Hier hofften sie auf eine friedliche Zeit.

Friedger schnäuzte auf den Weg, indem er sich ein Nasenloch zuhielt. »Ha! Jetzt weiß ich es! Ihr seid der Ziehsohn des alten Froehner!« Triumphierend knallte er die Rute gegen das Joch der Ochsen.

Endres und Jeanne schwiegen, was den neugierigen Karrenführer nicht störte. »Abgehauen seid Ihr damals. Die Leute haben noch lange darüber gerätselt, was vorgefallen ist zwischen Ulmann und Euch. Einige behaupten ja, Ihr hättet das Land verlassen müssen, weil ...«

»Es reicht! Spar dir deine Lügengeschichten fürs Wirtshaus«, fuhr Endres ihn an.

Doch Friedger Pindus focht das nicht an. »Dann seid Ihr in der Fremde ein reicher Hugenotte geworden, so ist es doch? Das erhöht natürlich die Fahrtkosten.« Er rülpste laut und grinste.

Angewidert schloss Jeanne die Augen und drückte ihre Laute, die sie zum Schutz gegen Kälte und Nässe in Tücher geschlagen hatte, an sich. Von einem Zufluchtsort und einem Neuanfang hatte ihr Vater gesprochen, doch die Ahnung wuchs, dass man sie kaum herzlich willkommen heißen würde. Mit der Zunge fuhr sie sich über die aufgesprungenen Lippen und wischte sich eine Träne von der Wange. Die Haut spannte unter der Kälte, und nicht nur die Angst vor dem Ungewissen ließ sie zittern.

»Jeanne, gleich sind wir da.« Ihr Vater drückte sanft ihren Arm. »Thomas ist ein guter Mann, glaub mir. Er war immer gerecht und wird uns helfen.«

Sie räusperte sich und blinzelte in den kalten Wind, der vom Fluss heraufwehte.

»Habe ich doch recht, dass Ihr den alten Cistermacher kennt«, meinte Friedger und schlug erneut die geschundenen Ochsen. Man hatte den Tieren Ringe durch die Nasen gezogen und daran Seile geknüpft, an denen er gelegentlich riss, obwohl die Tiere keine Anstalten machten auszubrechen. Es schien ihm Freude zu bereiten, die Tiere zu quälen.

Im schwächer werdenden Licht des sich neigenden Tages wirkten die Häuser noch düsterer. Irgendwo bellte ein Hund, ein Kind weinte. Der eisige Wind drang selbst durch die vielen Schichten dichter Wolle und hielt die Menschen in ihren Häusern, deren Fensterläden meist zugeklappt waren. Aus einer niedrigen Kate traten zwei Männer auf die Straße. Der eine hinkte und stützte sich schwer auf einen Gehstock. Der andere, jüngere wandte sich noch einmal um und zog aus einer ledernen Umhängetasche ein kleines Bündel Kräuter und gab es der in der Tür wartenden Frau.

»Fahrende Händler zu dieser Jahreszeit?«, fragte Endres.

»Ph!« Friedger spuckte aus. »Der Alte heißt sich Wundarzt, ist aber nichts weiter als ein Quacksalber. Der andere ist mein Sohn. Der Taugenichts sollte arbeiten, um Geld nach Haus zu bringen, meint aber, er wäre zu was Großem auserkoren. Gelumpe!« Das letzte Wort rief Pindus so laut, dass die beiden Männer es hörten und sich umdrehten.

Jeanne sah, wie der Wundarzt die Hand auf den Arm des Jüngeren legte, der seinem Vater einen Blick zuwarf, in dem Wut, Verachtung und Scham lagen. Als er das Kinn hob, fiel sein Blick auf Jeanne, und ihre Augen trafen sich. Er hatte ein offenes Gesicht mit klaren Zügen. Verwirrt senkte Jeanne die Lider und spürte den Blick des Unbekannten noch in ihrem Rücken, als sie schon längst vorübergefahren waren und einen Platz mit einer riesigen Eiche erreicht hatten. Der knorrige alte Baum behauptete sich stolz vor dem Haus des ältesten Mitglieds der Familie Froehner, die auch im nahen Randeck Werkstätten betrieb.

»So, da wären wir!« Pindus hievte das wenige Gepäck, das aus zwei Ledersäcken bestand, vom Karren.

»Zwanzig Jahre«, murmelte Endres und betrachtete die rissigen Hauswände und das eingedrückte Dach, welches notdürftig mit Stroh geflickt war. Direkt an das einstöckige Wohnhaus grenzte der Stall, aus dem lautes Quieken und Schnattern ertönte.

»Die haben wenigstens noch ein Schwein und Federvieh. Ich weiß nicht, wie ich meine Brut durchkriegen soll. Verfressene Bande, liegen faul rum, während ich zusehen muss, wie ich die Mäuler stopfe«, beschwerte sich Friedger und warf den zweiten Sack auf die Erde, wo er scheppernd zu liegen kam.

»Pass doch auf, Mann!«, fauchte Jeanne und kletterte vom Karren herunter. Ihr Deutsch war fehlerfrei, doch von einem französischen Akzent gefärbt.

Endres holte einige Münzen aus einem kleinen Geldsack und ließ sie in die ausgestreckte Hand des Karrenführers fallen. »Zwanzig Groschen, wie vereinbart.«

»Vierzig, oder ich erzähl' überall herum, dass Ihr Hugenotten auf der Flucht seid.« Verschlagen hielt er die Hand ausgestreckt.

»Tu, was du nicht lassen kannst. Wir sind keine Katholiken, und wir sind hier nicht in Frankreich«, sagte Endres ruhig und griff nach Jeannes zitternder Hand.

Doch so leicht gab sich Friedger nicht geschlagen. »Nein, in Frankreich sind wir nicht, aber Ihr verkennt die Lage, werter Herr. Der Kurfürst ist kein Mann, der Andersgläubige toleriert, und jeder, der nicht dem Luthertum angehört, ist ein Ketzer!«

»Ach, übertreib doch nicht, Mann! Wir gehören doch quasi zur selben Konfession, sind wir doch auch Reformierte«, erwiderte Endres ungeduldig.

Friedger warf ihm einen verschlagenen Blick zu. »Ihr könnt das natürlich nicht wissen, wart Ihr doch lange fort aus der Heimat. Der gute Kurfürst ist ein sehr gläubiger Mann. In Sachsen gilt ausschließlich das Luthertum, und jeder, der das nicht beherzigt, muss die Folgen spüren.« Der Karrenführer genoss die erschreckten Mienen seiner Zuhörer sichtlich. »Ja, wer sich öffentlich zu den Philippisten oder den Calvinisten bekennt, landet im Gefängnis oder auf der Folterbank.« Friedger legte den Kopf schief und streckte erneut die Hand aus. »Aber was rede und rede ich. Vierzig Groschen sind gewiss nicht zu viel.«

Kommentarlos gab Endres dem Erpresser das Geld. Der grinste zufrieden. »Danke, mein Herr. Ich weiß Eure Großzügigkeit zu schätzen.«

»Hoffentlich«, murmelte Endres, und zu seiner Tochter sagte er: »Na komm, *mignonne,* es wird schon werden.«

Zweifelnd betrachtete Jeanne die ausgetretenen Stufen, die zu einer roh gezimmerten Holztür hinaufführten. Schaufel, Besen und eine Art Rechen lehnten an der Wand neben einem verwitterten Holzschild, auf dem noch die Umrisse einer Laute zu erkennen waren. Friedger trieb die Ochsen an, und der Wagen rollte bereits davon, als die Tür aufgestoßen wurde und eine alte Frau herausschaute. Ihr Gesicht war von feinen Linien durchzogen, die Augen blickten wach und argwöhnisch.

»Ja, was ist denn nur …?« Das Kleid der Alten war nicht aus feinstem Stoff, aber sauber und ohne Löcher. Um ihre Schultern lag ein warmes Wolltuch. Aus dem Hausinneren drang der Geruch von Kohl.

Vater und Tochter gingen die Stufen hinauf. Oben nahm Endres seine Mütze ab und neigte den Kopf. »Mutter Agathe, ich bin es, der Endres, und das ist meine Tochter Jeanne.«

Jeanne machte einen höflichen Knicks, wobei sie ihre Laute weiter mit einer Hand festhielt.

Die Alte riss die Augen auf, hielt sich die Hand vor den Mund und drehte sich auf dem Absatz um. »Thomas! Komm her! Komm auf der Stelle her!«, rief die Alte, bevor sie zurückkehrte, die Tür ganz öffnete und die Besucher hereinbat.

Überrascht bemerkte Jeanne, dass der Flur geräumig und mit Schiefer gefliest war. An den Wänden hingen verschiedenste Zupf- und Blasinstrumente, auf einer Truhe stand eine Öllampe, und in einer Ecke war ein großes Fass, das mit Brettern und einem Stein verschlossen war. Dahinter führte eine schmale Treppe in den ersten Stock des Hauses Froehner.

Die Alte nahm Endres' Hände und zog ihn in eine kleine Wohnstube, die von einem Ofen angenehm warm gehalten wurde. »Dass wir dich noch einmal wiedersehen! Wer hätte das für möglich gehalten!«

Endres ließ sich begutachten, während Jeanne ihren Umhang öffnete und den Lautensack vorsichtig auf den Boden stellte.

»Endres!«, ertönte eine tiefe Bassstimme, und ein hochgewachsener Mann mit schlohweißem Haar trat herein und schloss Endres Fry in seine Arme. »Mein Junge.«

Beide Männer drückten eine Träne fort, räusperten sich, und schließlich klopfte Thomas Froehner seinem Ziehsohn auf die Schultern. »Was bringt dich her? Und wer ist dieses hübsche Kind? Setzt euch und erzählt! Agathe, lass Speis und Trank bringen, wir haben etwas zu feiern!«

Seine Frau verzog keine Miene und verließ den Raum. Jeanne hatte wohl bemerkt, dass die Alte ihren Vater nicht umarmt hatte und sich über das Wiedersehen weit weniger zu freuen schien als der alte Thomas. Jener schob ihnen Lehnstühle hin, nahm Jeanne den Umhang ab und legte ihre Laute wie selbstverständlich auf eine Truhe. Thomas Froehner hatte gütige helle Augen und einen Mund, der stets zu einem Lächeln bereit war. Sie mochte den Alten auf den ersten Blick, und ihre Ängste und Befürchtungen, die sie mit der Ankunft in Sachsen verbunden hatte, wurden etwas gemindert.

»Zwanzig Jahre, Endres. Du bist rumgekommen, hast viel erlebt. Hoffentlich bleibt uns genug Zeit, dass du mir alles erzählen kannst.« Thomas verschränkte die Hände vor seinem Bauch, der sich unter der ledernen Arbeitsschürze abzeichnete. Seine Hände waren feingliedrig und hätten die eines Musikers sein können. Endres hatte seiner Tochter erzählt, dass Thomas in der Tat ein ausgezeichneter Spieler der Laute und auch der Theorbe, einer Basslaute mit verlängertem Hals und nicht abgeknicktem Wirbelkasten, war.

»Meine Tochter Jeanne«, begann Endres.

Jeanne erwiderte Thomas' Lächeln.

»Sie kommt ganz nach ihrer Mutter«, fügte Endres hinzu.

»Die Schönheit hat sie gewiss nicht von dir«, neckte Thomas. »Dann hast du in Frankreich geheiratet?«

»Christine de Bergier, eine Hugenottin aus dem Languedoc. Ihre Familie ist …«

Weiter kam Endres nicht, denn die Haustür war lautstark aufgestoßen worden, und jemand brüllte: »Wo ist der Hundsfott?«

»Ulmann, so beruhige dich doch.« Agathe Froehner stellte sich in den Türrahmen, wurde jedoch von einem Mann zur Seite gedrängt, dessen Ähnlichkeit mit Thomas unverkennbar war.

Bevor Ulmann sich auf ihn stürzen konnte, war Endres aufgesprungen und legte eine Hand an den Dolch in seinem Gürtel. »Wage es nicht, Ulmann. Nicht im Haus unseres Vaters!«

Jeanne umklammerte die Stuhllehne. Der Neuankömmling hatte ein zornrotes Gesicht mit tiefen Furchen über der Nasenwurzel, die auf ein jähzorniges Temperament deuteten. Ihr Vater hatte ihr kaum etwas über seine Vergangenheit erzählt, und so wusste sie nichts über den Zwist, den die Jahre offenkundig nicht hatten glätten können.

»Unseres Vaters? Er ist mein Vater! Du bist nur ein Ziehsohn, ein Waise, eine kleine Ratte, die er aus Mitleid durchgefüttert hat und die es ihm mit einem Biss in die Hand vergolten hat!« Ulmann Froehner stierte Endres an und ballte die Fäuste.

»Schämen solltest du dich, Ulmann. Wir haben Gäste, und du benimmst dich wie ein wild gewordener Eber. Unter meinem Dach sind Endres und seine Tochter willkommen«, donnerte Thomas.

Ulmann biss sich auf die Lippen und presste schließlich zwischen ihnen hervor: »Was will er hier?«

Jeanne dämmerte, dass ihre Not größer war, als ihr Vater bisher zugegeben hatte. Sonst hätte er niemals den langen Weg nach Sachsen auf sich genommen, wo ihm solch ein Hass entgegenschlug.

»Ich …« Endres zögerte. »Für heute Nacht bitten wir um ein Dach über dem Kopf.«

»Darüber müssen wir kein Wort verlieren. Agathe, wo bleibt das Essen?« Thomas schlug mit der flachen Hand auf den Tisch. »Jeanne, gib uns das Tablett, das hinter dir auf der Truhe steht.«

Jeanne drehte sich um und hob ein Holzbrett auf den Tisch, auf dem eine verkorkte Tonflasche und sechs winzige Becherlein standen.

»Und warum das ganze Gepäck draußen vor dem Haus?«, hakte Ulmann nach.

»Bring es herein, wenn du es schon bemerkt hast. Oder frag einen deiner trefflichen Söhne. Dabei können sie wenigstens nichts falsch machen.« Der Sarkasmus verfehlte seine Wirkung nicht. Kurz darauf schlug die Haustür zu – und Ulmann war verschwunden.

»Warum kann er dich nicht leiden, Vater?«, fragte Jeanne und umfasste den kleinen Becher, den Thomas ihr zuschob.

»Alte Geschichten. Dein Feuerwasser, Vater?«

Der alte Lautenbauer grinste. »Du sagst es. Das wird euch wärmen. Auf die Heimkehrer!«

Sie leerten die Becher in einem Zug, und die Männer lachten, als Jeanne nach Luft rang. »Was ist das?«

»Äpfel, Trauben, dies und das. Wirst dich dran gewöhnen, Mädel. Ihr bleibt doch länger, nehme ich an?« Und während Thomas das sagte, goss er die Becher erneut voll und lächelte ihnen aufmunternd zu.

Jeanne richtete sich auf, um den schmerzenden Rücken zu strecken. Den ganzen Vormittag hatte sie draußen in der Kälte nach

Reisig und Fichtenzapfen gesucht. Zumindest schneite es nicht mehr. Sie hasste die Kälte, die trüben Farben der Hügel, die in der Ferne zum Gebirge aufstiegen, den ewig grauen Himmel und die verstockten Menschen, die ein kaum verständliches Kauderwelsch redeten. Ihrem Vater zuliebe gab sie sich Mühe, ihre Deutschkenntnisse zu verbessern, doch je länger sie in diesem unerfreulichen Landstrich inmitten der Einöde lebte, desto mehr hasste sie alles hier.

»*Crétins!*«, murmelte sie und zog an den halben Wollhandschuhen, die ihre zarten Hände kaum vor der Kälte schützten. Traurig betrachtete sie die Fingerkuppen, die rot und aufgesprungen waren und ihr das Lautespielen fast unmöglich machten.

Seit zwei Wochen lebten sie nun im Haus von Thomas Froehner, der sie ohne viele Worte für unbestimmte Zeit bei sich aufgenommen hatte. Der alte Froehner war der Einzige, der sie nicht mit Verachtung behandelte, sondern ihren Vater respektierte und schätzte. Und er besaß unendlich viel mehr Verstand und Gespür für den richtigen Klang eines Holzes als seine furchtbaren Söhne, allen voran Ulmann.

Sie warf einen letzten Zapfen in den Korb, hob ihn auf und machte sich auf den Rückweg. Ulmann war ein jähzorniger und kleingeistiger Mensch. Und sein Sohn war kein Deut besser und dazu noch mit der Dummheit und Arroganz seiner Mutter geschlagen. Jeanne schüttelte sich bei dem Gedanken an Franz, der knapp zwei Jahre älter war als sie und ihr dauernd nachstellte.

Unter ihren Tritten knackten die Zweige auf dem gefrorenen Waldboden. Hinter der nächsten Biegung lag das Haus des Dorfbaders, ein wundersamer kleiner Kauz. Meist sah sie ihn in Begleitung seines Gehilfen. Der attraktive junge Mann mit den melancholischen dunklen Augen hatte schon bei ihrer ersten Begegnung ihre Aufmerksamkeit erregt, aber seine Kleidung verriet seine niedrige Herkunft, und er war Friedger Pindus' Sohn. Sie verdrängte das Bild des Arztgehilfen aus ihren Gedanken.

Wie sehr sie Montpellier und das bunte Treiben in den engen Gassen vermisste! Das Meer war dort spürbar nahe, die Sonne wärmte den fruchtbaren Boden und ließ Weinstöcke und Obstbäume gedeihen, dass es eine Wonne war. Jeannes Lippen wurden schmal. Die Erinnerung verklärte die Bilder, denn ganz so idyllisch war es auch im Süden Frankreichs nicht. Hugenotten und Katholiken lieferten sich seit Jahren blutige Kämpfe, und eine Seite stand der anderen in der Ausübung von Gräueltaten und Abscheulichkeiten nicht nach.

Überall im Land sammelten sich Anhänger der erzkonservativen katholischen Guisen und suchten das Erstarken der Hugenotten zu verhindern. Das Attentat auf François de Guise vor sechs Jahren bei Orléans hatte den Religionskrieg auflodern lassen. Und König Philipp II. von Spanien hetzte mit allen Mitteln gegen die Reformierten, wobei es ihm weniger um den Erhalt des katholischen Glaubens ging. Den Hugenotten war bewusst, dass dies nur ein Vorwand Spaniens war, sich Frankreich einzuverleiben. Doch es blieb eine traurige und unumstößliche Tatsache, dass der Herzog de Guise von Hugenotten hinterrücks ermordet worden war und der Bruder ihrer seligen Mutter daran beteiligt gewesen war. Als die Guisarden herausgefunden hatten, dass einer der Bergiers an der Ermordung ihres Anführers eine Mitschuld trug, war ihr Schicksal besiegelt gewesen, auch wenn ihnen das erst nach jenem schrecklichen Überfall auf ihr Heim bewusst geworden war.

Eine Krähe schrie und flatterte davon. Jeanne zuckte zusammen, stolperte und stürzte zu Boden. Wegen des Korbs konnte sie den Sturz nicht auffangen, und ein scharfer Schmerz durchfuhr ihr rechtes Knie.

»Oh, zum Teufel mit diesem Land!«, fluchte sie und raffte ihre Röcke und den Umhang, um wieder auf die Beine zu kommen. Der Korb lag umgekippt ein Stück entfernt. Sicher schimpften Afra, Ulmanns Frau, und Agathe schon über ihr langes Fortbleiben. Heute war Waschtag, und die Kessel mussten befeuert werden, wozu man nicht das gute Holz nahm, sondern Reisig und Fichtenzapfen. Sie rannte den Waldweg entlang bis zur Straße, auf der Friedger Pindus seinen Ochsenkarren vorantrieb. Zu allem Überfluss trat sie in einen dampfenden Fladen, während der Ochse sich sein Hinterteil noch mit dem Schwanz sauber wedelte.

Ihr Umhang war kotverschmutzt, doch daran ließ sich nichts ändern. Sie konnte das Haus der Froehners bereits sehen, vor dem Afra mit in die Hüften gestemmten Händen nach ihr Ausschau hielt. »Wo bleibst du denn nur?« Ulmanns Frau war hager, trug stets eine weiße Haube auf dem streng geknoteten Haar und wachte mit Argusaugen über ihren eigenen Haushalt und den ihrer Schwiegereltern. An ihrem Gürtel hing ein großes Schlüsselbund, das sie als Herrin über die Vorratskammern auszeichnete.

Das Haus von Thomas Froehner war von einem niedrigen Zaun umgeben, der den Garten von der Durchgangsstraße abtrennte. Haus und Umgebung wirkten lieblos und ungepflegt, was an Ulmann und dessen faulen Söhnen lag, die nur das Nötigste taten und sich ansonsten ins Wirtshaus des Nachbardorfes begaben, um den Dirnen nachzustellen.

Keuchend kam sie die Stufen herauf und hielt sich am Pfosten des Überdachs fest. Afras kalte grüne Augen musterten sie, während sie die Nase rümpfte. »Du stinkst! So kannst du nicht ins Waschhaus, die Wäsche ist bereits einmal gesäubert. Du bist wirklich zu nichts zu gebrauchen.« Mit spitzem Finger zeigte sie auf den Korb. »Das ist alles? Dafür hast du zwei Stunden gebraucht? Bring es nach hinten, dann zieh dich um und komm uns helfen.«

Jeanne machte einen Schritt zur Tür, wurde jedoch von Afra an der Schulter gepackt und zur Seite gestoßen. »Doch nicht durchs Haus. Geh hintenherum, und wenn du durch den Hintereingang trittst, zieh vorher die Schuhe aus. Wo hast du dich rumgetrieben? Bei den Schweinen?«

»Die Pest wünsch' ich dir an den Hals!«, murmelte Jeanne auf Okzitanisch, der Sprache ihrer Mutter.

»Pass nur auf, mein Mädchen. Ich verstehe zwar nicht, was du sagst, aber es gibt Leute, die solcherart Sprache für Hexerei halten, und mit Hexen macht man hier kurzen Prozess …«

Wütend brachte Jeanne das Brennmaterial zum Waschhaus, einem Anbau an der Hinterseite. Als sie die Tür öffnete, schlugen ihr nach ranziger Wäsche und Kernseife riechende Dampfschwaden entgegen. In dem kahlen Raum standen zwei hölzerne Waschwannen und ein Waschkessel, der befeuert werden musste. Diese Aufgabe hatte Franz übernommen. An einer Wanne stand Agathe und rührte mit einem Stock die eingeweichten Wäschestücke. Nach dem Weichen wurde die Wäsche in den Kessel geworfen, gekocht, mit einem Stock herausgefischt und auf einem Waschbrett mit Kernseife eingerieben. Nach dem anstrengenden Reiben auf dem Brett, welches man der Magd aufgebürdet hatte, wurde die Wäsche in den zweiten Trog geworfen und in klarem Wasser gespült. Im Sommer breitete man die Wäsche auf den Wiesen am Flussufer zum Trocknen aus. Im Winter wurden die großen Stücke auf Leinen gehängt, bis sie in der Kälte bretthart gefroren waren.

»Komm her, schütte deinen Korb neben dem Kessel aus, und dann kannst du ans Waschbrett. Zilla hat schon den ganzen Vormittag dort geackert«, befahl Agathe.

Doch als Jeanne sich näherte, schrie die alte Froehnerin auf: »Du stinkst wie ein Haufen Kuhdung! Was kommst du so dreckig hier herein, du dummes Ding! Das bringt Unglück, und die Wäsche ruinierst du uns auch. Raus, zieh dich um!«

Wortlos ließ Jeanne den Korb auf den Boden fallen, drehte sich um und warf die Tür lautstark hinter sich zu. Auf dem kleinen Gut ihrer Eltern im Languedoc hätte niemand gewagt, sie derart zu behandeln. Die Bergiers waren nicht reich gewesen, hatten aber nie Not leiden müssen, und niedere Arbeiten waren von Dienern, Mägden und Knechten ausgeführt worden. Ihr Vater hatte die Tochter eines hugenottischen Landadligen geheiratet und war von den Bergiers aufgrund seines hervorragenden Rufes als Lautenbauer respektiert worden.

Jeanne schnürte den Umhang auf und legte ihn über einen Stapel Holz unter dem Überstand am Haus. Sie würde ihn später reinigen. Das einstmals edle Gewebe war durch die Reise stark in Mitleidenschaft gezogen worden, wie auch ihre Kleider, die dringend ausgebessert werden müssten, doch dazu fehlten ihr Zeit, das nötige Geschick und das Material. Seufzend streifte Jeanne ihre Schuhe ab und wollte die Hintertür aufstoßen, als sie jemand packte und gegen die Wand drückte.

Eine Männerhand presste sich ihr auf den Mund, heißer Atem drang an ihren Hals. »Du aufsässige Ziege. Dir werde ich schon noch Manieren beibringen.« Franz' fauliger Geruch ließ sie würgen, doch er nahm die Hand nicht von ihrem Mund, griff ihr mit der anderen ans Mieder und drängte seinen Körper zwischen ihre Beine.

Mit aller Kraft entwand sie sich seinem Griff und schrie auf Französisch: »Vater! Vater!«

Schnell trat Franz einen Schritt zurück und fuhr sich durch die schmierigen langen Haare. »Irgendwann erwisch' ich dich, wenn niemand da ist, um dir zu helfen. Merk dir das, Dirne!« Er spuckte aus und ging davon.

Im nächsten Moment kam ihr Vater aus der Werkstatt gestürzt, die in den hinteren Räumen neben der Küche untergebracht war. »Jeanne! *Mignonne*, was ist passiert?«

Sie warf sich ihrem Vater in die Arme und schluchzte.

»Na, komm herein. Hier draußen ist es viel zu kalt. Da holst du dir noch die Schwindsucht.« Liebevoll legte er den Arm um sie und führte sie in den warmen Korridor.

Jeanne schniefte. »Dieser Franz, oh … ein fürchterlicher Kerl …«

Endres Fry nickte und rieb sich den Bart. »Verstehe. Ich werde mit Ulmann sprechen. So kann das nicht weitergehen.«

Jeanne drückte sich an die Brust ihres Vaters, spürte das raue Wams unter ihrer Haut und den vertrauten Duft von Leder, Leim und Harz, der an seiner Kleidung und seiner Schürze haftete. »Ich möchte fort von hier. Bitte, Vater ...«, flüsterte sie leise.

Beruhigend strich er ihr über das Haar. »Ich wäre auch lieber anderswo, aber wir müssen dankbar sein, Jeanne. Gerade heute habe ich mit Thomas gesprochen. Er will mir seine Werkzeuge und ein Klafter besten Holzes überlassen. Damit kann ich gute Instrumente bauen, die uns Geld einbringen.«

Die Tür der Werkstatt schwang auf, und Ulmann trat in den Gang. Die Zornesfurche über seiner Nase war tief, und seine Stimmung schien so düster wie die Farbe seiner Kleidung. Das Kinn ruhte auf einem steifen weißen Kragen, Wams und geschlitzte Kniehosen waren aus braunschwarzem Tuch, die Knöpfe aus geschnitztem Horn. Das ergraute Haupthaar hing ihm ungepflegt bis auf den Kragen. »Dass mit dir nur Schlechtes ins Haus kommt, war mir klar, aber wie schnell du den Alten umgarnt hast, ist doch bewundernswert.«

Endres fuhr herum. »Lass deine Verleumdungen in Gegenwart meiner Tochter, Ulmann. Es macht dich nur kleiner, als du ohnehin schon bist.«

»Klein, ja? Du unverschämter Lump wagst es, mich im Hause meines Vaters zu beleidigen?« Ulmann machte einen Schritt auf Endres zu und hob die Fäuste.

»Reiß dich zusammen, Mann. Wir sind keine Buben mehr. Du hattest zwanzig Jahre Zeit, deinem Vater zu beweisen, dass du der Bessere von uns beiden bist. Anscheinend ist dir das nicht gelungen. Und weißt du, Ulmann, ich glaube, auch vierzig Jahre würden dafür nicht reichen ...« Endres lächelte schief, schob Jeanne hinter sich und machte eine seitliche Drehung, als Ulmann brüllend auf ihn losstürzte.

Wie ein rasender Stier krachte der große Mann gegen den Tisch an der gegenüberliegenden Wand. Bevor die Situation eskalieren konnte, erschien Thomas im Korridor und schüttelte missbilligend den Kopf. »Ulmann!«, fuhr er seinen Sohn an, der immerhin fünfzig Lenze zählte, doch in diesem Augenblick war er nur der Sprössling, der vom Vater gemaßregelt wurde.

Ulmann atmete zweimal tief durch, warf Endres einen hasserfüllten Blick zu und verschwand wieder in der Werkstatt.

Jeanne hatte sich am Wams ihres Vaters festgeklammert und ergriff nun seine Hand. »Woher rührt dieser Hass, Vater?«

Thomas kratzte sich den weißen Bart. »Hast du es ihr immer noch nicht erzählt, Endres?«

»Das ist eine Sache zwischen mir und Ulmann, die niemanden etwas angeht.«

»Nicht mehr, Endres. Sie lebt nun hier im Haus und sollte verstehen, was damals vorgefallen ist, dass zwei Männer, die Brüder sein könnten, sich derart hassen.«

»Ich hasse Ulmann nicht.«

»Nein, du bist anders.« Thomas legte ihm eine Hand auf die Schulter. »Kommt in die Stube. Wo ist Agathe? Sie soll uns warmen Gewürzwein, Brot und Wurst bringen.«

Rasch bot Jeanne sich an: »Ich kann das übernehmen!« Sie befürchtete, dass Agathe sie sofort wieder ins Waschhaus beordern würde, wenn sie sie müßig in der Stube fände. Doch in der Küche stand Afra bereits an der großen Feuerstelle, über der zwei Kessel hingen. An einem langen Arbeitstisch saß ein Mädchen und hackte Zwiebeln. Die Küchenmagd mochte kaum zwölf Jahre alt sein. Ihre Haare waren zu Zöpfen geflochten, der Kittel schlotterte um ihren knochigen Leib.

»Was willst du hier? Im Waschhaus wirst du gebraucht!«, fauchte Afra und hob den Deckel von einem Holzfass. Mit einem Löffel hob sie eingelegtes Kraut heraus, dessen säuerlicher Geruch Jeanne das Gesicht verziehen ließ.

»Sei froh, dass du überhaupt was zwischen die Zähne bekommst, undankbares Geschöpf. Unser Sauerkraut ist dir nicht gut genug, na, brauchst es nicht zu essen. Wirst dich eben mit den Klößen bescheiden.«

Hungrig von den Stunden in der Kälte, sammelte sich Speichel in Jeannes Mund, und sie schluckte, bevor sie sagte: »Euer Schwiegervater schickt mich, Gewürzwein, Brot, Schmalz und von der guten Wurst in die Stube zu bringen.«

Afra murmelte etwas Unverständliches, zeigte aber auf eine dunkle Wurst, die bereits auf dem Hackbrett lag. »Nimm davon und schneid dünne Scheiben vom dunklen Brot. Den Wein macht Ute warm und bringt ihn hinüber.«

Als der würzige Duft der Wurst in Jeannes Nase stieg, merkte sie erst, wie ausgehungert sie war. Heimlich stopfte sie sich eine Scheibe in den Mund und schluckte sie nahezu unzerkaut hinunter. Die kleine Ute schüttete mit zitternden Händen Wein in einen Topf. Während sie eine Stange Zimt und eine Handvoll zerstoßener Kräuter dazuwarf, schaute sie immer wieder auf die Wurst in Jeannes Hand. Mitleidig schnitt Jeanne eine dicke Scheibe ab und schob sie der Magd zu, doch Afra schien selbst im Rücken Augen zu haben, denn der lange Löffel knallte zwischen ihnen auf den Tisch und traf dann Utes Arm.

»Untersteh dich! Wer hat dir erlaubt, so frei mit meinem Essen umzugehen?« Drei Schläge gab Afra der armen Ute auf den Arm, der sich dunkel färbte, doch die Kleine biss die Zähne zusammen, und kein Ton kam über ihre Lippen.

»Aber es ist doch nur ein Stückchen …«, verteidigte sich Jeanne.

»Es ist nicht an dir, über meine Vorräte zu verfügen, und diese Magd bekommt Lohn und eine Mahlzeit am Tag. Das ist nach dem Gesetz. Du hast hier keine Sonderstellung, Madamchen, schreib dir das hinter die Ohren. Wenn ich dich beim Stehlen erwische, erhältst du eine Strafe wie jede Magd in meinem Haus!« Kalt musterte sie Jeanne. »Was dich und deinen Vater schützt, ist einzig die Großmut des alten Froehner. Nur ihm habt ihr zu verdanken, dass ihr hier untergekommen seid, und der liebe Herrgott allein weiß, welchen Narren er an Endres gefressen hat …«

Jeanne verkniff sich einen Kommentar, legte Wurst, Brot und eine Schüssel mit Schmalz auf ein Tablett und verließ die Küche. In der Stube fand sie Thomas vornübergebeugt und stark hustend auf einem Stuhl, ihr Vater saß mit besorgtem Blick daneben. Nachdem Thomas den Anfall überwunden und sich den Mund mit einem Tuch abgewischt hatte, lehnte er sich zurück. »Gib mir eine Scheibe mit Schmalz und Wurst, das bringt die Lebensgeister zurück.«

Jeanne reichte ihm das Gewünschte. »Ute bringt den Wein.«

Nickend machte Thomas eine einladende Geste, doch Endres zögerte. »Dein Husten hört sich böse an, Thomas.«

»Irgendwann klopft der Schnitter bei jedem an die Tür.« Thomas Froehner grinste. »Aber ich habe nicht vor, ihm meine so bald zu öffnen. Und solange mir noch Zeit verbleibt, will ich sie nutzen. Jeanne, dein Vater ist ein begabter Instrumentenbauer. Der beste, dem ich je begegnet bin, und ich habe viele gute Leute der Zunft kennengelernt – in Dresden, Leipzig und Böhmen.«

Endres räusperte sich, doch Thomas machte eine Handbewegung, und ihr Vater entgegnete nichts, sondern griff nach der Wurst. Jeanne tat es ihm gleich und genoss das Mahl, während sie aufmerksam lauschte, weil ihr zum ersten Mal jemand von Endres' Zeit in Sachsen berichtete.

Auch Thomas schien es zu genießen, denn er schloss die Augen und versank in der Vergangenheit: »Ich kam von Böhmen, hatte den Wagen voll mit Hölzern, Cistern für die Bergleute und einer Theorbe, die ihresgleichen suchte. Drüben in Böhmen haben sie exzellente Handwerker, nein, Künstler! Deren Instrumente singen von ganz allein. Nun, wir wollten einen Weg hinauf ins Gebirge einschlagen, da kamen wir an einer heruntergebrannten Hütte vorüber. Es müssen arme Waldbauern gewesen sein, die von Gesindel überfallen worden waren. Nur ein Junge hatte überlebt: Endres war vom Körper seiner toten Mutter geschützt worden. Kurzum, ich nahm ihn mit nach Hause, wo er sich gut machte und mir in der Werkstatt nicht mehr von der Seite wich. Er war wie mein Schatten und so gelehrig, wie ich mir meine Söhne gewünscht hätte.« Thomas machte eine Pause, denn Ute brachte den Gewürzwein. Verschämt zog sie den Ärmel wieder herunter, der beim Abstellen des Kruges die dunkel unterlaufene Verletzung entblößte.

»Afra?«, fragte Thomas mit gerunzelter Stirn. Ute senkte den Blick und rannte hinaus.

»Nun«, fuhr er fort, »Agathe war nicht begeistert von meinem böhmischen Mitbringsel und nannte Endres nur ein weiteres Maul, das es zu stopfen gelte. Dabei haben wir nie Hunger leiden müssen. Unsere Instrumente sind weit über die Grenzen Freibergs hinaus bekannt. Hin und wieder kommt jemand aus Dresden vom Hof und bestellt eine Laute oder Theorbe, und an die Bergarbeiter haben wir schon Dutzende Cistern verkauft. Und nicht zuletzt gibt es noch die Adelsfamilien, deren Töchter gern die Laute zupfen.« Thomas nippte an seinem Becher. »Jeanne, hol deine Laute und spiel uns etwas Französisches.«

Während Jeanne ihr Instrument stimmte, fuhr Thomas fort: »Ich schäme mich fast, es zu sagen, aber ich habe deinen Vater vom ersten Tag an, den er in unserem Haus war, mehr geliebt als meine Söhne.«

»Nicht, Thomas, sag das nicht«, murmelte Endres.

»Aber wenn es doch die Wahrheit ist. Ich bin alt, und meine Tage sind gezählt. Es lastet auf meiner Seele. Und ich danke Gott, dass er dich noch einmal zu mir geführt hat. Du hast das Talent, das ich bei meinen Söhnen vergeblich suchte. Und sie haben es von Anfang an gespürt. Ulmann hat in dir sofort den Konkurrenten gesehen. Ich habe keinen vorgezogen, das weiß der Herr, aber es hat an ihnen genagt, dass du alles besser vollbracht hast.« Mit einem tiefen Seufzer schloss Thomas die Augen und lauschte den schönen Tönen, die Jeanne ihrer Laute entlockte.

2

Gerwin saß auf der Bank vor dem offenen Feuer und zupfte die trockenen Blätter von Zweigen. Die kleinen, wohlriechenden Blätter sammelte er in einer Schale, aus der sich Hippolyt diejenigen heraussuchte, die er für seine Tinktur brauchte.

»Hast du es gehört, Hippolyt? Er beschimpft mich vor Fremden auf offener Straße. Was habe ich getan, dass Gott mich mit diesem Vater gestraft hat?«

»Das ist gotteslästerlich. Als guter Christ solltest du dein Schicksal annehmen.« Hippolyt lächelte schief. Sein Schädel war kahl, die Brauen dafür umso buschiger. Viele Jahre unter brennender Sonne hatten seine Gesichtshaut gegerbt und tiefe Falten um Nase und Mund eingegraben. Intelligente hellblaue Augen straften sein Alter Lügen.

»Das sagt jemand, der nicht an Gott glaubt.«

»Nicht so laut. Wir sind zwar in protestantischen Landen, aber das Leugnen Gottes vergelten die uns mit dem selbigen heißen Feuer wie die Papisten. Vergiss das nie, mein Freund!«

»Dich schätzen die Leute doch. Wer sollte dir krumm kommen?«

Hippolyt schob seinem Schüler einen Korb mit getrockneten Wurzeln zu. »Armer Gerwin, du musst noch viel lernen über die Menschen. Wer heute dein Freund ist, der kann dich schon morgen an den Galgen bringen.«

»Das ist nicht recht! Ich würde dich nie verraten!«

»Lass gut sein, Gerwin. Ich will dich nur zur Vorsicht gemahnen, dein Gottvertrauen in allen Ehren. Schau die Wurzeln, erinnerst du dich noch, wie sie heißen?«

Der junge Mann roch daran und rieb sie zwischen den Fingern, wobei ihm dichtes, dunkles Haar ins Gesicht fiel, ein Erbe seiner Mutter. Die Schönheit der Gudrun Waldeck war legendär gewesen, und kaum jemand hatte verstanden, dass sie Friedger Pindus geehelicht hatte, einen Säufer und Taugenichts.

»Alant«, sagte Gerwin.

»Gut. Was machen wir nun mit der Alantwurzel und dem Thymus, den du gerade zupfst?«

Gerwin musste nicht lange nachdenken. Seit vier Jahren verbrachte er jede freie Minute bei Hippolyt und sog auf wie ein Schwamm, was der weitgereiste Wundarzt ihm über das Heilen und die Herstellung von Arzneien vermittelte. Als Friedger entdeckt hatte, was sein Sohn heimlich trieb, hatte er ihn jedes Mal, wenn er ihn mit Hippolyt erwischte, geprügelt und ihm einmal sogar eine Rippe gebrochen. Nachdem Gerwin stärker geworden war als sein brutaler und meist betrunkener Vater, hatte dieser das Prügeln eingestellt und sich auf Drohungen und Pöbeleien beschränkt, wann immer er Gelegenheit dazu fand. Allein seiner jüngeren Geschwister und der Mutter wegen kehrte Gerwin noch nach Hause zurück, doch irgendwann würden sie ohne ihn auskommen müssen. Der Tag würde kommen, an dem Friedger das Fass zum Überlaufen brachte, und an diesem Tag, das fürchtete Gerwin, würde Gott keine Freude an ihm haben.

»Der Alant ist von der warmen und trockenen Art und wird in Wein gelegt, wo er zieht, bis …«

»Wenn wir aber keinen Wein haben?«, unterbrach Hippolyt ihn.

»Dann geht auch Honigwurz.« Er sah, wie Hippolyt nickte, und fuhr fort: »Der Auszug vom Alant ist wirksam gegen Lungenleiden, weil er die Materie abtreibt, und wird vor oder nach dem Essen eingenommen. Auch ist der Alant schweißtreibend und kann auf leichte Wunden gegeben werden, damit erst keine Materie austritt.« Die Scheite knisterten im Feuer, und Gerwin nahm die vielfältigen Düfte in der winzigen Stube des Heilers in sich auf. »Der Thymus nun ist als Öl bei Krätze und Läusen gut und wirkt gegen Würmer und Muskelzuckungen. Zu gleichen Teilen vermengt mit Alanttinktur hilft ein solcher Trank bei schwerem Husten.«

»Guter Junge! Und diesen Trank wollen wir heute bereiten, um ihn der armen Frau vom Säckler zu geben, die seit drei Monaten hustet und spuckt. Ich kann sie hören, wenn ich unten am Fluss bin. Der Husten scheint sie zu zerreißen.« Hippolyt schüttelte den Kopf. »Wäre sie doch bloß schon zu Beginn des Winters zu mir gekommen, dann hätte Arges abgewendet werden können.«

»Es gibt immer noch viele, die lieber zum Bader in Großhartmannsdorf gehen, obwohl dem vorige Woche schon wieder einer nach einer Extraktion gestorben ist.« Mehr als einmal war Gerwin Zeuge geworden, wie Bader Egbert mit schmutzigen Händen in den Mündern seiner Opfer herumfuhrwerkte und Zähne herausbrach, Furunkel mit einem rostigen Messer aufschnitt, Klistiere setzte und zur Ader ließ und die Leute mit Ratschlägen nach Hause schickte, die nicht selten tödliche Folgen hatten. Aber Egbert hatte eine kurfürstliche Urkunde in seinem Laden mit der zugehörigen Badestube hängen, die ihn als Vertreter seines Standes auswies. Außerdem gab es die Bademägde, die den Frauen rote Schminke aus Brasilholz oder weiße aus gepulvertem Panis porcinus aufschwatzten, und gegen diese exotischen Angebote schienen Hippolyts Heilkünste fade.

»*Stultorum infinitus est numerus.*[1]« Hippolyt zuckte nur mit den Schultern und goss ihnen einen Becher Gewürzwein ein.

Gerwin lachte und trank seinem Meister zu, der für ihn weit mehr als ein Lehrer geworden war. Der kluge Mann steckte voller Geschichten, und Gerwins Wissbegier war unersättlich. Vor allem wollte er verstehen, wie der menschliche Körper im Gleichgewicht zu halten war. Universitäten würden ihm auf ewig verschlossen bleiben, denn er hätte ein Studium niemals bezahlen können. Außerdem drängte es ihn nicht nach akademischen Ehren und

1 Die Zahl der Dummen ist unendlich.

Würden. Auf den Rang eines Doktors konnte er verzichten, wenn er nur lernen durfte, wie er den Menschen helfen konnte.

Gerwin entzündete eine weitere Lampe, damit sie besseres Licht zum Arbeiten hatten, als es laut an der Tür klopfte. Das schlichte Haus des Wundarztes stand etwas abseits am Dorfausgang, und Hippolyt war stolz auf seinen großen Kräutergarten und den Hang mit den Weinstöcken. Ganz in ihr Gespräch versunken, hatten die beiden Männer den Reiter nicht kommen hören, der vor ihrem Haus von seinem Pferd gestiegen war und nun mit Vehemenz gegen die Haustür schlug. »Heda! Aufmachen!«

»Wer kann das sein?« Gerwin ging zur Tür und kam in Begleitung eines herrschaftlichen Boten zurück. Der Mann trug lange Lederstiefel, ein ebensolches Wams, in dessen Gürtel ein Dolch und ein Kurzschwert steckten, und einen langen Umhang, den er schwungvoll zurückwarf.

»Wer von euch beiden ist der Wundarzt?«, fragte er barsch.

Zweifelnd sah Gerwin zu Hippolyt, doch der blieb gelassen und verschränkte die Arme vor seinem Bauch. »Wer will das wissen?«

»Mein Herr, Ritter Christoph von Alnbeck. Er befiehlt dich sofort auf sein Gut!« Obwohl der Ton des Boten unverschämt war, schwang echte Dringlichkeit darin mit. Er zog einen Umschlag aus einer Gürteltasche und warf ihn vor Hippolyt auf den Tisch. »Lies, wenn du kannst, Alter, und dann sputet euch. Ich nehme euch beide mit!«

»Scher dich zum Teufel, oder besser zu deinem Herrn. Wir lassen uns nichts befehlen«, blaffte Gerwin, doch Hippolyt, der die rasch hingeworfenen Zeilen überflogen hatte, winkte ab.

»Pack unsere Sachen, Gerwin, wir begleiten diesen Mann nach Dörnthal.«

Der Bote des Herrn von Alnbeck hatte geflucht, weil sie nicht über Reittiere verfügten, doch Pferde besaß in Helwigsdorff niemand, nicht einmal der alte Froehner. Gerwin trug die Tasche mit den Arzneien und Instrumenten und warf immer wieder besorgte Blicke auf seinen Meister, der sich schwer auf seinen Gehstock stützte. Wenn sie in diesem Tempo weitergingen, würden sie Dörnthal nicht vor der Dunkelheit erreichen.

»Eh, warum steigst du nicht mal ab und lässt den alten Mann ein Stück reiten? Dann kommen wir schneller zu deinem Herrn«, rief Gerwin dem Boten des Ritters von Alnbeck schließlich zu, der mit mürrischer Miene neben ihnen herritt.

Widerwillig stieg der Mann vom Pferd. »Kannst du überhaupt reiten?«

Hippolyt reichte Gerwin seinen Stock und stieg mit dessen Hilfe auf das Tier, das gutmütig wartete, bis der behäbige Mann im Sattel saß. Als Hippolyt die Zügel in die Hände nahm, glitt ein Lächeln über sein Gesicht. »Frag das den ehemaligen Leibarzt eines Sarazenenfürsten.«

Gerwin lachte, als er das überraschte Gesicht des Boten sah.

»Respekt! Ich hielt Euch für einen Quacksalber und zweifelte bereits am Verstand meines Herrn«, meinte der Bote. »Rainald mein Name«, fügte er deutlich freundlicher hinzu.

»Was genau ist denn mit dem Sohn deines Herrn geschehen? Dem Brief entnahm ich nur, dass er gestürzt sei«, fragte Hippolyt.

»Ein Sturz vom Pferd, einem wilden Biest, das er niemals hätte reiten dürfen!« Grimmig schüttelte er seine Faust. »Schuld hat ein Stallknecht, der es ihm erlaubt hat. Der Junge ist elf Jahre alt und eher schwächlich. Als der Gaul mit ihm durchging, fing er an zu schreien, aber bevor ich ihn einholen konnte, war er schon abgeworfen worden. Er stürzte unglücklich auf einen Stein und brach sich den Arm an mehreren Stellen. Das rechte Bein ist ebenfalls gebrochen, aber schlimmer sieht der Arm aus.«

»Sein Kopf?«

Rainald holte tief Luft. »Eine Beule, weiter nichts. Sagt, Medicus, habt Ihr Erfahrung mit Knochen, die durch die Haut stechen?«

Jetzt war es an Hippolyt, tief durchzuatmen. Er wechselte einen Blick mit Gerwin. »Bei ausgewachsenen Männern, nicht bei Knaben, aber wir werden sehen.«

Der Weg führte sie den Fluss entlang nach Süden, an der Höllermühle vorüber durch den Wolfsgrund und vorbei an Obersaida, bis sie schließlich die Türme des Ritterguts auf einer Anhöhe erblickten. Drei Bauernhöfe lagen dem von wildreichen Wäldern umgebenen herrschaftlichen Anwesen gegenüber. Unterhalb der festungsartigen Anlage schlängelte sich ein Bach durch die Wiesen. Der Ritter musste ein wohlhabender Mann sein.

Der Innenhof des Gutes bestätigte Gerwins Vermutung: Fette Gänse, Hühner und Enten liefen über den Misthaufen. Zwei große Jagdhunde trotteten umher, aus den Stallungen war das Wiehern von Pferden zu hören. Da störte ein Misston das Idyll. Jemand schrie, als würde er gefoltert.

Hippolyt brachte sein Pferd zum Stehen und ließ sich hinuntergleiten. »Wird jemand gezüchtigt?«, fragte er Rainald.

»Der Stallknecht. Wenn er Glück hat, verbleibt noch ein Fetzen Haut auf seinem Rücken, dann dauert das Sterben länger«, meinte der Mann des Ritters lapidar.

Gerwin ahnte, dass ein Stallknecht dem Sohn seines Herrn wohl kaum eine Bitte abschlagen konnte, ohne Gefahr zu laufen, dafür bestraft zu werden. »Ist das nicht zu hart?«

»So ist das Gesetz. Der Herr entscheidet über unsere Leben. Und Ihr solltet nicht säumen, sondern Euch sogleich beim Hausvorsteher Wiklef vorstellen. Dort drüben ist der Eingang.« Rainald zeigte auf eine Holztreppe. Sie führte auf einen Balkon, der den gesamten ersten Stock umlief.

Mit gemischten Gefühlen folgte Gerwin seinem Meister. Sollten sie dem Schwerverletzten nicht helfen können, würde die Situation rasch unangenehm werden. Hippolyt schien ähnliche Gedanken zu hegen, denn er griff nach Gerwins Arm. »Kein Wort! Überlass mir das Reden und tu nur, was ich von dir verlange.«

»Ist gut.«

Hippolyt nickte, straffte den Rücken und stieß den Gehstock mit Wucht auf die Stufen. Kaum hatten sie die Hälfte der Treppe erklommen, als ein kleiner Mann mit langen grauen Haaren und den hektischen Bewegungen eines Wiesels auf sie zugelaufen kam. Sein Gesicht war spitz, die Nase ragte nach oben, und da ein Auge unbeweglich war, wusste man nicht, ob der Hausvorsteher einen ansah oder nicht. »Endlich! Warum habt Ihr so lange gebraucht? Der Herr ist schon in Rage. Kommt, folgt mir!«

Gerwin verdrehte die Augen. »In Rage, o je, o je …«

»Gerwin!«, zischte Hippolyt. Seite an Seite gingen sie schnellen Schrittes an verschiedenen Türen vorüber, hinter denen Gerwin Geflüster und Getuschel vernahm.

Eine junge Dienerin hielt mit gesenktem Blick an, um sie vorbeizulassen. Der Herr des Gutes schien ein strenges Regiment zu führen, denn die Dienstboten glichen seelenlosen, ängstlichen Schatten. Wenn Ritter von Alnbeck mehr durch Furcht als durch verdienten Respekt seine Leute im Griff hielt, würde das den Behandlungsverlauf möglicherweise schwierig gestalten.

Ruckartig blieb Wiklef vor einer Tür an der Stirnseite des hufeisenförmigen Gutes stehen, klopfte kurz, stieß die Tür auf und hieß sie mit einer tiefen Verbeugung eintreten. Der Gestank von Fäulnis und Ausfluss schlug ihnen entgegen und ließ Schlimmes befürchten. Nachdem ihre Augen sich an das schummrige Licht gewöhnt hatten, machten sie ein Baldachinbett in der Mitte des Schlafgemachs aus. Schwere Brokatvorhänge verdeckten das Fenster, vor dem an einem Tisch zwei Frauen mit sorgenvollen Mienen saßen. Mehrere Teppiche dämpften die Schritte und zeugten vom Reichtum der Alnbecks.

Als sie sich dem Bett näherten, trat aus seinem Schatten ein hochgewachsener Mann. »Wiklef!«, herrschte er den Hausvorsteher an.

»Ja, mein Herr?«, winselte der Mann.

»Nimm die Frauen mit hinaus. Das hier ist nichts für zimperliche Weiber.«

Die ältere der beiden Damen erhob sich, wobei die seidenen Röcke raschelten und ihr Geschmeide glitzerte. Doch ihr Gesicht war sorgenvoll, grau und verhärmt. Nur noch Spuren ihrer einstigen Schönheit waren zu erahnen. Mit gesenktem Kopf flüsterte sie: »Christoph, ich bitte Euch! Ich flehe Euch an, mich bei meinem Sohn zu lassen. Er braucht mich!«

Christoph von Alnbeck musterte seine Gattin kühl. Aus seinen herrischen Zügen sprach die Gewohnheit zu bestimmen. Von Kopf bis Fuß war er der selbstherrliche Gutsbesitzer, der auf seinem Land über Leben und Tod entschied: Sein ausgeprägtes Kinn wurde von einem Spitzbart geziert, über der Oberlippe prangte ein gestutzter Schnurrbart. Dunkle Locken waren hinter die Ohren gestrichen und gaben eine hohe Stirn frei. Wams und Kniehosen saßen tadellos am kräftigen Körper des Ritters, der das vierte Lebensjahrzehnt beendet haben mochte. Als er jedoch anhub zu sprechen, ruhten seine Augen milde auf seiner Frau: »Elisabeth, es ist zu Eurem Wohle und zum Wohle unseres Sohnes. Nehmt Adelia mit und esst etwas, während ich mich mit dem Medicus bespreche.«

Elisabeth von Alnbeck ging zum Krankenlager und beugte sich über den schmalen Jungen, um ihm einen Kuss auf die Stirn zu drücken. Dann verließ sie mit ihrer Zofe den Raum.

Alnbeck wartete, bis die Tür sich hinter den Damen geschlossen hatte. »Es ist nur einem Zufall zu verdanken, dass ich von der Existenz eines so berühmten Medicus erfuhr. Der Freiherr zu Castelnau beehrte mich kürzlich mit seiner Anwesenheit und erwähnte Euch, doch später mehr davon. Bitte, tretet näher. Mein Sohn Leander ist schwer vom Pferd gestürzt.«

Er schlug das Laken zurück, unter dem der blasse Junge mit geschlossenen Augen lag. Sein Atem ging stoßweise, und die Stirn, auf der eine enteneigroße Beule prangte, glänzte vom Fieber. Die

Gesichtshaut war so dünn, dass das bläuliche Netz der Adern sich darunter abzeichnete. Gerwin hatte seinem Meister den Umhang abgenommen und auch seinen eigenen auf einen Stuhl gelegt. Nun trat er neben Hippolyt an das Krankenlager, dessen Gestank ihm schier den Atem nahm.

Hippolyt hob ein Tuch, welches den unnatürlich gekrümmten Arm des Jungen bedeckte. »Heilige Mutter Gottes!«, entfuhr es ihm, was ihm einen strafenden Blick des Ritters einbrachte. Das Anrufen von Heiligen oder der Heiligen Jungfrau war papistisch und höchst verpönt.

Doch das Bild, das sich ihnen bot, war erschütternd: Leander musste so unglücklich gestürzt sein, dass mehrere Knochen des Unterarmes gebrochen waren und jetzt die Haut wie ein Nadelkissen durchstachen. Die weißen Knochensplitter ragten aus bereits schwärendem, dunkelrot verfärbtem Fleisch hervor. Gelbliche Materie und schwärzlicher Ausfluss sickerten aus den vielen Wunden und verursachten den Gestank. Das Bein lag geschient und verbunden.

»Wer hat sich den Arm angesehen? War denn kein Arzt in der Nähe?«, fragte Hippolyt und krempelte sich die Hemdsärmel hoch.

Der Junge wimmerte im Schlaf und warf den Kopf hin und her.

»Der Medicus aus Sayda war hier und hat das Bein gerichtet. Auf den Arm hat er eine Tinktur gegeben und gesagt, dass die bösen Säfte zuerst abfließen müssten, bevor er ans Richten gehen könne. Er wollte morgen wiederkommen, aber heute sieht es doch arg aus, und der Medicus war nicht zu erreichen. Nun, da dachte ich an Euch. Also, was ist zu tun?«, fragte Christoph.

»Amputation«, entschied Hippolyt ohne einen Moment des Zögerns.

»Nein!«, rief der Vater. »Leander ist mein einziger Sohn, mein einziges Kind, mein Erbe. Er soll seinen Arm behalten. Ohne Arm ist er ein Krüppel. Niemand wird ihn respektieren!«

»Gut, dann behält er seinen Arm und geht damit ins Grab. Ich gebe ihm noch zwei Tage. Gerwin, wir haben hier nichts weiter verloren.« Hippolyt, der sich über den Jungen gebeugt hatte, erhob sich, ließ sich seinen Gehstock geben und wollte sich abwenden, wurde jedoch von Alnbeck zurückgestoßen.

»Ihr geht, wenn ich es will, und Ihr tut, was ich sage. Dafür werdet Ihr entlohnt. Und ich befehle Euch, meinem Jungen den Arm zu retten. Schneidet ihn auf, holt die Knochensplitter heraus und flickt ihn zusammen, aber rettet seinen Arm!« Alnbecks Augen flackerten, und an seiner Schläfe pochte eine Ader.

Mit einem Streich seines Degens könnte er sie beide töten, und niemand würde sich darum scheren. Es dämmerte Gerwin, dass der andere Medicus die Gefahr erkannt und sich beizeiten aus dem Staub gemacht hatte. Hippolyt jedoch war aus ebenso hartem Holz geschnitzt wie der Edelmann und ließ sich nicht einschüchtern.

»Lasst mich eines klarstellen, werter Ritter: Ich bin gekommen, weil ein Kranker meine Hilfe brauchte, nicht, weil ich einem Befehl folgte, und auch nicht, weil mich die großzügige Bezahlung lockte. Würde ich für Geld kurieren, wäre ich in Damaskus geblieben, wo mir ein wahrhaftes Paradies geboten wurde.« Hippolyt stieß den erschrockenen Ritter mit seinem Stock beiseite und zeigte auf den entzündeten Arm. »Seid Ihr blind für die Wahrheit? Riecht Ihr den Gestank von Fäulnis nicht? Der Arm hätte sofort abgenommen werden müssen, bevor die Gifte den Körper verseuchen.«

»Der Medicus aus Sayda hat einen Trank dagelassen und gesagt, dass der die Gifte ausschwemmen wird«, beharrte Alnbeck.

Hippolyt entdeckte eine Flasche auf einem Hocker neben dem Bett, zog den Korken heraus und schnupperte daran. »Ein Kräuterlikörchen! Weiter nichts! Das könnt Ihr selbst trinken, hier!« Er streckte dem Ritter die Flasche entgegen, der sie nahm und gegen die Wand feuerte.

Gerwin sah, wie der Mann vor ohnmächtiger Wut zitterte, und bewunderte die Kaltblütigkeit seines Meisters.

»Ihr besteht also auf Eurer Diagnose, dass der Arm abgenommen werden muss?«, zischte Alnbeck.

Hippolyt nickte.

»Dann tut es, aber Gnade Euch Gott, wenn mein Sohn trotzdem stirbt!«

Plötzlich schlug der Junge die Augen auf und sah suchend um sich. Er hob den Kopf, entdeckte den verletzten Arm und begann zu weinen. »Es tut so weh! Vater, es tut so weh!«, schluchzte er und verlor erneut das Bewusstsein.

»Gerwin, bereite alles vor. Wir brauchen heißes Wasser und Branntwein.«

Gerwin nickte und holte die chirurgischen Instrumente aus der großen Umhängetasche. Als er die Säge auf den Schemel legte, wandte Christoph von Alnbeck sich mit knirschendem Kiefer ab.

Bevor sie jedoch mit ihrer blutigen Arbeit begannen, öffnete Hippolyt den Verband des Beines, das zu seiner Zufriedenheit versorgt war. »Hätte die Fäulnis dort ebenfalls schon eingesetzt, wäre alles vergebens. So gibt es einen Funken Hoffnung«, flüsterte er Gerwin zu.

Alnbeck rief Wiklef und eine Dienerin herein, die frische Tücher, Schüsseln und klares Wasser brachten.

»Nur einen Funken?«, sagte Gerwin ebenso leise.

»Der Rest liegt in Gottes Hand …«

Gerwin wischte dem Jungen über das Gesicht und betrachtete besorgt den zarten Körperbau. Der Brustkorb war leicht eingefallen, wie es bei vielen Kindern vorkam. Und dieses Kind war kurzatmig und wenig belastbar.

Hippolyt goss reichlich Branntwein auf den Arm, erhitzte seine Instrumente im Kaminfeuer und übergoss diese ebenfalls mit Branntwein. Dann band er den Arm oberhalb der Elle ab und befahl Gerwin, Wiklef und dem Vater, den Jungen festzuhalten. Das scharfe Skalpell durchtrennte die Sehnen mit Leichtigkeit, und es genügten wenige Züge mit der Säge, den dünnen Kinderknochen zu durchtrennen.

Alnbeck schrie auf, als der Arm seines Sohnes abgetrennt auf dem Laken lag. In diesem Augenblick stürzte seine Frau zur Tür herein und fiel in Ohnmacht.

Mit einem Auge beobachtete Gerwin das familiäre Drama. Immer wieder suchte er im Gesicht des arroganten Edelmanns nach einem Hinweis darauf, woher er den Mann kennen möge, denn er wurde das Gefühl nicht los, ihm schon einmal begegnet zu sein.

3

Von allen Räumen des Froehnerhauses war Jeanne die Werkstatt der liebste. Als sie dort neben ihrem Vater saß und ihre Laute spielte, fühlte sie sich an ihre verlorene Heimat erinnert. Hin und wieder sah Endres auf, legte sein Werkzeug nieder und lauschte der Musik. »Du hast denselben Anschlag wie deine Mutter, Jeanne. Wüsste ich es nicht besser, könnte ich glauben, Christine spielt dieses Madrigal. De Rore?«

Jeanne nickte und spielte weiter. Sie liebte die Werke des Cyprian de Rore, diese herrlichen chromatischen Madrigale. Die Musik des Niederländers, der den Großteil seines Lebens in Italien verbracht hatte, war farbenfroh und bildreich. Durch die Anwendung der Chromatik, des Einfügens von Versetzungszeichen, welche die sieben Grundtöne der Tonleiter um Halbtöne erhöhen oder erniedrigen konnten, wurde die Musik ausdrucksstärker und erschütterte Musiker und Zuhörer gleichermaßen.

Die friedliche Stimmung wurde jäh unterbrochen, als die Tür aufschwang und Afra hereinkam. Mit dem Finger auf Jeanne zeigend zeterte sie los: »Schlimm genug, dass wir diese beiden durchfüttern, aber dass sie mitten am Tage hier sitzt, während wir arbeiten, das ist die Höhe! Wir haben noch Wäsche zu machen! Sie ist ein nutzloses, verwöhntes Ding, zum Wäschereiben reicht es gerade. Komm sofort her!«

Bevor er ihr zu Hilfe eilen konnte, wurde Thomas, der an seiner Werkbank saß, von einem Hustenanfall überwältigt, und Jeanne fügte sich in ihr Schicksal. Sorgsam legte sie die Laute ab und folgte Afra, deren triumphierender Blick nichts Gutes verhieß. Die Töne klangen noch in Jeanne nach und füllten sie mit Wärme und Bildern einer glücklichen Vergangenheit. Wortlos ging sie über den Hof in das Waschhaus, wo Franz das Feuer am Kessel in Gang hielt und die Magd Zilla die geschrubbte Wäsche spülte.

Franz zerbrach etwas Reisig, stopfte es unter den Kessel und stellte sich dicht hinter Jeanne, die sich über das Waschbrett beugen musste, um die eingeweichten Hemden und Tücher mit streng riechender Seife zu bearbeiten. Als sie seine Hand auf ihrem Gesäß spürte, fuhr sie herum und schleuderte ihm ein nasses Hemd ins Gesicht. »Lass deine dreckigen Finger von mir!«

Empört wischte sich Franz die Augen und holte aus, um sie zu schlagen, doch Jeanne war schneller und sprang hinter den Kessel, in dem es brodelte und dampfte. »Komm mir zu nahe, und ich kippe die Brühe aus!«

»Das wirst du nicht wagen …« Seine Wangen waren rot vor Hitze und Zorn.

Zilla stand regungslos an ihrem Trog und atmete kaum.

»Lass es drauf ankommen!« Jeanne packte den Griff des Kessels und rüttelte daran, so dass Wasser herausspritzte und zischend ins Feuer tropfte.

Franz kniff die Augen zusammen und schien zu dem Schluss zu kommen, dass das Risiko einer Verletzung größer war als die Möglichkeit, Jeanne hier zu packen. Er besann sich und lachte auf. »Warum hast du nur solche Furcht vor mir? Ein bisschen Spaß hat noch keiner geschadet. Nicht wahr, Zilla?« Seine leicht vorquellenden hellen Augen musterten anzüglich die prallen Brüste der Magd. »Weiber sind doch alle gleich …« Dann ging er hinaus.

Jeanne ließ den heißen Griff los und steckte die geröteten Hände in das kalte Spülwasser der Magd. »Was für ein Mistkerl!«

Zilla war ein kräftiges Mädchen mit einem hübschen, runden Gesicht und üppiger Figur. Ihre Kleidung war abgetragen und an vielen Stellen geflickt, die Hände aufgequollen und abgearbeitet. »Du solltest nicht so mit ihm sprechen. Franz ist keiner, der Widerworte hinnimmt. Er bekommt, was er will.«

»Mich nicht.« Jeanne nahm die Hände aus dem Wasser und begutachtete sie, doch es waren keine Verbrennungen zu sehen.

»Ich bin nur eine einfache Magd, aber so, wie es aussieht, ist auch deine Stellung hier nicht besonders gut. Du musst dich vorsehen. Franz ist besessen, verstehst du?«, flüsterte Zilla und sah sich ängstlich um.

»Wie meinst du das?«

»Er denkt ständig nur an …« Sie deutete zwischen ihre Beine.

»Das habe ich gemerkt.« Franz war nicht weniger gefährlich als seine Mutter. Jeanne erinnerte sich an Afras Drohung. »Hier liegt einiges im Argen. Wie steht es denn in Sachsen mit der Verfolgung von Hexerei?«

Erschrocken legte Zilla einen Finger an die Lippen. »Darüber solltest du nicht sprechen. Hat Afra gedroht, dich zu denunzieren?«

Jeanne nickte.

»Das macht sie gern, weil alle Angst davor haben. Jeder kann zum Gericht gehen und eine Denunzierung aussprechen. Der Beklagte erfährt nie, wer das getan hat.« Die Magd verzog den Mund und sah zur Tür. »Schlau, nicht? So hat keiner Hemmungen, falsches Zeugnis abzulegen. Außerdem bekommt der Denunziant ein Drittel vom Vermögen des Beklagten, wenn der im Prozess verurteilt wird. In jedem Fall sind ihm zwei Gulden sicher.«

»Das wusste ich nicht! Und werden viele verurteilt?« Im Languedoc war es während der Verfolgung der Waldenser zu zahlreichen Verbrennungen angeblicher Hexen gekommen. Seit dem offenen Ausbruch des Religionskonflikts waren solche Prozesse seltener geworden, und es war ein offenes Geheimnis, dass es dabei nur um die Konfessionszugehörigkeit ging.

»Es kommt oft genug vor, deshalb ist es gut, wenn die Leute wissen, dass man fromm ist. Andererseits ist es hier wie überall: Hat man die richtigen Freunde, ist man einigermaßen sicher.« Zilla sah sie zweifelnd an. »Du bist eine Fremde und glaubst an die Lehre des Calvin, der hier nicht gut angesehen ist. Sei vorsichtig!«

»Aber ich bin arm wie eine Kirchenmaus«, grinste Jeanne.

»Trotzdem, es gibt viele Gründe, jemanden zu verraten …«

Die plötzlich aufschwingende Tür ließ die jungen Frauen zusammenzucken.

»Was ist hier los? Geh ans Waschbrett! Von allein tut sich die Arbeit nicht!«, befahl Agathe, die mit dem Arm voller schmutziger Wäsche hereinkam.

Das Waschen zog sich über sieben Tage hin, denn die Wäsche aus zwei Haushalten wurde über sechs Wochen gesammelt und dann gesäubert. Am Sonnabend wurde die Wäsche zum Trocknen aufgehängt. Abends waren Jeannes Hände geschwollen und rissig, und sie hätte weinen können, denn die Saiten der Laute würden ihre Fingerkuppen zum Aufplatzen bringen. Ans Spielen war nicht zu denken. Traurig ging sie vor dem Schlafengehen in die winzige Dachkammer ihres Vaters. Zumindest war der Raum trocken, denn hier lagerte Thomas einen Teil seiner wertvollen Hölzer.

Ihr Vater saß mit dem Rücken zu ihr an einem winzigen Tisch und schrieb beim Licht einer Kerze. Versunken in seine Gedanken, hörte er sie nicht eintreten, und die Feder kratzte weiter über das Papier.

»Vater«, sagte sie leise und berührte ihn an der Schulter.

»Setz dich, ich bin gleich fertig.« Er deutete auf den Strohsack, der seine Bettstatt war.

Es raschelte hinter dem Holzstapel, und eine fette Maus rannte über die dünnen Spalten. Solange es sich nicht um eine Ratte handelte, blieb Jeanne gelassen, doch die riesigen Biester mit den nackten Schwänzen, die Menschen genauso wie Tiere anfielen, hasste sie.

Erschöpft von einem vierzehnstündigen Arbeitstag sank Jeanne auf die Decken und griff nach der kleinen Schatulle, die neben dem Kopfkissen ihres Vaters auf dem Boden stand. Aus edlen Obst- und Nusshölzern gefertigt, passte das Kästchen in ihre geöffneten Handflächen. Es war so exakt geschnitzt, dass es keiner Schließe bedurfte, der Deckel saß nahtlos auf dem Unterboden. Sie drückte es an ihre Lippen.

»Wir hätten sie in französischer Erde bestatten sollen.« Jeanne brauchte nur die Augen zu schließen, um das vertraute Gesicht ihrer Mutter vor sich zu sehen, und sie wünschte sich nichts mehr, als sie noch einmal in die Arme schließen zu können.

»Jeanne, gib mir das Kästchen«, bat ihr Vater leise.

Sie reichte es ihm, dankbar dafür, dass er ihr das Andenken an ihre Mutter bewahrt hatte, indem er ihr verboten hatte, ihm in die Trümmer ihres Elternhauses zu folgen.

»Auf diese Weise ist sie bei uns.«

Die Ehe ihrer Eltern war überaus glücklich gewesen, und Jeanne wusste, dass es keiner Asche bedurfte, um ihren Vater an seine verstorbene Frau zu erinnern.

»Du hast mir immer noch nicht gesagt, wieso du dich mit Ulmann zerstritten hast.« Sie hatte nicht vergessen, was Thomas an jenem Abend zu erzählen begonnen hatte, und da ihr Vater das Thema von selbst nicht anschnitt, musste sie ihn einfach danach fragen.

Endres stellte das Kästchen auf den Tisch und ließ den Kopf in die Hände sinken. »Es ist, wie es ist, Jeanne. Ulmann kann seinem Vater nicht vergeben, dass er mich ihm vorgezogen hat und es immer noch tut.«

»Und?«, bohrte Jeanne weiter.

Endres starrte auf die dünn gesägten Holzleisten, von denen ein feiner Duft ausging. An den Maserungen war zu erkennen, dass Ahorn, Esche, Kirsche und Birne darunter waren und nicht zuletzt Eibe, eines der kostbarsten und begehrtesten Hölzer für den Bau von Lauten. »Was hier lagert, ist Gold wert. Thomas wollte mir alles geben, seine Werkstatt, sein Holz, die Aufträge, alles.«

Jeanne sog scharf die Luft ein. Das war allerdings ein Grund für Ulmann, den Findling zu hassen. »Du hast es ausgeschlagen?«

»Anfangs nicht. Das Schicksal hatte mir einen Vater geschenkt, warum sollte ich nicht annehmen, was er mir geben wollte? Ich hätte es verdient. Meine Instrumente singen – bei jeder Saite, die gezupft wird, klingen Tonreihen von größter Klarheit mit. Ulmann wird das niemals erreichen, und das Bizarre ist, er kann nicht verstehen, warum, weil er den Unterschied einfach nicht hört!«

Jeanne freute sich im Stillen über das Leuchten in den Augen ihres Vaters, wenn er über seine Instrumente oder die Musik sprach. Die Kerze flackerte, und draußen heulte ein Hund. Im Haus wurde es still. Jeanne zog fröstelnd den Umhang enger um sich. Ihr Vater stand auf, setzte sich neben sie auf den Strohsack und zog sie an sich. »Besser?«

Sie nickte und legte ihren Kopf an seine Schulter. »Wie hat Ulmann es aufgenommen, als er hörte, dass du alles erben sollst?«

»Gewütet hat er, als hätte die Hölle sich aufgetan! Und natürlich haben Dietmar und Walter sich ebenfalls gegen mich gewandt.«

Dietmar und Walter waren Ulmanns jüngere Brüder und lebten in Randeck. Es war zu erwarten, dass sie früher oder später hier auftauchten, doch sie sehnte den Besuch der streitbaren Froehnerbrüder nicht herbei.

»Bevor sie mich totprügeln konnten, bin ich gegangen.«

Jeanne spürte, dass das nicht alles war. Irgendetwas verheimlichte ihr Vater, doch sein letzter Satz hatte so abschließend geklungen, dass weiteres Nachfragen zwecklos gewesen wäre.

»Was hast du gerade geschrieben?«

»Einen Brief an Conrad Nothmann, eine Art dritter Kapellmeister am Dresdner Hof. Vor Jahren war er in Frankreich und hat eine siebenchörige Laute von mir gekauft. Ich setze keine allzu großen Hoffnungen auf meine Bittschrift, doch was bleibt uns als Hoffnung?«

»Wir könnten zurückgehen, Vater. Mutters Familie wird uns helfen!«, flehte sie, auch wenn sie die Antwort schon kannte.

»Nein! Ihre Familie trägt die Hauptschuld an ihrem Tod. Sie haben sich eingemischt in diesen wahnwitzigen Krieg der Religionen, der Glaubensbrüder! Der Name de Bergier steht auf der schwarzen Liste der Guisen, weil dein Onkel sich an diesem verfluchten Attentat auf François de Guise beteiligt hat. Zum Teufel mit ihm!«

Sie drückte sich an ihn und spürte, wie sein Herz raste. Julian de Bergier, der jüngere Bruder ihrer seligen Mutter, war ein hitzköpfiger Fanatiker und pflegte eine Fehde mit den mächtigen Guisen, deren Einfluss von Tag zu Tag wuchs. Hinter vorgehaltener Hand hieß es, dass Henri de Guise die Hände nach der Krone ausstreckte. Es sich in unruhigen Zeiten mit den Großen zu verscherzen war unbesonnen, aber nicht immer vermeidbar und vom Standpunkt eines ehrbaren Hugenotten vielleicht sogar zwangsläufig. Nicht jedoch für ihren Vater, der jede Art kriegerischer Auseinandersetzung ablehnte, und das nicht zuletzt, weil ihn der Glaubenskrieg seine Frau gekostet hatte.

»Ach Jeanne. Papisten, Hugenotten, Protestanten, wo ist der Unterschied? Ich weiß es selbst nicht zu sagen, denn selbst von den Kanzeln schreien sie nach Blut. Sonntags wird in jedem Winkel Frankreichs das Töten gepredigt. Blinde Eiferer, wohin man sieht, die sich die absolute Wahrheit ihrer jeweiligen Religion auf die Fahnen schreiben. Tyrannei, die eine wie die andere Seite! Ich wollte dem entfliehen, dich vor den Guisarden schützen und dir ein friedliches Leben bieten.«

Sie schwieg und dachte an Franz, vor dem sie sich fürchtete wie vor einem königlichen Marodeur.

»Hätten wir doch die Papisten behalten. Mit ihren Heiligen und den zusätzlichen Feiertagen kamen sie den Bedürfnissen der armen Leute mehr entgegen als jetzt die Protestanten«, sinnierte ihr Vater. »Die vielen Festlichkeiten waren immerhin Unterbrechungen des Alltags, Atempausen vom harten Leben, dem Leidensweg, der mit der Geburt beginnt und erst im Grab endet.«

»Sag das nicht. Die Pfaffen haben es zu wild getrieben. Wer wollte noch glauben, dass Gott durch diese verderbten Gesellen spricht?« Jeanne spürte die Anstrengungen des langen Tages und gähnte.

»Genug geschwätzt, geh zu Bett.« Endres nahm ihre Hände und streichelte darüber. »Wenn alles gut geht, werden wir nicht lange hierbleiben müssen, *mignonne*.« Er küsste sie auf die Stirn und lächelte zuversichtlich.

»Gute Nacht, Vater.«

Sie teilte sich die enge Kammer am Ende des Ganges mit Zilla, die bereits fest schlief. Jeanne streifte den Umhang ab, bürstete ihre Haare, benetzte sich das Gesicht mit eiskaltem Wasser aus einer Schüssel, legte Mieder und den oberen Rock ab und schlüpfte zu der Magd unter die Decke. In ihren Träumen spielte sie Laute vor Damen und Herren mit gepuderten Haaren und glitzernden Roben.

Am nächsten Tag stand Jeanne in der Wäschekammer, als ein markerschütternder Schrei durchs Haus gellte. Beinahe hätte Jeanne sich die Plättglocke auf die Hand fallen lassen. Zischend sank das heiße Eisengerät stattdessen auf das Hemd. Jeanne fluchte, als sie den Brandabdruck entdeckte. Doch als Erstes musste sie sich vergewissern, dass mit ihrem Vater alles zum Besten stand. Sie setzte die Plättglocke auf den Rost und rannte von der Wäschekammer hinüber in die Werkstatt, wo sie Ulmann und Thomas sah.

»Vater?«, rief sie aufgeregt, doch da trat Endres schon hinter einem Regal hervor. »Hol Afra, nein, gleich den Medicus«, sagte er mit besorgter Miene.

Erst jetzt sah Jeanne die Blutlache auf dem Boden neben Franz, der sich weinend die Hand hielt. »Er hat sich böse geschnitten. Lauf, Jeanne. Bring Hippolyt mit!«

Auch Afra kam nun hereingestürzt und schrie beim Anblick des verletzten Sohnes: »O Franz, mein armer Junge!«

»Er hat sich den Schnitzer in den Ballen getrieben. Dummkopf! Tausendmal habe ich gesagt, du sollst das Werkzeug in die entgegengesetzte Richtung treiben! Aber nein, der junge Herr weiß es besser!«, schimpfte Ulmann.

»Ach, hör auf. Du siehst doch, wie das Blut herausschießt. Franz, Liebling.« Afra riss ein Stück von ihrer Schürze ab und wickelte es geistesgegenwärtig um die aufgeschnittene Hand.

Die Verletzung sah böse aus, und obwohl sie Franz verabscheute, empfand Jeanne Mitleid, holte ihren Umhang und rannte hinaus. Sie kannte die scharfen Werkzeuge der Instrumentenmacher, mit denen ihr Vater in seiner Werkstatt in Frankreich gearbeitet hatte. Die stets geschliffenen und auf Hochglanz polierten Werkzeuge waren sein Stolz und neben dem teuren Holz sein Kapital gewesen. So schnell sie konnte, lief sie durch den kalten Nieselregen ans Ende des Dorfes zum Haus des Wundarztes.

Aus dem Schornstein stieg kein Rauch auf, und die Läden waren verriegelt, so dass sie sich nicht wunderte, als niemand auf ihr Klopfen antwortete. Sie schaute um die Hausecke, konnte aber auch im Garten und zwischen den Bäumen niemanden entdecken. Vergeblich rief sie mehrmals laut nach dem Medicus und gab schließlich auf.

Auf der Dorfstraße sah sie eine Frau und ein Mädchen in Wollmänteln, die einen Korb mit Reisig zwischen sich trugen.

»Gott zum Gruße. Ich suche den Medicus, Hippolyt ist sein Name.«

Die ältere Frau war mager und verhärmt, musterte sie jedoch interessiert mit ihren hellen blauen Augen. »Ihr seid nicht von hier.«

Jeanne hatte Mühe, die stark dialektgefärbte Sprache zu verstehen. »Nein. Mein Vater und ich kommen aus Frankreich. Wir sind bei den Froehners zu Besuch.«

»Aber ja, Ihr seid die Hugenotten, die Friedger hergebracht hat!« Die Frau biss sich auf die Zunge und versicherte schnell: »Er hat es uns erzählt. Ich bin Gudrun Pindus, Friedger ist mein Mann.«

»Bitte, gute Frau. Ich will nicht unhöflich sein, aber es hat einen Unfall gegeben, und wir brauchen dringend einen Medicus«, drängte Jeanne.

»Hippolyt ist fortgerufen worden. Gerwin, mein Sohn, hat ihn begleitet«, sagte Frau Pindus.

Ihre Tochter ruckte ungeduldig am Korb und warf einen neidvollen Blick auf Jeannes dicken Umhang. Ihre eigene Kleidung war zerschlissen und voller Flicken, die nackten Füße waren mit Lumpen umwickelt.

»Wann kommen sie zurück?«, fragte Jeanne.

»Was weiß ich. Mir sagt keiner Bescheid. Komm, Hedwig.« Frau Pindus und ihre Tochter ließen Jeanne stehen, die den ärmlichen Gestalten nachblickte und unverrichteter Dinge zum Froehnerhaus zurückkehrte.

Man hatte Franz inzwischen in die Küche gebracht, wo er mit bleichem Gesicht den durchbluteten Verband an seiner Hand anstarrte. »Ich werde nie wieder arbeiten können …«

»Reiß dich zusammen, Junge!«, herrschte Thomas ihn an und

seufzte, als er Jeannes Nachricht hörte. »Der Schnitt ist zu tief, der muss genäht werden, sonst wächst das nicht wieder zusammen.«

»Dann müssen wir zum Bader nach Großhartmannsdorf. Na los, Franz, steh auf. Laufen kannst du ja wohl noch.« Ulmann sah sich unwillig um. »Immer nur Ärger mit dem Burschen. Afra, bring unsere Mäntel. Wir machen uns unverzüglich auf den Weg, dann sind wir am Nachmittag dort, übernachten im Gasthaus und sind morgen Mittag zurück. Was mich das kostet!«

Jeanne konnte nur schwer ihre Erleichterung darüber verbergen, für kurze Zeit von Franz' Gegenwart befreit zu sein, und bückte sich nach einem Eimer.

»Was soll das?« Agathe war dazugekommen. »Willst du dich wieder vor der Arbeit drücken?«

»Ich gehe das Blut in der Werkstatt aufwischen, wenn's recht ist.« Jeanne packte den Eimer und einen Lappen und ging in den Hof, wo Zilla gerade Wasser vom Fluss heraufbrachte.

»Gibst du mir etwas davon?«, bat sie die Magd, die ihrer Bitte sogleich nachkam, obwohl das bedeutete, dass sie den beschwerlichen Gang zum Fluss noch einmal machen musste.

»Franz hat sich verletzt und geht mit seinem Vater zum Bader nach Großhartmannsdorf«, erklärte Jeanne.

»Des einen Pech, des andern Glück«, meinte die Magd und sah sich nach der Hintertür um. »Ist er schwer verletzt?«

»Tiefer Schnitt in der Hand.«

Zilla spuckte aus. »Hoffentlich verreckt er dran, aber den Gefallen tut er uns sicher nicht.«

Die beiden Frauen beeilten sich, ihre Eimer aufzunehmen, als Agathe den Kopf zur Tür herausstreckte. Bevor Jeanne zurück ins Haus ging, warf sie einen Blick zum grauen Februarhimmel. Die schneidende Kälte war einer feuchten Witterung gewichen, die sie als noch unangenehmer empfand, denn sie drang durch alle Ritzen des Hauses. Thomas hustete stärker, und Agathe klagte über Gelenkschmerzen. Zilla litt ebenfalls an Husten und versuchte nachts vergeblich, die Anfälle zu unterdrücken.

Ohne die Alte eines Blickes zu würdigen, schob Jeanne sich an ihr vorbei. Sie wischte das Blut auf und spülte die Holzdielen mit Wasser nach. Ein dunkler Fleck würde bleiben, aber davon gab es bereits reichlich, nur dass die anderen Verfärbungen von herabtropfendem Lack, Kleber oder Farbe stammen mochten. Sie hörte die Tür zuklappen.

»Jeanne, *mignonne.*« Endres kam mit Thomas herein und strich ihr übers Haar. »Komm, ich zeig' dir, woran ich arbeite.«

In der Werkstatt gab es drei Werkbänke, die größte stand direkt vor einem Fenster, eine in einer Nische und die dritte hinter einem Regal. Auf dem Boden lagen halbrunde Holzklötze unterschiedlicher Größe, auf denen die Holzstreifen, Späne genannt, für die Instrumente geleimt wurden, ein Biegeeisen, in das ein heißer Eisenkern gelegt wurde, damit man über dem Eisen die Späne in Form biegen konnte, sowie ein Schleifstein. Jeanne erkannte auch die Zieglinge, mit denen das Holz geglättet wurde und die vom Instrumentenmacher mit besonderer Sorgfalt geschliffen wurden. Feilen, Sägen und Schnitzer hingen ordentlich aufgereiht an der Wand. Töpfe und Flaschen mit den Zutaten für die Lacke, den Leim und die Farben standen auf einem Tisch. Jeanne wusste, dass jeder Instrumentenmacher die Geheimnisse seiner Kunst hütete wie seinen Augapfel.

Während Thomas sich an die große Werkbank vor dem Fenster setzte und einen Hobel in die Hand nahm, ging Endres mit ihr in die Nische. Ein halbrunder Klotz lag dort neben einigen bereits fertig bearbeiteten Streifen aus Eibenholz. Die Späne waren etwas mehr als fingernagelstark und hatten eine seltene Maserung, denn je eine Hälfte war fast weiß.

»Wunderschönes Holz, Vater!«, rief sie aus und stellte sich das exquisite Dekor des Lautenkorpus vor, denn auf eine Diskantlaute deutete die Größe des Modellklotzes hin.

»Das verdanke ich Thomas.« Endres nickte lächelnd in Richtung seines Ziehvaters, der den Kopf hob.

»Es hat auf dich gewartet, Endres. Die Eibe oben auf der Bernhardshöhe.«

»Das ist ihr Holz?«, fragte Endres erstaunt und strich liebevoll über das edle Stück.

»Welche Eibe?« Jeanne begriff nur, dass es sich um wertvolles, seltenes Nadelgehölz handelte.

Thomas legte den Hobel weg. »Er hat dir nichts von damals erzählt, nicht wahr? Nun, dir ist vermutlich bekannt, dass gutes Holz lange lagern muss, um brauchbar zu sein. Darüber hinaus sind die Auswahl des Baumes und das Schlagen eine Kunst. Damals bin ich oft mit Endres und Ulmann durch die Wälder gestreift, um passende Bäume auszusuchen, und Endres hat sich diese besonders prächtige Eibe ausgewählt. Er hat sie abgeklopft und in ihr den Klang einer Laute vernommen. Wir beschlossen, sie beim nächsten Neumond zu fällen.«

»Doch dazu ist es nie gekommen«, sagte Endres leise.

»Nein. Du hast dich mit Ulmann überworfen. Willst du mir nicht endlich sagen, was damals noch vorgefallen ist?«

Selbst Thomas wusste also nicht, was seine Söhne endgültig entzweit hatte. Das musste Endres' Verschwinden noch schmerzhafter für ihn gemacht haben, dachte Jeanne.

Ihr Vater räusperte sich. »Eine Frau. Es war wegen einer Frau, aber ich möchte nicht darüber sprechen.«

»Gudrun?«

Die Frau auf der Dorfstraße, dachte Jeanne.

»Nein.« Endres atmete tief durch.

»Etwa wegen Afra?«, fragte Thomas ungläubig.

Diese Frage löste die Spannung, denn Endres musste unwillkürlich lachen. »Ich war jung und vielleicht leichtsinnig, aber weder taub noch blind.«

In den Augen des alten Mannes blitzte der Schalk auf. »Nein, du hast einen gesunden Menschenverstand.« Er wurde ernst: »Aber bevor du uns verlässt, verrätst du mir, was passiert ist, denn ich glaube kaum, dass wir uns danach noch einmal wiedersehen …« Der alte Instrumentenmacher hustete.

Jeanne hatte Mitleid mit ihm. Seine Söhne hatten ihn enttäuscht, und den Mann, der sein Sohn hätte sein sollen, würde er wieder verlieren. Ihr Blick ging von den beiden Männern zur Stirnseite der Werkstatt, wo zwei halbfertige und zwei fertige Instrumente hingen. Eine schwarzweiße Theorbe fiel durch ihre ungewöhnliche Musterung auf.

»Die Eibe«, nahm Thomas den Faden wieder auf. »Ich habe sie gefällt, so wie es sein soll – bei Neumond. Sie fiel hangabwärts, damit die Nadeln beim Fallen noch den Saft aus dem Stamm ziehen. Je trockener das Holz, desto besser. Aus einem Teil haben wir vor zwei Jahren eine vierzehnchörige Theorbe und eine Basslaute für den Dresdner Hof gefertigt. Den Rest hatte ich aufbewahrt, und jetzt ist er in den besten Händen.«

Endres klopfte auf die Späne. »Sie werden großartig klingen. *Mignonne*, willst du für uns spielen, während wir arbeiten? Ich denke, dass Agathe und Afra dich eine Weile entbehren können.« Er setzte sich an seine Werkbank.

»Ich würde die Theorbe gern hören, wenn sie von Meisterhand gespielt wird«, sagte Thomas, und Jeanne ging zur Wand, um das schöne Musikinstrument herunterzunehmen. Die Theorbe war nicht größer als die daneben hängende Altlaute, und aus der Nähe sah sie die detaillierten Elfenbeinschnitzereien, die Blumen und Vögel zeigten. Die wunderschöne, filigrane Rosette war aus mehrfach verleimtem und gestanztem Pergament.

Jeanne setzte sich auf einen Schemel und stimmte die Doppelsaiten, die Chöre. Anders als bei Cistern, deren Bünde fest eingelassene Metallstäbe waren, erfüllten hier stramm gebundene Darmsaiten diese Funktion.

Kaum hatte Jeanne begonnen, das volltönende Instrument zu

zupfen, da kam Afra herein und bedachte sie mit einem bösen Blick. Mit dem Finger auf sie deutend, schnarrte sie: »Ich bin es leid, ständig nach ihr rufen zu müssen. Sie hat ein Hemd mit der Plättglocke verbrannt …«

»Scher dich hinaus, Weib, und stör uns nicht! Wenn ich es für richtig halte, schicke ich dir Jeanne, damit sie dir zur Hand geht. Bis dahin bleibt sie hier und probt die neue Theorbe«, sagte Thomas in so scharfem Ton, dass seine Schwiegertochter erschrocken zurückfuhr.

»Aber … Ich verstehe nicht …«, stotterte Afra.

»Das brauchst du auch nicht. Tu einfach, was ich sage!«, befahl Thomas.

»Ungeheuerlich!« Verärgert schlug Afra die Tür zu.

Jeanne spielte weiter und vergaß für einige kostbare Momente die Welt um sich herum.

4

Erschöpft standen Hippolyt und Gerwin neben dem Krankenlager und betrachteten den jungen Patienten, der die Amputation und den damit verbundenen Blutverlust überstanden hatte und jetzt in Schlaf gefallen war. Während der Operation hatte Christoph von Alnbeck jeden ihrer Handgriffe beobachtet, und hätte Hippolyt nicht die größte Ruhe an den Tag gelegt, Gerwin wären vor Angst die Instrumente aus den Händen gefallen.

Nachdem der Ritter sich überzeugt hatte, dass sein Sohn die kommende Nacht überleben würde, verließ er den Raum. Gerwin verteilte den Rest Branntwein auf zwei Becher und reichte einen dem Wundarzt.

»Du versetzt mich immer wieder in Erstaunen, Hippolyt. Wo hast du nur gelernt, so konzentriert zu arbeiten, während das Damoklesschwert über unseren Häuptern schwebte?«

»Ich kenne mein Handwerk und den Ruf dieses Ritters. Ich wusste, worauf ich mich einlasse.« Lächelnd hob er den Becher und nahm einen tiefen Zug.

Das Feuer im Kamin brannte, mehrere dreiarmige Kerzenleuchter, nach denen Hippolyt verlangt hatte, warfen ihre flackernden Schatten an die mit bunten Stoffen bespannten Wände.

»Warum sind wir dann mit diesem Rainald gegangen?«

»Wie gesagt, ich kenne den Ruf des Christoph von Alnbeck.« Hippolyt seufzte und setzte sich in einen Lehnstuhl. »Er ist als jähzorniger, tyrannischer Herr in der Region verschrien und mehr als einmal bereits vor Gericht zitiert worden. Wer sich ihn zum Feind macht, hat einen Feind fürs Leben. Andererseits kann er ein ebenso treuer Freund sein. In den Genuss dieser Freundschaft kommen jedoch nur wenige.«

»Einer dieser Auserwählten dürfte Graf von Castelnau sein, der dich so warmherzig und leichtsinnig empfohlen hat.«

»Lars von Castelnau, ein reizender Mensch. Ehrenhaft, verstand sich aufs Fechten wie kaum ein Zweiter. Aber das ist ein Zeitalter her. Gerwin, geh doch bitte in die Küche und lass uns ein anständiges Mahl richten. Wir haben es uns verdient. Du hast glänzende Arbeit geleistet. Schade, dass sie den Arm gleich mitgenommen haben. Wir hätten ihn sezieren können.«

Gerwin raufte sich die Haare. »Du hast Einfälle … Ich bin froh, dass der Ritter uns die Köpfe gelassen hat.« Kopfschüttelnd zog er sich sein Wams über das blutverschmierte Hemd. »Vielleicht kann ich ein Mädchen überreden, uns zwei saubere Hemden zu geben. Den Hausherrn scheinen wir nicht mehr zu interessieren.«

»Sag das nicht. Er wird uns so lange hierbehalten, bis sein Sohn die Krisis überstanden hat, was, so Gott will, in zwei oder drei Tagen der Fall sein wird.« Hippolyt kratzte sich den kahlen Schädel und bleckte die Zähne, die in erstaunlich gutem Zustand waren. Er hatte Gerwin die tägliche Pflege mit Minzblättern und Holzstöckchen empfohlen.

»Wenn ich zurückkomme, erzählst du mir von diesem Grafen, dem Fechter. Du steckst voller Geheimnisse, Hippolyt.«

Der Wundarzt lachte leise. »Das Leben ist ein Mysterium.«

»Meines gewiss nicht, aber deines. Und ich dachte schon, ich kenne dich ...« Rasch trank Gerwin den Branntwein aus, klopfte Hippolyt freundschaftlich auf die Schulter und verließ das Krankenzimmer.

Auf dem Balkon schlug ihm die kalte Nachtluft entgegen. Nach mehreren tiefen Atemzügen und einigen Leibesübungen, die seine müden Muskeln dehnten, ging er an der Balustrade entlang zur Treppe, die in den Innenhof führte. Bis auf Fackeln am Tor und an den Eingängen von Stallungen und Küche lag das Gut im Dunkeln. Es war üblich, dass die Köche und Küchenmägde bis spät in die Nacht arbeiteten und in aller Frühe wieder anfingen. Kein leichtes Los, dachte Gerwin und schnupperte, doch es hing kein Duft von Gebratenem in der Luft.

Zu seiner Rechten rührte sich etwas, der Schein einer Öllampe wurde sichtbar, und eine junge Dienerin erschien. Sie hatte tiefe Schatten unter den Augen.

»Sag, Mädchen, bekommen wir noch etwas zu essen?«

»Frag in der Küche«, sagte sie barsch, fügte dann aber freundlicher hinzu: »Verzeih, ich bin schrecklich müde. Seit fünfzehn Stunden bin ich auf den Beinen, von denen ich nichts mehr spüre.« Sie versuchte zu lächeln, hielt die Lampe höher und deutete auf eine eisenbeschlagene Tür, neben der drei Fässer an der Wand standen. »Dort ist die Küche. Weck den kleinen Ulf auf, wenn niemand mehr dort ist. Er kann dir etwas zubereiten. Wird der junge Herr durchkommen?«

»Wir hoffen, dass Leander es schafft, aber es ist zu früh, um eine eindeutige Prognose zu wagen. Ist der Junge denn gut gelitten?«

»Besser als sein Vater. Strenger als der alte Alnbeck kann ein Herr nicht sein.« Sie sah sich um und trat dicht an ihn heran. »Es gibt kaum eine hübsche Magd, die er nicht geschwängert hat, und obwohl es verboten ist, besteht er auf dem Recht der ersten Nacht.«

»Almut, was hast du zu tuscheln? Lass den jungen Medicus in Ruh und verschwinde in deine Kammer!«

Gerwin drehte sich um und fand sich der Zofe Elisabeth von Alnbecks gegenüber. Adelia war auffallend hübsch mit ihren rosigen Wangen und den Locken, die sich unter ihrem weißen Häubchen hervorstahlen. Ihr Kleid schimmerte und schien aus weit edlerem Stoff gemacht als das einfache Kleid der Dienerin, die sogleich mit gesenktem Kopf davonhuschte.

»Hat sie Euch belästigt?«, forschte Adelia nach und stellte sich so, dass das weiche Licht der Kerze, die sie in einem Halter trug, den schlanken Hals und das durchscheinende Musselintuch über ihrem Busen beleuchtete.

Gerwin schluckte und fühlte sich wie ein Kaninchen im Blick des Habichts, kurz bevor er zuschlägt. »Nein«, stammelte er und atmete den Duft von Rosen oder Veilchen ein. Diese Frau verwirrte seine Sinne auf eine Art, die faszinierend und gefahrvoll zugleich schien.

»Habt Ihr schon gegessen?« Mitfühlend legte Adelia ihm die Hand auf den Arm.

»Nein.«

»Dann sollten wir schleunigst Abhilfe schaffen.« Lächelnd führte sie ihn wie ein Kind in die Küche, stellte die Kerze auf einen Tisch und drückte ihn auf eine Bank. »Wartet hier.«

Sie eilte hin und her, zündete eine Lampe an, stocherte in der Glut einer Feuerstelle und erhitzte einen Topf mit Fleischeintopf. Gebannt beobachtete er jede ihrer Bewegungen, vor allem den Schwung ihrer Hüften, und fühlte seine wachsende Erregung. Adelia schubste den Küchenjungen von einer Truhe, die ihm als Schlafstätte diente, und schickte ihn mit einem Tablett, auf das sie Brot, eine Schüssel Eintopf und einen Krug Wein gestellt hatte, zu Hippolyt.

Dann reichte sie Gerwin ebenfalls einen Becher Wein und stellte ihm einen Teller mit warmem Eintopf hin. Gierig machte er sich darüber her, ohne die Augen von Adelia zu lassen, die sich ihm gegenübersetzte. Nachdem er den Teller zur Seite geschoben hatte und den kräftigen Rotwein würdigte, sagte er: »Ihr seid sehr liebenswürdig, Adelia. Hättet Ihr wohl noch ein frisches Hemd für den Meister und mich? Ihr seht ja selbst …« Er öffnete das Wams, und ihr Blick fiel auf das blutverschmierte Hemd.

Erschrocken hielt sie sich die Hand vor den Mund. »Du lieber Himmel! Zieht es aus. Ich lasse es waschen und ein neues bringen.«

Als Gerwin sich das Hemd über den Kopf zog, kam Ulf mit dem leeren Tablett zurück.

»Ulf, bring das in die Waschküche. Dann geh zu Almut und sag ihr, sie soll frische Hemden ins Krankenzimmer bringen.«

»Und wenn sie schläft?«, meinte Ulf mürrisch und rieb sich die roten Augen.

»Dann weck sie!«

Gerwin fröstelte und zog sein Wams wieder über, als er plötzlich Adelias warme Hände an seinem Nacken spürte.

»Ich habe Euch beobachtet. Eure Hände sind die eines Gelehrten, eines Medicus.« Sie strich ihm durch die Haare.

»Ich bin kein Medicus, Adelia, nur der Gehilfe von Meister Hippolyt. Wollt Ihr gar nicht wissen, wie es Leander geht?«

»Das hat mir Wiklef schon berichtet. Ihr habt ihm den Arm abgenommen, und er hat viel Blut verloren. Armer kleiner Kerl. Kein leichtes Los, das einzige Kind von Ritter Alnbeck zu sein.«

Ihre Hände wurden kühner und glitten unter sein Wams, was Gerwin durchaus genoss, auch wenn er ahnte, dass es nicht allein seine Männlichkeit war, die sie wollte. »Wie geht es dem Stallknecht?«

»Er lebt noch.« Sie trat um ihn herum und wollte sich auf seinen Schoß setzen, doch Gerwin hielt sie zurück.

»Was wollt Ihr von mir?«

»Ihr seid ein hübscher junger Mann, was denkt Ihr, was ich will?«, gurrte sie. »Und Ihr wollt es auch.« Sie legte ihre Hand auf die Härte unter seiner Schamkapsel.

Gerwins Vorbehalte zerbröckelten unter Adelias erfahrenen Berührungen zu willenloser Hingabe. Warum sollte er sie nicht gewähren lassen? Die Anstrengungen des Tages fielen von ihm ab, und einige zeitlose Augenblicke übernahm sein Körper das Denken. Schließlich erhob sich Adelia wieder, richtete ihre Röcke und sah ihn abwägend an.

Jetzt kommt der Preis für ihre Gunst, dachte Gerwin, dessen Kopf wieder klar geworden war.

»Wie ist Euer Name, mein hübscher Medicus?«

»Gerwin.«

»Nun, Gerwin, ich bin in einer verzweifelten Lage.« Sie schlug die Augen nieder.

»Dachte ich es mir doch. Was wollt Ihr von mir?«

Wütend funkelte sie ihn an. »Ihr habt willig genommen, was ich Euch geboten habe. Was ist dagegen ein kleiner Gefallen, um den ich Euch bitte?«

»Was ist es?«

»Der Herr nimmt sich, wen und was er will«, sagte sie bedeutungsvoll, wobei Gerwin nach ihrer Vorstellung von eben sich nicht vorstellen konnte, dass Alnbeck ihr Gewalt angetan hatte. Sie zupfte das Tuch über ihrem Busen an seinen Platz und sah Gerwin direkt in die Augen. »Ich will seinen Bastard nicht austragen.«

»Oh.« Nachdenklich stand Gerwin auf und schnürte seine Hose zu. »Warum nicht?«

»Warum nicht?«, fauchte Adelia. »Weil er sich nicht um seine Bastarde kümmert! Keinen müden Taler zahlt er! Und außerdem mag ich die Herrin. Sie ist eine gütige Person und hat es nicht verdient, wie man sie behandelt. Zehn Totgeburten und nur ein schwächliches Söhnlein konnte sie ihm schenken.«

»Aber vielleicht stirbt Leander, und wenn Ihr sein Kind austragt, könntet Ihr mehr als eine Zofe sein.«

Sie kniff die Augen zusammen. »Was ist nur mit Euch? Gebt mir einfach etwas von den Kräutern, die ich benötige, und schert Euch um Eure Angelegenheiten. Ihr habt doch keinerlei Kenntnis von den Sorgen, die uns Frauen plagen!«

Womit sie nicht unrecht hatte, doch Gerwin war nicht wohl bei der Sache. Wenn man ihn verriet, konnte er dafür am Galgen enden. »Zeigt mir zuerst den Pferdeknecht. Ich möchte sehen, ob ich ihm Linderung verschaffen kann.«

Adelia zog eine Grimasse. »Wen kümmert ein Knecht?«

»Mich.«

Sie schlenderte aufreizend vor ihm her und deutete in die Dunkelheit. »Er liegt in einer Kammer neben den Pferden. Ich bin müde. Gehabt Euch wohl, Gerwin, und vergesst nicht, worum ich Euch gebeten habe.«

Ihre Röcke raschelten, als sie davonging, und ein Hauch von Rosen oder Veilchen blieb in der kühlen Nachtluft zurück. Obwohl Gerwin vor Müdigkeit die Augen kaum noch aufhalten konnte, ging er zu den Stallungen. Hinter dem Misthaufen lagen die großen Stalltüren, von Fackeln beidseitig beleuchtet. Er konnte die Geräusche der Tiere vernehmen, die auch nachts nie ganz zur Ruhe kamen. Bevor er die Tür öffnete, fiel ihm ein, dass er nichts bei sich hatte, um dem geschundenen Knecht zu helfen. Schulterzuckend wandte er sich ab und ging hinauf zu Hippolyt, der bereits schnarchend auf einem Strohsack lag. Der Wundarzt wachte auf, als Gerwin sich neben ihm auf dem zweiten Strohsack zur Ruhe betten wollte.

Hippolyt hatte den leichten Schlaf einer Katze, ein Überbleibsel aus Kriegszeiten, wie er zu sagen pflegte. »War sie hübsch?«

»Die Zofe«, antwortete Gerwin und war nicht einmal überrascht, dass Hippolyt von seinem nächtlichen Abenteuer wusste. »Wie steht es um Leander?«

»Schläft. Ich habe ihm Opium gegeben, als er kurz erwachte. Sollte er sich regen, gibt mir die Dienerin Nachricht, die bei ihm wacht. Morgen früh wissen wir mehr. Schlaf jetzt, Gerwin!«

»Der Knecht, Meister. Können wir etwas für ihn tun?«

»Ich war bei ihm, nachdem der kleine Ulf mir das Essen gebracht hat. Die Peitschenhiebe haben seinen Rücken schlimm zugerichtet. Offenes Fleisch. Wenn es schwärt, stirbt er.«

Das Stroh roch frisch durch die Decken, und Gerwin sank mit bleischweren Gliedern auf das Lager. »Das Gut gefällt mir nicht. Hier weiß man nicht, wem man trauen kann«, murmelte er noch und war im nächsten Moment eingeschlafen.

»Mein armer junger Freund. *Quid sit futurum cras, fuge quaerere*[1]«, flüsterte Hippolyt in die Dunkelheit.

Seit drei Tagen saßen sie nun bereits auf dem Gut fest. Christoph von Alnbeck hatte ihnen gedroht, sie bis in den hintersten Winkel des Kurfürstentums verfolgen und sie anschließend vierteilen zu lassen, sollten sie Dörnthal gegen seinen Willen verlassen. Gerwin hatte sich nicht widerwillig in seine Lage gefügt, denn Adelia verkürzte ihm die Nächte auf angenehmste Weise, wobei sie nie vergaß, ihn an die Kräuter zu erinnern. Hippolyt ließ ihn gewähren, mahnte ihn jedoch zur Vorsicht mit den höfischen Weibsbildern, bei denen man nie genau wisse, woran man sei.

Am späten Vormittag des dritten Tages trat Gerwin aus dem Stall, wo er dem Pferdeknecht den Rücken gesäubert und gesalbt hatte. Der Mann war von zäher Konstitution und nahm die Schmerzen mit stoischer Miene hin. Einige Sonnenstrahlen waren durch die dichte Wolkendecke gebrochen und verwandelten den Hof in einen Morast aus Mist, Kot, Stroh und Abfällen. Gerwin balancierte auf einem Brett auf die Treppe zu, als der Herr des Gutes auf dem Balkon erschien und sich mit großer Geste auf der

1 Hüte dich, danach zu fragen, was morgen geschehen wird.

Balustrade abstützte. Christoph von Alnbeck trug ein prächtiges Wams mit Pelzbesatz, die Beine steckten in langen Stulpenstiefeln.

»Es stinkt hier zum Himmel!«, brüllte der Ritter und zeigte in den Hof. »Wenn ich zurückkomme, ist der Unrat fortgeschafft, und die Steine sind blank! Wir erwarten Besuch, und Dörnthal soll sich von seiner besten Seite zeigen!«

Gerwin hörte, wie ein Knecht hinter ihm murrte: »Scheiß auf die Herren …«

Alnbeck beugte sich vor wie ein Habicht, schien sich aber nicht sicher zu sein, ob er richtig gehört hatte. Herrisch winkte er Gerwin zu sich. Langsam stieg der junge Mann die Treppe hinauf und studierte die finstere Miene des Ritters, um darin endlich einen Hinweis zu finden, woher der Mann ihm bekannt sein könnte. Im Grunde waren seine Überlegungen müßig, denn er war kaum je weiter als bis Freiberg gekommen. Einmal hatte er Hippolyt nach Böhmen begleitet. Wäre es möglich, dass er Alnbeck in einem der Gasthäuser oder der Apotheke in Jirkov gesehen hatte?

»Gott zum Gruße.« Gerwin neigte höflich den Kopf.

»Wird der Pferdeknecht wieder arbeiten können?«

»Es wird noch einige Wochen dauern …«

»Wochen?«, unterbrach Alnbeck ihn und schlug mit der Faust auf die Balustrade. »Der Kerl kann von Glück sagen, dass ich ihn nicht getötet habe. Entweder steht er heute wieder auf, oder er kann gehen und braucht sich hier nie wieder sehen zu lassen.« Die letzten Worte richtete er an die junge Magd Almut, die unten mit einem Korb schmutziger Wäsche vorbeilief. »Ja, lauf nur gleich zu ihm.«

Gerwin hätte nicht zu sagen vermögen, ob die Lüsternheit in Alnbecks Blick überwog oder die Wut auf den ungehorsamen Knecht. Seit seiner Ankunft auf Dörnthal hatte Gerwin einiges über Alnbeck gelernt, und er begann, Adelias Aussage zu glauben.

»Erlaubt Ihr mir eine Frage, Herr?«

»Was?«, blaffte Alnbeck und sah weiter der Magd nach.

»Ist es möglich, dass Ihr einmal in Jirkov gewesen seid?«

»Was ist das für ein Unsinn? Komm jetzt mit, der Medicus braucht dich!« Alnbeck ging vor ihm zum Zimmer seines kranken Sohnes, in dem Hippolyt mit sorgenvoller Miene auf und ab ging.

»Ah!« Der Wundarzt strich sich über den kahlen Kopf. »Dank Euch, werter Ritter, Dank Euch. Gerwin, bitte setz noch etwas von dem fiebersenkenden Trank an.«

Christoph von Alnbeck betrachtete seinen Jungen, der mit jedem Tag mehr dahinzuschwinden schien. Die Wangen waren eingefallen und Leanders geschlossene Augen von dunklen Ringen umgeben. Die Stirn glänzte schweißnass, doch die Rötung war aus den Wangen gewichen, und die Haut schimmerte wie graues Porzellan. Der Armstumpf war sauber verbunden. Was noch an schwärenden Säften austrat, stank nicht und wies auf einen guten Heilungsverlauf hin.

»Medicus, Ihr sagt, dass der Arm gut heilt, aber warum weicht dann das Leben mit jedem Tag mehr aus meinem Jungen?« Alnbeck runzelte die Stirn. »Und sagt nicht, dass das nicht stimmt.«

Hippolyt kniff sich nachdenklich in die Unterlippe. »Ich weiß es nicht. Ich weiß es wirklich nicht. Aus der Erfahrung würde ich sagen, wenn die Wunde verheilt und das Fleisch nicht fault, ist der Kranke über den Berg. *Medicus curat, natura sanat.*[1] Aber in diesem Fall …«

Draußen erklangen Jagdhörner, und Christoph von Alnbeck kontrollierte den Sitz des langen Jagdmessers an seinem Gürtel. »Ich habe Euch vertraut, Medicus. Ihr habt darauf bestanden, dass Leander seinen Arm verliert. Nun hoffe ich für Euch, dass er dieses Opfer nicht umsonst gebracht hat.«

Eine Flasche zersplitterte auf dem Boden. »Entschuldigung, Meister«, sagte Gerwin, dem der Schreck in die Glieder gefahren war.

»Ungeschickter Tölpel!« Christoph von Alnbeck schubste Ger-

1 Der Arzt behandelt, die Natur heilt.

win zur Seite und trat zum Bett seines Sohnes. Überraschend zart küsste er den noch immer Bewusstlosen auf die Stirn. »Denkt an meine Worte. Wenn Leander gesundet, werdet Ihr reich belohnt, anderenfalls ... Nun, Ihr habt gesehen, was mit Leuten geschieht, die meinen Anordnungen nicht Folge leisten.« Abrupt wandte er sich um und schritt zur Tür.

»Wir sind aber nicht Eure Vasallen, Herr Ritter!« Stolz reckte Gerwin das Kinn. Niemand hatte das Recht, ihm und schon gar nicht Hippolyt zu befehlen. Sie waren Freie und einzig dem Kurfürsten unterstellt.

Zu spät sah er Hippolyts beschwichtigende Handbewegung.

»Du wagst es, mir Widerworte zu geben?«, brauste Christoph von Alnbeck auf und schlug Gerwin mit der flachen Hand mit solcher Wucht gegen die Wange, dass der junge Mann rücklings zu Boden ging. Bevor der jähzornige Alnbeck sich erneut auf Gerwin stürzen konnte, stellte Hippolyt sich dazwischen.

»Verzeiht die unbedachten Worte der Jugend, edler Herr. Ich verstehe Euer aufgewühltes Gemüt, das geprägt ist vom Schmerz um Euren Sohn. Mit Gottes gnädiger Hilfe wird es uns gelingen, sein Leben zu retten. Möge der Herrgott uns Trost schenken in unserer Verzweiflung.«

Die Worte des Arztes verfehlten ihre Wirkung nicht. Alnbeck gewann seine Fassung wieder und rückte seinen Gürtel und die darin befindlichen Waffen an ihren Platz. »Passt besser auf Euren Gehilfen auf, sonst bekommt er meinen Degen zu schmecken«, knurrte er noch und schritt wütend davon.

Nachdem die Tür krachend ins Schloss gefallen war, rappelte sich Gerwin auf und betastete Kinn und Wange, die sich heiß anfühlten. »Was denkt sich dieser Kerl, uns zu behandeln wie seine Knechte?«

Hippolyt strich sich über den kahlen Schädel und seufzte. »Gar nichts, Gerwin. Er denkt nicht darüber nach, weil er jeden so behandelt, und wir sind in der deutlich schlechteren Position, das dürfen wir nicht vergessen. Herren und Diener, Gerwin. Herrscher und Beherrschte, Reich und Arm …«

»Schon gut, ich habe verstanden.«

»Es ist zu deinem Wohl. Zudem bangt der Vater um den einzigen Erben. *Alternant spesque timorque vicem.*[1]« Mit sorgenvoller Miene stand Hippolyt vor Leanders Bett. »Gerwin, lass die Scherben liegen und komm zu mir«, bat Hippolyt seinen Gehilfen, der die zersplitterte Arzneiflasche aufsammeln wollte. »Ich gestehe es nicht gerne ein, aber ich bin am Ende meines Lateins. Beide Wunden heilen, die Beule am Kopf schwillt ab. Und doch wird der Junge immer schwächer. Seine Atmung geht flach, und sein Herzschlag ist unregelmäßig. Als ich ihn das erste Mal sah, tippte ich auf eine schwache Konstitution.«

»Adelia sagt, die Mutter hatte ein Dutzend Totgeburten, bevor sie diesen Knaben zur Welt brachte.«

»Das könnte es erklären. Wenn Frauen erst im späten Alter Kinder gebären, sind diese oft schwächlich, neigen zu blutigem Husten und sterben früh. Die Mutter des französischen Königs, Katharina de Medici, hat ebenfalls viele Fehlgeburten ertragen müssen, bevor sie lebensfähige Kinder zur Welt brachte. Und von diesen Kindern ist eines bereits an Schwäche gestorben. Karl IX. wird ebenfalls an seiner Konstitution sterben, denn er leidet unter blutigem Husten und Atemlosigkeit. Aber ich schweife ab. Ich vermute, dass Leander bereits dem Tode geweiht war und der Unfall sein Sterben beschleunigt hat. Leg ihm die Hand aufs Herz.«

Gerwin gehorchte und spürte einen schwachen, unregelmäßigen Herzschlag, der sich anfühlte wie ein ängstlich springendes Kaninchen. Doch da war noch etwas anderes, und Gerwin riss die Hand fort, als hätte er glühendes Eisen berührt.

»Du hast es wieder gefühlt, nicht wahr?« Hippolyt musterte ihn aufmerksam.

1 Hoffnung und Furcht wechseln sich ständig ab.

Gerwin barg das Gesicht in den Händen und wandte sich ab. Er hatte es nicht zum ersten Mal im Leben gespürt, doch es erschreckte ihn jedes Mal zutiefst. »Ich kann nichts dafür, Hippolyt«, flüsterte er heiser, nahm die Hände vom Gesicht und betrachtete sie, als seien sie verflucht. »Ich will doch nur helfen!«

Er hatte den Tod gespürt. Kalte Arme hielten Leander bereits umklammert und zogen ihn hinüber in die ewige Finsternis. Gerwin zitterte und sah Hippolyt hilflos an.

»Es ist eine Gabe, Gerwin, kein Fluch. Du bist zum Heiler geboren. Deshalb bist du zu mir gekommen.«

»Vielleicht.« Er vermochte Hippolyt nicht zu sagen, wie schrecklich es war, wenn er den Tod fühlte, wie die kalten Klauen sich für einen Moment um sein eigenes Herz legten und ihn zwangen, in den Abgrund der Hölle zu blicken, wo die Dämonen der Finsternis mit gierigen Klauen auf die armen Seelen warteten. Er hatte das Gefühl, dass sich jedes Mal, wenn er auf die andere Seite blickte, sein eigenes Leben verkürzte.

»Gerwin!« Hippolyt packte seine Hände und drückte sie fest. »Es ist ein Segen. Du bist ein Auserwählter, auch wenn du es niemanden wissen lassen darfst.«

»Nein.« Unsicher sah er seinen Mentor an.

»Du wirst lernen, damit umzugehen. Es bedeutet viel mehr, als nur die Todesstunde eines Menschen sehen zu können!« Leise und eindringlich sprach Hippolyt auf ihn ein. »Du bist ein wahrer Heiler, Gerwin. Ich bin ein Medicus, der diagnostiziert und behandelt, aber wenn du dir mein Wissen aneignest, kannst du mehr vollbringen.«

Verstört und voller Zweifel stand Gerwin vor seinem Meister. »Aber wie? Den Menschen zu sagen, dass sie sterben müssen, ist kein Trost.«

»Für manche ist der Tod Erlösung, und die Gewissheit schenkt ihrer Seele Frieden.« Hippolyt warf einen Blick auf Leander, dessen Lider sich bewegten.

Der Junge wandte den Kopf und öffnete die Augen. Sein klarer Blick traf sie unvorbereitet. »Wer seid ihr?«

»Ich bin Medicus, und das ist mein Gehilfe«, erklärte Hippolyt und setzte sich auf einen Schemel neben Leanders Bett.

Mit der verbliebenen Hand tastete Leander zuerst sein Bein ab, dann erfühlte er den dick umwickelten Armstumpf. Erschöpft sank sein Kopf zurück ins Kissen, Schweißperlen traten auf seine Stirn. »Wo ist meine Mutter? Ich möchte sie sehen!«

Gerwin ging zur Tür und teilte einem Diener den Wunsch des Patienten mit. Aus der Entfernung und im diffusen Licht, das durch die Tür fiel, wirkte Leanders Gesicht voller, die Schatten unter den Augen waren kaum sichtbar, und Gerwin konnte nicht umhin, ihn mit seinem jüngeren Bruder Hanns zu vergleichen. War es eine gewisse Familienähnlichkeit, die er auch in Christoph von Alnbeck sah und die ihn glauben ließ, er sei dem Mann schon einmal begegnet? Die flüchtigen Gedanken verscheuchend ging er zu Leander. »Möchtet Ihr etwas trinken?«

Die Lippen des Jungen waren aufgesprungen und rissig, die Augen blickten groß und ernst zu ihnen auf. »Ich habe einen Engel gesehen. Er wollte meine Hand nehmen, doch ich konnte sie ihm nicht geben, sie war so schwer, dass ich sie nicht heben konnte. Dabei ist sie … sie ist nicht mehr da.« Er stockte. »Was ist passiert?«

»Ihr seid vom Pferd gestürzt, ein böser Bruch des Armes, der nicht zu richten war. Das Bein ist gut verheilt und wird Euch keine Schwierigkeiten machen.« Hippolyt hielt inne.

Das Atmen fiel Leander schwer. Sein Brustkorb hob und senkte sich unter größter Anstrengung, und seine Hand krampfte sich in das Laken. Gerwin strich dem Sterbenden beruhigend über Stirn und Haare. »Es wird alles gut.« Die Worte klangen schal.

Die Tür schwang auf, und die schlanke Gestalt Elisabeth von Alnbecks, gefolgt von Adelia, trat herein. Ein Schal fiel zu Boden, als sie die Arme ausbreitete und auf das Bett zueilte. »Mein Junge …«

Hippolyt machte der Mutter Platz, die sich auf die Bettkante setzte und ihren Sohn mit tränennassen Augen umarmte, küsste und schließlich sorgenvoll betrachtete. Adelia hielt sich respektvoll hinter ihrer Herrin, die sich nach einiger Zeit erhob und Hippolyt bedeutete, mit ihr ans Fenster zu treten.

»Er ist immer ein kränkliches Kind gewesen und hätte niemals auf die Jagd gehen, diese gefährlichen Pferde reiten und fechten dürfen. Aber mein Mann wollte es so.« Ihr vergrämtes Gesicht wurde noch blasser, die Furchen um den Mund tiefer. »Könnt Ihr etwas für meinen Jungen tun, damit er keine Schmerzen hat? Er hat so viel erleiden müssen …«

»Gewiss.« Hippolyt ging zu seiner Tasche, nahm das Fläschchen mit dem Opiumsaft heraus und träufelte Leander einige Tropfen auf die Lippen.

Elisabeth wartete, bis Leander ruhiger atmete, und wandte sich erneut an den Medicus: »Wann wird mein Junge aufstehen können? Er wird doch gesunden? Seid ehrlich zu mir, ich bitte Euch.«

»Wir tun unser Möglichstes, alles Übrige liegt in Gottes Hand. Betet für Euren Sohn. Wir bedürfen des himmlischen Beistands in kritischen Momenten wie diesem«, sagte Hippolyt vorsichtig.

»So schlimm steht es?« Traurig sank sie auf einen Schemel. Ihre seidenen Röcke raschelten leise, und das goldene Geschmeide klingelte viel zu fröhlich an den Handgelenken.

Adelia hielt eine kleine Lutherbibel in den Händen und kniete neben dem Krankenbett. »Herr, neige deine Ohren zu mir, eilend hilf mir! Sei mir ein starker Fels und eine Burg …«, hub die Zofe an zu beten, und ihre Herrin fiel in den Psalm ein und kniete ebenfalls nieder.

Gerwin zupfte Hippolyt am Ärmel und zog ihn hinaus vor die Tür. Aus dem benachbarten Raum brachte eine Dienerin eine mit einem Tuch abgedeckte Schüssel, aus der es nach Kot und Urin stank. Als sie mit ihrer unappetitlichen Last vorbei war, sagte Gerwin leise: »Was machen wir jetzt? Wenn Leander stirbt, und das wird in wenigen Tagen der Fall sein, bringt uns der Ritter um!«

»Hm«, brummte Hippolyt.

»Warum sind wir gekommen, wenn du doch wusstest, was für ein rachsüchtiger Mensch dieser Alnbeck ist?«

»Er hätte uns mit Gewalt holen lassen. *Eunt via sua fata.*[1]«

»O Hippolyt, lass jetzt das Latinisieren! Unser Leben hängt an einem seidenen Faden. Ich will nicht enden wie der Pferdeknecht!« Angstvoll blickte Gerwin über die Balustrade in den Hof, wo drei Knechte damit beschäftigt waren, den Dreck auf einen Karren zu schaufeln. »Wann kommt der Ritter von der Jagd zurück? Bis dahin müssen wir fort sein!«

»In Anbetracht der Gegebenheiten wäre das sicher von Vorteil«, sinnierte Hippolyt, wobei es schelmisch in seinen Augen blitzte, und Gerwin schöpfte wieder Hoffnung.

Der Zustand des jungen Leander war am nächsten Morgen bereits so kritisch, dass seine Mutter den Prediger holen ließ. Gerwin stand mit Hippolyt im Hintergrund des abgedunkelten Raumes und hörte die ewig gleichen Worte des schwarz gekleideten Mannes: »Der du die Menschen lässt sterben und sprichst: Kommt wieder, Menschenkinder. Denn tausend Jahre sind vor dir wie der Tag, der gestern vergangen ist, und wie eine Nachtwache …«

Der protestantische Prediger, ein großer Mann mit vorstehendem Leib und Armen, die zu lang schienen, stand am Fußende des Krankenlagers. Mit grillenartigen Fingern durchfuhr er gestenreich die Luft, um die Bedeutung seines geistlichen Tuns zu unterstreichen, denn seit der Kirchenreform war es um die meisten Pfarreien schlecht bestellt. Die Prediger waren auf Almosen der Gläubigen angewiesen, um die Kirchen instand zu halten. Neue Gesetze erlaubten ihnen und den Küstern, für ihre Dienste zwischen sechs und acht Groschen zu nehmen, und die Pfarrhufen sollten reihum von den Bauern der Gemeinde gegen ein

1 Das Schicksal geht seinen Weg.

geringes Entgelt bestellt werden. Die Wirklichkeit bescherte den Predigern ein ärmliches Dasein, das wohl manchen die fetten Zeiten des alten Glaubens zurückwünschen ließ.

Für Gerwin war das Gebärden des Geistlichen nichts als Augenwischerei. Wahrscheinlich war er schon zu lange mit Hippolyt zusammen, der alles – und ganz besonders die Kirche – auf Sinnhaftigkeit prüfte. In der großen Truhe seiner Studierstube verwahrte der Medicus seine wertvollsten Schätze, zu denen Bücher gehörten, die auf dem Römischen Index standen und auch bei fanatischen Protestanten verpönt waren, und eine schwarze Kutte, über deren Herkunft sich der Arzt bisher ausgeschwiegen hatte. Mit den Jahren hatte Gerwin gelernt zu warten. Es hatte keinen Sinn, Hippolyt nach Dingen zu fragen, über die er nicht sprechen wollte. Für alles gab es den richtigen Zeitpunkt.

Gerwin stieß Hippolyt in die Seite. »Was sollen wir tun? In der Küche habe ich gehört, dass die Jagdgesellschaft für übermorgen erwartet wird. Aber sie haben dem Herrn Ritter wohl schon vom bedenklichen Zustand seines Sohnes Nachricht gegeben, denn als ich mich dem Tor näherte, stellte sich gleich eine Wache davor.«

Der Wundarzt räusperte sich und betrachtete eingehend seine Schuhe, die aus dickem Leder gefertigt und genauso betagt waren wie er selbst. Leise erwiderte er: »Ich benötige dringend neues Schmerzmittel. Das wirst du mir aus Helwigsdorff holen müssen.«

»Aber da sind noch …«, wandte Gerwin ein, doch der Prediger war mit seinen Fürbitten am Ende und schloss mit einem »Amen«. Hippolyt richtete sich auf und wartete, bis der Prediger entlassen wurde.

»Euer Hochwohlgeboren.« Der protestantische Prediger neigte das Haupt vor Elisabeth von Alnbeck, die mit bekümmerter Miene neben dem Lager ihres Sohnes saß.

»Danke. Lasst Euch in der Küche eine Mahlzeit reichen und haltet Euch bis auf weiteres zu meiner Verfügung. Ich werde Eures

Beistands noch bedürfen.« Mit einem tiefen Seufzer beugte sie sich vor und nahm die schmale Hand des blassen Jungen in ihre. »Er ist so fahl, als hätte der Erzengel ihn bereits zu sich geholt.«

Leanders ebenmäßiges Jungengesicht war eingefallen und schien wie aus grauem Marmor gemeißelt. Die Schatten unter den Augen waren tief, und durch die aufgesprungenen Lippen drangen nur rasselnde Atemzüge. Wenn die Wirkung des Opiats nachließ, schlug er die Augen auf und klagte sogleich über Schmerzen, weshalb Hippolyt ihm ständig höhere Dosen des einschläfernden Mittels verabreichte.

»Ich bitte um Eure Erlaubnis, Herrin, dass mein Gehilfe nach Helwigsdorff geht und mir noch mehr von dem beruhigenden Trank holt, der Euren Sohn in gnädigen Schlaf versetzt«, sagte Hippolyt und trat an das Lager.

In den Augen der Mutter lag kein Vorwurf, nur tiefe Trauer, als sie fragte: »Mehr könnt Ihr nicht für ihn tun?«

»Ich wünschte bei allem, was mir heilig ist, dass ich es vermöchte, doch was an äußerlichen Wunden zu kurieren ist, haben wir geheilt. Ein kräftiger Junge seines Alters würde die Amputation durchaus überstehen. Doch seine Konstitution war bereits schwach, und es fehlt seinem Körper an Kraft.«

Gerwin ahnte ebenso wie sein Lehrmeister, dass es dem Jungen vor allem an Lebenswillen mangelte. Der Pferdeknecht und Adelia hatten ihnen erzählt, dass Leander als einziger Erbe kein leichtes Los hatte und oft bittere Tränen vergossen hatte, wenn sein Vater die Enttäuschung über die physische Unzulänglichkeit des Kindes offen zum Ausdruck gebracht hatte. Selbst jetzt, da es um Leben und Tod seines Sohnes ging, zog Christoph von Alnbeck die Jagd dem Krankenlager vor.

Elisabeth nickte. »Er soll sich ein Pferd geben lassen, damit er schnell wieder zurück ist. Wie lange reitet man bis zu Eurem Dorf?«

»Ein bis zwei Stunden, Euer Hochwohlgeboren«, sagte Gerwin.

Es klopfte kurz an der Tür, und der Hausvorsteher kam mit wichtiger Miene herein. »Euer Hochwohlgeboren, welche Räumlichkeiten sind für die herrschaftlichen Gäste vorgesehen? Es gibt da Unklarheiten, weil es doch in dem Zimmer, welches sonst für die Gräflichen vorgesehen ist, im Winter zieht.«

Elisabeth krauste die Stirn. »Wer wird noch erwartet, der Junker Schönberg?«

Wiklef erzitterte förmlich bei der Erwähnung des Namens. Hans Wolf von Schönberg war aus Frankreich in seine sächsische Heimat zurückgekehrt. Der Kammerjunker des Kurfürsten August gehörte dem meißnisch-sächsischen Uradelsgeschlecht derer von Schönberg, Herren von Borsen-, Frauen- und Purschenstein, an und war weitläufig verwandt mit den Alnbecks. Hans Wolf von Schönberg war der Sohn des als »Herr des Erzgebirges« bekannten Wolf von Schönberg. Der alte Schönberg blickte auf eine Karriere als Feldherr und hoher Beamter unter den Kurfürsten Moritz und August zurück und verfügte über hervorragende wirtschaftliche Beziehungen zu Kurfürst August und Kurfürstin Anna.

Seit Gerwin sich auf Dörnthal befand, hatte er viel über das höfische Leben gelernt und begriffen, dass Rittertum mehr bedeutete, als nur ein Gut zu besitzen, vor allem, wenn man wie Alnbeck mit einflussreichen Leuten verwandt war. Bis dato war Gerwin nie aus dem Kurfürstentum herausgekommen und kannte niemanden vom Dresdner Hof, geschweige denn französische Edelleute. Politik machten die dort oben. Die erhoben die Steuern und pressten das Volk aus, bis die Armen nicht einmal mehr eine Zwiebel hatten, aus der sie sich einen Trank gegen den Schnupfen kochen konnten.

»Richtig. Die erlauchte Person daselbst«, stotterte Wiklef.

»Lass den großen Raum neben meinem richten. Der ist warm genug.« Sie wandte sich an Gerwin: »Eil dich! Was stehst du hier noch herum?!«

Gerwin verneigte sich und verließ das Krankenzimmer. Draußen lehnte er sich gegen die Balustrade des Balkons und wartete auf Hippolyt, der nach wenigen Minuten zu ihm kam.

Der Wundarzt legte den Arm kameradschaftlich um seinen Lehrling und begleitete ihn die Treppen hinunter. Erst als sie im Stall neben dem Pferd standen, das der Knecht ihm zugewiesen hatte, begann Hippolyt leise zu sprechen. »Wer hätte ahnen können, dass der junge Schönberg jetzt kommt!«

Gerwin sattelte das ruhige braune Tier und strich dem Hengst, der ihn neugierig beäugte, über die Flanken.

»Die Lage ist ernst. *Media in vita in morte sumus*[1]«, murmelte Hippolyt und kratzte sich den Schädel.

»Hippolyt!«

»Nun also, was ist zu tun? Hans Wolf von Schönberg ist ein schwieriger Charakter, der eine Karriere in Frankreich anstrebt, es aber seinem Bruder Caspar nicht gleichtun kann«, sagte Hippolyt mehr zu sich selbst. »Alnbeck und Hans Wolf sind befreundet und verwandt. Wenn Alnbecks Sohn stirbt, wird der werte Cousin dem schmerzgebeugten Vater alles nachsehen, auch Rache – und die möchte ich mir nicht ausmalen.«

»Der Ritter würde uns erst foltern, dann rösten und am Ende vierteilen lassen.« Gerwin zog die Sattelgurte fest.

»Es besteht kein Zweifel daran, dass Leander stirbt?«, fragte Hippolyt. Als er Gerwins gerunzelte Brauen sah, setzte er hinzu: »Schon gut, das war eine rhetorische Frage. Du reitest zu mir nach Hause und nimmst das Opiat an dich. Hier ist der Schlüssel für die Truhe in der Stube. Darin liegen meine wertvollen Bücher, und unter der schwarzen Kutte, die dir möglicherweise aufgefallen ist, ist ein Geldsack. Den nimmst du an dich, außerdem so viele wertvolle Salben und Öle, wie du in den großen Sack aus gewachstem Tuch zu stopfen vermagst. Danach verschließt du die Truhe wieder und lässt alles unberührt. Keiner soll sehen, dass wir das Dorf verlassen.«

1 Mitten im Leben sind wir vom Tod umfangen.

Mit großen Augen starrte Gerwin seinen Meister an. »Wir verlassen das Dorf? Für wie lange?«

Hippolyt zuckte die Schultern. »Wer weiß. Wolltest du nicht immer etwas von der Welt sehen? Jetzt ist es so weit. Ich werde sogleich einen Brief an einen Freund schreiben, der uns aufnehmen wird.«

»Ich wünschte ehrlich, du hättest mir mehr über deine Vergangenheit erzählt.« Gerwin dachte an seine Mutter, die nun ohne seinen Schutz auskommen musste, doch sie würde ihn verstehen. »Zu wem gehen wir?«

»Jerg von Rechberg, Herr von Berbisdorf. Wir kennen uns aus einem anderen Leben. Jetzt beeil dich, denn es gelüstet mich nicht, auf dem Rost eines erzürnten und vor Trauer blinden Ritters zu enden.« Ein schmales Lächeln zuckte um Hippolyts Mund.

Gemeinsam führten sie das aufgezäumte Reittier aus dem Stall. Draußen saß Gerwin auf, der aufgrund mangelnder Erfahrung ein nur leidlicher Reiter war, und Hippolyt gab dem Pferd einen wohlmeinenden Klaps auf den Hintern. Gerwin spürte den besorgten Blick des Freundes in seinem Rücken und gab dem Tier die Fersen zu spüren. Der eiserne Schlüssel drückte ihn in seinem Gürtel. Es musste Hippolyt sehr ernst mit der Flucht sein. So hatte der Arzt noch nie zu ihm gesprochen.

Das Pferd lief gleichmäßig und machte es Gerwin leicht, sich seinen Bewegungen anzupassen. Nach einer Weile konnte er sich mehr auf die Landschaft als auf seine Haltung konzentrieren und genoss den Überblick, den ihm die erhöhte Position bot. Fast fühlte er sich wie ein Edelmann, auch wenn aus seinem Gürtel kein Degen, sondern lediglich ein alter Dolchknauf ragte. Die Klinge war aus minderwertigem Stahl und schartig, nichts, womit ein Wegelagerer zu beeindrucken wäre. Oder eine Dame. Seufzend dachte Gerwin an das schöne Mädchen, welches bei den Froehners eingezogen war. Frauen waren geheimnisvolle Wesen, die er nicht immer verstand, aber sie schienen ihn genauso anziehend zu finden wie er sie, und so kam jeder auf seine Kosten. Die selbstbewusste Adelia war eine neue Erfahrung für ihn gewesen. Es störte ihn nicht mehr, dass sie ihn nur benutzte, um an den Kräutertrank zu gelangen, denn sie war zwar sinnlich, doch löste ihre Gegenwart keine verwirrenden Gefühle in ihm aus, wie es der kurze Blickwechsel mit der Fremden getan hatte.

Der Himmel war bedeckt, und es schneite kurzzeitig, doch die Wege blieben passierbar, weil der Untergrund noch gefroren war. Wenn es erst anfing zu tauen, verwandelte sich alles in morastiges Sumpfland. Ein Bauer schob einen Karren voller Reisig vor sich her und grüßte ihn höflich, indem er sich an den Filzhut tippte. Gerwin nickte und beschloss insgeheim, es anders zu halten als Hippolyt, der den Menschen kaum etwas für seine Heilkunst berechnete. Dann würde er sich ein Pferd und bessere Kleidung leisten können, und die Leute würden ihm mit Achtung begegnen. Über diesen erquicklichen Gedanken an eine rosige Zukunft, in der sein prügelnder Vater und das Elend seiner Familie nicht vorkamen, gelangte er nach Helwigsdorff.

Im Haus des Wundarztes beeilte er sich, den Anweisungen seines Freundes zu folgen, denn er wollte noch vor Einbruch der Dunkelheit zurück in Dörnthal sein. Bevor er die Truhe öffnete, stopfte er sich ein Stück Käse in den Mund und spülte ihn mit einem Schluck Bier hinunter. Als Gerwin den schweren Deckel nach hinten klappte, stieg ihm der Geruch von altem Papier und Leder entgegen. Ehrfürchtig strich er über die Einbände der Folianten, in deren lederne Deckel die Titel mit goldenen Lettern geprägt waren. Er konnte nicht widerstehen und nahm Michel Servets »Christianismi Restitutio« heraus. Hippolyt hatte mit ihm ein Kapitel aus dem medizinischen Lehrwerk gelesen, denn Servet, der von Calvin seiner religiösen Überzeugung wegen in Genf auf den Scheiterhaufen gebracht worden war, gehörte zu den mutigsten Denkern der neuen Medizin. Der menschliche Körper barg so viele Geheimnisse, und wie sollte man Krankheiten kurieren, wenn man nicht einmal genau wusste, wie der Organismus funktionierte? Doch für diese Überlegungen war jetzt keine Zeit.

Gerwin legte das Buch zurück und nahm die schwarze Kutte heraus. Zu diesem mönchischen Kleidungsstück hatte er einige Fragen an Hippolyt, ebenso zu seinem aristokratischen Freund, den er ganz nebenbei erwähnt hatte. Der Geldsack war aus dickem Leder und wog schwer. Neugierig öffnete Gerwin die Börse und starrte mit offenem Mund auf die goldenen Taler verschiedener Prägung. Hippolyt war reich! Der Wundarzt war wohlhabend und lebte in diesem finsteren Nest, in dem es freudloser war als in einer Kloake. Kopfschüttelnd verstaute Gerwin die Börse in dem großen Sack aus gewachstem Tuch, legte die wertvollen Arzneien und Kräuter dazu und verschloss die Truhe wieder.

Sorgfältig verriegelte er auch die Haustür, kontrollierte die Fensterläden und band den Sack auf dem wartenden Pferd fest. Gewiss vermutete niemand eine solche Menge Geld in dem ärmlichen Haus des Arztes, doch Gerwin saß nun mit gemischten Gefühlen auf und wünschte sich, er besäße einen Degen oder eine Pistole, um sich notfalls verteidigen zu können. Er lenkte den Braunen durch die Fichten zur Straße hinunter, als es hinter ihm im Wald knackte.

»Heda!«, rief Gerwin und beobachtete die dicht stehenden Nadelbäume.

Die Zweige bewegten sich, und eine weibliche Gestalt trat heraus. Aus der Kapuze des samtenen Umhangs blitzten ihn braune Augen an. »Was schreit Ihr so? Tu' ich etwas Verbotenes? Darf man in diesem verfluchten Land nicht einmal ungestört Tannäpfel sammeln?«

Gerwin lachte, dass sein Pferd zu tänzeln begann.

»Und was lacht Ihr jetzt? Das ist allerhand!« Wütend rauschte Jeanne an ihm vorbei, doch er folgte ihr.

»Es tut mir leid. Eure Aussprache! Und es sind Fichtenzapfen, keine Äpfel.«

»Ah, was macht das schon. Was ist mit meiner Aussprache? Ich spreche doch Eure Sprache, die so klingt, als müsse man ständig husten!« Jeanne ahmte die harten Laute des Deutschen nach.

»Ich finde Euren Akzent sehr hübsch. Mein Name ist Gerwin Pindus. Woher kommt Ihr?« Er wollte die Gelegenheit nutzen, möglicherweise sah er sie nie wieder.

Obwohl es sich nicht ziemte, mit Fremden zu sprechen, blieb Jeanne stehen und betrachtete den Gehilfen des Medicus, der auf dem Pferd eine gute Figur machte. »Pindus? Wie der betrunkene Karrenführer?«

Sie bereute ihre Worte sofort, als sich Gerwins Miene verdunkelte. Er hatte sie nur geneckt, und sie hatte seinen Stolz verletzt.

»Man kann sich seine Eltern nicht aussuchen, nicht wahr?« Was musste sie von ihm denken? Wahrscheinlich hielt sie ihn für einen Taugenichts, der einen Säufer zum Vater und eine Hure zur Mutter hatte. Und er konnte es ihr nicht einmal verdenken, denn die Froehners dachten gewiss wie alle im Dorf nur schlecht über seine Familie.

Jeanne wechselte den Reisigkorb von einer Hand in die andere. »Ich bin Jeanne Fry. Wir kommen aus Frankreich, aus dem Languedoc. Mein Vater ist Lautenbauer, und ich spiele Laute«, sagte sie versöhnlich und etwas dümmlich, wie sie fand, doch sein Blick verunsicherte sie.

Gerwin lächelte. »Es freut mich sehr, Jeanne Fry. Darf ich Euch den Korb abnehmen?«

»Aber es ist gleich dort vorn.« Jeanne zeigte auf das Haus von Thomas Froehner.

»Bitte, es ist mir eine Ehre.« Er sprang von seinem Pferd, nahm ihr den Korb ab und ging auf der Dorfstraße neben ihr her. Die Pferdehufe klapperten in der klaren Winterluft. Aus den Augenwinkeln sah er, wie zwei Frauen, die mit ihren Kindern über den Platz gingen, tuschelnd die Köpfe zusammensteckten.

»Was arbeitet Ihr, Gerwin? Ihr seid kein Karrenführer.« Zwar erinnerte sie sich daran, was Gerwins Vater gesagt hatte, doch sie wollte es von ihm selbst hören.

»Ich lerne bei Meister Hippolyt, einem großen Wundarzt. Eines Tages werde ich selbst ein Heiler sein!« Es hatte stolzer geklungen als beabsichtigt, doch sie schien es ihm nicht übelzunehmen.

»Kranke zu heilen ist ein ehrenvoller Beruf. Allerdings gibt es viel zu viele Scharlatane, die den Leuten nur das Geld aus den Taschen ziehen.« Sie hielt verlegen inne. »Oh, entschuldigt, ich meine nicht Euch oder Euren Meister.«

Gerwin lachte. »Wir scheinen uns dauernd entschuldigen zu müssen. Nein, Ihr habt vollkommen recht. Unser Berufsstand hat keinen guten Ruf.«

»Wir sind da.« Jeanne streckte die Arme nach dem Korb aus, den Gerwin ihr nur widerwillig reichte, zu gerne hätte er sich weiter mit ihr unterhalten. Ihre Wangen waren gerötet von der Kälte, und dunkle Locken umspielten das schöne Gesicht, das er unentwegt anschauen musste.

»Danke, Gerwin. Ich wünsche Euch viel Glück auf Eurem Weg zum Medicus.« Sie nickte ihm freundlich zu und zögerte einen Moment, bevor sie das Tor zum Aufgang des Froehnerhauses aufstieß.

»Wartet!«

Sie drehte sich um und fand sich von einem Blick mit so viel Wärme umfangen, dass ihr Magen sich seltsam gebärdete. »Ja?«

»Ich«, stotterte Gerwin. »Ich würde Euch gern einmal spielen hören«, brachte er heraus.

»Oh. Vielleicht, irgendwann.«

»Was treibst du dort unten, Jeanne? Komm endlich herein!«, ertönte die scharfe Stimme von Agathe, die mit drohender Miene in der offenen Haustür wartete.

Er sah Jeanne nach, bis sie im Haus verschwunden war. Erst als die Tür ins Schloss fiel, löste sich seine Befangenheit, und er stieg auf sein Pferd. Mit einem tiefen Atemzug füllte er seine Lungen mit eiskalter Luft und rüstete sich für den letzten schweren Gang, der ihm in Helwigsdorff noch bevorstand. Er konnte nicht gehen, ohne seiner Mutter Lebewohl zu sagen.

Vor der verkommenen Kate am Rande des Dorfes brachte er den Braunen zum Stehen, saß ab und befestigte die Zügel am Ast einer Birke. Was die Leute auch über Gudrun Pindus, geborene Waldeck, reden mochten, er wusste es besser. Langsam schritt er den unebenen Weg zum Eingang entlang. Das Gelände war abschüssig gegen den Fluss hin, und niemand außer den Ärmsten baute hier ein Haus. Oft genug verließ der Fluss sein Bett und flutete die Häuser im unteren Bereich des Dorfes. Als er die Tür aufstieß, kam ihm der vertraute Gestank in dicken Schwaden entgegen. Nie würde er diese Mischung aus Fäulnis, Schimmel, Kammerlauge und vergorenem Essen vergessen, die seine Kindheit geprägt hatte.

Das Untergeschoss war in Küche und Sitzecke unterteilt. Eine Stiege führte ins Dachgeschoss, in dem sich zwei Schlafräume befanden. Einen teilten sich fünf Kinder, die beiden ältesten Schwestern waren bereits aus dem Haus. Wenn er nicht bei Hippolyt blieb, hatte Gerwin meist unten neben dem Küchenofen genächtigt.

Seine Mutter stand mit dem Rücken zu ihm an einem langen Tisch und zerteilte die Reste eines mageren Huhnes, das seinen Weg in den Suppentopf finden sollte. Hedwig stand neben ihr und schälte Zwiebeln. Die Kleineren spielten mit Holzstücken und Lumpen auf dem Boden.

Gerwin ließ die Tür los. »Mutter!«, rief er und durchbrach die geschäftige Stille des häuslichen Treibens.

Gudrun wandte sich um, und ein Strahlen glitt über das vergrämte Gesicht. Rasch wischte sie sich die Hände an ihrer Schürze ab und umarmte ihren Sohn, der sie um einen Kopf überragte. Unter dem zerschlissenen Kleid fühlte er den bereits leicht gerundeten Rücken und die Knochen. Woher auch sollte sie Fett ansetzen, wenn es nie welches zu essen gab?

»Ist er hier?«, war seine erste Frage, und sein Blick glitt wachsam zur Hintertür, durch die jeden Moment der betrunkene Friedger stürzen konnte. Im Hof befanden sich der Ochsenstall und die Kloake, die direkt in den Fluss entleert wurde, obwohl das verboten war. Gerwin wusste, dass der Dorfschulze nur aus Mitleid mit Gudrun und den Kindern ein Auge zudrückte.

Gudrun schüttelte den Kopf. Ihre grauen Haare waren sorgsam unter einer weißen Haube versteckt. »Aber er müsste bald zurück sein. Du warst auf Dörnthal, habe ich gehört?« Sie streichelte seine Wange und schob ihm einen Stuhl hin. »Setz dich, gleich gibt es gute Suppe. Mit Fleisch!«, betonte sie.

Hedwig sagte nichts, sondern starrte gierig auf das Huhn, von dem sie kaum etwas an ihren großen Bruder abgeben wollte.

»Danke, aber ich muss gleich weiter. Ein Becher Bier gegen den Durst wäre nicht übel.«

Einer seiner kleinen Brüder hatte vor die Tür geschaut. »Ist das dein Pferd, Gerwin?«

»Nein, Kurzer, das gehört dem Ritter Alnbeck auf Dörnthal. Er hat es mir gegeben, damit ich Medizin für seinen kranken Sohn hole.«

Gudrun reichte ihm einen Becher und wollte sich wieder an den Tisch stellen, doch Gerwin, der das Bier in einem Zug getrunken hatte, nahm ihre Hände. »Nur einen Augenblick.«

Ihre Augen waren so leer und freudlos, dass es ihm in der Seele wehtat. Er zog sie mit sich hinüber auf die andere Seite des Raumes und setzte sich ihr gegenüber auf einen Stuhl.

»Hedwig, gib die Zwiebeln in den Topf und dann noch von dem Kraut aus dem Kübel dazu!«, ordnete Gudrun an.

»Mutter, ich werde Hippolyt für einige Zeit begleiten.« Er betrachtete das schmale Gesicht seiner Mutter, deren dunkle Augen mit den langen Wimpern er geerbt hatte. Mit einer Hand nestelte er in seinem Gürtel und zog eine von Hippolyts Goldmünzen hervor. Sich vergewissernd, dass keines seiner Geschwister sie beobachtete, drückte er seiner Mutter das Geldstück in die Hand und umschloss sie mit seinen Fingern.

»Gerwin, was …?«

»Nimm es und kauf davon Essen und Kleidung, was auch immer du brauchst, aber gib ihm nichts davon, versprich mir das!«

»Mein Junge, woher hast du das? Du hast doch nichts Unrechtes getan?« Ungläubig schaute sie kurz auf die Münze, um dann ihrem Sohn fest in die Augen zu sehen.

Er lächelte. »Nein.«

»Guter Junge. Ich habe immer gewusst, dass du es schaffen wirst. Du bist nicht wie er.« Einen Moment glomm Stolz in ihrem Blick auf, doch das Leuchten wurde von lautem Poltern und Brüllen fortgewischt, das die Ankunft Friedgers verkündete.

Sofort sprangen Gerwin und seine Mutter auf. Es gelang ihm gerade noch, sie fest in die Arme zu nehmen und auf die Wangen zu küssen, als sein Vater bereits hereinstürmte und mit glasigen Augen in den Raum stierte.

»Hundsfott, ist das dein Pferd? Wenn das dein Pferd ist, gehört es jetzt mir! Du schuldest mir Geld für Unterkunft und Essen«, brachte Friedger mit schwerer Zunge heraus und bemerkte erst jetzt seine verängstigte Frau. »Was stehst du hier herum? Mach das Essen fertig! Und nicht so einen Fraß!«

Speichel tropfte ihm aus den Mundwinkeln, und sein Atem stank säuerlich. Friedger rülpste laut und griff sich an seinen Hosenlatz. »Und dann gehst du mit mir nach oben. Ich habe Rechte, Weib!«

Bevor Gerwin in seinem Zorn auf den verhassten Vater zu seinem Dolch greifen konnte, stellte seine Mutter sich zwischen die Männer, schob Friedger in Richtung Stiege und sagte: »Ich komme gleich und bringe dir Bier.«

Friedger drehte sich um und verzog sein Gesicht zu einer Fratze, um dann auf die Treppe zuzuwanken.

Gudrun ergriff Gerwins Arm und brachte ihn zur Vordertür hinaus. »Geh, mein Sohn, ich liebe dich. Denke immer daran, dass du nichts mit diesem Mann da drinnen gemein hast. Hörst du mich?« Sie sagte das so eindringlich, dass Gerwin verwundert stehen blieb, doch das Poltern auf der Stiege und derbe Flüche ließen Gudrun zusammenzucken. Mit Tränen in den Augen flüsterte sie: »Geh mit Gott, mein Junge.«

»Mutter!«, rief Gerwin heiser und wollte sie festhalten, doch sie machte sich los und verschwand hinter der Holztür, die Gerwin wie das Tor zur Hölle erschien. »Und Gott mit dir …«

5

Das Schicksal hatte ein Einsehen mit ihnen gehabt, dachte Jeanne und drehte zufrieden an den Wirbeln ihrer Laute, bis die Saiten in Quarten perfekt aufeinander abgestimmt waren. Sie zupfte eine Melodie aus ihrer französischen Heimat. Ulmann und Franz waren zwei Tage fort gewesen. Der Bader hatte den Schnitt mit mehreren Stichen genäht, und Franz war mit Leidensmiene im Haus herumgelaufen. Dann war der Brief aus Bärenstein eingetroffen. Afras Eltern lagen mit einem bösen Fieber danieder und baten die Tochter um Beistand. Nach einigem Hin und Her waren Ulmann und Afra gemeinsam nach Bärenstein gefahren, um den kranken Eltern zu helfen. Franz begleitete sie bis Mulda, wo er Geschäftliches erledigen wollte.

In Mulda gab es ein Badehaus, in dem man auch über Nacht bleiben konnte, um die Dienste der Bademägde in Anspruch zu nehmen, die sich für wenig Geld anboten. Die Not unter den Leuten war groß, das Geld knapp, und viele Frauen arbeiteten tagsüber in den Webereien oder im Wirtshaus und verdienten sich nachts im Badehaus etwas dazu. Obwohl jeder wusste, welche Geschäfte Franz nach Mulda führten, verlor niemand ein Wort darüber. Jeanne hegte den Verdacht, dass selbst Agathe den streitsüchtigen Franz nicht vermisste.

Jeanne hielt inne, denn sie vermeinte Pferdehufe zu hören. Tatsächlich klopfte es bald darauf an der Haustür, und Zilla kam mit einem Brief in die Werkstatt.

»Für den Herrn Fry.« Sie knickste artig und gab Endres den dicken, versiegelten Umschlag.

Jeanne trat zu ihrem Vater an die Werkbank. Thomas, der gerade den Korpus einer Laute vom Klotz genommen hatte und die Innenseite mit Papierstreifen verleimte, hob nur kurz den Kopf. »Hoffentlich gute Nachrichten.«

Endres legte seinen Ziegling hin, mit dem er die Eibenspäne glättete, und wendete den Brief. »Aus Dresden.«

»Von Conrad Nothmann?« Mit klopfendem Herzen wartete Jeanne, dass ihr Vater das Papier entfaltete, und beobachtete gebannt seine Lippen, die stumm die Worte formten, welche der Musikus mit steilen Schriftzügen aufgeschrieben hatte.

»Nun, er lädt uns nicht direkt ein, sofort nach Dresden zu kommen, aber das habe ich auch nicht erwartet. Antonio Scandello, der Trompeter aus Brescia, ist derzeit Hofkapellmeister. Wie es scheint, steht Nothmann nicht gerade hoch in der Gunst des Italieners. Er verstand sich besser mit dem alten Walter, der sich auf das geistliche Lied konzentrierte.«

»Johannes Walter? Der hat in Wittenberg das ›Geistlich Gesang-Büchlein‹ herausgegeben und die Hofkapelle erst begründet. Was ist mit ihm?«, fragte Thomas.

»Ein Leiden zwang ihn aus dem Dienst bei Hof. Er komponiert nur noch Lieder für die Messe und hat sich ganz der Religion anheimgegeben.«

»Und was bedeutet das für uns, Vater?« Die Verhältnisse am Dresdner Hof waren Jeanne ebenso unbekannt wie der Name des Kirchenmusikers. Scandellos Ruf als ausgezeichneter Trompeter hingegen war ihm bis nach Frankreich vorausgeeilt, und er hatte »Neapolitanische Canzonen« veröffentlicht, die sie bereits gespielt hatte. Da Jeanne sich ihres Talents als Lautenspielerin nicht zu schämen brauchte, sehnte sie sich danach, mit guten Musikern zu spielen – und gar mit einer Größe wie Scandello! Doch solange sie hier in dieser Einöde festsaßen, blieben ihr nur Träume.

»Im April, vielleicht«, hörte sie ihren Vater sagen und horchte auf.

»April? Dann gehen wir nach Dresden an den Hof des Kurfürsten?«

»Jeanne, hörst du überhaupt zu? Nothmann schreibt, dass frühestens ab April mit einer Veränderung der Situation zu rechnen ist, insofern, als dann eine Umstrukturierung der Kapelle ansteht und neue Instrumente gebraucht werden. Allerdings sind die Instrumentenbauer in Dresden und Leipzig in Zünften organisiert.« Endres trommelte mit den Fingern auf der Werkbank.

»Mit denen wirst du's nicht leicht haben, Endres«, meinte Thomas. »Deren Regularien sind streng, Neuzugänge ungern gesehen, und Fremde haben fast keine Aussicht auf Aufnahme.«

»Früher gab es die Zunftordnungen für unseren Stand nicht«, meinte Endres.

»Seit einigen Jahren reden sie davon, auch uns hier der Dresdner Zunft anzugliedern, bislang ohne Erfolg, aber es wird noch dazu kommen. Was nicht bedeutet, dass sich hier jeder einfach niederlassen kann und sein Gewerbe nach Gutdünken ausübt. Unser lieber Kurfürst bemüht sich sehr um Recht und Ordnung und hat auch viel Gutes bewirkt.« Thomas lehnte sich auf seinem Stuhl zurück. »Wir haben ihm den Augsburger Religionsfrieden zu verdanken und leben zum ersten Mal seit vielen Generationen in Zeiten, in denen die Söhne nicht zu den Waffen gerufen werden. Dass der Kurfürst so eng mit den Habsburgern steht, ist nicht nach jedermanns Geschmack, und mir wäre es auch lieber, er würde den Kampf der Protestanten in den Niederlanden unterstützen. Die Spanier sind mir zuwider. Papistengewürm!« Der Instrumentenbauer strich sich durch den silbernen Bart. »Einfacher ist unser Leben trotzdem nicht geworden. Aber wir lieben, was wir tun, nicht wahr, Endres?«

Sein Ziehsohn nickte lächelnd. »Es gibt kein besseres Handwerk, jedenfalls keines, das ich lieber ausüben würde.«

»Und wenn jemand kommt wie deine Tochter und der Theorbe solch überirdische Töne entlockt, dann weiß ich, dass es einen Himmel geben muss. Einen Himmel, in den ich gerne eingehe, wenn die Engel dort so spielen wie Jeanne.« Der alte Froehner bedachte sie mit einem anerkennenden Blick. »Wäre die Theorbe nicht bereits verkauft, ich würde sie dir schenken. Zumindest weiß ich, wie sie klingen kann.«

Mit großen Augen bewunderte Jeanne wieder einmal das exquisite schwarzweiße Instrument. »Klingen kann? Ja, wer wird sie denn spielen?«

»Eine Tochter derer von Haugwitz auf Hirschstein. Wenn ich meine Instrumente nur an Leute verkaufen wollte, die sie auch zu spielen verstehen, hätte ich bald kein Brot mehr zu beißen.« Thomas lachte.

Auch Endres schmunzelte. »Wohl wahr. Und so kann ich auch den Nothmann verstehen, der mir nichts verspricht, als dass wir im April an den Hof kommen können, um vorzusprechen. Alles Weitere muss sich ergeben. Der Kurfürst pflegt die Festkultur mehr als sein seliger Bruder Moritz und hat die Ausgaben für Prachtbauten in Dresden stark aufgestockt. Das lässt hoffen. Ich denke, *mignonne*, wir werden im April nach Dresden gehen«, beschloss Endres.

Jeanne stieß einen Freudenschrei aus und fiel ihrem Vater um den Hals. Doch genauso rasch besann sie sich, strich ihre Röcke glatt und ging zu Thomas, der verständnisvoll, doch bedrückt schien. »Ich weiß, dass wir dir viel verdanken und was du meinem Vater bedeutest. Doch die Frauen in diesem Haus und auch Ulmann und Franz werden uns lieber heute denn morgen wieder ziehen sehen.« Sie küsste Thomas auf die Wange. »*Grand-père.*«

Gerührt zwinkerte Thomas eine Träne fort und wandte sich wieder seiner Arbeit zu. »Dann halte dich ran, Endres, damit du etwas vorweisen kannst, wenn du nach Dresden gehst.«

Endres nickte, legte den Brief fort und ordnete die Eibenspäne so, wie er sie später als Korpus verleimen wollte. Er hatte seiner Tochter den Entwurf für die Laute gezeigt, die ein edles Instrument für eine gebildete Gräfin sein würde. Glücklich nahm Jeanne ihre Laute wieder auf, setzte sich und stimmte »*Amy souffre*« an, ein Lied aus Avignon.

»Nun freut euch, lieben Christen g'mein …«, sang der Chor, und die Gläubigen fielen mit ungeübten Stimmen ein, was der Pfarrer mit säuerlicher Miene quittierte. Doch unermüdlich ermunterte der protestantische Geistliche die Schäflein seiner Gemeinde, aus voller Kehle zu singen, denn Gesang hatte einen hohen Stellenwert in der reformierten Liturgie. Auf dem Altar standen eine schlichte hölzerne Brotschale, ein silberner Abendmahlkelch und eine ebensolche Abendmahlkanne, die die Anbetung der Hirten zeigte, ansonsten waren die Gerätschaften schmucklos. Es war der erste Sonntag der Passionszeit, Invokavit.

Jeanne zupfte ihre Laute und überhörte die falschen Töne, wie sie es immer tat, wenn sie bei öffentlichen Anlässen spielen musste und Lärm oder schlechte Musiker die Harmonie störten. Es war der erste Sonntag, an dem Thomas sie und ihren Vater mit in die kleine Pfarrkirche nach Mulda genommen hatte, in der Hoffnung, dass Jeanne sich an der geistlichen Musik erfreuen würde.

Nachdem das Lied beendet war, legte Jeanne die Laute in ihren Schoß und beobachtete die versammelte Gemeinde. In den vorderen Stuhlreihen saßen die betuchten Vertreter unterschiedlicher Zünfte und Stände, der niedere Adel war durch Verwandte der Schönbergs vertreten. Dahinter fanden sich Leute wie die Instrumentenmacher, weder reich noch arm, deren Gewänder sich deutlich sowohl von denen der vornehmen Herrschaft als auch von den ärmlichen Lumpen der niederen Stände unterschieden. Auf den hinteren Bänken des zugigen und kalten Gotteshauses hockten mit ausdruckslosen, von Hunger und Entbehrung gekennzeichneten Gesichtern Tagelöhner, das Gesinde, Ziegler und Dirnen. Die Gesellschaft schien Jeanne hier nicht anders aufgegliedert als in Frankreich, und doch wirkten die Armen verhärmter, die Mienen noch freudloser, was sie dem unwirtlichen Klima zuschrieb.

Franz, den sie wieder mit nach Helwigsdorff nehmen würden, saß mit hängenden Schultern neben seinem Großvater und hatte während des gesamten Gottesdienstes nicht ein Mal den Kopf gehoben. Die Hand war noch verbunden, aber das war nicht der Grund für seine Niedergeschlagenheit, wie sie durch die anklagenden Worte des Pfarrers erfuhr: »Zum dritten Mal hat Franz Froehner nun gefehlt!«

Ein Raunen ging durch die Gemeinde, und es wurde zustimmend mit dem Kopf genickt.

»*Invocavit me*. ›Er ruft mich an, so will ich ihn erhören, ich bin bei ihm in der Not.‹ So heißt es in jenem Psalm 91,15, der dem heutigen Sonntag seinen Namen gibt. Auch du, Franz, hättest dich an unseren Herrn wenden sollen, denn unsere Abmahnungen haben dich nicht auf den rechten Weg führen können. Alle sollen nun wissen, dass du dich des unmäßigen Trinkens, des Wirtshausbesuchs und der Hurerei schuldig gemacht hast! Du bist nicht würdig, den Segen zu empfangen, und wirst für die nächsten vier Sonntage vom Abendmahl ausgeschlossen! Solltest du auch dann keine Reue zeigen und Buße tun, wirst du in dieser Gemeinde geächtet werden!«, donnerten die Worte von der Kanzel.

Der Beschuldigte verbarg das Gesicht in den Händen. Thomas Froehner rückte ein Stück von ihm ab und redete leise auf ihn ein, wobei seine gerunzelten Augenbrauen nichts Gutes verhießen. Ihr Vater verzog keine Miene und folgte konzentriert dem protestantischen Ritus, der sich vor allem in den zahlreichen musikalischen Teilen vom calvinistischen unterschied. Für Jeanne machte es keinen großen Unterschied. Hauptsache, sie musste nicht der heiligen Messe beiwohnen, denn die Papisten waren ihr verhasst. Sie hatten ihre Mutter getötet, ihnen ihre Existenz genommen und sie genötigt, in diesem abgelegenen Landstrich Zuflucht zu suchen.

Jeanne betete, wie sie es gelernt hatte, sie wiederholte Worte wie Formeln, weil man es von ihr erwartete. Seit dem Tod ihrer Mutter hatte sie oft über ihren Glauben nachgedacht und war zu dem Schluss gekommen, dass er ihr keinen Trost schenkte. Den fand sie allein in der Musik. Wenn sie mit geschlossenen Augen spielte, stellte sie sich vor, dass ihre Mutter ihr gegenübersaß, mit leicht geneigtem Kopf, das kupferfarbene Haar offen über die Schultern fallend, versunken in die Schönheit der Melodie, die sie ihrer Laute entlockte. Oft hatten sie zusammen gespielt, und ihr Vater hatte ihnen durch die stets offene Werkstatttür zugehört.

Ihre Mutter, die belesene Christine de Bergier, hatte ihr die Madrigale von Pisano, Verdelot und Arcadelt nahegebracht, sie an die von Adrian Willaert durchgesetzte Fünfstimmigkeit chromatischer Madrigale herangeführt und Werke von Palestrina und Cyprian de Rore mit ihr gespielt. Seufzend dachte Jeanne, dass Luther die Macht der Musik erkannt und für seine Liturgie genutzt hatte. Wenn Gott existierte, dann in der Musik. Verträumt sah sie wieder nach vorn und erschrak, als Franz sie anstarrte. In seinem Blick lagen weder Reue noch Demut, sondern Verschlagenheit und Berechnung. Sie verstärkte den Griff um den Lautenhals und suchte die Aufmerksamkeit ihres Vaters, doch der war in seine Gedanken versunken.

Nach dem Gottesdienst standen die Leute aus Mulda und Umgebung vor dem Eingang des schlichten, erst kürzlich erbauten Gotteshauses und tauschten Klatsch und Tratsch aus. Es war eine heilige Pflicht, den Sonntagsgottesdienst zu besuchen, aber Jeanne war davon überzeugt, dass die Landbevölkerung sich diese Gelegenheit schon aus Neugierde nicht entgehen lassen würde.

Sie stand an der Seite ihres Vaters, die Arme um ihre Laute geschlagen, die Kapuze des Umhangs halb über die sorgfältig frisierten Haare gelegt. Ihre Kleider waren nicht nach der neuesten Mode, und in Frankreich hätte sie sich ohne Änderungen nicht mehr damit auf die Straße gewagt, doch hier wirkte selbst ihr schlichtes Reisekleid noch elegant.

Thomas unterhielt sich mit einem Apotheker, dessen Namen sie nicht aussprechen konnte.

»Vielleicht erinnert Ihr Euch an meinen Ziehsohn, Endres?«

Bevor der Apotheker, ein älterer Mann von kleinem Wuchs mit milden Zügen, die zum Großteil von einem buschigen weißen Bart verdeckt wurden, sich äußern konnte, deutete Endres eine Verbeugung an und sagte: »Apothekermeister Johann Zobeltitz, es freut mich sehr, Euch nach so vielen Jahren wohlauf und kaum verändert zu finden.«

»Schmeichler!«, lächelte Zobeltitz und zupfte an seinem Bart. »Der ist inzwischen weiß geworden, und Pillen drehe ich nun auch für meine eigenen Zipperlein. Ich würde lügen, wenn ich leugnete, dass bereits diverse Gerüchte über Euch und Eure schöne Tochter kursieren. Ich habe einen Sohn im heiratsfähigen Alter.«

Jeanne zuckte zusammen.

»Gerüchte welcher Art?«, fragte Endres und legte eine Hand auf die Schulter von Jeanne, die in die Betrachtung der kleinen Häuser aus dunklem Stein und Holz versunken schien.

»Dies und das. Was das Volk sich so zusammenreimt an langen Winterabenden bei zu viel Bier und Sauerkraut.« Der Apotheker lachte trocken und sah sich um, denn seine Kunden wollte er nicht vor den Kopf stoßen. Dann streckte er den Arm aus und winkte einen jungen Mann herbei. »Zacharias, mein Junge.«

Der als heiratsfähig Angepriesene reichte Jeanne gerade bis zur Schulter, hatte eine zierliche Figur, ein ansprechendes Gesicht mit wachen hellblauen Augen und die Freundlichkeit seines Vaters. Seine Kleidung, die guten Lederstiefel und der Pelzkragen an seinem Wams verrieten Zobeltitz' florierendes Gewerbe. Unter den interessierten Augen des Apothekersohns schlug Jeanne die Augen nieder.

»Er lernt bei mir, ist aber auf die Lateinschule und zwei Jahre auf die Universität in Leipzig gegangen.« Voll väterlichem Stolz klopfte Zobeltitz seinem Sohn auf die Schulter.

Franz hatte sich in eine Ecke der Kirchhofsmauer verdrückt und schwätzte dort mit einem hübschen Mädchen. Ihre Lippen jedoch waren zu rot, das Mieder zu eng geschnürt und die Haltung zu kokett für ein anständiges Frauenzimmer. Jetzt ließ er die Brünette stehen und kam zu ihnen, was von seinem Großvater mit einem missbilligenden Schnauben quittiert wurde. »Reicht der Verweis nicht? Musst du dich trotzdem mit den Dirnen herumtreiben? Die Familienehre ziehst du in den Schmutz!«, zischte der Patriarch der Familie Froehner.

Zacharias, einen Kopf kleiner als Franz, was ihn nicht daran hinderte, sich in Positur zu stellen, meinte abfällig: »Wer zu den Badehaushuren geht, soll sich nicht wundern, wenn er den *Morbus gallicus* drauf bekommt.«

»Musst schon Gift spucken, um zu beeindrucken, du Zwerg!«, erwiderte Franz bissig und ballte die Fäuste.

»Genug! Zacharias, wir müssen gehen. Werter Thomas, kommt doch am übernächsten Sonntag mit Endres und Jeanne nach der Predigt zu uns. Dann tischt meine Gattin ein bescheidenes Mahl auf, und Ihr habt Gelegenheit, die Gerüchte zu widerlegen und uns ein wenig über das herrliche Frankreich zu erzählen.« Mit dieser Einladung verabschiedete sich der Apotheker mit seinem Sohn und schritt erhobenen Hauptes davon. Sein schwarzer Mantel bauschte sich im Wind, und Jeanne fand, dass er keineswegs zwergenhaft wirkte.

Auf dem Rückweg saß sie in einem engen Wagen neben ihrem Vater, gegenüber von Thomas und Franz. Agathe war zu Hause geblieben und bereitete das Sonntagsessen vor, das sich in erfreulichem Maße von der kargen Alltagskost unterschied. Das Gesinde wechselte sich mit den Kirchgängen ab und fuhr, wenn genügend Platz war, auf Friedgers Ochsenkarren mit. »Was ist mit meinen Eltern? Warum sind die nicht mitgekommen?«, fragte Franz mürrisch.

»Interessiert dich doch nicht für einen Groschen! Was lassen sie dich in Mulda, wenn du doch nur Unfug anstellst? Woher hast du überhaupt das Geld fürs Saufen und die Dirnen?«, fuhr Thomas ihn an. Er atmete schwer.

Jeanne tat der alte Mann leid, der sich nach Kräften bemühte, die Familie zusammenzuhalten, und mit ansehen musste, wie sein Enkel den Namen in den Schmutz zog.

»Von Vater«, brummte Franz.

Der alte Instrumentenmacher schlug Franz mit der flachen Hand auf den Hinterkopf. »Lüg nicht! Ulmann würde dir dafür niemals Geld geben! Woher?«

Wütend starrte Franz seinen Großvater an. »Ich hab's beim Würfelspiel gewonnen. Das kann ich, und dazu braucht man einen schnellen Verstand …«

Wieder ein Schlag. »Halt den Mund! Verstand! Dass ich nicht lache …«, schimpfte Thomas.

Der Wagen ratterte über die unebenen Wege. Durch das offene Fenster sah Jeanne auf die triste Landschaft, deren graugrüne Hügel nicht länger unter Schnee verborgen lagen. Regen und Hagel brachten Schlamm und machten die Kleidung klamm, dass sie schwer wurde und es lange dauerte, bis man sich am Ofen wieder aufgewärmt und getrocknet hatte.

»Die Dirne auf dem Kirchhof, das war doch die Tochter vom Pindus, nicht wahr?«, setzte Thomas sein Verhör fort.

»Und was geht das jetzt dich an?«, blaffte Franz zurück.

»Ich verbiete dir den Umgang mit dem Gesindel! Schlimm genug, dass du zu den Dirnen gehst. Tut mir leid, Jeanne, dass du das mit anhören musst, aber ich will es jetzt klären und dann kein Wort mehr darüber verlieren.«

Jeanne nickte stumm, ohne den Blick vom Fenster zu wenden.

»Hör mir gut zu, Franz. Kein Würfelspiel mehr, keine Ausflüge ins Wirtshaus und dergleichen. Mein ganzes Leben bin ich stolz auf meinen Namen und den Ruf gewesen, den wir uns bis rauf nach Freiberg und weiter erworben haben. Und du wirst nicht alles ruinieren!« Er packte Franz am Unterarm und schüttelte ihn. »Wir sind ehrliche, hart arbeitende Leute, die sich für nichts zu schämen brauchen. Gottgefällig leben wir, und das soll auch so bleiben. Noch ein Fehltritt, und du verlässt mein Haus!«

Mit vor Wut schmalen Lippen und stierem Blick hörte Franz die demütigenden Worte und presste schließlich zwischen zusammengepressten Zähnen hervor: »Ja, Großvater.«

»Gib mir die Hand darauf, und dann kein Wort mehr darüber.«

Franz' Miene spiegelte den Widerwillen, doch der Respekt vor dem Familienoberhaupt überwog seinen Trotz. Vielleicht hatte er auch Angst, hinausgeworfen zu werden. Mehr als das beschäftigte Jeanne die Tatsache, dass Gerwins Schwester Dirne in einem Badehaus war. Seit ihrer Begegnung vor einigen Tagen hatte sie oft an den angehenden Medicus denken müssen, öfter vielleicht, als ziemlich war. Und da missfiel ihr zu hören, dass Gerwins Familie zum Abschaum der Gesellschaft gehörte.

Vor dem Schlafengehen bat ihr Vater sie zu sich. »Ja, Vater?« Sie zog den Schal enger um die Schultern.

»Was hältst du von dem jungen Zacharias? Ein respektabler Bursche, und wir sind eingeladen worden, was einiges bedeutet.«

Sie hob die Augenbrauen. »Er ist einen Kopf kleiner als ich!«

»Größe sagt doch nichts über den Menschen aus. Soweit ich mich entsinne, ist Johann Zobeltitz eine Seele von Mensch, gelehrt und wohlhabend, und der Apfel scheint nicht weit vom Stamm gefallen zu sein.«

»Nein!« Resolut verschränkte sie die Arme vor der Brust.

»Irgendwann werden wir einen Bräutigam für dich finden müssen, Jeanne. Ich bin nicht der Jüngste und möchte dich versorgt wissen, bevor meine Zeit gekommen ist.« Endres setzte sich auf den niedrigen Schemel und schob die Papiere hin und her, die auf dem Tisch lagen. »Bisher ist nichts dabei herausgekommen.«

»Aber der Nothmann hat uns doch nach Dresden eingeladen!« Ängstlich trat sie näher.

»Ach, Jeanne. Eingeladen hat er uns nicht gerade, das weißt du doch. Nun gut, für heute ist es spät. Ich wünsche dir eine gute Nacht.«

Sie küsste ihren Vater auf den Kopf, und er tätschelte ihr abwesend die Hand, mit den Gedanken bereits bei etwaigen Auftraggebern.

Als sie die Tür zuzog, sagte er, ohne aufzusehen: »Schade, ein Apotheker wäre nicht das Übelste, aber er ist wirklich klein …«

6

Der Einzug der Jagdgesellschaft versetzte Gesinde, Dienerschaft und die Familie von Alnbeck in Aufruhr. Gerwin hatte sein Pferd gerade in den Stall zurückgebracht, als er die Hörner hörte. Der kaum genesene Pferdeknecht verzog das Gesicht, während er das Zaumzeug abnahm.

»Verfluchte Herrenbrut! Denen wird's irgendwann auch an den feinen Kragen gehen.« Er spuckte aus.

»Warum gehst du nicht fort? Grund genug hättest du«, meinte Gerwin. Den Sack mit Hippolyts Habe hatte er bei einem Waldbauern untergestellt und nur den Geldsack und die Arzneien bei sich behalten.

»Du kennst den Ritter nicht. Das ist ein Verderber und Leuteschinder! Er hat meine Schwester Almut geschwängert und gibt ihr keinen Groschen extra, damit sie das Kind ernähren kann, das bei Milcheltern aufgezogen werden wird. Aber wir sind alle abhängig von ihm, und er ist für seine grausame Rachsucht bekannt.«

Die Eingangstore des Gutes waren aufgezogen worden, und die ersten Wagen rollten in den Hof, begleitet von klappernden Pferdehufen, Hundegebell und fröhlichen Stimmen. In Gerwins Magen machte sich ein flaues Gefühl breit.

Er hörte nicht mehr, was der Knecht noch murrte, denn auf dem Hof wurde er von einem Wirrwarr aus Rufen, hin und her eilenden Dienern, stampfenden Pferden und einer Meute Jagdhunde eingekreist, die ihm das Durchkommen zum Aufgang erschwerten. Er schlug seinen Umhang über die Schultern zurück, um mehr Armfreiheit zu haben, und schob die schnuppernden Hundenasen beiseite, die seinen Beutel erkunden wollten. Einer der Jagdaufseher rief einen Befehl, worauf die Hunde zu ihm stürmten und sich in einer Ecke um das Fleisch balgten, das ihnen vorgeworfen wurde. Noch nie hatte Gerwin so viele Edelleute aus der Nähe gesehen und war beeindruckt von den reich bestickten Stoffen, den silberbeschlagenen Gürteln, den mit Juwelen bestückten Waffen und den pelzgefütterten Mänteln der Damen, die sich zierten, ihre Seidenpantöffelchen auf das Pflaster zu setzen. Dem ersten Wagen entstieg ein älterer Edelmann, den Gerwin für Schönberg hielt. Er trug eine pelzverbrämte Schaube über dem Schoßrock, halblanges, über der Stirn glatt geschnittenes Haar und einen waagerecht gestutzten, breiten Vollbart.

Eine prachtvoll gekleidete Dame stellte sich neben Schönberg. Ihre Kopfbedeckung war eine seltsame Mischung aus Federn und Perlen.

Gerwin eilte die Treppe zum ersten Stock hinauf und erreichte endlich das Krankenzimmer, wo er von Hippolyt bereits ungeduldig erwartet wurde.

»Wo hast du dich nur herumgetrieben?« Der Wundarzt wischte sich die Stirn.

Gerwin nahm das Opium aus seinem Beutel und gab es dem Meister. Leander atmete schwer und seufzte mit geschlossenen Augen. Seine Gesichtsfarbe war erschreckend grau geworden, die Wangen dagegen unnatürlich gerötet. Nachdem Hippolyt dem Leidenden einige Tropfen des Opiats auf die Lippen geträufelt und ihm beruhigend über die Stirn gestrichen hatte, schien sich der Junge etwas zu erholen.

Sie waren allein mit dem Kranken. Adelia und ihre Herrin waren unten im Hof, um die hohen Gäste willkommen zu heißen.

»Heute Nacht werden wir das Gut verlassen, Gerwin. Es muss sein, auch wenn ich den Jungen nicht gern allein lasse, aber sein Zustand ist bereits bedenklich. Und dann gnade uns Gott …«, sagte Hippolyt leise.

»Wir brauchen Pferde, sonst haben sie uns sofort eingeholt«, gab Gerwin zu bedenken. »Vielleicht verkauft uns der Waldhufenbauer, bei dem ich die Sachen untergestellt habe, eines. In seinem Stall stand eine Mähre.«

»War er vertrauenswürdig?«

Gerwin zuckte mit den Schultern. »So gut wie jeder arme Schlucker gegen anständige Bezahlung. Meister, von dem Geld habe ich meiner Mutter einen …«

»Ist schon gut, Gerwin. Jetzt hör mir zu: Es ist mir gelungen, die Botschaft nach Berbisdorf zu schicken. Wenn wir es unbehelligt bis dorthin schaffen, sind wir fürs Erste in Sicherheit. Mit dem Geld, welches du in meiner Truhe gefunden hast, sollten wir uns eine Weile durchschlagen können. Auf der Flucht zu sein ist kostspielig.« Hippolyt lächelte schief.

»Du musst es wissen.«

»*Nam sapiens quidem pol ipse fingit fortunam sibi.*[1]«

1 Denn der Weise formt sich sein Schicksal selbst.

Zu einer Erklärung kam Hippolyt nicht, denn die Tür wurde aufgestoßen, und Christoph von Alnbeck kam herein, gefolgt von seiner Gemahlin, deren Zofe und seinen vornehmen Gästen.

Gerwin machte eine tiefe Verbeugung, während Hippolyt nur leicht mit dem Kopf nickte.

Erwartungsvoll eilte der Ritter zum Lager seines Sohnes. Elisabeth näherte sich langsam mit ernster Miene und gefalteten Händen. »Der Prediger war hier, mein Gemahl«, sagte sie leise.

»Was?« Christoph von Alnbeck fuhr auf. »Doch nur, um meinen Sohn mit Gebeten zu unterstützen! Hoheit, bitte, verzeiht. Ich möchte kurz mit dem Medicus sprechen, bevor ich mich ganz Euch widmen kann.«

Schönberg warf einen mitleidigen Blick auf Leander. »Ihr hättet mir sagen müssen, wie schlimm es um Euren Sohn steht, dann hätte ich sogleich nach dem fürstlichen Medicus schicken lassen. Ich werde das sofort veranlassen.« Er führte seine Gemahlin hinaus. Die schweren Düfte der Damen hingen noch im Raum und vermengten sich mit den Ausdünstungen der Reisekleidung und der verschmutzten Stiefel.

»Schläft mein Sohn den Schlaf der Genesung oder entgleitet sein zartes Leben Euren Händen, Medicus?« Alnbeck sah Hippolyt aus zusammengekniffenen Augen an, und in seiner Stimme lag ein lauernder Unterton.

»Ihm wurde soeben ein Opiat verabreicht. Deshalb ist sein Schlaf so tief und seine Gesichtsfarbe eher blässlich«, erwiderte Hippolyt, ohne zu zögern.

»So?« Alnbeck betrachtete den schlafenden Jungen, dessen Wangen hohl wirkten. Unter den geschlossenen Lidern bewegten sich die Augäpfel.

»Das Jüdel spielt mit seinen Augen«, murmelte Elisabeth und drückte sich eine Hand vor den Mund, um ihr Schluchzen zu dämpfen.

»Was redet Ihr für Unsinn? Das Jüdel! So hieß es bei Wochenkindern! Ihr mit Eurem Aberglauben!«, herrschte Alnbeck seine Gemahlin an. »Ja, vielleicht waren es Eure seltsamen Gebräuche und Heimlichkeiten, die unsere Kinder verhext haben! Deshalb sind sie alle gestorben, und nur dieser eine schwächliche Junge hat das elfte Jahr erreicht!«

Gerwin wich in den Halbschatten der Zimmerecke zurück, erschüttert von dem ausbrechenden Hass und den Schuldvorwürfen des Ritters.

»Sagt so etwas nicht. Ihr wisst, dass dem nicht so ist. Ich habe keine Heimlichkeiten vor Euch. Was auch immer ich tat, es war nur für die Gesundheit unserer Kinder …« Elisabeth von Alnbeck rang verzweifelt die Hände und weinte. »Ich, ich werde wieder guter Hoffnung sein. Bitte, Liebster …«

Es war entsetzlich, die Qual der leidgeprüften Frau und Mutter mit ansehen zu müssen, und Gerwin hätte den Raum am liebsten verlassen, doch er blieb, genau wie Hippolyt an seinem Platz verharrte. Heimlich beobachtete er Adelia und fragte sich, was im Kopf der hübschen Zofe vorging. Ihr Leib zeigte keinerlei Rundung, und er hatte wahrhaftig genügend Gelegenheit gehabt, dies festzustellen. Wozu benötigte sie dann die Kräuter? War sie ihrer Herrin womöglich gar nicht so zugetan, wie sie vorgab? Verfolgte sie ganz eigene Pläne, den Ritter für sich zu gewinnen?

Christoph von Alnbeck atmete hörbar aus, die pochende Ader an seiner Stirn trat zurück. »Ihr nähert Euch dem Alter, in dem Frauen nicht mehr gebären können. Macht Euch nichts vor. Ihr werdet mir keinen Erben mehr schenken. Und vielleicht ist es an der Zeit, über andere Wege nachzudenken.«

Weinend suchte Elisabeth Halt an einem Pfosten des Baldachinbetts. »Heilige Mutter Gottes, gib mir Kraft«, murmelte sie.

»Die Gottesmutter anzurufen ist verboten! Ihr spielt mit dem Feuer, Gnädigste, gebt Acht, dass es Euch nicht verbrennt.«

Nach dieser Drohung lief Elisabeth, gefolgt von Adelia, aus dem Zimmer, als wäre der Leibhaftige ihr auf den Fersen. Und während Gerwin die düstere Miene des Ritters betrachtete, meinte er tatsächlich dämonische Züge darin zu entdecken.

»Als Medicus sind Euch menschliche Leidenschaften und häusliche Dramen nicht fremd. Dieses jedoch streicht aus Eurem Gedächtnis.« Alnbeck richtete sich zu seiner vollen Größe auf und legte eine Hand an seinen Degenknauf. »Die Sicherung der Nachkommenschaft ist die Pflicht eines Edelmanns.«

Als reute ihn diese Rechtfertigung bereits, fuhr er schärfer fort: »Morgen früh sehe ich wieder nach Leander, und ich erwarte eine sichtbare Besserung seines Zustands. Nein, dass Ihr mich richtig versteht, ich befehle es!«

Damit drehte er sich auf dem Absatz um und ging hinaus.

»*Post nubila Phoebus*[1]«, sagte Hippolyt in die lastende Stille des Raumes.

In gespielter Verzweiflung warf Gerwin die Hände in die Luft. »Was soll das nun wieder bedeuten?«

»Nichts weiter, nur, dass sich alles irgendwann wieder zum Guten wendet«, meinte Hippolyt, setzte sich auf die Bettkante und griff nach dem Handgelenk des Patienten. »Der Puls wird schwächer.«

»Er liegt im Sterben, Hippolyt.«

Jeglicher Humor war nun aus den Augen des Wundarztes verschwunden. »Daran kann niemand etwas ändern. Es ist der Wille des Allmächtigen, der ihn zu sich ruft. Für uns allerdings ist es von Bedeutung, dass er nicht bereits heute Abend stirbt. Kannst du die genaue Todesstunde bestimmen, Gerwin?«

»Nein. Ich werde ihn auch nicht noch einmal berühren!«, wehrte er ab.

»Schon gut. Wir sprechen darüber, sobald wir hier heraus sind.« Hippolyt musterte freundlich das verschlossene Gesicht seines Lehrlings. »Glaub mir, Gerwin, du wirst lernen, deine Gabe zu

1. Nach den Wolken kommt die Sonne.

nutzen. Und jetzt pflegen wir diesen armen Jungen, wie es in unseren Kräften steht. Zumindest verspürt er keine Schmerzen.«

Es war bereits später Abend, als Gerwin und Hippolyt in der großen Gesindeküche nebeneinander auf einer Bank saßen und die letzten Bissen verspeisten. Hippolyt spülte die Eiertorte mit Rotwein hinunter und wischte sich genüsslich den Mund. »Ein wahrhaft reiches Mahl! Iss dich satt, Gerwin, wir werden heute Nacht all unsere Kräfte brauchen.«

Auf Gerwins Teller lag noch etwas Speck, den er mit weichem Weizenbrot aufnahm und in seinem Mund verschwinden ließ. Daneben stand eine Platte mit Eierkuchen und kandierten Früchten, die eine besondere Gabe der Herrschaft waren, denn Zucker war teuer. Lediglich die Köche und Küchenmägde und -jungen gingen noch mit müden Gesichtern ihrer Arbeit nach.

»Meister«, begann Gerwin mit vollem Mund und trank ebenfalls einen großen Schluck Roten. »Die Zofe, mit der ich, na ja, die mir ihre Gunst geschenkt hat. Sie wollte dafür etwas von den Kräutern, die du Frauen in Not gibst.«

Gemächlich lehnte sich Hippolyt an die Mauer zurück und legte die Hände auf seinen runden Bauch.

»Ich habe etwas davon mitgebracht, aber …«, druckste Gerwin herum.

»Was hat dich umgestimmt, denn offensichtlich wolltest du ihr das Zeug geben, ohne mich zu fragen.«

Verlegen nickte Gerwin. »Es tut mir leid.«

»Sie ist ein hübsches Ding. Aber mit den Weibern muss man vorsichtig sein, Gerwin. Sie sind verführerisch und schlauer, als man denkt. Also, was plagt dich?«

»Ich glaube, dass sie mich angelogen hat und gar nicht guter Hoffnung ist.«

»Dann will sie einer anderen Frau helfen.«

»Möglich wäre es. Aber was ist, wenn sie ihrer Herrin heimlich davon gibt, damit die keine gesunden Kinder gebären kann?

Vielleicht will sie selbst den Platz einnehmen?«, sprach Gerwin seine Befürchtung aus.

»Das ist eine schwerwiegende Anschuldigung, Gerwin, und du tust der reizenden Zofe ganz sicher unrecht. Aber wenn es dich beruhigt, gib ihr nichts von dem Kraut. Du wirst sie nie wiedersehen. Was soll's?« Der Wundarzt schaute in seinen Becher. »Ein herrlicher Tropfen. Die Herrschaft wird dem edlen Gesöff gut zugesprochen haben, genau wie die Knechte und Wachmänner. Das wird es uns leicht machen, unbemerkt zu verschwinden. Auf, Gerwin!«

Sie erhoben sich, und Gerwin schnitt sich rasch noch ein großes Stück Kuchen ab. Draußen schlug ihnen eiskalte Nachtluft entgegen. Der Februar neigte sich dem Ende zu, doch der Winter wollte das Land noch nicht aus seinen kalten Klauen lassen.

»Hmm!« Gerwin schob sich den Rest des süßen Gebäcks in den Mund, als Hippolyt ihn unsanft an die Hausmauer schubste. Sie standen unter dem umlaufenden Balkon, halb verborgen hinter einigen Fässern. Nur wenige Fuß entfernt hing eine Lampe über dem Treppenaufgang, auf dem sich zwei Männer angeregt unterhielten.

Kuchenkrümel waren Gerwin in die Luftröhre geraten, und er wollte husten, doch Hippolyt hielt warnend den Finger an die Lippen. Unter großer Anstrengung hielt Gerwin den Hustenreiz zurück und presste sich einen Ärmel gegen den Mund.

»Friedrich von der Pfalz spricht bereits offen über August als Verräter. Und er ist nicht der Einzige. Es ist eine Schande, Alnbeck, dass Sachsen plötzlich auf Neutralität pocht. Herzog Alba bedroht Trier und Jülich, das können wir nicht zulassen! Wilhelm von Oranien braucht unsere Unterstützung! Anna von Sachsen ist die Gattin des Oraniers, wie kann August da überhaupt Hilfe verweigern?«

Ritter von Alnbeck hatte vor seinem Gesprächspartner gestanden und gab jetzt den Blick auf die markante Silhouette Schönbergs frei. »Eure Hoheit, das ist alles richtig, und ich stehe auf Eurer Seite, aber zum einen lag über der Ehe von Oranien und Anna von Beginn an ein Schatten. Es gab nur Zank, und nach dem Tod ihres ersten Sohnes fiel sie der Trunksucht anheim. Allein die Tatsache, dass sie des seligen Kurfürsten Moritz Tochter ist, bewegt August nicht. Er war seinem Bruder nie sonderlich zugetan. Zum anderen ist Dörnthal nur ein kleines Gut und wirft gerade genug ab, dass ich meine Ausgaben bestreiten kann.«

»Wir wollen nicht Euer Geld, sondern Euer Wort, dass Ihr auf unserer Seite steht und notfalls für die Freiheit unserer Glaubensbrüder in den Niederlanden mit uns kämpft. Die Spanier sind uns allen verhasst, und Alba hat es mit seinem grausamen Schreckensregime auf die Spitze getrieben. Könnt Ihr uns das zusagen, mein Freund?« Schönberg legte besonderen Nachdruck auf die letzten Worte, und Alnbeck schien sich angesichts dieser intimen Gunstbezeigung nicht weigern zu können, denn er ergriff die dargereichte Hand und bekräftigte den Pakt.

»Wie wollt Ihr vorgehen?«, fragte Alnbeck und warf einen Blick in den Hof, als Geräusche erklangen, doch es waren lediglich die Hunde, die sich im Schlaf bewegten.

»Nun, mein Bruder, der in Frankreich großen Respekt genießt, hält jeden Mitstreiter unserer Sache für wichtig, und ich sehe das genauso. Der Tod Adolf von Nassaus im letzten Jahr war ein tragischer Verlust und ein Rückschlag für Wilhelm von Oranien, der die Tatkraft seines Bruders schwer missen muss. Alba hat Wilhelms Güter konfiszieren lassen.«

Alnbeck nickte. »Schlimme Sache. Ich schäme mich noch, dass wir Lutheraner nicht sofort ausgeholfen haben, als Wilhelm sich an uns wandte. Auch Elisabeth I. zeigte sich plötzlich knauserig.«

»Die Inselkönigin treibt wieder einmal ein undurchsichtiges Spiel, da sie nur auf ihren Vorteil bedacht ist. Doch irgendwann verscherzt sie es sich. Nein, wir müssen hier Kräfte sammeln, Truppen ausheben, Geld auftreiben. August steht doch dem Kaiser nahe, der durchaus protestantische Neigungen hat. Daran sollte sich appellieren lassen.«

Die Männerstimmen verstummten, und eine Frau sagte etwas, das Gerwin und Hippolyt nicht verstehen konnten.

»Häusliche Sorgen sollten uns nicht plagen, nicht, wenn es um höhere Dinge geht, denn die fechten wir aus, nicht die Weiber«, entgegnete Schönberg auf die Bemerkung der Dame. »Womit ich nicht das Leiden Eures Sohnes meine. Morgen oder spätestens übermorgen werden wir Nachricht aus Dresden erhalten. Der Hofarzt des Kurfürsten soll wahre Wunder vollbringen.«

»Ein Wunder wäre das, was meinen Jungen retten könnte.«

Gerwin schluckte betreten. Obwohl sie keine Schuld am Dahinsiechen des Jungen trugen, fühlten sie sich hilflos und letztlich verantwortlich für den Tod Leanders, der in absehbarer Zeit eintreten würde. »Wir sollten hinaufgehen und noch einmal nach Leander sehen«, flüsterte Gerwin.

»Gleich. Lassen wir die Herren erst verschwinden.«

Hans Wolf von Schönberg legte eine beringte Hand auf den Schoßrock, dessen Goldfäden im Lampenlicht schimmerten. »Ich bin froh, dass wir uns in dieser Sache verstehen. Wenn es die Umstände erlauben, solltet Ihr Euch bei Hofe blicken lassen. Man wird nicht undankbar sein, glaubt mir.«

Mit dieser in Aussicht gestellten Belohnung beendete Schönberg die Unterhaltung, und sie gingen hinauf in ihre Quartiere.

Der Wundarzt und sein Lehrling sahen ein letztes Mal nach ihrem Patienten, der im gnädigen Opiumschlaf seinem Ende entgegendämmerte, suchten ihre Sachen zusammen und verließen das Zimmer. Eine alte Dienerin saß neben dem Feuer, doch sie schlief fest.

Mitternacht war bereits vorüber, und der Mond stand als weiße Sichel am nachtblauen Himmel. Schemenhaft waren die Wagen der Besucher zu sehen, die in den beengten Stallungen keinen Platz gefunden hatten. Aufgrund der Kälte hatten sich die Wachleute nach drinnen begeben, wo sie dem Würfelspiel und dem Bier frönten. Hippolyt strebte dem Tor entgegen, doch Gerwin zog ihn am Umhang. »Warte, ich will noch kurz in den Stall.«

»Nein! Komm jetzt!«

»Aber ich möchte Almut die Kräuter geben. Sie tut mir leid.« Ohne auf Hippolyts geflüsterten Protest zu hören, zog Gerwin die Stalltür einen Spalt auf und huschte hindurch. Er fand den Pferdeknecht in der Sattelkammer auf einem Strohsack. »He.« Gerwin rüttelte den Mann, der aufstöhnte und sich mühsam aufrichtete, denn sein Rücken schmerzte noch immer.

»Gib das deiner Schwester. Sag ihr, dass es Frauen in Not hilft. Sie muss einen Sud davon kochen und ihn dreimal täglich zwei Tage lang trinken. Hier!« Er drückte dem verdutzten Knecht das Kräuterbund in die Hände und ging auf die Stalltür zu. Bevor er hinaustrat, ergriff der Mann ihn am Arm. »Ihr wollt fliehen, habe ich recht?«

Gerwin schwieg.

Der Pferdeknecht hatte ein zerfurchtes Gesicht mit einer breiten Nase und wachen grünen Augen. »Ich werde Euch nicht verraten. Ihr habt mir das Leben gerettet. Mein Name ist Jonas Rabe, und ich danke Euch im Namen meiner Schwester. Vielleicht gehen wir wirklich fort von hier. Ihr solltet nicht durch das Haupttor gehen.« Er schob Gerwin zur Seite und ging vor ihm durch die Tür, wo er wartete, bis Gerwin Hippolyt herbeigeholt hatte.

Stumm folgten sie Jonas zu einer Tür in einer dunklen Nische des Gesindehauses. Durch einen schmalen Gang gelangten sie zu einer weiteren Tür, die auf der Rückseite des Gutes direkt auf den steinigen Hang führte. »Haltet Euch von Frauenstein fern, dorthin wollen sie morgen«, flüsterte Jonas. »Gott schütze Euch!« Dann schloss er die Tür hinter ihnen, und sie hörten, wie er den Riegel vorlegte.

Gerwin und Hippolyt sahen sich kurz an. »Dann los. Wirst du es bis zum Waldbauern schaffen, Hippolyt?«

»Red nicht, lass uns lieber loslaufen. Ich habe drei Beine, oder nicht? Da sollte ich sogar schneller sein als du.«

»Keine Späße, Meister. Ich kann Euch nicht tragen!«

Von dem Waldbauern, bei dem Gerwin den Sack versteckt hatte, trennte sie eine Stunde schnellen Gehens. So erreichten die beiden Männer ihr Ziel noch vor dem Morgengrauen und erstanden das einzige Pferd des Waldbauern für zwei Taler, obwohl die besten Tage der Mähre lange vorüber waren und ein Gnadenbrot und ein ruhiger Platz im Stall ihr eher zugestanden hätten.

Mittlerweile waren sie seit Stunden unterwegs und hatten noch kein Auge zugetan. Streifen von Dörrfleisch, auf denen sie kauten, halfen, die Augen offen zu halten. Neben dem Gepäck hatten die beiden Männer gerade genug Platz auf dem durchgerittenen Rücken des kräftigen Ackergauls.

»Kannst du noch, Hippolyt?« Gerwin lenkte das Pferd, soweit es möglich war, um tiefere Löcher und Unebenheiten herum.

»Ich glaube, du fragst den Falschen.« Hippolyt löste eine Hand, mit der er sich an Gerwin festhielt, und tätschelte den Pferdehintern. »Wenn dieser altersschwache Klepper es bis Nossen schafft, glaube ich wieder an die Heilige Dreifaltigkeit.«

Gerwin lachte laut, wurde jedoch sofort von Hippolyt warnend in die Rippen gestoßen.

»Dann mach nicht solche Scherze!«

»Scherze? Wenn du wüsstest, woran ich mal geglaubt habe«, meinte Hippolyt trocken.

»Erzähl es mir doch. Jetzt wäre die passende Gelegenheit.«

Sie vermieden die Hauptstraßen und hielten sich auf Waldwegen und ausgetretenen Pfaden entlang der Flüsse. Nur wenige Menschen waren unterwegs, niemand nahm Notiz von den beiden Männern auf dem alten Gaul.

Hippolyt räusperte sich. »Die Kutte. Ich war Benediktinermönch.«

»Warum bist du ausgetreten?« Sachsen war reformiertes Territorium, und die meisten Klöster waren enteignet worden. Die reichen Kirchengüter waren den Fürsten allzu willkommen, halfen sie doch, die Kassen aufzufüllen, auch wenn es hieß, dass die Erträge der Klöster und Ländereien den reformierten Kirchen zugute kommen sollten. Tatsächlich war die Mehrzahl der reformierten Pfarreien auf die Einnahmen von Hochzeiten, Taufen und Begräbnissen angewiesen.

»Metten. Ich bin als Fünfjähriger in die Abtei zu Metten gegeben worden.« Es dauerte einige Minuten, bis Hippolyt weitersprach, und Gerwin drängte ihn nicht.

Nachdem sie stetig bergauf geritten waren, folgten sie nun einem bewaldeten Hügelrücken. Irgendwo dort unten lag Freiberg. Weiter oben befanden sich die Minen, aus denen entferntes Hämmern ertönte, die Domuhr kündete die zehnte Stunde an. Feiner Nieselregen, der teilweise in Schneeflocken überging, die sofort wieder schmolzen, ging hernieder. Gerwin zog die Kapuze tief ins Gesicht und dachte darüber nach, dass Hippolyt aller Wahrscheinlichkeit nach aus einer adeligen Familie stammte, denn in katholischen Gebieten war es Tradition, den dritten Sohn für die geistliche Laufbahn zu bestimmen.

»Mit fünf Jahren haben sie mich fortgegeben. Ein Mal hat mich meine Mutter in der Abtei besucht. Ein Mal in zehn Jahren. Lass uns ein Stück zu Fuß gehen, Gerwin.«

Sie stiegen beide ab, und während Gerwin das müde Pferd führte und in den Wald horchte, um auf etwaige Reiter gefasst zu sein, erzählte Hippolyt weiter von seiner Kindheit in der Abtei von Metten.

»Es gab einen Schlafsaal für die Jungen meines Alters. Blanker Stein, zugige Fenster, und wir hatten nichts als dünne Laken auf harten Pritschen. Nun, das wäre zu ertragen gewesen. Tagsüber wurden wir unterrichtet, lernten Latein, das Kopieren alter Schriften und das Illuminieren. Jungen ohne jegliches Talent wurden der Küchenarbeit zugeteilt. Zur Erntezeit gingen wir alle auf die Felder. Die Nächte waren es, die uns den Schlaf nahmen, uns Alpträume brachten und uns lehrten, dass es keinen Gott der Liebe gibt.« Hippolyt holte tief Luft, bevor er auf seinen Stock gestützt weitersprach. »Jede Nacht holten sie einen von uns. In jeder einzelnen Nacht verkrochen wir uns unter die Laken, kauerten uns zusammen und hofften, uns klein genug zu machen, dass sie uns nicht fanden. Jerg von Rechbergs Pritsche war neben meiner. Dreißig Schlafstätten gab es in dem Saal. Jerg war klein und schmächtig, und sie holten ihn öfter als mich. Wir wurden ins Badehaus der Novizen gebracht, heimlich, denn der Vater Abt wusch seine Hände in Unschuld. Was nicht sein darf, kann auch nicht sein.«

»Hippolyt …«

»Wir haben unser Schicksal nicht hingenommen, Gerwin. Es gab noch zwei Jungen, etwas älter als wir. Wir vier haben uns verschworen und schwere Schuld auf uns geladen. Unverzeihliche Schuld.« Der Wundarzt schwieg kurz. »*Non sum ego, qui fueram.*[1]«

Hippolyt blieb stehen und ließ den Blick über die Baumwipfel gleiten. Es brauchte wenig Phantasie, sich auszumalen, was den Jungen in der Abtei widerfahren war, und Gerwin fand sein eigenes Schicksal zum ersten Mal vergleichsweise harmlos. Schläge, Hunger und Demütigungen hinterließen Spuren, die verblassten, doch die Narben auf Hippolyts Seele schmerzten noch heute. Von der Seite betrachtete Gerwin das Profil seines gelehrten Freundes und hatte nun eine Ahnung, woher der Ausdruck tiefer Schwermut, der sich immer wieder in Hippolyts Augen stahl, rührte.

Der Weg machte eine scharfe Biegung in den Wald hinein. Da die Zweige tief hingen, gingen sie weiter neben dem Pferd her. Krähen flatterten auf, und als sie näher kamen, sahen sie den

1 Ich bin nicht der, der ich gewesen war.

Rest eines Hasen neben einem Baumstumpf liegen. Ein Mann kam so unvermittelt um die Biegung, dass Gerwin schwören wollte, er hätte auf sie gewartet. Er griff nach seinem Dolch, und im nächsten Moment gefror ihm das Blut in den Adern: Der Mann, der aus dem Schatten der Tannen trat, war niemand anders als Friedger Pindus.

»Ja, wenn das kein Zufall ist! Mein werter Herr Sohn und der Quacksalber, der in Ungnade gefallen ist.« Friedger schüttelte den Kopf. »Neuigkeiten verbreiten sich schnell, sie fliegen mit den Krähen, diesen schwarzen Aasfressern, die schon mit einigen Bissen fauligen Fleisches zufrieden sind.« Er streckte den Kopf vor, der von einem zerbeulten Filzhut bedeckt war. Den löchrigen Umhang hatte er über die Schultern geworfen, die Hände in die Hüften gestemmt.

»Was treibst du überhaupt hier?«, fragte Gerwin, der vor Angst bebte. Sein Vater würde ihn verraten, dessen war er sich sicher. Für einen Taler oder zwei, das spielte keine Rolle.

Friedger zog die Lippen über die wenigen verbliebenen gelben Zähne zurück. »Ich hatte einen Botengang zu machen. Du treibst dich herum und tändelst mit den Weibern, während ich mich um das Wohl der Familie sorge.«

Gerwin wechselte einen ratlosen Blick mit Hippolyt. »Wieso Weibern?«

»Ich weiß Bescheid über dich und die kleine Franzosenhure …«

Wütend stürzte Gerwin sich auf seinen Vater, doch für Pindus gehörten Schlägereien zum Leben wie das Biersaufen im Wirtshaus, und flink wie ein Wiesel drehte er sich ab und ließ Gerwin ins Leere stolpern. »Da musst du schon früher aufstehen, Bürschlein.«

»Gerwin!«, rief Hippolyt, der die Zügel des scheuenden Pferdes ergriffen hatte, und die Wut, die sich wie ein roter Nebel über Gerwins Denken legte, wenn er mit Friedger aneinandergeriet, verebbte.

»Bist du allein, Pindus?«, fragte Hippolyt.

»Nimm dir ein Beispiel an deinem Freund, Gerwin. Schlau und nie um ein Wort verlegen. Vielleicht, vielleicht auch nicht, Herr Medicus.« Friedger legte den Kopf schief und kniff drohend die Augen zusammen. »Ihr habt ein Pferd und viel Gepäck. Wenn ich richtig kombiniere, macht ihr euch aus dem Staub. Unterwegs bin ich Reitern aus Dörnthal begegnet, die überall nach euch fragen. Es sollte euch einige Taler wert sein, dass ich vergesse, euch gesehen zu haben. Zumindest so lange, bis ihr mehr schickt«, setzte er hinzu.

»Wir haben kein Geld, Vater. Bitte, im Namen Gottes, lass uns ziehen!«, bat Gerwin, obwohl er wusste, dass sein Vater niemals nachgeben würde.

Friedger machte einen Schritt nach vorn, begleitet von einer Ekel erregenden Wolke aus Schweiß, ranzigen Haaren und Erbrochenem, das auf seinem Wams klebte. »Genug geschwätzt. Ich weiß von deiner Mutter, der kleinen Hure, dass ihr Geld habt. Sie zierte sich erst, aber ein paar kräftige Hiebe haben Wunder gewirkt.«

Weiter kam Friedger nicht, denn Gerwin schlug ihm mit voller Wucht die Faust ins Gesicht. Pindus ging zu Boden, brüllte wie ein angestochener Stier und war sofort wieder auf den Beinen, um seinen Sohn an der Kehle zu packen. »Du wagst es, deinen eigenen Vater zu schlagen? Ich prügle den letzten Rest Verstand aus deinem verödeten Gehirn!«

Rasend vor Wut und nicht in der Lage, einen klaren Gedanken zu fassen außer dem, dass dieser Trunkenbold seiner Mutter das Goldstück abgenommen hatte, welches er ihr anvertraut hatte, rang Gerwin mit seinem Vater. Schon manches Mal war er mit ihm aneinandergeraten, aber hier ging es um mehr. Hippolyt rief etwas, doch Gerwin röchelte unter dem Druck von Friedgers Händen, die seinen Hals wie einen Schraubstock zusammenpressten. Er spürte, wie die Augen aus den Höhlen quollen, und machte einen verzweifelten Satz nach vorn. Pindus stolperte, fiel auf den Rücken und riss Gerwin mit zu Boden. Plötzlich fühlte Gerwin eine Veränderung im Körper seines Gegners. Dessen Muskeln erschlafften. Die Hände, die eben noch mit tödlicher Wut zugedrückt hatten, lagen neben dem Körper auf dem feuchten Waldboden. Verstört rollte Gerwin sich von seinem Vater und rappelte sich auf.

Hippolyt trat zu ihm und beugte sich über den regungslos liegenden Mann. Die Stille, die dem rasenden Zornesausbruch folgte, war drückend. Verlegen klopfte Gerwin sich den Schmutz von Hose und Umhang. »Ich wollte nicht, aber …«

Der Wundarzt schüttelte den Kopf. »Ein Unfall, Gerwin. Er ist mit dem Kopf auf den Baumstumpf geschlagen und war sofort tot.«

Jetzt erst begriff Gerwin die Tragweite seines unbeherrschten Handelns. Dort vor ihm auf dem Hasenkadaver lag Friedger Pindus mit offenen Augen, die gebrochen in den grauen Winterhimmel starrten. Entsetzt schlug sich Gerwin die Hände vor das Gesicht. »O Gott im Himmel, vergib mir! Ich habe meinen eigenen Vater getötet! Ich habe ihn so sehr gehasst, dass ich ihn umgebracht habe. Vater unser, der du bist im Himmel …«, begann er zu beten, wurde jedoch unsanft von Hippolyt am Arm gepackt und geschüttelt.

»Sieh mich an, Gerwin!«, rief Hippolyt. »Es ist nicht deine Schuld!«

Gerwin konnte den Blick nicht von dem unnatürlich daliegenden Körper des Vaters abwenden. »Ich habe gegen das vierte und fünfte Gebot verstoßen! Dafür gibt es weder eine Entschuldigung noch Vergebung.«

»Wessen Vergebung brauchst du, Gerwin? Nur deine. Hör mir zu! Nur vor deinem Gewissen musst du dich verantworten. Du bist ein guter Mensch. Der dort liegt, hat in seinem Leben nur Leid über die gebracht, die ihm anvertraut waren. Er wollte dich erpressen! Es ging ihm nicht um deine Sicherheit. Für ein paar Goldstücke hätte er uns, ohne zu zögern, dem Henker überantwortet.«

Endlich drangen Hippolyts Worte zu Gerwin durch, und er hob langsam sein zutiefst trauriges Gesicht. »Das hätte er wohl«, flüsterte er. »Uda hat er ans Badehaus von Mulda verkauft. Sein eigen Fleisch und Blut, meine Schwester, muss ihren Körper für wenige Groschen verkaufen.«

Das Pferd schnaubte und tänzelte unruhig. »Gerwin, wir müssen weiter. Du hast gehört, was dein Vater gesagt hat. Sie suchen bereits nach uns.«

»Wir können ihn nicht hier liegen lassen.« Gerwin bückte sich und schloss seinem Vater die Augen. Blut war aus einer winzigen Kopfwunde ausgetreten, Pindus war so unglücklich gestürzt, dass er sich das Genick an dem Baumstumpf gebrochen hatte.

»Wenn wir ihn nach Freiberg schaffen, können wir uns gleich dem Henker ausliefern. Ein Stück weiter vorn kommen wir an eine Kreuzung, dorthin bringen wir ihn. Da wird er bald gefunden werden.«

Aus der Ferne war lautes Schreien und Gelächter zu vernehmen, eine Gruppe von Bergleuten oder Händlern auf dem Weg in die Stadt.

»Durchsuch seine Taschen, Gerwin. Er hat doch gesagt, dass er auf einem Botengang war. Sicher ist er dafür entlohnt worden«, meinte Hippolyt.

»Ich will sein dreckiges Geld nicht.«

»Dann nehmen es sich die, welche ihn finden.«

Widerstrebend untersuchte Gerwin den Inhalt von Friedgers Beutel und brachte zwei Silberlinge zum Vorschein. »Die sind für meine Mutter.«

»Und jetzt auf das Pferd mit ihm.« Unter großer Anstrengung hoben die beiden Männer den Leichnam auf den Pferderücken. Gerwin nahm die Zügel, und Hippolyt ging auf seinen Gehstock gestützt nebenher.

Die Wolken hatten sich verdunkelt, es war kälter geworden und schneite kleine Flocken, die nach kurzer Zeit eine weiße Decke über den bäuchlings auf dem Pferd hängenden Leichnam breiteten.

»Der Winter ist lang dieses Jahr«, bemerkte Hippolyt, während sie dem Waldweg folgten.

An der Gabelung brachten sie das Pferd zum Stehen, hievten den schweren Körper herunter und drapierten ihn dergestalt am Hang, dass es aussah, als wäre Friedger betrunken gestürzt, was zumindest nicht unwahrscheinlich war.

Gerwin bekreuzigte sich: »Herr, in deine Hände befehle ich die Seele dieses Mannes, dessen Tod ich verschuldet habe und mit welcher Sünde ich von nun an leben muss. Amen.«

Die Geräusche sich nähernder Menschen wurden lauter, und Hippolyt sah sich immer wieder nervös um. »Gerwin, hilf mir aufs Pferd, wir müssen uns eilen.«

Nachdem er dem Wundarzt Hilfestellung beim Aufsitzen gegeben hatte, schwang Gerwin sich hinter ihm auf. »Du hättest zumindest ein Gebet für ihn sprechen können, schließlich warst du einmal Mönch.«

»Wir gehen alle denselben Weg, unsere Knochen vermodern und sind irgendwann eins mit der Erde. Einzig die Art unseres Sterbens unterscheidet sich. Dieser Moment, wenn wir unsere irdische Hülle aufgeben. Ein Mysterium … *Nascentes morimur finisque ab origine pendet.*[1]«

»Denkst du, es war vorherbestimmt, dass mein Vater durch meine Hand zu Tode kommt?« Hippolyts Worte hatten Gerwin nachdenklich gestimmt.

»Ich bin davon überzeugt, dass jeder sein Schicksal lenkt, und durch seine Taten hat Friedger sich in ebenjene Situation ge-

1 Wir sterben bereits, wenn wir geboren werden, und das Ende hängt am Beginn.

bracht, die für ihn tödlich enden musste. Ja, wenn du so willst, war es seine Bestimmung.« Hippolyts Rücken spannte sich, und Gerwin zog die Zügel an, so dass das Pferd auf dem teilweise von Schnee bedeckten Weg zum Stehen kam.

»Hörst du? Reiter sind hinter uns!«, sagte Hippolyt.

»Himmel, hilf! Jetzt haben sie uns!«

»Nicht verzagen, Gerwin. Bitte lieber dieses Ross um Hilfe, dass es uns sicher durch den Wald trägt. In Großschirma kaufen wir frische Pferde, und sind wir erst in Meißen, haben wir den sicheren Hafen fast erreicht.«

»Deine Logik ist unbestechlich, Hippolyt. Du bringst mich noch vom Glauben ab.«

»Nein, Gerwin, ich verführe dich zum Denken.«

Die Hufe herantrabender Pferde waren entfernt auf dem Waldboden zu hören, und die winterlichen Wegverhältnisse forderten von nun an ihre konzentrierte Aufmerksamkeit.

»Gott helfe mir …« Doch die Worte, die Gerwin sonst wie selbstverständlich über die Lippen gekommen waren, hatten an Qualität verloren.

7

Der säuerliche Geruch des eingelegten Krauts ließ Jeanne gegen aufsteigende Übelkeit ankämpfen. Sie schwor sich, dass sie nie wieder in ihrem Leben Sauerkraut essen werde, wenn sie dieses Land verlassen hatten. Und heute hatte Agathe zu allem Überfluss Suppe aus dem Kraut gekocht. Jeanne bewegte ihren Löffel lustlos in der gelblichen Brühe und fischte einen Zwiebelring heraus, den sie mit einem Stück Brot in den Mund schob.

»Ist dir unser Essen nicht gut genug, Madamchen?«, ätzte Agathe, die Jeanne beobachtet hatte.

Kühl ignorierte Jeanne die Bemerkung und wandte sich an

Thomas, der seine Mahlzeit bereits beendet hatte. »Sag, Großvater.« Sie ertappte sich dabei, dass sie den unwilligen Ausdruck auf Agathes und Franz' Gesicht genoss, als sie Thomas so nannte. »Ich habe von einem Aufsehen erregenden Prozess in Gotha gehört, bei dem Kurfürst August eine entscheidende Rolle spielte. Von einem Engelseher war die Rede und einem betrügerischen Ritter. Kannst du uns davon erzählen?«

Franz rülpste lautstark und winkte Zilla nachzuschenken. Seit der Abmahnung in der Kirche war sein Benehmen noch unerträglicher geworden.

Jeanne wusste, dass Thomas gerne erzählte, und tatsächlich ließ der alte Instrumentenbauer sich nicht zweimal bitten. »Der Engelseher Hans Tausendschön, ja, ich erinnere mich gut. Ein Bauernsohn aus Sundhausen bei Gotha, der sein Ende am Strick fand.«

»Da haben seine Engel ihn wohl ganz teuflisch fallen lassen!« Franz lachte laut über seinen Witz und wollte sich gar nicht mehr beruhigen, bis Thomas mit der Hand auf den Tisch schlug und der angetrunkene Enkel sich besann. Bevor der Hausvater die Tafel aufhob, war es niemandem gestattet, den Tisch zu verlassen, und so harrte auch Franz mit finsterer Miene aus.

»Wilhelm von Grumbach, um den es in jenem Prozess ursächlich ging, war ein Ritter ohne Ehre, ein Betrüger und Mörder, der das erste Mal von sich reden machte, als er seinen Schwager im Gramschatzer Wald erdolchen ließ. Es gehen viele Geschichten um, seit er auf dem Marktplatz zu Gotha sein grausames Ende fand. Soweit ich weiß, war er mit Albrecht Alcibiades von Brandenburg-Kulmbach befreundet und begleitete ihn bei dessen Raubzügen in Franken. Verdient machte sich der Grumbach im Schmalkaldischen Krieg, wofür er mit dem Kloster Maidbronn und einigen Dörfern hätte belohnt werden sollen. Doch dazu ist es wegen Streitigkeiten zwischen dem zuständigen Fürstbischof Zobel und dem Kaiser nicht gekommen.«

Zilla war aufgestanden, um die Schüsseln vom Tisch zu räumen, und Jeanne reichte ihr dankbar ihre noch halb volle.

»Heb das auf, Zilla. Das bekommt sie morgen Abend noch einmal vorgesetzt!«, zischte Agathe, ohne dass Thomas sie hören konnte.

»Grumbach ersuchte um Hilfe zur Erlangung der versprochenen Güter bei seinem Freund Albrecht, doch der hatte eine Schlacht verloren, lass mich nachdenken, bei Sievershausen war's, wurde mit der Reichsacht belegt und floh nach Frankreich. Da war es aus mit der Unterstützung für Grumbach. Er besann sich seines Talents als Mörder und verübte mit seinen Spießgesellen mehrere heimtückische Anschläge auf den Bischof, von denen der letzte schließlich erfolgreich war.«

Endres, der seiner Tochter sein Brotstück zugeschoben hatte, schaltete sich ein: »Ich glaube, Grumbach ging dann auch für einige Zeit nach Frankreich. An der Grenze wurde erzählt, dass sich ein deutscher Mördergeselle auf der Flucht erhängt habe.«

»Aber das war nicht der Grumbach. Wirklich ein abgefeimter Bursche ohne Gewissen. Und jetzt kommen wir zum Engelseher, Jeanne.«

Die Magd stellte den Krug wieder ab, den sie eben hinaustragen wollte, und lauschte mit offenem Mund.

»Scher dich, Zilla!«, fauchte Agathe, doch Thomas winkte ab.

»Lass sie doch das Ende der Geschichte hören. Es lehrt uns, nicht den Scharlatanen zu glauben, die von Engeln, Magie und Hexerei fabulieren.«

»Nein, nein, Hexerei ist Teufelswerk, da kann man nicht so …«, warf Agathe entrüstet ein.

»Schweig, Weib! Nur die Einfältigen reden so!«, herrschte Thomas Froehner sein Frau an, die zwar schwieg, doch ihre Miene drückte unverbesserliche Sturheit aus.

»Der Ritter Grumbach kam also vor einigen Jahren zurück und beharrte vor dem Reichstag in Augsburg auf seiner Unschuld.

Gleichzeitig befreundete er sich, durchtrieben, wie er war, mit dem gutgläubigen Herzog Johann Friedrich II. von Sachsen, genannt der Mittlere. Der trauerte der Kurwürde nach, die ihm, wie er meinte, zugestanden hätte.« Der alte Froehner machte eine wegwerfende Handbewegung. »Erbstreitigkeiten. Jedenfalls erkannte unser schlauer Grumbach, wie er sich einschmeicheln konnte, und versprach dem Herzog, ihm die Kurwürde zu beschaffen.«

»Ja, wie sollte denn das möglich sein?«, warf Endres ein.

»Gar nicht, da hast du recht. Aber dem Herzog spielte Grumbach die Mär vom Engelseher vor, einem Bauernjungen, den er sich zurechtbog und der fortan behauptete, die Engel sprächen durch ihn und hätten verkündet, dass Herzog Johann die verlorene Kurwürde wiedererlangen und noch obendrein König von Dänemark werden würde.«

»Ach du liebe Zeit!«, lachte Jeanne.

Thomas grinste. »Es kommt noch besser. Grumbach versprach dem Herzog sogar, ihm eine Springwurzel zu beschaffen!«

»Was ist das?«, fragte Jeanne.

Mit großen Augen sagte Zilla: »Oh, damit findet man Schätze! Das ist eine Zauberwurzel!«

»Dann grab recht fleißig, Zilla, vielleicht findest du ja eine und brauchst keine Wäsche mehr machen«, bemerkte Franz gehässig.

»Je nun, Grumbach bekam dank seiner Versprechungen genügend Mittel vom Herzog, um die Stadt Würzburg zu überfallen, die er plünderte. Er erpresste die Rückgabe seiner Ländereien, denn natürlich hatte man ihn in Abwesenheit enteignet. Der Bischof von Würzburg konnte fliehen, doch mit diesem Streich ging Grumbach zu weit, denn auch der Kaiser fühlte sich nun in seiner Ehre beleidigt. Vom Kaiser wurden Grumbach und seine Spießgesellen in Acht gelegt. Durch den Kaiserwechsel gewann Grumbach zwei Jahre und versuchte gar einen Aufstand der Ritter anzuzetteln, der nur am fehlenden Geld scheiterte. Man stelle sich das vor!«

»Ein wahrer Tausendsassa und für jede Zwangslage eine Lösung. Ich wünschte, ich wäre wie der Grumbach! Wer ihm auf den Leim ging, war doch selbst schuld!«, gab Franz provozierend von sich.

Es war bereits dunkel, auf dem Tisch flackerten drei Kerzen. In ihrem Heim im Languedoc hatten sie oft abends zusammengesessen und den Geschichten gelauscht, die ihr Vater oder Freunde der Familie erzählt hatten. Das war so lange her, dass es fast unwirklich schien.

»Du solltest deine Helden mit mehr Bedacht wählen, Franz«, rügte Thomas schließlich. »Das Ende des Ritters Wilhelm von Grumbach war schmählich und wird sein Geschlecht auf ewig mit Schande und Ehrlosigkeit bedecken. Es muss im Jahre des Herrn 1565 gewesen sein, als Grumbach den Kaiser zu überzeugen suchte, dass die Ritter sich gegen die Fürsten und nicht gegen den Kaiser wenden und ihm eigentlich im Kampf gegen die Türken beistehen wollten. Der Kaiser ließ sich jedoch keinen Sand in die Augen streuen und übergab den Fall dem Reichstag. Kurfürst August überzeugte das reformierte Lager des Reichstags von der Rechtmäßigkeit der Acht gegen Grumbach und die Beteiligten am Adelsaufstand.«

Zilla sagte stolz: »Unser Vater August ist ein guter Herrscher!«

Franz knurrte abfällig, doch Thomas fuhr unbeirrt fort: »Kurzum, der dumme Herzog Johann wollte Grumbach weiterhin schützen und nahm ihn entgegen der Acht bei sich auf. Kurfürst August sammelte daraufhin Truppen in Erfurt, und nach kleineren Scharmützeln musste der Herzog aufgeben, denn die Gothaer stellten sich gegen ihn. Es heißt, dass die Soldaten Grumbach aus dem Bett eines Adligen holten.«

»Eines Mannes?« Agathe bekreuzigte sich. »Ein Mörder und Sünder, der in der Hölle schmoren möge!«

»Die Hölle auf Erden hat er während seiner Hinrichtung auf dem Marktplatz von Gotha sicher erlebt«, meinte Thomas lapidar.

»Ich bin hingefahren und hab's gesehen!«, brüstete sich Franz. »Im Frühjahr vor zwei Jahren war das. Dem Grumbach haben sie die Brust aufgeschnitten und das Herz herausgerissen. Und ins Gesicht geschlagen hat ihm der Henker und gerufen: ›Sieh, Grumbach, dein falsches Herz!‹« In seinem Eifer war Franz aufgesprungen und tat so, als wäre er der Henker und hielte das Organ des Verurteilten in der Hand.

Angewidert starrte Jeanne auf den jungen Mann, dem das grausame Schauspiel offenkundig Vergnügen bereitet hatte.

»Danach haben sie ihn gevierteilt. Geknirscht und gerissen hat's, als die Glieder sich vom Leibe trennten«, berichtete Franz, der es genoss, endlich die Aufmerksamkeit der Zuhörer zu haben.

Der Magd entfuhr ein spitzer Schreckensschrei.

Franz beugte sich vor. »Das Blut spritzte über das Pflaster! Die Gäule waren schon erschöpft, aber zwei Schuldige mussten noch zerrissen werden, und der Henker trieb sie mit der Peitsche an. Wie haben die Männer geschrien und gefleht, doch keine Gnade gab es für die Verbrecher!« Er ahmte das Geräusch eines Peitschenhiebs nach. »Und da lagen die Arme abgerissen, die Sehnen hingen weiß heraus, die Innereien dazu, dass es einen erbarmte.«

»Es reicht. Franz, setz dich hin!«, befahl Thomas. »Der andere Mann wurde vor der Vierteilung mit dem Schwert gerichtet und der Engelseher Hans Tausendschön gehängt. Alle übrigen wurden mit dem Schwert getötet«, beschloss der alte Froehner die grausige Geschichte.

»Du hast vergessen, dass sie die abgetrennten Körperglieder auf zwölf Stangen vor den Toren der Stadt aufgehängt haben«, fügte Franz mit vor der Brust verschränkten Armen hinzu.

»Und was wurde aus Herzog Johann?«, erkundigte sich Endres.

»Eingesperrt wurde er. So ergeht es Spitzbuben, Franz. Schreib es dir hinter die Ohren!«, mahnte Thomas und stand auf.

Beim Hinausgehen zischte Franz leise: »Sieh dich vor, alter Mann …«

Jeanne zuckte zusammen, doch Thomas sprach bereits mit ihrem Vater.

»Bring die Abfälle nach draußen! Mach dich nützlich!«, fuhr Agathe sie an. »Du bist kein Prinzesschen!«

»Das ist mir wohl bewusst, und falls ich es nicht wüsste, würdest du mich immer daran erinnern.« Stolz ging Jeanne an der älteren Frau vorbei in die Küche, ergriff die Eimer mit den Essensresten und stieß mit dem Fuß die Hintertür auf.

Nur das Licht aus den Fenstern erhellte den Hof, und sie konnte ihren Atem in der kalten Nachtluft aufsteigen sehen. Die stinkenden Essensreste, die zum Großteil aus Kohl und Zwiebelschalen bestanden, wurden den Schweinen gegeben, die sie quiekend im Stall erwarteten. Jeanne stellte die Eimer auf die Erde, um sich in der Dunkelheit zu orientieren, als sie die Stalltür zuschlagen hörte. Instinktiv drehte sie sich um und streckte furchtsam die Hände in die Dunkelheit.

Die Schweine grunzten und quiekten noch lauter, und die Hühner stoben durcheinander. »Wer ist da? Da ist doch jemand?«, rief sie ängstlich und schrie auf, als sie rauen Stoff berührte.

»Franz?« Doch bevor sie schreien konnte, hatte er sie gepackt und drückte ihr die Hand auf den Mund. Sie fühlte den faulig riechenden Verband auf den Lippen und drehte den Kopf hin und her, um den Ekel erregenden Gestank loszuwerden.

»Ja, wehr dich nur, das gefällt mir. Ich mag Wildkatzen.« Franz riss sie an sich und stellte seinen Fuß zwischen ihre Beine, dass sie zu Boden ging. Dabei fiel sie rücklings auf einen Eimer, der umkippte. Mit einer Hand tastete sie um sich und konnte die Schweineschnauzen fühlen, die hungrig nach dem Essen suchten. Franz drückte ihr weiter brutal den Mund zu und stieß ihren Kopf dabei hart gegen einen Pfosten. Sie verdrängte den scharfen Schmerz, der sich in ihrem Hinterkopf ausbreitete, und betete, dass sie nicht die Besinnung verlöre, um der Bestie nicht wehrlos ausgeliefert zu sein.

Mit aller Kraft suchte sie sich unter seinem schweren Körper herauszuwinden und stieß das Knie nach oben. Franz schrie wütend auf, lockerte seinen Griff jedoch nicht, sondern riss ihr Mieder auf und biss ihr in die rechte Brust. »Gefällt dir das?«, keuchte er und stieß ihr seinen säuerlichen Atem ins Gesicht.

Unter seiner Hand konnte sie nur Unverständliches stammeln. Tränen liefen ihr über die Wangen. Wie hatte sie nur so dumm sein und allein in den Stall gehen können? Unaussprechliche Furcht drehte ihr wie ein Schraubstock den Magen zusammen. Nicht so!, schrie es in ihr. Nicht von diesem Vieh! Doch gegen die Kraft des jungen Mannes war sie machtlos. Mit geübten Griffen hatte er seinen Hosenlatz geöffnet und ihre Röcke aus dem Weg geschoben, um sein gewaltsames Vorhaben zu vollenden. Er atmete schneller und presste sie mit seinem Gewicht auf den Boden. Die Essensreste durchnässten ihre Unterröcke und fühlten sich schmierig an den entblößten Beinen an. Sein harter Männerkörper drängte sich gegen sie, dabei gab die Hand auf ihrem Mund einen Moment nach. Ohne zu zögern, biss sie zu.

»Ah! Hure!« Rasend vor Schmerz schlug Franz ihr ins Gesicht, packte ihre Hände und schob sich erneut auf sie.

»Hilfe! Warum hilft mir niemand?!«, schrie Jeanne verzweifelt. Da wurde es hell im Stall.

»Verfluchter Kerl! Lass sie sofort los!«, brüllte Thomas Froehner.

Im nächsten Augenblick wurde Franz von ihr gerissen, und sie rollte sich auf die Seite, um ihre Blöße zu bedecken. Voller Scham zog sie die Röcke herunter, verbarg ihr Gesicht und schluchzte.

»Jeanne, *mignonne*, um Himmels willen, hat er dir Gewalt angetan? O Gott, dieser Gestank!« Endres Fry kniete sich neben seine Tochter und nahm ihr Gesicht zwischen die Hände. »Sag mir nur eines, hat er dir Gewalt angetan, oder kamen wir zur rechten Zeit?«

Weinend und nach Atem ringend stammelte sie, dass sie unversehrt sei, und Endres drehte sich kurz um und gab Thomas ein Zeichen. Ihr Vater hielt sie in den Armen und streichelte ihr über die Haare, die sich aus dem Zopf gelöst hatten und von Blut und Dreck verklebt waren. Durch den Nebel aus tröstenden Worten hörte sie die wutentbrannte Stimme von Thomas, der Franz draußen im Hof maßregelte.

»Es tut mir leid, *mignonne*. Es tut mir so leid«, murmelte ihr Vater, und die Nässe auf ihrem Gesicht rührte dieses Mal von seinen Tränen.

Drei Tage waren seit Franz' Angriff auf sie vergangen. Die grässlichen Flüche, die Franz ausgestoßen hatte, als er das Haus der Froehners verließ, klangen ihr noch im Ohr. Jeanne war zutiefst betrübt über das Geschehen – und das nicht nur, weil sie gedemütigt und verletzt worden war, sondern auch, weil Thomas Froehner seinen Enkel ihretwegen des Hauses verwiesen und aus der Familie verstoßen hatte. Der alte Thomas war ein gütiger und großherziger Mann, der ihnen in der Not Unterschlupf gewährt hatte, und sie vergalten es ihm, indem sie Kummer und Zwietracht über seine Familie brachten.

Eine angespannte Stimmung hatte sich des Hauses bemächtigt, obwohl Jeanne kein Wort darüber verlor und ihr Vater die Situation zu überspielen suchte. Jeanne war klar, dass Agathe allein ihr die Schuld gab. In der Küche stand sie mit dem Rücken zu ihr über einem Brett, knetete Teig für kleine Gerstenbrote, größere wurden zum Backen ins Backhaus des Müllers gebracht, und murmelte vor sich hin: »Eine Schande ist es, wenn ein anständiger Mann wegen eines liederlichen Frauenzimmers in Schwierigkeiten gerät.«

Zilla und Jeanne bereiteten Klöße vor. Ihre Finger waren verklebt vom Teig, und die Magd stieß Jeanne in die Seite. »Hör nicht hin«, flüsterte sie ihr ins Ohr. Laut sagte sie: »Meine Schwester hat ihr zweites Kind geboren. Einen Jungen. Als die Hebamme ihm einen Klaps auf den Po gegeben hat, hat er gleich zu schreien begonnen. Ein strammes Bürschchen. Bei uns ist es Brauch, ins erste Badewasser Milch, Salz und eine Münze zu legen.«

»Warum?« Jeanne legte den ersten Kloß in den Topf mit kochendem Wasser über der Feuerstelle.

»Das Geld ist für die Hebamme, und damit das Kind sparsam und glücklich wird, das Salz lässt es wachsen, und die Milch macht reine Haut. Weil es ein Knabe war, hat meine Schwester das Wasser an die Apfelbäume im Garten gegossen, das hilft dem Kind beim Klettern und Stehen.«

»Ich erinnere mich nicht an diese Dinge. Meine Mutter hat die Geschenke für Wöchnerinnen vorbereitet, ein spezielles Gebäck und eine Suppe, glaube ich«, sagte Jeanne und formte weitere Klöße aus dem zähen Teig.

Zilla kicherte. »Irgendwann erleben wir es alle. Mir fehlt nur ein anständiger Bräutigam.«

Mit Blick auf Agathe sagte Jeanne: »Und kein Frauenzimmer sollte gegen seinen Willen ein Kind austragen müssen, nur weil ein Kerl seine Lust nicht bändigen konnte!«

Wütend warf die alte Froehner den Brotlaib auf den Tisch. »Du solltest sehr vorsichtig sein. Bald kommt Ulmann aus Bärenstein zurück, und dann …«

Sie hatte den Satz nicht beendet, als es draußen laut wurde und die Haustür aufgestoßen wurde.

»Wenn man vom Teufel spricht …«, murmelte Zilla.

Die Klöße schwammen bereits alle oben im Topf, als Afra hereinkam.

Jeanne nahm die Schultern zurück und hob das Kinn, um dem anklagenden Blick der älteren Frau standzuhalten. Die kalten grünen Augen musterten sie mit unverhohlenem Hass, doch sie begrüßte höflich ihre Schwiegermutter, bevor sie sich Jeanne zuwandte. »Komm mit!«

»Guten Tag auch, Frau Afra«, sagte Jeanne betont freundlich.

»Komm mit, sage ich, und zwar sofort!« Sie trug noch ihr dunkles Reisekleid, die Stiefel waren verkrustet und die dunklen Haare streng unter einer Haube versteckt. Kaum waren sie zur Tür hinaus, als Afra sie am Arm packte und auf den Hof zerrte, wo sie ihr eine Ohrfeige gab. »Du intrigantes Biest, du Dirne! Meinen Sohn hast du verführt, und deinetwegen ist er fort, der arme Junge! Ich werde dich grün und blau schlagen und dir den Hochmut austreiben.« Während dieser Schimpftirade schlug sie weiter auf die überraschte Jeanne ein, die sich schützend die Arme vors Gesicht hielt und den unkontrollierten Schlägen rückwärtsstolpernd auszuweichen versuchte. Sobald sie sich gefangen hatte, blieb sie stehen, fing Afras linken Arm in der Bewegung ab und drehte ihr Handgelenk nach hinten. Das schien die Rasende zur Besinnung zu bringen, denn sie hielt schnaufend inne.

Jeanne ließ Afra los und trat einen Schritt zurück. »Dass wir hier unerwünscht sind, lässt man uns täglich spüren, eine Lügnerin bin ich deshalb noch lange nicht! Meine Mutter war eine ehrbare Hugenottin, und sie muss sich meiner nicht schämen, denn mein Verhalten ist ohne Tadel, was ich von eurem Sohn nicht sagen kann!« Die letzten Worte schrie Jeanne heraus.

Afras Lippen bebten vor Zorn.

»In der Kirche wurde Franz öffentlich gerügt für Trunksucht und Hurerei, und du willst mir die Schuld zusprechen? Kehr vor deiner eigenen Tür, bevor du Steine auf andere wirfst!«

»Und ich nenne dich eine Dirne!«, keifte Afra.

»Mégère!« Jeanne stieß die Frau zur Seite und ging ins Haus, wo sie Ulmann und Thomas einen lautstarken Wortwechsel führen hörte. Ohne nachzudenken, eilte Jeanne in ihre Kammer, riss den Umhang an sich und verließ das Haus.

Es war Ende Februar, und der Winter schien sich nicht verabschieden zu wollen, doch heute stand die Sonne an einem strahlend blauen Himmel. Jeanne band den Umhang zu und rannte die Straße entlang. Als sie außer Atem war, blieb sie stehen und wandte das Gesicht der Sonne zu.

»Es wird Zeit, dass der Frühling kommt. Aber der März wird wohl noch mehr Schnee bringen.«

Erschrocken blinzelte Jeanne und war auf einen Angriff gefasst, doch die Worte hatten freundlich geklungen.

»Meine Güte, Ihr seid so verschreckt wie ein Huhn. Von mir habt Ihr nichts zu fürchten.« Gudrun Pindus stand vor ihr, in einer Hand einen Korb voller Fichtenzapfen, mit der anderen ein kleines Mädchen festhaltend, das teilnahmslos zu Boden starrte.

»Oh, Verzeihung, ich …« Da fiel ihr ein, dass sie die Frau mit dem noch schönen, aber von Leid gezeichneten Gesicht schon gesehen hatte.

»Ich weiß, wer Ihr seid. Im Dorf wissen das alle«, sagte Gudrun. Das kleine Mädchen, das etwa fünf Jahre alt sein mochte, zog an der Hand der Mutter und stieß unverständliche Laute aus. Dabei lief ihm Speichel über das Kinn. »Hör auf, Hedi. Hier, nimm den Zapfen.« Gudrun drückte der Kleinen einen Fichtenzapfen in die Hand, den diese in den Mund steckte.

Erst jetzt bemerkte Jeanne, dass sie vor dem Weg zu Hippolyts Haus stand. Aus dem Schornstein stieg kein Rauch auf, und seit sie den jungen Gerwin gesprochen hatte, schien niemand hier gewesen zu sein. »Wisst Ihr, wo der Medicus ist?«

Gudrun legte den Kopf schief. »Nein. Merkwürdig, dass Ihr das fragt.« Rasch sah sie sich um, doch niemand beachtete sie. Zwei Männer schoben eine mit Säcken und Kisten beladene Karre über die Straße, eine alte Frau trug ein Reisigbündel auf dem Rücken. Drei Jungen jagten einen Hund, der mit eingekniffenem Schwanz davonstob.

»Es hat keinen besonderen Grund. Mir fiel nur auf, dass das Haus leer steht.« Das entsprach nicht ganz der Wahrheit, denn des Öfteren ertappte sie sich dabei, dass sie nach dem schlanken jungen Lehrling des Medicus Ausschau hielt.

»Ihr kennt meinen Sohn, nicht wahr?«

»Wie bitte?«

»Gerwin, den Lehrling des Wundarztes Hippolyt. Und sagt nicht, Euch wäre der hübsche junge Mann nicht aufgefallen.« Gudrun lächelte. »In dieser Einöde fällt jeder auf, der anders ist. Und Ihr seid ebenfalls nicht zu übersehen. Wundert mich, dass Afra, die gehässige Kuh, Euch noch nicht die Augen ausgekratzt hat.«

Jeanne konnte nicht anders, als zu lachen. »Heute hätte nicht viel gefehlt. Am liebsten hätte sie mich umgebracht.« Unwillkürlich betastete sie mit einer Hand die Wange, die sich noch heiß anfühlte.

Mitleidig und voller Sympathie sah Gudrun sie an. »Schönheit ist Fluch und Segen zugleich. Aber sagt mir, habt Ihr nichts von Gerwin gehört?«

Erstaunt schüttelte Jeanne den Kopf. »Nein. Ich hätte keinen Grund, es Euch zu verheimlichen.«

Die Enttäuschung war Gudrun anzumerken.

»Warum sollte er mir etwas sagen und Euch nicht?«

»Nur ein Gedanke, ich war mir sicher, er hatte ein Auge auf Euch geworfen. Die Reiter aus Dörnthal haben mir Angst gemacht. Es muss etwas geschehen sein. Hippolyt und Gerwin würden niemals einen Kranken im Stich lassen.« Die verhärmte Frau seufzte tief und bemerkte nicht, wie ihre Tochter sich den Rest des Zapfens in den Mund steckte.

»Welche Reiter?« Seit der versuchten Vergewaltigung hatte Jeanne kaum Anteil am dörflichen Geschehen genommen.

»Der Ritter von Alnbeck hat sie geschickt, um nach Gerwin und Hippolyt zu suchen, die das Gut ohne ein Wort verlassen haben. Ich mache mir große Sorgen, und mein Mann ist ebenfalls seit Tagen verschwunden. Wenn ich nur wüsste, was geschehen ist! Ohne Friedgers Einkünfte, seien sie auch noch so kärglich, verhungern mir die Kleinen.«

Hedi hustete und spuckte den zerkauten Zapfen aus. Jetzt begriff Jeanne, dass das Kind aus Hunger auf dem trockenen Zapfen kaute. Automatisch kramte sie in ihrem Beutel nach einer Münze und hielt sie Gudrun hin. »Hier, nehmt das. Wir haben selbst nicht viel, aber zumindest genug zu essen.«

»Nein, ich wollte nicht betteln!« Abwehrend zog Gudrun ihre Tochter mit sich und wandte sich zum Gehen.

»Es ist nur ein Groschen, bitte. Er kommt von Herzen. Wären wir bei uns zu Hause im Languedoc, hätte meine selige Mutter Euch zum Essen eingeladen.«

Einer der Männer kam mit einem leeren Sack zurück und griff sich anzüglich in den Schritt. »Na, Gudrun, wie wär's mit uns? Der Alte ist nicht da, juckt's dich nicht?«

»Pass nur auf, Rem. Wenn er das hört, prügelt er dich windelweich!«, schrie Gudrun erbost.

»Wenn er so weitersäuft wie zuletzt in Freiberg, dann kriegt er gar nichts mehr hoch, schon gar keine Faust!« Grölend trollte sich der Mann.

Gudrun Pindus vermied es, Jeanne direkt anzusehen. »Einen guten Tag wünsche ich Euch und danke, dass Ihr einer wie mir zugehört habt.«

»Gott mit Euch«, sagte Jeanne und sah den mageren Gestalten nach, die in ihren dünnen Lumpen frieren mussten und nichts zu erwarten hatten.

Fünf Tage darauf kehrte Friedger Pindus auf dem Karren eines Bergbauern in sein Dorf zurück. Es war später Nachmittag, und die Dunkelheit senkte sich herab, als die Männer aus dem Freiberger Raum ihre traurige Fracht brachten.

Der Karren hatte einen niedrigen Aufbau, der von einer Plane bedeckt war. Vorn neben dem Karrenführer waren zwei Lampen befestigt, und die Männer, die nebenhergingen, hielten Fackeln. Vor dem Haus von Gudrun Pindus hielten sie an und riefen laut, so dass innerhalb kürzester Zeit das gesamte Dorf versammelt war. Neugierig war auch Jeanne mit Thomas Froehner und den

Frauen hinausgelaufen und sah, wie die Bergleute Gudrun die Leiche zeigten.

»Ist das dein Mann?«

Blass und mit versteinerter Miene starrte die mittellose Frau auf den Körper auf dem Karren und nickte.

»Wir haben ihn oben auf der Höhe vor Freiberg gefunden. Sein Gesicht war uns aus dem Wirtshaus bekannt, und wir sind anständige Christenmenschen und sehen es als Pflicht, ihn nach Haus zu bringen. Wo sollen wir ihn hinlegen?«

»Was?«, fragte Gudrun verwirrt.

»Frau, wo soll er aufgebahrt werden? Für die Beerdigung«, wiederholte der Mann unwirsch. »Wir müssen heute noch nach Großhartmannsdorf. Und zahlen kannst du uns gleich.«

»Ich soll euch dafür belohnen, dass ihr mir den kalten Gatten vor die Tür legt?«, entfuhr es Gudrun.

Unwilliges Gemurmel ging durch die Umstehenden. Afra meinte: »Anstand von einer Dirne wie der dort zu erwarten ist vergebens. Den Weg hättet ihr euch sparen können.«

Zornig sah Gudrun sie an: »Du hast gut reden! Dieser Kerl dort auf dem Karren hat mir keinen Groschen gelassen, damit ich die Kinder ernähren kann. Was soll ich jetzt tun? Wir werden im Armenhaus landen, wenn wir nicht vorher verrecken!« Verzweifelt drückte Gudrun das kleine Mädchen an sich, das mit leeren Augen auf den toten Vater starrte.

Der Wortführer der Bergleute wandte sich verärgert an die Schaulustigen. »Was ist mit euch, Leute? Will denn keiner der Witwe das Geld für die Beerdigung ihres Mannes geben? Seid ihr so wenig Christen, dass ihr nicht helfen wollt?«

Unruhig scharrten die Helwigsdorffer mit den Füßen und sahen sich an, bis Thomas eine Münze aus seinem Beutel nahm und sie dem Bergmann in die Hand drückte.

»Nehmt den Toten mit nach Großhartmannsdorf und lasst ihn dort bestatten. Es sollte genug sein, dass der Pfarrer auch eine

Predigt halten kann.« Ein Hustenanfall schüttelte Thomas, der sich unter den missbilligenden Blicken von Frau und Schwiegertochter auf Jeanne stützte.

»Wohl gesprochen, guter Mann«, sagte der Bergmann, und seine Kumpel nickten beifällig.

Nun suchten auch die anderen nach einem Kupfergroschen, den sie entbehren konnten, denn viel zu verschenken hatte keiner. Gudrun nahm die Münzen an und murmelte Dankesworte.

Schließlich zogen die Freiberger mit dem Leichenkarren weiter, und die Leute zerstreuten sich so rasch, wie sie gekommen waren.

Jeanne war erleichtert, dass der alte Froehner wieder normal atmete und sich nur noch leicht auf ihre Schulter stützte. »Was wird jetzt aus Gudrun und den Kindern? Müssen sie wirklich ins Armenhaus?«

»Es wird wohl so kommen, wenn sie keine Anverwandten haben, zu denen sie gehen können«, sagte Thomas.

Agathe giftete: »Dass du dich unterstehst, ihr mehr zu geben! Wir müssen selbst die Groschen wenden und haben zwei Mäuler mehr zu stopfen, wie du wohl weißt!«

»In der Heiligen Schrift steht, dass man den Bedürftigen geben soll, Agathe«, mahnte ihr Mann.

»Ja, und es heißt auch, dass man die eigenen Kinder lieben soll wie sich selbst«, erwiderte die Alte.

Als Jeanne am nächsten Morgen ihre Laute aus der Stube holen wollte, erwartete sie eine böse Überraschung. Das schöne Instrument lag auf dem Boden, die Muschel und der Hals zerbrochen, die Saiten hingen lose an den herausgesprungenen Wirbeln. Sie stieß einen verzweifelten Schrei aus und hockte sich auf den Boden, um mit Tränen in den Augen die Teile zusammenzufügen, doch das Holz war gesplittert. Sie konnte sich nicht vorstellen, dass ihr Vater das Instrument, auf dem schon ihre Mutter gespielt hatte, zu reparieren vermochte.

Ihr Vater kam aus der Werkstatt gelaufen. »Wie ist das geschehen?«, fragte er fassungslos.

»Ich weiß nicht«, jammerte Jeanne. »Sie lag so auf dem Boden.«

Plötzlich ging die Küchentür auf, und Afra streckte den Kopf herein. »Nein, welch ein Jammer! Die ungeschickte Ute ist heute Morgen auf die Laute getreten, als sie saubermachen wollte. Vielleicht kann man das Holz ja leimen.« Mit einem feinen Lächeln verschwand sie wieder in der Küche.

Endres streichelte seiner Tochter über die dunklen Haare. »Nicht weinen, *mignonne*, ich baue dir eine neue.«

»Aber Mutter hat auf ihr gespielt ...«

Anstelle einer Antwort bückte Endres sich und sammelte gemeinsam mit seiner Tochter die Bruchstücke der Laute auf.

8

Gerwin war davon überzeugt, dass sie ihre unentdeckte Flucht bis Großschirma nur der Hilfe eines Dutzends Schutzengel verdankten. Was auch immer Hippolyt sagen mochte, es musste eine himmlische Macht gewesen sein, die dem alten Gaul die Kraft geschenkt hatte, sie heil aus dem Wald zu bringen. Der Pferdehändler in Großschirma hatte beim Anblick des verschwitzten und geschundenen Tieres den Kopf geschüttelt und gesagt, dass das Tier nur noch zum Schlachten tauge. Doch für Mitleid blieb keine Zeit, wenn sie den Vorsprung vor ihren Verfolgern behalten wollten. Sie erzählten, um eine falsche Fährte zu legen, dem Pferdehändler, dass sie auf dem Weg nach Braunschweig seien.

Mit den frischen Pferden, gutem Sattelzeug und Proviant für zwei Tage ritten sie bis kurz vor Krögis. Noch immer hielten sie sich auf Nebenstraßen und Waldwegen, was zur Folge hatte, dass sie überfallen wurden, die Strauchdiebe aber durch das Auftauchen einer Gruppe Jäger verscheucht wurden. Nicht bald danach verstellten ihnen drei Gesetzlose den Weg, denen sie mit einem schnellen Galopp entkamen. Die Nacht verbrachten sie unter dem dichten Zweigwerk alter Fichten und wechselten sich mit der Wache ab. Mit der ersten Morgenröte standen sie auf und brachten die letzte Wegetappe hinter sich.

Im Wald um das kurfürstliche Jagdschloss entgingen sie knapp einer Gruppe Soldaten und kamen am Abend erschöpft und mit blank liegenden Nerven auf dem Gut Jerg von Rechbergs an, wo der Herr des wehrhaft befestigten kleinen Anwesens sie mit offenen Armen aufnahm. Gerührt und leicht befremdet sah Gerwin das Wiedersehen der alten Freunde mit an.

Inzwischen waren einige Tage vergangen, von denen Gerwin den Großteil verschlafen hatte. Die Anstrengungen der Zeit auf Dörnthal und die dramatische Flucht forderten ihren Tribut. Mit schweißnasser Stirn fuhr Gerwin aus einem leichten Schlaf auf und benötigte einige Minuten, um sich zu erinnern, wo er war. Er sank zurück auf das weiche Kissen. Das finstere Gesicht von Ritter Alnbeck, die bleichen Züge des sterbenden Leander und die gebrochenen Augen seines Vaters suchten ihn in seinen Träumen heim. Es hielt ihn nicht länger auf seinem Lager, einem bequemen Vierpfostenbett. Vor dem Fenster, dessen Bleirahmen mit rauchigem Glas versehen waren, hingen dicke Vorhänge, und in einem Kamin brannte den ganzen Tag über ein Feuer. Freiherr von Rechbergs Gut war deutlich kleiner als Dörnthal, doch es bot alle erdenklichen Annehmlichkeiten.

Gerwin stand auf und goss sich frisches Wasser in eine Schüssel. Nachdem er sich Gesicht und Hände gewaschen hatte, fuhr er sich durch die Haare, warf sich sein neues Wams über und verließ den behaglichen Schlafraum. Über eine Wendeltreppe gelangte er hinunter in die erleuchtete Eingangshalle, die er mit wenigen Schritten durchmaß, um das Jagdzimmer zu betreten, wo sich der Herr des Gutes zumeist mit seinen Gästen aufhielt.

Gerwin wurde nicht enttäuscht und sah Hippolyt gegenüber Jerg von Rechberg vor dem mannshohen Kamin in einem Lehnstuhl sitzen. Auf einem Kissen zu Füßen des Freiherrn hatte sich dessen Freund und Gesellschafter mit dem exotischen Namen Seraphin niedergelassen. Niemals zuvor hatte Gerwin einen Mann von solcher Schönheit gesehen. Glänzendes schwarzes Haar fiel dem jungen Mann bis auf die Schultern, die von einem offenen, samtenen Wams bedeckt wurden. An einem Ohr hing ein Perlengehänge, an dem anderen funkelte ein heller Edelstein. Das lose geschnürte Hemd gab den Blick auf gemeißelte Brustmuskeln unter glatter Haut frei. Die wohlgeformten Beine steckten in kurzen Pluder- und Strumpfhosen. Den Kopf hatte Seraphin an das Knie des Freiherrn gelehnt und zupfte mit geschlossenen Augen eine Laute.

Jerg von Rechberg konzentrierte sich auf die Figuren, welche auf einem mit zweifarbig gemusterten Vierecken bedeckten Spielfeld zwischen ihm und Hippolyt standen. Der Raum war mit zahlreichen Jagdtrophäen geschmückt, Wandteppiche und Gemälde zeigten ebenfalls Motive der Jagd. An einer Wand hingen verschiedene Waffen. Am meisten beeindruckte Gerwin die angrenzende Bibliothek. Hunderte von Bänden lockten mit fremdsprachigen Titeln, so dass Gerwin sich wünschte, er dürfte dort das nächste Jahr verbringen und sich dem Studium der Schriften hingeben.

»Gerwin, setz dich zu uns«, forderte Jerg von Rechberg ihn auf und deutete auf einen Stuhl. Der Freiherr war von schlanker Gestalt, trug das graue Haupthaar und einen Vollbart gestutzt und hatte intelligente, wache blaue Augen. Seine Kleidung glich der Seraphins, wobei Jerg dunkle Brauntöne bevorzugte, während Seraphin Rot und Blau zu lieben schien.

Hippolyt nickte ihm abwesend zu und murmelte: »Ich werde den Läufer verlieren.«

»Das Spiel der Könige verzeiht keinen Fehler. Ein Moment der Unaufmerksamkeit, und die Schlacht um den König ist verloren.« Jerg stützte das Kinn in die Hand, an der ein goldener Siegelring blinkte.

Plötzlich gab Gerwins Magen ein vernehmliches Knurren von sich. Seraphin öffnete die Augen und legte die Laute zur Seite. Unter langen Wimpern warf er Gerwin einen kühlen Blick zu. »In der Küche findest du sicher noch etwas vom Nachtmahl.«

Das Knie seines Herrn gab dem schönen Höfling einen sanften Schubs. »Sei nicht so garstig, Seraphin, und hol unserem Gast einen Imbiss.«

Mit der Anmut einer Wildkatze erhob sich der Gefährte des Freiherrn, um der Anweisung widerwillig Folge zu leisten.

»Nimm ihn nicht ernst, Gerwin. Er ist wie ein eifersüchtiges Kind, und ich verwöhne ihn zu sehr.« Jerg von Rechberg wartete, bis Hippolyt zog. »Dem Läufer wird dein Turm folgen. Du bist nicht bei der Sache, mein Bruder.«

»Woher stammt Seraphin?«, fragte Gerwin.

»Aufgelesen habe ich ihn in Böhmen. Er gehörte zu einer Gauklertruppe, Zigeunern. Leuten aus dem Publikum waren die Geldbörsen entwendet worden, und sie haben Seraphin und zwei weitere Jungen beschuldigt. Ob es stimmt, wer kann das schon sagen, aber Zigeuner sind immer schuldig, also wollten sie die Jungen aufknüpfen. Ich habe sie freigekauft, seitdem ist Seraphin bei mir.«

Es klapperte, und Seraphin kam mit einem Tablett zurück, das er neben Gerwin auf einen Schemel stellte. Beim Anblick von saftigem Schinken, frischer Butter, Brot, Feigen und erhitztem Gewürzwein lief Gerwin das Wasser im Mund zusammen.

»Ich verdanke Euch mein Leben, Herr, und stehe auf ewig in Eurer Schuld«, sagte Seraphin mit fremdartig singendem Tonfall, doch es klang keinesfalls unterwürfig.

»Du kannst gehen, wann immer es dir beliebt«, erwiderte Jerg und legte dem Jüngling die Hand auf die Schulter, als dieser sich wieder neben ihm niederließ.

»Ich werde eine Weise aus meiner Heimat spielen, wenn es Euch erfreut.« Würdevoll begann er eine schwermütige Melodie zu spielen, hielt kurz inne und sagte an Gerwin gewandt: »Meine Leute werden Zigeuner genannt und leben heute in vielen Ländern, aber wir haben eine lange Reise hinter uns.« Er untermalte seine Worte mit leisem Lautenspiel. »Durch meine Träume reite ich als Kind auf Elefanten, die Frauen tragen vielerlei Goldschmuck an Händen, Füßen und im Gesicht, und wir beten zu Göttern mit hundert Armen.«

»Hindustan, das Land, aus dem kostbare Gewürze und Edelsteine kommen«, erklärte Jerg.

»Seid Ihr dort gewesen?«, fragte Gerwin.

»Ich nicht, aber unser guter Hippolyt. Von uns vieren bist du am weitesten herumgekommen.«

Hippolyt kratzte sich den kahlen Schädel. »Nein, die Ehre gebührt wohl Bruder Walter.«

»Bruder, warum sagt Ihr Bruder?«, fragte Gerwin.

»Nun, wir waren zusammen in der Abtei Metten, und die Not hat aus vier unschuldigen Jungen verschworene Brüder gemacht, allerdings nicht im Glauben«, erläuterte Jerg mit vorsichtigem Blick zu Hippolyt.

»Gerwin hat mein Vertrauen. Wenn die Zeit reif ist, werde ich ihn auch in das Geheimnis unserer Bruderschaft einweihen. Hast du von Walter gehört? Das letzte Mal, dass er mir Nachricht gab, war nach der geheimen Konferenz im Siegerland.«

Um sich nicht an dem Brotstück zu verschlucken, nahm Gerwin einen tiefen Zug aus dem Becher. Der stark gewürzte und gesüßte Wein half ihm, seine Nervosität zu dämpfen.

»Weißt du, Gerwin, auf Schloss Freudenberg im Siegerland hat sich im letzten April die Delegation der Edlen von Gelderland versammelt, um finanzielle Mittel für ihren Kampf gegen die Besetzung ihres Landes durch die Spanier zu erwirken. Wilhelm von Oranien ist der führende Kopf des Widerstands gegen die Unterdrücker. Seit König Philipp vor zwei Jahren Herzog Alba zum Statthalter der Niederlande machte, hat sich die Lage dramatisch verschlechtert. Du hast vielleicht vom Blutrat in Brüssel gehört?«

»Viele Aufständische wurden hingerichtet.« Genaueres wusste Gerwin nicht.

»Über sechstausend Menschen haben sie gerichtet, gefoltert und abgeschlachtet! Im selben Jahr musste Wilhelm von Oranien zusätzlich eine militärische Niederlage hinnehmen. Deshalb die Delegation der Edlen. Der Widerstand musste besser vorbereitet werden.«

Die scharfen Linien um Nase und Mund des Freiherrn wirkten tiefer. »Die Schlacht von Heiligerlee, im Norden Frieslands, war unser vorerst letzter Sieg. Ein zweischneidiger Sieg, obwohl der spanische Statthalter de Ligne zweitausend Männer verlor und wir nur fünfzig, aber dafür einige unserer besten. Wilhelms Brüder sind wie er selbst großartige Heerführer. Ludwig von Nassau lenkte die Infanterie, sein Bruder Adolf von Nassau führte die Kavallerie und fand auf dem Schlachtfeld den Tod. De Ligne verlor ebenfalls sein Leben, doch am Ende nahmen die Unsrigen keine Städte ein und mussten sich bei Jemgum geschlagen geben. Walter hat seine Männer fast alle zurückgebracht. Darauf war er stolz, obwohl er nicht zum Soldaten geboren ist, wie er betont.«

Ein verständnisvolles Lächeln trat auf Hippolyts Gesicht. »Der schöne Walter von Mühlich, zweiter Sohn eines verarmten Barons, als Kartograph auf den Weltmeeren unterwegs – und sollte jetzt mit dem Degen in der Hand unter rauem Soldatenvolk enden? Nein, das passt nicht ins Bild.«

»Und deshalb hat er sich für die Diplomatie entschieden. Derzeit weilt er am Hof der Königin von England und legt sich für Wilhelm von Oraniens Sache und die Partei des jungen Hugenottenprinzen Heinrich von Navarra ins Zeug, denn die Hugenotten liegen in La Rochelle fest und benötigen dringend Unterstützung. Bruder Hinrik ist Hauptmann des Pfalzgrafen Johann Casimir und entweder in La Rochelle dabei oder auf dem Weg dorthin.« Jerg von Rechberg nahm eine der Spielfiguren vom Tisch und drehte sie hin und her.

Während Seraphin weiter die Laute spielte, versuchte Gerwin die auf ihn einprasselnden Neuigkeiten zu verstehen. Elisabeth I., die Königin des Inselstaats, hegte Sympathien für die Reformierten, hatte sich doch ihr Vater, der verstorbene Heinrich VIII., von der katholischen Kirche losgesagt. Das erzkatholische Spanien streckte seine Hände nach Frankreich, England und den Niederlanden aus, dessen Provinzen unter seiner brutalen Herrschaft litten.

»Henri de Guise und Montmorency haben ihre Truppen zusammengezogen und führen sie gegen die berittenen Einheiten der deutschen Fürsten, die ihren reformierten Glaubensbrüdern in La Rochelle zu Hilfe kommen wollen. Zumindest war das Ende Januar der Stand der Dinge.«

Erstaunt fragte Hippolyt: »Sind die deutschen Fürsten also doch bereit, im Glaubenskrieg Stellung zu beziehen? Wir hörten von Hans Wolf von Schönberg, der in Dörnthal zu Gast war, dass Oranien im Regen stehen gelassen worden sei.«

»Es stimmt schon, dass man Wilhelm von Oranien keine weiteren Mittel bewilligt hat. Deshalb hat er ja auch Bruder Walter nach England entsandt.«

Bei der Erwähnung von Schönbergs Namen horchte Seraphin auf. »Wenn Ihr erlaubt, berichte ich, was ich bei Hofe gehört habe.«

Jerg nickte. »Nur zu, wir sind neugierig. Seraphin ist als Berater des Ballettmeisters bei Hofe tätig.«

»Oh, das ist zu viel Ehre für einen einfachen Mann wie mich.« Der schöne Seraphin streckte die langen Glieder und legte geziert die Hände übereinander. »Es ist wohl so, dass ich über ein gewisses Talent verfüge, was den Tanz und die Choreographie des Balletts betrifft, doch meine angenommenen Kenntnisse können sich mit dem Genie der Hofkünstler nicht messen. Scandello und Pinelli sind unvergleichlich! Unsere Proben finden im Theater statt, und oft beehren uns die reizenden Damen und Herren des Hofes mit ihrer Anwesenheit. Besagter Schönberg steht offensichtlich hoch in der Gunst Seiner Königlichen Hoheit des Kurfürsten, er und sein Begleiter haben nämlich sehr schöne Quartiere erhalten.«

»Sein Begleiter? War das der Ritter von Alnbeck?«, wollte Hippolyt wissen.

Seraphin kräuselte die Stirn. »Wenn der Ritter ein großer Mann von ebenmäßigem Wuchs und mit einem annehmlichen, wenn auch kriegerischen Gesicht ist?«

»Wir haben seinen Sohn Leander behandelt.«

»Aber ja doch! Wie konnte ich das vergessen! Derselbige! Ihr müsst verzeihen, aber ich kehrte erst heute Nachmittag zurück und hatte meine Gedanken nicht geordnet. Natürlich habe ich sofort an die Freunde meines Herrn gedacht, als vom Tod des jungen Patienten und einem geflohenen Wundarzt die Rede war.«

Hippolyt und Gerwin hielten gespannt den Atem an.

»Beruhigt Euch! Der Ritter hat sein Leid im Kreise einiger Höflinge geklagt, die daran jedoch kein Interesse zeigten, denn der Skandal um die Gräfin Hallersleben bestimmt derzeit den Klatsch bei Hofe. Sehr pikant! Die nicht mehr ganz junge Dame hat sich mit …«

»Seraphin!«, unterbrach der Freiherr den geschwätzigen Mann.

»Verzeiht. Der Ritter gab also seinem Zorn über die Flucht des behandelnden Arztes Ausdruck, der den Tod seines Sohnes verschuldet habe. Und er schien mir ein Mann, der nicht vergibt, wenn mir die Bemerkung erlaubt sei. Sollte er eine entsprechende Belohnung aussetzen, wird sich bei manchem die Zunge lockern …« Seraphin warf einen bedeutungsvollen Blick über die Schulter in Richtung Küche.

»Ich werde noch einmal mit dem Gesinde sprechen. Doch weiter«, drängte Jerg von Rechberg.

»Schönberg, Baron, wenn ich es noch recht weiß, besprach sich mit einigen Herren des Hochadels, um sie für die Sache Wilhelm von Oraniens, den sie bei Hof den Schweiger nennen, einzunehmen. Mit mäßigem Erfolg, möchte ich sagen.« Wie zur Bestätigung nickte Seraphin und ergriff wieder die Laute.

Mit neu gewonnenem Interesse betrachtete Gerwin den Tänzer, der unter seinem hübschen Äußeren einen wacheren Verstand verbarg, als er vermuten ließ. Dieser Mann war nicht nur der Gefährte und Diener des Freiherrn, sondern auch dessen Augen und Ohren bei Hofe.

Hippolyt lachte und gab ihm einen aufmunternden Klaps. »Gerwin, mach den Mund zu! Solange wir hier bei Jerg sicher sind, werden wir die Zeit nutzen und dich ein wenig in die höfischen Gepflogenheiten einführen. Auch das Fechten solltest du lernen. Kannst du mit einer Pistole umgehen?«

Gerwin schüttelte den Kopf.

»Dann wartet viel Arbeit auf dich, aber die Anlagen sind gut«, urteilte Seraphin mit fachmännisch prüfendem Blick auf Gerwins Körper.

»Mein Seraphin muss es wissen, und ich überlasse dich vertrauensvoll seinen Fähigkeiten. Im Fechten habe ich einige Finten von ihm gelernt, und ich habe mir immer etwas auf meine Kunst mit dem Degen eingebildet«, meinte Jerg nicht ohne Stolz.

»Großartig. Da wir noch einiges vor uns haben, wirst du diese Fertigkeiten brauchen, Gerwin«, sagte Hippolyt.

»Wohin gehen wir, Meister?«

»Das entscheidet sich in den nächsten Wochen. Sobald wir wissen, wo Bruder Hinrik steckt.« Als Hippolyt Gerwins fragenden Blick sah, fügte er hinzu: »Hinrik Huntpiss ist der Vierte unserer Bruderschaft, ein Haudegen und Draufgänger, mit dem die Klinge zu kreuzen nicht ratsam ist.«

Der Freiherr tippte auf eine der kleinen Spielfiguren. »Er hat mehr Narben als Haare auf dem Kopf und ist ein muskelbepackter Koloss, aber grundehrlich und seinem jeweiligen Herrn treu ergeben.«

»Dann wechselt er seine Überzeugung für seinen Kriegsherrn?«, entfuhr es Gerwin, dem das wenig ehrenhaft schien.

»Ein Soldat kämpft für Sold, nicht für Ideale. Und wenn ich mir ansehe, wie viel Blut bereits im Namen der Religion geflossen ist, frage ich mich, was ein Ideal wert sein kann.« Jerg warf die kleinen Figuren nacheinander um. »So viele ermordete Frauen, Kinder, Greise, aufrechte Männer. Auf allen Seiten. Ich war des Kämpfens müde. Hinrik nie.«

»Er hat kein Gut, auf das er sich zurückziehen kann«, gab Hippolyt zu bedenken.

Mit gerunzelten Brauen meinte Jerg: »Von seinem Sold hätte er sich längst Land und ein Haus kaufen können. Nein, Hinrik liebt das Soldatenleben. Vielleicht findest du ebenfalls Geschmack daran, Gerwin?«

Gerwin wehrte ab. »O nein! Ich habe mein Leben der Heilkunst verschrieben. Töten heißt, einen Teil seiner selbst aufzugeben.« Verzweifelt starrte er auf seine Hände, an denen das Blut des eigenen Vaters klebte.

»*Quem paenitet peccasse, paene est innocens*[1]«, sagte Hippolyt ruhig.

»Das sei dahingestellt, Herr Medicus«, stichelte Jerg. »Doch alle stimmen wir zu, dass es von Vorteil ist, sein Leben verteidigen zu können – sei es mit Degen oder Pistole oder bei Hof mit geschliffenem Wort.«

Am nächsten Morgen wurde Gerwin unsanft aus dem Schlaf gerissen.

»Wach auf, Gerwin!«, rief Seraphin und schlug die dichten Vorhänge zurück. »Nur unverdrossener Fleiß ist des Glückes Mutter!«

1 Wen es reut, gefehlt zu haben, der ist fast unschuldig.

Gerwin schien die Nacht allzu kurz gewesen, und der Blick zum Fenster zeigte, dass es eben erst zu tagen begann. Gähnend streckte er sich und wollte sich die Decke wieder über die Schultern ziehen, doch Seraphin war unerbittlich.

»Entweder du wäschst dich selbst, oder ich bringe das kalte Nass zu dir, das dürfte dir kaum gefallen. Wir haben viel vor uns. Du hast eine Menge zu lernen!«

Blinzelnd erhob sich Gerwin. Ihm war unbegreiflich, wie man zu dieser Stunde so frisch aussehen konnte wie Seraphin, der in eleganter Pose neben dem Bett stand.

»Was machen wir denn jetzt?«, fragte Gerwin und kippte kaltes Wasser in eine Schüssel. Damit wusch er sich Gesicht und Oberkörper und spülte den Mund aus, der sich nach mehreren Bechern Wein letzte Nacht pelzig anfühlte.

»Komm mit.« Seraphin wartete kaum, bis Gerwin mit dem Ankleiden fertig war, und ging die Treppe hinunter.

Hastig folgte Gerwin dem eigenwilligen und für seinen Geschmack etwas zu überheblichen Höfling hinunter in den Hof. Dort lagen auf einer einfach gezimmerten Holzbank zwei Degen, zwei Dolche und ein gefüttertes Wams. Gerwin lachte. »Soll ich etwa den Degen in die eine und den Dolch in die andere Hand nehmen?«

»Wenn es dir Spaß macht. Ich hatte an eine etwas elegantere Art des Kampfes gedacht.« Seraphin warf Gerwin das Wams zu. »Zieh das an.«

»Bah, brauche ich nicht. Du wirst mich schon nicht aufschlitzen«, meinte Gerwin.

In Seraphins Augen blitzte es. »Nein, ich mache keine Fehler, aber du mit Sicherheit. Und wenn du mir in die Klinge taumelst, werde ich es ausbaden müssen. Zieh es einfach an, und dann zeig mir, wie du dich bewegst.«

Gerwin tat, wie geheißen, und begann mit gezücktem Degen um Seraphin herumzutänzeln. Der sah sich das eine Weile gelassen an, nahm gemächlich seinen Degen in die Hand und machte plötzlich eine Bewegung, die Gerwin kaum wahrgenommen hatte, doch das Resultat war, dass sein Degen auf der Erde lag und er die Spitze von Seraphins Waffe auf der Brust spürte.

»Schön, ich sehe ein, wozu das Wams gut ist. Jetzt zeig mir, wie du das gemacht hast!«, sagte Gerwin.

In den nächsten Stunden erteilte Seraphin dem Lehrling des Wundarztes erste Lektionen im Fechten, die dessen volle Konzentration und vollen Körpereinsatz forderten. Durchgeschwitzt und außer Atem sank Gerwin schließlich auf die Bank. Mittlerweile war das Gut zum Leben erwacht, und aus der Küche zogen verlockende Düfte über den Hof.

»Machen wir eine Pause? Ich bin am Ende meiner Kräfte. Ich gebe zu, dass ich mir das Fechten einfacher vorgestellt hatte.«

»Das denken die meisten, die noch nie ernsthaft eine Klinge führen mussten. Und wir haben erst die einfachsten Grundstellungen geübt.« Auf Seraphins Stirn waren keine Schweißperlen zu sehen.

»Warum sieht es bei dir so mühelos aus? Ich hingegen komme mir vor wie ein Schlachter, der mit seinem Beil die Schweinekeulen zerteilt.« Kopfschüttelnd wischte sich Gerwin mit seinem Ärmel die Stirn.

Lachend schlug Seraphin ihm auf die Schulter. »Komm, wir werden dich jetzt mit einem kräftigen Frühstück aufpäppeln. Mit mir darfst du dich nicht vergleichen. Aus meiner Familie stammen Schlangenmenschen, Jongleure und Taschendiebe. Mit drei Jahren konnte ich bereits Rückwärtssaltos und andere Kunststückchen, und mit fünf habe ich die ersten Geldbeutel abgeschnitten.« Seraphin machte eine geschmeidige Handbewegung. »Fingerspitzengefühl. Das benötigst du auch für die Führung des Degens.«

Seite an Seite schritten sie auf den Eingang der Küche zu, und Gerwin entgingen nicht die bewundernden Blicke einiger Mägde, die Seraphin unter gesenkten Lidern anschmachteten. In der großen Küche herrschte das übliche geordnete Durcheinander, das Gerwin bereits in Dörnthal fasziniert hatte. Auch hier hatte eine stattliche dralle Köchin das Sagen und beorderte Gerwin und Seraphin an einen Tisch in der Ecke. Eine junge Magd brachte einen Krug Milch und zwei Schüsseln mit heißer Grütze, dazu Trockenfrüchte und warmes Brot. Hungrig machte Gerwin sich über das üppige Mahl her.

Während sie aßen, scharwenzelte eine wohlgerundete, hübsche Magd um sie herum. »Möchtet Ihr noch Milch?«, fragte sie nun bereits zum dritten Mal.

Gerwin kam Seraphin, der bereits unwirsch die Stirn runzelte, zuvor: »Danke, hübsches Kind, wir haben alles.«

Beleidigt und mit einem aufreizenden Schwung der Hüften schritt die Magd davon.

»Sie ist ein launisches Ding, das seinen Preis hat, aber den ist sie wert.« Genüsslich wischte Seraphin sich die schön geschwungenen Lippen und weidete sich an Gerwins überraschter Miene.

»Du hast … mit ihr?«, fragte Gerwin und nahm den Butterrest mit seinem Brot auf.

»Und warum nicht?«

Verlegen stotterte Gerwin. »Ich dachte nur, dass du und Herr Jerg … Ach, was weiß ich schon …«

Seraphin beugte sich vor und sah ihm tief in die Augen. »Lass dir eines gesagt sein, Gerwin, Amor kennt keine Regeln.« Seine Hand glitt unter Gerwins Hemd und zog das silberne Kreuz, das er an einem Lederband trug, hervor. »Das ist deine Wahrheit. Aber ist es die Wahrheit?«

Unter Seraphins Berührung hatte Gerwin den Atem angehalten, und um sich aus dem Bann des schönen Tänzers zu befreien, nahm er ihm das Kreuz aus der Hand und versteckte es wieder unter seinem Hemd. »Ich habe nicht gesagt, dass es falsch ist.«

»Aber gedacht, oder?« Seraphin erhob sich mit einem beunruhigenden Lächeln, und Gerwin beschloss, sich nicht noch einmal vorführen zu lassen wie einen grünen Jungen.

9

Nach der Sonntagspredigt waren Ulmann und Afra zum Mittagessen ins Gasthaus gegangen, während Thomas, Endres und Jeanne der Einladung des Apothekers Johann Zobeltitz gefolgt waren, des stolzen Inhabers der gut bestückten Apotheke in Mulda. Zudem gehörten ihm zwei weitere Häuser im Ort, die er vermietete.

Die Gattin des Apothekers war klein und rundlich und von überschäumender Freundlichkeit. Sie hatte für eine reich gedeckte Tafel gesorgt, und Jeanne schmeckte mit geschlossenen Augen dem Mandelkuchen nach, den sie eben verzehrt hatte. Die Männer erhoben sich bereits, und Jeanne nutzte den Augenblick, um Ruth Zobeltitz zu danken. »Lange habe ich nicht so himmlisch gespeist wie bei Euch, und Ihr seid mit einer reizenden Familie gesegnet.«

Ruth tätschelte ihr liebevoll die Wange. »Liebes Kind, besucht uns recht bald wieder.« Sie zwinkerte verschmitzt. »Mein Sohn wäre ganz besonders erfreut. Seid Ihr schon jemandem versprochen? Verzeiht die Offenheit.«

Verlegen schlug Jeanne die Augen nieder. Sie atmete tief ein, um ihren Schreck zu überspielen. Denn in diesem Moment war ihr bewusst geworden, dass sie sich nur einen Mann als möglichen Gatten vorstellte, aber eine Verbindung mit Gerwin war ausgeschlossen. »Nein, das nicht, doch wir reisen bald weiter.«

»Oh!« Ruths Enttäuschung war nicht zu übersehen. »Wohin fahrt Ihr?«

»Nach Dresden und dann zurück nach Frankreich.« Letzteres war glatt gelogen, doch kaum hatte sie es ausgesprochen, wusste

Jeanne, dass sie wieder in ihre Heimat wollte. Dresden würde nur eine Station auf dem Weg nach Hause sein. Irgendwie würde sie ihren Vater dazu bewegen, möglicherweise war der Hof das geeignete Terrain, um hilfreiche Kontakte zu knüpfen.

Der stets lächelnde Zacharias trat zu ihnen und reichte Jeanne höflich den Arm. »Bitte, darf ich Euch in die Apotheke geleiten. Mein Vater macht eine kleine Führung. Natürlich nur, wenn es Euch nicht langweilt.«

Sie sah seine erwartungsvollen hellen Augen und erwiderte das Lächeln. »Das möchte ich auf keinen Fall versäumen!«

Durch geschmackvoll eingerichtete Wohnräume gelangten sie in eine Art Kontor. Hier fanden sie die Männer in angeregtem Gespräch vor einem wandfüllenden Regal, das mit Fläschchen, Gläsern und Behältnissen jeder Form bestückt war.

»Unser Laboratorium!«, erklärte Zacharias stolz.

Thomas hustete und stützte sich auf einem hohen Tisch ab. Besorgt sah Jeanne zu ihm hinüber. Mit seiner Gesundheit stand es weiter nicht zum Besten, auch wenn er das stets zu überspielen suchte. Immer öfter mischte sich Blut unter seinen Auswurf.

Auch der Apotheker horchte auf. »Das ist ein böser Husten. Ihr solltet Euch mehr Ruhe gönnen und heiße Dämpfe atmen. Hier.« Der kleine Mann stieg geschwind auf einen Schemel und zog ein Tongefäß mit Deckel aus dem Regal. »Zacharias, bring mir doch bitte einen Beutel.«

»Bereits geschehen.« Vater und Sohn schienen sich blind zu verstehen, schon hatte der junge Zobeltitz einen kleinen Leinenbeutel bereitgelegt, in den sein Vater eine Handvoll duftender Kräuter gab.

»Eure Gemahlin soll die Blätter aufkochen: einen Löffel auf eine Kanne. Das atmet Ihr ein, und dann trinkt Ihr davon, so viel Ihr könnt.« Der Apotheker verschnürte das Säckchen und reichte es Endres, der es dankend einsteckte.

Thomas nickte und wischte sich den Mund ab. »Dank Euch.

Das ist halt das Alter. Habt Ihr dagegen nicht eine Wundermedizin?«

Zacharias grinste. »Ihr denkt an so etwas wie Hasenasche, gedörrte Kröte oder Hechtzähne?«

Der alte Instrumentenmacher lachte, was einen neuen Hustenanfall auslöste, diesmal begleitet von einem tiefen Rasseln in den Lungen. Als der Anfall verebbt war, sagte er: »Wenn es hilft … Unsere Küchenmagd hat sich einmal die Zunge eines Wiedehopfs um den Hals gebunden. Der Bader hat ihr erzählt, das helfe gegen Vergesslichkeit.«

»Und?«, fragte Zacharias lächelnd.

Unter erneutem Husten brachte Thomas heraus: »Ute würde ihren Kopf vergessen, wäre der nicht angewachsen.«

Alle lachten, doch Jeanne war besorgt, Thomas' Haut schien ihr viel zu blass, die Schatten unter seinen Augen zu dunkel.

Kurz darauf hämmerte es an der Tür zum Verkaufsraum der Apotheke. »Meister Zobeltitz, kommt schnell! Ihr seid doch zu Hause! Macht die Tür auf!«, rief jemand laut.

Zacharias eilte in den Nebenraum, der von einem riesigen Verkaufstresen aus dunklem Holz geteilt wurde. Jeanne folgte ihm. Die Tür war von innen mit einem schweren Riegel verschlossen. »Ihr habt keine Vorstellung davon, wie oft hier schon eingebrochen wurde.«

Endlich war die Tür offen, und sie standen einem aufgeregten jungen Burschen gegenüber. »Im Wirtshaus hat es eine Schlägerei gegeben. Einer liegt am Boden und blutet wie ein Schwein. Der Bader ist zu betrunken zum Helfen. Aber Euer Vater kennt sich doch aus.«

»Wir kommen gleich, sag das den Leuten.« Zacharias schloss die Tür und zog eine Grimasse. »Typisch. Der Bader hat sich unter den Tisch gesoffen, und mein Vater soll seine Arbeit übernehmen. Wenn er es besser macht als der alte Pfuscher, hetzen sie, er hätt's nicht dürfen, und wenn nichts mehr zu machen ist, schimpfen sie auch.«

»Dann soll er nicht gehen!«, entrüstete sich Jeanne.

Doch Johann hatte sich bereits den Umhang übergeworfen, als sie wieder ins Laboratorium traten.

Da Ulmann und Afra im Wirtshaus warteten, um gemeinsam mit ihnen nach Helwigsdorff zurückzufahren, gingen sie alle hinüber. Die Kälte biss in ihre Gesichter, als sie auf den Dorfplatz zuliefen. Ulmanns große Gestalt hob sich von den anderen ab, und seine düstere Miene verhieß nichts Gutes.

Die Leute, die nach der Predigt zum Sonntagsessen im Wirtshaus gewesen waren, hatten zusätzlich zum Mahl eine blutige Rauferei geboten bekommen. Als Jeanne hinter Zacharias und dessen Vater durch die kreisförmig stehenden Schaulustigen trat, zuckte sie zurück. »Vater!«, rief sie und drehte sich nach Endres um, der mit Thomas folgte. »Halt Großvater zurück!«

Endres Fry reagierte sofort und nahm den alten Froehner am Arm, doch der hatte bereits genug gesehen. Inmitten von Pferdemist und Straßendreck lagen Franz Froehner und ein junger Bursche blutend auf dem Boden. Franz' Hemd war vom Blut rot gefärbt, doch in dem Moment öffnete er die Augen und richtete sich langsam auf. Zobeltitz wandte sich dem anderen Burschen zu, der mit offenem Mund auf dem Rücken lag. Nach einer kurzen Untersuchung wischte sich der Apotheker die Hände an einem Tuch ab, das ihm sein Sohn reichte.

Ein grobschlächtiger Mann mit Lederschürze, aufgekrempelten Ärmeln und verschwitztem Gesicht meldete sich zu Wort: »Die Burschen haben sich das allein zuzuschreiben. Als sie zu viel hatten und mit der Prügelei anfingen, habe ich sie hinausgejagt.«

»Ja, ja, Wessel. Du hast nie Schuld. Das kennen wir schon. Aber der Bursche da neben dem jungen Froehner ist tot. Für den kann niemand mehr etwas tun, auch ich nicht. Er ist erschlagen worden. Von hinten«, stellte Zobeltitz fest.

Afra schrie auf und verbarg ihr Gesicht hinter Ulmanns Rücken. Ulmann starrte stumm und voller Zorn auf seinen Sohn.

»Franz hat ihn umgebracht!«, rief jemand aus der Menge, die noch größer geworden zu sein schien. »Er ist ein Mörder!«

Ein dralles Frauenzimmer rief: »Sie haben gewürfelt, und der Kaspar hat gewonnen. Da ist Franz wütend geworden, weil er all sein Geld verloren hatte. Der hat ihm das Scheit von hinten über den Schädel gezogen!«

Der Prediger hob strafend den Finger. »Du Sünder, der du nicht lernen wolltest aus den Ermahnungen deiner Gemeinde. Jetzt hast du Blutschuld auf dich geladen! Bitte den Herrn, unseren Heiland, um Gnade und Vergebung, auf dass er dich zurück auf den rechten Weg geleiten möge! Deine Kirche ist nun machtlos. Jetzt musst du dich vor einem weltlichen Gericht verantworten.«

Rufe nach dem Büttel wurden laut. Franz raufte sich die Haare und sah verwirrt auf sein blutiges Hemd und ein Holzscheit, das neben ihm lag. »Was ist denn los?« Dann fiel sein Blick auf den toten Saufkumpan. »Teufel, Kaspar, steh auf!«

Franz ging auf die Knie und rüttelte den Toten. Jeanne konnte den Anblick nicht länger ertragen und ging zu ihrem Vater und Thomas, der bereits im Wagen saß.

»Was wird jetzt?«, fragte sie zaghaft. »Sie sagen, er hat den anderen von hinten erschlagen.«

Der alte Mann hatte Tränen in den Augen. »Mein Enkel ein Mörder. Dass ich das noch erleben muss. Diese Schande. Er kommt vors Gericht nach Frauenstein. Wenn Franz das wirklich getan hat, werden sie ihn hängen.«

Schluchzend lehnte er sich zurück und kämpfte erneut gegen einen Hustenanfall an.

Um Thomas' willen hoffte Jeanne, dass sich Franz' Unschuld herausstellen und man den Taugenichts freilassen würde. Fürs Erste jedoch überantwortete der Dorfschulze Franz dem Gericht des Amtes Frauenstein.

Jeanne saß neben ihrem Vater im Wagen, der langsam durch die

Gassen von Mulda fuhr. Ulmann und Afra saßen ihr gegenüber und starrten sie hasserfüllt an. Um auf die Straße nach Helwigsdorff zu gelangen, mussten sie den Platz vor dem Wirtshaus umrunden, und als sie dort vorüberkamen, sahen sie, wie der Dorfschulze und zwei Knechte Franz mit gebundenen Händen auf einen offenen Wagen verfrachteten.

Afra lehnte sich aus dem Fenster und rief: »Wir lassen dich nicht im Stich, mein Junge! Vater wird nach Frauenstein gehen und für dich sprechen!« Dann lehnte sich die schwer geprüfte Mutter zurück und stierte Jeanne böse an. »Das ist alles deine Schuld! Seit ihr hier seid, gibt es böses Blut! Du hast ihn verhext! Ich weiß, dass du eine ...«

»Reiß dich zusammen, Frau!«, herrschte Thomas sie an. »Dein Sohn hat seine Lage ganz allein seinem Saufen, dem Spiel und der Hurerei zuzuschreiben. Ich weiß nicht einmal, ob er es wert ist, dass Ulmann sich nach Frauenstein aufmacht.«

»Er ist mein Sohn. Mehr gibt es dazu nicht zu sagen«, erwiderte Ulmann und wandte den Blick nach draußen, wo die Wiesen unter den Schneeresten zum Vorschein kamen.

»Von mir kannst du keinen Groschen für den Taugenichts erwarten«, knurrte Thomas.

Ulmann lachte trocken. »Lass nur, Vater. Du hast mich nie geliebt, wie solltest du nur einen Hauch Zuneigung für meinen Sohn empfinden.«

Der Wagen war so eng, dass die Knie der sich gegenübersitzenden Passagiere sich fast berührten. Jeanne rückte so dicht wie möglich an ihren Vater und betete, dass diese Fahrt endlich ein Ende nehme. Jede einzelne Person im Wagen schien plötzlich doppelt so viel Raum einzunehmen wie auf der Hinfahrt, und Jeanne fragte sich, ob es möglich war, dass die Aura aus Hass und Zorn, die Afra umgab, sie gegen die Rückwand drücken konnte.

War das Leben im Hause Froehner vor Franz' Festnahme bereits bedrückend und von täglichen kleinen Schikanen geprägt gewesen, so war all das harmlos im Vergleich mit dem, was Jeanne nun erlebte.

Seit ihrer Rückkehr hütete Thomas Froehner das Bett. Weder die Kräuter des Apothekers noch die zweifelhaften Aufgüsse von Afra und Agathe vermochten den schmerzhaften Husten zu lindern.

Vier Tage nach dem verhängnisvollen Vorfall kehrte Ulmann von seinem Bittgesuch in Frauenstein zurück. Das Abendessen war eben angerichtet, als er vom Regen durchnässt zur Tür hereinkam. Seine finstere Miene verhieß nichts Gutes.

Entgegen den Empfehlungen seiner Frau hatte Thomas sein Bett verlassen und seinen Vorsitz an der Tafel eingenommen. Das weiße Haar hing ihm strähnig um das eingefallene Gesicht, und Jeanne entdeckte Blutflecken vom ständigen Husten auf seinem Hemd. Erwartungsvoll hob der Hausvater den Kopf.

Ulmann warf den nassen Umhang in die Ecke und stürzte einen Becher Bier hinunter. »Verrotten soll das Pack vom Amt!«

»Setz dich doch. Es gibt Speckknödel.« Afra füllte ihrem Mann eine Portion vor Butter triefender Knödel auf den Teller. Dazu gab es geschmortes Kraut und gekochte Winteräpfel.

Der Duft des deftigen Essens schien Ulmann etwas zu besänftigen. Nachdem er einen Bissen probiert hatte, sagte er: »Der Schönberg ist fort, nach Dresden, was weiß ich, wo die hohen Herren sich rumtreiben. Sein Stellvertreter ist ein sturer Mensch, ein Lateinlehrer mit Kenntnissen der Jurisprudenz, wie er mir gleich unter die Nase gerieben hat.«

»Hast du Franz gesehen? Wie geht es ihm? Behandeln sie ihn gut im Gefängnis?«, fragte Afra.

»Ja, ja, dem Bengel geht es gut. Er hat zu essen und einen Strohsack. Gefoltert haben sie ihn nicht. Warum auch? Der Hornochse hat sich selbst belastet und zugegeben, dass er Streit mit diesem Kaspar hatte. Aber das ist nicht das Schlimmste. Ich hatte gehofft, den Richter mit etwas Bestechungsgeld zu einem milden Urteil bewegen zu können. Doch das ist ausgeschlossen! Der Vater des Toten ist erster Jagdpächter vom Schönberg und gut gelitten bei den hohen Herren, wie mir die Leute im Wirtshaus erzählten.« Ulmann rieb sich mit den Händen das Gesicht, und Jeanne hätte nicht zu sagen vermocht, ob er sich den Regen abwischte oder Tränen.

Afra hielt sich erschrocken die Hand vor den Mund. »Und was wird jetzt mit unserem Franz?«

»Hängen wollen sie ihn. Darauf jedenfalls besteht Kaspars Vater.« Vehement stieß Ulmann seine zweizinkige Gabel in einen Knödel.

»Kann man denn nicht eine Eingabe beim zuständigen Rat machen?«, schaltete Endres sich vorsichtig ein.

»Und wozu das, Schlaukopf?«, blaffte Ulmann mit vollem Mund.

»Zumindest könnte man um eine erneute Prüfung und eine Aufschiebung des Urteils bitten. Bis dahin könntest du neue Zeugen auftreiben, die aussagen, dass es ein Unfall war«, sagte Endres ruhig.

»Das halte ich für eine ausgezeichnete Idee, Ulmann«, stimmte ihm Thomas zu.

»Natürlich, war ja nicht anders zu erwarten.« Ulmann hielt Ute den Becher hin, den die zierliche junge Küchenmagd mit Bier füllte. »Und wirst du mir Geld geben, um die Zeugen zu schmieren?«

Thomas sah seinen Sohn mit einer Mischung aus Mitgefühl und Verachtung an, die auf dem Tisch liegende Hand zitterte.

»Natürlich nicht. Warum frage ich auch! Wäre die Hure von deinem Ziehsohn hier in Not, würdest du dein letztes Hemd verkaufen, um ihr zu helfen!«, schrie Ulmann und schlug auf den Tisch.

Jeanne starrte mit gesenktem Blick auf ihren Teller und biss sich auf die bebende Unterlippe. Ihr Vater streichelte ihr tröstend die Wange und flüsterte: »Geh nach oben, Jeanne. Wir sprechen später.«

Die Tränen nicht länger zurückhaltend, stand sie auf und rannte hinauf, doch was sie dort erwartete, war kaum dazu geeignet, ihre Stimmung zu verbessern. Jemand hatte die Kammer ihres Vaters durchwühlt, dabei seine Papiere und das kleine Tintenfass auf den Boden geworfen. Sie schob die Dokumente zusammen, unter denen der Brief von Nothmann war, und legte sie zurück auf das Tischchen. Als sie sich nach dem Tintenfass bückte, das über einigen Hemden ihres Vaters ausgelaufen war und sie ruiniert hatte, fiel ihr eine Schicht grauen Staubs auf. Sie hob das zuoberst liegende Hemd auf und schüttelte den Dreck ab. Im nächsten Moment hielt sie in der Bewegung inne und stieß einen verzweifelten Schrei aus. Aber es war bereits zu spät, der feine graue Staub war in die Ritzen der aufgestapelten Bretter gefallen und hatte sich über Dielen und Fugen verteilt.

Von den Hemden verdeckt hatte das zerbrochene Kästchen mit der Asche ihrer Mutter auf dem Fußboden gelegen. »Was habe ich getan?«, jammerte Jeanne, fiel auf die Knie und suchte mit den Händen zu retten, was noch nicht verloren war. Schließlich ließ sie die Asche auf ein Blatt Papier gleiten, faltete dieses und machte sich daran, die wenigen Habseligkeiten ihres Vaters zu ordnen.

Kurze Zeit später trat Endres durch die Tür. »Wie geht es dir, *mignonne*?«

Dann erst sah er Jeannes verschmierte Hände, das zerbrochene Kästchen, und es bedurfte nur weniger Worte, um zu verstehen, was geschehen war.

»Das kann nur Afras Werk sein. In meiner Kammer habe ich noch gar nicht nachgesehen, Vater. Sie hasst uns so sehr. Lass uns von hier fortgehen!«

Endres setzte sich neben seiner Tochter auf die Bettstatt und starrte gegen die Dachsparren.

»Es wird immer schlimmer werden!«, drängte Jeanne.

»Ja. Ich mag gar nicht daran denken, was geschieht, wenn Franz keinen gnädigen Richter findet. Es sieht nicht danach aus, als hätte er viele Freunde. Ulmann wird morgen zu seinen Brüdern nach Randeck gehen und dort um Hilfe bitten. Wenn er zurückkehrt, bringt er seine anderen beiden Söhne mit. Erfried soll Franz' Platz in der Werkstatt einnehmen, und Egbert wird auch mitkommen, da er nicht gut allein gelassen werden kann.«

»O nein!«, seufzte Jeanne. Sie hatte die Zwillingsbrüder nur einmal gesehen, als sie Material aus den Werkstätten in Randeck gebracht hatten, und war froh gewesen, dass es bei dieser Begegnung geblieben war. Einer der Halbwüchsigen war durch eine Hasenscharte entstellt und brachte nur ein kaum verständliches Lispeln hervor, und der lauernde Blick seines Bruders hatte sie zittern lassen. »Sie sind kaum besser als Franz.«

»Von Ulmanns Söhnen ist nichts zu erwarten.« Ihr Vater ging zum Tisch und berührte das Papier, in welchem Jeanne die Asche gerettet hatte. Mit zusammengepressten Lippen versank er in Gedanken, bis Jeanne leise sagte: »Ich hole ein seidenes Taschentuch, Vater.«

Endres antwortete nicht, und Jeanne ging in ihre Kammer. Erleichtert stellte sie fest, dass dort nichts durcheinandergebracht worden war. Sie wühlte in einem Reisesack und zog schließlich ein dunkelgrünes Tuch hervor. In der Tür begegnete sie Zilla.

»Ich muss gleich wieder in die Küche, wollte dir aber schnell sagen, dass niemand hier Afra und ihre Familie leiden kann.« Die einfache Magd sah Jeanne mitfühlend an.

»Sag, Zilla, hast du Afra hier oben gesehen, vor dem Essen? Im Zimmer meines Vaters ist alles auf den Kopf gestellt.«

»Jetzt, wo du es erwähnst, fällt mir ein, dass Afra hier in unserer Kammer war, aber als ich kam, ging sie ohne ein Wort hinaus. Das war vor dem Essen. Hat sie denn etwas genommen?«

Jeanne schüttelte den Kopf. »Das nicht, aber etwas, das mir und meinem Vater sehr teuer ist, ist kaputtgegangen.«

»Das sieht der alten Hexe ähnlich, andere piesacken und triezen.«

»Zilla! Was treibst du? Komm sofort in die Küche!«, schrie Afra wie aufs Stichwort von unten.

Die Magd zuckte zusammen. »Geht fort von hier! Es wird unerträglich werden. Im schlimmsten Fall denunziert sie dich wirklich. Dazu ist sie fähig. Ich kenne sie.«

»Dann solltest du auch eine andere Stelle annehmen.«

»Für eine wie mich ist es auszuhalten. Es gibt immer noch üblere Herrschaften.« Schon rannte die Magd hinunter zu ihrer übellaunigen Herrin.

Jeanne dachte in den folgenden Tagen oft an diese Worte. Nachdem Ulmann sich auf den Weg zum Amt von Frauenstein gemacht hatte, trafen Erfried und Egbert in Helwigsdorff ein. Afra machte viel Aufhebens um die Zwillingsbrüder, die Jeanne im Stillen als linke und rechte Hand des Teufels bezeichnete. Der durch die Hasenscharte entstellte Erfried fand schnell heraus, dass die kleine Ute das schwächste Wesen im Froehnerhaus war, und quälte sie, wo immer er konnte. Der geistig langsamere Egbert stand daneben, feixte sich eins und zwickte Ute, warf ihren Eimer um oder stapfte mit schmutzigen Schuhen über den frisch gefeudelten Boden. Selbst die Tiere im Stall waren vor der Boshaftigkeit der Burschen nicht sicher, und wenn sie davon genug hatten, gingen sie auf die Straße und piesackten die armen Säcklerkinder und die Jüngsten der Witwe Pindus.

Jeanne kam dazu, wie Erfried die kleine Hedi dazu zwang, eine Handvoll Kot zu essen. Auf dem Weg zum Wald hinter Hippolyts Haus hatte Jeanne die Burschen und das Mädchen hinter den Bäumen stehen sehen und war Hedi zu Hilfe geeilt. Die Kleine stand weinend vor den hämisch grinsenden Burschen, das Gesicht mit stinkenden Exkrementen verschmiert. Sie würgte verzweifelt und schlug unkontrolliert mit den Händen um sich.

»Ihr widerlichen Pestbeulen! Schert euch zum Teufel oder besser gleich zurück in die Jauchegrube, aus der ihr gestiegen seid!«, schrie Jeanne außer sich vor Wut. »An kleinen Mädchen vergreifen sich nur Feiglinge wie ihr! Schert euch fort, Dreckspack!«

Panisch streckte Hedi die Arme nach Jeanne aus, die das Mädchen schützend an sich drückte, obwohl der Gestank ihr schier den Atem nahm. Ihr entschiedenes Auftreten hatte die beiden Burschen zumindest erschreckt, denn sie ließen den Ast fallen, an dem noch Kot klebte.

»Du bist auch bald dran!«, drohte Egbert lispelnd, und Erfried stotterte: »Ge… genau. B… Brennen wirst d… du, wenn M… Mu…«

Egbert stieß ihn grob in die Seite. »Halt den Mund, Idiot! Und jetzt komm!«

Bevor Jeanne das Ausmaß der Drohung verinnerlichen konnte, sah sie Hedis Mutter in Begleitung des Säcklers herbeilaufen und rief den Brüdern nach: »Zum Teufel mit euch!«

Die Zwillingsbrüder rannten lachend fort und scherten sich nicht um Gudrun Pindus, die ihnen schlimmste Verwünschungen hinterherbrüllte. Als Hedi die vertraute Stimme ihrer Mutter hörte, lief sie Gudrun entgegen, die sich entsetzt die Hand vor den Mund schlug. »Grundgütiger! Diese Mistkerle! Wir mögen zum niedersten Volk gehören, aber so was hat keiner verdient.«

Der Säckler, ein großer, dünner Mann, in dessen Mund einige wenige braune Stumpen standen, ballte die Fäuste: »Die zwei waren schon eine Plage, als sie kaum aus den Windeln waren. Aber wir können nichts tun, Gudrun. Wir haben keinen Taler, um einen Amtmann zu bezahlen. Nur sollten sie sich in Acht nehmen, wenn sie einmal allein im Wald sind und ich sie mit meinem Ältesten erwische. Dann bekommen sie eine Abreibung, die sie nicht vergessen werden.«

»O Hedi, du stinkst fürchterlich!« Angeekelt verzog Gudrun das Gesicht. Als sie Jeanne die Hand reichen wollte, schüttelte die den Kopf, und Gudrun verstand, als sie den verschmierten Rock sah. »Es tut mir leid! Ich weiß nicht, wie ich Euch danken soll …«

»Schon gut.« Weiter kam Jeanne nicht, denn eine Horde Reiter sprengte durch das Dorf auf das Haus des Wundarztes zu.

Einer der fünf kräftigen Männer, die mit Pistolen und Stoßdegen bewaffnet waren, hielt sein verschwitztes Pferd an und fragte: »Wo ist der Wundarzt, der sich Hippolyt nennt? Hat ihn einer von euch gesehen? Einer hier muss doch etwas wissen!«

Ängstlich senkte Gudrun den Kopf, und auch der Säckler brachte kein Wort heraus. Der Reiter beugte sich zu Jeanne, fuhr jedoch angewidert zurück. »Pfui, was stinkst du!«

Einer seiner Kumpane rümpfte die Nase. »Wen wundert's. In diesem Rattennest hausen nur Schweine! Was ist jetzt, Mädel? Hast du deine Zunge verschluckt? Wo ist der Quacksalber?« Der Mann zog eine silberne Münze aus seinem Gürtel. »Die gehört dir, wenn du mir hilfst.«

Gierig starrten Gudrun und der Säckler auf die Münze, und Jeanne sagte schnell: »Wir wissen nicht, wo er ist. Ist lange her, dass wir ihn gesehen haben.«

Der Anführer, ein schlanker Mann mit aufmerksamen Augen, wandte sich an Gudrun. »Du weißt doch was! Ich seh's dir an! Er hat einen Lehrling. Die beiden sind schuld am Tod des Sohnes von Ritter Alnbeck. Also suchen wir Mörder, die niemand beschützen sollte, der nicht selbst in Verdacht geraten will. Zwei Silberlinge für zwei Männer!«

Gudrun schüttelte stumm den Kopf, während der Säckler auf den Boden vor seinen Füßen starrte. Die Pferde wurden unruhig, und einer der Reiter sagte: »Lass, Rainald. Das dumme Pack weiß doch nichts. Lass uns lieber das Haus durchsuchen.«

Rainald warf Jeanne einen prüfenden Blick zu. »Es soll dein Schade nicht sein, wenn du mir etwas Nützliches sagen kannst. Wie ist dein Name, meine Schöne?«

»Jeanne Fry«, sagte Jeanne abweisend.

»Hübsch. Französin?«, fragte Rainald.

»Sicher eine Hugenottin! Ketzerpack. Komm schon. Die sind verstockt und sagen nichts«, drängte einer der Knechte.

Mit gesenktem Blick wartete Jeanne neben dem Säckler, dass die Männer endlich abzogen. Als sie sich nach Gudrun umdrehte, war diese bereits mit ihrer Tochter auf dem Weg zu ihrer Kate. Der Säckler sah nachdenklich aus. »Einen Silberling könnte ich gut gebrauchen«, sagte er leise.

»Pfui!« Mehr hatte Jeanne dazu nicht zu sagen. Sie rannte hinter Gudrun her. »He, was sollte das heißen? Was ist denn mit Gerwin?«

»Ich weiß nichts! Dank Euch, dass Ihr meiner Tochter beigestanden habt, aber bitte, lasst mich jetzt in Frieden!« Verzweifelt drängte Gudrun ihre Tochter zur Eile.

Im Hintergrund war zu hören, wie die Reiter aus Dörnthal sich über Hippolyts Haus hermachten. Jeanne sah sich um. Der Säckler stand noch immer in der Nähe, und sie ahnte, dass er darauf wartete, sich einen Silberling zu verdienen. »Frau Pindus, ich bin auf Eurer Seite. Schaut doch nur, der Säckler, der wartet nur darauf, etwas zu sagen, um sich das Blutgeld zu verdienen. Kann er etwas wissen?«

Gudrun Pindus blieb mit einem Seufzer stehen. Sie waren bereits hinter dem Froehnerhaus angekommen. Strähnige graue Haare umgaben ihr ausgezehrtes Gesicht. »Ach, der weiß gar nichts. Hört mir zu. Ihr seid ein nettes Mädchen, und dass mein Sohn mit Euch getändelt hat, ist verständlich. Belasst es dabei. Gerwin ist ein guter Junge, aber er hat genug Schwierigkeiten. Gehabt Euch wohl, Jeanne, und wenn Ihr könnt, verlasst dieses unselige Dorf!«

»Aber …«, stammelte Jeanne und ließ angesichts von Gudruns verschlossener Miene entmutigt die Schultern sinken. »Adieu«, murmelte sie leise und trottete zum Haus der Froehners. Sie legte gerade die Hand auf den Türknauf, als ein lauter Knall ertönte. Sie fuhr herum. Hippolyts Haus brannte lichterloh.

Mit finsteren Mienen preschten die Reiter aus Dörnthal durch das Dorf, während die Leute neugierig herbeiliefen, und Jeanne fragte sich bang, ob sie gefunden hatten, wonach sie suchten.

Im Haus wurde sie von Agathe mit Vorwürfen über ihr Ausbleiben überschüttet. Erst als die Alte das Feuer bemerkte, ließ sie von ihr ab, um sich den Schaulustigen anzuschließen. Jeanne, die kein Wort von sich gegeben hatte, reinigte sich und ging in ihre Kammer, wo sie die nächste böse Überraschung erwartete. Kleider und Unterröcke lagen verstreut, und bei näherem Hinsehen stellte sie fest, dass jemand sie mutwillig zerschnitten hatte.

Sie lief hinunter in die Werkstatt, wo Endres allein an seiner Werkbank saß und die Laute aus dem zwiefarbenen Holz der Esche lackierte, die Thomas vor zwanzig Jahren gefällt hatte. Endres hatte in letzter Zeit Tag und Nacht an der Fertigstellung des schönen Instrumentes gearbeitet und ein großes Geheimnis um die Herstellung des Lacks gemacht. Nicht einmal Jeanne hatte zusehen dürfen, als er die Zutaten vermengte. Sie hatte ihren Vater nicht bedrängt, auch wenn sie seine ungewohnte Geheimniskrämerei wunderte. Jeder Instrumentenmacher kannte Kniffe, die er niemals preisgeben würde, weil sie seine Instrumente unverwechselbar machten. Neben der Qualität des Holzes und dessen Bearbeitung waren das Auftragen der Lackschichten und die Zusammensetzung des Lacks der Schlüssel zum besonderen Klang der Laute. Erst das Zusammenspiel dieser Komponenten machte den Unterschied zwischen einem mittelmäßigen und einem erstklassigen Instrument aus.

Der unverkennbar harzige Duft von Lack lag im Raum. Endres Fry legte den Pinsel auf ein Holzstück. »Das war die letzte Lackschicht.«

Jeanne sank auf die Knie und legte ihm den Kopf in den Schoß.

»*Mignonne*. Ist etwas geschehen?« Sacht strich er ihr übers Haar.

Sie berichtete ihm, was sie erlebt hatte.

»Der Heiler ist fort? Wie bedauerlich. Gerade jetzt hätte Thomas seiner Hilfe bedurft.«

»Wir gehen doch aber fort, Vater, nicht wahr?« Sie biss sich auf die Lippen. »Ich meine, wenn du bleiben möchtest, wegen Thomas …« Sie sah ihren Vater fragend an.

»Nein, nein. Hier ist kein Platz mehr für uns, war es nie. Bald, Jeanne. Wenn der Lack trocken genug ist, dass wir die Laute transportieren können. Ich weiß zwar noch nicht, wovon wir leben können, aber wir gehen nach Dresden. So kann es nicht weitergehen.«

»Du kannst doch diese Laute verkaufen. Sie ist perfekt!«, sagte Jeanne und warf einen bewundernden Blick auf das exquisit gearbeitete Instrument, dessen in arabischen Ornamenten ziselierte Rosette allein ein Kunstwerk darstellte.

Endres sah sie lächelnd an. »Ich habe sie für dich gemacht. Diese Laute ist unverkäuflich.«

»Aber du kannst mir eine neue fertigen. Wir brauchen das Geld!«

»Nein.« Brüsk erhob Endres sich. »Dieses Instrument ist nur für dich. Alles andere wird sich weisen.«

An den folgenden Tagen beobachtete Jeanne immer wieder, wie Afra und Agathe die Köpfe zusammensteckten und sie mit triumphierenden Blicken bedachten. Als sie einmal das Wort Prozess aufschnappte, lief ihr ein Schauer über den Rücken. Es wäre töricht, die drohende Gefahr länger zu verdrängen, denn sie war davon überzeugt, dass Afra sie denunziert hatte. Als sie ihrem Vater am selben Abend ihre Befürchtung anvertraute, hieß er sie die Sachen packen.

Am nächsten Morgen nahm Endres sie mit in das Zimmer von Thomas, der das Bett nicht mehr verließ, ständig hustete und von heftigen Fieberanfällen geplagt wurde. »Vater, wir möchten dir Lebewohl sagen.« Endres setzte sich auf die Bettkante.

Der betagte Lautenbauer schien um Jahre gealtert, die Wangenknochen zeichneten sich spitz unter der dünnen Gesichtshaut ab. Doch die hellen Augen blickten wach. »Ich habe es befürchtet, und ich danke Gott für jeden Tag, den ihr in meinem Haus verbracht habt. Nur schäme ich mich für meine Familie …«

Endres drückte ihm die Hand. »Keine Entschuldigungen. Auf jeden von uns wartet der Weltenrichter, und manchem steht ein schwerer Gang bevor. Dir nicht, Thomas. Du bist ein Mann, dessen Schaffen und Herzenswärme jeden, der dich kennen durfte, erfreut hat.«

Jeanne zog sich einen Stuhl heran und strich Thomas eine Haarsträhne aus der Stirn. »Ich wünschte, ich hätte einen Großvater wie dich haben dürfen.«

»Aber du hast ihn doch, Jeanne, mein Kind«, sagte Thomas und blinzelte ihr verschmitzt zu. Sein Blick ging zur Tür. »Wo sind die anderen?«

»Ulmann ist mit Egbert und Erfried in seinem Haus und repariert das Dach. Seitdem sie wissen, dass Franz aus dem Gefängnis von Frauenstein geflohen ist, sind sie ganz verstört«, sagte Endres.

Ulmanns Bemühungen beim Amtmann von Frauenstein waren erfolglos geblieben, und Franz hätte eine lange Gefängnisstrafe und bei ungünstigen Zeugenaussagen mit hoher Wahrscheinlichkeit der Tod durch den Strick erwartet. Unverhoffte Hilfe war ihm durch die Badehaushure Uda aus Mulda zuteil geworden, die den Wächter abgelenkt und Franz die Flucht ermöglicht hatte. Seitdem waren die beiden verschwunden.

»Jeanne, geh in die Werkstatt und bring die Theorbe herüber«, bat Thomas sie und hustete.

Endres gab Thomas etwas Wein zu trinken. Als Jeanne mit dem kostbaren Instrument wieder in das Zimmer kam, saß Thomas aufrecht im Bett und unterschrieb ein Schriftstück, welches er mit Endres' Hilfe versiegelte und ihnen reichte. »Darin bezeuge ich, dass Endres der rechtmäßige Eigentümer dieser Theorbe und des Geldes ist, das ich euch jetzt gebe.« Mit einiger Anstrengung zog er einen kleinen Ledersack unter seiner Matratze hervor, den er unter Endres' kritischem Blick in dessen Hände legte. »Nimm es. Es ist nicht viel, aber es wird für die Reise und die ersten Wochen in Dresden reichen. Dann wirst du dir einen Namen gemacht haben, Endres, und bedarfst meiner Hilfe nicht länger.«

Endres schüttelte den Kopf. »Das kann ich nicht annehmen. Deshalb bin ich nicht gekommen, Thomas.«

»Du kannst einem Sterbenden nicht seinen letzten Wunsch abschlagen!«

»Nein, nein, dir geht es bald wieder besser!«

»Unsinn. Und ich beklage mich nicht. Nur eines muss ich wissen.« Thomas Froehner beugte sich vor und packte Endres an den Schultern. Seine Stirn glänzte fiebrig. »Warum bist du damals gegangen, Endres?«

Mit angehaltenem Atem wartete Jeanne auf die Antwort ihres Vaters, der den Blick senkte. Dann sah er Thomas in die erwartungsvoll aufgerissenen Augen. »Die Frau, die ich heiraten wollte, war Brigitte Waldeck.«

»Gudrun Pindus' Schwester!«, flüsterte Thomas heiser. »Es hieß, sie sei verrückt und habe unter dem Einfluss teuflischer Mächte Hand an ihr Leben gelegt ...«

»Nein. Sie war ganz und gar nicht verrückt. Brigitte war eine ehrbare und über die Maßen schöne Frau, doch sie hat den unverzeihlichen Fehler begangen, Ulmann zurückzuweisen.« Mit Tränen in den Augen umfasste Endres die Hände des Ziehvaters. »Er konnte nicht ertragen, dass sie mich wollte und nicht ihn.«

Jeanne wusste nicht, was schrecklicher war, der Schmerz in der Stimme ihres Vaters oder die aufkeimende Erkenntnis in Thomas' Augen.

Endres' Stimme sank zu einem Flüstern. »Als Ulmann erfuhr, dass wir uns in Mulda trauen lassen wollten, hat er sie unter einem Vorwand in den Wald gelockt und ihr Gewalt angetan. Sie hat es mir erzählt. Es hätte mich nicht davon abgehalten, sie zu heiraten, doch sie konnte mit der Schande nicht leben.«

Thomas schluchzte, begann zu husten und hielt sich ein Taschentuch vor den Mund, das er blutbefleckt aus der Hand legte. »Du hättest es …«

»Dir sagen sollen? Nein. Es hätte deine Familie zerstört, und ich verdanke dir so viel«, sagte Endres und küsste den alten Mann auf Wangen und Stirn.

Endres erhob sich und verstaute Geldbeutel und Brief in seinem Gürtel. Jeanne stand ebenfalls auf. Liebevoll streichelte sie die zitternden Hände des alten Instrumentenmachers und drückte ihre Lippen auf seine Stirn. »Leb wohl, *grand-père.*«

Mit einer letzten Umarmung verabschiedete sich schweren Herzens auch Endres.

»Gott schütze dich, mein Sohn«, brachte Thomas Froehner kaum hörbar über die Lippen.

Im Flur ergriffen Endres und Jeanne ihr Reisegepäck und verließen leise das Haus.

Zweiter Teil

Dresden
Aprilis 1569

10

Gerwin konnte sich nicht sattsehen an den prächtigen Roben der Höflinge, die mit gewichtigen Mienen über den Innenhof des Schlosses schritten, den mit goldenen Wappen verzierten Karossen und den herrlichen Reitpferden, den edlen Jagdhunden, den Jägern und Falknern mit majestätischen Greifvögeln auf ledergeschützten Armen und den Scharen zwitschernder Hofdamen in raschelnden Kleidern und mit kunstvoll aufgesteckten Frisuren. Damen wie Herren waren von duftenden Wolken umgeben.

»Mach den Mund zu und hör auf zu schnuppern wie ein Hund!« Seraphin schubste ihn vorwärts. »Haltung! Wir sind hier bei Hof und nicht unter deinen Hinterwäldlern.«

»Schon gut«, zischte Gerwin, streckte sich und setzte die Füße in der gezierten Art, die Seraphin ihm in vielen ermüdenden Übungsstunden beigebracht hatte.

Wachsam musterte er die Leute, immer auf der Hut vor einer Begegnung mit dem Ritter Christoph von Alnbeck. In den vergangenen Wochen hatte Gerwin sich das Haar wachsen und einen Bart stehen lassen. Auf Hippolyts Anweisung war eine höfische Garderobe für ihn zusammengestellt worden, an die er sich nur schwer gewöhnt hatte. Vor allem der enge spanische Kragen war unbequem und kratzte. Dunkelgrüne Kniebeinkleider mit Kniebändern, Hemd und Wams und ein kurzer Mantel gehörten dazu. Den Degen trug er mit Stolz, vor allem, nachdem Seraphin ihm eine hinreichende Handfertigkeit im Umgang mit der Waffe bestätigt hatte. Ein flaches Barett vervollständigte seine Aufmachung als Höfling und verschaffte ihm eine neue Identität.

Anfangs war er nicht begeistert von Hippolyts und Rechbergs Idee gewesen, ihn mit Seraphin nach Dresden zu schicken. Doch die beiden hatten darauf bestanden und es seine Feuertaufe genannt. Jerg hatte vorgeschlagen, dass er sich bei Hofe als sein Cousin Welf ausgäbe, der zurückgezogen auf einem der nördlichen Güter lebte.

»Nun, Welf, was haltet Ihr vom Schloss?«, fragte Seraphin, dessen Garderobe von Samt und goldenen Stickereien geprägt war.

»Beeindruckend«, sagte Gerwin, dem es an Worten fehlte.

»Sehr aussagekräftig«, meinte Seraphin sarkastisch. »Wie wäre es, wenn du beispielsweise die ausgefallene Fassade erwähntest.«

Innen- wie Außenfassaden des kurfürstlichen Schlosses waren mit auffälligen schwarzweißen Figuren und Ornamenten geschmückt. Vergleichbares hatte Gerwin noch nie gesehen. »Der Bilderschmuck ist sehr schön.«

»Du strapazierst meine Geduld«, zischte Seraphin und neigte galant den Kopf in Richtung einiger Damen.

Es war ein warmer Apriltag, und die Hofdamen zeigten ungeniert ihre mit glitzerndem Geschmeide geschmückten Dekolletés. Gerwin zerrte an seinem Kragen und murrte: »Ich bin eben nur ein Trottel aus der Provinz.«

»Schon gut. Unser Kurfürst ist sehr stolz auf sein Schloss. Er ist ein kunstsinniger Mensch. Er liebt die Musik und seine Sammlung, für die er die Wunderkammer erbauen ließ. Du könntest also mit einer Bemerkung über die besondere Sgraffitotechnik punkten, mit der Gabriele und Benedetto Thola die Fassaden dekoriert haben.« Er zerrte Gerwin am Ärmel an eine Mauer heran, so dass die exquisite Bearbeitung des Putzes zu erkennen war.

»Oh, das ist ja unglaublich!«, rief Gerwin in ehrlicher Bewunderung aus. »Ich dachte, die Figuren wären aufgemalt, aber die sind eingekratzt!«

»Zuerst wird dunkelfarbiger Sand aufgetragen, darüber ein weißer Kalkanstrich gegeben, und dann werden die Formen ausgeschnitten. Raffiniert, nicht wahr? Der italienische Einfluss überwiegt und ist dem seligen Kurfürsten Moritz zu verdanken. Die Motive sind der römischen Antike entnommen – Götter, Helden und Allegorien. Dort unten im Erdgeschoss des Hausmannsturms ist die Rüstkammer. Wenn die großen Paraden, Turniere und Festaufzüge hier im Hof stattfinden, legen die Gäste dort unten ihre Rüstungen an und gelangen dann direkt in den Hof. Die kurfürstliche Harnischkammer ist unter dem Dach neben der Kunstkammer. Schau, dort ist die Turmloggia.«

Seraphins ausgestreckte Hand wies auf ein reich verziertes Ecktreppentürmchen. »Die Säulen sind nach Vitruv angeordnet, unten die schweren Dorica und oben die reich verzierten Korinthica. Architektur dieser Art findest du nicht oft im Norden.« Seraphin seufzte. »In Italien schon. Oh, das ist ein Land!«

»Ich möchte auch einmal reisen, Seraphin«, sagte Gerwin und bestaunte die architektonischen Formen, die ihm von unvergleichlicher Schönheit schienen.

Aus dem Schlossinnern erklang Gesang, und es roch nach Gebratenem. Seraphin tippte ihm auf die Schulter. »Nun kommt, Welf von Rechberg, nicht mehr lang, und die Tafel wird eröffnet. Ach, und denk daran, dass du aus dem Norden kommst. Dort wird nicht gesächselt.«

Sie wandten sich um, und Gerwin versuchte, alles zu beachten. Hippolyt, der ein dialektfreies Deutsch sprach, hatte Gerwin in den vergangenen Jahren immer wieder dazu angehalten, Schriftdeutsch zu sprechen und zu schreiben.

Ein großer grauer Jagdhund drängte sich vor ihnen durch die Menge und lief auf einen hochgewachsenen Mann mit finsterer Miene zu. Ihre Blicke kreuzten sich, und Gerwin fuhr zusammen, denn der Mann war niemand anderer als der Ritter von Alnbeck.

»Nicht starren, nicken!«, fauchte Seraphin und gab Gerwin einen Klaps auf den Hinterkopf.

»Aber, aber …«, stotterte Gerwin.

Christoph von Alnbeck steuerte direkt auf ihn zu. In seinem Gefolge befanden sich seine Frau und Adelia, wie Gerwin mit wachsendem Unwohlsein feststellte. Elisabeth von Alnbeck schien nur noch ein Schatten ihrer selbst. Gerwin wunderte sich, dass sie die Reise nach Dresden unternommen hatte.

Der Ritter machte eine höfliche Verbeugung und stellte sich und seine Gattin vor. Als Gerwin die Fingerspitzen von Elisabeth berührte, durchfuhr ihn ein eisiger Schmerz, seine Knie drohten ihm den Dienst zu versagen. »Euer Gnaden. Es ist mir eine Ehre«, murmelte Gerwin und zwang sich, den Ritter anzusehen.

Seraphin entging Gerwins Betroffenheit nicht, und er übernahm das Wort. »Darf ich Euch meinen Freund, den werten Junker Welf von Rechberg, vorstellen? Er logiert zurzeit bei uns auf Gut Berbisdorf.«

Mit gerunzelten Brauen musterte Alnbeck Gerwin. »Ich hätte schwören können, wir wären uns schon einmal begegnet, Junker Welf.«

»Das hätte ich gewiss nicht vergessen und Euch und Eure Gemahlin sofort begrüßt.« Endlich hatte Gerwin die Sprache wiedergefunden, und er machte eine formvollendete Verbeugung. »Ich bin noch nicht lange im Lande und lebe mich langsam ein.«

»Ah, nun, eine Verwechslung, wir sehen uns sicherlich noch.« Alnbeck rang sich ein Lächeln ab und führte seine Gattin zu einer Gruppe Höflinge, die ihm gewinkt hatten. Adelia streifte die beiden Männer kaum mit ihrem Blick.

Nachdem der Ritter außer Hörweite war, fragte Seraphin: »Was war los?«

»Es lief doch gut. Er hat mich nicht erkannt!«, sagte Gerwin, noch immer unter dem Eindruck der erschütternden Begegnung.

»Das meine ich nicht. Du warst auf einmal bleich wie ein Toter!« Seraphins dunkle Augen musterten Gerwin mit einer Mischung aus Ärger und Neugier.

Gerwin atmete schwer und zog an seinem Kragen. »Das kannst

du nicht verstehen …« Er schüttelte den Kopf. Warum Elisabeth von Alnbeck? Sie war eine Frau im besten Alter und sollte nicht sterben! Die meisten Frauen trugen im Laufe ihres Lebens ein halbes Dutzend Kinder zu Grabe. Leander war kränklich gewesen, und sie schien seinen nahenden Tod mit Fassung getragen zu haben. Doch der schwarze Abgrund hatte sich aufgetan, und der Sog hinunter in die finsteren Tiefen hatte ihm den Atem genommen.

Seraphin beugte sich vor. »Ich komme aus einer Sippe von Magiern, Wahrsagern und absonderlichen Kreaturen. Es gibt kaum etwas, was ich nicht verstehe, und du hast gerade eben etwas erlebt, was nicht von dieser Welt ist. Etwas Dämonisches.«

»Dämonen. Ja, Seraphin, mich verfolgen Dämonen«, flüsterte Gerwin und presste die zitternden Hände ineinander. »Ich sehe den Tod. Ich fühle, wenn jemand sterben wird. Es ist so furchtbar, und ich kann nichts dagegen tun. Als ich Elisabeth von Alnbecks Hände berührte, waren es nicht mehr ihre, sondern die kalten Klauen des Todes. Glaubst du mir?«

Seraphin nickte ernst. »Es gibt Menschen, die das können. Eine alte Frau aus unserem Clan hatte die Gabe, sie konnte auch heilen.« Der Tänzer legte Gerwin freundschaftlich eine Hand auf die Schulter und betrachtete ihn mit neu erwachtem Interesse. Anerkennung schwang in seiner Stimme mit, als er sagte: »Die alte Frau bei uns war *sfânt*, heilig. Wenn du es richtig anstellst, wirst du ein berühmter Heiler.«

Gerwin wischte sich einen Schweißtropfen von der Stirn und beobachtete die Menschenmenge. Er sah gerade noch Adelias glänzende Robe und fragte sich, ob sie ihn erkannt hatte. »Hippolyt meinte, es liege noch ein dornenreicher Weg vor mir. Seraphin, hattest du den Eindruck, dass die Zofe Elisabeth von Alnbecks mich erkannt hat?«

»Es hatte nicht den Anschein, aber bei Frauen weiß man nie, was sie denken. Da sie nichts gesagt hat, wird sie ihre Gründe dafür haben.« Seraphin strich die Feder an seinem Barett glatt.

»Die hat sie gewiss. Ihr Handeln ist von Berechnung bestimmt.« Gerwin dachte an die Gunst, die ihm Adelia auf Dörnthal gewährt hatte und deren Bezahlung er noch schuldig war. Zumindest war sie nicht guter Hoffnung, hatte ihn diesbezüglich also belogen.

»Erzähl mir davon, während wir uns zu Tisch begeben. Wenn wir uns nicht beeilen, sind die besten Bissen bereits fort.«

Was in den Räumen des kurfürstlichen Schlosses an Speisen aufgetischt wurde, überstieg Gerwins Vorstellungskraft. Kurfürst August und seine Gemahlin speisten allein, doch die Hofgesellschaft schien den Landesherrn nicht zu vermissen und verlustierte sich in den reich dekorierten Sälen, von denen man auf die Elbe blickte. Auf langen Tafeln waren Berge von geschmorten Karotten, Rüben, gefüllten Gurken und Pilzen, Nüssen, mariniertem Kalbs- und Schweinefleisch, Wildschwein und Hirschleber, Hasenpastete, weißem und dunklem Brot und riesigen Käselaiben aufgebaut. In einem anderen Raum warteten süße Speisen: Käsetorten, kandierte Früchte und bunte Gelees. Hingerissen von den fremdartigen Gerüchen, dem Farbenmeer und der Pracht von exquisitem Porzellan und silbernem Tafelschmuck hörte Gerwin nur mit halbem Ohr, was Seraphin ihm zuflüsterte, wenn sie den herausgeputzten Damen und Herren des Dresdner Hofes begegneten.

In einer Ecke spielte eine Bläsergruppe mit stoischen Mienen Madrigale und Motetten, während die Gesellschaft schwatzte, lachte und sich über die Mittagstafel hermachte. Seraphin erklärte, dass immer zuerst die Bläser spielten, weil anfangs der Lärm am größten sei. Danach folgten Violinisten und andere Streichmusiker mit heiteren Stücken, und beim Auftragen des Obstes sei es Zeit für die Sänger mit ihren vier- und dreistimmigen Sätzen.

Bei der Erwähnung eines Arztes horchte Gerwin auf. »Wie?«

»Ach, hörst du doch zu? Der Mann dort hinten ganz in Schwarz mit der hohen Stirn ist der Leibarzt des Kurfürsten, Kaspar Peucer, ein Philippist.«

Mittlerweile hatten sie den ersten Hunger gestillt und standen an einer Säule. Über ihnen wölbte sich eine stuckierte Decke, die Wände waren mit floral gemusterten Seidenstoffen bespannt. »Philippist?«

»Die Anhänger Melanchthons nennen sich so. Peucer ist Melanchthons Schwiegersohn und ihr Anführer. Geheimrat Cracow gehört dazu, Hofprediger Schütz und Superintendent Stössel, der sich übrigens gerade zu Peucer gesellt.«

Der ernste Mann fortgeschrittenen Alters beobachtete mit vorgestrecktem Kinn die Tischgesellschaft, ohne selbst etwas zu essen. Stössel war wie der Leibarzt nach der strengen spanischen Mode gekleidet.

»Der Geheimrat ist ein enger Vertrauter des Kurfürsten, aber es wird gemunkelt, dass sie es zu weit treiben mit ihrer Religion. Der Kurfürst duldet keine Religion außer dem Luthertum, da ist er eigen.«

»Dieser Peucer, ist er ein guter Arzt?«, fragte Gerwin, den die religiösen Belange nicht sonderlich interessierten.

»Zumindest überleben mehr als die Hälfte seiner Patienten. Das ist nicht schlecht. Aber der Kurfürst lässt sich ohnehin öfter von seiner gelehrten Frau behandeln als von seinen Ärzten«, meinte Seraphin und lächelte einem hübschen jungen Mann in einem schillernden Kostüm zu. Der bunt gewandete Jüngling tänzelte mit koketten Gebärden zwischen den Gästen hindurch, die amüsiert lachten, wenn er sich ihnen näherte. »Im kleinen Saal wird später ein Ballett aufgeführt.«

»Ist die Kurfürstin eine Heilerin?«

Mit dem Blick dem jungen Tänzer folgend sagte Seraphin: »Sie ist außerordentlich gebildet, versteht etwas von Botanik, stellt selbst Arzneien her und kümmert sich um die Landwirtschaft. Eine außergewöhnliche Frau, diese Anna aus Dänemark. Ich hatte nie die Ehre, mit ihr persönlich zu sprechen, doch sogar ihre alchemischen Kenntnisse werden viel gerühmt.« Er hielt einen

Moment inne. »Obwohl der Kurfürst das Interesse seiner Frau an der Alchemie teilt, darf man darüber nicht zu offen reden. Frömmigkeit ist die wichtigste Tugend, und nicht einmal die Kurfürstin ist vor Anschuldigungen gefeit, die sie in die Nähe der Hexerei rücken.«

Immer auf der Hut vor Christoph von Alnbeck und Adelia, die jedoch nirgends zu sehen waren, hielt Gerwin sich dicht an Seraphin und versuchte, die Fülle an Informationen zu ordnen. »Ich hätte nicht gedacht, dass selbst eine Frau wie die Kurfürstin sich für ihre Gelehrsamkeit rechtfertigen muss.«

»Lass dir das eine Warnung sein. Jeder, der mehr weiß oder anders denkt, macht sich verdächtig. Mein Herr hält sich nicht umsonst vom Hof fern. Aber nun komm.«

Gehorsam folgte Gerwin seinem Begleiter, der ihm die Räumlichkeiten des Schlosses zeigte. »Es gibt noch viel mehr zu sehen, Gerwin. Die großen Feste sind unvergleichlich, die Turniere im Turnierhof, drüben gibt es noch das Kanzleihaus und das Zeughaus, aber das alles verblasst vor der Kunst der Musik, nicht wahr? Architektur ist beeindruckend und Wissenschaft erhebend, aber die Musik durchdringt uns bis ins Innerste. Sie berührt unser Herz, unsere Seele.« Seraphins Augen leuchteten.

Sie standen im Durchgang zu einem kleinen Saal und vernahmen leise Lautenklänge. Langsam gingen sie weiter. Weißer Stuck, gelbe Ornamente und kleine Spiegel zierten den Saal, an dessen Stirnseite eine niedrige quadratische Bühne aufgebaut war. Eine Stufe führte auf die polierten Bretter, auf denen sich der junge Tänzer, der vorhin durch die Reihen getänzelt war, mit Dehnübungen aufwärmte. Hinter ihnen schlenderten weitere Gäste herein und ließen sich auf Bänken entlang der Wände und auf Stuhlgruppen nieder. Seraphin trat mit Gerwin an die Bühne.

»Antonio, was gebt ihr uns heute?«

»Es wird dir gefallen, mein Schöner. Scandello hat eine neue Musikerin entdeckt. Ich hoffe nur, sie überlebt den mörderischen

Hof ...« Der Tänzer verzog das Gesicht und sprang in die Mitte der Bühne.

»Reizend, ich liebe Überraschungen«, meinte Seraphin und bedeutete Gerwin, sich neben ihn auf einen der Stühle in der zweiten Reihe zu setzen.

Für Gerwin war höfisches Ballett genauso neu wie die zugehörige Musik, außer Kirchenmusik und Seraphins Lautenspiel hatte er nie dergleichen gehört oder gesehen. Erwartungsvoll sah er auf die kleine Bühne. Diener stellten drei gepolsterte Hocker in einer Ecke auf, dann betraten nacheinander die Musiker die Bühne. Ein dürrer Mann mit grillenartigen Fingern klemmte sich eine Violine unter das Kinn und nahm auf dem ersten Hocker Platz. Im nächsten Moment ließ sich ein fettleibiger Höfling, der nach Schweiß und Pomade stank, umständlich auf dem Stuhl vor Gerwin nieder und behinderte seine Sicht, so dass er die anderen beiden Musiker nicht sehen konnte. Immerhin blieb Gerwin eine Lücke zwischen den schimmernden Brokatwämsern vor ihm, durch die er einen Blick auf die Tänzer werfen konnte. Antonio tanzte mit einer grazilen jungen Frau.

Seraphin, der eine bessere Sicht auf die Bühne hatte, erklärte: »Der Dünne mit der Violine ist ein Böhme, der die Theorbe spielt, ein hiesiger Musiker, und die Frau an der Laute ist neu, ausgesprochen hübsch. Das muss Scandellos Entdeckung sein. Ah, Antonio ist wieder einmal in Hochform. Schau dir die Pirouetten an. Bravo!« Begeistert klatschte Seraphin, und auch das Publikum schien von der Darbietung angetan.

»Maestro Scandello hat die Stücke selbst komponiert, und Antonio hat die Choreographie entworfen. Bei solch kleineren Darbietungen überlässt der Maestro das gern anderen. Wundervoll, auch Veronica. Sie ist zickig, aber tanzen kann sie ganz ohne Zweifel.«

Gerwin verstand nicht jede Einzelheit des Dargebotenen, doch genoss er die eleganten Bewegungen der Tänzer im Einklang mit der Musik, die ihm ungewöhnlich leicht und heiter erschien. Nach einigen Minuten begann der fettleibige Mann vor ihm unruhig zu werden und stand auf. »Mein Gott, dieser Gestank!«, flüsterte Gerwin, als ihn die Wolke aus ranzigen Körperausdünstungen und ätzenden Gasen traf, die der Dicke hinterließ.

Seraphin kicherte. »Der Schein trügt. Schaut man erst hinter die glitzernde Fassade und durchdringt unser empfindliches Riechorgan die Wälle aus Parfum, sinkt die Ehrfurcht vor den herrschaftlichen Gestalten recht bald.« Plötzlich hob er den Finger an die Lippen. »Die Lautenspielerin. Sie spielt allein. Göttlich. Schließ die Augen und hör zu!«

Töne von brillanter Reinheit und ätherischer Schönheit ließen die Anwesenden, die bislang ihre Gespräche nicht unterbrochen hatten, verstummen und gebannt lauschen. Die Melodie schwang sich auf, perlte munter in den Höhen, sank langsam in melancholischere Gefilde herab, um in einem erneuten Aufbäumen die Zuhörer mitzureißen in kapriziösen Läufen, unterlegt mit fordernden Akkorden.

Verträumt öffnete Gerwin die Augen, um sich die Schöpferin dieser berauschenden Musik zu betrachten, die alle verzauberte. Mit offenem Mund starrte er nach vorn. Sein Verstand weigerte sich zu begreifen, dass dort auf der Bühne die junge Französin saß, der er in Helwigsdorff begegnet war. »Jeanne«, murmelte Gerwin, woraufhin Seraphin ihn argwöhnisch von der Seite musterte.

Sie trug ein nachtblaues Kleid aus glänzender Seide und spielte auf einer Laute, deren ungewöhnlich schöne Maserung sein Interesse geweckt hätte, wäre da nicht Jeannes Gesicht gewesen. Sie hielt den Blick gesenkt, nur gelegentlich öffneten sich ihre vollen roten Lippen, um Luft zu holen oder stumm eine Phrase zu formen, während sich Strähnen kastanienfarbenen Haares um den Nacken und den schlanken Hals legten.

Die Musikerin schlug den letzten Ton des Chansons an und bewegte die Hand langsam nach oben, wie um dem Klang zu folgen. Dabei hob sie den Kopf, und ihr Blick schien aus unauslotbaren Tiefen zurückzukehren in die Wirklichkeit. Fast erstaunt schaute sie auf die Bühne, die Tänzer, die sich verneigten, und das Publikum, das nun aus seinem Bann erwachte und ihr begeistert Beifall spendete.

Die Hofgesellschaft zerstreute sich jedoch rasch, und das gewohnte Geschwätz wurde wieder aufgenommen. Gerwin stand auf und wäre über den Stuhl vor ihm gestolpert, hätte Seraphin ihn nicht am Arm gepackt. »Nicht so stürmisch, mäßige dein Temperament, von dem ich nicht ahnte, dass es überhaupt in dir schlummert.«

Gerwin atmete einmal kräftig durch, um sich zu sammeln, konnte den Blick aber nicht von Jeanne wenden, die sich mit Antonio und den Musikern unterhielt. Ein kleiner Mann südländischen Aussehens betrat die Bühne und erwies der jungen Musikerin seinen Respekt.

»Da ist ja auch Meister Scandello! Kommt, Welf, soll ich Euch vorstellen?«

Ängstlich wandte Gerwin sich ab. »Nein! Sie darf mich nicht erkennen!«

»Ah, vielleicht erklärst du es mir?«

»Nichts weiter. Ich habe sie im Dorf gesehen, nur einmal mit ihr gesprochen, aber …« Sehnsüchtig warf Gerwin einen Blick auf die Bühne, wo Jeanne mit der Laute im Arm stand.

»Nun, als armer Lehrling eines Quacksalbers hattest du keine Chance bei ihr, als Junker vielleicht schon. Du hast deine Feuerprobe beim Ritter bestanden. Ich wette mit dir um einen Gulden, dass sie dich nicht erkennt. Niemand vermutet, geschweige denn erwartet dich hier. Gib dich schweigsam und geheimnisvoll.«

Doch trotz seiner Kleidung und der Lehrstunden auf Berbisdorf fühlte sich Gerwin in Jeannes Gegenwart wie ein grüner Junge und bekam einen trockenen Mund und zittrige Hände.

»Maestro Scandello! Euer Gespür für das Besondere ist unübertroffen.« Damit lobte Seraphin die Auswahl der Musiker und auch das Ballett, ohne jemanden zurückzusetzen. Antonio tupfte sich imaginäre Schweißperlen von der Stirn, und seine Tanzpartnerin zupfte an ihrem rotweißen Kostüm.

Der italienische Maestro hatte einen sorgfältig gestutzten Schnurr- und Spitzbart und trug den steifen spanischen Kragen über einem bestickten Wams zu dunklen Kniehosen und roten Seidenbändern unterhalb der Knie. Er hatte einen federnden Gang und schien sich in ständigem Takt mit Melodien, die er gerade komponierte, zu bewegen. Erfreut küsste er Seraphin auf die Wangen. »Ihr habt unsere Jeanne gehört, mein Guter? Sie sieht nicht nur aus wie ein Engel, sie spielt auch so und wird den Hof im Sturm erobern.«

»Ich befürchte fast, das ist schon geschehen«, meinte Seraphin mit einem Augenzwinkern in Gerwins Richtung. »Darf ich meinen Freund, den Junker Welf von Rechberg, vorstellen?«

Gerwin war froh, dass ihn nach der Einführung niemand weiter beachtete. Nur Jeanne betrachtete ihn prüfend mit ernsten dunklen Augen, bis er errötete und mit einer Hand an seinem Degenknauf nestelte.

Dem Gespräch der Musiker und Tänzer entnahm Gerwin, dass für den späteren Abend eine weitere Darbietung geplant war, eine Maskerade mit mythologischen Themen. Scandello hatte darin auch Jeanne für einen Part vorgesehen. »Sobald der Kurfürst Euch gesehen und gehört hat, könnt Ihr Euch einer festen Stellung sicher sein«, prophezeite der Maestro.

»Und mein Vater?«, fragte Jeanne.

»Nun, das wird sich weisen. Auf die Meister der hiesigen Zünfte habe ich keinen Einfluss. Spielt die Stücke noch einmal durch, wir sehen uns dann kurz vor der Aufführung. Seraphin, kommt doch bitte mit mir. Es gibt noch einige Fragen wegen der Kostüme zu klären.« Scandellos Ton duldete keinen Widerspruch, und Gerwin ahnte, dass man sich glücklich schätzen durfte, wenn man die Gunst des exzentrischen Maestros errungen hatte.

Die beiden anderen Musiker packten ihre Utensilien zusammen, die livrierten Diener räumten bereits die Hocker ab, und Antonio und Veronica verließen die Bühne mit schwebendem Gang. Gerwin räusperte sich verlegen. »Kann ich Euch behilflich sein?«

Jeanne lächelte, und ihre Augen funkelten. »Junker Welf, das war doch Euer Name?«

Gerwin nickte.

»Ihr dürft meine Laute tragen. Doch gebt acht, sie ist kostbar und für mich unersetzlich.« Sie tippte dem Violinisten auf die Schulter. »Gibst du mir die Partitur für den Abend?«

»Deine Soli sind markiert. Am besten schreibst du es dir in Tabulatur um. Das macht der Maestro nie. Kannst du das?« Der dürre Mann reichte ihr die Noten mit gehobenen Brauen.

»Ich könnte deine Stimme gleich eine Terz tiefer setzen, vielleicht spielst du dann sauberer, denn ich hatte den Eindruck, du hattest Probleme damit, in die vierte Lage zu rutschen«, sagte Jeanne zuckersüß.

Der Theorbenspieler lachte. Er hatte ein gutmütiges Gesicht und schien weniger dünkelhaft als sein böhmischer Kollege. »Komm schon, Janosch, sie weiß, was sie tut, und gute Musiker sind so selten wie unser Salär.«

Murmelnd klemmte sich der Böhme Violine und Bogen unter den Arm und verließ die Bühne. Jeanne tat es ihm nach und winkte Gerwin, ihr zu folgen. In einem schmalen Nebenraum, der durch eine Sammlung von blauweißem Porzellan bestach, drehte sie sich plötzlich zu Gerwin um. »Ist es wahr, dass Ihr und der Arzt am Tod des Sohnes von Ritter Alnbeck Schuld habt?«

Vollkommen überrascht stammelte Gerwin: »Nein! Ich, wir, es war unmöglich, ihn zu retten ... Wir sind zu spät gerufen worden.«

Jeanne seufzte hörbar. »Ich will Euch glauben, anderenfalls würde ich kein Wort mit Euch wechseln. Warum seid Ihr hier? Ihr begebt Euch unnötig in Gefahr, indem Ihr hier am Hof erscheint.«

»Er hat mich nicht erkannt. Meine Verkleidung ist gut, nur

Euch konnte ich nicht täuschen. Was ist mein Fehler?« Langsam gewann Gerwin seine Selbstsicherheit zurück.

Sie streckte die Hände nach ihrer Laute aus, die er noch immer hielt. Ihre Fingerspitzen streiften ihn, als sie das Instrument an sich nahm. »Eure Augen, Gerwin.«

Es war die Art, wie sie seinen Namen aussprach, weich und mit der Betonung auf der zweiten Silbe, die ihn erschauern ließ. Oder lag es an ihrem spöttischen und zugleich sanften Blick? Konnte man überhaupt sagen, warum man sich verliebte? Mehr als das, in jenem Moment begriff er, dass er diese Frau liebte, von der er nicht mehr wusste, als dass sie von bezaubernder Schönheit war und mit ihrer Musik jeden betörte. Nein, das war nicht richtig, er kannte sie besser als die anderen, die nur ihr Äußeres sahen. Jeanne war eine empfindsame Person, der jegliche Arroganz fremd war, und er war ihr nicht gleichgültig. Was auch immer geschehen würde, sie war die Frau, die sein Herz besaß.

»Ihr habt meine Frage nicht beantwortet«, beharrte Jeanne und legte die Notenblätter auf einen runden Tisch.

»Ich kann es Euch nicht sagen.«

»Ein Geheimnis, aha. Bitte, das ist Eure Sache. Ich habe zu arbeiten. Die Existenz meines Vaters und meine Zukunft hängen von diesem Abend ab.« Sie sah sich um, fand auf einem anderen Tisch Papier, Tinte und eine Feder und ließ sich auf einem Stuhl nieder. Als hätte sie Gerwins Anwesenheit bereits vergessen, vertiefte sie sich in die Musik und summte die Töne vor sich hin, die sie dann auf ihrer Laute suchte und anschließend notierte.

Verärgert und beschämt über seine Hilflosigkeit, zog Gerwin sich zurück und überließ die schöne Musikerin sich selbst. Noch am Morgen hatte er sich gefragt, was ihn am Dresdner Hof erwartete, und unwillkürlich dachte er an Hippolyts Abschiedsworte: »*Insperata accidunt magis saepe quam quae speres.*[1]«

1 Unverhofftes trifft öfter ein als Erhofftes.

11

Der Nachtwächter hatte die elfte Stunde verkündet, und die ehrbaren Leute lagen bereits schlafend in ihren Betten. Nur aus den Wirtshäusern und Badestuben schien noch Licht auf die Gassen von Dresden. Eine Gruppe betrunkener Soldaten torkelte aus einer Gaststube, und Jeanne und Endres drängten sich furchtsam in einen Hauseingang. Unter Endres' Umhang zeichnete sich der Sack mit Jeannes Laute ab, Grund genug für Gesindel, sie zu überfallen.

»Wir müssen uns ein Quartier in einem besseren Viertel suchen, Jeanne. Komm, jetzt sind sie fort.« Endres verließ den Schutz des dunklen Hauseingangs und überquerte mit seiner Tochter die Straße, die hinter dem Packhof und dem Marstall über die Ostra-Allee führte. Auf den nur teilweise gepflasterten Wegen wateten sie durch Kot, Unrat und vom Regen aufgeweichte Erde. Als Jeanne in der Dunkelheit gegen einen umgestürzten Eimer trat, quiekten mehrere Ratten und huschten davon. Eine Katze miaute, und aus den Fenstern hörten sie Schnarchen und Geräusche, die von anderen nächtlichen Aktivitäten zeugten.

Endlich leuchtete vor ihnen die Laterne des Gasthauses auf, in dem sie seit ihrer Ankunft vor einigen Tagen logierten. Es trug den vielversprechenden Namen »Zum Goldenen Hirsch«, doch Wildbret hatten sie auf der Speisekarte des launischen Wirts bislang nicht entdecken können. Als sie die Gaststube betraten, schlug ihnen der allzu vertraute Geruch von gekochtem Kohl, vermengt mit den Ausdünstungen von Menschen, die seit Wochen kein Bad genommen hatten, Mäusekot und schmutziger Spreu entgegen. Jeanne würgte gegen den Brechreiz an, der sie jedes Mal beim Betreten des Gasthauses überkam.

Der Wirt, ein Mann mittleren Alters mit einem speckigen Lederschurz vor dem runden Bauch, warf ihnen einen mürrischen

Blick zu und hantierte weiter mit zwei Krügen. »Er panscht schon wieder den Wein«, murmelte Jeanne.

»Still. Guten Abend, Herr Wirt!«, sagte Endres freundlich.

Ein Brummen war die Antwort. Der Wirt wischte sich mit einer Hand die ständig tropfende Nase, stellte die Krüge ab und zog einen zerknitterten Umschlag aus seinem Gürtel. »Der wurde für Euch abgegeben.« Er machte keine Anstalten, Endres den versiegelten Umschlag zu reichen.

Seufzend holte Endres einen Groschen aus seinem Beutel, warf ihn auf den Tisch und nahm den Brief in Empfang. »Danke.«

»Wozu bedankst du dich bei dem Halsabschneider? Es ist seine Pflicht, dir die Nachricht zu geben!«, schimpfte Jeanne auf Französisch.

»Ich verstehe nicht, was das kleine Fräulein sagt, aber Ihr solltet ein Auge auf sie haben. Wir machen hier kein Aufhebens um Unruhestifter, und mein Schwager ist Hauptmann bei der kurfürstlichen Garde.« Ein dunkler Schleimfaden lief dem Wirt aus dem Mundwinkel, und er spuckte einen Teil des Tabaks, den er ständig kaute, auf den Boden.

»Gute Nacht«, sagte Endres knapp und zog Jeanne mit sich zum Treppenaufgang.

Die enge Stiege führte in den ersten Stock, in dem sich die Gästezimmer befanden, die kaum mehr als Bretterverschläge waren. Jeanne und ihr Vater teilten sich den engen Raum, in dem ein breites Bett und eine verschließbare Truhe standen. Ein Schemel und ein winziger Tisch vor dem Fenster vervollständigten die karge Möblierung. Von ihrem Fenster blickten sie auf einen Tümpel und den Stall des Nachbarn.

Erschöpft warf Jeanne ihren Umhang ab und setzte sich auf das Bett. Endres entzündete zwei Kerzen, öffnete die Truhe und holte eine Flasche Wein und zwei Gläser hervor. »Den haben wir uns verdient. Vielmehr du, *mignonne*!«

Jeanne nahm den Becher mit dem vollmundigen französischen

Rotwein entgegen und nippte. »Es lief besser, als ich gehofft hatte. Dieser Scandello ist streng und exaltiert, aber er hat ein unbestechliches Gehör. Er hätte mich nicht spielen lassen, wenn ich seinen Ansprüchen nicht genügt hätte.«

»Ich bin stolz auf dich!« Lächelnd streichelte Endres ihr über das Haar und küsste sie auf die Stirn.

Jeanne schnürte den Sack auf, den ihr Vater auf das Bett gelegt hatte, und holte die Laute hervor. »Es war nicht nur mein Können, Vater. Seit ich auf dieser Laute spiele, klingt meine Musik viel reiner, klarer. Ich weiß nicht, wie ich es ausdrücken soll.« Sie streichelte über den bauchigen Resonanzkörper des schönen Instruments. »Jedes Mal, wenn ich eine Saite anschlage, spüre ich Mutters Gegenwart und meine, sie zu hören. Es ist so, als ob wir gemeinsam spielten. Ist das nicht verrückt?«

Endres räusperte sich. »Nein, überhaupt nicht. Dein Spiel hat sich verbessert, und du klingst ganz wie Christine.«

Versonnen drehte Jeanne die Laute hin und her und nahm jedes Detail in sich auf. »Es ist mehr als das. Was hast du anders gemacht bei dieser Laute? Sie hat ein Geheimnis.«

»Und das bleibt mein Geheimnis, Jeanne.« Er lächelte und erbrach das Siegel des Umschlags, den der Wirt ihm gegeben hatte. »Wollen mal sehen, wer uns schreibt.« Seine Augen überflogen die Zeilen. »Monsieur Paullet.«

»Oh.« Monsieur Cosmè Paullet weckte gemischte Gefühle in Jeanne. Der Pariser Kaufmann, mit dem sie von Freiberg nach Dresden gereist waren, handelte mit Tuchwaren und Silber und hatte sich ihnen gegenüber als äußerst großzügig erwiesen. Seine Wagen waren gut bewacht, und unter seinem Schutz waren sie sicher bis in die Residenzstadt gelangt. Doch der Kaufmann war Witwer, nicht mehr jung und ganz offensichtlich auf der Suche nach einer neuen Frau. Immer wieder verwickelte er Endres in Unterhaltungen, an denen Jeanne nicht teilnehmen durfte, und hinterließ bei ihr das ungute Gefühl, dass es um ihre Zukunft ging.

»Er kommt uns morgen früh besuchen. Zieh nicht so ein Gesicht. Er ist ein höflicher Mensch und großzügig. Es gibt nichts, was wir ihm vorwerfen könnten. Sein Betragen ist untadelig. Cosmè ist ein vermögender Mann und könnte dir eine sichere Zukunft in Frankreich bieten.«

Cosmè Paullet hatte tatsächlich um ihre Hand angehalten! Sie seufzte schwer und dachte an Gerwin. Natürlich hatte sie ihn nicht spüren lassen, wie sehr sie von seiner veränderten Erscheinung beeindruckt war. Junker Welf! Jeanne kratzte sich am Arm. »Dieser Dreck! Flöhe! Und nachts kriechen die Wanzen hervor!« Sie biss sich auf die Unterlippe und strich den Ärmel ihres Kleides wieder glatt. »Heute ist die Lage für uns eine andere als noch vor wenigen Tagen. Ich werde vielleicht eine Stellung als Hofmusikerin bei Scandello erhalten, und wenn du die Theorbe verkauft hast, werden sie dir neue Aufträge geben. Was ich sagen will …«

»Ich habe dich schon verstanden. Gut, aber wir sprechen morgen mit Paullet. Er verdient es, dass wir ihn respektvoll behandeln. Und du solltest dir eine Heirat mit ihm dennoch durch den Kopf gehen lassen, denn das Leben bei Hof kann gefährlich sein.«

Erleichtert über das Einlenken ihres Vaters atmete Jeanne auf. »Hast du die schönen Roben der Damen gesehen? Und die Tänzer? Waren sie nicht wundervoll? Und wie elegant sie reden. Nicht so plump und gehässig wie diese Trampel im Dorf. Ich wünschte nur, ich könnte Afras Gesicht sehen! Dieses furchtbare Weib, das uns nur Böses wollte und selbst nur nichtsnutzige, liederliche Söhne hat.«

Endres schüttelte den Kopf. »Sprich nicht so, Jeanne. Immerhin haben sie uns aufgenommen und uns in der Not geholfen. Wir wollen niemandem Schlechtes wünschen, denn dann sind wir nicht besser als jene.«

»Entschuldige.« Sorgfältig wickelte sie die Laute ein, während ihr Vater die Tür für die Nacht verriegelte.

Der nächste Morgen begrüßte sie mit blauem Himmel und einer wärmenden Frühlingssonne. Die Melodie aus einem der gestrigen Madrigale auf den Lippen, stieg Jeanne hinter ihrem Vater die Treppe zur Gaststube hinunter, in der es bereits lebhaft zuging, denn Wirtshäuser waren Knotenpunkte des Nachrichtenaustauschs für Reisende und Einheimische. Französische, niederländische und spanische Händler saßen neben polnischen und deutschen Reisenden mit unterschiedlichsten Zielen und Aufträgen. Monsieur Paullet war bei ihrem Erscheinen aufgestanden und winkte ihnen von einem Ecktisch aus zu. Er war ein schlanker Mann, der das dritte Jahrzehnt beschloss, und die hellgrauen Augen leuchteten erfreut. Offene Gesichtszüge, eine gerade Nase und ein markantes Kinngrübchen machten ihn zu einem ansehnlichen Mann, was Jeanne jedoch in keinster Weise beeindruckte.

»Monsieur Paullet, was für eine Freude!«, begrüßte ihr Vater den Kaufmann.

Dieser strahlte. »Cosmè für Euch und Eure bezaubernde Tochter. Wie geht es heute Morgen, Jeanne? Wie war Euer erster Auftritt am Hof? Wie ich sehe, haben Euch die höfischen Hyänen nicht gefressen. Ich habe Euch ein kleines Geschenk mitgebracht.« Mit diesen Worten reichte er ihr ein dunkelgrünes Samtbeutelchen.

»Das kann ich nicht annehmen, Monsieur. Bitte, macht mir keine Geschenke.«

»Aber Ihr wisst ja noch gar nicht, was es ist!«, beschwerte sich der Franzose scherzhaft, schob ihr den Beutel zu und wartete, dass Endres und Jeanne sich zu ihm an den Tisch setzten, auf dem bereits ein Krug Milch, Brot, Käse und Butter standen. »Mögt Ihr Grütze zum Frühstück? Sie ist hier zwar fürchterlich, aber …«

Jeanne musste lächeln. »Nein, danke.« Dann ließ sie den Inhalt des Beutels in ihre Hand gleiten. »Sie ist wunderschön, habt vielen Dank, Monsieur!«, sagte sie mit ehrlicher Bewunderung für die Goldkette mit dem schmetterlingsartigen Anhänger, der aus Hunderten winziger roter Steine gefertigt war.

Cosmè schien zufrieden. »Dann behaltet Ihr sie?«

Jeanne zögerte.

»Bitte, es ist ein Geschenk aus Bewunderung für Eure Schönheit. Alles andere hat Zeit.« Als wäre das eine Selbstverständlichkeit, goss der Kaufmann ihnen Milch in die Becher und schnitt sich ein Stück Brot ab.

»Vielleicht begleitet Ihr uns heute ins Schloss, Cosmè? Am frühen Nachmittag wird die Kurfürstin zu einem Konzert erwartet, bei dem Jeanne ein Solo spielen darf«, lud Endres den Franzosen ein.

»Leider bin ich durch geschäftliche Verpflichtungen gebunden. Ich möchte Euch jedoch für den übernächsten Abend in mein Quartier zum Essen einladen. Es ist das Koesterhaus gegenüber der Sophienkirche.«

Endres sagte zu, wobei Jeanne das Gefühl hatte, als wäre diese Verabredung schon vorher geplant gewesen. Ein Niederländer trat zu ihnen. »Herr Paullet, gut, dass ich Euch hier finde. Wir sind auf dem Weg zum Rathaus, um über die Erhöhung der Zölle für die Elbgüter zu sprechen. Wollt Ihr uns begleiten? Ihr kennt die Amtmänner länger als wir.«

Cosmè Paullet erhob sich unter vielen Entschuldigungen und ließ sich die Einladung von Endres noch einmal bestätigen, wobei er jedoch Jeanne ansah, die den Blick gesenkt hielt. Als der Franzose gegangen war, wandte sie sich entrüstet an ihren Vater. »Ist diese Heirat bereits beschlossene Sache?«

»Aber nein, Jeanne. Ich werde dich nicht gegen deinen Willen verheiraten, das habe ich dir versprochen, und dazu stehe ich. Allerdings musst du zugeben, dass viele Argumente für Cosmè sprechen, und wir sollten ihn anhören.« Endres zerteilte seinen Käse in kleine Stückchen. »Wenn Scandello dir ein festes Gehalt und eine dauerhafte Anstellung bietet und ich die Theorbe verkaufe, vertrösten wir Monsieur Paullet.«

»Gebe der Herr, dass die Kurfürstin heute von meiner Darbietung angetan ist, dann wird Meister Scandello mich ganz sicher einstellen.«

Welche der Hofchargen den Aufruhr unter den Marschällen verursacht hatte, wusste Jeanne nicht, doch Meister Scandello wirkte verärgert und fuchtelte wild mit den Armen, woraufhin eine Gruppe Tänzer in türkischen Kostümen orientierungslos über die Theaterbühne lief und zwei wie römische Gladiatoren gekleidete Männer ihre Fesseln aus vergoldeten Tauen auf den Boden warfen.

»Es ist zum Haareausraufen!«, fluchte der Maestro. »Erst heißt es, wir sollen den türkischen Aufzug heute Nachmittag bringen, und jetzt bekomme ich eine Notifikation, die mir vorschreibt, den Aufzug auf den morgigen Abend zu verlegen. Mal hü, mal hott, wie es den Herrschaften beliebt …«

Ein hochrangiger Höfling mit gezwirbeltem grauen Schnurrbart baute sich vor Scandello auf. »Ginge es nach mir, Herr Kapellmeister, hättet Ihr weitaus weniger Freiheiten in der Gestaltung der konzertanten Aufführungen.«

Scandello, der zu Antonio und den Musikern gesprochen hatte, fuhr erschrocken herum. »Signor Hofmarschall! Ihr müsst verstehen, es steckt viel Arbeit und Mühe in den Vorbereitungen.«

»Allein die Wünsche der Königlichen Hoheiten sind maßgebend. Ich denke, das kann auch ein italienischer Musikus begreifen.« Glücklicherweise wurde der überhebliche Hofmarschall abgerufen, und Scandello atmete tief durch. »Dieser Ignorant bringt mich eines Tages dazu, ihm die Kehle durchzuschneiden.«

Antonio, der elegante Tänzer, dehnte die Arme und sagte: »Es sind immer Menschen ohne Liebe zur Kunst, die in den wichtigen Ämtern sitzen. Also nur Musik heute Nachmittag, Maestro?«

Der Kapellmeister nickte, und Antonio scheuchte die jungen Tänzerinnen von der Bühne. Jeanne war von der Vielfalt der Kostüme beeindruckt: Es gab grüne, gelbe, weiße und gestreifte Oberkleider mit goldenen und silbernen Schleifen, darunter trugen die Tänzerinnen rosenfarbene Leibchen, dazu Gürtel und Federschmuck. Von ihrem Platz aus konnte sie ihren Vater beobachten, der mit einem älteren, dunkel gewandeten Herrn sprach. In seiner sparsamen Gestik und mit der schwarzen Kleidung erinnerte der Mann sie an die Hugenotten ihrer Heimat. Da entdeckte sie Gerwin in Begleitung des schönen Seraphin. Bereits am ersten Tag bei Hofe hatten ihr die Tänzerinnen und Musikerinnen von Seraphins Tanz- und Verführungskünsten vorgeschwärmt. Ihr Interesse galt jedoch allein dem angehenden jungen Medicus. Es lag eine Verwundbarkeit und Traurigkeit in seinen Augen, die sie berührten.

»Signorina! Wir warten auf Euer Solo!«, zerschnitt die Stimme Scandellos ihre Träumereien.

»Pardon.« Sie konzentrierte sich auf die Courante »Phaëton«. Jeannes Laute war sechschörig, wobei je zwei dicht nebeneinanderliegende Saiten einen Chor bildeten. Die meisten Lautenisten spielten nach Gehör, und wenn dies nicht bereits geschehen war, notierten sich die Musiker ihren Part in der für die Laute üblichen Tabulatur. Bei dieser speziellen Notation wurden die zu greifenden Chöre der Laute mit Buchstaben und Zahlen Bund für Bund vom tiefsten bis zum höchsten Chor bezeichnet. Dergestalt wurde der anzuschlagende Chor mit dem dazugehörigen Ort auf dem Griffbrett angegeben. Im Falle der vorliegenden Courante brauchte Jeanne sich nur an dem bereits vorliegenden Blatt zu orientieren. Da das Tabulatursystem rhythmische Zeichen nur zu Taktbeginn und bei Wechseln zu anderen Notenwerten angab, musste der Lautenist die Tondauer selbst bestimmen. Jeanne nutzte den Formulierungsspielraum und variierte die Melodie nach Gefühl.

Scandello schien zufrieden, denn er unterbrach sie mit einem freundlichen »*grazie*« und entließ sie. Anschließend probte er die übrigen auf dem Programm stehenden Stücke mit den Musikern und Sängern, die bereits auf der Bühne waren. Bis zum offiziellen Beginn des Konzerts blieb Jeanne noch etwas Zeit. Sie hängte sich ihre Laute mit einem Band über den Rücken, denn das Instrument war zu kostbar, als dass sie es unbeaufsichtigt lassen wollte, und machte sich auf die Suche nach ihrem Vater, der den Saal an der Seite des schwarz gekleideten Herrn verlassen hatte.

Das Schloss war eine Vierflügelanlage, und bisher hatte sie kaum mehr als die Empfangsräume, das Theater und zwei kleine Säle gesehen. Aus Frankreich kannte sie einige herrschaftliche Anwesen, doch keine fürstliche Residenz dieser Größenordnung. Nach den tristen Eindrücken von Helwigsdorff und Freiberg, das sie auf ihrem Weg nach Dresden durchquert hatten, war sie von den lichtdurchfluteten, mit Stuck und Skulpturen reich ausgestatteten Räumen überwältigt. Vielleicht war es auch das lebendige Durcheinander von Höflingen, Dienern, Pagen und Zwergen mit entzückenden kleinen Hunden, das sie in eine fast euphorische Stimmung versetzte und die hinter ihr liegenden schweren Zeiten einen Moment vergessen ließ.

Sie spazierte durch einen langen Flur, an dessen Ende zwei Bewaffnete ihre Hellebarden vor einer Flügeltür kreuzten. Der Theorbenspieler hatte ihr erzählt, dass sich die berühmte Wunderkammer des Kurfürsten im Westflügel befand.

Da sie ihren Vater nicht entdecken konnte, wandte sie sich an einen Zwerg mit grünroter Zipfelmütze, an deren Spitze ein Glöckchen bimmelte. »Sagt, wie finde ich die Wunderkammer?«

Der Kleinwüchsige verneigte sich artig und schüttelte den Kopf, dass es klingelte. »Ihr seid lustig, glaubt, dass jeder dort hereinschneien könne, wie es ihm beliebte? Wer seid Ihr denn?« Er hüpfte um sie herum. »Kein Baronesschen, kein Komtesschen, wie? Dann bleibt Euch nichts, als auf eine Einladung zu warten. Ich tät' Euch gerne einladen, hübsches Fräulein. Was gebt Ihr mir dafür?« Mit ausgestreckten Armen vollführte er einen merkwürdigen Tanz.

»Ach hör doch auf, du komischer Kauz!« Von einem Fenster sah sie hinunter in den großen Schlosshof, wo prächtige Kutschen einfuhren. Mit einem Schuh war sie in etwas Glitschiges getreten. Ausgespuckter Tabak, wie sie mit einem Blick nach unten feststellte. Seit das Kraut durch einen gewissen Petrus Marthyr vor wenigen Jahrzehnten aus Haiti nach Europa gelangt war, hatte sich der Konsum der seltsamen Pflanze über Frankreich und Spanien bis nach Deutschland ausgebreitet. Jeanne fand, dass das Ausspucken von gekautem Tabak eine Unsitte war.

»Darf ich Euch behilflich sein?«

Sie fuhr auf und wäre ausgeglitten, hätte Gerwin sie nicht gepackt. Für einen Moment berührten sich ihre Körper, und Jeanne fühlte seine angespannten Muskeln und nahm den Duft seiner Haut wahr. Verlegen räusperte sie sich, ergriff das angebotene Taschentuch und rieb sich den Seidenschuh sauber. »Danke.«

»Bitte, es ist mir eine Freude, Euch dienen zu können.«

Sie lächelte schief. »Mit Euch ist eine große Wandlung vorgegangen, Junker Welf.«

»Jeanne, ich muss Euch etwas sagen.« Er griff nach ihrer Hand.

Jeanne atmete schneller. »Was seid Ihr, ein Tagelöhnerssohn oder ein Junker? Sagt es mir, Gerwin!«

»Ich«, begann er, und seine dunklen Augen umfingen sie mit einem Ausdruck sehnsuchtsvoller Verzweiflung. »Kein Junker, aber …«

Enttäuscht entzog sie ihm die Hand und machte einen Schritt nach hinten. Dabei stieß ihre Laute gegen das Fenstersims, und der Resonanzkörper hallte unter den Saiten.

»Jeanne?«, rief ihr Vater über die Köpfe einiger Damen hinweg, die sich neugierig umdrehten.

»Ich bin hier!«, rief Jeanne und fuhr Gerwin an: »Warum seid Ihr kein Junker?«

Verwirrt starrte Gerwin sie an. Er suchte noch nach der richtigen Antwort, als Endres in Begleitung von Cosmè Paullet und dem kurfürstlichen Leibarzt Kaspar Peucer zu ihnen trat. Jeanne beeilte sich zu sagen: »Darf ich Euch den Junker Welf ...« Hier stockte sie verlegen.

»Welf von Rechberg«, sagte Gerwin und verneigte sich.

Der Leibarzt, bei dem es sich um den schwarz gekleideten Herrn handelte, den Jeanne mit ihrem Vater gesehen hatte, runzelte die Stirn. »Rechberg? Seid Ihr mit Jerg von Rechberg verwandt oder den Rechbergs aus dem Osten?«

»Jerg steht mir am nächsten.« Und das war nicht einmal gelogen, dachte Gerwin.

Cosmè Paullet reichte Jeanne seinen Arm. »Man darf Euch wirklich keine Sekunde aus den Augen lassen, aber so viel Schönheit und Talent erregen naturgemäß Aufmerksamkeit.«

Plötzlich schrie jemand auf, und die Damen, die eben noch schwatzend die Köpfe zusammengesteckt hatten, wedelten sich Luft mit Fächern und Taschentüchern zu. Eine winkte dem Leibarzt. »Bitte, kommt rasch her! Es gab einen Zwischenfall!«

»Wo?«

Eine ältere Dame mit doppelreihigen Halsbändern und aufwendigem Federschmuck auf dem Hütchen deutete in einen Raum zu ihrer Linken. »Vor dem grünen Gewölbe ist jemand zusammengebrochen.«

Der gesamte Hof schien sich neugierig auf den Ort des Zwischenfalls zuzubewegen, und auch Jeanne, Endres, Cosmè und Gerwin folgten Peucer. In einem etwa fünf Meter langen Durchgang zu einem großen, grün und weiß dekorierten Saal mit gewaltigem Tonnengewölbe lag eine Dame in schwarzer Robe auf dem Boden. Neben ihr kniete eine jüngere Frau, anscheinend ihre Bedienstete.

Gerwin erschrak und hielt sich hinter Jeanne und Paullet. Die ohnmächtige Frau am Boden war Elisabeth von Alnbeck und die jüngere ihre Zofe Adelia. Peucer kniete sich neben sie und betastete Handgelenke und Hals. Dann hielt er einen kleinen Spiegel über ihren leicht geöffneten Mund und stand schließlich mit düsterer Miene auf. »Sie ist tot.«

Ein Raunen ging durch die Menge, einige Damen fielen in Ohnmacht. Gerwin beobachtete, wie der Arzt sich erneut über die Tote beugte und an deren Mund schnupperte. Adelia warf theatralisch die Hände vors Gesicht und weinte. »Ich muss den Herrn holen! Erst der Sohn und jetzt seine Frau!« Sie rannte davon.

Peucer zupfte an seinem Bart, bevor er einige Diener herbeirief, welche die Umstehenden beruhigen und in andere Teile des Schlosses bringen sollten. Vorsichtig näherte sich Gerwin dem Leibarzt und hörte ihn ganz in Gedanken versunken murmeln: »Wenn ich sie nicht schon ihrer geschwächten Konstitution wegen behandelt hätte, würde ich Gift vermuten, aber …« Dann bemerkte er Gerwin und fuhr ihn scharf an: »Kein Wort davon. Zu niemandem!«

Gerwin verneigte sich und trat zurück, wo Jeanne ihn neugierig erwartete.

»Was ist mit der Frau? Woran ist sie gestorben?«, fragte Jeanne.

»Das kann man noch nicht sagen.« Aus der Entfernung näherten sich eilige Schritte, und Gerwin sah die hohe Gestalt von Ritter Alnbeck. »Ich muss gehen. Wo kann ich Euch finden, Jeanne?« Sein Gesichtsausdruck war so flehentlich, dass Jeanne den Namen des Wirtshauses nannte. Gerwin lief mit einer unverständlichen Entschuldigung davon.

»Seltsamer Mensch. Du solltest dich nicht mit ihm abgeben«, meinte Endres. »Komm jetzt, Jeanne. Du musst bald spielen und brauchst noch etwas Ruhe und vielleicht eine Kleinigkeit zu essen vor dem Konzert. Außerdem möchte Cosmè uns noch etwas zeigen.«

Der Franzose nickte. »Ich bin mit dem Kommissar Sprenger bekannt, welcher zu den Bewahrern der kurfürstlichen Schätze gehört, und wenn Ihr möchtet, können wir einen Blick in die Wunderkammer werfen.«

»Oh, wirklich? Wundervoll!«, versuchte Jeanne sich zu begeistern.

Der Pariser Kaufmann führte sie in das Dachgeschoss des westlichen Schlossflügels, wo sich über den kurfürstlichen Gemächern fünf Räume befanden, in denen der Kurfürst seine Schätze versammelt hatte. Nach einem knappen Wortwechsel mit dem zuständigen Sekretär ließ man sie eintreten. Cosmè warf einen Blick auf seine Uhr, die er an einer goldenen Kette um den Hals trug. »Wir haben eine Stunde bis zum Konzertbeginn. Da bleibt uns gerade genug Zeit für die Wunderkammer. Ihr werdet es nicht bereuen! In diesem und dem folgenden Raum werden Steine und getrocknete Pflanzen, Werkzeuge und Instrumente aufbewahrt, weiter hinten werden wir Gemälde und Skulpturen, Silberzeug, Pokale und dergleichen sehen.«

Unter ihren Schritten knarrten die Dielen. Bis auf livrierte Diener, welche an den rundbogigen Durchgängen zum jeweils nächsten Raum standen, waren sie allein mit den wertvollen Kunstschätzen.

Vor einem Globus, der auf einem prachtvollen Marmortisch stand, erklärte Cosmè: »Dieser arabische Himmelsglobus wurde vor dreihundert Jahren gefertigt und hat einmal Mohammed ben Muyid el Ordhi gehört. Leider kenne ich mich mit den Gestirnen nicht aus. Seine Königliche Hoheit, der Kurfürst, soll da recht bewandert sein.« Er senkte die Stimme, obwohl es unwahrscheinlich war, dass die Diener des Französischen mächtig waren. »Er und seine Gemahlin beschäftigen sich auch mit der Alchemie. Sie sollen ein richtiges Laboratorium unterhalten, und die Kurfürstin ist eine Gelehrte, was Kräuter und deren Heilwirkung betrifft.«

»Daran ist doch nichts Anstößiges«, meinte Jeanne.

»Wissen ist Macht, aber Wissen ist auch gefährlich, wenn es mit schwarzer Magie in Verbindung gebracht wird. Es gibt zwar immer häufiger Ärzte wie den verstorbenen Paracelsus, die sich auch mit den Metallen und ihren Heilwirkungen befassen, aber das wird nicht gern gesehen. Die Frommen beherrschen die Welt, ganz gleich, ob sie Heilige verehren oder den Papst ablehnen. Wer gegen die kirchlichen Regeln handelt, ist automatisch im Unrecht. Das ist hier nicht anders als in Frankreich oder Spanien.« Cosmè sah Jeanne an. »Ich wollte Euch keinen Vortrag halten, Euch nur warnen.«

»Das ist nicht notwendig, Monsieur. Ich bin Musikerin, keine Gelehrte. Und wen könnte meine Musik stören?«, erwiderte Jeanne brüsk.

Ihr Vater zeigte auf ein anderes astronomisches Instrument. »Das sieht aus wie eine Uhr mit Planeten.«

Cosmè lächelte nachsichtig. »Das ist eine Ptolemäische Armillarsphäre.« Das mathematische Instrument bestand aus einem Fuß, aus dem eine vergoldete Messingscheibe mit gedrehter Mittelsäule aufstieg. Daran war ein zylindrisches Zwischenstück mit vier Bögen, die den Horizont hielten, befestigt.

»Die Gravuren auf den Ringen bezeichnen die zwölf Tierkreiszeichen, die Tage eines Jahres, die Monate und Himmelsrichtungen in lateinischer Sprache. Die vier großen Kreise – also die beiden Koluren, der Himmelsäquator und die Ekliptik – und die Kleinkreise bilden zusammengenommen die Armillarsphäre, aber es bedürfte eines Gelehrteren, als ich es bin, Euch die genaue Funktion dieses wundersamen Instruments zu erläutern.«

»Ihr seid allzu bescheiden, werter Cosmè!«, sagte Endres, und Jeanne konnte sich des Gefühls nicht erwehren, dass ein stillschweigendes Einvernehmen zwischen den beiden Männern herrschte, und das konnte nur einen Grund haben.

Schmallippig meinte sie daher: »Ich würde mir gern die Gemälde ansehen. Technische Dinge übersteigen den beschränkten weiblichen Horizont.«

Zur kurfürstlichen Gemäldesammlung zählten »Die heilige Barbara« des Venezianers Jacopo de' Barbari, »Die heilige Katharina« des Niederländers Hans Bol und Angelo Bronzinos Porträt des Cosimo de Medici, vor dem Jeanne verharrte. Das Gemälde zeigte den Herzog in kriegerischer Rüstung, das markante Gesicht mit den großen Medici-Augen vom Betrachter abgewandt. »Der Herzog sieht aus wie ein Mann, der weiß, was er will, und es durchsetzt. Ein schöner Mann«, sagte Jeanne provozierend.

»Die Zeit drängt, wir sollten uns auf den Weg machen«, entschied Cosmè, ohne auf ihre Worte einzugehen.

Jeanne begriff in diesem Moment, was ihr an Cosmè missfiel. Es war genau diese Überheblichkeit, die sie abstieß. Er behandelte sie wie ein kostbares Kleinod, mit dem man sich schmückte und um das man sich bemühte, doch er hörte nicht zu, wenn sie sprach, oder er hörte nur, was ihm gefiel. Sie musste unbedingt unter vier Augen mit ihrem Vater sprechen.

12

»Grundgütiger!«, murmelte Gerwin und rang die Hände. Die Worte des kurfürstlichen Leibarztes, die bläulich verfärbten Lippen der Toten und das absonderliche Gebaren der Zofe ergaben ein Bild, das ihm ganz und gar nicht gefiel. Ohne auf die Rufe zu achten, die ihm folgten, während er blindlings durch die verzweigten Gänge der weitläufigen Schlossanlage rannte, suchte er nach dem Theater.

Der Schweiß lief ihm die Schläfen hinunter, und der Degen schlug beim Laufen gegen seinen Oberschenkel, so dass er ihn dauernd zurückschieben musste. Das Leben eines Edelmanns war weitaus schwieriger, als er es sich je erträumt hätte, und fast sehnte er sich nach den ruhigen Tagen als Lehrling in Helwigsdorff zurück. Man hatte ihnen Nachricht gebracht, dass Alnbecks Leute das Haus geplündert und niedergebrannt hatten. Die wertvollen Bücher und all die Heilmittel, die sie in mühevoller Arbeit hergestellt hatten, waren verloren.

»He, pass doch auf!«, schrie ein Mann mit schwarzer Schaube und Barett, doch Gerwin rannte weiter.

»Gerwin«, flüsterte leise eine Frauenstimme.

Gerwin drehte sich schwer atmend um seine Achse. »Jeanne?«

»Hier, hinter der Säule.«

Dann entdeckte er den dunklen Rock, und in der Hoffnung, es handle sich um Jeanne, trat er näher. Doch nicht die schöne Lautenspielerin hatte ihn gelockt, sondern Adelia. Ihr Gesicht war bleich, die Augen dunkel und der Blick entschlossen. Wäre sie keine Frau gewesen, hätte er seinen Degen gezogen und sie zu einem Geständnis gezwungen. Doch die Dinge waren kompliziert.

»Gerwin – oder sollte ich Euch Junker Rechberg nennen?«, fragte sie kühl.

Sie trug ein schwarzes Kleid mit weißem Spitzenbesatz und kleinem steifen Kragen. Ein perlenbesticktes Musselintüchlein zierte ihre Frisur, sie wirkte sittsam und ganz wie die um ihre Herrin trauernde Zofe. Er sah auf ihre Hände, die gerötet und mit Blasen überzogen waren. Als sie seinen Blick bemerkte, verschränkte sie sie ineinander. »Hast du noch nie Brennnesseln gepflückt?«, zischte sie aggressiv.

Er musste die Wahrheit wissen. »Adelia, würdest du auf die Heilige Schrift schwören, dass du nichts mit dem Tod deiner Herrin zu tun hast?«

Ihre Augen verengten sich zu schmalen Schlitzen. »Wahrlich, Gerwin, ich habe mich in dir getäuscht. Du bist ein selbstgefälliger grüner Junge, der nichts versteht vom Leben. Deine Frage ist anmaßend! Ich habe dich angesprochen, weil ich dachte, dass wir dort wieder anknüpfen könnten, wo wir auf Dörnthal aufgehört haben. Aber anscheinend hast du schnell einen anderen Blütenkelch gefunden, den du mit deinem Stachel beglücken kannst!«

Ein männlicher Hofzwerg steckte neugierig den missgestalteten Kopf um die Säule. »Was wird da getuschelt? Sagt es dem Olberich, auf dass er es weitertrage von Ohr zu Mund.« Krallenartige Hände umklammerten den Stein. »Kommt schon, erfreut den Hof mit *fama*, denn davon leben wir!«

»Scher dich fort!«, fauchte Adelia.

Zwerg Olberich verzog das überlange Gesicht zu einer grotesk traurigen Maske. »Oh, so traurig, die Schöne!« Er hüpfte von einem Bein aufs andere, blieb plötzlich stehen und hielt eine Hand hinter das Ohr. »Der liebe Herr ruft nach ihr!«

Gerwin und Adelia horchten in den belebten Gang, auf dem Gäste und Bewohner des Schlosses flanierten. Tatsächlich tauchte ein junger Dienstbote auf, der stehen blieb, als er Adelia erblickte. Olberich grinste und wand den missgestalteten Oberkörper Richtung Boden, was einer Verbeugung gleichkam, um dann mit hämischer Miene zu verschwinden.

Adelia gab dem Dienstboten ein Zeichen, auf sie zu warten, und trat dicht an Gerwin heran. Sie zischte ihm ins Ohr: »Zu niemandem ein Wort, Junker Rechberg. Wir haben soeben einen Pakt geschlossen. Ich brauche nicht zu betonen, dass der hochwohlgeborene Ritter überaus erfreut wäre, von deiner Anwesenheit zu erfahren. Sicher ist auch der alte Quacksalber nicht weit.« Ihr Kuss kam so überraschend, dass er sich nicht abwenden konnte und ihre Lippen hart aufeinanderprallten.

Als sie sich genauso schnell wieder von ihm löste, verspürte er einen kurzen Schmerz und griff sich an die Oberlippe. An seinem Finger klebte Blut. »Du hast mich gebissen!«

»Und das war nichts im Vergleich zu den Schmerzen, welche die Folter dir bereiten würde. Vergiss das nicht, Junker.« Abrupt wandte sie sich ab und rauschte davon.

»Hornochse, der ich bin! Überrumpelt von einem Weib!« Er sah sich um und wusste endlich wieder, wo er sich befand. Der nächste Gang brachte ihn in den richtigen Flügel, an dessen Ende das Theater lag.

Endlich fand er Seraphin in Gesellschaft von zwei Tänzerinnen und Antonio, der ihn mit hochgezogenen Brauen musterte und die Nase rümpfte. »Ihr solltet ein Bad nehmen, mein Bester. Schaut Euch an!«

Doch Seraphin nahm Gerwin am Arm. Außer Hörweite der Künstler und Handwerker, die sich am Bühnenaufbau zu schaffen machten, reichte er Gerwin ein Tuch. »Was ist denn geschehen? Du siehst aus, als kämest du aus dem Hades!«

Die Haare klebten an Gerwins Kopf, und sein minzgrünes Wams war von Schweiß durchtränkt. »Elisabeth von Alnbeck ist tot!«

»Aber du wusstest, dass sie sterben wird. Beruhige dich, hier, trink etwas Wein.« Seraphin ging zu einem Tisch und kehrte mit einem Becher säuerlichen Weißweins zurück.

»Sie wurde vergiftet. Das vermutet der Leibarzt, und ich glaube, dass er recht hat. Das Schlimmste ist, dass ich eine Vermutung habe, wer es getan hat.« Gerwin setzte sich auf einen Stuhl und beugte den Oberkörper vor. Schweiß tropfte auf den Boden.

»Zum Henker, Gerwin, sag schon, wer!«

»Adelia, die Zofe. Sie hat es geplant, schon in Helwigsdorff, und ich Trottel, ich Rindvieh habe mich von ihr einwickeln lassen …«

»Ganz langsam, Gerwin. Erklär mir alles, damit ich es verstehe.« Seraphin setzte sich ihm gegenüber und hörte ihm zu.

»Und jetzt ist der Weg in das Bett des Ritters frei. Das war ihr Ziel. Sie hat die arme Frau aus dem Weg geräumt.« Gerwin konnte es nicht beweisen, doch jede Faser seines gesunden Menschenverstands sagte ihm, dass Adelia die Schuldige war.

»Wir reisen noch zur Stunde ab.« Seraphin erhob sich.

»Nein! Sie ist eine Mörderin!«

»Und was willst du tun? Sie anklagen und deine Geschichte erzählen? Wem werden sie glauben? Dem Ritter, der seine Frau verloren hat und dich und den Medicus sucht, weil ihr seinen Sohn auf dem Gewissen habt, und jetzt, vorausgesetzt, deine Geschichte stimmt, Trost bei der Zofe findet?« Seraphin strich sich die Haare aus der Stirn und winkte zur Bühne hinauf.

»Warum konnte ich nicht spüren, woran Elisabeth von Alnbeck sterben wird? Ich hätte sie warnen müssen!« Unglücklich starrte Gerwin auf seine Hände, die ihn den nahenden Tod hatten wissen lassen, ihm aber nicht verrieten, in welcher Gestalt. »Ich sage doch, es ist ein Fluch …«

»Unsinn. Reiß dich zusammen. Dort hinter dem Vorhang steht eine Wasserschüssel. Erfrische dich, und dann gehen wir hinunter und holen die Pferde.«

Auf dem Weg zu den Stallungen kamen sie am kleinen goldenen Saal vorüber, dessen Türen offen standen. Jemand sang ein italienisches Lied. Gerwin konnte den Text nicht verstehen, doch war die Melodie mitreißend von Laute, Theorbe, Chalumeau und Zimbeln unterlegt. Seraphin blieb neben Gerwin stehen, der verzückt lauschte und auf die Musiker blickte. Jeanne!

»Das ist ein altes bergamaskisches Lied von Paolo Scoto. Es geht um jemanden, der vor Liebe verrückt ist, weil die Angebetete seine jahrelange Werbung nicht erhört. Hör zu!«

»Hai fatto sempre i conti con i fatti miei, anche se non lo ammettevi mai, perciò credi che sia io il matto … Credilo pure: io seguo il mio destino«, klagte der Sänger vor seinem erlauchten Publikum, denn in einem vergoldeten Sessel saß niemand anders als die Kurfürstin Anna von Sachsen, umgeben von ihren Hofdamen, die genau wie ihre Herrin verzückt lauschten.

»Würdest du das auch tun, jahrelang um eine Liebe kämpfen?«, flüsterte Seraphin.

»Wenn sie es wert wäre«, antwortete Gerwin, ohne den Blick von der in ihre Musik versunkenen Jeanne zu wenden. Ihre Wangen waren leicht gerötet, die Lippen geöffnet, und er stellte sich vor, wie ihr warmer Atem seinen Mund streifte. Er musste mit ihr sprechen, sich ihr erklären, damit sie die Tiefe seiner Gefühle für sie begriff und auf ihn wartete. Der ältere Franzose, der neben ihrem Vater gestanden hatte, schien Ansprüche auf Jeanne zu erheben, und dem musste er zuvorkommen.

Ein Stoß rüttelte ihn auf. »Es gibt noch manche duftende Rose, die auf dich wartet, nicht nur die eine. Du solltest nicht alles so ernst nehmen, Gerwin. Außer den Zorn eines Ritters und den Hass einer Frau.«

Gerwin erschauerte und berührte seine wunde Lippe.

»Irgendwie mag ich dich ganz gern, obwohl du ein ungehobelter Bursche aus der tiefsten Provinz und ohne jedes Gespür für gesellschaftliche Regeln bist. Es wäre schade um deinen Kopf, der nicht allzu dumm und recht ansehnlich ist. Komm jetzt!«

Aus Seraphins Mund war das ein großes Kompliment, wie Gerwin in den vergangenen Wochen gelernt hatte. Ohne ihre wenigen Habseligkeiten aus dem Quartier zu holen, das Gerwin sich mit Seraphin und zwei weiteren Tänzern geteilt hatte, gingen sie auf direktem Weg in den Stall, sattelten die Pferde, verließen das Schloss und ritten über die Augustusbrücke. Der Elbstrom floss grau und träge in seinem Bett unter ihnen. Wolken waren aufgezogen und verdunkelten den Himmel. Kurze Zeit später ritten die beiden Männer mit tief ins Gesicht gezogenen Kapuzen schweigend im dichten Regen nebeneinander her.

Dunkelheit senkte sich bereits herab, und nur ein Waldstück trennte sie noch von Gut Berbisdorf, als Seraphin plötzlich den Kopf hob und in den prasselnden Regen horchte. »Gerwin, gib deinem Pferd die Sporen!«

Kaum hatte er die Worte ausgesprochen, preschten aus dem Dickicht zu ihrer Linken drei Berittene und stürmten auf sie zu. Mit verhängten Zügeln galoppierten Gerwin und Seraphin in den Wald. Der Boden war aufgeweicht und die Sicht so schlecht, dass Gerwin bei jedem auftauchenden Schatten befürchtete, ein tief hängender Ast würde ihn vom Pferd schleudern. Er legte sich dicht auf den gestreckten Hals des Tieres, das seinem Instinkt folgte und Hindernissen geschickt auswich. Plötzlich knallte es laut, und eine Kugel zischte dicht an seinem Kopf vorbei. Sein Pferd setzte über einen Bach, und der Wald lichtete sich.

Er glaubte schon, die Lichter von Gut Berbisdorf zu sehen, als ein schnaubendes Pferd neben ihn getrieben wurde und ihn jemand am Ärmel packte. Wütend schlug Gerwin auf die Hand ein, bis diese ihn freigab. Wieder ertönte ein Schuss, er verspürte einen brennenden Schmerz in der Schulter und musste alle Kraft zusammennehmen, um nicht das Gleichgewicht zu verlieren. Dabei gelang es ihm nicht mehr, auf herabhängende Zweige zu achten, und ein kräftiger Ast warf ihn rücklings zu Boden.

Als er die Augen aufschlug, sah er Seraphins besorgtes Gesicht und das eines jungen Mannes, den er nicht kannte. Er war schwarz gekleidet und hielt eine Fackel. »Er ist erwacht. Die Wunde am Arm blutet stark, ist aber nicht lebensbedrohlich. Soll mein Herr nach ihm sehen, wenn Ihr in Berbisdorf seid?«

»Nicht nötig. Wir haben einen hervorragenden Medicus bei uns. Dank Euch für Euer tatkräftiges Eingreifen, ohne das wir wohl kaum noch am Leben wären«, sagte Seraphin.

Gerwins Arm pochte, und sein Schädel schien enorme Ausmaße angenommen zu haben. Er stöhnte auf. »Was ist denn geschehen?«

»Man ist uns gefolgt, aber der gute Engin und seine Männer haben es bemerkt und sind uns gerade im rechten Moment zu Hilfe gekommen.« Seraphin half Gerwin beim Aufstehen, der nun drei weitere soldatisch gekleidete Männer hinter Engin entdeckte.

»Wir standen vor dem Schloss und haben beobachtet, wie euch drei Gestalten folgten. Es hat eine Weile gedauert, bis wir euch eingeholt hatten, weil wir unsere Befehle abwarten mussten«, sagte Engin entschuldigend.

»Sie sind Philippisten«, meinte Seraphin, doch in Gerwins schmerzendem Kopf drehte sich alles.

»Ich dachte, der Ritter hätte sie geschickt?«

Jetzt war es an Engin, verwirrt auszusehen.

»Eine längere Geschichte. Kommt Ihr mit aufs Gut, oder wollt Ihr sofort zurück nach Dresden?«

Die Männer entschieden sich zu bleiben, denn mittlerweile war es so dunkel, dass sie den Weg ohne Fackel kaum finden würden und für die Angreifer, die sich noch in der Nähe befinden konnten, ein leichtes Ziel abgäben.

Gerwin konnte sich bis zum Gut gerade noch im Sattel halten, doch kaum hatten die Füße die Erde berührt, sackte er zusammen und war dankbar, als man ihn auf eine Trage legte und in sein Quartier brachte. Die Kopfschmerzen waren unerträglich geworden, selbst das Heben und Senken der Augenlider bereitete ihm Pein. Hippolyt flößte ihm ein Opiat ein, und bald darauf wurde Gerwin von Morpheus' sanften Armen umschlungen.

Als er das nächste Mal die Augen öffnete, warf die Sonne warme Strahlen durch das bunte Fensterglas. Vorsichtig drehte Gerwin den Kopf von einer Seite auf die andere, doch außer einem verspannten Nacken spürte er nichts. Mit einer Hand tastete er nach seiner Schulter, die unter einem festen Verband lag. Der Überfall, dachte er und sackte beim Gedanken an die hinterhältige Zofe zurück in die Kissen. Im Lichtstrahl der Morgensonne flirrten Staubkörner, die Gerwin beobachtete, während er seinen Gedanken nachhing, die immer wieder zu dem verhängnisvollen Nachmittag zurückwanderten, ohne zu einem Ergebnis zu gelangen.

Die Tür wurde leise geöffnet. »Ah, du bist wach!« Gefolgt von einem grauen Hund, kam Hippolyt herein und legte ihm seine warme Hand auf die Stirn. »Du machst ja Sachen, lässt dich anschießen wie ein junger Hase und fällst auch noch vom Pferd!«

Entrüstet wollte Gerwin sich aufsetzen, wurde jedoch durch den Schmerz in der Schulter wieder auf das Laken gezwungen. »Hippolyt, es war fast dunkel, und wir haben das Gesindel nicht gesehen. Vielleicht kann man die Spuren verfolgen. Es ist ja erst ein paar Stunden her.«

»Das Fieber ist gesunken«, sagte der Medicus zufrieden und setzte sich auf die Bettkante. Der Hund streckte sich neben dem

Arzt auf dem Boden aus. »Mein lieber Gerwin, das Gelichter dürfte inzwischen über alle Berge sein, denn nach über einer Woche sind keine Spuren mehr vorhanden.«

»So lange liege ich schon hier?«

»Die Kugel steckte tief, und ich musste sie herausschneiden. Du hast viel Blut verloren, aber da dein Körper jung und stark ist, hat er gekämpft und das Wundfieber besiegt. Wie geht es deinem Kopf?« Hippolyt beugte sich vor, um Gerwins Pupillen genau zu betrachten.

»Gut. Ich will aufstehen. Wir müssen …«

»Gar nichts, mein Lieber. Wir tun nichts, außer abzuwarten, bis du vollkommen genesen bist. Seraphin hat mir von deinem Gespräch mit Adelia erzählt. Das war wirklich dumm, Gerwin.«

Zerknirscht kratzte Gerwin an seinem Verband. »Wer hat versucht, uns zu töten?«

»Schwer zu sagen. Engin hält es für unwahrscheinlich, dass der Überfall mit Adelia zusammenhängt. Wie hätten sie oder der Ritter so schnell die Mordbrüder auftreiben sollen?«

»Dann waren es einfach nur Räuber?«

»Wohl nicht, da es für drei Banditen kaum lohnenswert scheint, sich auf zwei Höflinge zu stürzen, auch wenn wir das natürlich nicht ausschließen können. Engin hält es für denkbar, dass der Überfall Seraphin und nicht dir galt, aber du die Kugel abbekommen hast.«

»Warum er? Hat er eine verheiratete Frau verführt?«

Der Hund hob wachsam den Kopf, und schon wurde die Tür aufgestoßen, und Seraphin trat herein. »Das habe ich gehört! Du bist ja schon wieder recht munter, Gerwin.« Im Gürtel des vielseitigen Tänzers steckte ein Brief. Seraphin stellte einen Fuß auf einen Schemel und tätschelte den Hund. »Braver Junge.«

»Bitte, kann mir endlich jemand alles erklären?«, fragte Gerwin ungeduldig.

»Nun, ich halte mich am Hof nicht nur wegen des Theaters und der hübschen Jungen und Mädchen auf. Vielmehr war ich in einer Angelegenheit meines Herrn dort.« Nach einem kurzen Blickwechsel mit Hippolyt setzte er hinzu: »Es geht um die Religion. Wir unterstützen die Sache der Calvinisten in Frankreich und in den Niederlanden. Mein Herr hat sich für die Seite Wilhelm von Oraniens entschieden, doch es ist gefährlich, sich öffentlich dafür auszusprechen, weil Kurfürst August es sich nicht mit dem Kaiser verscherzen will, und der ist nun einmal Katholik. Der Kurfürst will Frieden, und er hat erreicht, was vor ihm keiner geschafft hatte: Seit dem Augsburger Religionsfrieden hat Sachsen keinen Krieg mehr geführt. Aber die Herstellung der inneren Ordnung hat einen Preis. Widerspruch ist nicht erwünscht. Die Kurfürstin selbst hat sich öffentlich gegen die Calvinisten ausgesprochen.«

»Jerg und ich waren nie Soldaten, wir haben auf unsere Weise für unsere Überzeugung gekämpft«, sagte Hippolyt. »Aber seit König Philipp II. seinen Bluthund Alba ins Spiel geworfen hat, haben sich die Vorzeichen geändert, und wir alle müssen geben, was in unseren Kräften steht. Jerg mobilisiert adlige Gleichgesinnte, die Gelder für Oranien sammeln. Peucer und die Philippisten sympathisieren mit unserer Sache.«

»Aber wenn das öffentlich wird, würden sie die Gunst des Kurfürsten verlieren«, meinte Gerwin.

»Und die kurfürstliche Gunst zu verlieren kann einen leicht das Leben kosten«, fügte Seraphin hinzu. »Es lebt sich leicht im Licht, aber die Schatten fallen schwer und zermahlen einen.« Mit finsterer Miene zog er den Brief aus seinem Gürtel. »Antonio hat mir geschrieben, und das dürfte dich interessieren, Gerwin. Die schöne Lautenspielerin ist der Hexerei bezichtigt und ins Gefängnis geworfen worden.«

Gerwin erbleichte und dachte im nächsten Moment an seine Begegnung mit Adelia. Er hatte Jeannes Namen genannt. Wenn es nun seine Schuld war, dass die schöne Französin angeklagt wurde?

»Was ist denn, Gerwin?«

»Gib ihm Zeit, Seraphin. Er ist noch geschwächt«, mahnte Hippolyt.

»Gott helfe mir, dass es nicht meine Dummheit ist, die Jeanne ins Unglück gestürzt hat. Bevor ich Adelia erkannte, habe ich gedacht, sie wäre Jeanne, und ihren Namen ausgesprochen. Hast du nicht selbst gesagt, man müsse den Hass einer Frau fürchten, Seraphin?« Gerwins Stimme war brüchig.

»Nun, nun, dem muss ja nicht so sein, aber merkwürdig ist es schon …«, sinnierte Hippolyt. »*Vindicta nemo magis gaudet quam femina.*[1]«

13

Nur wenige Tage waren ihr im Glanze des Dresdner Hofes vergönnt gewesen. Wenige kostbare Tage, in denen die hohen Herrschaften sie mit Komplimenten überhäuft und ihre Musik gefeiert hatten. Nun fand Jeanne sich auf einem stinkenden Strohsack auf einem kalten Steinboden wieder. Die Wände waren feucht. Es roch nach Schimmel, Urin, Kot und Erbrochenem.

Sie reckte den Hals, um etwas Licht und frische Luft zu erhaschen, welche nur spärlich durch den Fensterspalt drei Fuß über ihrem Kopf strömten. Ihr Kleid, welches sie mit Sorgfalt geflickt und für ihr Auftreten bei Hofe gepflegt hatte, war ruiniert. Der Kerkerhaft war der feine Stoff nicht gewachsen. Seit vier Tagen hockte sie in diesem elendigen Loch und wartete auf Nachricht von ihrem Vater. Dabei hatte es so verheißungsvoll begonnen!

Kapellmeister Scandello war die erste große Hürde gewesen, und sie hatte ihn mit ihrem Können wahrlich überzeugt. Seiner

1 Niemand erfreut sich mehr an Rache als eine Frau.

Fürsprache hatte sie es zu verdanken, dass sie vor der Kurfürstin Anna hatte spielen dürfen. Die Kurfürstin war mit ihren Hofdamen, allesamt prächtig gekleidet, erschienen, doch Anna von Sachsen hatte alle an Eleganz und Anmut übertroffen. Das helle, gekrauste Haar der Fürstin war unter einem schräg auf dem Kopf sitzenden Barett festgesteckt, der schlanke Hals von breiten, mit kostbaren Steinen bestickten Bändern geschmückt, und ihr dunkles Kleid bestach durch Schlichtheit und Raffinesse. An einer goldenen Kette hing ein Kreuz zum Zeichen der frommen Gesinnung der Fürstin, deren intelligente Augen aus einem offenen Gesicht mit spitzem Kinn blickten. Nach dem Konzert hatte die Kurfürstin sie zu sich rufen lassen, ihr musikalisches Talent vor dem Hof gelobt und den Wunsch geäußert, dass Jeanne für sie spielen möge.

Verzweifelt presste Jeanne die Lippen aufeinander und ließ den Tränen freien Lauf. Ihr Vater war so stolz auf sie gewesen, und als sie ihn darum gebeten hatte, die Heirat mit Cosmè noch aufzuschieben, hatte er eingewilligt, denn ihre Zukunft am Dresdner Hof schien gesichert. Es zwackte auf ihrem Kopf, und Jeanne kratzte sich. Der Strohsack war voll von Flöhen, auf ihren Unterarmen zeigten sich die Bissspuren der blutsaugenden Tierchen. Hieß es nicht so trefflich, dass Hochmut vor dem Fall käme? Und dabei war es nicht Überheblichkeit gewesen, die sie mit Stolz erfüllt hatte, als sie vom Haushofmeister mit ihrem Vater in den Festsaal geladen worden war, in welchem sich der Kurfürst und seine Gemahlin und die Herrschaften ersten Ranges aufhielten. Selbst Cosmè hatte dort keinen Zutritt und ihr bewundernd hinterhergesehen, wie sie durch die hohen Türen in den von Lüstern und unzähligen Kerzen erhellten Saal getreten war.

Es hatte eine kleine Maskerade gegeben, und während sie noch über die Scherze der Schauspieler lachte, hatte man sie höflich, aber bestimmt nach draußen gebeten, wo sie von zwei bewaffneten Gardisten auf den Gang hinausgeführt worden war. Dort hatte man sie einem Mann in Reitkleidung vorgeführt, der mit dem Kopf genickt hatte, und seitdem saß sie hier im Verlies und wartete voller Bangen auf ihre Anklage. Ein Gerichtsdiener hatte ihr zumindest den Grund ihrer Inhaftierung verraten – Hexerei. Die Denunzierung stamme aus Helwigsdorff, hatte der Beamte hinzugefügt, und dann war Jeanne alles klar geworden. Der Reitknecht im Schloss war einer von jenen gewesen, die in Helwigsdorff nach dem Wundarzt gesucht hatten, und denunziert hatte sie natürlich Afra.

Mutlos betrachtete sie ihre schmalen Finger, die unter der Folter brechen und für das Lautenspiel unbrauchbar werden würden. Und das wäre ganz in Afras Sinne, die sich an ihr rächen wollte dafür, dass ihr unseliger Sohn aus Familie und Gemeinde verstoßen und zum Verbrecher geworden war. Durstig leckte sie sich die trockenen Lippen. Das Wasser in dem schmierigen Krug roch faulig, und sie hatte Angst, krank zu werden, wenn sie es trank. Am ersten Abend hatte sie nur einen Schluck getrunken, die ganze Nacht erbrochen und sich in den Eimer entleert, der in einer Ecke der Zelle stand und seitdem nicht gereinigt worden war.

»Gesegnet seist du, o Herr, in der Stunde der Not erflehe ich deine Hilfe!«, betete sie und horchte immer wieder zur Tür, hinter der sie in Abständen die Schreie der Gefolterten und bereits dem Wahnsinn Verfallenen vernehmen konnte. Sie presste sich die Hände auf die Ohren und murmelte Gebete oder sang leise Lieder aus ihrer Heimat.

Einmal schlug ein Aufseher gegen ihre Tür und brüllte: »Hör auf mit dem Gewinsel! Willst uns alle verhexen mit deinem Gesang! Wir können es dir auch anders austreiben …« Den Drohungen folgten Gelächter und derbe Anspielungen der anderen Wächter.

Bei ihrer Einlieferung hatten sie Jeanne ihren warmen Umhang fortgenommen, so dass sie fröstelnd in dem feuchten Verlies hockte. Hungrig nahm sie den halb verschimmelten Brotkanten auf und nagte daran. Der vierte Tag neigte sich seinem Ende zu, sie hörte die Glocken der Sophienkirche zur sechsten Stunde läuten. Als auf dem Gang Stiefelschritte und das Rasseln eines Schlüsselbunds erklangen, stand sie auf und ging zur Tür. Mit aller Kraft hämmerte sie dagegen und schrie: »Heda! Ich will meinen Vater sprechen! Ich bin keine Hexe! Das ist eine Lüge!«

Die Schritte machten tatsächlich vor ihrem Verlies Halt, und sie trat erschrocken zurück. Als die schwere Tür mit einem ohrenbetäubenden Quietschen aufschwang, traute sie ihren Augen nicht. Hinter dem Gefängniswärter standen nicht nur zwei vornehm gekleidete Damen, sondern auch der Leibarzt des Kurfürsten, ihr Vater und Cosmè Paullet.

Die hohe Figur des Arztes überragte alle anderen, und er musste sich bücken, als er durch die Tür trat. Angewidert verzog er das Gesicht. »Welch pestilenzartiger Gestank! War es denn notwendig, diese unbescholtene junge Frau so zu erniedrigen? Das wird ein Nachspiel für dich haben, für dich und den Gerichtsdiener, der hier war!«

Der Wärter verbeugte sich mehrfach und stammelte: »Aber Euer Gnaden, ich habe nichts Unrechtes getan! Wir haben sie nicht angerührt!«

Die Damen hielten sich Tücher vor Mund und Nase und stießen spitze Schreie des Entsetzens aus. Cosmès Miene war ausdruckslos, ihr Vater drängte sich an dem Leibarzt vorbei und schloss seine Tochter in die Arme.

»Das wäre euch auch schlecht bekommen, ihr dreckiges Gesindel!«, rügte der Arzt.

Doch der Wärter erwiderte frech: »Hexen haben keine Rechte! Wenn eine deswegen hier ist, kommt sie kaum wieder frei. Die werden gefoltert, dann gestehen sie sowieso ihre teuflischen Hurereien und bösen Zauber, mit denen sie die Frommen belegt haben. Und wen interessiert es dann noch, ob wir unseren Spaß mit ihnen hatten.« Der Mann bleckte die fauligen Zähne.

Jeanne verbarg ihr Gesicht am rauen Wams ihres Vaters und zitterte, während er ihr beruhigend über den Rücken strich. »Es ist ja gut, *mignonne*. Wir gehen fort von hier, zurück nach Frankreich, wie du es wolltest.«

»Und wo ist die Begnadigung dieser Angeklagten?«, fragte der Gefängniswärter. »Es muss ja alles seine Ordnung haben.«

Peucer entfaltete einen Bogen, auf dem ein fürstliches Siegel zu sehen war. Noch gehörte der Arzt zu den Vertrauten des Kurfürsten, auch wenn die Opposition, die gegen ihn und die Philippisten arbeitete, immer mächtiger zu werden schien.

Der Wärter wollte das Dokument in seine schmutzigen Finger nehmen, doch Peucer zog es fort. »Lies, wenn du dazu imstande bist!«

»Aber gewiss doch, Euer Gnaden, in meiner Stellung wäre es hinderlich, wenn ich die Befehle nicht lesen könnte.« Er hielt die knollige Nase dicht über das Papier. »Von der Kurfürstin selbst!« Mit einer tiefen Verbeugung machte er einen Schritt rückwärts. »Bitte sehr, die Herrschaften, nicht länger im Wege stehen soll der verlängerte Arm der kurfürstlichen Gewalt.«

Jeanne klammerte sich an ihren Vater, während sie den schrecklichen Ort verließen. Sie schämte sich, weil sie stank wie eine Kloake, und über ihr Aussehen wollte sie gar nicht erst nachdenken. Mit gesenktem Kopf ging sie zwischen ihrem Vater und Cosmè durch den langen Gang, der von Türen gesäumt wurde, hinter denen andere Unglückliche ihr Schicksal erwarteten. Jemand weinte, und aus einer Zelle klangen die eindeutigen Geräusche einer Notzüchtigung, die der Wärter mit einem hässlichen Grinsen quittierte.

Peucer trieb die kleine Gruppe zur Eile an. »Verlassen wir diesen unsäglichen Ort, an dem Justitia nicht immer anwesend ist.«

»Sagt so etwas nicht, Euer Gnaden, mancher hat schneller ein Quartier bei uns bezogen, als ihm lieb war …« Der Wärter führte sie einige Treppenstufen hinauf in einen erleuchteten Raum, der als Vorhof zur Gefängnishölle diente. »Gehabt Euch wohl.« Mit einer übertriebenen Verbeugung entließ er sie durch eine gesicherte Tür in eine Halle, die sich zum Schlosshof hin öffnete.

Als Jeanne die frische Abendluft spürte, seufzte sie auf. »Lieber Gott, ich danke dir für deine Gnade!« Dann besann sie sich und wandte sich an den Leibarzt. »Euer Gnaden, es scheint vielmehr, dass ich meine Rettung Euch zu verdanken habe.«

Peucers Miene war ernst. »Nun, zu einem Teil. Es sind die Fürsprache Eures Vaters und die Eures zukünftigen Gatten, die uns dazu bewogen haben, Euer Anliegen der Kurfürstin vorzutragen.«

Jetzt nickten die beiden Damen, in denen Jeanne zwei Hofdamen aus dem Gefolge Annas von Sachsen erkannte. Kostbarer Schmuck und Gewänder aus Brokat unterstrichen ihren hohen Rang.

»Una Gräfin von Eulenburg«, stellte Peucer die erste Hofdame vor. »Und Erika Freiin von Gessnitz.« Beide Damen neigten kaum sichtbar die Häupter.

Jeanne hatte das Gefühl, dass die Damen es für weit unter ihrem Stand hielten, sich um das Wohl einer Fremden kümmern zu müssen. Doch anscheinend hatte ihre Fürstin es so angeordnet. Erika von Gessnitz hatte eine leicht himmelwärts geschwungene Nase, die Augen standen zu eng, und die Wangen waren zu voll, doch ihr Selbstbewusstsein schmälerte die äußere Unvollkommenheit nicht. Sie wedelte mit ihrem nach Lavendel und Thymian duftenden Tüchlein vor ihrer Nase herum und sagte: »Ihre Königliche Hoheit, die allerherrlichste Kurfürstin, wünscht Euch morgen früh zur achten Stunde in ihrem Garten zu sehen. Es sei Euch anempfohlen, bis dahin reisefertig zu sein.«

Sie rümpfte noch einmal angewidert das adelige Näschen und stolzierte an der Seite der Gräfin davon. Nach den Anstrengungen der vergangenen Tage fiel es Jeanne schwer, sich auf den Beinen zu halten und den Anweisungen konzentriert zu folgen. Ängstlich drückte sie die Hand ihres Vaters.

»Euer Gnaden, wir werden morgen früh wie gewünscht vor Ort sein. Und lasst mich Euch noch einmal unseres tiefsten Dankes versichern«, sagte Endres.

Doch der Leibarzt schien mit den Gedanken bereits bei anderen Aufgaben zu weilen und reichte ihnen das Begnadigungsschreiben. »Euer Pass in die Freiheit. Es tut mir leid, dass Euer Aufenthalt in dieser schönen Elbstadt von solch schrecklichen Erlebnissen vergällt wurde, doch letztlich konnten wir alles zum Guten wenden. Gehabt Euch wohl und Gottes Segen!«

Die hohe schwarze Gestalt schritt mit wehendem Umhang über den Schlosshof. Die Wachtposten am Torhaus schienen informiert, denn sie wurden ohne Schwierigkeiten hindurchgelassen. Bis auf einen Wasserträger und zwei patrouillierende Soldaten war die Straße leer.

»Kannst du gehen, Jeanne? Es ist nicht weit, nur bis zur Sophienkirche«, sagte ihr Vater.

»Was ist mit dem Wirtshaus?«, fragte sie verwirrt und stützte sich dankbar auf Endres' Arm.

»Ihr musstet es verlassen. Es wäre nicht sicher genug. Der Wirt wurde schon misstrauisch und wollte Geld dafür, dass er Eure Sachen vor den gierigen Gästen beschützte«, erklärte Cosmè.

»Dabei war es wohl eher er selbst, der uns bestohlen hätte. Wir sind in Monsieur Paullets Quartier untergebracht.«

»Mein zukünftiger Ehemann …«, bemerkte Jeanne sarkastisch.

»Ist die Vorstellung, mich zu ehelichen, denn gar so fürchterlich?« Cosmè ergriff ihre Hand. »Ich werde alles tun, um Euch glücklich zu machen. Paris ist eine großartige Stadt, und es wird Euch dort gefallen. Ihr werdet an Katharinas Hof spielen, Euer Vater wird seine Instrumente bauen und mehr Kunden finden, als er sich erträumen kann.«

»Im Moment möchte ich nur baden. Mein Kopf juckt, als hätte sich dort eine Million Läuse niedergelassen, und dieses Kleid stinkt so entsetzlich, dass man es nur noch verbrennen kann«, sagte Jeanne und entzog dem Franzosen ihre Hand. »Vater, meine Laute?«

»In Sicherheit, Jeanne.«

Das Haus der Kaufmannsfamilie Koester, in dem Cosmè logierte, war zweistöckig, hatte eine frisch verputzte Fassade und stand gegenüber der Kirche. Zu erschöpft, um das reiche Dekorum oder die emsig um sie bemühten Dienerinnen zu beachten, fasste Jeanne ihren ersten klaren Gedanken, als sie gewaschen in einem flauschigen Bett lag. Auf dem Nachtschrank stand ein Kerzenleuchter, dessen Flamme flackerte, als ihr Vater zu ihr kam und sich einen Stuhl an das Bett zog.

»Ich hätte dich nicht gestört, wenn wir nicht einige wichtige Dinge vor dem morgigen Tag besprechen müssten«, leitete er das Gespräch ein, das ihm unangenehm zu sein schien.

»Die Denunziation. Ich denke, es war Afra. Und der Reitknecht aus Dörnthal, der damals in Helwigsdorff nach dem Wundarzt gesucht hat, hat mich erkannt und angezeigt.« Jeanne zog sich die Decke bis unter das Kinn und schnupperte an dem frischen Leinenzeug.

»Möglich. Obwohl ich Afra das nicht zugetraut hätte, aber du magst recht haben. Nur, ganz gleich, wer es war, eine Denunziation ist eine schwerwiegende Anklage und für Fremde ohne Leumund wie uns dreimal so gefährlich. Wer würde schon für uns in den Zeugenstand treten?« Endres wartete und fuhr fort, als Jeanne schwieg. »Cosmè hat seine Verbindungen bei Hof und sein Geld für uns eingesetzt, um deine Freilassung zu erwirken. Wir sind ihm verpflichtet.«

»Ich bin so müde.«

»*Mignonne,* wir verlassen die Stadt morgen früh zusammen mit Cosmè. Sobald wir die Saale überquert haben, will er sich mit dir vermählen.«

Sie schloss die Augen und wandte sich ab.

»Ich wollte es dir sagen, damit du dich darauf einstellen kannst.«

»Sehr freundlich.«

»*Mignonne*, mach es mir doch nicht noch schwerer. Früher als später hättest du heiraten müssen, und Cosmè ist ein freundlicher und fürsorglicher Mann. Ich bin so glücklich, dass sie dich aus dem Kerker entlassen haben, nicht vorstellbar, wenn ich dich verloren hätte …«

Jeanne weinte und verbarg das Gesicht in der Decke. »Ich möchte schlafen.«

Endres streichelte ihr über das Haar, drückte ihr einen Kuss auf das Haupt und verließ sie. Nachdem die Tür ins Schloss gefallen war, schluchzte Jeanne bitterlich. Würde es immer so sein, dass sie für jedes Quäntchen Glück einen schmerzlichen Preis bezahlen musste? Vielleicht war es tatsächlich besser, sich im Erträglichen einzurichten und auf nichts mehr zu hoffen. Sie wischte sich über die Augen, und ihr Blick fiel auf ihre Laute, die auf einem Stuhl gegenüber ihrem Bett stand. Nein, es gab so viel, für das es sich zu leben lohnte, und es war nun an ihr, Stärke zu zeigen. Ihr Vater sollte sich ihrer nicht schämen müssen. Das hatte er nicht verdient.

Als sie nach wenigen Stunden tiefen Schlafes erwachte, fühlten sich ihre Glieder bleiern an, gleichwohl zwang sie sich eine freundliche Miene auf, als sie in ein schlichtes Reisekleid gewandet in der Halle des Koesterhauses erschien. Die geringe Habe von ihr und ihrem Vater stand bereits an der Eingangstür, doch sie ließ es sich nicht nehmen, ihre Laute zu tragen.

»Guten Morgen, verehrte Jeanne«, begrüßte Cosmè sie strahlend. »Ich hoffe, dass Ihr Euch erholt habt von den Misslichkeiten der Haft.«

»Danke, Monsieur«, sagte Jeanne kurz und wartete mit ihrer Laute im Arm darauf, dass die Tür geöffnet wurde, damit sie sich auf den Weg zum Garten der Kurfürstin machen konnten.

Der von Cosmè bestellte Reisewagen erwies sich als bequemes Gefährt, und Jeanne sank in die weichen Polster, ohne auf die vorüberziehende Stadt, die gerade erst erwachte, zu achten. Als die Kirchenglocken die achte Stunde läuteten, brachte der Kutscher die vier Pferde vor einem hohen schmiedeeisernen Tor zum Stehen. Das kurfürstliche Wappen prangte vergoldet darüber. Vor dem Wachhaus stand ein Soldat, bewaffnet mit Kurzdegen und Hellebarde. Als sie ihr Anliegen vortrugen, hieß er sie eintreten und auf der anderen Seite warten. Dann schickte er einen livrierten Burschen fort, sie anzumelden.

Das Gras, die exakt geschnittenen Hecken und die Blätter der sprießenden Bäume glänzten feucht. Jeanne zog ihren wollenen Umhang – der einzige, der ihr geblieben war – um die Schultern und bewunderte die geometrisch angelegten Wege, die sich vor ihr erstreckten. Wenn die Sonne an Kraft zunahm, würden die Blumenbeete ihre Farbenpracht zeigen, dachte Jeanne.

Ein Gärtner kam mit einer Schaufel und einem Korb voller Stecklinge über einen der schmalen Zierwege auf sie zu. Endres grüßte ihn freundlich, und der junge Mann blieb stehen und lüftete seinen Hut. »Gott zum Gruße! Schaut Euch nur um, Herrschaften. Dieses Kleinod der Gartenkunst sucht seinesgleichen in Sachsen!«

»Ihr leistet gute Arbeit. Sagt, was wird in den Parterrebeeten angepflanzt? Blumen?«, erkundigte sich Endres höflich.

Erfreut antwortete der Gärtner: »Viel mehr als das. Wir ziehen Duft-, Gewürz- und Heilpflanzen, Mandel-, Pomeranzen- und Morillenbäume, Wacholder und Rhapontica und sogar Tabak!«

Cosmè rümpfte die Nase. »Ein widerliches Kraut!«

»Aber es hat zahlreiche Liebhaber gefunden und soll über Heilkräfte verfügen. Seit einiger Zeit versuchen wir es mit Mispeln und Quitten, es wird sich zeigen, inwieweit diese Kulturen hier gedeihen. Unsere durchlauchtigste Kurfürstin kennt sich in der Botanik besser aus als mancher so genannte Gelehrte!« Der Gärtnerbursche stützte sich stolz auf seine Schaufel.

Der Botenjunge kehrte zurück und sagte außer Atem: »Ihre

Königliche Hoheit wird Euch jetzt am Brunnen der Flora empfangen! Hier entlang!«

Hintereinander marschierte die kleine Gruppe über die sauber geharkten Wege, überwand einen geringen Höhenunterschied der terrassenförmig angeordneten Zierbeete, von denen einige in Steine gefasst, andere durch wellig geschnittene Hecken abgegrenzt waren, kam an Broderien aus Buchs vorüber und hielt vor einem zierlichen, pyramidenförmigen Brunnenaufbau aus Felsgestein mit kleinen Koniferen und Steingewächsen. Das Brunnenbecken hatte die Form eines Geigenkastens, wie Jeanne gerade entzückt bemerkte, als sie aus dem Torbogen eines Laubengangs Stimmen hörte.

Der Botenjunge machte eine so tiefe Verbeugung, dass seine Haare den Boden berührten. Jeanne versank in einen Hofknicks, und ihr Vater und Cosmè verneigten sich, denn Anna von Sachsen erschien mit zwei ihrer Hofdamen.

»Ist sie das?«, hörte Jeanne die Kurfürstin fragen.

Erika von Gessnitz, die Hofdame in Taubengrau, reckte die spitze Nase und nickte. »Ja, Hoheit, das ist sie. In ihrer Begleitung sind ihr Vater und der französische Kaufmann, der sie ehelichen und mit nach Paris nehmen wird.«

»Ah, sehr schön. Sie möge sich erheben.«

Langsam hob Jeanne den Blick und sah sich der blendenden Erscheinung der aus Dänemark stammenden Kurfürstin gegenüber. Von den Musikern hatte Jeanne erfahren, dass Landesmutter Anna im Oktober vergangenen Jahres einen Jungen zur Welt gebracht hatte, der in diesem Februar verstorben war. Die Kurfürstin hatte bereits sieben Kinder zu Grabe tragen müssen und legte vor jeder Geburt die Leichentücher bereit. Eine starke und praktisch veranlagte Frau, die Jeannes Verehrung fand. »Eure Königliche Hoheit«, murmelte sie. »Ich danke Euch für Eure Gnade und bin auf ewig Eure treue Dienerin.«

»Dienerinnen habe ich genug. Ich habe Euch bei Hofe spielen

hören. Ihr seid eine Meisterin Eures Instruments, und vor außergewöhnlichem Talent habe ich Respekt.« Anna von Sachsen war von einer herben nordischen Schönheit. Ihre leuchtend rotblonden Haare kräuselten sich unter einem reich bestickten Barett, ihr Kleid aus hellblauem Brokat war hochgeschlossen und hatte nach der spanischen Mode einen kleinen weißen Kragen, der bis unter das Kinn reichte. Darüber trug sie eine vorn offene, lange schwarze Samtschaube. »Begleitet mich ein Stück.«

Ihre Hofdamen schienen genau zu wissen, was in solchen Situationen zu geschehen hatte, denn Gräfin von Eulenburg begann ein Gespräch mit Endres und Cosmè, während Freiin von Gessnitz sich hinter Jeanne und der Kurfürstin hielt, wobei sie darauf achtete, außer Hörweite zu bleiben.

Erstaunt über die ungewöhnliche Gunstbezeigung, ging Jeanne neben Anna von Sachsen auf einem Weg, der breit genug für zwei Personen mit ausladenden Röcken war. Die Kurfürstin deutete auf eines der geometrisch gestalteten Zierbeete. »Diese Knotenbeete finden sich in Francesco Colonnas ›Hypnerotomachia Poliphili‹. Es ist noch zu früh, um das zu erkennen, aber die einzelnen Bänder sind nichts anderes als exakt beschnittene Zwerghecken aus Kräutern und Halbsträuchern. Rosmarin, Lavendel, Thymian und Majoran sind darunter. Im Sommer entströmt ihnen ein wahrhaft göttlicher Duft.«

»Ihr seid äußerst kenntnisreich, Königliche Hoheit«, sagte Jeanne, die nicht recht wusste, was von ihr erwartet wurde.

»Vielleicht habt Ihr davon gehört«, fuhr die Kurfürstin fort. »Ich buttere selbst, ich habe dafür gesorgt, dass erstklassiges Zuchtvieh aus Polen, Dänemark, Friesland und der Schweiz eingeführt wird, und ich habe den Herren erklärt, wie man die Tiere effektiv mästet. Ich kümmere mich um Bienenvölker, weil diese uns vieles lehren können, und züchte exotische Hühner. Über alle meine neu gewonnenen Kenntnisse führe ich endlose Korrespondenzen und Diskussionen mit Beamten und engstirnigen Gelehrten, damit meine Neuerungen auch umgesetzt werden. Eine mühselige Arbeit, glaubt es mir! Darüber hinaus habe ich ein hervorragendes Laboratorium. Und damit komme ich zum Wesentlichen!« Sie blieb stehen und sah Jeanne direkt mit ihren intelligenten hellen Augen an. »Ich benutze dieses Laboratorium nicht, um irgendwelche obskuren Experimente zur Goldgewinnung oder dergleichen Unsinn zu machen, sondern ich entwickle wirkungsvolle Arzneien, die ich dem Volk unentgeltlich zur Verfügung stelle. Trotz meiner Stellung als Landesmutter wurde ich oft der Zauberei und Hexerei verdächtigt. Und nur, weil ich die Kurfürstin bin und ein untadeliges Leben führe, konnten mir die üblen Verfolgungen nichts anhaben.«

»Ich bin Musikerin, mein ganzes Leben widme ich der Musik«, sagte Jeanne leise.

Ein schwaches Lächeln umspielte die Lippen der Kurfürstin. »Man könnte Euch das als Überheblichkeit auslegen. Ihr seid eine Frau, und Frauen sind in erster Linie dazu bestimmt, ein gottesfürchtiges Leben unter der Aufsicht eines Ehemanns zu führen. Ich habe mich erkundigt und herausgefunden, dass die Denunziation, welche Euch der Hexerei bezichtigt, aus Helwigsdorff stammt. Dort habt Ihr vorher gelebt?«

»Nur kurze Zeit. Wir haben in Frankreich großes Unglück erlitten. Meine Mutter wurde vergangenes Jahr ermordet. Mein Vater hoffte auf ein friedliches Leben im Dorf seines Ziehvaters, aber ...« Jeannes Stimme zitterte.

»Ich kann es mir schon vorstellen. Ihr seid zu hübsch, zu begabt und habt den Neid der Dörflerinnen erregt. Lasst Euch das eine Lehre sein. Der Platz einer Frau ist an der Seite ihres Gatten, der ihr Schutz bieten kann und ihre Neigungen fördern wird, wenn er ein guter Mann ist.« Ernst und mahnend betrachtete Anna von Sachsen die junge Französin.

Demütig senkte Jeanne die Lider. »Ich verstehe, Königliche Hoheit.«

»Dann ist es gut. Führt ein frommes, gottgefälliges Leben, und

Ihr werdet sehen, dass sich alles zum Guten wendet.« Die Kurfürstin horchte in den Garten. »Ich glaube, da kommt der werte Doktor Luther.« Ihr Gesicht hellte sich auf, und ihre Gestalt straffte sich.

Jeanne machte einen tiefen Knicks. »Ich danke Euch von ganzem Herzen, Königliche Hoheit.«

Doch Anna von Sachsen hatte sich bereits dem neuen Gast zugewandt, der mit dynamischen Schritten um die Ecke kam. Es handelte sich um niemand Geringeren als den Sohn des verstorbenen Reformators, der sein Barett schwang und seiner Fürstin ein herzliches Lächeln schenkte. »Euer Diener, Hoheit.«

»Ihr seid entlassen. Kommt mit!« Erika von Gessnitz zupfte Jeanne am Ärmel.

Doktor Luther hatte ein ausgeprägtes Gesicht, in dem Jeanne Ähnlichkeit mit dem berühmten Vater suchte, dessen Bildnisse sie vielfach gesehen hatte. »Ist er auch Theologe?«

»Hauptsächlich beschäftigt er sich mit Chemie und Alchemie. Er gehört nun zu den kurfürstlichen Leibärzten und steckt die meiste Zeit im Laboratorium.« Die Hofdame schüttelte missbilligend den Kopf. »Das schürt nur Gerede …«

Am Brunnen warteten ihr Vater und Cosmè neben einer sauertöpfischen Gräfin Eulenburg. »Ich empfehle mich«, war ihr knapper Abschiedsgruß, bevor sie mit erhobenem Haupt in den Laubengang entschwand.

Erika von Gessnitz hatte den Botenjungen zu sich gewinkt. »Bring sie zurück zum Tor. Ihr habt Eure Instruktionen?« Die Frage galt ihnen allen dreien.

Cosmè antwortete: »Jawohl. Der Reisewagen steht vor dem Tor, und wir sind quasi schon auf dem Weg nach Paris, um …«

Die Freiin schnitt ihm das Wort ab: »Dann wünsche ich eine angenehme Reise. Gott zum Gruße.«

Es war nicht zu übersehen, dass sie so schnell wie möglich abgeschoben werden sollten, doch verurteilen mochte sie niemand dafür. Sie hatten großes Glück gehabt, und Jeanne würde das Gespräch mit der Kurfürstin nie vergessen. Die Frau war klug und großherzig und trug ihr Schicksal mit bewundernswerter Würde. Doch Jeanne fragte sich, ob sie selbst die Rolle der demütigen Ehefrau genauso vorbildhaft ausfüllen könnte wie die Kurfürstin. Ihr Blick fiel auf den zwanzig Jahre älteren Kaufmann, und die aufkeimenden Zweifel schnürten ihr den Magen zusammen.

14

Die Schussverletzung an der Schulter verheilte gut. Als langwieriger hatte sich sein Sturz vom Pferd erwiesen, denn sobald er aufzustehen versuchte, überkamen ihn Schwindel und Brechreiz. So hatte sich Gerwin widerstrebend mit seiner Patientenrolle abgefunden. Nur sein schwacher Körper hielt ihn davon ab, selbst nach Dresden zu reiten, um nach Jeannes Schicksal zu fragen und, wenn möglich, beim Kurfürsten für sie zu bitten. Seraphin hatte ihm mehrfach versprochen, das für ihn zu übernehmen, ihm jedoch wenig Hoffnung gemacht.

Um sich abzulenken, las er Bücher, die Hippolyt für ihn ausgewählt hatte. Jerg von Rechberg verfügte zwar nicht über die vollständige Ausgabe von Michel Servets »Christianismi Restitutio«, doch gab es ein Bändchen mit Auszügen. Hippolyt hatte ihm das Kapitel über die Blutzirkulation ans Herz gelegt, denn dazu hatte der berühmte Arzt, der auf dem Scheiterhaufen hatte sterben müssen, Studien betrieben, welche die herkömmlichen Theorien, die zum Teil abenteuerlich waren, widerlegten.

Gerwin lag halb angekleidet auf seinem Bett und betrachtete die anatomische Zeichnung des Herzens in Servets Traktat. Oft genug hatte sich Gerwin gefragt, wie der Blutfluss geleitet wurde. Warum sackte das Blut nicht in die Füße, wenn der Mensch sich erhob? Und hier hatte er die Antwort! Es gab Schleusen im Herzen, und das Herz bewegte das Blut! Dieser Gedanke war zuerst unbegreiflich, doch wenn man es durchdachte, ergab es Sinn. Aristoteles hatte behauptet, dass die Lungen das Blut im Falle von Überhitzung wie Blasebälge kühlten, bevor es zum Herzen zurückfloss. Daran hielten noch immer viele Doktoren fest. Doch Servet schrieb, dass die Lungen das Blut von schlechten Säften reinigten, und das Herz selbst bewegte das Blut durch seine Anziehungskraft hin und her. Es war ein Kreislauf, und das Blut war der Schlüssel zum Leben. Es durchströmte den Körper von oben nach unten, und beim Luftholen wurde es aus den Lungen herausgelassen, damit es weiterfließen konnte.

Hippolyt hatte betont, dass wegen dieses Kreislaufs das Aderlassen öfter von Schaden denn von Nutzen war. Nur bei sehr hohem Fieber sollte der Kranke zur Ader gelassen werden, denn das Blut musste rein bleiben und sollte nicht durch giftige Substanzen verdorben werden.

»Das Herz bewegt das Blut«, flüsterte Gerwin und konnte nicht verstehen, wie Calvin einen so großen Gelehrten auf den Scheiterhaufen hatte bringen können. Servet hatte das Geheimnis der Heiligen Dreifaltigkeit angezweifelt, was ein schwerwiegendes Vergehen war, denn die Heilige Dreifaltigkeit war eine unumstößliche Wahrheit, gegründet auf heilige Texte. Gerwin knetete die Unterlippe. Was für eine Welt war das, in der Männer, welche die Medizin revolutionierten, verbrannt wurden, weil sie etwas in Frage stellten, das niemand beweisen konnte?

Ein vorsichtiges Klopfen an der Tür durchbrach seinen trüben Gedankengang. »Ja, bitte!«

Die hübsche junge Magd Hilda mochte Gerwin, weil sie immer lächelte und einen entzückenden runden Busen hatte, der sich unter dem dünnen Stoff ihres Unterkleids abzeichnete. Ihre Wangen waren gerötet. »Ihr möchtet hinüber in den Waschraum kommen, Herr, wenn es Euch genehm ist. Sonst bringen wir den Zuber hier herein.«

Hippolyt sah hinter ihr durch die Tür. »Ah, du studierst! Brav!

Doch wie heißt es? *Mens sana in corpore sano!*[1] Deshalb wirst du jetzt ein heißes Bad nehmen und deine Glieder entspannen. Wie fühlt sich dein Kopf an, wenn du aufstehst?«

Gerwin legte das Buch zur Seite und schwang die Beine über die Bettkante.

»Langsam, langsam! Das Blut muss erst seinen Weg finden!«, mahnte Hippolyt.

»Jeanne?«, war wie immer Gerwins erste Frage, doch sein Freund schüttelte den Kopf, und er seufzte.

Nachdem er einen Moment gewartet hatte, erhob sich Gerwin, kämpfte die aufsteigende Übelkeit nieder, die wesentlich schwächer geworden war, und lächelte. »So gut wie neu!« Seine ungelenken Schritte sprachen eine andere Sprache, doch Hippolyt schien zufrieden.

»Lass mich erst noch den Verband entfernen.«

Mittlerweile beherrschte Gerwin die Kunst, sich einarmig sein Hemd über den Kopf zu streifen, und die Bewegungen bereiteten ihm keine Schmerzen mehr. Hippolyt wickelte das Musselintuch ab und betastete die Narbe, die geschlossen und nur noch leicht verschorft war. »Sehr schön. Das heiße Wasser wird die Krusten erweichen. Hilda soll mich holen, bevor du dich wieder ankleidest. Ich reibe die Narbe ein und verbinde sie nur ganz leicht, damit Luft zum Heilen herangelangen kann.«

»Danke«, sagte Gerwin.

»Wir haben noch einiges vor uns, mein Sohn. Bruder Hinrik hat uns aus La Rochelle geschrieben. Es gibt vieles zu besprechen.« Die Miene des Wundarztes war ernst, als er sich abwandte und ins Treppenhaus ging.

Gerührt, dass Hippolyt ihn zum ersten Mal als seinen Sohn bezeichnet hatte, folgte Gerwin der Magd in einen schmalen Raum, der auf die Wälder hinter dem Gut hinaussah. Ein lauer Wind

1 Ein gesunder Geist in einem gesunden Körper.

wehte durch das halb geöffnete Fenster, das Hilda jetzt schloss. »Ihr dürft Euch nicht erkälten, Herr. Bitte, hier liegen Tücher, und dort könnt Ihr Eure Kleidung ablegen.« Sie tauchte eine Hand in das Wasser im Zuber. »Ich werde noch einen Eimer heißes Wasser dazugeben.«

Während sie Wasser holte, entkleidete sich Gerwin und stieg in den hölzernen Zuber, der mit einer Zinkwanne ausgekleidet war. Der Platz reichte, dass er sitzend die Beine strecken konnte. Wohlig lehnte Gerwin den Kopf zurück und schloss die Augen. Als er den Türöffner hörte und Hilda mit klappernden Eimern hereinkam, wollte er nach einem Tuch greifen, um sich zu bedecken, doch die Magd lachte.

»Macht Euch keine Umstände, Herr. Fadennackend sind wir vom Herrgott geschaffen, und Mannsbilder sind mir nicht fremd.« Vorsichtig goss sie warmes Wasser nach, stellte die Eimer ab und nahm Bürste und Seife von einem Schemel. »Beugt Euch vor, damit ich Euch waschen kann.«

Gehorsam tat Gerwin, was Hilda verlangte. »Gib acht auf die Wunde.«

»Als ob Ihr mir das sagen müsstet. Wer, glaubt Ihr, hat geholfen, Euch zu waschen und neu zu verbinden, als Ihr die Woche wie ein Toter dalagt?« Sie hatte die Bürste weggelegt und massierte nun seine verspannten Muskeln, wobei sie sich über ihn beugte. Ihre Brüste berührten seine Haut, was nicht ohne Wirkung auf seine Männlichkeit blieb.

»Mir scheint, Ihr seid schon wieder recht kregel.« Hildas Hände wurden kühner und ließen Gerwin ein wenig verschämt, aber in einem Zustand angenehmer Erschöpfung zurück.

Als er das Zuschlagen der Tür wahrnahm, streckte er träge die Hand aus, doch die tiefe Stimme seines Meisters riss ihn aus seinen Träumereien. »Sie ist ein reizendes Ding, nicht wahr? Doch es warten neue Aufgaben auf uns, Gerwin. Trockne dich ab und setz dich dorthin.«

Hippolyt nahm einen Salbentiegel aus den tiefen Taschen seines Mantels und tupfte etwas davon auf die Narbe. »Erkennst du den Geruch?«

»Ringelblume?«

»Richtig. Welche Pflanzenteile haben Heilwirkung?«

»Die Blütenblätter. Innerlich angewendete Aufgüsse der Ringelblume helfen bei Magenerkrankungen und sind wirksam gegen Fieber. Auf Gallenblase und Leber wirkt sie entgiftend, und die Salbe ist für jegliche Hautbeschwerden geeignet, als da seien Ausschlag, Kopfschorf und für die Brüste der stillenden Frauen.«

»Bald schicke ich dich zu den Kranken, Gerwin«, lobte der Wundarzt und gab Gerwin ein Ende des Tuchstreifens, den er locker um die Schulter wand.

Gerwin erhob sich. »Nein, bitte nicht, Meister. Ich muss noch lernen, meine Gabe zu kontrollieren.« Er starrte auf seine Hände, als gehörten sie nicht zu seinem Körper.

»Gemach. Dazu kommen wir noch. Jetzt bist du wieder gesund, und wir müssen fort von hier. Kleide dich an, alles Weitere erkläre ich dir beim Essen. Jerg hat übrigens gute Neuigkeiten für dich.«

Gerwin beeilte sich und bemerkte erst, als er im Erdgeschoss angelangt war, dass er keinerlei Schwindel oder Übelkeit mehr verspürt hatte. Er fand Hippolyt und Jerg von Rechberg an einem Tisch in der Bibliothek sitzend. Der Freiherr begrüßte ihn mit einem Lächeln. »Setz dich und iss. Du wirst deine Kräfte brauchen, junger Mann.« Bedeutungsvoll legte er die Hand auf einen geöffneten Brief.

Ein Teller mit kaltem Fleisch, Honigsauce und Brot stand neben einem Becher Wein, und Gerwins Appetit war groß, doch noch größer war seine Ungeduld. »Wisst Ihr etwas über Jeanne? Geht es ihr gut? Und wo ist Seraphin? Sind die Banditen, die uns überfallen haben, gefasst?«

Jerg nippte an seinem Weinbecher. »Der Reihe nach. Seraphin

hat diesen Brief nur deinetwegen geschickt, um dir die Sorge um die Lautenspielerin zu nehmen. Sie ist in Sicherheit.«

»Wo? Kann ich sie sehen?«, fragte Gerwin mit klopfendem Herzen.

Hippolyt räusperte sich, und Jerg fuhr fort: »Nun, Seraphin kann dir sicher mehr erzählen, wenn er heute Abend zurückkehrt. Er schreibt, sie hatte großes Glück, denn die Kurfürstin selbst hat sie begnadigt. Jetzt ist sie auf dem Weg nach Frankreich.«

»Fort? Sie ist einfach abgereist?« Enttäuscht griff Gerwin nach dem Weinbecher.

»Gab es denn ein Einverständnis zwischen euch?«, erkundigte sich Jerg.

Mit einem resignierten Kopfschütteln hob Gerwin den Becher und leerte ihn in einem Zug. »Die Banditen?«

»Wir werden wohl nie erfahren, wer euch ans Leben wollte. In Frage kommen verschiedene Parteien. Dieser Ritter und seine Zofe sind es kaum gewesen. Übrigens hat die Zofe auch nicht deine Lautenspielerin denunziert.«

»Ich hätte darauf wetten können.«

»Nun, ganz unbeteiligt war ihre Partei nicht. Einer der Knechte aus Dörnthal hat die Französin erkannt, und dann nahm das Ganze seinen Lauf.« Jerg zuckte die Schultern. »Wie gesagt, Seraphin ist noch in Dresden, wird aber voraussichtlich heute Abend zurückkehren. Er musste sich dort einige Tage rarmachen. So oder so musst du mit Hippolyt von hier verschwinden. Sobald diese Gift mischende Zofe sich sicher wähnt, wird sie danach trachten, euch aus dem Weg zu schaffen und das zu vollenden, was bei dem Überfall nicht geglückt ist.«

»Außerdem könnte dich der Ritter bei eurem nächsten Aufeinandertreffen erkennen«, fügte Hippolyt hinzu und zog nun ebenfalls einen Brief hervor. »Hauptmann Hinrik Huntpiss, unser Freund und Bruder, gibt uns einen Lagebericht von der Situation der Protestanten in Frankreich. Um es vorwegzunehmen, es steht nicht gut. Einer der wichtigsten hugenottischen Führer ist gefallen, der Prinz von Condé.«

»Bevor du den Brief verliest, lass mich kurz die Lage erläutern«, unterbrach Jerg, der Gerwins Miene richtig deutete. »Königinmutter Katharina hat ein ganzes Rudel wölfischer Brut zur Welt gebracht: Karl, ein degenerierter Perversling, sitzt derzeit auf dem Thron, nach dem seine jüngeren Brüder gieren. Sie würden sich gegenseitig zerfleischen, hätten sie keinen Respekt vor ihrer Mutter. François d'Alençon, pockennarbig und ambitioniert, kämpfte mit seinem älteren Bruder Henri, nach seinem Herzogtum Anjou genannt, um den Titel des Connétable. Karl verweigerte Anjou diesen mächtigen Posten, musste ihm aber den Oberbefehl über das Heer überlassen. Vor wenigen Wochen erst zog Anjou mit der königlichen Armee Richtung La Rochelle, das von den Hugenotten besetzt ist, um den deutschen Truppen unter Graf Mansfeld zuvorzukommen. Vor Jarnac trafen sie auf eine Vorhut unter Prinz Condé und Admiral Coligny. Ein Zufall – doch Anjou witterte sogleich eine Chance auf Ruhm und Ehre.«

»Coligny ist einer der großen hugenottischen Kämpfer, aber er genießt das Vertrauen König Karls, eine verzwickte Geschichte. Nun, so ist das immer mit Bürgerkriegen – am Ende weiß niemand mehr, warum er gerade seinem Bruder die Brust durchsticht«, fügte Hippolyt hinzu.

Jerg machte eine ungeduldige Handbewegung. »Die Fronten sind schon klar. Katharina und ihre Kinder sind katholisch, die Guisen, welche die zweitstärkste Partei stellen, ebenfalls, und ihnen gegenüber stehen die Bourbonen mit Condé an der Spitze. Nun, durch diesen schicksalhaften Zufall also trifft die königliche Armee auf einen Vortrupp mit Condé. Die Hugenotten sind an Zahl unterlegen, und Condé wird gefangen genommen. Als Wehrloser wird er vom Grafen von Montesquiou mit einem Pistolenschuss ins Gesicht getötet. Ehrlos! So ist dieser Krieg. Scharmützel folgt auf Scharmützel, hier ein Dorf, dort eine Stadt, so geht es seit Jahren!« Der Freiherr nahm einen tiefen Zug aus seinem Becher und stellte ihn geräuschvoll auf den Tisch.

»Anjou hat sich natürlich feiern lassen für seinen Sieg, doch Coligny konnte sich mit den Truppenresten nach La Rochelle retten, wo er zusammen mit Heinrich von Navarra ausharrt. Jede eingenommene Stadt ist wichtig und stärkt die Verhandlungsposition. Deshalb muss La Rochelle gehalten werden. Unser Freund Hinrik schreibt nun:

Nach der schmählichen Niederlage bei Jarnac haben wir unsere Wunden in der Festung geleckt. Admiral Coligny hat dem jungen Heinrich von Navarra, erstem Prinzen von Geblüt, den Oberbefehl angetragen, und er hat akzeptiert. Navarra ist noch sehr jung, doch er wird von allen geschätzt. Er ist ein guter Soldat, kein Höfling, der sich raushält und dann den Ruhm der anderen beansprucht. Eines Morgens bekamen wir hohen Besuch – der Schweiger persönlich! Wilhelm von Oranien ist ein Bär von einem Kerl, und er hat einen wilden Haufen Söldner aus dem hintersten Winkel Deutschlands an die Atlantikküste geführt. Tausend Mann lagern jetzt mit ihren Marketenderinnen in Wagen vor der Stadt, eingepfercht in Schilfhütten, oder sie hausen wie Tiere in ihren Wagen. Die Stadt hatte sich zum Empfang der Hilfstruppen nicht lumpen lassen und Lebensmittel, Schnaps und Gewürzwein verteilt, aber die Söldner sind unersättlich und brüllen, dass sie nicht kämpfen, bevor sie nicht ihren vollen Lohn ausbezahlt erhalten. Wahrlich, ich habe mich geschämt, ein deutscher Soldat zu sein!

Von morgens bis abends sind die Kerle betrunken, grölen Psalmen und Choräle und feiern Orgien. Landbewohner aus der Umgebung beklagen sich über ihr mordlustiges, schändliches Treiben. Vor nichts und niemandem haben die Söldner Respekt. Wilhelm der Schweiger hat dem Prinzen Navarra und seiner Mutter, Königin Johanna, mitgeteilt, dass er jede Verantwortung für das Verhalten seiner Männer ablehne. Vorgestern hat die Königin ihren Schmuck verpfändet, und die Hugenottinnen der Stadt haben es ihr gleichgetan, doch es war nicht genug! Hunderttausend Écus wollen die Söldner haben!

Mein lieber Jerg, ich weiß, dass Du Dich zurückgezogen hast aus dem politischen Leben, doch wenn es möglich ist, so bitte ich Dich im Namen unserer Bruderschaft und im Namen des einen großen Gottes, sammel Geld für unsere Sache, auf dass wir diesem Gesindel die gierigen Mäuler stopfen können. Die Zustände hier spotten jeder Beschreibung! Die Stadt erstickt im Schmutz, und Krankheiten breiten sich aus. Es fehlt an anständigen Wundärzten. Viele gute Soldaten mussten schon sterben, weil sie Quacksalbern in die Hände fielen. Gebe Gott, unser guter Hippolyt wäre hier! Lieber Jerg, wenn Du weißt, wo unser Bruder steckt, erzähl ihm, dass gute Menschen seiner Hilfe bedürfen.«

Hippolyt sah auf, und Gerwin nickte. »Wann fahren wir?«

Jerg schlug mit der Hand auf den Tisch und lachte auf. »Großartiger Bursche! Du hast dich nicht in ihm getäuscht!«

»Morgen, Gerwin. Wir verlassen Berbisdorf mit dem ersten Sonnenstrahl.« Die Augen des Wundarztes leuchteten. So viel Tatendrang hatte Gerwin in seinem Meister noch nie verspürt.

Am späten Abend kehrte Seraphin aus Dresden zurück. Das Abendessen lag bereits zwei Stunden zurück, Gerwin und Hippolyt hatten ihre Habseligkeiten bereits gepackt und saßen mit Jerg bei einem letzten Schlaftrunk vor dem Kamin im Jagdzimmer.

Klirrend warf er einen Ledersack auf den Tisch. »Dreitausendfünfhundert Gulden!«, sagte Seraphin nicht ohne Stolz.

»Schönberg und seine Freunde waren großzügig. Dazu die achthundert von Raupitzsch, die wir schon haben, das ist ein beachtlicher Batzen.« Jerg, der sehr blass war und trotz des lodernden Feuers und seines warmen Mantels zu frieren schien, warf

Hippolyt einen sorgenvollen Blick zu. »Du wirst gut auf dich achtgeben müssen, mein Bruder, und brauchst bewaffneten Schutz.«

»Wie in alten Zeiten, nur waren wir da jung und rüstig, und ich konnte meinen Degen schwingen. Jetzt tun mir die Knochen weh, wenn ich zu lange im Sattel gesessen habe«, witzelte Hippolyt.

»Ich werde dich beschützen!«, sagte Gerwin, dem der starke Wein zu Kopf stieg.

Seraphin stand mit überkreuzten Beinen am Kaminsims und bedachte ihn mit einem nachsichtigen Lächeln. »Wirklich rührend, aber das wird kein Abenteuer, Gerwin. Ihr werdet in ständiger Gefahr vor einfachem Gesindel, das jedem für einen Taler die Kehle durchschneidet, Wegelagerern und gedungenen Mördern schweben. Die wenigen Fechtstunden, die du bisher hattest, werden dir gegen solches Gezücht kaum helfen. Verschlagenheit und Ehrlosigkeit sind deren Leitsätze.«

»Schon gut«, murrte Gerwin. »Wieso kommt überhaupt Geld von Schönberg?«

»Sein Bruder, Caspar von Schomberg, setzt sich in Frankreich für einen Frieden zwischen Hugenotten und Katholiken ein. Er baut auf die Weissagung des Michel de Nostredame, dass Prinz Heinrich von Navarra dereinst den Thron besteigen wird, auch wenn er in der Thronfolge hinter Alençon und Anjou steht. Michel de Nostredame war kein Scharlatan, und selbst Königinmutter Katharina nimmt diese Prophezeiung ernst.« Jerg fröstelte. »Caspar wird mit einem gewissen Argwohn betrachtet, weil er sich während des Türkenzugs vor drei Jahren mit Henri de Guise angefreundet hat. Doch ich baue auf ihn. Er ist weitsichtig und kann eine Aussöhnung zwischen den Fronten voranbringen. Himmel, eine Versöhnung muss doch möglich sein!« Der Freiherr zitterte, und seine Zähne schlugen aufeinander.

Fürsorglich legte Seraphin ihm ein Schaffell um die Schultern. »Ihr solltet Euch zu Bett begeben, bevor das Fieber Euch zu sehr schwächt.«

»Schlafen und ruhen kann ich, wenn ich tot bin. Gieß mir Wein ein und hol mir die Pfeife«, befahl der Freiherr ungehalten.

»Wann hattest du den letzten Anfall?«, fragte Hippolyt, während Seraphin den Wünschen seines Herrn nachkam und einen Beutel nebst einem seltsamen Gegenstand, der aus einem Röhrchen und einem runden Kopf bestand, holte und damit hantierte.

»Vor drei Monaten. Sie kommen öfter und dauern länger, aber ich werde auch nicht jünger.« Jerg verzog den Mund und beobachtete Seraphin, der trockenes, zerstoßenes Kraut in den Kopf der Pfeife stopfte. »Zerbrich dir meinetwegen nicht den Kopf, Hippolyt. Es gibt nichts, was man dagegen tun kann. Ich lebe schon lange damit, länger als die meisten.«

Mit einem glühenden Span entzündete Seraphin den Tabak und zog an dem Rohr, bis es aus dem Pfeifenkopf dampfte und ein aromatischer Geruch durch den Raum strömte. Dann reichte Seraphin die Pfeife seinem Herrn.

»Danke. Hol die Laute und spiel für uns, Seraphin. Ab morgen sind wir wieder allein.«

Die freudige Aufbruchsstimmung wich der Wehmut des Abschieds und der Ungewissheit, die jede Reise begleitet. Wer konnte sagen, was geschehen würde, wer wusste, ob sie einander wiedersahen? Noch als Gerwin in seinem Bett lag, hatte er das malerische Bild vor Augen, in dem der schöne Seraphin zu Füßen seines geliebten Herrn die Laute zupfte, während die Scheite im Kamin langsam verglühten und Hippolyt nachdenklich mit vor dem Bauch verschränkten Armen in seinem Lehnstuhl saß und in die Glut starrte. Bei aller Wehmut überwog jedoch die Hoffnung auf ein Wiedersehen mit Jeanne, denn er konnte nicht glauben, dass das Schicksal sie auf immer getrennt haben sollte.

Am nächsten Morgen verließen sie das Gut nach kurzem, herzlichem Abschied von Freiherr Jerg und Seraphin in Richtung Westen. Jerg hatte ihnen robuste Reittiere gegeben. Bis sie eine größere Reisegruppe fanden, der sie sich anschließen konnten, wurden sie von vier bis an die Zähne bewaffneten Knechten begleitet. Gerwin und Hippolyt führten jeder ein Packpferd mit sich, welches jeweils die Hälfte des für die Hugenotten bestimmten Geldes trug. Da es sich um Goldmünzen handelte, war der Umfang der Säcke nicht so immens, als wenn die Summe in Form von Silbermünzen gezahlt worden wäre.

Sie ritten zu zweit nebeneinander über ein offenes Feld. »Hätte man die Münzen nicht in Edelsteine umtauschen können? Die lassen sich besser verstecken und sind nicht so schwer«, sprach Gerwin seinen Gedanken laut aus.

Hippolyt grinste. »Du denkst gut mit, Junge. Genau das ist unser Plan. Unsere Beschützer begleiten uns bis Gera oder Erfurt, wo wir hoffentlich eine Reisegruppe finden, und bei einem jüdischen Goldschmied werden wir den Tausch vornehmen.«

»Ah!« Mehr sagte Gerwin nicht darauf. Schweigend und mit düsterer Miene ritt er weiter.

»Was ist los? Habe ich etwas Falsches gesagt?«

Es begann zu regnen, und die Männer zogen sich die Kapuzen ihrer gewachsten Umhänge über die Köpfe. Der Himmel war grau, es versprach, ein langer, kalter Ritt zu werden.

»Warum erfahre ich die wichtigen Dinge immer erst später oder überhaupt nicht? Vertraust du mir nicht? Dann sollte ich vielleicht allein meines Weges ziehen«, beschwerte sich Gerwin.

»Sei nicht albern. Wir haben das besprochen, nachdem du dich hingelegt hattest. Frag mich, was du wissen willst, Gerwin.«

»Jerg wird von einem Fieber geplagt, das er allem Anschein nach schon lange hat. Ich habe noch nie von einem über lange Zeit wiederkehrenden Fieber gehört, und du scheinst es zu kennen. Was hat es damit auf sich?«

Hippolyt wischte sich den Regen aus den Augen. Die Pferdehufe sanken mehr und mehr in den sandigen Untergrund ein, denn der Weg war nur teilweise befestigt. »Nachdem wir 1534 das Kloster verlassen hatten, trennten sich unsere Wege. Jeder von uns musste mit sich und dem, was geschehen war, ins Reine kommen. Und ich weiß genau, welche Frage dir auf den Lippen brennt, aber dazu komme ich ein anderes Mal.«

Gerwin nickte und drängte sein Pferd dichter an das Hippolyts, damit er ihn besser verstehen konnte.

»Ich hatte mich schon im Kloster für den Beruf des Heilers entschieden und schloss mich einem kauzigen Wanderchirurgen an. Großartig in seinem Fach, aber furchtbar cholerisch. Der alte Kauz war mit dem berühmten Paracelsus bekannt und hat mich die orale Therapie mit anorganischen Substanzen gelehrt. Doch diese wird sofort mit der Alchemie in Verbindung gebracht, weshalb wir es vermeiden, sie öffentlich zu praktizieren.

Nun, du wolltest wissen, wo Jerg sich das Fieber zugezogen hat. Es muss Anfang der vierziger Jahre gewesen sein, die Türken bedrängten die Grenzen des Habsburger Reiches. Wir Brüder haben über die Jahre immer losen Kontakt gehalten, und wenn einer in ernsthaften Schwierigkeiten steckte, konnte er sich auf die anderen verlassen. Walter war damals auf dem Weg in die Neue Welt. Was er an der Seefahrt findet, ist mir noch heute schleierhaft. Ich hasse Schiffe. Hinrik und Jerg kämpften gemeinsam im kaiserlichen Heer an der ungarischen Grenze und gerieten in türkische Gefangenschaft. Als ich davon hörte, bin ich ihnen gefolgt, was sich sehr viel einfacher anhört, als es war.

Ich war zu der Zeit Feldscher und gebe zu, dass mir viel zu viele arme Seelen unter dem Messer gestorben sind. Das Schlachtfeld ist ein grauenvoller Ort, Gerwin, und wahrscheinlich wirst du bald Gelegenheit haben, dich dort zu bewähren. Von Ungarn zog ich durch Rumelien. Dort wurde ich mit Mehmed Pascha Sokollu, dem späteren Beylerbey, bekannt. Was er für ein Geschwür unter der Achsel gehalten hatte, war der verkapselte Rest einer Pistolenkugel. Der Einschuss war in Hüfthöhe erfolgt, doch ich habe schon oft erlebt, dass Splitter oder abgebrochene Klingen im menschlichen Körper wandern. Nun, Mehmed Pascha war mir nach erfolgreicher Behandlung sehr dankbar, und wir wurden Freunde. Diese Begegnung war für mich in vielerlei Hinsicht von großer Bedeutung. Als wir uns kennenlernten, war Mehmed Pascha bereits auf dem besten Wege, erster Wesir des damaligen Sultans des Osmanischen Reiches, Suleiman, zu werden. Ein gelehrter und höchst intelligenter Mann, dieser Mehmed Pascha. Noch unter Suleiman hat er es zum Großwesir gebracht und diese Position auch unter dessen Sohn Selim behaupten können. Ach, was für ein Elend ist dieser Nachfolger des großen Suleiman! Selim ist ein nichtsnutziger Wüstling, ein Säufer, aber ich schweife ab.

Mehmed Pascha empfahl mich einer Truppe seiner Janitscharen, mit denen ich nach Adrianopel reiste. Im Gefolge eines dortigen Kaufmanns gelangte ich nach Konstantinopel, wo ich Jerg und Hinrik unter den Gefangenen wusste, die man dorthin verschleppt hatte. Die Fronten zwischen Suleiman und Kaiser Karl waren verhärtet, und die Gefangenen dienten als Unterpfand für Verträge. Sie waren für den Sultan wertvoll, dennoch behandelte er sie menschenverachtend, aber welcher Kriegsherr tut das nicht?«

Gerwin versuchte, sich die Welt des osmanischen Herrschers vorzustellen, die er nur aus Erzählungen kannte. »Am Hof in Dresden trugen einige Tänzerinnen türkische Kostüme, und ich habe die prachtvollen Trachten für einen türkischen Aufzug gesehen. Sie haben krumme Säbel und riesige Kopfbedeckungen.«

»Das ist wahr, aber ihre schönen Frauen verstecken sie vor den Augen anderer Männer, vor allem vor den Fremden. Doch ihre Religion ist ein anderes Thema. Ein Empfehlungsschreiben Mehmed Paschas ermöglichte mir den Zugang zum Hof des Sultans. Allein über den Topkapi-Palast könnte ich dir zahllose Geschichten erzählen! Stell dir vor, der Sultan nimmt nicht an allen Versammlungen seines Rates teil, belauscht aber die Wesire durch ein kleines, vergittertes Fenster in der Rückwand des Tagungsraums. Zwei Großwesire hat er hinrichten lassen. Potentielle Feinde werden sofort ausgelöscht, auch wenn es sich um minderjährige Söhne oder sonstige männliche Verwandte handelt. Das hängt unter anderem mit den vielen Frauen zusammen, die zum Harem gehören und durch ihre Söhne Macht ausüben wollen. Doch das führt nun zu weit.

Als ich Jerg und Hinrik das erste Mal in ihrem Verlies besuchte, blieb mir das Herz stehen, so abgemagert und bar jeder Hoffnung wirkten die Gefangenen. Es waren nicht allein die Entbehrungen, der Mangel an Nahrung oder Wasser oder der Schmutz, in dem die Schergen des Sultans sie vegetieren ließen. Wie ich erfuhr, hatten die Osmanen große Freude daran, ihre Gefangenen zu demütigen und sie derart zu foltern und zu quälen, dass ihnen der Tod als Verheißung erschien. Gerwin, die Abgründe der menschlichen Seele sind so tief, dass ich sie nicht ausloten möchte. Hinrik hat eine kräftigere Konstitution als Jerg und erholte sich schneller. Bei Jerg dauerte es Monate, bis er mir das erste Mal wieder in die Augen sehen konnte, so hatten sie ihn gebrochen. Das Fieber ist eine typische Erkrankung der Region. Den ersten Anfall hatte er bereits im Gefängnis. Es folgten rasch aufeinander heftige Anfälle, bis eine längere Pause eintrat. Seitdem kamen die Anfälle in unregelmäßigen Abständen. Selten öfter als einmal im Jahr. Und jetzt häufen sie sich.«

»Seraphin kümmert sich gut um ihn«, suchte Gerwin seinen besorgten Freund zu beruhigen.

»Ich wäre nicht aufgebrochen, hätte Jerg nicht einen treuen Gefährten wie Seraphin. *Amicus certus in re incerta cernitur.*[1]«

Hippolyt verfiel in Schweigen, und Gerwin hatte vieles, worüber er nachdenken musste. Die Pferde trotteten mit hängenden Köpfen durch den Nieselregen und die grünbraune Landschaft,

1 Ein sicherer Freund lässt sich in unsicheren Umständen erkennen.

deren ärmliche Gehöfte deutlich vor Augen führten, dass der Glanz der Residenzstadt nicht bis in jeden Winkel des Kurfürstentums reichte.

Trotz der sich überschlagenden Ereignisse und Neuigkeiten gab es ein Gesicht, das sich immer wieder in Gerwins Gedanken schlich. Es ist noch nicht aller Tage Abend, dachte er und schwor sich, dass Jeanne bei ihrer nächsten Begegnung nur für ihn spielen würde. *Dum spiro, spero*[1], würde Hippolyt vielleicht sagen, und ein Lächeln huschte über Gerwins Gesicht.

15

Die Pferdehufe klapperten auf dem Pflaster der breiten Straße, die sie vom Großen Garten in die Innenstadt führte. Sie kamen an der Sophienkirche vorüber und am Packhaus, als Jeanne plötzlich aus ihrer düsteren Stimmung aufschreckte und zum Wagenfenster hinausschaute. »Können wir noch einmal anhalten, bitte?«

»Wozu? Je schneller wir aus der Stadt sind, desto mehr Strecke schaffen wir heute auf der Landstraße.« Cosmè machte aus seiner Ungeduld keinen Hehl.

»Ich glaube, ich habe meinen Umhang im Wirtshaus vergessen.«

Ihr Vater warf ihr einen fragenden Blick zu, denn er wusste, dass sie nur noch den einen zerschlissenen Umhang besaß. Unwillkürlich hatte Jeanne an Gerwin denken müssen, der sie im Wirtshaus besuchen wollte. Möglicherweise hatte er ja eine Nachricht für sie hinterlegt.

»Ich kaufe Euch einen neuen. Eure Garderobe muss ohnehin ersetzt werden. In den abgetragenen Lumpen könnt Ihr nicht als

1 Solange ich atme, hoffe ich.

meine Gattin repräsentieren, geschweige denn bei Hof auftreten.« Der Kaufmann musterte abschätzig ihr Kleid, dessen Säume ausgefranst waren.

Der braunrote Stoff war stellenweise verfärbt, und die Stickereien der Bordüre mussten dringend ausgebessert werden. Doch Jeanne liebte dieses Reisekleid, denn ihre Mutter hatte die Stickereien angefertigt, und sie würde sich unter keinen Umständen davon trennen. »Es tut mir leid, wenn ich für Euren Geschmack nicht ansprechend genug aussehe.«

»Seid nicht albern. Ich spreche nur von Eurem Kleid. Bevor wir die Saale überqueren, machen wir Halt und kaufen ein Hochzeitsgewand für Euch, doch jetzt müssen wir die Stadt verlassen. Diese Lutheraner hier meinen, sie wären weniger streng als wir Hugenotten, und verteufeln Calvin als übereifrigen, alle Fröhlichkeit verneinenden Prediger und Hexenverfolger. Dabei sind sie selbst nicht besser«, sagte Cosmè ernst.

»Ich hätte das alles nie für möglich gehalten …« Endres wirkte niedergeschlagen, und Jeanne wusste, dass er an Afra und ihre Familie dachte.

Doch der Kaufmann deutete die Bemerkung anders: »Doch, doch, nicht anders als Calvin beziehen sich die Lutheraner auf eine Aussage im Alten Testament. Im Exodus heißt es, dass Zauberinnen nicht am Leben gelassen werden sollen. Ich habe eine Predigt gehört, in der sie aus Schriften von Luther zitiert haben, der davon überzeugt war, dass Hexen Kinder und Milch verzaubern, Leuten Krankheiten anhexen, Beschwörungen anstellen, um Hass, Unwetter, Verwüstungen auf dem Acker und im Haus herbeizuführen, und dergleichen mehr. Und natürlich hätten Hexen Umgang mit Satan und seien deshalb zu töten.«

»Das habt Ihr in einer Predigt hier in Dresden gehört?« Jeanne war erstaunt, dass Cosmè sich die Mühe machte, überhaupt eine lutherische Kirche zu besuchen.

»Nicht in Dresden, in einer Dorfkirche im Umland von Göttingen. In der Gegend war es zu einigen Hexenprozessen gekommen, und die Leute waren ganz wild darauf, über Teufelsbuhlschaften und Hexenproben zu sprechen. Mich hat derlei Geschwätz von jeher abgestoßen, weil es von Dummheit und Gehässigkeit zeugt.«

»Ich bin froh, dass Ihr das so seht. Engstirnigkeit und zu große Frömmigkeit haben noch nie zu etwas Gutem geführt«, sagte Jeanne und streifte ihren zukünftigen Ehemann mit einem Lächeln, das jedoch erstarb, als sie seine Erwiderung hörte.

»Ich habe nicht gesagt, dass ich Frömmigkeit verurteile. Tugendhaftigkeit und Anstand sind gerade für eine Frau die allerwichtigsten Voraussetzungen, um ein gottesfürchtiges Leben zu führen. In einigen Punkten stimme ich durchaus mit Calvin überein, so halte ich Arbeit für den von Gott vorgegebenen Selbstzweck des Lebens, langen Schlaf demgemäß für Zeitverschwendung und dies wiederum für eine Sünde. Auch Prasserei ist eine Sünde, deren ich mich nicht schuldig machen will, und so werdet Ihr meinen Haushalt angemessen ausgestattet, aber durchaus nicht luxuriös finden.« Jetzt war es an Cosmè zu lächeln, denn Jeanne und auch ihr Vater schienen befremdet. »Aber als guten Hugenotten, die Ihr seid, sage ich Euch nichts, was Ihr nicht schon kennt.«

Unter ihrem Umhang drückte Endres die Hand seiner Tochter. »Das sind doch alles Selbstverständlichkeiten, über die wir keine großen Worte machen müssen.«

»Musik ist etwas Gottgefälliges«, sagte Jeanne und sah ihm fest in die Augen.

Cosmè hob eine Braue. »Der Aufenthalt unter Lutheranern hat Euch anscheinend mehr geprägt, als gut ist. Ich rufe Euch gern die Doktrinen unseres großen seligen Calvin ins Gedächtnis, der beschied, dass Musik einzig dem Gebet dient. Tanz ist gotteslästerlich.«

Jeanne starrte ihn entsetzt an.

»Doch Eure Bemerkung erübrigt sich, denn ich hätte wohl kaum um die Hand einer begabten Lautenistin angehalten, wenn ich Musik nicht sehr schätzen würde, nicht wahr?« Cosmès Lächeln war zuckersüß, doch es erreichte seine Augen nicht.

Die glatte Oberfläche war nur Fassade und seine Freundlichkeit berechnend. Das war Jeanne mittlerweile klar. Sie schluckte eine weitere Bemerkung hinunter und beschloss, dem zukünftigen Gatten mit mehr Vorsicht zu begegnen. Sie fügte sich in diese Ehe aufgrund der Denunzierung, und weil die Kurfürstin es angeordnet hatte. In allererster Linie wollte sie ihrem Vater eine gehorsame Tochter sein, und diese Heirat stellte Endres' und ihre wirtschaftliche Versorgung sicher. Der Wagen ruckelte über die unregelmäßigen Pflastersteine, als könnte jeden Moment die Achse brechen.

»Erzählt mir von Eurer Familie, Cosmè. Was machen Eure Söhne?«, fragte sie daher höflich. Sie wusste bislang nur, dass der Witwer zwei Söhne hatte, von denen einer verheiratet war.

»Baptiste ist in Eurem Alter und lernt das Gewerbe in meinem Kontor, während Arnauld auf meinen Besitzungen in der Champagne lebt und dort die Geschäfte leitet. Er ist mit der Tochter eines Grafen verheiratet. Charles de Bahuet ist ein entfernter Cousin von Quélus«, konstatierte Cosmè stolz.

»Ah«, meinte Jeanne, die nicht wusste, wie sie die Namen einordnen sollte.

Ihr Vater jedoch kniff die Augen zusammen, wie er es immer tat, wenn er sich konzentrierte und leicht verärgert war. »Quélus ist doch Katholik, oder nicht? Und ist er nicht einer jener berüchtigten Günstlinge von des Königs Bruder Henri, Herzog von Anjou?«

»Oh, einer von den *mignons*?« Jeanne kicherte, denn sie erinnerte sich an die wilden Geschichten, die man sich über das Treiben von Katharina de Medicis Söhnen, allen voran Anjou, erzählte. Anjou war eine stattliche Erscheinung mit einem Hang zum eigenen Geschlecht, weshalb er sich stets mit einem Kreis ausgewählter junger Männer umgab, denen ähnliche Neigungen nachgesagt wurden.

»Wart Ihr schon bei Hofe, verehrte Jeanne?«, fragte Cosmè verärgert.

Sie schüttelte den Kopf. »Wir hatten noch nicht die Ehre.«

»Ich nehme an, es ist schon eine Weile her, dass Euer Vater in Paris war?«

»In der Tat, es müssen fünf oder mehr Jahre vergangen sein, seit ich in der Hauptstadt war.« Endres streckte einen Arm vor, um die Theorbe, die neben Cosmè auf der Bank stand, vor einem Sturz zu bewahren, denn die Wagenräder waren eben durch eines der zahlreichen Schlaglöcher gerollt. »Verzeiht.«

Jeannes Laute stand neben ihr auf der Bank, und bei jedem Ruckeln legte sie den Arm auf das filigrane Instrument.

»Dann lasst Euch die derzeitige Situation darlegen. Was auch immer die Königinmutter über Toleranz und Religionsfrieden sagt, die Wirklichkeit spricht eine andere, eine blutige Sprache, und die Katholiken sind an der Macht. König Karl ist Katholik, auch wenn er auf eine schwärmerische Art dem Admiral Coligny zugetan ist. ›Mein Vater‹ nennt er ihn und lässt sich gern vom Admiral zureden, die Zügel gegen Spanien fester in die Hand zu nehmen. Doch das wird die Königinmutter niemals zulassen, und auch die Guisen, die heimlich mit König Philipp konspirieren, werden es nicht dazu kommen lassen. Unter diesen Vorzeichen ist es löblich, seinem Glauben treu zu sein, doch genauso wichtig ist es, sich nach allen Seiten abzusichern, Kontakte zu knüpfen und die Gunst der regierenden Partei zu genießen.« Der Kaufmann strich sich über den sorgfältig gestutzten Bart. »Und weil ich um das Wohl meiner Familie besorgt bin, habe ich zugestimmt, als mein Sohn um die Hand von de Bahuets Tochter werben wollte. Sie ist Katholikin, und diese Ehe steht für das gleichberechtigte Nebeneinander der Religionen. Und …«, er machte eine bedeutungsvolle Pause, »ich habe dadurch Zutritt bei Hofe, was sich als sehr fruchtbar für meine Geschäfte erweist. Quélus und seine Freunde sind stets begierig, die neueste Mode, die schönsten Schmuckstücke oder Exotisches aus der Fremde zu erwerben. Der Herzog von Anjou ist ein großzügiger Gönner.«

»So ist das«, murmelte Jeanne und versuchte, sich ein Leben in Paris vorzustellen. »Denkt Ihr, es wäre möglich, dass ich bei Hofe spiele und dass Vater Aufträge erhält?«

»Die Königinmutter und ihr Lieblingssohn, der Herzog von Anjou, sind begeisterte Förderer der Künste. Vor allem Katharina liebt das Ballett, und es werden immer Instrumente für das Orchester benötigt.« Nachdenklich betrachtete der Kaufmann seine zukünftige Gemahlin. »Ihr habt Euch sehr gut gemacht am kurfürstlichen Hof, doch gegen den Louvre ist das Dresdner Schloss provinziell und die Hofgesellschaft harmlos.« Er unterbrach sich. »Nun, angesichts dessen, was Ihr erlebt hat, ist das vielleicht übertrieben – doch lasst Euch so viel gesagt sein: Es ist ungesund, nächtens durch den Louvre zu spazieren. Solch ein Spaziergang kann tödlich enden. Bei Tagesanbruch werden die blutigen Leichen aus den Gängen fortgeschafft, ohne dass viel Aufhebens darum gemacht wird.«

Erschrocken hielt sich Jeanne die Hand vor den Mund.

»Übertreibt Ihr da nicht ein wenig?«, meinte Endres.

»Keinesfalls. Ihr werdet es selbst erleben und an meine Worte denken.« Selbstgefällig lehnte Cosmè sich gegen die Rückwand. »Und jetzt wünsche ich zu ruhen. Weckt mich, wenn wir die erste Rast machen.« Der Kaufmann schloss die Augen und begann bald darauf leise zu schnarchen.

»Vater, glaubst du, was er über den Louvre sagt?«, flüsterte Jeanne.

»Mach dir keine Sorgen, *mignonne*. Du hast ganz gewiss nichts zu fürchten. Er ist umsichtig und hat die Heirat seines Sohnes klug eingefädelt. In Zeiten wie diesen ist es von Vorteil, sich mit beiden Parteien gutzustellen. Und jetzt wollen wir auch für ein Weilchen die Augen schließen. Du hast genug durchlitten.« Liebevoll strich er ihr über die Wange und gab ihr seinen Umhang, damit sie den Kopf darauf betten konnte.

Nicht weniger als du, dachte Jeanne, der es vorkam, als sei ihr Vater während der vier Tage, die sie im Gefängnis verbracht hatte, um Jahre gealtert. Die Linien um Mund und Nase schnitten tiefer in die Haut, die Augen blickten ernst und sorgenvoll. Um ihm einen Gefallen zu tun, versuchte sie zu schlafen, doch zu vieles war geschehen in den letzten Tagen und Wochen. Während sie entlang des Erzgebirges Richtung Westen fuhren und dabei durch Dörfer kamen, die sie an Helwigsdorff erinnerten, dachte sie an das Froehnerhaus.

Ob Thomas noch lebte? Sie schluckte. In stillschweigendem Einvernehmen hatten Endres und sie nie wieder über ihn gesprochen. Jeanne wusste, dass ihrem Vater die dramatische Wendung der Ereignisse sehr nahe ging, weil er sich einen Großteil der Schuld daran zuschrieb.

Der Himmel war bedeckt, erste Regentropfen trafen sie durch das offene Wagenfenster. Auf dem Kutschbock saß ein wettererprobter Mann mit stoischer Miene, gefolgt wurde der Wagen von zwei bewaffneten Knechten, die Cosmè in Dresden angeheuert hatte. Die Rückkehr in ihre Heimat hatte sie sich anders vorgestellt, und obwohl sie diesmal komfortabel reisten und kaum Entbehrungen zu fürchten hatten, war ihre Freude getrübt. Die bevorstehende Heirat hing wie ein Damoklesschwert über ihr. Und jetzt, da es zu spät war, bereute sie, dass sie Gerwin gegenüber so abweisend gewesen war. Zumindest anhören hätte sie ihn können. Sie dachte an den kurzen intimen Moment im Gang des Dresdner Schlosses und seufzte. Unter gesenkten Wimpern musterte sie Cosmè, doch er atmete den gleichmäßigen Rhythmus des Schlafenden.

Die erste Nacht verbrachten sie in einem kleinen, verhältnismäßig sauberen Wirtshaus in Meerane, bevor es am nächsten

Morgen in aller Frühe weiterging. Gegen Mittag rasteten sie in einem Marktflecken, der an einem Nebenarm der Saale gelegen war. Als sie wieder den Namen des Flusses hörte, nach dessen Überquerung sie getraut werden sollte, wurde Jeanne schweigsam. Auch der Kauf mehrerer Kleider, darunter ein Reise- und das Brautkleid sowie ein pelzverbrämter Mantel, konnte ihre Stimmung nicht heben. Ihrem Vater gegenüber zeigte Cosmè sich ebenfalls großzügig und schenkte Endres neue Hosen, lederne Stiefel und ein besticktes Wams.

Als sie das Geschäft des Schneiders verließen, herrschte auf dem Marktplatz buntes Treiben.

»Geht schon ins Wirtshaus, ich will mir noch kurz die Spitzen dort hinten ansehen«, sagte Cosmè und verschwand in der Menge.

Endres nahm den Arm seiner Tochter und geleitete sie an frischen Dunghaufen vorbei. Ein Fischverkäufer schrie sich die Lunge aus dem Leib, um seine Flussfische anzupreisen.

Endres lächelte Jeanne zaghaft an. »Du wirst es gut haben mit ihm und keine Not leiden. Nie wieder Krautsuppe!«

Sie lächelte tapfer: »Ich freue mich auf Paris, Vater. Dort fangen wir neu an. Du richtest dir eine Werkstatt ein und bekommst ganz sicher viele Aufträge. Und wer weiß, vielleicht spiele ich schon bald für die Königinmutter.« Sie hatte den Kerker überlebt, da würde sie vor dem Louvre keine Angst haben.

Am nächsten Tag erreichten sie Eichicht, eine kleine Siedlung direkt an der Saale. Das dortige Gasthaus war kaum mehr als ein schmutziger großer Raum mit einer riesigen Feuerstelle in der Mitte, um die sich die Gäste auf ihren Strohsäcken niederließen. Jeanne vermeinte, die Wanzen aus ihren Ritzen kriechen zu sehen, nachdem die Leute eingeschlafen und vom Feuer nur noch glühende Scheite übrig waren. Sie verbrachte die Nacht damit, nach dem Ungeziefer zu schlagen oder sich zu kratzen.

Am nächsten Morgen konnte sie sich notdürftig an der Pferdetränke säubern und war froh, als sie wieder im Wagen saßen. Die Reise führte sie nach dem Überqueren der Saale an einer Furt durch den Thüringer Wald. Einige kleine Dörfer schienen belebt und recht wohlhabend. Cosmè erklärte: »Die Bewohner hier fertigen Glaswaren an, die zum Teil mit den böhmischen Erzeugnissen konkurrieren können.«

Glas war kostbar, und auch wenn man immer öfter verglaste Fenster sah, so waren Gläser im Haushalt ein Luxus, den sich nur Wohlhabende leisteten.

»Fahrt Ihr auch nach Böhmen, um Waren einzukaufen?«, fragte Endres.

»Nach Böhmen und Ungarn, allerdings war das durch den anhaltenden Krieg mit den Osmanen in letzter Zeit schwierig. In den Krisengebieten um Vasvár über die Donau hinweg bis Eger flammen immer wieder Kämpfe auf, und es ist riskant, dort Waren zu transportieren. Ob sie ihren Bestimmungsort erreichen, kann man nie genau sagen.«

»Ist das Risiko nicht ein Reiz Eures Berufsstands?«, warf Endres ein.

»Für Zunftgenossen, die gern spekulieren, sicher, aber nicht für mich. Vielleicht mache ich dadurch weniger Gewinn, doch ich kann mir dessen, was ich erwirtschafte, sicher sein. Denkt nur an die große Bankiersfamilie der Fugger in Augsburg. Über Generationen waren sie mächtig und einflussreich und haben den Großen in ganz Europa Kredite gewährt.« Cosmè beugte sich vor und unterstrich seine Worte vehement mit den Händen. Anscheinend hatte Endres einen Nerv getroffen. »Allein mit dem Silberhandel haben sie in wenigen Jahren vierhunderttausend Gulden Gewinn erzielt. Nicht nur dem Kaiser haben sie Kredite gewährt, auch den Königen von Ungarn, Schweden, Frankreich, den Kurfürsten und den Päpsten. Ha, doch wie dankten die großen Herren den Bankiers ihre Dienste? Indem sie die Kredite spät oder gar nicht tilgten. Die Habsburger unter Karl V. waren die Übelsten, zahlten ihren Schuldenberg nie zurück. Philipp, unser verhasster Spanier, ist keinen Deut besser als sein Vater und erklärte sein Land vor zwölf Jahren für bankrott. Der König von Spanien meldet Staatsbankrott, und erledigt hat es sich mit den Schulden! Und wo stehen die Fugger heute? Kaum besser da als zu Beginn ihrer Karriere, die sie als kleine Kaufleute begannen. Jetzt sind sie selbst auf Kredite angewiesen! Nein danke, ich lehne allzu viel Risiko ab.«

»Brav gesprochen, und ich weiß meine Tochter unter dem Schutz eines besonnenen Mannes«, meinte Endres wohlwollend.

Cosmè nickte. »Es wird Euch sicher freuen zu hören, dass wir bald Gehren, nicht weit von Ilmenau, erreichen werden. Hier haben sich einige Anhänger der Lehre Calvins angesiedelt.«

»Ich dachte, die Kurpfalz wäre das Zentrum der deutschen Anhänger Calvins?«, bemerkte Endres, der sich an das Bekenntnis der Kurpfalz zum Heidelberger Katechismus vor sechs Jahren erinnerte.

»Kurfürst Friedrich III. ist unser wichtigster Verbündeter in deutschen Landen und eine große Hilfe in unserem Krieg auf französischem Boden, das ist zweifelsohne richtig. Doch es gibt immer wieder Enklaven mit Glaubensbrüdern, die sich aufgrund toleranter Landesfürsten behaupten können. Wie lange noch, vermag niemand zu sagen.« Er schenkte Jeanne ein warmes Lächeln. »Heute Nacht werden wir unsere Häupter unter dem Dach von guten, gottesfürchtigen Menschen auf sauberes Leinen betten können.«

Jeanne zuckte zusammen, denn sie ahnte, was kommen würde.

»Die Familie von Matthias Marschede ist mir aus Paris bekannt, wo Marschedes seliger Vater vielerlei Geschäfte betrieben hat. Wenn Ihr befürchtet habt, werte Jeanne, dass ich Euch heimlich in einer schäbigen Pfarrei ehelichen würde und Ihr die Hochzeitsnacht in einem verlausten Wirtshaus verbringen müsstet, kann ich Euch beruhigen. Monsieur Marschede wird uns herzlich aufnehmen. Ich habe uns bereits vor Tagen angemeldet.«

»Wozu diese Umstände? Wollt Ihr denn Eure Familie nicht

dabeihaben? Warum heiraten wir nicht in Paris?«, brach die Frage aus Jeanne heraus, die ihr schon seit Tagen auf der Seele lag.

»Jeanne!«, kam es vorwurfsvoll von ihrem Vater.

»Lasst nur, ich kann sie verstehen.« Cosmè beugte sich vor, nahm Jeannes Hand und sah ihr tief in die Augen. »Ich bin seit einem Jahr Witwer, und es war meine Absicht, mich neu zu vermählen. Nun hat das Schicksal uns unter diesen außergewöhnlichen Umständen zusammengeführt. Umständen, denen ich dankbar bin, obwohl es Euch vorkommen muss, als wäret Ihr ein Spielball der Wogen. Doch es ist Gottes Fügung, dass es in meiner Macht lag, Euch aus dem Kerker zu befreien, um Euch und Eurem Vater ein neues Leben in der Heimat zu ermöglichen.«

Sie widerstand dem Drang, ihm die Hand zu entziehen. Er versteckte seine Begierde hinter Gottesfurcht, doch die Augen konnten seine wahren Absichten nicht verbergen. Jeanne kannte diesen Ausdruck von Franz. »Hat Vater Euch von der Familie meiner Mutter erzählt?«, warf sie ihren letzten Trumpf in die Waagschale.

Endlich gab Cosmè ihre Hand frei. Seine Miene spiegelte Überlegenheit. »Natürlich. Es gibt keine Geheimnisse zwischen uns. Die sollte es ohnehin nicht geben zwischen Eheleuten.« Das klang wie eine Drohung.

»Mütterlicherseits bin ich eine de Bergier, und mein Onkel ist mitschuldig an der Ermordung von François de Guise.«

Der Wagen fuhr eine Steigung hinauf und zwang die Insassen, sich festzuhalten. Jeanne fiel nach vorn und fing sich auf Cosmès Oberschenkeln ab. Sie fuhr zurück, als hätte sie sich verbrannt, doch der Kaufmann lachte. »Ihr seid direkt, Jeanne. Aber sorgt Euch nicht. Sobald wir verheiratet sind, tragt Ihr meinen Namen, und auch Euer Vater kann sich meiner Familie anschließen. Niemand wird Euch dann noch mit den Bergiers in Verbindung bringen. Es wird Juni sein, wenn wir in Paris eintreffen. Dann seid Ihr fast ein Jahr fort gewesen. In der Hauptstadt kennt Euch keine Menschenseele. Nein, Jeanne, kein Grund zur Sorge.«

Weit nach Anbruch der Dunkelheit erreichten sie das Haus von Matthias Marschede. Es lag am Dorfrand und war von einer mannshohen Mauer umgeben. In der Dunkelheit nahm Jeanne nicht viel mehr wahr, als dass der Wagen durch ein hohes Tor in einen Innenhof fuhr. Der Familie Marschede war die Frömmigkeit an den strengen Gesichtern und den schwarzen Kleidern abzulesen. Vor dem Essen wurde gebetet und während des Essens nicht gesprochen. Jeanne war erschöpft, denn das Reisegefährt hatte jeden Knochen ihres Körpers durchgerüttelt. Mit dem Wissen, dass für den kommenden Morgen ein Prediger aus Ilmenau bestellt war, schlief sie ein und träumte von einem Schwarm Krähen, die über den schwelenden Trümmern ihres Elternhauses kreisten.

Am nächsten Tag wurde die Hochzeitszeremonie vom Krächzen einiger Rabenvögel gestört, die sich von den Knechten der Marschedes nicht verscheuchen ließen und von den Dienstboten als böses Omen gedeutet wurden. Trotz ihrer ernsthaften Frömmigkeit waren die Marschedes gastfreundlich und freigiebig bei der Ausrichtung des Hochzeitsmahls in den unteren Räumen des Hauses. Drei Musikanten spielten mit Cistern und Flöten auf, und für die Dorfbewohner wurden lange Tische mit einfachen Gerichten im Hof aufgestellt. Jeanne, die am Morgen von zwei Mägden gebadet und angekleidet worden war, nahm den ganzen Tag in einem Zustand seltsamer Distanziertheit wahr, aus der sie erst am späten Abend erwachte.

Der Hausherr hatte das schönste Gästezimmer für das Brautpaar herrichten lassen, und die Mägde hatten das von einem Baldachin gekrönte Bett mit den ersten gelben Frühlingsblumen geschmückt. Als die Feierlichkeiten sich dem Ende zuneigten, nahm Endres seine Tochter zur Seite und küsste sie auf Wangen und Stirn. »Gott segne dich und deinen Mann, *mignonne*. Darf ich dich noch so nennen?« Tränen rollten ihm über die Wangen.

Auch Jeanne konnte ihre Tränen nicht länger zurückhalten und umarmte ihren Vater. »Niemals anders, Vater!« Sie schluchzte, spürte jedoch die versteckten Blicke der Gäste und fand die Beherrschung wieder. Sie straffte den Rücken und stieg, ohne einen Blick zurückzuwerfen, die Treppen hinauf. Auf einem Tisch brannte eine Kerze. Das Hochzeitsgeschenk ihres Mannes war eine Nürnberger Taschenuhr, die sie samt Gürtelbeutel abnahm und auf den Tisch legte. Sorgsam ordnete sie Schmuck, Haarkämme und Bänder daneben an und streifte ihre Schuhe ab, als die Tür aufging und Cosmè hereinkam.

Er hatte dem Wein nur mäßig zugesprochen und ging zur Waschschüssel, um sich kaltes Wasser ins Gesicht zu spritzen. Nachdem er sich abgetrocknet hatte, fiel sein Blick auf den Tisch. »Gefällt Euch die Uhr?«

»Sie ist wundervoll, danke. Ich werde mich morgen während der Fahrt näher damit beschäftigen.« Sie nestelte an den Schnüren ihres Mieders.

»Lasst mich helfen.« Er trat hinter sie und öffnete geschickt die Verschnürungen, betrachtete sie und nahm eine Strähne ihres langen Haares in die Hand. »Ihr seid sehr schön, Jeanne.«

Sie schwieg.

»Bitte, entkleidet Euch.«

Fröstelnd stand sie schließlich im Hemd vor ihm. »Löscht bitte das Licht«, sagte sie leise, stieg sie ins Bett und wartete.

Cosmè entledigte sich seines Überrocks und der gepolsterten Überhose, zog Schuhe und Strümpfe aus und blies die Kerze aus, bevor er sich das Hemd über den Kopf streifte. Dann glitt er neben sie unter die Decke und schob die Hände unter ihr Hemd. Sie hielt den Atem an und spannte jeden Muskel ihres Körpers an.

»Es wird nur beim ersten Mal unangenehm sein. Je mehr Ihr Euch dagegen wehrt, desto größer ist der Schmerz. Wir sündigen nicht, wenn wir uns als Mann und Frau vereinigen. Es ist Gottes Wille, dass wir dem Fleisch nachgeben.« Sein Atem wurde schneller, und sie spürte, wie er sich an ihr rieb.

Sie fühlte seinen stacheligen Bart an ihrer Wange und drehte den Kopf zur Seite. Er roch nach Resten des Mahles, sein Atem war leicht säuerlich. Endlich kehrte die Distanziertheit zurück, die sie während des gesamten Tages verspürt hatte, und sie fühlte sich als Betrachterin der Szene, was es ihr ermöglichte, ihre Muskeln zu lösen. Als er auf ihr lag und seine Finger sie zwischen den Schenkeln betasteten, zuckte sie kurz zusammen.

»Nicht bewegen. Bleibt möglichst ruhig liegen.« Kaum hatte er das gesagt, nahm er seine kühlen Finger fort, und sie hatte schon gehofft, dass es damit geschehen sei, doch jetzt folgte der schmerzhafte Teil, bei welchem er sein gesamtes Gewicht auf sie presste und sich so lange in ihr bewegte, bis er mit lautem Stöhnen auf sie niedersank. Jeanne wartete, doch er bewegte sich nicht mehr, und schließlich bedeutete ihr sein Schnarchen, dass er eingeschlafen war.

Wütend schubste sie ihn zur Seite, wo er sich umdrehte und befriedigt weiterschlief. Jeanne stand auf und ging zur Waschschüssel, um sich zu reinigen. Der Mond war voll und warf sein silbriges Licht durch das verglaste Fenster. Sie lehnte sich an den Tisch und sah zum Bett hinüber. Auf dem hellen Laken entdeckte sie einen kleinen Fleck. Sie wusste, was das bedeutete. Obwohl sie es sich nicht ersehnte, bestand die Möglichkeit, dass sie bald guter Hoffnung war. Neben dem Stuhl mit ihren Kleidern lehnte ihre Laute an der Wand. Sie hob das Instrument auf und berührte die Saiten. Kaum hörbar schwangen sich die Töne, zart wie Gänseflaum, hinauf in die Nacht, um nach einem Moment des Verweilens wieder hinabzusinken. Der Lautenkorpus schmiegte sich vertraut an ihren Körper. Was auch immer das Schicksal für sie bereithielt, die Musik konnte ihr niemand nehmen.

16

Mit erschöpften Pferden erreichten die Männer am vierten Tag ihrer Reise Erfurt. Bei Tag waren die Straßen belebt. Besonders auf der Via Regia, der Hauptroute von Osten nach Westen, waren zahlreiche Fuhrwerke und Lasttiere unterwegs.

Unweit des Stadttors brachten sie die Tiere zum Stehen. Einer der Knechte, ein kräftiger Bursche mit ehrlichen Zügen namens Gero, leitete die kleine Gruppe und ihr kostbares Gut. Hinter einer Baumgruppe, außerhalb des Blickfelds der Wachen, hieß Gero die Männer absitzen und die Köpfe zusammenstecken. »Mein Herr hat mich mit Instruktionen versehen. Für den Fall, dass die Wache unser Gepäck durchsehen will, habe ich ein ausreichendes Bestechungsgeld bei mir. Wenn das entgegen unserer Erfahrung keinen Erfolg hat, müssen wir in eines der Gasthäuser hier in der Nähe gehen und den jüdischen Goldschmied herausbitten. Aber das wäre die schlechteste Lösung.«

Die Dämmerung senkte sich bereits herab. Es wurde Zeit, sich in ein sicheres Quartier zu begeben. Selbst ohne wertvolle Fracht waren Reisende nach Einbruch der Dunkelheit nahezu schutzlos jedem Strauchdieb ausgeliefert. »Wir folgen dir, übernimm das Wort«, sagte Hippolyt, und die anderen nickten zustimmend.

Sie führten die Pferde am Zügel hinter sich her und reihten sich in die Schlange der Wartenden vor dem düster aufragenden Tor ein. Vor ihnen stand ein Hudler, erkenntlich an einem kleinen Karren voller dreckiger Lumpen, der von zwei Hunden gezogen wurde. Niemand wollte dem verschmutzten Mann in der abgerissenen Kleidung zu nahe kommen, denn seine Fracht und er selbst stanken zum Himmel.

Der Hudler bemerkte, dass sie Abstand nahmen, drehte sich um und entblößte beim Grinsen einen zahnlosen Mund. »Papier wollen alle haben, aber Lumpen sammeln will keiner …«

Gerwin kannte die armen Gesellen, die von Dorf zu Dorf zogen, um Lumpen für die Papiermühlen zu sammeln. Besonders glücklich waren sie, wenn sie in den Haufen verschmutzter Lumpen, die in einigen Haushalten gesammelt wurden, feineres Tuch wie Batist oder Nesseltuch fanden, das zur Herstellung von Postpapier taugte. Aus derben Bauernhemden und Leinenlumpen machte man Konzeptpapier, und die groben Leinenhadern reichten für Makulatur- und Packpapier. Der Hudler hustete und spuckte dunkles Sekret auf den Boden.

Von Hippolyt wusste Gerwin, dass die Hudler vom Lumpenstaub, der voller Krankheiten und Ungeziefer war, Milzbrand, Blattern, Krätze und Rotlauf bekamen. Als der Hudler deshalb bettelnd die Hand aufhielt, zuckte Gerwin zurück. Gero hatte den aufdringlichen Hudler ebenfalls beobachtet und hielt ihn mit seinem Schwert auf Abstand.

»Sieh dich vor, Mann.« Doch er warf ihm einige Groschen vor die Füße, welche der Hudler eilig aufsammelte.

Die Stadtwächter waren so damit beschäftigt, den Hudler auf seine Genehmigung zu prüfen, dass es Gero ohne Schwierigkeiten gelang, sein Bestechungsgeld erfolgreich einzusetzen. Sie wurden durchgewinkt und machten sich auf den Weg zum Fischmarkt, in dessen Nähe sich das Haus des jüdischen Goldschmieds befand.

»Ihren Wohlstand verdankt die Stadt dem Waidhandel«, sagte Hippolyt, während sie eine Reihe stattlicher Lagerhallen und Bürgerhäuser mit aufwendigen Schweifgiebeln und üppiger Ornamentierung passierten. »Am Anger, unten am Fluss, wird das Färbemittel angeliefert und dann in die Lagerhäuser zur Weiterverarbeitung gebracht. Morgen früh wirst du all die blauen Tücher sehen, die sie zum Trocknen aufhängen.«

»Dort vorn seht Ihr das Haus von Jakob Naffzer. Es heißt ›Zum roten Ochsen‹. Naffzer ist der Oberratsmeister«, sagte Gero.

Ein dreigeschossiges Gebäude mit einem von Säulen gerahmten Gewändenischenportal wurde von einem Gebälk mit Metopenfries abgeschlossen, in dessen Mitte der namengebende Ochse abgebildet war. Die Fensterachsen waren durch Pilaster getrennt, wobei man sich auf die antike Säulenordnung berufen hatte: Im Erdgeschoss fanden sich toskanische, im ersten Obergeschoss ionische und im Giebelfeld korinthische Kapitelle. »Seraphin sei Dank«, murmelte Gerwin.

»Was?«, fragte Hippolyt.

»Oh, ich musste bei dieser Fassade an Seraphin denken.« Und er erläuterte Hippolyt seine Beobachtung.

»Brav, Gerwin. Aus dir wird noch ein wahrhaftiger Junker.« Hippolyt lachte verhalten. »Hast du schon einmal von den Meistern Hans Sebald Beham und Peter Flötner gehört?«

»Nein.« Gerwin fiel auf, dass Hippolyt seinen Gehstock nicht benutzte. Anscheinend stärkte ihn das Reiten.

»Nun, beide Künstler stammen aus Nürnberg. Beham und sein Bruder Bartel haben im Umkreis Dürers gearbeitet und sind wegen ihres Eintretens für die Reformation aus der Stadt vertrieben, bald darauf aber wieder zurückgeholt worden. Das war vor zwanzig Jahren. Die Gebrüder Beham und Georg Pencz haben eine ganze Reihe wichtiger Kupferstiche mit mythologischen und allegorischen Motiven geschaffen, die als Vorlage für Bauten dienen. Auch Goldschmiede wie der Katzenberg, den wir gleich besuchen, greifen auf solche Muster zurück.« Während des Gesprächs waren sie an weiteren gediegenen Bürgerhäusern vorbeigegangen und standen jetzt vor einem Tor, welches zu einem zweigeschossigen Haus mit schlichtem Stufengiebel gehörte.

Ein bescheidenes Schild kündete vom Gewerbe des Bewohners. Gero ließ den schweren Messingtürklopfer gegen das Tor fallen.

»Die Zeiten haben sich wohl geändert. Jetzt dürfen jüdische Goldschmiede in der Stadt ihrem Gewerbe nachgehen«, meinte Gerwin, während sie darauf warteten, dass man ihnen öffnete.

Gero warf ihm einen zweifelnden Blick zu. »Ihr habt keine Vorstellung von den Schwierigkeiten und Widerständen, mit denen

Juden noch immer zu kämpfen haben. Außerdem ist Erfurt halb katholisch und zur anderen Hälfte reformiert. Hier ist gar nichts einfach oder selbstverständlich!«

Eine Klappe hinter dem vergitterten Guckloch wurde geöffnet. »Wer da?«, fragte ein älterer Mann, der sich als Majordomus des Hauses Katzenberg vorstellte und sie hereinließ, nachdem er ihre Identität erfragt hatte. Auf seinem Mantel sahen sie einen gelben Ring, das Judenzeichen, das zu tragen alle Juden verpflichtet waren.

Eli Katzenberg war ein freundlicher Mann mit weißem Bart und einem runden Käppchen auf dem Hinterkopf. Wie sich herausstellte, hatte Eli bereits mit Jerg und Hippolyt zusammengearbeitet.

Es war kurz vor Mitternacht, als der alte Goldschmied Hippolyt und Gerwin in seine Stube bat. Gero und die anderen drei Knechte schliefen bereits in ihrem Quartier.

Eli saß in einem Sessel vor dem Kamin. Sein golddurchwirkter Mantel schimmerte im flackernden Licht der kleinen Flammen. Er hob seinen Becher. »Auf unsere Freunde!«

»Alte und neue!«, sagte Hippolyt und nickte Gerwin zu.

Mit zusammengekniffenen Augen musterte der Goldschmied Gerwin, der weiterhin Bart und höfische Haartracht pflegte. »Wer seid Ihr denn nun?«

»Mein Schüler«, sagte Hippolyt. »Er ist auf dem Wege, ein großer Medicus zu werden.«

»Ah! Wo habt Ihr studiert?«, fragte Eli. Seine Stube war mit Teppichen ausgelegt. Die Möbel wirkten orientalisch, und auf dem Tisch standen ein siebenarmiger Leuchter und anderes Gerät, das Gerwin als liturgisch einstufte.

»Ich bin sein Lehrer, Eli. Er kommt aus einem Dorf in Sachsen. Er hat die Gabe«, beeilte sich Hippolyt zu erklären.

Interessiert wanderte Elis Blick zwischen Gerwin und Hippolyt hin und her. »Welch ein Jammer, dass Ihr schon morgen früh wieder fortmüsst.«

»Wir machen auf dem Rückweg bei Euch Station«, meinte Hippolyt.

Eli lächelte traurig. »Wirklich? Nun, ich werde nicht darauf hoffen, sondern freue mich, Euch heute zu sehen. Mein lieber Hippolyt. Wie lange ist es her?«

»Sechs Jahre oder sieben?«, sinnierte der Wundarzt.

»Ihr hattet Madame in Montargis und Michel de l'Hôpital auf Bélesbat aufgesucht und wart auf dem Weg zu Jerg.«

»Dann sind es sechs Jahre. Danach ließ ich mich in Helwigsdorff nieder, wo ich meinen Schüler fand.« Der Arzt kratzte sich den kahlen Schädel.

»Und dort habt Ihr Euch vor der Welt vergraben und uns Eurer erquicklichen Gesellschaft beraubt«, schalt Eli scherzhaft.

»Mein Freund, wie Ihr seht, war mein Eremitendasein nicht von Dauer, und ich war keineswegs untätig.«

»O nein, das könntet Ihr gar nicht. Und nun seid Ihr auf dem Weg nach La Rochelle?«

Hippolyt erklärte seinem alten Freund ausführlich die Situation. »Und Hinrik bedarf meiner Hilfe, das spüre ich aus jeder Zeile. Wir müssen einfach zu ihm. Es gibt Zeiten der Ruhe und Zeiten der Tat. *Ita vita est hominum, quasi quom ludas tesseris.*[1]«

Eli schmunzelte. »Ich habe Eure klugen Spitzfindigkeiten vermisst und werde mich in einsamen Stunden daran erinnern, alter Freund. Gerwin, Ihr habt zwei Lehrer in einer Person gefunden – einen Weisen und einen Medicus. Wenn ich nur ein wenig jünger und besser zu Fuß wäre, würde ich Euch begleiten! Dass Wiedersehen und Abschied auch so dicht beieinanderliegen müssen …«

Bald darauf legten sich Gerwin und Hippolyt in der ihnen zugewiesenen Kammer schlafen und genossen die sauberen Betten

1 So ist das Leben der Menschen: als ob man mit Würfeln spielte.

nach den kargen Nächten in verdreckten Herbergsräumen. Bevor Gerwin die Kerze auf dem Tisch neben sich löschte, fragte er Hippolyt: »Wer ist die Dame von Montargis und wer Michel de l'Hôpital?«

»Das ist eine lange Geschichte. Für jetzt lass dir so viel gesagt sein, dass diese Dame von Montargis Renée de France ist, die Mutter der Anna d'Este, verwitweten Herzogin de Guise. Während diese Katholikin ist, unterstützt ihre Mutter seit vielen Jahren die Reformierten. Renée ist eine großartige, tapfere Frau, die sich weder durch die Repressionen ihres Gemahls in Ferrara hat brechen lassen noch durch den Druck seitens Katharinas und König Karls. Doch jetzt lösch endlich das Licht, Gerwin. Wir haben morgen einen langen Ritt vor uns.«

»Und Michel?« Gerwin blieb hartnäckig, nachdem er die Kerze mit den Fingern ausgedrückt hatte.

»Ein alter Freund«, murmelte Hippolyt, rollte auf die Seite und zog sich die Decke über den Kopf.

Ihr nächstes Tagesziel war Walldorf an der Werra. Gero ritt voran, gefolgt von Hippolyt und Gerwin mit den Packpferden, das Schlusslicht bildete Hans, dessen Fertigkeit im Armbrustschießen unübertroffen war. Die anderen beiden Knechte hatten an diesem Morgen von Erfurt aus den Heimweg angetreten. Es war Mitte Mai, und gegen Mittag wurde es so warm, dass sie ihre Wämser ausziehen und nur mit Hemd und Lederwesten bekleidet die wärmenden Sonnenstrahlen genießen konnten. Da die fleißigen Gesellen des Goldschmieds über Nacht die Edelsteine in das Futter zweier Wämser genäht hatten, hüteten Gerwin und Hippolyt diese nun wie ihre Augäpfel. Zu viert und mit sechs Pferden konnten sie die doppelte Strecke schaffen, die ein Wagen an einem Tag bewältigte, und sie hofften, in einem Monat in La Rochelle zu sein.

Vor einer halben Stunde hatten sie einen Bauern mit seinem

Ochsenkarren überholt und seitdem nur zwei Reisigsammler getroffen. Bei Ilmenau wollten sie die erste Rast einlegen und den Pferden eine Verschnaufpause gönnen.

»Hippolyt, du wolltest mir von der Dame von Montargis erzählen. Mit jedem Tag meine ich dich weniger zu kennen. Was hast du für ein Leben geführt, bevor du nach Helwigsdorff kamst? Und warum bist du überhaupt dort geblieben? Ich meine, da war nichts!«

Hippolyt rieb sich den Oberschenkel seines lahmen Beines. »Ich hätte schon früher mit dem Reiten wieder anfangen sollen. Das festigt die Muskeln und stärkt mein Bein. Um mit deiner letzten Frage zu beginnen, deren Ton mir doch allzu forsch klang.« Er warf Gerwin einen gespielt vorwurfsvollen Blick zu. »Nichts? Ich habe in Helwigsdorff Menschen getroffen, die eines Arztes bedurften, und dann war da ein wissbegieriger Junge, in dem ich von Beginn an mehr sah als einen Ochsenkarrenführer.«

»Du bist doch nicht meinetwegen geblieben!« Einige Krähen flatterten aus einer Baumgruppe auf.

»Bist du es nicht wert gewesen?«

Beschämt senkte Gerwin den Blick.

»Und ja, ich brauchte diese Jahre der Zurückgezogenheit, genau wie Jerg.« Hippolyts Blick glitt in die Ferne. »Nachdem Renée de France sich in Montargis niedergelassen hatte, ruhten die Hoffnungen der französischen Protestanten auch auf ihr. Sie hat sogar Calvin in ihrer Residenz empfangen. Eine so willensstarke Frau mit Ausstrahlung brauchte die Bewegung. Doch ihre Tochter Anna d'Este ist überzeugte Katholikin und ihrem verstorbenen Gatten treu ergeben. Im März 1562 machte Herzog François de Guise mit seiner schwangeren Gemahlin und dem kleinen Henri auf dem Weg nach Paris in Vassy Halt, um dort die Messe zu besuchen.«

»Das Massaker von Vassy!«

»Du hast natürlich davon gehört. Die Hugenotten hatten damals das Recht, Gottesdienste abzuhalten, aber nicht unter freiem Himmel und nicht zur selben Zeit wie die heilige Messe. Nun, der Herzog de Guise fühlte sich provoziert, und das Unglück nahm seinen Lauf – die unbewaffneten Hugenotten wurden niedergemetzelt: Kinder, Greise, Frauen, zertrampelt, an den Haaren fortgeschleift, mit Schwertern durchbohrt, als wären sie der Antichrist.« Hippolyt ordnete die Zügel auf seinem Sattelknauf. »Im Februar des folgenden Jahres – der Herzog de Guise belagerte Le Portereau, wo die Pest ausgebrochen war, und wollte dann Orléans nehmen – wurde er auf der Brücke von Saint-Mesmin niedergeschossen. Natürlich wollten die Katholiken den Mord Admiral Coligny in die Schuhe schieben. Wirklich beweisen konnten sie es nicht, doch Katharina kam der Mord am allzu machthungrigen Herzog nicht ungelegen, denn sie ist davon überzeugt, dass die Guisen nach der Krone Frankreichs streben.«

»Tun sie das denn nicht?«, wollte Gerwin wissen.

Sein Freund hob die Schultern. »Sie würden es nie zugeben, doch alles deutet darauf hin. Das Ergebnis dieser furchtbaren Ereignisse war das Edikt von Amboise, ein Rückschritt für die Hugenotten. Von nun an galt ein sehr eingeschränktes Recht auf Predigterlaubnis, in Paris sind Gottesdienste bis heute gänzlich verboten. Die verwitwete Herzogin de Guise verfolgt die Hugenotten, allen voran den Admiral, mit ihrem Hass, und ihrer Mutter in Montargis wurden die Hände gebunden. Einzig das gute Verhältnis zwischen Mutter und Tochter hat verhindert, dass der König Montargis mit Truppen umstellen ließ. So ist es bis heute. Die Dame von Montargis wird streng bewacht und jeder ihrer Schritte beobachtet.«

»Und Michel de l'Hôpital? Was für ein Freund ist das?«

»Nun, Michel de l'Hôpital war …« Hippolyt wurde rüde unterbrochen. Gero riss den Arm in die Höhe und schrie: »In den Wald! Reitet in den Wald!«

Hinter einer Baumgruppe preschten drei Berittene hervor, und aus der Böschung sprangen zwei Söldner, unschwer an ihren Hellebarden und den bunten Hosen zu erkennen. Einer zielte mit seiner Pistole auf Gero, doch es zischte an Gerwins Ohr, ein Armbrustpfeil traf den Angreifer, und der Schuss ging in die Luft. Gerwin wollte Gero zu Hilfe eilen, doch Hippolyt schrie: »Lass das Packpferd und komm mit mir, Gerwin!«

Sie ließen die verängstigten Tiere laufen und gaben ihren Pferden die Sporen, um den Wald hinter der Kate zu erreichen, in dessen dichtem Unterholz sie sich verstecken konnten, denn der Übermacht der Angreifer waren sie in offenem Kampf nicht gewachsen, zumal weder Gerwin noch Hippolyt erfahrene Kämpfer waren. Ohne auf Zweige zu achten, die ihnen entgegenschlugen, drängten sie die Pferde tief in das Halbdunkel des Mischwalds und hielten erst an, als sie keine Verfolger mehr hörten. Die wertvollen Wämser lagen festgeschnallt hinter ihren Sätteln.

Hippolyt stieg wortlos ab und bedeutete Gerwin, es ihm gleichzutun. Sie strichen den schwer atmenden Tieren über die Nüstern und verharrten einige Minuten, die Gerwin wie Stunden vorkamen, unter den Zweigen einer Esche.

»Wir müssen nach ihnen sehen, Hippolyt. Wir können sie doch nicht einfach dem Mordgesindel überlassen!«, flüsterte Gerwin schließlich.

»Es ist ihre Aufgabe, uns zu schützen. Sie wissen das, Gerwin, und erwarten, dass wir uns in Sicherheit bringen.«

»Wir sind nicht weit von Ilmenau entfernt und können Hilfe holen.«

»Na schön, ich warte hier mit den Pferden, und du wagst einen Blick auf die Straße. Doch sobald du etwas Verdächtiges hörst, kehrst du zurück!«

Gerwin zog seinen Stoßdegen und machte sich auf den Weg. Er vermied Lichtungen, watete durch den Bach, über den sie vorhin gesprungen waren, und kam schließlich in die Nähe der Unglücksstelle. Die Bewohner der Kate mussten den Kampflärm gehört haben, denn ein Mann, der einen Rechen in der Hand hielt, näherte sich von dort. Auf der Straße lagen drei Körper, in der Böschung schien ein weiterer zu liegen. Von den anderen Söldnern und den Pferden war nichts zu sehen oder zu hören. Langsam stieg Gerwin den Hügel hinunter und senkte seinen Degen, als der Mann mit dem Rechen zögerte.

Dann winkte Gerwin, der Mann hob ebenfalls den Arm, und sie näherten sich gleichzeitig dem Kampfplatz. Der erste Körper auf der Straße gehörte einem Landsknecht, dem ein Armbrustpfeil aus der Brust ragte. Die Augen des Mordknechts schauten gebrochen zum Himmel. Ohne einen weiteren Blick zu verschwenden, sah Gerwin nach dem zweiten Körper, dessen dunkle Kleidung ihm vertraut schien. Er drehte den Mann auf den Rücken und sah in Hans' schmerzverzerrte Züge. Eine Schusswunde an der Schulter und Einstiche im Unterleib hatten blutige Spuren und keine Hoffnung hinterlassen. Hans röchelte, als wollte er etwas sagen, doch dann sackte der Kopf zur Seite, und ein langer Seufzer entfuhr dem geschundenen Leib. Gerwin schloss dem tapferen Knecht die Augen.

Der Landmann hatte nach dem in der Böschung Liegenden gesehen, dessen bunte Kleidung ihn ebenfalls als Landsknecht auswies. »Der ist tot! Gesindel!« Er spuckte aus und machte sich an den Kleidern zu schaffen, denn wenn er nicht alles Brauchbare mitnahm, würden es die Nächsten tun, die vorbeikamen.

Gerwin sah sich suchend nach Gero um und vernahm das klägliche Schnauben eines verwundeten Pferdes. Dem Geräusch folgend kletterte er über die Böschung hinunter in den Graben und auf der anderen Seite hinauf. In einer Mulde, inmitten von Gestrüpp und Buschwerk, lag Gero unter seinem Pferd, das eine tiefe Schnittwunde am Vorderbein und einen Stich am Hals hatte. Es blutete stark, doch bei richtiger Versorgung konnte es wieder genesen. »Eh, Mann, komm her!«, rief Gerwin den Landmann zu Hilfe.

Gemeinsam gelang es ihnen, den bewusstlosen Gero unter dem Pferd hervorzuziehen. Gerwin untersuchte den Knecht und konnte außer einem Streifschuss am Arm, Schnittwunden im Gesicht und an den Händen keine Verletzungen feststellen. »Kann ich ihn bei dir lassen? Du kannst alles haben, das Pferd, die Kleidung und die Waffen der Toten. Ich hole meinen Freund, und wir schaffen ihn nach Ilmenau.«

»Davor liegt ein kleines Dorf. Dorthin solltet Ihr gehen. Die Bewohner sind sehr fromm, und es wird gemunkelt, sie seien keine Lutheraner, aber sie werden Euch helfen.«

Gero stöhnte und bewegte sich. Der Landmann kniete sich neben den Verwundeten und sagte zu Gerwin: »Geht nur, ich warte hier.« Der Mann hatte ein wettergegerbtes Gesicht und einen ausgemergelten Körper. Mit der Beute, die er hier machte, war er für Wochen versorgt. So gesehen kamen den armen Landbewohnern Überfälle nicht ungelegen, immer gesetzt den Fall, sie wurden nicht selbst zum Opfer.

Hippolyt zeigte sich erfreut über Geros vergleichsweise geringe Verletzungen und stimmte sofort zu, den treuen Beschützer ins nahe Dorf zu bringen. Dort wurden sie von einem Kuhhirten zum Dorfvorsteher, dem wohlhabenden Kaufmann Matthias Marschede, gebracht. Es war ein großer, hagerer Mann mit ernstem Gesicht. Seine schwarze Tracht, der steife weiße Kragen und seine zurückhaltende Art wirkten auf Gerwin anfangs befremdlich, doch Hippolyt schien sich nicht daran zu stören. Matthias Marschede wies ihnen eine Kammer zu und lud sie zu einem späten Abendessen in die Gesindeküche. Seine wichtigsten Arzneien und medizinischen Utensilien trug Hippolyt stets in einer Tasche bei sich, so dass er noch über Salbe und Wundtinktur für Geros Wundversorgung verfügte. Ihre Kleider und warmen Mäntel waren mit den Packpferden verloren.

Sie hatten Gero auf das schmalere Bett gelegt. Das größere würden sich Gerwin und Hippolyt teilen müssen. Es fiel Gero schwer zu sprechen, und er hielt sich seine Rippen. Als sie ihn entkleideten, entdeckten sie den Grund. Das Pferd hatte ihm mehrere Rippen gebrochen, und der Oberkörper war von sich verfärbenden Quetschungen überzogen.

»Lieg still, Gero«, ordnete Hippolyt an und strich eine nach Kampfer riechende Salbe auf die Blutergüsse. Dann wickelte er mit Gerwins Hilfe einen strammen Verband um den Oberkörper.

»Die Bastarde haben das nicht zum ersten Mal getan. Verfluchtes Drecksgesindel!«, brachte Gero mühsam heraus. Sie hatten ihm bereits von Hans' Tod berichtet. »Diese Söldner kennen keine Ehre. Sie kämpfen für Sold, und wenn sie keinen Kriegsherrn haben, treiben sie es wie die Höllenhunde.«

»Nicht so viel reden, Gero«, sagte Gerwin und säuberte die Schnittwunden an der Stirn des Knechts.

»Doch! Hört mich an! Sucht Euch eine bewachte Reisegruppe, einen Spediteur oder eine Pilgergruppe. Je weiter Ihr nach Westen kommt, desto katholischer wird es. Dann seid Ihr langsamer, doch ist es sicherer. Das Risiko ist zu groß!« Er rang nach Luft und stöhnte vor Schmerzen.

»Vielleicht werden wir das zumindest zeitweise tun, Gero. Hast du gehört, woher die Mörderbande kam?«, erkundigte sich Hippolyt.

»Ich konnte einen süddeutschen Dialekt heraushören, und einer schien mir aus der Nähe von Freiberg zu stammen. Er war der Jüngste und der Brutalste, wollte mir den Schädel einschlagen, als ich bereits am Boden lag, doch sein Anführer hat ihn davon abgehalten. Ich habe Durst. Gibt es Bier?« Gero grinste.

Erleichtert richtete Gerwin sich auf. »Das hören wir gern. Wir lassen dir auch zu essen bringen, wenn wir jetzt in die Küche gehen.«

»Morgen bin ich so gut wie neu!«, versicherte Gero.

Kurz darauf saßen Gerwin und Hippolyt an einem sauberen Holztisch, auf den eine schüchterne Magd kalten Braten, Speck,

Brot und einen streng riechenden Laib Käse stellte. Hungrig machten sich Hippolyt und Gerwin über das einfache, aber sättigende Mahl her und tranken reichlich von dem dünnen Bier dazu.

Matthias Marschede gesellte sich mit einem Lämpchen zu ihnen. »Nehmt das nachher mit in Eure Kammer. Kerzen sind teurer als Lampenöl. Verzeiht, dass ich Euch nicht in die Stube bat, aber meine Frau und die Kinder sollen nicht hören, was Euch widerfahren ist. Es würde sie nur unnötig ängstigen.«

»Habt Dank für Eure Gastfreundschaft. Es mangelt uns an nichts«, sagte Hippolyt. »Können wir morgen ein Pferd von Euch kaufen?«

Marschede musterte ihn erstaunt. »Ihr wollt Euren verwundeten Freund reiten lassen?«

»Ah, der ist zäh und hatte Glück. Die Verwundungen sind schmerzhaft, aber nicht gefährlich.«

»Gut, Ihr müsst es wissen. Ja, Ihr könnt einen Braunen haben, den ich sonst in Ilmenau auf dem Viehmarkt angeboten hätte. In welch unruhigen Zeiten leben wir nur! Gestern Abend haben wir hier eine Hochzeit gefeiert, doch das junge Brautpaar und die Gesellschaft sind gleich heute Morgen weitergereist. Als ob es darauf ankäme, ob sie einen Tag früher oder später nach Paris gelangen. Die Braut war sehr schön, wirkte aber gar nicht glücklich … Nun ja, so ist das mit der Ehe.«

Gerwin horchte auf. »Waren vielleicht ein Vater und seine erwachsene Tochter bei der Reisegruppe? Sie heißt Jeanne, ist Französin, sehr schön und spielt Laute.«

»Oh, Ihr kennt sie? Die junge Dame, von der Ihr sprecht, ist die Braut.« Matthias Marschede beobachtete Gerwin, dem fast sein Becher aus der Hand gefallen wäre.

»Der Junker Rechberg war der Dame am Dresdner Hof vorgestellt worden«, sprang Hippolyt ein. »Wer ist denn der glückliche Bräutigam?«

»Das war ja der Grund, warum sie hier geheiratet haben – Cosmè Paullet ist ein alter Bekannter von mir aus Paris. Er ist Kaufmann und ein Ehrenmann. Sie hätte es nicht besser treffen können«, meinte Matthias Marschede und neigte verabschiedend den Kopf. »Ich sehe Euch morgen früh.«

Verbittert stürzte Gerwin einen Becher Bier hinunter. Sie war verheiratet! Warum nur hatte sie das getan? So überstürzt auf der Reise zu heiraten musste einen ernsthaften, einen zwingenden Grund haben. Ob es mit der Denunzierung in Dresden zusammenhing? Er goss sich einen zweiten Becher Bier ein und spürte Hippolyts Hand auf seinem Arm.

»Nicht, Gerwin, *quantum oculis, animo tam procul ibit amor*[1]«, sagte der Wundarzt.

»Wir werden sehen …«, murmelte Gerwin.

17

Die Tage wurden länger, an den Bäumen zeigte sich zartes Grün, und je näher sie Frankfurt kamen, desto lieblicher wurde die Landschaft, und die Dörfer schienen weniger düster. Möglicherweise waren es auch nur die freundlicheren Temperaturen und die sich öfter zeigende Sonne, welche die bewaldeten Hügel und pittoresken kleinen Häuser, im landestypischen Stil aus mit Mauerstücken gefüllten Holzvierecken erbaut, ins rechte Licht rückte. Die Straße verlief entlang eines Flusses. Lustlos zupfte Jeanne auf ihrer Laute und sah hin und wieder zum Wagenfenster hinaus. Mittlerweile hatte sie sich an das Schaukeln gewöhnt, und es machte ihr nichts aus, wenn die Räder in Schlaglöcher gerieten und der Wagen zur Seite kippte. Geschickt fing sie ihr Gewicht

1 Wie fern die Liebe aus den Augen schwindet, so fern wird sie aus dem Herzen schwinden.

ab und vermied es, Cosmè zu berühren, der ihr gegenübersaß. Seit ihrer Hochzeitsnacht hatte er seine ehelichen Rechte dreimal in Anspruch genommen. Da sie sich nicht dagegen wehren konnte, lag sie möglichst still und wartete, bis er seine Sache erledigt hatte.

Sie drehte den Federkiel und schlug damit über die Saiten, so dass die Akkorde voll ertönten, doch die Töne konnten ihren Widerwillen gegen die körperliche Begegnung mit Cosmè nicht fortwischen. Es gab niemanden, dem sie von dem Ekel erzählen konnte, den sie empfand, wenn ihr Ehemann sich auf sie legte und sie die Essensreste in seinem Bart riechen konnte. Und auch wenn sie sich das nur ungern eingestand, die Heirat hatte das vormals innige Verhältnis zu ihrem Vater getrübt. Sie konnte sich immer wieder jeden triftigen Grund vorbeten, es änderte nichts daran, dass ihr unverbrüchliches Vertrauen in ihn zerstört war. Bisher hatte er sie vor allem Übel beschützt, doch in dieser Ehe fühlte sie sich allein und verraten.

Es war Jeanne durchaus bekannt, dass körperliche Liebe mit Freude verbunden sein konnte und dass dies auch zwischen Eheleuten möglich war. Sie betrachtete ihre Laute und zupfte nun leisere Töne. Fast zärtlich berührte sie die Saiten und dachte an ihre Mutter, ihr sanftes Lächeln und den Ausdruck von Hingabe und Liebe, wenn sie für ihren Vater gespielt hatte. Cosmè war meist mit einem seiner Kontobücher beschäftigt und rechnete Zahlenreihen auf. Er fand ihr Spiel zwar schön, doch schien es ihm mehr ein Attribut zu sein, das ihren Wert als Ehefrau steigerte. Am liebsten redete er über Handelsrouten, Waren und Kredite, wie eben jetzt.

»Wisst Ihr, woher ich guten Honig und exquisite Felle beziehe?«, fragte der Kaufmann, um sich gleich selbst zu antworten. »Vom Schwarzen Meer. Lange Zeit hatten die Italiener dort ein Handelsmonopol. Ha! Das hat sich geändert! Wir rechnen zwar immer noch in *sommi*, Barren aus elf Unzen reinen Silbers, ab, aber wir Franzosen haben ebenfalls Zugang zu den Schätzen des Orients. Von Trapezunt aus reisen meine Agenten nach Persien, Transoxanien und China.«

Jeanne dämpfte die Saiten mit den Fingern. »China? Wie lange dauert es, bis man dort ist?«

»Die längste Reise hat hin und zurück drei Jahre in Anspruch genommen«, meinte der Kaufmann nicht ohne Stolz.

»Aber das ist doch mit enormen Kosten verbunden. Die Gefahren, Pferde, Packtiere, Zölle, was weiß ich nicht noch alles«, gab Jeanne zu bedenken.

Etwas herablassend erklärte Cosmè: »Die eingekauften Güter sind natürlich von außerordentlich großem Wert. Aus China werden Edelsteine, allerfeinste Seidenstoffe und Perlen importiert. An den Grenzen tauschen wir Silber gegen Papiergeld, aber seit einigen Jahren ist es schwer geworden durch die Muselmanen. Die meisten asiatischen Güter werden über Alexandria ein- und ausgeführt. Ein interessanter und profitablerer Markt für *budge*, das sind spezielle Lederhäute, Bienenwachs und Eisen, findet sich im Maghreb.«

»Wo ist das?«

»Die Küste, die im Süden ans Mittelmeer grenzt. Dort gibt es Wüsten, die unvorstellbar heiß sind, und die Einwohner dort haben Kamele.«

»Ah, das sind die Tiere mit einem Buckel. Ich habe solche Tiere auf einer Karte in Montpellier gesehen.« Jeanne verstummte, denn das war vor dem Tod ihrer Mutter gewesen.

»Nun, im Maghreb zahlt man in Dinaren, und die Profite sind gut. Besser als am Schwarzen Meer. Immer vorausgesetzt, unsere Transporte werden nicht überfallen.«

Der Kutscher rief nach hinten, dass sie in etwa zwei Stunden Hanau erreichen würden, die letzte Station vor Frankfurt, von wo aus sie über Worms, Metz und Reims nach Paris reisen wollten. Wenn sie nur erst in der Hauptstadt wären und die elendige

Fahrt, unterbrochen von quälend langen Nächten in Wirtshäusern, die kaum besser als Rattenlöcher waren, endlich ein Ende hätte!

Ein Knall schreckte die Insassen der Kutsche auf. Endres erwachte aus seinem Halbschlaf, und Cosmè klappte sein Rechnungsbuch zu. »Was war das?«

»Ein Schuss«, antwortete Jeanne trocken und wickelte ihre Laute in den Sack.

Mit einem heftigen Ruck kam der Wagen zum Stehen, Rufe ertönten, es folgten ein zweiter Schuss und ein dumpfer Aufprall. »Wenn sie den Kutscher heruntergeschossen haben, stecken wir wohl in Schwierigkeiten«, bemerkte Jeanne sarkastisch.

»Bedeckt Euer Dekolleté, Madame«, befahl Cosmè und wollte die Tür öffnen, da schaute eine Fratze zu ihnen herein. Außer blutunterlaufenen Augen und einer krummen Nase war in dem von wildem Bartwuchs überwucherten Gesicht nichts zu erkennen. Der Angreifer brüllte etwas in einem unverständlichen Kauderwelsch, wobei er gelbe Zähne entblößte und eine Pranke nach Jeanne ausstreckte, die schreiend zurückwich. Ihr Vater warf sich schützend vor sie, doch in der anderen Hand hielt der Söldner einen langen Dolch, mit dem er auf Endres' Hände einhieb.

»Vater, nein!«, schrie Jeanne, als sie sah, wie ihm die scharfe Klinge in die Hände schnitt. Cosmè drückte sich in eine Ecke und gab keinen Laut von sich.

Auf Französisch schrie Jeanne: »Hör auf! Ich komme heraus!«, und kletterte aus dem Wagen.

Er schien sie zu verstehen, denn er zog sich zurück, und ihr Vater sank stöhnend auf die Bank. Draußen bot sich Jeanne ein Bild des Schreckens: Die bewaffneten Knechte, die Cosmè zum Schutz engagiert hatte, lagen entweder dahingemetzelt auf dem Boden oder kämpften mit grausig aussehenden Gesellen. Bunte Hosen, Lederwesten, Gürtel, an denen Beutestücke jeglicher Art hingen, Streitäxte, Schwerter und Säbel, Pistolen und eine Armbrust zeichneten die Mörderbande als jene gefürchteten Landsknechte aus, welche die Straßen seit Jahren unsicher machten. Es war nicht zu ersehen, welche Partei die Oberhand gewann, doch die Söldner gingen mit bestialischer Gewalt vor.

Der Bandit, der sie aus dem Wagen gezerrt hatte, überragte sie um zwei Köpfe und hielt ihr Handgelenk mit festem Griff. Er schnitt ihr Kleid entzwei und riss ihr Mieder auf. Jeanne schrie und wehrte sich nach Kräften. Währenddessen durchtrennte ein anderer einem ihrer Knechte die Kehle, worauf jener mit gurgelndem Schrei zusammensackte. Ein Schwall Blut ergoss sich auf die Erde und floss bis zu Jeannes Rocksaum, der das dunkle Lebenselixier aufsog. Der riesige Kerl, der sie gepackt hielt, brüllte etwas, und erst jetzt erkannte Jeanne, dass nicht mehr als fünf Männer für den Überfall verantwortlich waren. Die Bande hatte den Platz gut gewählt, denn die Straße machte eine scharfe Kurve, welche der Flussbiegung folgte, und durch den dichten Baumbestand war das Gelände kaum einsichtig.

Der Söldner zerrte sie hinter sich her und warf sie an einem Gebüsch rücklings zu Boden. »Nein!«, schrie Jeanne, drehte sich um und versuchte, auf allen vieren davonzukriechen, doch der Kerl hielt sie am Knöchel gepackt und zog sie zurück, als wäre sie nichts weiter als ein Sack Getreide. Der Untergrund war steinig, und als der grobschlächtige, schwere Kerl sich auf sie warf, schrie sie vor Schmerzen auf. Es bedurfte nur einer seiner Pranken, ihre Arme festzuhalten, und so sehr sie sich auch mühte, es gelang ihr nicht, ihm in die Hand zu beißen. Ihre Beine lagen wie festgenagelt unter seinem Gewicht, das im nächsten Moment von ihr genommen wurde.

»Scher dich fort, Kleimann!«

Sogleich erhob sich der Söldner, und Jeanne suchte angstvoll nach Mitleid in dem blutverschmierten Gesicht des Mannes, der in ihrem Blickfeld erschien. Mit zitternden Händen versuchte sie, ihr Mieder zusammenzuhalten und ihre Röcke zu ordnen, doch der vermeintliche Retter erwies sich als Abgesandter der Hölle. Es war derjenige, der dem Knecht die Kehle durchtrennt hatte. Jeanne sah genauer hin und erstarrte – doch es war zu spät, er hatte sie ebenfalls erkannt. Hass loderte in seinen Augen auf, und Jeanne gefror das Blut in den Adern. »Franz!«, stammelte sie und wollte sich aufrichten, doch er stieß sie mit dem Fuß zurück auf den Boden.

Er trug dieselben bunten Pluderhosen wie die anderen, dazu lange Stiefel und einen Gürtel mit silbernen Beschlägen und zahlreichen kleinen Beuteln. Den blutigen Dolch an den Hosen abwischend, stand er über ihr und grinste. »Endlich bist du da, wo du hingehörst – am Boden.«

»Franz, ich flehe dich an. Verschont meinen Vater! Tut mit mir, was ihr wollt, aber lasst meinen Vater am Leben.« Sie rang die gefalteten Hände und weinte.

»Geh, Kleimann. Lass den alten Mann im Wagen am Leben.«

Plötzlich horchten die Männer auf. Pferdehufe und Schüsse waren zu vernehmen. Kleimann rollte die Augen und sagte in einer seltsamen Mischung aus Französisch und Deutsch: »Ich nehme meinen Anteil und mache mich davon. Wir sehen uns, wie gehabt.« Er kniff die Augen zusammen. »Glück gehabt, Frauenzimmer.« Mit diesen Worten rannte er davon.

Jeanne machte erneut Anstalten, sich zu erheben, und Franz packte ihren Arm und zog sie hoch, doch nur, um sie gegen einen Baumstamm zu drängen. »Wir sind noch nicht fertig.«

Was folgte, war so erniedrigend und widerwärtig, dass Jeanne sich wünschte, nie geboren worden zu sein. Brutal nötigte Franz sich ihr auf, presste sie gegen den Baumstamm und schien sie schier zu zerreißen, während er an ihrem Ohr keuchte: »Du wirst mich nicht vergessen, Jeanne, niemals wirst du Franzosenhure mich vergessen!«

Er biss ihr in die Lippe, als sie den Kopf unter seinem Mund fortdrehen wollte, schlug ihr ins Gesicht und kniff ihr in die Brüste, dass sie nicht wusste, welcher Schmerz sie schreien ließ. Erst als aus nächster Nähe ein Schuss abgefeuert wurde und sie das Klirren aufeinanderschlagender Degenklingen hörten, ließ Franz endlich von ihr ab. Bevor er sich davonmachte, riss er Jeanne ihre Goldkette vom Hals und den Beutel mit Cosmès Uhr von ihrem Gürtel. Jeanne rutschte langsam den Baumstamm hinunter, kauerte sich zusammen und weinte. Irgendjemand war ihnen zu Hilfe gekommen, doch in all ihrem Schmerz hatte sie nur einen Gedanken. »Vater«, schluchzte sie, aber sie fand nicht die Kraft, sich zu erheben. Sie schämte sich, ihrem Vater in diesem Zustand tiefster Demütigung unter die Augen zu treten.

Die Kampfgeräusche verklangen. Jemand rief ihren Namen, und sie brachte ein mühsames »Ja« heraus, doch es war kaum mehr als ein unverständliches Krächzen.

»Himmlischer Vater! Seid Ihr das, Jeanne?«

Die Stimme kam ihr bekannt vor. Sie gehörte zu jemandem, den sie aus einer anderen, glücklicheren Welt kannte. Eine Ewigkeit war seitdem vergangen. Sie schüttelte schluchzend den Kopf, den sie gegen die Knie gedrückt hielt und mit den Händen schützte. Niemand sollte sie so sehen.

Sacht strich ihr der Besitzer der freundlichen Stimme über den Rücken und legte einen Arm um sie. »Ich bin es, Gerwin. Es wird Euch nicht trösten, aber wir sind vor zwei Tagen von denselben Mordbrüdern überfallen worden. Eurem Vater geht es so weit gut. Seine Hände sind verletzt, aber das wird heilen.« Er machte eine Pause und sagte dann leise: »Bitte, seht mich an.«

»Nein«, flüsterte sie.

»Ihr könnt hier nicht sitzen bleiben. Wir müssen weiter und ein Gasthaus erreichen, bevor es dunkel wird.«

»Gerwin, wo …?« Hippolyt kam hinzu und erfasste die Lage sofort. »Hilf bitte vorn beim Versorgen der Wunden.«

Gerwin stand auf, wartete aber noch unschlüssig, bis Hippolyt ihm mit energischem Kopfnicken bedeutete, ihn mit Jeanne allein zu lassen. Dann setzte er sich vor ihr auf die Erde, kramte ein Fläschchen aus seiner Tasche, öffnete es und hielt es Jeanne unter die Nase.

Der scharfe Geruch ließ sie aufsehen und niesen. In seinen Augen konnte sie lesen, wie übel Franz sie zugerichtet haben musste. Vorsichtig tastete sie nach ihrer Wange, doch Hippolyt hielt sacht ihre Hand fest. »Lasst mich das mit Salbe behandeln.«

Sie schloss die Augen.

»Wie viele Männer haben Euch Gewalt angetan?«, fragte der Wundarzt vorsichtig.

»Einer«, brachte sie kaum hörbar hervor.

»Könnt Ihr aufstehen?« Der Arzt erhob sich und reichte ihr die Hand. Sein Blick glitt über ihre Röcke, die mit Blut befleckt waren.

»Das ist nicht von mir«, sagte Jeanne leise. »Ich möchte mir ein neues Kleid anziehen, bevor wir weiterfahren.«

»Wartet hier.« Hippolyt entfernte sich und kam kurz darauf mit einem Becher Wein und einem ihrer Kleider. »Hier ist kein Wasser in der Nähe. Ihr könnt Euch nur notdürftig säubern, aber nehmt von diesem Lavendelelixier. Der Duft überdeckt die anderen Gerüche.« Fürsorglich hielt Hippolyt einen Umhang, den er ebenfalls mitgebracht hatte, so, dass Jeanne vor Blicken geschützt war. Doch die Männer waren mit den Verwundeten beschäftigt.

Sie warf die blutigen Kleidungsstücke auf die Erde, riss ihr Hemd entzwei, träufelte von dem duftenden Elixier darauf und rieb sich damit den Oberkörper ab. Zwischen ihren Beinen fühlte sich alles wie wundes rohes Fleisch an. Als sie sich mit dem Lappen säuberte, sog sie scharf die Luft ein, denn das Elixier brannte höllisch, doch nicht so stark, dass es die Scham über die erlittene Demütigung getilgt hätte. Langsam gewann Jeanne wieder die Kontrolle über ihren Körper, und mit den Gefühlen hielt der Hass auf ihren Peiniger Einzug. »Pest und Verdammnis über ihn!«, fluchte sie.

»So ist es recht. Macht Eurem Zorn Luft. Es gibt nichts, dessen

Ihr Euch schämen müsstet«, sagte Hippolyt, der eine Verletzung über dem Auge davongetragen hatte, wie sie erst jetzt sah.

Ihre Lippe war inzwischen so stark angeschwollen, dass sie nur undeutliche Worte formen konnte, doch ihre funkelnden Augen waren dafür umso beredter. Sie tupfte sich mit dem letzten sauberen Zipfel ihres Hemdes das Gesicht ab und drehte Hippolyt den Rücken zu, wo die Schnüre des Mieders herabhingen.

Der Wundarzt zog an den Schnüren. »Ich werde es nicht stramm zurren, damit Ihr nicht ohnmächtig werdet.«

Obwohl es warm genug war, legte Hippolyt ihr den Umhang um die Schultern und führte sie zum Wagen und dem Schauplatz des Kampfes. Aufgewühlte Erde, Blutlachen, ein abgetrennter Arm und der aufgeschlitzte Leib eines Knechts erzeugten ein Würgen in Jeannes Hals, dennoch setzte sie tapfer einen Fuß vor den anderen. Fliegen summten bereits über den Leichen und ließen sich auf den herausquellenden Gedärmen nieder. Das Blut wurde bereits dickflüssig, und ein widerwärtiger Geruch breitete sich aus. Sie entdeckte ihren Vater auf dem Boden neben der Kutsche. Seine Hände waren mit Tuchstreifen umwickelt, und er hatte den Kopf suchend in ihre Richtung gedreht. Mühsam erhob er sich und öffnete die Arme. *»Mignonne!«*

Schluchzend barg sie sich an seiner Brust und ließ sich von seinen liebevollen Worten trösten.

Vorsichtig tippte ihr jemand auf die Schulter. »Euer Gemahl ist verwundet. Hier drüben.« Gerwin stand mit ernster Miene neben ihnen.

Cosmè Paullet saß auf einem Baumstumpf und hielt ein Bein ausgestreckt, dessen Knie mit einem dicken Verband umwickelt war. »Verfluchter Pistolenschuss!«, murrte er, als er Jeanne sah. Mit zusammengekniffenen Augen musterte er sie. »Seid Ihr …?« Es schien ihm schwerzufallen, die richtigen Worte zu finden.

Jeanne nickte nur, während ihr die Tränen über die Wangen liefen und sie sich an den Arm ihres Vaters klammerte.

Mit finsterem Blick murmelte Cosmè: »Wir sprechen später darüber. Begebt Euch in den Wagen. Wir müssen weiter. Nicht auszudenken, wenn diese guten Männer uns nicht geholfen hätten.«

Der Innenraum der Kutsche reichte gerade aus, um Jeanne, Cosmè, Endres, einen verletzten Knecht und Gero, der trotz seiner Verwundung gekämpft und dessen Zustand sich dadurch deutlich verschlechtert hatte, aufzunehmen. Jeanne kauerte sich neben ihren Vater, durch dessen Verbände Blut sickerte. »Diese Bestie hatte dich fortgeschleppt, dann haben sie mich aus dem Wagen gezerrt, und Cosmè wurde von einer Kugel ins Knie getroffen.«

»Wahrscheinlich bleibt es steif!«, beschwerte sich der Kaufmann.

»Ich habe nach dir gerufen, aber einer hat mir einen Tritt verpasst, und ich … Es tut mir so leid, Jeanne«, entschuldigte sich ihr Vater.

»Du hast dir nichts vorzuwerfen, Vater, du nicht«, flüsterte sie. Für Cosmè jedoch, der nur sein eigenes Unglück sah, hatte sie nichts als Verachtung übrig.

Endres räusperte sich. »Das Gemetzel war in vollem Gange, und wir befürchteten schon das Schlimmste, als dieser Wundarzt mit seinen Begleitern auftauchte. Und ich muss sagen, Jeanne, der Mann versteht es, einen gezielten Schuss abzugeben! Gerwin, an den ich mich jetzt gut entsinne, in Dresden sind wir ihm begegnet, nun, dieser feine Mensch hat seinen Degen geschwungen wie kein Zweiter!« Sein Blick wanderte zu Gero, der mit halb geschlossenen Lidern vor sich hin dämmerte. »Und jener tapfere Mann hat mit Degen und Knüppel auf die Mörderbrut eingeschlagen, dass es nur so krachte! Dabei war er bereits angeschlagen, denn die Herren sind vor zwei Tagen von derselben Bande überfallen worden.«

Jeanne beugte sich dicht an das Ohr ihres Vaters. »Es war der Wille des Teufels, dass Franz zu diesem Mordgezücht gegangen ist.«

Endres riss entsetzt die Augen auf. »Mein armes Kind, o Gott, mein armes Kind. Ich habe dich nach Sachsen gebracht … Gott, vergib mir …«

»Wir sind alle in Gottes Hand, Jeanne. Nur in der Hand Gottes. Vergesst das nicht. Betet für Eure unsterbliche Seele und seid ohne Hass«, sagte Cosmè salbungsvoll und betastete theatralisch sein Knie.

Jeanne schnaubte und wandte den Blick zum Fenster, vor welchem Gerwin auf einem braunen Pferd ritt. Als er zu ihr hinsah, wandte sie sich ab. Sein Mitleid wollte sie nicht.

Stefan, ein Knecht des Kaufmanns, dem ein Spieß die Haut in Hüfthöhe aufgerissen hatte, sah zur anderen Seite hinaus. »Wie lange noch bis Hanau, Meister Hippolyt?«

»Wenn wir den Bauern eben richtig verstanden haben, sind wir in ein bis zwei Stunden da. Wie fühlt sich die Wunde an?«

»Bah, hab' Schlimmeres erlebt, aber kaum einen besseren Medicus als Euch.« Stefan zog den Kopf zurück und grinste. »Wie ist es bei dir, Gero? Warst du auch Soldat?«

»Bevor ich zu Junker Rechberg kam, war ich als Söldner in Böhmen und Ungarn, wo wir gegen die Türken gekämpft haben. Übel, kann ich nur sagen. Die haben dich angelacht und dir den Krummdolch über den Leib gezogen«, antwortete Gero, dem das Atmen schwerfiel. »Teuflisches Pack, grausam, hinterhältig und unsittlich, sie erlauben dort die Vielweiberei! Unser Luther hat geschrieben, dass sie die Ehe nicht achten und zehn, zwanzig Weiber haben oder verkaufen können, wie es ihnen gefällt. Ihr Koran sagt, dass sie die Ungläubigen mit Lügen, Listen und dem Schwert vernichten sollen. Räuberisches Pack.«

Stefan verzog den Mund. »Wobei diese Landsknechte und Söldner, die uns überfallen haben, kaum besser zu nennen sind …«

»Wohl nicht«, meinte Endres trocken und sah seine Tochter an, die mit versteinerter Miene neben ihm saß. »Deine Laute ist unversehrt. Sie liegt dort auf der Ablage.«

»Oh, wirklich?« Einen kurzen Moment leuchteten ihre Augen

auf, doch sie machte keine Anstalten, nach dem Instrument zu greifen.

»Die Laute!«, ätzte Cosmè. »Die wertvollen Stoffe und fast alles Geld haben sie mitgenommen! Zum Glück habe ich Goldmünzen in meinen Gürtel eingenäht. Die haben sie nicht erwischt!«

»Nur, weil wir rechtzeitig gekommen sind, Kaufmann«, meinte Gero. »Sonst hättet Ihr Euren letzten Atemzug ausgehaucht.«

Unter derlei Wortwechseln näherten sie sich Hanau. Von den Knechten des Kaufmanns hatten vier überlebt. Einer hatte den Platz des erschossenen Kutschers eingenommen. Die anderen ritten nebenher und hielten nach weiterem Gesindel Ausschau, doch bis Hanau blieben sie unbehelligt. Die Straße belebte sich, je näher sie der Krönungsstadt Frankfurt kamen. Maultiertreiber, Ochsenkarren und Straßenhändler waren immer häufiger anzutreffen, und kurz vor Hanau holten sie den eleganten Wagen eines Frankfurter Ratsherrn ein, der ebenfalls in Hanau Station machen wollte. Vor den Stadttoren baumelten zwei Verurteilte am Galgen, um Gesindel abzuschrecken. Als der beleibte Ratsherr vom Unglück der Reisegruppe erfuhr, erbot er sich, Cosmè Geld über seine Bank anweisen zu lassen, weshalb sie das beste Gasthaus des kleinen Städtchens in Anspruch nehmen konnten.

Sie erreichten ihre Unterkunft zur Essenszeit. Im gut gefüllten Schankraum kannte man den Ratsherrn, innerhalb weniger Minuten wurden ihnen Tische und Quartiere zugewiesen. Die Knechte, die sich so tapfer geschlagen hatten, wurden auf zwei Kammern aufgeteilt, Hippolyt, Gerwin und Gero bekamen einen Raum, und danach blieb nur noch ein Zimmer mit vier Schlafgelegenheiten übrig.

Unschlüssig sah der Wirt, ein krummbeiniger Mann mit schlauen kleinen Augen, sie an. »Ihr drei könnt Euch den Raum teilen. Es sind zwei große Betten darinnen, weich und sauber. Das Stroh wird bei uns wöchentlich gewechselt. Wenn Ihr frisches Leinen wollt, kostet das extra.«

»Natürlich wollen wir sauberes Leinen!«, sagte Cosmè.

»Schlimm, diese Straßenräuber!« Der Wirt warf einen mitfühlenden Blick auf Jeanne, deren Gesicht sich anfühlte, als wäre es auf Kürbisgröße geschwollen. Er führte sie eine schmale Holztreppe hinauf, wobei Jeanne ihren Mann stützte, und stieß die Tür zu einem geräumigen Zimmer auf. »Wenn Ihr morgen früh dort zum Fenster hinausseht, könnt Ihr bei gutem Wetter den Main sehen. Wir haben Glück, dass Frankfurt nahe ist. Schon oft hat die Stadt uns geholfen bei Übergriffen von marodierenden Söldnerbanden oder allzu gierigen Landvögten. Aber wie es scheint, braucht es noch sehr viel mehr Patrouillen.« Geschäftig entzündete der Wirt eine Öllampe und eine Kerze.

Jeanne konnte sich kaum noch auf den Beinen halten, doch vor allem wollte sie sich endlich säubern. »Ein Bad«, sagte sie leise.

Endres gab ihren Wunsch nach einem heißen Zuber weiter, und der Wirt konnte auch damit dienen. »Unten. Ich lasse es für Euch richten.« Sein Blick fiel auf Cosmès Knie und Endres' Hände. »Vielleicht wollt Ihr lieber hier oben essen?«

Der Kaufmann nickte. »Und schickt den Wundarzt zu uns.«

»Wie belieben?«, fragte der Wirt, der nicht wissen konnte, wer damit gemeint war.

»Den Kahlköpfigen. Schickt ihn rauf!«

»Natürlich.« Mit einer angedeuteten Verbeugung verabschiedete sich der Wirt, der an diesen Gästen gut verdienen würde, denn es waren Pferde zu füttern und unterzustellen, ein Wagen beanspruchte Platz, und die Knechte waren sicher hungrig und dürsteten nach Bier und vielleicht auch nach seinen hübschen Mägden.

Jeanne half ihrem Mann, sich auf eines der Betten zu legen, und kümmerte sich danach um ihren Vater. Sie hatte es ihm gerade in einem Stuhl bequem gemacht und ihre Laute, die sie sich als einziges Gepäckstück umgehängt hatte, ausgepackt, als der Wirt Hippolyt und Gerwin mit hereinbrachte.

»Ihr könnt schon hinuntergehen. Die Magd Erika wartet an der Treppe und zeigt Euch die Badestube. Nichts Großartiges, aber …«

Jeanne winkte ab. »Es wird genügen. Danke.« Sie zögerte, ihren Vater allein zu lassen.

»Geht nur, wir kümmern uns um die Wunden. Mein Vorrat an Arzneimitteln neigt sich zwar dem Ende zu, aber für heute wird er reichen. Sagt, Herr Wirt, gibt es hier einen Apotheker?«, erkundigte sich Hippolyt und begutachtete die durchgebluteten Verbände von Endres.

»Ja, einige Häuser weiter«, meinte der Wirt. »Soll ich jemanden schicken?«

»Es wäre mir lieber, mein Gehilfe ginge selbst, denn er weiß genau, welche Kräuter und Essenzen ich benötige«, erwiderte Hippolyt.

»Dann soll er über den Platz vor der Wirtschaft gehen. Doktor Laberat hat ein Schild über der Tür angebracht, das nicht zu übersehen ist. Ach, wo Ihr gerade hier seid. Ich habe eine Beule im Nacken, die mich quält. Könnt Ihr die entfernen?«

»Zeigt her.«

Rasch drehte der Wirt sich um und entblößte den Nacken. Unter den fettigen Haaren prangte eine kugelrunde Beule, die einen roten Rand und ein gelbliches Zentrum hatte.

»Ein Karbunkel. Das machen wir, wenn ich hier fertig bin.«

Der Wundarzt überprüfte den Inhalt seines Beutels und führte leise einen schnellen Wortwechsel mit Gerwin.

»Ich bin bald zurück.« Jeanne wusste ihren Vater bei Hippolyt in besten Händen. An Cosmè verschwendete sie keinen Gedanken, vielmehr ertappte sie sich des Öfteren bei dem nicht sehr frommen Wunsch, er wäre bei dem Überfall gestorben.

Gemeinsam mit dem Wirt und Gerwin verließ sie das Gastzimmer. Während sie die Stufen hinunterstiegen, spürte sie Gerwins Blick in ihrem Rücken, doch er sagte nichts und verschwand durch den Schankraum. Mit gesenktem Blick folgte Jeanne der jungen Magd, einer hübschen, drallen Person in einem sauberen blauen Kleid. Aus der Küche drangen die Gerüche von Braten und Gemüse in den Gang, der in den hinteren Trakt des Gasthauses führte.

»Hier ist es.« Erika öffnete die Tür zu einem kleinen Raum, in dem ein Kohlenbecken, ein Schemel und ein hölzerner Zuber Platz hatten. Sie stellte das mitgebrachte Öllämpchen auf den Schemel neben ein Leinentuch, auf dem ein Stück Seife lag. »Ihr könnt von innen verriegeln. Braucht Ihr sonst noch etwas?« In ihrem Blick lag Mitleid.

Jeanne schüttelte den Kopf und wartete, bis die Magd gegangen war, damit sie sich entkleiden konnte. Ihren geschundenen Körper sollte niemand sehen. Im Spiegel der glatten Wasseroberfläche begutachtete sie ihr Gesicht und war erstaunt, dass es nicht so unförmig aussah, wie es sich anfühlte. Als sie endlich in das warme Wasser glitt, seufzte sie, doch überkam sie kein Wohlgefühl. Sofort begann sie, sich mit einem Lappen zu schrubben, und schäumte sich immer wieder mit der Seife ein. Jede Ritze ihres Körpers versuchte sie zu reinigen. Am liebsten hätte sie ihr Inneres nach außen gestülpt. Die Oberschenkel waren voller Abschürfungen und blauer Flecke, und sie hatte blutigen Ausfluss, von dem sie hoffte, dass er alle Spuren, die Franz hinterlassen haben mochte, fortschwemmte. Irgendwann war sie am Ende ihrer Kräfte und das Stück Seife auf Erdbeergröße geschrumpft. Sie tauchte Kopf und Haare in das Wasser und wusch diese aus. Danach war auch der letzte Rest Seife verschwunden.

Es klopfte an der Tür, als sie bereits angekleidet auf dem Schemel saß und sich die Haare mit dem Tuch trocknete. »Wer ist da?«

»Hippolyt.«

Sie entriegelte die Tür und ließ den Medicus eintreten.

»Darf ich mich nach Eurem Befinden erkundigen?« Er hob die Öllampe auf und untersuchte die Verletzungen in ihrem Gesicht. »Wie steht es mit dem Rest Eures Körpers?«

Erschrocken sah sie ihn an.

»Ihr sollt Euch nicht entblößen. Glaubt mir, ich habe viele missbrauchte Frauen gesehen. Wenn es im Krieg geschah, haben die meisten es nicht überlebt. Habt Ihr geblutet?«

Sie senkte den Blick.

»Schmerzt es stark?« Er deutete auf seinen Unterleib.

Jeanne hob die Schultern.

»Wenn es nicht mehr allzu sehr schmerzt, sollte es keine Probleme geben.« Er löste einen kleinen Beutel von seinem Gürtel. »Darin sind eine Salbe für die Schwellungen und Blätter vom Beinwell, aus denen Ihr einen Sud aufgießt, mit dem Ihr Euch zwischen den Beinen säubert.«

Schamvoll starrte sie auf ihre Füße.

»Wenn etwas aus dem Gleichgewicht geraten ist, müssen wir danach trachten, es wieder ins Lot zu bringen. Eure Seele kann ich nicht heilen, aber Eurem Körper kann ich zumindest helfen, und ich bitte Euch, Euch selbst zu helfen, denn Euer Vater braucht Euch.«

Alarmiert hob sie den Blick.

»Die Klinge hat mehrere Sehnen durchtrennt auf eine Weise, dass ich sie nicht zusammenflicken kann.« Hippolyt seufzte. »Mindestens zwei Finger an jeder Hand werden versteifen. Außerdem werden die Verletzungen nur langsam heilen. Ihr müsstet also dafür Sorge tragen, dass Euer Vater die Finger möglichst ruhig hält und nicht mit Unrat in Berührung kommt.«

»Natürlich. Erklärt mir genau, wie ich helfen kann«, sagte Jeanne, die inständig hoffte, dass es ihrem Vater weiterhin möglich sein würde, seinem Handwerk nachzugehen. Seine Hände, dachte sie, warum ausgerechnet seine Hände! Es war ihre Schuld, denn er hatte sie schützen wollen. Gott im Himmel, flehte sie, hilf ihm, bitte hilf meinem Vater!

Anschließend erklärte Hippolyt: »Euer Mann hatte einen Durchschuss. Zumindest haben wir keine Kugelreste gefunden.

Ich müsste mich täuschen, wenn er das Knie je wieder bewegen kann. Es tut mir leid.«

»Er wird es überleben. Ich stehe tief in Eurer Schuld, Medicus. Gott mit Euch und Gerwin.« Sie versuchte zu lächeln, verzog jedoch schmerzhaft das Gesicht.

»Wir werden Euch zwei Tage begleiten. Dann allerdings trennen sich unsere Wege. Esst, schlaft und versucht zu vergessen. Ihr seid jung und schön.« Hippolyt reichte ihr die Hand und half ihr aufzustehen. Dann öffnete er die Tür und sagte beim Hinausgehen: »*Non, si male nunc, et olim sic erit.*[1]«

18

Die Flussschiffer führen ein gemächliches Leben, dachte Gerwin und beobachtete den mit Säcken beladenen Kahn, der auf den grauen Fluten des Mains dahintrieb. Der Mai war mild, über den blühenden Wiesen und Bäumen schwirrten Bienen und Käfer, emsig bemüht, ihr Tagwerk zu erfüllen. Das Leben war ein steter, harter Kampf, und Gerwin begann zu verstehen, dass es sich lohnte, die seltenen Augenblicke vollkommener Stille und Schönheit zu schätzen, die sich einem boten, wenn man sich die Freiheit nahm, sie zu bemerken. Sein Pferd trabte gleichmäßig über den ausgefahrenen Uferweg, dem sie seit Frankfurt folgten. Er war an die Spitze des Reisezugs geritten, um für eine Weile seinen Gedanken nachhängen zu können. Solange er sich neben dem Wagen hielt, konnte er nicht aufhören, nach Jeanne zu sehen.

Das strahlende, unschuldige junge Mädchen aus Dresden gab es nicht mehr. Sie hielt sich tapfer, kümmerte sich rührend um ihren Vater und zeigte sich ihrem Gatten gegenüber pflichtbewusst.

1 Auch wenn es uns jetzt schlecht geht, es wird nicht immer so sein.

Letzteres schmerzte Gerwin am meisten. Er verdiente sie nicht. Dieser hochfahrende, frömmlerische Franzose hatte keine liebevollen Worte für seine geschundene Frau. Frauen, hatte Gerwin erkannt, waren ein Geschenk Gottes. Er stimmte nicht mit der Bibel überein, in der die Frau als hinterlistige Sünderin und Verführerin verteufelt wurde, die schuld sei an der Verstoßung der Menschen aus dem Paradies. Selbst die durchtriebene Adelia hatte ihre Vorzüge. Es galt, den Frauen gerecht zu werden, ihre Schönheit zu preisen und sie zu ehren – dann wurde man königlich belohnt. Und Jeanne, dachte Gerwin, war eine Rose, ein kostbares Juwel, das seine Liebe zum Strahlen bringen würde. Doch es schien so, als wollte das Schicksal es nicht zulassen. Seufzend glitt sein Blick über die Weinberge.

»*Ich, die Platane, bin dürr. Doch umrankt und umwoben vom Weinstock, trag ich das fremde Laub wie einen eigenen Schmuck. Aber ich stützte auch einst mit grünem Gezweige die Trauben, als ich an Blättern so reich wie diese Rebe noch war.*« Hippolyt hatte sein Pferd aufschließen lassen und sah seinen Freund prüfend an.

»Was ist das, ein Gedicht über den Wein?«, fragte Gerwin.

»Wart's ab. Hier die letzte Zeile: *Halte sich jeder darum hinfort eine solche Gefährtin, die auch im Tode ihm noch Liebe mit Liebe vergilt.*« Der Wundarzt blinzelte in die Nachmittagssonne. Sein Gesicht hatte eine gesunde Farbe angenommen, und er schien kraftvoller als zu Helwigsdorffer Zeiten.

»Warum zitierst du nicht auf Latein?«

»Weil es von einem Griechen stammt – Antipatros von Thessalonike.«

»Empfiehlst du mir eine Platane als Gefährtin? Gar kein übler Einfall, wenn man es recht bedenkt«, witzelte Gerwin.

»Im Hinblick auf die Liebe kann ich nichts empfehlen, doch sage ich zumindest, dass eine Gefährtin nicht gleichbedeutend mit einer Ehefrau sein muss. Angesichts der Weinberge erinnerte ich mich an diese Verse. Entlang der Mosel gibt es noch reichere

Hänge, und die Trauben dort geben würzige Weine. In Frankreich erwartet uns der Krieg mit all seinen Gräueln, aber die Weine der verschiedenen Regionen lassen einen über vieles hinwegsehen. Wir werden sie auf unserer Reise durch jenes herrliche Land kosten.« Hippolyt wandte sich nach hinten. »Gero! Sollen wir noch eine Rast vor dem Abend halten?«

Seit dem frühen Morgen waren sie trotz der Verletzten mit nur einer Rast in Frankfurt stramm geritten. Der Kaufmann hatte darauf bestanden, die Reise fortzusetzen, er wolle den elendigen deutschen Landstrich so schnell wie möglich hinter sich bringen.

Gero ritt an ihrer Seite. Obwohl die Rippenbrüche noch nicht verheilt waren, zog er das Reiten dem rüttelnden Wagen vor. Da die Achsen nicht gefedert waren, übertrug sich jede Unebenheit des Weges auf die gebeutelten Knochen der Insassen.

»Ich habe mit Amrit, dem erfahrensten Knecht des Kaufmanns, gesprochen. Wir rasten hinter der nächsten Biegung. Die Pferde brauchen eine Pause und müssen Wasser saufen. Danach sind es noch zweieinhalb Stunden, bis der Main auf den Rhein trifft. Dort gibt es eine große Herberge, in der wir nächtigen werden, und morgen queren wir dann den Fluss.«

So hielten sie es, und allen war die Erleichterung über einen Tag ohne Vorkommnisse anzumerken, abgesehen von den Zoll- und Grenzstationen der jeweiligen Landesherren. Gerwin war es langsam leid, stets über die Konfession des jeweiligen Gebiets nachdenken zu müssen. Er ahnte, dass Hippolyt recht hatte, der davon überzeugt war, dass die Mehrzahl der Fürsten sich für das Luthertum entschieden hatte, weil ihnen dadurch die Besitztümer der Kirchen zugefallen waren. Zudem wurde das landesherrliche Kirchenregiment gerechtfertigt durch Luthers Berufung auf den Apostel Paulus: »Denn es ist keine Obrigkeit außer von Gott, wo aber Obrigkeit ist, die ist von Gott verordnet.« Die Fürsten konnten also behaupten, der weltlichen Macht stehe die Aufgabe zu, die christliche Gemeinschaft gegen das Böse zu schützen.

»Was grübelst du, Gerwin?«, fragte Hippolyt.

»Ach, die Grenzstationen, dieses Gerede über die Konfession. Ich weiß zwar, dass es durch den Augsburger Religionsfrieden ruhiger geworden ist, aber ich kann mir nicht vorstellen, dass das von Dauer ist. Die Leute sind so überzeugt von ihrer Sache, dass sie keinen Raum lassen für anderes Gedankengut.«

Der Wundarzt nickte. »Meines Erachtens ist es ein großer Fehler bei der Verfassung des Augsburger Friedens gewesen, nur die lutherischen und die katholischen Stände anzuerkennen. Es sind doch nicht die Lutheraner, die sich weigern, die Obrigkeit anzuerkennen – nein, das sind die Calvinisten. Nur Calvin verlangt von seinen Anhängern den aktiven Widerstand, wenn ihre Religion unterdrückt wird. Das ist entscheidend. Das ist ja auch der Grund für den Krieg in Frankreich. Nun, wir werden es früh genug selbst erleben. Dort kämpft Bruder gegen Cousin, Vater gegen Sohn – grauenvoll! Und vermeidbar! Das macht mich so wütend! Toleranz, mein Freund, Toleranz ist das Zauberwort, doch scheint es seine Magie verloren zu haben …« Er zügelte sein Pferd.

Gerwin warf ihm einen skeptischen Seitenblick zu. »Toleranz – das klingt gut, aber doch sehr vage.«

»Es gibt Fürsten, die in der Lage wären, diesen Kontinent zu befrieden, aber sie herrschen eben nicht allein. Nun, das erkläre ich dir ein anderes Mal. Mein Magen knurrt, sieh, dort vorn!« Die Blicke der Männer fielen auf den ersehnten Rastplatz für diese Nacht.

Die Herberge »Zur schönen Rheinfischerin« umfasste zwei Wohn- und ein Stallgebäude und lag eingebettet in einen Streifen Mischwald. Die Flusskreuzung war eine Hauptverkehrsader, denn die Binnenschifffahrt war neben den Maultiergespannen der wichtigste Transportweg. Bereits die bunte Mischung von Kaufleuten, Soldaten, Pilgern und Reisenden jeglicher Couleur zeigte an, dass sie sich an einem Handelsknotenpunkt im Herzen Europas befanden.

Im Hof hatten sich Viehtreiber, Karrenführer und Knechte auf

Kisten, Säcken und einfachen Holzbänken niedergelassen. Ein babylonisches Sprachgewirr, in dem sich Deutsch, Französisch, Italienisch, Niederländisch, Ungarisch und Sprachen, die Gerwin gänzlich fremd waren, mischten, erfüllte den Platz.

Ein mürrischer junger Mann trat auf sie zu und machte eine ausgreifende Armbewegung. »Ich bin hier der Quartiermeister. Ihr seht selbst, dass es voll ist. Wasser und Futter für die Pferde sind vorhanden. Bewachen müsst Ihr Euren Wagen selbst. Wie viele Schlafplätze benötigt Ihr?«

Gerwin sah, dass Jeanne bereits ausgestiegen war und sich neugierig umschaute. Da der Kaufmann mit seinem Bein nur mühsam aus dem Wagen kam, übernahm Hippolyt die Verhandlungen und bedachte den überarbeiteten Mann, der sich dauernd nervös umsah, mit einem verständnisvollen Lächeln. »Wir erwarten kein fürstliches Gemach, doch wir haben Schwerverletzte dabei, die der Rekonvaleszenz bedürfen. Eine Horde Banditen hat uns arg zugesetzt.«

Die Miene des Quartiermeisters wurde milder. »Leider haben wir nur noch einen separaten Schlafraum, darin eine große Bettstatt ist. Die allerdings bietet Raum für sechs.«

»Eine Dame reist mit uns. Wäre es möglich, saubere Strohsäcke und frisches Wasser zu bekommen?« Es war ein Spiel nach tausendjährigen Regeln. Hippolyt zückte seinen Beutel und klimperte mit den Münzen.

Das schien die Entschlussfreudigkeit des Quartiermeisters zu beschleunigen, und als er einen Silberling in der Hand hielt, verneigte er sich. »Ihr werdet kein Grund zur Klage haben. Darf ich auch einen Tisch für das Abendessen reservieren? Wir haben heute gehackte Leber, Schweinsrippchen und süßsauren Hecht. Das Wildbret ist schon aus, aber Eiertorte mit Dörrobst gibt es noch.«

Hippolyt strich sich über den Leib, der sich kaum noch wölbte. »Das ist ganz nach unserem Geschmack. Dazu einige Krüge kräftigen Wein, und wir preisen Euch bis …«

Der Mann lachte. »Gut denn! Zu den Ställen dort entlang, und in der Wirtsstube fragt Ihr nach Kora.«

Jeanne war hinzugetreten. Sie trug ein schlichtes dunkelbraunes Kleid mit einem weißen Spitzenkragen. Die Salben des Arztes hatten die Schwellungen gemindert, und auch die Lippe begann zu heilen. »Gibt es eine Badestube?«, fragte sie vorsichtig.

Der Quartiermeister musterte sie mitleidig. »Es gibt eine, aber an Eurer Stelle würde ich da nicht hineingehen. Wenn es warm genug ist, baden die meisten unten im Fluss. Ich lasse Euch Wasser ins Zimmer bringen.«

Der dreckige Schlafraum, welcher ihnen von einem verlausten kleinen Jungen gezeigt worden war, stank nach Urin, dass es ihnen schier den Atem verschlug. Am liebsten wäre Gerwin rückwärts wieder hinausgegangen, doch er sah Jeannes unglückliches Gesicht. Die Tür ließ sich nicht von innen verriegeln, und bei dem Andrang war es wahrscheinlich, dass sie nachts ungebetene Besucher bekämen.

»Hippolyt und ich werden uns mit dem Wachen abwechseln. Wenn es Euch lieber ist, schlafen wir im Stall bei den Knechten«, erbot sich Gerwin.

»Nein, auf keinen Fall. Endres und ich sind hilflos und können Jeanne nicht beschützen. Wir sind dankbar über Eure Gegenwart«, versicherte Cosmè rasch. Er wirkte erschöpft und weniger streitbar als am Morgen.

»Vielleicht sollten wir alle unten essen, und bevor wir uns zur Ruhe begeben, versorge ich Eure Wunden«, schlug Hippolyt freundlich vor.

Kaum hatte er den Satz beendet, wandten sich alle der Treppe zu, um dem Gestank des Gästetrakts zu entrinnen. Im Schankraum fragte Gerwin nach Kora und wurde von einer hochgewachsenen Brünetten überrascht, deren muskulöse Arme ein vollbeladenes Tablett trugen und deren wohlgerundete kleine Brüste ihr die Aufmerksamkeit der männlichen Gäste und ein entsprechendes Trinkgeld sicherten.

»Bitte hier Platz zu nehmen, die Herrschaften.« Sie beugte sich vor und stellte ein Tablett mit Weinkrügen und Bechern auf den Tisch. Zwischen den prallen Halbkugeln ihres offenherzigen Ausschnittes baumelten ein silbernes Kreuz und ein Marienmedaillon.

»Du betest zur Heiligen Jungfrau?«, fragte Hippolyt, während er Wein einschenkte.

Kora zuckte die Achseln. »Was ist daran schlecht? Sie ist meine Schutzpatronin. Außerdem halten's die meisten hier so oder so. Gehe ich über Vater Rhein, sind sie Lutheraner, spring' ich über den Main, küssen s' dem Papst die Füße. Das Essen bringen wir Euch gleich.«

Gerwin beobachtete Jeanne, die an ihrem Becher nippte. Die Wunde an ihrer Lippe verschorfte bereits. Cosmè lagerte sein Bein auf einen Schemel. Endres verzog das Gesicht, sobald er mit beiden Händen den Becher zum Mund führte. Es würde schwer für die junge Frau werden, sich um beide Männer zu kümmern. Einer der Knechte müsste ihr helfen. Vielleicht Stefan. Er würde mit ihm sprechen, bevor sie sich trennten.

Das dampfende Essen wurde aufgetragen, und die Küche der »Rheinfischerin« machte die verdreckten Quartiere fast vergessen. Erhitzt von dem Essen, der Wärme im Schankraum, den über fünfzig Gästen und dem kräftigen Moselwein, saßen sie mit geröteten Wangen ermattet auf ihren Plätzen und lauschten dem Geschwätz und Gelächter. Endres lehnte mit geschlossenen Augen an der Wand, und Jeanne strich über den runden Korpus ihrer Laute, die neben ihr stand. Am Tisch neben ihnen saßen Engländer und Italiener, Kaufleute und Diplomaten, wie sich später herausstellte. Eine der beiden englischen Ladys nickte Jeanne freundlich zu und zeigte auf die Laute.

»*Can you play? I'd love to hear you play the lute. It's a lute, is it not?*«

Man musste der Sprache nicht mächtig sein, um zu verstehen, worauf die Dame hinaus wollte. Jeanne antwortete lächelnd: »*Oui, avec plaisir.*«

Die Lady strahlte, als Jeanne das schöne Instrument aus seiner Hülle nahm und stimmte. Gerwin rückte den Tisch etwas ab, damit sie mehr Platz hatte.

»Ich möchte mich zur Ruhe begeben, mein Bein schmerzt«, murrte Cosmè, doch Endres legte ihm die verbundene Hand auf den Arm.

»Lasst sie spielen. Es wäre grausam, es ihr zu verbieten.«

Cosmè öffnete den Mund zu einer Erwiderung, besann sich aber eines Besseren und fügte sich mit vor der Brust verschränkten Armen.

Als die ersten Takte erklangen, verstummten die Gespräche an den Nebentischen, und nur ein gelegentlich geflüstertes »*bellissimo*« war noch zu vernehmen. Gerwin stützte das Kinn auf die gefalteten Hände und versank im Anblick der schönen Lautenspielerin. Doch nicht allein Jeannes Schönheit, die durch die Blessuren nicht gemindert, sondern erhöht wurde, weil sie dadurch noch fragiler wirkte, bannte Gerwin und die Zuhörer. Es war die absolute Hingabe der Musikerin an ihre Musik. Jeder Ton, den sie der edlen Laute entlockte, sprach eine eigene Sprache, eine Sprache, die keiner Worte bedurfte und für jeden verständlich war. Sie begann mit einer Phantasie von Palestrina, variierte Motive, ließ melancholische Momente einfließen, die von fröhlichen Läufen aufgebrochen wurden, um sich in kunstvollen Kapriolen auszulassen und zu einem volltönenden Schlussakkord zu kommen.

Die Zuhörer klatschten begeistert Beifall, und die Italiener riefen: »*Brava!*«

»*Splendid, overwhelming! You are an artist! You must play for our queen!*«, sprudelte es aus der englischen Lady hervor, doch Jeanne hörte nicht hin, sondern dämpfte die Saiten, die noch nachklangen, und setzte zu einem neuen Stück an.

Während sie die ersten leisen Töne zupfte, hob sie kurz die Lider und begegnete Gerwins Blick. Ein unbeteiligter Beobachter hätte nichts Arges darin sehen können, doch Gerwin fühlte sich von ihren dunklen, traurigen Augen umfangen. Als sie jetzt spielte, wusste er, dass es nur für ihn war. Sie gewährte ihm einen Blick in ihre gequälte Seele, und er erschauerte. Diesmal wand sich die Melodie aus dunklen, basslastigen Tiefen hinauf in beschwingte Höhen, für kurze Momente, wenige Takte nur, dann gewann das schwermütige Thema die Oberhand, um sich seinerseits von der kühlen Perfektion perlender Tonreihen ablösen zu lassen. Unter allem lag eine leidenschaftliche Spannung, welche Gerwins Herz weinen ließ.

Wie versteinert saß er nach dem Ende ihres Vortrags auf seinem Schemel und reagierte erst, als Hippolyt ihm unter dem Tisch gegen den Fuß trat. Automatisch klatschte er in die Hände und konnte seine Augen nicht von Jeanne wenden.

»*Lord almighty! Please, my dear, you simply must promise me to play for our queen! She is a connoisseur of music and dance! Pardon me!*« Die von Jeanne ehrlich begeisterte Engländerin wiederholte ihr Lob in fließendem Deutsch.

»Darf ich fragen, mit wem wir die Ehre haben?«, fragte Hippolyt und stellte sich und seine Reisegefährten vor.

»Lady Dousabella. Unter diesem Namen kennt man mich am Hof der Königin. Sie liebt Spitznamen, und meiner ist genau genommen keiner, weil er mein Vorname ist. Verglichen mit Frosch, Äffchen, Krummnase oder Hinkebein, und das sind die harmloseren, hatte ich also Glück!« Lady Dousabella lachte und zeigte eine Reihe schneeweißer Zähne. Sie hatte rosige Wangen und rötlich blondes Haar.

Gerwin hörte noch, wie Hippolyt einen Mann mit dem Namen Walsingham erwähnte, was die Lady aufmerken ließ, doch seine Aufmerksamkeit galt Jeanne, mit der er unbedingt sprechen wollte, bevor sie sich zur Ruhe begaben.

Doch da erhob sich Cosmè. »Wir möchten uns empfehlen. Morgen liegt wieder eine lange Wegstrecke vor uns, und wir alle brauchen Schlaf.«

Gerwin reichte Cosmè seine Krücke, die er ihm unwirsch aus der Hand nahm. Jeanne entschuldigte sich bei der freundlichen Engländerin, packte ihre Laute ein und half ihrem Vater aus der Bank.

Lautstark setzte der Kaufmann die Krücke auf den Boden und drängte sich zwischen den vollbesetzten Tischen hindurch.

Es war weit nach Mitternacht. Gerwin saß mit einer geladenen Pistole auf seinem Strohsack und kämpfte gegen den Schlaf. Hippolyt schlief eine Armlänge von ihm entfernt. Sie waren übereingekommen, die Flamme des Öllämpchens brennen zu lassen, denn sobald das Licht ausging, kamen die Wanzen aus ihren Verstecken gekrochen. Wanzenbisse waren nicht nur lästig und juckten, sondern verursachten Ausschläge und oftmals heftige Fieber.

Durch das geöffnete Fenster drangen Geräusche herauf, verursacht von unruhig scharrenden Pferden, betrunkenen Schnarchern und den Liebesspielen versunkener Paare. Gerwin war davon überzeugt, dass auch die hübsche Kora sich auf diese Weise ein paar Taler dazuverdiente. Ein Windhauch wehte durch das Fenster und löschte die Flamme. Rasch suchte Gerwin nach einem Span, um einen Funken zu retten und das Licht wieder zu entzünden. In seiner Phantasie marschierten bereits tausendköpfige Armeen von winzigen gepanzerten Tieren aus den Ritzen in Boden und Wand. Noch glühte der Docht, und endlich fand Gerwin einen der dünnen Späne, die er sich zurechtgelegt hatte. Erleichtert blies Gerwin sacht in die kleine Flamme des öldurchtränkten Dochtes.

Er hob das Lämpchen und leuchtete den Boden ab. Dabei fiel sein Blick auf das riesige Bett, in dem Endres, Cosmè und Jeanne lagen. Die beiden Männer schliefen dank Hippolyts opiumhaltiger Pillen einen heilsamen tiefen Schlaf. Unwillkürlich glitt sein Blick über den schlanken Körper von Jeanne, deren dunkle Locken sich über ihre Schultern gelegt hatten. Mit den Augen tat er, was seine Hände nicht durften. Ihre Schönheit war atemraubend, und sie hatte heute Abend für ihn gespielt. Es war nicht anmaßend, das zu glauben, dachte Gerwin und hielt plötzlich inne. Etwas stimmte nicht. Ihr Atem ging nicht mehr gleichmäßig.

Ihre dunklen Augen blitzten kurz im Licht, das er rasch zur Seite stellte. »Was tut Ihr da?«, flüsterte sie und rollte sich an die Bettkante.

Gerwin beugte sich vor, so dass sie nur eine Armeslänge voneinander entfernt waren. »Ich bewundere Eure Schönheit.«

Ihre Stimmen waren so leise, als wäre es ein Windhauch, der durch die Vorhänge zog.

»Das dürft Ihr nicht, ich bin eine verheiratete Frau.«

»Aber Ihr habt es mir bereits erlaubt.«

Sie rückte noch weiter vor, und die langen dichten Locken rutschten über ihre Hände und umfingen ihren Kopf wie ein Schleier. »Wann wäre das gewesen?«

»Heute Abend. Erinnert Ihr Euch, dass ich Euch einmal gebeten habe, für mich zu spielen? Ihr habt es getan.«

Eine Weile war es still. Die kleine Flamme warf unregelmäßige Schatten und gab gerade genügend Licht, dass Gerwin hin und wieder Jeannes Gesicht sehen konnte.

»Kommt näher«, wisperte sie.

Langsam kniete er sich vor das Bett. Ihre Gesichter waren sich so nahe, dass sie den Atem des anderen spürten. Er konnte nicht sehen, was sie tat, doch er spürte ihre Hand an seinem Hals. Zärtlich tasteten ihre Finger sein Kinn entlang, strichen über seine Wange und über seine Brauen. Gerwin hielt den Atem an, schloss die Augen und ließ seine Wange in ihrer warmen Hand ruhen. Als er fühlte, dass sie sich ihm entziehen wollte, drückte er seine Lippen sacht in ihre Handinnenfläche.

Er konnte sich getäuscht haben, doch er vermeinte, den Hauch eines Seufzers aus ihrem Mund vernommen zu haben. Dann war ihre Hand fort, und sie drehte sich zum Schlafen auf die andere Seite. Gerwin verharrte regungslos vor der Bettkante und starrte so lange in die Dunkelheit, bis seine Augen brannten. Er bemerkte nicht, wie Hippolyt sich nachdenklich den Kopf kratzte. Erst als der Arzt murmelte: »*Quis legem det amantibus? Maior lex amor est sibi*[1]«, schreckte Gerwin auf. Er fuhr herum und rutschte auf Knien zu Hippolyts Strohsack. »Hast du etwas gesagt?«

»Nur geträumt. Soll ich die Wache übernehmen?«

»Nein, ich kann ohnehin nicht schlafen.«

»Dachte ich mir …« Mit diesen Worten überließ er Gerwin seiner aufgewühlten Seele.

1 Wer wird Liebenden Gesetze auflegen? Ein höheres Gesetz ist die Liebe selbst.

Dritter Teil

Paris
Augustus 1569

19

In zwei Hälften schneide
ich die Novembernacht,
davon ich eine kleide
in meines Kissens Seide,
klug auf den Mai bedacht.
Kommt der, den ich ersehne,
roll' ich sie auf und dehne
die kurze Frühlingsnacht.
Hwang Chin-I (um 1506–1544)

Jeanne hatte den Sommer in Frankreich herbeigesehnt, doch Paris war nicht das Languedoc, und es gab keine Küste, von welcher der salzige Geruch des Meeres über die Obstbäume wehte, keine Berge, in denen würzige Kräuter wuchsen und Ziegenhirten köstlichen Käse herstellten. Paris war eine Stadt, groß, laut, bedrohlich, und sie stank buchstäblich zum Himmel. Die Hitze staute sich in engen Gassen, in denen sich die schiefen Häuser einander zuneigten. Es gab Prachtboulevards und Brücken über die Seine, deren trübe, verseuchte Fluten träge dahinflossen. Doch ganz gleich, wo man sich befand, alles versank in einer knöcheltiefen Schicht aus Dreck, Abfällen und Kot. Die Pariser scheuten sich nicht, ihre Nachttöpfe aus den Fenstern direkt auf die Straße zu entleeren, weshalb es ratsam war, sich Richtung Straßenmitte zu orientieren.

Ihre Laute schmiegte sich vertraut an ihren Rücken, und automatisch legte sie schützend eine Hand unter den Korpus des zarten Instruments.

»Ich nehme sie Euch ab. Ihr solltet nichts mehr tragen in Eurem Zustand!«, ermahnte sie die junge Frau in dem sauberen gestärkten Kleid mit dem weißen Häubchen. Guillemette war ihre Kammerfrau, doch Jeanne empfand die ständige Anwesenheit der zwei Jahre jüngeren Dienerin eher als Bewachung denn als Unterstützung.

»Du lässt deine Finger von meiner Laute! Ich habe es dir schon so oft gesagt!«, fauchte Jeanne, doch Guillemette ließ sich nicht einschüchtern und zog eine Grimasse, wofür Jeanne sie am liebsten geohrfeigt hätte. Das allerdings hätte die dreiste Dienerin sofort Cosmè berichtet und Jeanne eine Rüge eingebracht.

»Ich meine es ja nur gut mit Euch. Ihr lasst Euch aber auch gar nicht helfen«, murrte Guillemette. »Wozu bin ich denn überhaupt da?«

Zwei feiste Pariser Bürgersfrauen stolzierten an ihnen vorüber, spuckten aus und sagten vernehmlich: »Hugenottengesindel!«

Guillemette drehte sich um und rief: »Fettes Papistengeschmeiß!«

»Halt den Mund, du dummes Ding!«, fuhr Jeanne sie an und riss sie am Arm hinter sich her. »Sollen alle auf uns aufmerksam werden? Reicht es nicht, dass wir durch unsere Kleidung auffallen?« Sie hasste die schwarzen Kleider, die sie nun tragen musste. Ihr Gatte bestand darauf, denn er war einer der Ältesten im *consistoire,* dem Presbyterium der hugenottischen Gemeinde in Paris.

Sie verließen die Pont Notre Dame zur rechten Flussseite. Wie die Pont Saint-Michel war auch sie dreispurig und zu beiden Seiten mit Häusern bebaut. Die Ziegelhäuser waren mit Hausnummern versehen, eine bemerkenswerte Neuerung in Paris, wo man Gebäude oder Wohnungen nur anhand abenteuerlicher Beschreibungen fand. Das Haus ihres Gatten befand sich nahe der Rue Saint-Honoré auf Höhe des Louvre in einem der begehrtesten Viertel der Stadt.

Die Stimmung in Paris war aufgeheizt von den andauernden Scharmützeln zwischen dem königlichen Heer und den Truppen der Hugenotten. Überall wurde gegen die Reformierten gehetzt, und sie bekamen täglich zu spüren, dass Paris eine katholische Stadt war. Hier residierte die königliche Familie, doch der heimliche König von Paris war Henri de Guise, das pfiffen die Spatzen von den Dächern. Jeanne fand es unklug, ihre Konfession zur Schau zu tragen, schlug ihr doch überall der Hass fanatischer Katholiken entgegen.

»Wir haben keinen Grund, uns für unsere Religion zu schämen«, sagte Guillemette und befreite sich energisch aus Jeannes festem Griff. »Und ich weiß langsam nicht mehr, was ich von Euch halten soll! Ihr tragt ein Kind unter dem Herzen und solltet Gott dafür danken und beten und nicht durch die Stadt laufen, um bei diesen Leuten Musik zu spielen, die gotteslästerlich ist!«

Das war zu viel! Jeanne wandte sich um und schlug dem unverschämten Mädchen mit der flachen Hand auf die Wange, dass diese feuerrot entflammte. »Ich will kein Wort mehr von dir hören, bis wir im Haus sind!«

Wütend schritt Jeanne weit aus, ohne auf das Jammern hinter ihrem Rücken zu achten. Seit Tagen hatte sie sich darauf gefreut, im Haus von Jean Morel, einem gelehrten Edelmann aus dem Dauphiné, in der Rue Pavée spielen zu dürfen. An diesem Nachmittag war es vergleichsweise ruhig im Haus Morel gewesen, in dem sich zu späterer Stunde regelmäßig Musiker, Künstler und Dichter einfanden. Morel und seine Familie waren von ihrem Spiel begeistert gewesen und hatten sie gebeten, so bald als möglich wiederzukommen.

Ruckartig blieb Jeanne stehen und drehte sich zu Guillemette um, die sich schniefend die Augen wischte. »Spar dir die Tränen für empfängliche Männerherzen.« Etwas freundlicher fügte sie hinzu: »Musik kann nicht gotteslästerlich sein, Guillemette. Musik ist eines der größten Geschenke, die der Herr uns gemacht hat. Jeder vollkommene Ton preist die göttliche Schönheit. Vielleicht möchtest du selbst lernen, ein Instrument zu spielen?«

Vehement schüttelte das Mädchen den Kopf. »Unser *pasteur* sagt, dass Gott nur durch die Stille spricht. Also darf man keine künstlichen Geräusche machen, welche …«

»Geräusche!« Jeanne rang verzweifelt die Hände. »Schon gut. Wenn der Pfarrer einem Spatzenhirn etwas einflößt, ist jegliche Logik vergebens …«

Sie stapfte durch den Dreck, wobei sie versuchte, die Säume ihrer Röcke zu heben, doch sie waren bereits feucht und vom Unrat dunkel verfärbt. Reiche Damen ließen sich von ihrem Gefolge begleiten, in Sänften tragen und ihre seidenen Schuhe von Dienern mit Holzbohlen vor dem Schmutz schützen. Vielleicht sollte sie Guillemette einfach eine solche Holzbohle ziehen lassen, das würde ihr die Frechheiten austreiben. Seufzend folgte Jeanne der Straße um die kleine Kirche von Saint-Germain-l'Auxerrois und wich einem Wasserverkäufer aus. Das Wasser der Seine galt als ungenießbar, weshalb an jeder Ecke angeblich reines Brunnenwasser angeboten wurde.

Es war nicht richtig, dass sie sich Guillemette gegenüber unbeherrscht zeigte, Jeanne schob ihre Verletzlichkeit und das rasche Aufbrausen auf ihre Schwangerschaft. Mit dem Handrücken wischte sie sich den Schweiß von der Stirn und fächelte sich Luft zu. Sie hasste ihren Zustand, und, was sie noch mehr erschütterte, sie verabscheute das Leben, das in ihr heranwuchs. So sehr sie sich bemühte und in stummen Gebeten um freundliche Gefühle für das Kind in ihrem Leib flehte, sie wollte es nicht. In ihrer Verzweiflung war sie sogar zu einer Kräuterfrau gegangen und hatte um einen Trank bitten wollen, um das Kind abzutreiben. Doch Guillemette war ihr gefolgt, und damit war Jeannes Plan gescheitert, denn wenn ihr Mann davon erfahren hätte, wäre ihr der sofortige Tod durch seine Hand oder der Galgen gewiss gewesen. Also hatte sie einen unverfänglichen Strauß Lavendel gekauft.

Kaum bogen sie in die Grand Rue Saint-Honoré ein, die vergleichsweise sauber war, kam ihnen ein singender Straßenhändler entgegen, die Paris zu Hunderten bevölkerten. »Gute Schwefelhölzer, Scheuersand, Nadeln, feine Nestelschnur, Schuhwichse, liebe Leute, all das biet' ich euch, kommt und schaut! Strohmatten, Rattengift, Feuerstein und Flinten, zum Wollesäubern Kreide, Anis und allerlei andres Gewürz und Gebein, ganz fein! Hier gibt es alles, was ihr braucht!«

Als Jeanne zögerte, kam der beleibte Mann mit erwartungsvollem Gesicht auf sie zu.

»Kommt bloß fort, der will Euch nur was aufschwatzen!«, ermahnte Guillemette sie.

»Ach, guter Mann«, sagte Jeanne. »Mir steht der Sinn nach Pasteten. So etwas habt Ihr nicht?«

»Nein, da muss ich Euch enttäuschen. Doch an der nächsten Ecke steht meist ein Bursche mit weißer Mütze. Da seid Ihr an der richtigen Adresse.«

Jeanne bedankte sich und hielt Ausschau nach dem Backwarenverkäufer, denn sie hatte schon öfter von diesen Leuten Waren erster Güte gekauft.

Ihre Kammerdienerin war anderer Meinung. »Wir sind gleich zu Hause. Was kauft Ihr solches Zeug? Wer weiß, was die da hineintun! Ihr solltet mehr auf Euch und das Kind achten!«

Jeanne schickte mit geballten Fäusten ein stummes Stoßgebet zum Himmel, dessen Inhalt kaum fromm zu nennen war. Die weiße Mütze des Backwarenverkäufers leuchtete zwischen den matten Farben der einfachen Leute auf, die sich den Boulevard entlangdrängten. Ohne auf Guillemette zu achten, die mit säuerlicher Miene neben ihr stehen blieb, bat Jeanne den Mann um zwei der köstlich duftenden Pasteten.

»Dank Euch, edle Dame. Bei dieser Hitze will mir kaum jemand Pasteten abkaufen. Acht Heller bekomme ich von Euch.«

Jeanne kramte in ihrem Beutel, doch Guillemette keifte in bester Pariser Manier: »Bist du von Sinnen? Willst meine Herrschaft übers Ohr hauen? Fünf Heller und keinen mehr! Sonst gehe ich zum nächsten Büttel und sag', was du treibst!«

Der Bursche zog einen schiefen Mund. »Euch Hugenotten wird das Hochnäsige noch vergehen! Die Schlacht von Jarnac habt ihr verloren, und euren Admiral hat das Pariser Parlament zum Tod durch den Strang verurteilt.«

Dagegen gab es nichts zu sagen. An zahlreichen Plätzen der Stadt hatte man Galgen aufgestellt und an ihnen eine Puppe, die den Admiral Coligny darstellte, aufgehängt. Wegen Verrats an Gott und dem König war Coligny vom Parlament in Abwesenheit zum Tode und Verlust seiner Güter verurteilt worden. Außerdem war eine Prämie von fünfzigtausend Goldtalern auf seinen Kopf ausgesetzt worden.

Der Backwarenverkäufer wickelte zwei Pasteten in ein Stück Papier. »Nun denn. Fünf Heller also. Aber merkt euch das, der König von Paris wird euch die Flausen austreiben!«

Die letzten Worte sagte er mit drohendem Unterton, griff sich die Münzen, die Jeanne ihm hinhielt, und stolzierte davon. Hungrig biss Jeanne in eine der warmen Köstlichkeiten. Die zweite wollte sie ihrem Vater geben, der sich seit ihrer Ankunft in Paris vollkommen zurückgezogen hatte.

Cosmès Haus wirkte neben den prächtigen Adelspalästen der Grand Rue eher bescheiden, doch es war zweigeschossig und verfügte über einen Innenhof, dessen Mauer an den Hof des Nachbarhauses grenzte,

Dank der dicken Steinmauern war es im Haus etwas kühler, gleichwohl war die Luft modrig und abgestanden, denn sobald man die Fenster öffnete, zog der Gestank der Straße herein. Ohne auf Guillemette oder die anderen Dienstboten zu achten, die wie stumme Schatten durch die Räume schlichen, ging Jeanne in den ersten Stock, wo ihr Vater zwei Zimmer bewohnte. Das eine diente als Schlafraum, in dem anderen hatte Cosmè eine Werkstatt einrichten lassen, was Jeanne ihrem Gatten hoch anrechnete.

»Vater?«, rief sie und stieß die Tür zur Werkstatt auf.

Wie meist saß Endres in einem Stuhl vor dem Fenster. Auf dem Tisch vor ihm lag ein halbrunder Holzklotz, auf dem bereits zwei Holzstreifen aneinandergeleimt waren. Endres mühte sich mit einem weiteren Streifen, den er über einem Biegeeisen in die richtige Form zu bringen versuchte. Da mehrere seiner Finger seit dem Überfall bei Frankfurt steif geblieben waren, konnte er sein geliebtes Handwerk nur unter großen Mühen ausüben. Jeanne sah die Anstrengung in seiner konzentrierten Miene und die Schweißperlen, die ihrem Vater dabei auf die Stirn traten.

Die schlechte Luft in dem kleinen Raum wurde zusätzlich durch das heiße Biegeeisen aufgeheizt. Jeanne ging zum Fenster und öffnete es. Dann reichte sie ihrem Vater die Pastete. »Für dich.«

Sein Haar war schütterer geworden, das Leuchten aus den Augen verschwunden. Es schien, als hätte die Verstümmelung seiner Hände ihm jede Vitalität geraubt. »Danke, *mignonne*. Oh, Fleischpastete, du weißt, wie sehr ich die mag.«

Auf einem Schränkchen fand sie Krug und Becher, goss mit Wasser verdünnten Wein für sie beide ein, nahm die Laute vom Rücken und setzte sich zu ihrem Vater. Es freute sie zu sehen, mit welchem Appetit er die Pastete aß. Plötzlich hielt sie inne. Ein stechender Schmerz durchzog ihren Unterleib, nur kurz, dann war er vorüber. Jedes Mal hoffte sie, dass sie Blutungen bekäme und das Kind verlor, doch es war hartnäckig.

»Geht es dir gut?«, fragte Endres und musterte sie besorgt.

»Ja.« Sie atmete mehrfach tief ein und aus. »Ich war bei Jean Morel, ein interessanter Mann.«

»Ach ja! Erzähl mir alles!« Langsam kauend, denn er hatte bereits drei Backenzähne verloren, lauschte Endres dem Bericht seiner Tochter.

»Auch seine Frau und seine Töchter sind freundlich und so gelehrt! Ihre Bibliothek ist beeindruckend, und sie sprechen Italienisch und Englisch. Es waren einige Leute da, deren Namen ich nicht behalten habe. Ich war zu nervös.« Sie nestelte an ihrem Gürtel und zog ein goldbedrucktes Billett aus ihrem Beutel. »Ah, hier ist es.«

Ihr Vater hielt sich das Kärtchen vor die Augen. »Das ist das Wappen der Herzogin von Nemours!«

»Wirklich? Die Dame Bianca sagte, dass ihre Herrin mich gern spielen hören würde, und wenn sie im Winter wieder in Paris ist, wolle sie mich rufen lassen. Nemours, woher kenne ich den Namen?«, überlegte Jeanne laut.

»Die Herzogin von Nemours ist niemand anders als Anna d'Este, verwitwete Herzogin von Guise«, erklärte Endres, stand auf und schloss die Tür. »Nach dem Tod ihres ersten Mannes, des Herzogs von Guise, hat sie den Herzog von Nemours, Jacques de Savoie, geehelicht.«

»Himmel, diese Einladung hat doch nichts mit Onkel Julian zu tun? Sie kann doch nicht wissen, dass ich eine de Bergier bin?« Jeannes Stimme zitterte. Seit dem Tod ihrer Mutter hatten sie keinen Kontakt mehr zur Familie der Bergiers. Zu groß war die Furcht vor der Rache der Guisen.

Endres kratzte sich nachdenklich den Bart und schob die Karte von sich. »Nein, das glaube ich nicht. So, wie du es erzählst, hat die Dame Bianca dich eingeladen, wie sie jeden Künstler einlädt, von dem sie glaubt, er könne ihre Herrin erfreuen. Du bist hier nur unter dem Namen Paullet bekannt, und ich verlasse das Haus so gut wie nie. Mich kann also kein ehemaliger Kunde erkannt haben.«

»Die Herzogin von Nemours. Ist sie nicht eng mit der Königinmutter, Katharina de Medici, befreundet? Eine gute Verbindung zum Hof könnte von Vorteil sein, wenn der Krieg sich weiter zuspitzt.«

»Mag sein, aber du solltest dort besser nicht hingehen.«

Jeanne nippte an ihrem Weinbecher. Im Winter würde sie das Kind zur Welt gebracht haben. Dann hatte sie ihre Pflicht als Ehefrau erfüllt. Es gab Mittel und Wege, eine erneute Schwangerschaft zu verhindern.

Dieses Haus war freudlos und bedrückend still. Alle schlichen mit frömmelnden Mienen herum. Es kam ihr vor, als belauerte jeder seinen Nächsten, ob der auch ja nach den Regeln Calvins lebte. Ohne Cosmès Geld allerdings wären sie mittellos. Ihr Vater konnte kaum noch arbeiten, auch wenn er das nicht wahrhaben wollte. Wenn sie jedoch die Gunst einer mächtigen Frau wie der Herzogin von Nemours gewinnen konnte, würden sich ihr Türen und Möglichkeiten öffnen, die ein unabhängigeres Leben verhießen.

»Jeanne, du hörst mir nicht zu«, sagte ihr Vater mit milder Strenge.

»Entschuldige.« Sorgsam verstaute sie die Karte wieder in ihrem Beutel.

»Weißt du schon, dass der Bruder von Admiral Coligny tot ist? Gerüchten zufolge stecken die Guisen dahinter. Diese Sippe hat den Tod des Herzogs von 1563 noch nicht verziehen. Niemand kann sagen, was sie dir antun, Jeanne, wenn sie erfahren, dass Julian dein Onkel ist.«

»Ich bin doch nur eine unbedeutende Frau, eine Musikerin, keine religiöse Fanatikerin«, wandte Jeanne vorsichtig ein.

»Versprich mir, nicht dorthin zu gehen. Du bist doch alles, was mir noch geblieben ist.« Endres legte die verkrüppelten Hände aufeinander. »Spiel für mich, Jeanne, bitte.«

Sie lächelte, stand auf und nahm die Laute aus dem Sack. Während sie die empfindlichen Darmsaiten stimmte, die auf jede Temperaturschwankung reagierten, fragte sie ihren Vater: »Ich habe letztens das Kästchen mit Mutters Asche gesucht. Ist es auch verloren gegangen? Weißt du, ich dachte, vielleicht können wir sie hier bestatten, oder wenn wir einmal in die Berge reisen. Sie hat die Berge geliebt. Das würde ihr gefallen.«

Endres schloss die Augen und lehnte sich zurück. »Bitte, fang an zu spielen, *mignonne*.«

Sie stimmte eine Sarabande an. Während sie das Moll-Thema variierte, übernahm die innig beseelte Melodie wie von selbst die Führung, und Jeanne hatte wieder das Gefühl, ihre Mutter säße ihr gegenüber und spielte ebenfalls. Lag es am außergewöhnlichen Klang der Laute oder an ihrer Gemütsverfassung? Was auch immer der Grund war, sie verspürte diese tiefe Verbundenheit mit ihrer Mutter und wusste nicht, ob sie weinen oder sich darüber freuen sollte.

Der letzte Takt der Sarabande verklang. Als sie den Blick hob, begegnete sie den Augen ihres Vaters, der sie beobachtete.

»Danke, *mignonne*. Das war wundervoll! Du hast mich nach dem Kästchen gefragt. Es existiert nicht mehr. Bevor wir nach Dresden gefahren sind, habe ich es zerstört.«

»Warum?«, fragte Jeanne überrascht.

»Weil ich einen besseren Platz für Christines Asche gefunden habe.« Endres beugte sich vor und nahm Jeanne die Laute aus der Hand. Liebevoll strich er über das glänzende Holz. »Du kannst sie hören, nicht wahr?«

Langsam nahm die Erkenntnis von ihr Besitz. Was sie fühlte, war keine Einbildung, und doch würde es niemand außer ihr und ihrem Vater verstehen. »Ja«, flüsterte sie.

Endres gab ihr die Laute zurück. »Ich wusste nicht, ob es möglich ist, doch allein der Gedanke, dass sie in der Musik, wenn du spielst …« Die Stimme versagte ihm.

Sacht stellte Jeanne die Laute ab und stand auf, um ihren Vater in die Arme zu nehmen. Ihre Wange an seine Haare gedrückt, fragte sie leise: »Ist es der Lack?«

Endres nickte. »Und der Leim, aber niemand darf das jemals erfahren, nicht einmal dein Mann. Diese Frömmler würden uns dafür auf den Scheiterhaufen bringen. Ich habe mich in Cosmè getäuscht. Er schien mir weltlicher in Dresden.«

»Schon gut, Vater. Die Dinge sind, wie sie sind, und im Moment sind wir hier sicher und haben keine Not zu leiden.«

»Du bist ein gutes Kind, Jeanne. Gott weiß, ich …«

»Lass uns nicht davon sprechen. Cosmè hat uns in Dresden gerettet, als niemand sonst sich meiner erbarmt hätte. Dafür stehe ich in seiner Schuld.« Ein Geräusch an der Tür ließ sie herumfahren. »Dieses Haus hat Augen und Ohren!«, schimpfte sie.

Es war weit nach Mitternacht, als Cosmè nach Hause kam. Sie hörte ihn im Gang mit seinem Kammerdiener sprechen, wenig später schloss er die Tür zu seinem Schlafzimmer, das durch einen Ankleideraum getrennt neben ihrem lag. Nach dem Überfall hatte sie ihm zu verstehen gegeben, dass sie keine körperliche Nähe wünschte. Er hatte sich einsichtig gezeigt, doch deutlich gemacht, dass er seine Rechte als Ehemann nach einer angemessenen Zeit wieder in Anspruch nehmen wollte. Der einzige Vorteil ihrer Schwangerschaft bestand darin, dass Cosmè sie nicht länger bedrängte und ihr nun mit freundlicher Nachsicht begegnete.

Als Mitglied des *consistoire* war er oft bei Versammlungen, auf denen über den sittlichen Lebenswandel der Gemeindemitglieder gesprochen und gerichtet wurde. Die hugenottische Kirche basierte auf Calvins *Discipline ecclésiastique*. Die Einhaltung der kirchlichen Ordnung lag in den Händen der Hausväter und des gewählten Predigers, und rege Briefwechsel mit den Theologen in Genf waren Garant für die Nähe zu Calvins Lehre. Dieser Austausch mit dem calvinistischen Zentrum war dem König ein Dorn im Auge und deshalb vor einigen Jahren untersagt worden. Doch die Hugenotten hielten sich nicht an das Verbot und erregten damit den Zorn von Katharina und Karl IX.

Jeanne warf das dünne Laken zur Seite. Die Hitze im Zimmer war unerträglich. Sie stand auf, spritzte sich Wasser ins Gesicht und öffnete weit die Fenster, die auf den Hof hinausgingen. Auf ihren Wunsch hin hatte Cosmè dort einige Töpfe mit Blumen und einen kleinen Orangenbaum aufstellen lassen, denn einen Garten gab es nicht. Vor ihr erstreckte sich das schlafende Paris. Die Glocken der zahlreichen Kirchen mahnten an die Vergänglichkeit der Zeit. Irgendwo im Westen lag La Rochelle, die Hafenstadt an der Atlantikküste. Dorthin hatte Gerwin gehen wollen.

Seufzend strich sich Jeanne über den feuchten Nacken. Dieser unscheinbare Junge hatte sich seit Helwigsdorff verändert. Er war ein Mann geworden. Sie mochte ihn und seinen Meister. Hippolyt war ein Medicus, ein Gelehrter mit vielen Geheimnissen, davon war Jeanne überzeugt. Sie erinnerte sich gerne an seine wissenden, mitfühlenden Augen, als er sich nach dem Überfall um sie gekümmert hatte. Und an jene Nacht im Wirtshaus am Rhein. Wenn sie die Augen schloss, konnte sie Gerwins zärtliche Berührungen spüren, sanft wie Schmetterlingsflügel, nur ein Hauch und ein Versprechen. Sie hatte ihm keine Hoffnung gemacht, doch das bedeutete nicht, dass sie nicht hoffen und sich nach ihm sehnen durfte. In seltenen, kostbaren Augenblicken erlaubte sie sich ihr eigenstes Geheimnis, die Sehnsucht nach der Liebe, die sie in Gerwins Augen gelesen hatte.

20
Périgord Vert
Abtei von Brantôme

Gerwin hatte sich ein Tuch vor Mund und Nase gebunden. Die Ausdünstungen der Sterbenden, vermischt mit Sekreten aus schwärenden Wunden, Erbrochenem, Exkrementen und dem bestialischen Gestank faulenden, von Würmern durchzogenen Fleisches, brachten ihn an seine Grenzen. Doch jetzt war nicht der Moment, Schwäche zu zeigen. Den armen Teufeln, die wimmernd, stöhnend oder schreiend auf dem Boden und den Pritschen lagen, konnte er nur helfen, wenn er konzentriert arbeitete.

»O Gott, diese Schmerzen! Ich halte das nicht mehr aus! Tötet mich! Gebt mir ein Messer, dann mache ich es selbst …«, brüllte ein junger Soldat, der eben hereingebracht wurde. In seinem Brustpanzer steckte der Rest eines Spießes, und die Augen drehten sich irre in ihren Höhlen. Im nächsten Moment verlor er das Bewusstsein.

Gerwin und Hippolyt waren zu spät nach La Rochelle gekommen. Das Geld wurde gebraucht, aber die Landsknechte von Wilhelm dem Schweiger waren schon weitergezogen. Das Wiedersehen zwischen Hippolyt und seinem Freund Hinrik Huntpiss war trotz der drückenden Umstände herzlich ausgefallen. Sie hatten den Hauptmann schwerkrank in La Rochelle vorgefunden. Eine frische Schussverletzung am Arm, ein hartnäckiges Fieber und schwächende Durchfälle hatten ihm zugesetzt. Dank Hippolyts Behandlung erholte Huntpiss sich so weit, dass sie die Festung am Atlantik verlassen und den reformierten Truppen ins Périgord folgen konnten.

In der Zwischenzeit hatte die königliche Armee das Königreich Navarra angegriffen, und ein Teil der hugenottischen Truppen war den Eingeschlossenen zu Hilfe geeilt. Heinrich von Navarra hatte sich Admiral Coligny angeschlossen und verdiente sich erste Sporen als kriegführender Prinz in der Schlacht für seinen Glauben. Das Scharmützel, um dessen Verletzte sie sich nun kümmerten, unterschied sich kaum von den vorangegangenen, außer dass sie Hauptmann Strozzi gefangen genommen hatten.

Mittlerweile waren Gerwin der Anblick und der Geruch des Krieges vertraut. Doch an den Krieg selbst würde er sich niemals gewöhnen, denn es lag nichts Heroisches im Tod. Das Töten war brutal, sinnlos und grausam und zeigte die widerlichste Fratze menschlichen Seins. Wie sein Meister hatte er sich dem Erhalten von Leben verschrieben. Welchen Sinn sollte es da haben, das größte Geschenk ihres Schöpfers im Namen desselben zu vernichten?

Etwas Warmes lief ihm über das Gesicht. Blut. »Gerwin!«, schrie Hippolyt im selben Moment. »Halt nicht Maulaffen feil, sondern pack an!«

Sofort kam Gerwin zur Besinnung und eilte an Hippolyts Seite, der sich des Neuzugangs angenommen hatte. Hauptmann Hinrik Huntpiss hatte bereits den Brustpanzer aufgeschnitten und auf Hippolyts Kommando den Spieß herausgezogen. Dabei war das Blut auf Gerwin gespritzt.

»Widerliche Dinger, diese Spieße, aber die Landsknechte lieben sie«, stellte Hinrik nüchtern fest und warf das verschmierte Mordinstrument zur Seite. Er war nicht größer als Gerwin, aber der muskulöse Brustkorb schien doppelt so breit, genau wie die kräftigen Oberschenkel, mit denen er ein Pferd auch ohne Sattel lenkte. Das soldatische Leben hatte das Gesicht geprägt: Die Nase war zweimal gebrochen, ein Schmiss zierte die rechte Wange bis über die Braue, und das linke Ohr war ihm zur Hälfte abgeschnitten. Struppige graubraune Locken und muntere grüne Augen machten aus Hinrik jedoch einen ansehnlichen Haudegen.

Hippolyt versuchte, die Blutung zum Stillstand zu bringen. »Ich glaube, die inneren Organe sind unverletzt, deshalb lohnt sich die Mühe. Noch ist der arme Teufel bewusstlos, aber wenn er sich wieder rührt, können wir ihn nicht anständig flicken. Gerwin, heute lernst du etwas Neues!«

»Was hast du vor, großer Hippokrates?«, witzelte Hinrik.

Um sie herum herrschte das nach jeder Schlacht übliche Chaos. In diesem Fall hatten sie Glück, dass sie sich in der Abtei von Brantôme befanden, wo ihnen Mönche halfen und sie mit sauberem Wasser und Tüchern versorgten.

Hippolyt strich dem Bewusstlosen über die Stirn, nahm einen nassen Lappen und wusch dem Mann Hals und Arme. Dann holte er seine Tasche und nahm eine Tierblase, einen angespitzten Federkiel und ein verkorktes Fläschchen hervor. Neugierig traten Gerwin und zwei Mönche in blutverschmierten Kutten an den Tisch. Mit Nachdruck sagte der Medicus: »Dass mir hier niemand von Teufeleien spricht. Ihr seht, was ich tue, und es ist keine Zauberei im Spiel!«

Gerwin zeigte auf die Blase. »Was willst du damit? Ist das eine Schweinsblase?«

Der Medicus nickte. »Wir binden zuerst die Vene oberhalb der Armbeuge ab. Schnell, bevor er wieder zu sich kommt.«

Mit geübtem Griff befolgte Gerwin die Anweisung des Meisters. »Opiumlösung?«

»Selbige injizieren wir dem Mann jetzt in die Vene, und er wird lange und erholsam schlafen.«

»Donnerschlag! Wenn das gelingt, soll dir der König eine Baronie verehren!«, meinte Hinrik.

Die Mönche bekreuzigten sich, sahen aber weiter neugierig zu, wie Hippolyt die Lösung in die Tierblase füllte, den Federkiel aufsetzte und den angespitzten Federkiel in die Vene stach. Es trat Blut aus, das von Gerwin fortgewischt wurde. Hinrik behielt den Verwundeten im Auge, und bei der ersten Regung packte er dessen Arme, die Mönche hielten die Beine und ermöglichten es Hippolyt, mit seiner Arbeit fortzufahren. Sehr langsam ließ er die Lösung eintropfen, zog den Federkiel heraus, und Gerwin presste ein Stück Tuch auf den Einstich.

Es dauerte nur wenige Augenblicke, und die Glieder des Verwundeten entspannten sich. Erstaunt ließen die Mönche die Beine los.

»Bei allen Heiligen, ein Wunder!«

Hippolyt hob mahnend den Finger und sah die Ordensbrüder scharf an. »*Via trita est tutissima.*[1]« Er machte eine bedeutungsvolle

1 Der ausgetretene Weg ist der sicherste.

Pause. »Doch ist er auch der beste? Müssen wir nicht vielmehr unbekannte Wege gehen, um neue Erkenntnisse zu gewinnen? Gerwin, nimm Nadel und Faden und vernäh die Wunde.«

Gerwin bewunderte Hippolyts Selbstsicherheit und die natürliche Autorität, mit der er Zweifler und Kritiker in die Schranken verwies. Während der Wochen, die sie durch deutsche Fürstentümer und schließlich durch Frankreich gereist waren, hatte er nicht nur seine Kenntnisse der Heilkunst vertieft, sondern Hippolyt als weisen Lehrmeister für jede Lebenslage kennengelernt. Sein Freund und Mentor gab ihm Einblicke in die Grundzüge der Astronomie, der schönen Künste, der Mathematik, lehrte ihn Französisch und Englisch, aber vor allem war Hippolyt selbst von einem tiefen Wissensdurst durchdrungen. Dieser nie aufhörende Drang, alles zu hinterfragen, trieb den regen Geist des Arztes an. Lange hatte Gerwin gedacht, dass Hippolyt sich in die sächsische Einsamkeit zurückgezogen hatte, weil er der Menschheit grollte, doch diese Annahme war gänzlich falsch gewesen.

Gerwin überließ Hippolyt das Abbinden der Einstichstelle und säuberte die Stichwunde mit Ringelblumentinktur. Wenn dieses probate Mittel ausgegangen war, nahmen sie Schafgarbentinktur oder Branntwein. Letzteren konnten die Verwundeten auch trinken, um sich zu betäuben, doch die Wirkung von Opium setzte schneller ein und hielt länger an. In die Vene musste man die Lösung injizieren! Das war revolutionär! Geschickt fädelte Gerwin den Faden ein, tauchte Nadel und Faden in die Tinktur und drückte die auseinanderklaffenden Hautlappen zusammen. Der Soldat war sehr jung, wahrscheinlich einer der Landadeligen, die scharenweise zur Truppe strömten. Meist waren es die dritt- oder viertgeborenen Söhne, denen kein Erbe zustand. Die Haut war straff und würde, wenn kein Wundbrand einsetzte, gut verheilen.

Als er fertig war, legte er mit Hippolyts Hilfe den Verband an. Zufrieden betrachteten sie das friedliche Gesicht des betäubten Soldaten.

»Sieht fast aus, als lächle er«, meinte Gerwin.

»Warum auch nicht? Opium beschert süße Träume.«

»Dann möchte ich es auch probieren«, scherzte Gerwin.

Unerwartet heftig packte Hippolyt ihn bei den Schultern. »Sag das nicht, denk es nicht einmal! Diejenigen, die leichtfertig damit umgehen, werden zu Sklaven ihrer süßen Droge! Sie denken an nichts anderes als daran, sich wieder dem Rausch hinzugeben.«

»Entschuldigung, aber Jerg hat doch etwas geraucht, und ich dachte …«, wandte Gerwin kleinlaut ein.

»Jerg ist krank! Und er weiß, was er tut. Lass gut sein, Gerwin. Da wartet der nächste Verwundete auf uns. Wir sprechen später darüber. Ah, Bruder, was bringt Ihr uns? Ist das seine Hand? Nein, wem gehört sie dann?«

Zwei Mönche hatten einen stöhnenden Soldaten hereingeführt, der ihnen mit irrem Blick eine abgeschlagene Hand entgegenhielt und unverständliches Kauderwelsch redete. Hippolyt schüttelte den Kopf. »Nein, mein Freund, leg dich hierhin, und wir versorgen dich.«

Die Hand warf er in die Ecke auf den Haufen mit bereits abgetrennten Gliedmaßen.

Mücken schwirrten über dem Wasser, und Enten schwammen langsam über die grüne Oberfläche der Dronne, in deren Schleife die Abtei von Brantôme malerisch zwischen satten Wiesen, Weinbergen und wildreichem Wald lag. Die Glocken läuteten zur achten Stunde, doch es war noch hell.

Nachdem sie die Verletzten versorgt hatten, war Gerwin an den Fluss hinuntergegangen, hatte sich die Kleider vom Leib gerissen und ein Bad in den kühlen Fluten genommen. Jetzt saß er nur in seiner Hose mit einem Weinkrug und einem Laib Brot am Ufer und starrte auf eine junge Magd, die auf der anderen Seite Wäsche ausspülte. Üppige Brüste quollen aus dem Mieder. Die Magd richtete sich auf, bemerkte seinen Blick und hob kokett ihre Röcke an, doch Gerwin warf ihr nur eine Kusshand zu, wahrscheinlich war er ohnehin zu müde. Die Truppe hatte sich rings um die Abtei gelagert, doch es wurde nicht gefeiert. Nach dem heutigen Tag war niemandem danach. Er sah die drahtige Gestalt des Prinzen von Navarra neben dem kräftigen Admiral Coligny zwischen den Bäumen gehen. Der Prinz war ein ernsthafter, intelligenter Bursche, er hatte das Zeug zum Heerführer. Seine bestimmte und gleichzeitig leutselige Art machte ihn bei den Soldaten beliebt.

Hinter ihm kam jemand die Böschung herunter. »Kalter Braten und Pflaumen aus dem Klostergarten. Die sind herrlich.« Hippolyt ließ sich neben ihm im Gras nieder und stellte eine Schüssel vor ihm ab.

Hungrig schnitt sich Gerwin ein Stück Fleisch ab und spülte den zähen Brocken mit einem großzügigen Schluck Wein hinunter. Die Pflaumen waren besser. Als er in die erste reife Frucht biss, lief ihm das Fruchtwasser das Kinn hinunter, und das weiche Fleisch zerging ihm am Gaumen. Er kostete die Süße nach und leckte sich die Lippen mit der Zunge sauber.

Die Magd hatte unterdessen ihre Wäsche beendet und rief über den Fluss: »Ah, so süß wie die Pflaumen schmecke ich allemal. Du weißt nicht, was dir entgeht, *chéri*!« Sie hob ihren Wäschekorb auf und stolzierte mit wiegendem Gang davon.

Aus der Nähe ertönten Pfiffe, doch die Magd drehte sich nicht nach den anderen Männern um.

»Niedliches Ding. Ich wünschte, mir flögen die Frauenherzen so zu«, meinte Hippolyt und wischte sich die klebrigen Finger an seinem schmutzigen Hemd ab. »Willst du jetzt ein mönchisches Leben führen, weil du die Frau, die du begehrst, nicht haben kannst?«

»Wer sagt, dass ich sie nicht haben kann …«, sagte Gerwin leise. Er hatte bereits damit begonnen, einen Brief an Jeanne zu verfassen. Sobald sich eine Gelegenheit bot, würde er ihn jemandem anvertrauen. »Außerdem verstehst du das nicht, oder warst du jemals verheiratet?«

Die Frage war als Provokation gedacht, denn über seine Beziehung zum schönen Geschlecht hüllte sich Hippolyt beharrlich in Schweigen. »Nein, war ich nicht. Das bedeutet aber nicht, dass ich nie geliebt habe. Darauf willst du doch hinaus, Gerwin, nicht wahr?«

»Nun ja, du sprichst nie über deine Frau, oder ob du Kinder hast …«

Hippolyt schaute über das Wasser der Dronne, doch sein Blick war in die Vergangenheit gerichtet. »Manchmal scheint es ein Zeitalter entfernt, dann wieder schmerzt es, als wäre es gestern gewesen. Ich verstehe dich, Gerwin, nur zu gut. Lass dir so viel gesagt sein – die Frau, die ich liebte, erwiderte meine Liebe, aber die Umstände waren gegen uns.«

»Wer war sie? Wo hast du sie kennengelernt?«, fragte Gerwin und hielt dem Medicus den Weinkrug hin, doch Hippolyt beachtete ihn nicht.

Sein Blick wirkte verträumt, und ihm entfuhr ein tiefer Seufzer, der Gerwin das Herz zerschnitt. »Mancher geht an seinem gebrochenen Herzen zugrunde, doch das Wissen, einmal wahrhaft geliebt zu haben, wiegt alles auf.« Der markante Schädel des klugen Mannes zeichnete sich gegen den Abendhimmel ab. In der Umgebung loderten die Lagerfeuer der Soldaten auf. »*Non sum, qualis eram.*[1]«

Erleichtert sah Gerwin seinen Freund an. Wenn er lateinisch zitierte, war er wieder der Hippolyt, den er kannte.

Hippolyt lächelte schief. »Es hat mich ein halbes Leben gekostet, zu dieser tiefgreifenden Erkenntnis zu gelangen.«

»Dass du jetzt ein anderer bist als vor zwanzig Jahren? Mir hat schon das letzte halbe Jahr gereicht!«

1 Ich bin nicht der, der ich war.

»Zu verstehen, dass ich sie damals nicht auf ewig verloren habe, Gerwin. Sie ist hier.« Hippolyt legte sich die Hand aufs Herz. »Je älter ich werde, desto deutlicher spüre ich ihre Nähe und die Kraft, die ich aus dem Band schöpfe, das uns bis heute verbindet. Wenn du das irgendwann von dir und Jeanne sagen kannst, bist du ein reicher Mann.«

Ergriffen fragte Gerwin erneut: »Wer ist sie?«

»Warum willst du das wissen? Du kanntest sie nicht. Was würde dir ein Name bedeuten?« Der Medicus griff nach dem Weinkrug und nahm einen tiefen Zug. »Gott, dieses Land ist mit den köstlichsten Trauben gesegnet, die ich je gekostet habe. Und vor allem verstehen die Franzosen es, daraus edle Tropfen zu keltern. Selbst der einfachste Tafelwein schmeckt hier gut und nicht wie das deutsche Essigwasser, das wir zu oft trinken mussten.«

In einvernehmlichem Schweigen hingen sie ihren Gedanken nach. Die Dunkelheit senkte sich über das Périgord Vert, und die Mönche läuteten die Glocken in ihrem massiven kleinen Kloster.

»Du hast dich gut gemacht, Gerwin. Es ist an der Zeit, dass ich dir zeige, wie du deine Kräfte besser einteilen und damit heilen kannst.«

Überrascht suchte Gerwin in der zunehmenden Dunkelheit die Züge seines Freundes zu deuten.

»Deine Kräfte lenken zu lernen ist nicht leicht, es wird dich Monate, Jahre kosten, sie vollkommen zu beherrschen, doch es gibt einen Weg, wie du sie bündeln kannst. Du musst Geist und Körper in Einklang bringen. Es liegt alles in dir. Schau her. Setz dich hin, wie ich sitze.«

Hippolyt hatte die Beine überkreuzt und das Kreuz aufgerichtet. »Was ich dir erkläre, habe ich vor vielen Jahren von einem Mönch aus einem Land an der Seidenstraße gelernt. Man nennt es Meditation. Diese jahrtausendealte Fertigkeit ist ein Instrument, den Geist zu größtmöglicher Leistung zu bringen. Du lernst, das Wichtige vom Unwichtigen zu trennen und nur die kraftvollen Gedanken zuzulassen. Vorhin hast du mich nach dem Opium gefragt. Durch die Meditation kannst du einen Zustand rauschhafter Losgelöstheit erreichen, der unendlich viel wertvoller ist als ein Opiumrausch. Du lernst durch die Meditation, deine Ängste, Zweifel und Sorgen zu beherrschen. Es wird nicht leicht und erfordert unbedingte Hingabe. Doch ich glaube, dass du jetzt so weit bist.«

»Ich verdanke dir so viel, Hippolyt, und ich will dich nicht enttäuschen. Manchmal, wenn ich einen Kranken anfasse, werden meine Hände warm, und ich glaube, dass es dem anderen dann guttut, aber ich kann es nicht lenken. Meinst du das mit dem Meditieren?«

»Eins bedingt das andere. Übe dich in Geduld und verlange nicht zu viel von dir. Rom wurde auch nicht an einem Tag erbaut.« Hippolyt beugte sich vor und griff nach Gerwins Händen. Leise flüsterte er ihm etwas ins Ohr und sagte dann: »Wiederhole es, Wort für Wort.« Er sah sich um und vergewisserte sich, dass sie allein am Ufer waren.

Gerwin wiederholte das lateinische Gebet und die uralten Reime.

»Und wenn du das nächste Mal die Wärme in den Händen spürst, murmelst du diese Formel. Es ist kein Zauber, aber die Nichtwissenden würden es dafür halten. Diese Worte gehen nur von Heilermund zu Heilerohr.«

Die Soldaten hatten Trinklieder angestimmt, die sich mit kratzenden Stockgeigen und Trommeln mischten. Die beiden Männer erhoben sich, und Hippolyt klopfte Gerwin auf die Schulter. »So, und für heute ist das genug. Wir sollten uns hinlegen. Wer weiß, was der morgige Tag bringt.«

Seite an Seite gingen sie hinauf zum Kreuzgang des Krankenhauses, das über ein separates Aderlasshaus und sogar eine Kapelle für die Kranken verfügte. Der Kommendatarabt von Brantôme war Pierre de Bourdeille, ein geistreicher und unterhaltsamer Mann, der sich umsichtig um die Abtei und seine Lehen kümmerte. Sie fanden ihn im Gespräch mit Heinrich von Navarra und Filippo Strozzi. Die Männer saßen auf den niedrigen Mauern des zur Mitte offenen Kreuzgangs.

Bourdeille winkte ihnen zu. »Messieurs!«

Der Edelmann trug Polsterhosen und eine Halskrause zum kurzen Wams, während die an das Soldatenleben gewöhnten Herren Heinrich und Filippo offene Hemden zu Kniehosen trugen. Filippo Strozzi schien mit Bourdeille befreundet, was nicht verwunderte, gehörten sie doch derselben Partei an. Gerwin dachte nicht zum ersten Mal, dass dies wahrlich ein seltsamer Krieg war, in dem Gefangene gemacht wurden wie Strozzi, die nicht wie Gefangene behandelt wurden, und Besiegte wie der Herr von Brantôme, die sich nicht wie Besiegte, sondern wie Gastgeber verhielten.

Hippolyt deutete eine Verbeugung an, und Gerwin hielt sich einen Schritt hinter seinem Meister. »Guten Abend, Messieurs.«

»Die Brüder sind voll des Lobes über Eure Arbeit hier, Medicus. Wollt Ihr nicht bleiben? Ich könnte einen guten Arzt brauchen und zahle ein anständiges Salär«, sagte Bourdeille freundlich.

»Dank Euch, Monseigneur, aber anderenorts bedarf man unserer Hilfe mehr«, erwiderte Hippolyt. »Bevor wir uns zur Ruhe begeben, möchten wir noch einmal nach den Verwundeten sehen, wenn es recht ist.«

Heinrich von Navarra, der an Jahren jung, doch durch den Krieg an Erfahrung und Menschenkenntnis gereift war, nickte. »Geht nur. Wir wissen gute Männer wie Euch zu schätzen.«

Gerwin warf noch einen kurzen Blick auf Strozzi, den italienischen Heerführer, der für seine Finten und seine Grausamkeit gleichermaßen berüchtigt war, und folgte Hippolyt in die Gewölbe, in denen Verwundete und Sterbende Seite an Seite lagen.

»Sag mir, was du von den beiden dort hinten hältst«, sagte Hippolyt.

Nacheinander legte Gerwin den schwer verwundeten Soldaten eine Hand auf die Stirn. Die Präsenz des Todes war übermächtig, und er sah Hippolyt kopfschüttelnd an. Derjenige hingegen, dem sie die Opiumlösung injiziert hatten, schien sich zu erholen, was Gerwin einmal mehr mit Stolz auf seinen gelehrten Meister erfüllte. Nach ihrem Rundgang verließen sie den Saal und begaben sich zu ihrem Quartier, einer Mönchszelle, in der zwei schmale Pritschen standen.

»Ich brauche noch etwas Luft, Hippolyt«, sagte Gerwin und schlenderte durch die Gänge der Abtei. Sein Weg führte ihn durch einen kleinen Laubengang, hinter dem er Wasser plätschern hörte. Er dachte gerade, dass die Mönche in einem wahrhaftigen Paradies lebten, als er Hauptmann Hinrik erblickte. »Gott zum Gruße, Hinrik.«

»Ach, Gerwin. Du solltest dich schlafen legen, ihr habt einen anstrengenden Tag hinter euch und könnt stolz sein auf eure Arbeit. Es gibt keinen Bruder, der nicht die beiden Heiler aus Deutschland rühmt.«

»Oh, danke!« Doch Gerwin brannte eine Frage auf der Seele, die er dem alten Freund von Hippolyt stellen wollte. »Sag, Hinrik, die Frau, die in Hippolyts Leben eine Rolle spielte, wer war das? Er will es mir nicht sagen, aber es ist doch so lange her!«

»Die Zeit heilt nicht alle Wunden. Wenn er nicht darüber reden will, dann kann ich dir auch nichts sagen.« Er legte Gerwin die Hand auf die Schulter. »Respekt ist ein wichtiger Teil der Freundschaft.«

»Natürlich, aber sie kam aus Konstantinopel, nicht wahr? Gehörte sie zum Harem des Sultans?«

Hinrik lachte leise. »Du liegst nicht ganz falsch. Irgendwann wird er es dir erzählen. Hippolyt hat für alles den richtigen Zeitpunkt. Einen besseren Freund als ihn kann man sich nicht wünschen, weißt du.«

Gerwin nickte. »Ich weiß.«

Heinrich von Navarra und Admiral Coligny hatten beschlossen, die vorteilhafte Lage der Abtei und die Gastfreundschaft des Edelmanns Bourdeille noch einige Tage in Anspruch zu nehmen. Ein Umstand, der die Vorräte und die Nachsicht des Kommendatarabts zunehmend strapazierte. Die von Graf Mansfeld geführten Söldnertruppen lagerten eine Viertelmeile entfernt am Ufer der Dronne und richteten trotz mehrfacher Ermahnungen erhebliches Unheil in den umliegenden Dörfern an.

An einem sonnigen Nachmittag saß Bourdeille mit seinen Gästen an einer langen Tafel im Hof der Abtei, darunter Heinrich von Navarra, Strozzi und Hinrik Huntpiss. Gerwin hatte sich gerade im Fluss gereinigt und sein blutverschmiertes Hemd gewaschen. Es war so heiß, dass er das noch nasse Hemd über den Kopf zog und es auf der Haut trocknen ließ. Er entdeckte Hauptmann Hinrik und winkte ihm zu, als plötzlich ein Bauer, aufgeregt mit den Händen wedelnd, an ihm vorbei zu Bourdeille rannte und um Gehör bat.

»Bitte, sprich nur. Alle werden hier gehört«, sagte der Lehnsherr jovial.

Ängstlich zu Beginn, doch mit wachsendem Selbstvertrauen berichtete der Bauer, dem der Schweiß aus allen Poren trat: »Herr, wir sind im Krieg. Das wissen wir, doch was da heute Morgen geschehen ist, das ist gegen jedes Recht und gegen Gottes Gebot!« Der drahtige Landmann knetete seinen Filzhut mit den Händen. »Wir sind arme Bauern, die das Land beackern und seine Früchte ernten, die allen zugute kommen. Was können wir für die Ränke der Großen? Gar nichts! Wir wehren uns nur, wenn man uns fortnimmt von dem wenigen, das wir besitzen! Und ist es nicht so, dass die Söldner schon seit Jahren immer wieder über unser Land, unsere Frauen herfallen und schänden und töten?«

Heinrich von Navarra sagte mit gerunzelter Stirn: »Willst du behaupten, dass es gottesfürchtiges Handeln war, einen unserer Hauptmänner und seine Leute in einen Hinterhalt zu locken und niederzumetzeln? Das waren doch Bauern hier aus der Gegend! Vielleicht warst du sogar dabei?«

Gerwin war näher getreten und nahm sich einen Apfel aus einem Korb. Er selbst hatte einen der wenigen Überlebenden des Überfalls behandelt.

Der Bauer reckte das Kinn. »Nein, Herr, ich war nicht dabei, und es war keine gute Sache, welche da geschehen ist. Aber die Leute haben aus Angst gehandelt!«

»Wohl nicht eher, weil wir Hugenotten sind und ihr uns hasst?«, meinte Navarra.

Der Bauer schüttelte den Kopf. »Bei der Heiligen Jungfrau! Ganz sicher nicht!«

»Jetzt erzähl endlich, was geschehen ist, Mann!«, sagte Bourdeille ungeduldig.

»Ja, Herr. Der große Anführer, der Admiral, hat über zweihundert ehrliche Landleute aus den Dörfern und Weilern von La Chapelle-Faucher holen lassen. Die Soldaten haben Frauen, Kinder, Alte und Kranke zusammengetrieben wie Vieh und ins Herrenhaus gebracht und dort ...« Er schlug die Hände vors Gesicht und jammerte. »Bei allen Heiligen, so etwas hat niemand verdient! Gewütet haben diese Teufel und gebrüllt: ›Das ist für unseren Hauptmann!‹ Mit den Schwertern haben sie auf die Menschen eingeschlagen, dass das Blut spritzte, und die Kinder haben geschrien und gewimmert, aber die kannten kein Erbarmen. O die armen Frauen und Mädchen. Hundertmal habe ich dem Herrn gedankt, dass meine Familie nicht dabei war. Solches Übel, nein, nein ... Sie haben Scheiterhaufen aufgeschüttet, diese Bestien, und die Toten und die, welche noch schrien, darauf verbrannt.«

Mit offenem Mund, den angebissenen Apfel in der Hand, lauschte Gerwin fassungslos dem Bericht des Augenzeugen. Auch in den Gesichtern der Edelleute wechselten Entsetzen und Beschämung miteinander ab. Nur Strozzi goss sich ungerührt frischen Wein ein.

»Ich hab' mich in einer Luke auf dem Heuboden versteckt und gesehen, wie nur ein paar Fuß unter mir ein Hugenottenteufel einen Jungen erwürgt und einfach fortgeworfen hat. Und …«, wollte der Bauer seinen Schreckensbericht fortsetzen, wurde jedoch von Bourdeille unterbrochen.

»Wir haben verstanden. Lass dir in der Küche eine Mahlzeit geben, und dann geh zurück zu den Deinen und danke Gott, dass sie unversehrt geblieben sind in diesen finsteren Zeiten.«

Der Kommendatarabt wartete, bis der Bauer sich entfernt hatte, bevor er sich erhob. »So vergilt mir der Admiral meine Gastfreundschaft, mit einem hinterhältigen Gemetzel. Unschuldige Frauen und Kinder!« Wütend schlug er mit der Faust auf den Tisch, dass Teller und Gläser klirrten.

»Der Krieg hat eigene Gesetze, Pierre«, meinte Strozzi gleichmütig.

»Nicht jetzt, Filippo! Ich weiß, dass Ihr durch und durch Soldat seid, doch diese Entschuldigung für himmelschreiendes Unrecht lasse ich nicht gelten!« Bourdeilles Stimme überschlug sich, als er brüllte: »Ich lasse nicht gelten, dass ein Monstrum mit Namen Krieg alle guten Gesetze, die wir mühsam erschaffen haben, außer Kraft setzt! Verflucht, es gibt Ehre, und Ehrenmänner müssen verhindern, dass so etwas wie in La Chapelle-Faucher passiert!« Außer sich vor Wut stieß Bourdeille seinen Stuhl mit dem Fuß fort und rannte mit geballten Fäusten über den Hof auf die Kapelle der Abtei zu.

Heinrich von Navarra strich sich über das ernste junge Gesicht und schüttelte nachdenklich den Kopf. »Nein, er hat recht, so etwas darf nicht geschehen. Wer sorgt für Menschlichkeit, wenn nicht Männer wie wir?«

Die Nacht hatte sich bereits über die Abtei von Brantôme gesenkt, als Admiral Coligny mit seiner Truppe zurückkehrte. Gerwin und Hippolyt saßen in der Stille des dunklen Kreuzgangs und sammelten nach einem langen Tag im Krankensaal ihre Kräfte. Sie beobachteten, wie Coligny, ein hünenhafter Mann mit einem Hang zur Arroganz, mit hängenden Schultern in seine Zelle schlich. Ihm auf den Fersen war Pierre de Bourdeille, der ihn einholte, bevor Coligny in die Zelle treten konnte.

»Was habt Ihr zu Eurer Verteidigung zu sagen, Admiral? Ich habe mich sehr in Euch getäuscht!«, klagte der Edelmann, dessen Profil sich im Mondlicht abzeichnete.

Coligny wandte sich um, und Gerwin vermeinte, tiefe Schatten unter den Augen des Hugenottenführers zu sehen, der mit belegter Stimme erwiderte: »Monseigneur, ich schäme mich zutiefst, doch es gab Vassy, vergesst das nicht!«

Hippolyt seufzte leise. »*Pro superi! Quantum mortalia pectora caecae noctis habent!*[1]«

21

»Ihr dürft dort nicht hingehen!«, rief Guillemette erbost und baute sich vor dem Waschtisch in Jeannes Schlafzimmer auf.

Goldene Strahlen der Pariser Herbstsonne fielen durch das geöffnete Fenster und schenkten dem tristen Raum einen Hauch von Wärme. Im Haus der Paullets war alles von einer solch prätentiösen Schlichtheit, dass Jeanne bereits beim Kauf eines farbigen Seidenschals Gewissensbisse überfielen. Gedeckte Farben, einfache Gebrauchsgegenstände, kein Überfluss, was Speisen und Getränke anbetraf, und vor allem keine unnötigen Worte, ausgenommen Gebete natürlich, bestimmten den Haushalt der hugenottischen Kaufmannsfamilie.

»Geh mir aus dem Weg!«, zischte Jeanne und stieß die Magd unsanft zur Seite, um sich in dem winzigen Spiegel über dem

1 O Götter! Welch schwarze Nacht wohnt in den Herzen der Sterblichen!

Waschtisch betrachten zu können. Die Schwangerschaft war ihr anzusehen, ging es doch bereits in den sechsten Monat, und selbst bauschige Röcke konnten ihren schwer werdenden Leib nicht länger verbergen. Sie feuchtete die Fingerspitzen an, strich die Augenbrauen glatt und zog die Nadel aus ihren aufgesteckten Haaren, um die weiße Spitzenhaube zu entfernen.

»Das dürft Ihr nicht! Eine verheiratete Frau geht nicht ohne Kopfbedeckung aus dem Haus! Ich werde Euer Verhalten dem Monsieur berichten.« Vor Wut liefen Guillemettes Wangen rot an, und sie ballte die Fäuste.

»Du dummes Gänslein, glaubst du, ich weiß nicht, dass du es hinter meinem Rücken mit meinem Mann treibst?« Bisher hatte Jeanne ihr Wissen für sich behalten, war sie es doch zufrieden, dass ihr Mann sie in Ruhe ließ. Sie hatte von anderen Frauen gehört, deren Männer ihnen auch während der Schwangerschaft beilagen.

Erschüttert wich Guillemette zurück. »Ich, nein …«

»Du tust doch gern so fromm, denkst du, dein Herr Pfarrer würde es gutheißen, wenn ich ihm von deinem sündigen Treiben erzählen würde?« Mit einem Schritt war Jeanne bei ihr und packte sie unter dem Kinn. »Ich könnte dich hinauswerfen lassen!«

Die großen Augen der Dienerin füllten sich mit Tränen. »O Madame, bitte nicht! Ich bin doch hier aufgewachsen. Meine Mutter arbeitet hier, mein Onkel und mein Cousin sind im Kontor angestellt. Die Schande ertrüge ich nicht.«

»Tatsächlich? Weißt du, deine Gefühle interessieren mich nicht, genauso wie die meinigen dir vollkommen gleich sind«, sagte Jeanne hart.

»Aber, Madame …«, stotterte Guillemette. »Es war mir aufgetragen worden, auf Euch zu achten.«

Jeanne ließ sie los und musterte sie kühl. »Mich auszuspionieren ist dein Auftrag, aber damit ist es jetzt vorbei! Du kannst meinem Gatten weiter die Laken wärmen, doch von nun an hältst du dein loses Plappermaul und sagst ihm nur noch, was ich dir gestatte! Haben wir uns verstanden?«

Guillemette senkte den Kopf. Das enge Mieder drückte ihre prallen Brüste nach oben, die sich unter dem aufgeregten Atem hoben und senkten. »Ja, Madame.«

»Nun, fangen wir damit an, dass du einen Wagen kommen lässt, der uns in die Rue Pavée bringt.«

Die Kammerdienerin machte einen tiefen Knicks, hauchte erneut ein ergebenes »Ja, Madame« und verschwand.

Hinterhältige kleine Schlange, dachte Jeanne, griff nach ihrem Beutel und einem Schal gegen die kühler werdende Luft und trat auf den Gang hinaus. Cosmè war wieder einmal auf Geschäftsreisen und wurde nicht vor Ende des Monats zurückerwartet. Eine ältere Hausvorsteherin teilte die Vorräte ein und überwachte die Küche, der Majordomus kümmerte sich um die Dienerschaft und die Pferde. Im Haus gab es ein Arbeitszimmer, doch das eigentliche Kontor und die Lagerräume befanden sich in der Nähe des Hôtel de Ville. Cosmè hatte ihr sein Geschäft gezeigt, und sie hatte höfliche Fragen zu den verschiedenen Waren und den finanziellen Transaktionen gestellt, doch im Grunde war es ihr gleichgültig.

Vorsichtig öffnete Jeanne die Tür zur Werkstatt ihres Vaters. Der vertraute Duft von Harz und Leim umfing sie und ließ sie einen wehmütigen Seufzer ausstoßen. »Vater, ich gehe jetzt zu Morel. Er hat mich eingeladen. Er habe eine Überraschung, hat er gesagt.«

Endres Fry hob den Kopf. Vor ihm auf der Werkbank lag eine sechschörige Altlaute mit einem Korpus aus Ahorn und einem Deckblatt aus Eschenholz. »Schau, Jeanne, die Wirbel habe ich aus Pflaumenholz gemacht.«

»Wunderschön!« Anerkennend nahm sie einen der Wirbel, die bereits mit einem Loch für die Saiten versehen waren, in die Hand. Der Hals der Laute war aus Fichte mit aufgeleimtem Furnier aus Ebenholz. »Und die Rosette! Vater!«

Die Rosette lag neben der Laute auf einem beigefarbenen Tuch. Jeanne beugte sich vor, um die filigrane Schnitzerei besser erkennen zu können. »Doppeladler? Hat das eine besondere Bewandtnis?«

»Es ist keine Auftragsarbeit, wenn du das meinst. Eine Spielerei, nichts weiter«, sagte Endres nicht ohne Stolz.

Glücklich umarmte Jeanne ihren Vater und drückte ihm einen Kuss auf die Stirn. Er hatte fast fünf Monate für das Anfertigen der Laute benötigt, doch sie glich in allem seinen vorigen Instrumenten. Hatte er erst einmal den Lack aufgetragen und die Saiten aufgezogen, konnte Jeanne auch ihren Klang prüfen. Neben der Rosette lag ein geschmiedeter Nagel. In jeder Laute steckte ein solcher, denn obwohl der Lautenhals an den Korpus angeleimt wurde, schlug der Lautenbauer zusätzlich einen Nagel durch das Holz. So wurde die Leimfuge überbrückt und die Qualität der Akustik erhöht.

»Was für eine Überraschung denn?«, fragte Endres.

»O Vater, dann wäre es ja keine Überraschung!« Lachend nahm Jeanne ihre Laute von einem Stuhl neben der Werkbank. Sie übte immer in der Werkstatt und ließ sich von ihrem Vater korrigieren, der über ein untrügliches Gehör verfügte.

Endres wiegte den Kopf. »Gib auf dich acht, Jeanne, du kennst diese Leute kaum.«

»Komm doch mit! Monsieur Morel würde sich freuen, dich kennenzulernen. Seine Frau und die Töchter sind reizend, und seine Freunde sind fast ausschließlich Humanisten, Dichter, oh, dieser Ronsard soll dort sein!« Sie legte sich das Band des Lautensacks um die Schultern.

»Gut, dass dein Mann nicht hier ist. Er würde dich nicht so gehen lassen.« Er erhob sich und küsste sie auf die Wangen. »Du bist wunderschön. Fühlst du dich auch wohl?«

Natürlich meinte er das Kind in ihrem Leib. »Ja, ja, mir geht es gut.«

Guillemette rief von unten: »Der Wagen ist da, Madame!«

»Siehst du, ich nehme den Wagen und bin bald zurück.«

In dem kleinen Gefährt hatten Jeanne und Guillemette mit ihren voluminösen Röcken gerade genügend Platz. Der Kutscher brachte sie direkt bis vor das Eingangstor der Morels, wo ihnen von einem Diener eine Planke bis zur Treppe gelegt wurde, über die sie sauberen Fußes das Haus erreichten.

Mit glühenden Wangen trat Jeanne in die Eingangshalle, die von Leuchtern und Öllampen hell erleuchtet war. An den Wänden hingen Ölgemälde mit Ansichten von Venedig, farbenfrohe Wandteppiche, und allerlei dekorativer Zierat schmückte Konsolen und Tische. Jeanne liebte dieses Haus, in dem so viel musiziert und gelacht wurde. Es duftete nach Brot oder Kuchen, und ihr Magen meldete sich, doch Jeanne kasteite sich mit kleinen Mahlzeiten, weil sie dem unerwünschten Eindringling in ihrem Körper keine Extraportion gönnte.

Ein freundlicher junger Diener in Livree verneigte sich vor ihr und nahm ihr den Schal ab. »Madame werden im Salon erwartet.«

»Guillemette, du gehst in den Gesinderaum, bis ich dich rufen lasse«, ordnete Jeanne an.

»Ja, Madame«, fügte sich ihre Kammerfrau und ging in Richtung Küche davon.

Der Salon war ein weiter, lichtdurchfluteter Raum mit großen Fenstern, die auf einen kleinen Rosengarten hinausblickten. Das allein war schon bemerkenswert in Paris, dazu waren die Wände mit Seidenstoffen bespannt, auf denen sich Vögel und Insekten zwischen Blattwerk tummelten, was dem Betrachter den Eindruck vermittelte, sich selbst in einem Garten zu befinden. Wie jedes Mal, wenn Jeanne die Morels besuchte, waren bereits Gäste dort und unterhielten sich angeregt.

Der Gastgeber, ein schlanker Mann mit Spitzbart und strahlenden hellen Augen, begrüßte sie formvollendet, doch mit großer Herzlichkeit. »Verehrteste, wie es mich freut, dass Ihr meiner Einladung nachkommen konntet. Die angekündigte Überraschung ist keine Finte, Euch herzulocken, damit Ihr uns mit Eurem bezaubernden Lautenspiel erfreuen könnt.«

»Monsieur Morel, es ist mir eine große Ehre, Gast in Eurem erlauchten Kreis zu sein.« Ihr Blick glitt über die Anwesenden, die saßen oder ins Gespräch vertieft durch den Raum gingen.

Vor einem der Fenster stand eine Frau mit rötlich blondem Haar, die Jeanne den Rücken zuwandte und ihr auf entfernte Art vertraut schien.

»Ihr habt meine Überraschung bereits erspäht. Lady Dousabella!«

»Oh!«, entfuhr es Jeanne voller Freude über das unerwartete Wiedersehen, das glückliche Erinnerungen heraufbeschwor.

Die Engländerin drehte sich um und kam mit einem breiten Lächeln auf sie zu. Angesichts der schönen Dame von Rang kam Jeanne sich in ihrem schlichten Kleid und den abgelaufenen Stiefeln allzu bieder vor. Sie machte einen tiefen Knicks.

Lady Dousabella reichte ihr eine Hand und half ihr auf. »Das ist zu viel der Ehre. Meine liebe Jeanne, Ihr habt doch nichts dagegen, wenn ich Euch so nenne? Ich werde diesen Abend am Rhein niemals vergessen. Ihr habt gespielt wie ein Engel, und Ihr seht auch so aus wie einer!«

Errötend hob Jeanne den Blick und ließ sich von der Lady in eine Ecke führen, in der sie ungestört plaudern konnten. Monsieur Morel ließ ihnen Wein, Wasser und eine Platte mit leichten Speisen auftragen. Jeanne nahm ihre Laute von der Schulter und lehnte sie gegen einen mannshohen Kandelaber aus Nussholz. »Bitte, nehmt Platz, Ihr wirkt ein wenig erschöpft«, sagte die Engländerin, deren smaragdgrünes Seidenkleid raschelte, als sie sich auf einer Sesselkante niederließ.

»Es geht mir gut, danke. Seit unserer Begegnung sind einige Monate vergangen. Wart Ihr in Eurer Heimat, Mylady?«

»Mein Heim in Kent habe ich schon eine ganze Weile nicht

mehr gesehen. Ihr müsst Euch mich als einen dieser Wanderfalken vorstellen, ständig unterwegs und immer ein wachsames Auge auf das Treiben am Boden gerichtet. Unsere geliebte Königin – und ich sage das mit herzlicher Überzeugung – unterhält ein großartiges Informantensystem, das uns Insulanern einen stetigen Kontakt zur Heimat ermöglicht.«

»Ich nehme an, dieses System funktioniert in beiden Richtungen«, bemerkte Jeanne und nahm einen Schluck Wasser.

»Aber selbstredend. Ihr solltet von dieser Pastete kosten, himmlisch!« Sie strich sich etwas Wildpastete auf ein Stück Brot. »Dieses Land ist so vielfältig! Es gibt hier einfach alles – fischreiche Küsten, Weinberge, den warmen Süden und die Loire. Was für ein königlicher Fluss.« Lady Dousabella biss in das Brot und schloss während des Kauens genüsslich die Augen.

Jeanne nahm sich von dem leicht gewürzten Wein.

»Meine Reise hat mich zuerst weiter nach Westen geführt. Über Loudun und Montcontour bin ich nach Beauregard gekommen, dem wundervollen Schloss von Jean de Thier.« Die Engländerin beobachtete Jeanne und schien eine Reaktion zu erwarten.

»Gab es in Montcontour nicht eine Niederlage für unsere Truppen?«, fragte Jeanne vorsichtig.

Sie saß mit dem Rücken zum Raum, während Lady Dousabella die Gesellschaft im Blick hatte und hin und wieder dorthin sah, doch niemand kümmerte sich um sie. »Die königlichen Truppen wurden vom Herzog von Anjou geführt und haben den Reformierten erhebliche Verluste zugefügt. Nun, es waren die üblichen Scharmützel, bei denen mal die einen, mal die anderen siegten, doch schließlich und endlich mussten Eure Truppen den Rückzug antreten und hatten über zweitausend Tote zu beklagen. Vielleicht fragt Ihr Euch, warum eine englische Lady Euch das erzählt?«

»Nun ja …«

Lady Dousabella zog lächelnd ein Samtbeutelchen hervor, das mit einer Seidenblüte verziert war. »Ein kleines Geschenk.«

Erstaunt wollte Jeanne die Kordel lösen, doch Lady Dousabella hielt sacht ihre Hand fest. »Nicht sofort. Nehmt Euch dafür etwas Zeit. Bei den Truppen sind meine Begleiter und ich auf zwei treffliche Ärzte gestoßen, die sich mit ihren ungewöhnlichen Heilmethoden bereits einen Ruf unter den Soldaten erworben haben.«

»Gerwin und Hippolyt?« Jeannes Herz begann zu klopfen.

»Ja, so hießen sie. Ah, Madame de Baïf, wie schön, Euch zu sehen!«, grüßte Lady Dousabella jemanden, der sich hinter Jeanne befand. »Wir gesellen uns gleich zu Euch!«

Rasch verstaute Jeanne die Gabe in ihrem Gürtelbeutel und wollte sich erheben. Da stand Lady Dousabella auf. »Behaltet nur Platz. Diese furchtbare Mode!«, schimpfte die Lady und zog an ihrem voluminösen Rock. »Wie nennt ihr diesen Reifrock? Vertugade? *Dear God, impossible!* Und dann diese engen Mieder, die einem schier den Atem nehmen, andererseits ist es für Frauen meines Alters durchaus von Vorteil, Unterstützung für gewisse Körperformen in der Kleidung zu finden …« Sie zwinkerte Jeanne zu, deren Rock nicht ganz der neuesten Mode entsprach und deshalb weniger ausgreifend war. »Ich bin sofort wieder bei Euch, meine Gute.« Mit dem liebenswürdigsten Lächeln ging sie auf eine vornehm gekleidete Dame mit spitzer Nase zu.

Jeanne wandte sich einen Moment um und musterte Madame de Baïf. Die Edelsteine ihres Colliers funkelten, die schmale Taille wurde vom Schnürleib des Schoßmieders zusammengepresst, so dass die Brüste angehoben und halb sichtbar waren. Der im Nacken aufgestellte weiße Kragen und die aufgetürmte Haarfrisur vervollständigten das Gesamtkunstwerk. Jeanne bekam allein beim Anblick der Robe Magenbeschwerden, wandte sich ab und lenkte ihre Aufmerksamkeit auf das Geschenk der Lady.

In dem hübschen Samtbeutel fand sie zuoberst eine kleine silberne Brosche in Form einer Laute. Das winzige Schmuckstück war wunderschön gearbeitet, und man konnte sogar die Wirbel und einzelne Saiten sehen. Sie legte es zur Seite und nahm einen vielfach gefalteten Bogen heraus, der verschnürt und versiegelt war. Ihr Herz klopfte erwartungsvoll.

Verehrteste, vielgeliebte Jeanne,
verzeiht meine anmaßenden Worte, doch ich trage das Herz auf der Zunge und bin kein Galan, der bei Hofe geschult wurde, den Damen mit Worten schönzutun. Da ich meinen Brief in den vertrauenswürdigen Händen einer Dame weiß, die Euch nicht unbekannt ist, hoffe ich zumindest, Eure Aufmerksamkeit für wenige Augenblicke auf meine armseligen Zeilen lenken zu können. Ich habe lange überlegt, ob und was ich Euch schreiben soll. Wie es um meine Gefühle für Euch bestellt ist, dürfte Euch nicht verborgen geblieben sein, und es gab einen Moment in jener Nacht in der Herberge am Rhein … Nun, Ihr wisst schon, welchen. Damals fühlte ich mich Euch verbunden wie nie einem Menschen zuvor, auf eine Art, die mir bis dato unbekannt war.

Ich sehe Euch noch vor mir, als Ihr mit Eurem Vater auf dem Ochsenkarren von Friedger Pindus, Gott sei seiner Seele gnädig, nach Helwigsdorff kamt. Es ist viel geschehen seither. Wenn Ihr mich sehen könntet – ich sitze an der Dronne unterhalb der Abtei von Brantôme, einem paradiesischen Fleckchen Erde, das der Krieg beschmutzt hat. Ich bin ein anderer geworden, genau wie das Schicksal Euch geformt hat. Es ist vermessen, mich nach Euch zu sehnen. Zerreißt dieses Papier, wenn Ihr Euch als verheiratete Frau beleidigt fühlt. Für mich seid Ihr immer Jeanne, die schöne Lautenistin, die an einem Abend nur für mich gespielt hat. Dafür danke ich Euch von Herzen.

Wer kann sagen, was das Leben für uns bereithält? Der Krieg ist eine unzähmbare Bestie, die zupackt und zerfleischt, wenn man denkt, sie habe sich schlafen gelegt. Hippolyt und ich haben uns den reformierten Truppen angeschlossen, weil wir helfen können, und dabei ist es uns gleichgültig, welcher Konfession die armen Kerle mit zerfetzten Gliedmaßen sind, die vor uns auf dem Tisch liegen. Hippolyt lässt

Euch grüßen und sagen, dass er selten eine tapferere Frau als Euch gesehen hat. Das denke ich auch und noch viel mehr, aber das spare ich mir auf für den Tag, an dem ich Euch wiedersehen darf.

Erlaubt mir, von Euch zu träumen, ewig der Eure

G.

Verschämt wischte sich Jeanne die Augen und faltete den Brief rasch wieder zusammen, um ihn samt Brosche zurück in den Samtbeutel zu stecken.

»Ach, Gerwin …«, seufzte sie.

»Ich hoffe, dass ich gute Nachrichten überbracht habe!« Lady Dousabella tippte ihr mit einem Fächer leicht auf die Schulter.

»Habt vielen Dank, Mylady.« Ihre Hände hielten den Samtbeutel fest umschlungen.

Lady Dousabella setzte sich wieder und ordnete ihre Röcke. Ihre Haut war fast durchscheinend weiß und mit feinen Sommersprossen übersät. Mehrere Ringe, darunter ein Siegelring, schmückten die schlanken Finger. »Wenn Ihr den Rat einer lebenserfahrenen Frau annehmen mögt …«

Jeanne fühlte die sanften haselnussbraunen Augen auf sich ruhen und hob den Blick. »Mylady.«

»Manche Frau geht die Ehe nur ein, damit sie sich auf schickliche Weise mit ihrem Liebhaber treffen kann. Viele mir bekannte Edeldamen erfüllen ihre ehelichen Pflichten und haben ansonsten alle Freiheiten, die sie sich wünschen. So ist beiden Seiten gedient, der Anschein wird gewahrt und der Name des Gatten nicht befleckt.«

»Aber es ist nicht so. Ich meine, ich bin nicht in einer vergleichbaren Situation«, sagte Jeanne leise.

»Nun, ich wollte Euch nur Mut machen. Irgendein weiser Mann hat gesagt, dass Glück und nicht Weisheit das Leben regiert, und ich sage, dass man das Glück erkennen muss, wenn es einem begegnet. Doch genug davon. Ich liebe Eure Musik und würde Euch unendlich gern spielen hören. Und unser werter Gastgeber auch, da bin ich mir sicher.« Lady Dousabella erhob sich. Sie schien voller Energie und hatte Jeanne bereits in Bann gezogen.

Die Musiker im Hause Morel wechselten, doch einen Pariser Theorbenspieler kannte Jeanne von ihrem letzten Besuch, und auch mit einem jungen italienischen Geiger hatte sie bereits musiziert. Die jüngste Tochter des Edelmanns hatte eine schöne Sopranstimme, und die Anwesenden zeigten mit begeistertem Applaus, wie angetan sie von der Darbietung der jungen Künstler waren. Nach dem kleinen Konzert stand Jeanne wieder neben Lady Dousabella, die sich für diesen Nachmittag ihrer angenommen hatte.

Ein Mann mittleren Alters mit kurzen grauen Haaren, einem Spitzbärtchen, wachen Augen und der Miene eines Gelehrten verneigte sich vor ihnen. Sein Wams war aus feinstem Brokat, der weiße Kragen schimmerte seidig, und an den Händen funkelten kostbare Ringe.

»Jeanne, darf ich Euch mit dem berühmten Dichter Monsieur de Ronsard bekannt machen?«

»Obwohl mein Gehör mir nicht immer zu Diensten ist, ist mir nicht entgangen, dass Euer Spiel von außergewöhnlicher Kunst ist, Madame.« Seine Aussprache war betont exakt, und man merkte ihm an, dass er sich anstrengen musste, einem Gespräch zu folgen.

Madame de Baïf trat zu ihnen und legte Ronsard die Hand leicht auf den Arm. »Mein Lieber.« Sie wartete, bis er der Bewegung ihrer Lippen folgen konnte. »Diese reizende junge Hugenottin spielt wie ein Engel. Und natürlich hat unsere umtriebige Lady D. schon Freundschaft geschlossen.«

Ihr Sarkasmus war schneidend, es war offensichtlich, dass sie die Engländerin nicht mochte. Die Frauen mochten etwa im gleichen Alter sein, doch während Lady Dousabella Wärme, Intelligenz und Charme ausstrahlte und von natürlicher Schönheit war, verkörperte Madame de Baïf die gekünstelte Hofdame, an der außer der spitzen Nase kaum etwas unverfälscht schien.

Ronsard hob die Brauen. »Ihr seid Hugenottin? Dafür spielt Ihr recht ordentlich.«

»Ich dachte, Euer Gehör ließ Euch gar nicht die Feinheiten unseres kleinen Konzerts wahrnehmen? Zudem sind die übrigen Musiker Katholiken und haben meine Fehler sicher meisterlich ausgeglichen«, erwiderte Jeanne trotzig.

Lady Dousabella lachte herzlich. »Brav gesprochen! Gutes Mädchen! Ich muss mich bei Euch entschuldigen, wähnte ich uns doch in einer Gesellschaft gehobenen Geistes, die über konfessionellen Animositäten steht.«

»Was solltet Ihr auch anderes sagen, Mylady, wo doch Eure Königin ganz in die Fußstapfen ihres ketzerischen Vaters getreten ist.« Madame de Baïf spielte auf die Exkommunikation Heinrichs VIII. an, der seine erste Ehe gegen den Willen des Papstes hatte auflösen lassen, um Anne Boleyn, Königin Elisabeths Mutter, heiraten zu können.

»Nicht in allem folgt unsere erhabene Königin dem Vorbild ihres Vaters. Zumindest ist sie noch nicht verheiratet. Wartet, hat nicht die werte Königinmutter Katharina erst kürzlich im Namen ihres Sohnes, des Herzogs von Anjou, um die Hand der unvergleichlichen Elisabeth angehalten?«, sagte Lady Dousabella freundlich.

Madame de Baïf runzelte die Brauen, was ihr unter dem Gewicht der künstlichen Haarpracht sichtlich schwerfiel, und fächelte sich Luft zu. »Ihr seid wie immer gut informiert, Lady D.«

Die Engländerin lächelte charmant. »Oh, sind das nicht alle Ausländer in der Fremde? Wir haben unser eigenes Nachrichtensystem, um die Heimat nicht allzu sehr entbehren zu müssen.«

Der Dichter schien sich zu langweilen und steuerte mit Madame de Baïf im Schlepptau eine andere Gruppe von Edelleuten an.

Lady Dousabella führte Jeanne durch den Salon, nickte einigen

Gästen freundlich zu und erklärte: »Ronsard ist mit Vorsicht zu genießen. Er ist eng mit Monsieur de Baïf befreundet. Die beiden haben zusammen am Collège de Coqueret studiert.«

»Hat Ronsard nicht gemeinsam mit Bellay die Gruppe der Pléiade gegründet, deren Mitglieder ganz wundervolle Liebesgedichte veröffentlichten? Ich hatte mich so darauf gefreut, ihn persönlich kennenzulernen.« Jeanne machte aus ihrer Enttäuschung keinen Hehl.

»Menschen ändern sich. Erst wurde Ronsard von Margot gefördert, und dann hieß es, er werde von Maria Stuart unterstützt.« Lady Dousabella senkte die Stimme.

»Dann hat er das Lager gewechselt?«

»Ob aus Überzeugung, wird nur er selbst wissen. Zumindest hat er sich die uneingeschränkte Gunst Karls IX. erworben, der ihm einen Wohnsitz bei Hof, Prioreien, Ämter und Titel verliehen hat. In seinen Werken schlägt der liebe Ronsard nun andere Töne an. Am meisten missfällt mir sein ›Discours des misères de ce temps‹, in dem er plump den Katholizismus verteidigt und den Protestantismus verhöhnt. Nun ja.« Mylady hob die Schultern. »Es war sein Einstieg bei Hofe. Sich die Gunst Karls IX. zu erhalten ist nicht einfach. Der Mann ist König und *nutty as a fruitcake*!« Sie kicherte verhalten.

»Verrückt, meint Ihr?«, fragte Jeanne leise nach.

»Ganz genau. Imbezill, umnachtet, aber gefährlich!« Sie zog Jeanne außer Hörweite. »Noch weilt der Hof in Blois, doch im Winter kehren sie alle nach Paris zurück, und Ihr werdet das Vergnügen haben, den gesamten Zirkus kennenzulernen.«

»O nein! Ich glaube, das möchte ich gar nicht mehr«, wehrte Jeanne ab, der die eben gewonnenen Einblicke in die höfische Welt respektvollen Abstand zu selbiger nahezulegen schienen.

»Liebste Jeanne, Ihr seid ja schon mittendrin! Habt Ihr nicht bereits eine Einladung von der Herzogin von Nemours erhalten?«, lächelte die Engländerin.

»Das wisst Ihr?«

»Alle wissen es. So ist das hier. Das Hôtel de Nemours ist ein Treffpunkt für die Großen des Hofes. Ihr werdet es erleben. Oh, und keine Angst, bis dahin weihe ich Euch in die Gepflogenheiten höfischer Diplomatie ein. Eure Reaktion auf Ronsards Spitzfindigkeit war beherzt, aber viel zu ehrlich und damit verfänglich.«

»Ich will eigentlich nur Musikerin sein …« Sie dachte an ihren Onkel, dessen politisch motivierte Beteiligung an der Ermordung François de Guise' ihre Mutter das Leben gekostet hatte.

»Dann versteckt Euch im düsteren hugenottischen Haus Eures Gatten und zupft hinter verschlossenen Türen die Laute«, sagte Lady Dousabella trocken.

Jeanne presste die Lippen aufeinander und tastete unwillkürlich nach dem Samtbeutel an ihrem Gürtel.

Der aufmerksamen Lady entging nichts. »Meine Liebe, willkommen in der Welt! Und ich sehe es Euch an, Ihr werdet die Aufregungen, die sich Euch bieten, lieben! Und eines Tages kommt Ihr mit mir nach England. Die Königin ist eine geistvolle und witzige Frau. Sie wird Euch gefallen!«

Doch Jeannes Gedanken hatten eine andere Richtung eingeschlagen. »Wisst Ihr, wo Gerwin jetzt ist?«

»Als ich sie verließ, hieß es, die Truppen zögen nach Niort und dann weiter nach La Rochelle. Wollt Ihr etwa dorthin?«

»Aber nein!« Jeanne legte eine Hand auf ihre Leibesmitte.

»Ihr seid guter Hoffnung, habe ich es mir doch gedacht! Meine Liebe, setzt Euch. Soll ich Euch etwas zu trinken bringen lassen?«, erkundigte sich Lady Dousabella besorgt. »Es ist Euer erstes Kind, nicht wahr?«

»Ja«, antwortete sie knapp.

»Wenn Ihr Glück habt, geht es schnell. Meine Geburten waren wie Spaziergänge, und als ich für genügend Nachkommen gesorgt hatte, habe ich Vorsorge getragen.« Sie zwinkerte Jeanne verschwörerisch zu.

»Das müsst Ihr mir unbedingt erklären!«, sagte Jeanne voller Hoffnung.

22
La Rochelle
Winter 1569/70

Nach den verlustreichen Schlachten im Périgord hatte sich Admiral Coligny in den Süden begeben, wo er neue Truppen ausheben wollte. Gerwin vermisste den herrischen und unnachgiebigen Mann nicht und war froh, dass sie mit Heinrich von Navarra und dessen Vetter, dem Prinzen de Condé, weitergezogen waren. Condé war nach dem Tod seines Vaters ein Prinz von Geblüt, ein *premier prince du sang*, und konnte deshalb ebenfalls Ansprüche auf den Lilienthron erheben.

Ein armseliger Truppenrest begleitete sie nach La Rochelle, vor dessen Mauern die Anführer der deutschen Söldner erneut ihre Lager hatten aufschlagen lassen – zum großen Bedauern von Königin Johanna von Navarra, die den Truppen noch immer fünfzigtausend Écus schuldete. Finanziell war der Krieg ein Fass ohne Boden; auch die Diamanten, welche Gerwin und Hippolyt unter Lebensgefahr nach Frankreich geschmuggelt hatten, waren wie ein Wassertropfen in der Wüste verdampft. Die Schlachten der vergangenen Monate waren derart verlustreich gewesen, dass es an allen Ecken und Enden mangelte.

Vom Atlantik wehte stetig ein feuchter Wind über die Mauern von La Rochelle und brachte eine Feuchtigkeit mit sich, die durch Mark und Bein ging. Wäre die Lage in der viel umkämpften Feste der Hugenotten nicht so prekär gewesen, hätten die beiden Ärzte die unwirtliche Stadt längst verlassen. Doch ausgerechnet gegen Ende des Christmonats war ein Fleckfieber ausgebrochen, das bereits viele Todesopfer gefordert hatte.

Gerwin und Hippolyt standen nebeneinander in ihre Umhänge gehüllt an der Nordwestecke des Hafens. In ihrem Rücken befand sich die imposante Porte de la Grosse Horloge. Vor ihnen erstreckte sich das Hafenbecken, der Eingang flankiert von den zwei riesenhaft aufragenden Türmen Saint-Nicolas und de la Chaîne. Es war noch früh am Morgen, und der Nebel lag dick über dem Meer. Für den Binnenländer Gerwin boten die Hafenanlage, das bunte Treiben der Händler und Lastenträger, die Ladekräne und die majestätischen Segelschiffe, die Galeonen und Karacken, ein faszinierendes Schauspiel. Er mochte den Geruch des Meeres, der selbst mit Teer und Tang vermischt weitaus angenehmer war als der Gestank der Stadt.

»Weißt du, was Hippokrates über Städte gesagt hat, die nach Westen liegen?«, fragte Hippolyt unvermittelt.

»Dass dort die Sonne untergeht?«

»Ein rechter Vocativus, der Gerwin. Nein, Hippokrates hat behauptet, dass eine solche Lage die gesunden Ostwinde abhalte und daher ungesund sei, weil auch das Wasser dort nicht klar sei. Er führte das auf den ständig niedergehenden dichten Nebel zurück, der sich mit dem Wasser vermische und so dessen Klarheit verderbe.«

»Deshalb glauben so viele, dass das Meer das Fieber bringt?«

»Nun, ich bezweifle, dass die einfachen Leute Hippokrates' Schriften kennen, doch wahrscheinlich wurde diese Weisheit im Volksmund überliefert. Ich halte das nicht für schlüssig, denn die Menschen, die am Meer leben, sind in der Regel robust. Aber niemand kann Krankheiten widerstehen, wenn er nicht genügend frische Nahrung hat und ihm der Dreck bis zur Halskrause steht. Außerdem bringen die Soldaten neue Krankheiten mit sich. Das ist der Grund für das Fieber, nicht das Meer!«

Gerwin ließ den Blick über die Schiffe gleiten, die gemächlich auf der ruhigen See schaukelten. Das Meer weckte Sehnsucht nach dem Unbekannten in ihm, und dabei stand er erst am Anfang. Er musste noch so vieles lernen, um ein Heiler zu werden, auch wenn es ihm mittlerweile besser gelang, seine Kräfte zu steuern. Wenn er einen Fehler machte, war Hippolyt zur Stelle. Gerwin fuhr sich durch die halblangen Haare und dachte an die Helwigsdorffer Zeit. Öfter, als ihm lieb war, schlichen sich die Gesichter seiner Mutter, seiner Geschwister und der Anblick seines toten Vaters in seine Gedanken.

Hippolyt legte ihm den Arm auf die Schulter. »Woran denkst du, Freund? Jedenfalls nicht an unsere Fieberkranken im Hospital.«

»Glaubst du, man kann ein Leben, das man genommen hat, aufwiegen durch jene, die man rettet?«, sagte Gerwin mehr zu sich, denn er konnte sich die Schuld am Tod seines Vaters nicht vergeben.

»Lass uns ein wenig spazieren gehen, dabei denkt es sich besser. Wärest du Katholik, Gerwin, bräuchtest du mich das nicht zu fragen, weil dir dein Beichtvater die passende Buße auferlegen würde, damit du dein Gewissen reinigen kannst.«

Sie folgten der alten Stadtmauer zum Leuchtturm.

»Ein noch junger Orden ist seit einigen Jahren stark im Kommen, sie nennen sich die Jesuiten. Ihr Erfolgsrezept sind so genannte Exerzitien, eine Kombination aus Umkehr und Beichte, mit der sie ganze Landstriche missionieren. Das Volk und auch die Oberschicht lieben sie, weil sie ihnen ein verständliches Regelwerk vorlegen, das zur Erlösung führt.« Hippolyt nickte einer Kammerdienerin zu, die ihn freundlich anlächelte. »Sie hat das Fieber überstanden, weil sie sich an unsere Anweisungen gehalten hat. Sehr schön, sehr schön. Wo war ich stehengeblieben? Ach ja, der Glaube. Wärest du Hugenotte, dann wüsstest du, dass du völlig verderbt geboren wurdest, wie sie ja gern den Psalm 51 dafür herleiten, wo es heißt, dass wir in Schuld geboren und in Sünde von der Mutter empfangen wurden.« Hippolyt schüttelte den Kopf. »Nun gut, durch gute Taten zu Gottes Ehre kämest du deiner Erlösung näher. Der gute Luther hat es uns leichter gemacht, indem wir glauben dürfen, dass der Sohn Gottes schon alle Schuld auf sich genommen hat, aber welchen Glauben auch immer du wählst – glauben musst du.«

Bedrückt ging Gerwin langsam neben seinem Meister her. »Hippolyt, das hilft mir nicht!«

»Nein, das weiß ich doch. Dir helfen keine schönen Worte, keine frommen Sprüche, nur das dort drinnen!« Er blieb stehen und stieß Gerwin vor die Brust. »Und dein Geist! Lass bloß nie jemanden hören, was ich dir sage, dann verbrennen sie mich doch noch irgendwann …« Hippolyt lachte leise in sich hinein, wurde jedoch plötzlich ernst, hielt Gerwin an den Schultern fest und sah ihn liebevoll an. »Arbeite an deinem Innern, Gerwin, dort ist die Quelle des Guten, eine unversiegbare Quelle, du musst nur stets nach ihr graben. Das hat ein großartiger römischer Kaiser gesagt, Marc Aurel. Und weißt du, was das Paradoxe ist? Dieser heidnische Kaiser, der aus politischen Gründen heftige Christenverfolgungen zuließ, wurde vom Kirchenvater Augustinus gelobt und als nachahmenswert für Christen empfohlen.«

»Ich glaube, nein, ich denke, ich habe verstanden, was du meinst, Hippolyt.«

Sie kamen unterhalb des Leuchtturms an, aus dessen achteckiger Laterne sich ein Lichtstrahl auf das Meer hinaus ergoss, ohne den Nebel weit durchdringen zu können.

»Irgendwo dort im Norden hinter dem Kanal liegt England.« Hippolyt streckte den Arm aus, und sie blickten über die Masten der Segler hinweg.

»Wir könnten Hilfe von dort gebrauchen. Warum ergreift Königin Elisabeth nicht Partei?«, fragte Gerwin.

»Das ist die komplizierte Kunst der Diplomatie und der Staatsräson. Unser Bruder Walter von Mühlich ist in dieser Mission unterwegs, und er ist nicht der Einzige. Auch unter den Engländern gibt es Befürworter einer aktiven Parteinahme Englands. Die reizende Lady Dousabella ist in dieser Hinsicht tätig und begibt sich damit auf dünnes Eis.«

»Du bist ihr sehr zugeneigt, nicht wahr?«, fragte Gerwin vorsichtig. Es war ihm nicht entgangen, dass Hippolyt bei jeder Gelegenheit die Gesellschaft der Lady gesucht hatte.

»Ha! Und welcher Mann mit sehenden Augen und einem Körper, der dem Verfall noch nicht preisgegeben ist, wäre das nicht? Aber was sie so außergewöhnlich macht, ist ihr scharfer Verstand, eine bemerkenswerte Frau, in der Tat!« Hippolyt sah mit auf dem Rücken gefalteten Händen gedankenverloren in die Ferne.

Ein Schuss zerriss den friedlichen Morgen, es folgten ein lauter Wortwechsel und hysterische Schreie. Hippolyt und Gerwin sahen sich fragend an und wandten sich einvernehmlich dem Ursprung des Tumults zu. Sie näherten sich bereits dem Stadttor, als ihnen Hauptmann Hinrik mit großen Schritten entgegeneilte.

»Ich dachte mir, dass ich euch hier finde. Kommt rasch! Es hat eine Keilerei unter den Landsknechten gegeben. Die Stadtwache musste die Streithähne gewaltsam auseinanderbringen.«

»Den Schuss haben wir gehört«, meinte Hippolyt.

»Oh, den hat einer der Landsknechte abgegeben und seinen Gegner schwer verletzt. Diese Dummköpfe! Als könnten sie es nicht erwarten, sich die nächste Kugel von einem Katholischen einzufangen.« Hinrik rieb über die Narbe an seiner Schläfe. »Es gibt Sturm, das spüre ich. Hier entlang. Man wird sie bereits ins Hospital gebracht haben.«

Unweit der Rue Réaumur, in der die betuchten Hugenotten lebten, befand sich ein kleines, mit Stiftergeldern finanziertes Hospital. In Friedenszeiten wurden hier Bedürftige kostenlos behandelt, jetzt barsten die schmalen, langgestreckten Räume des zweistöckigen, verwitterten Gebäudes aus allen Nähten. Hinrik, dem weder Kälte noch Nässe etwas anzuhaben schienen, stapfte in seinem gefütterten Wams vorweg. Vor dem Hospital wehrten drei Stadtknechte schreiendes Gesindel ab, das die Treppen hinaufdrängen wollte.

Einer der Knechte stieß mit dem Fuß nach einem Weib. »Seht zu, dass ihr euch tummelt, Hurenpack! Was lasst ihr euch mit den Soldaten ein, wo ihr doch wisst, wie's ausgehen kann!«

Die Hure spuckte aus und schrie: »Wir werden geholt, um die Mistkerle zu bedienen und dafür zu sorgen, dass sie nicht über die braven Bürgersfrauen herfallen, und wenn sie uns dann nicht mal unseren schwer erarbeiteten Lohn geben und uns prügeln, dann ist euch das egal? Zum Teufel! Schämen sollt ihr euch und die feine Königin Johanna dazu! Geizige, frömmlerische Vettel! Ist doch alles ihre Schuld!«

»Hätte sie die Soldaten bezahlt, wären die Dreckskerle nicht länger hier«, pflichtete ein abgerissen gekleideter Mann bei.

Hauptmann Hinrik zog sein Schwert, und die Leute wichen zur Seite. Im Hospital sagte der erfahrene Kriegsmann: »Sie haben ja nicht einmal unrecht. Kommt, sie liegen hier unten.«

Frische Blutlachen auf dem Steinboden wiesen ihnen den Weg. Im Erdgeschoss operierte man die Schwerverletzten, im Keller lagerten die Toten, deren Zahl seit Ausbruch der Fieberepidemie drastisch gestiegen war. Ein junger Mann mit blutverschmierter Schürze trat aus einer Tür zu ihrer Linken, wischte sich die Stirn und wies müde hinter sich.

Hippolyt und Gerwin banden die Umhänge auf und legten sie auf einen Schemel im Flur, bevor sie in den Saal traten, der einem Schlachthaus glich. Die Pfleger und Helfer, einfache, von den Ärzten angelernte Männer, eilten zwischen den Pritschen und Strohsäcken hin und her, um Wasser zu reichen, Kot und Urin zu beseitigen oder Verstorbene fortzubringen. Auf den vorderen Tischen lagen zwei Männer mit blutigen Schnittwunden, die nicht lebensbedrohlich schienen. Schlimmer stand es um den dritten Mann, der gurgelnde Laute von sich gab und dessen Glieder unkontrolliert zuckten. Durac, ein erfahrener Arzt, stand mit seinem Gehilfen vor dem Tisch.

»Meister Hippolyt! Gut, dass Ihr kommt! Seht Euch den hier

an. Er hat nur Schwerthiebe abbekommen. Das lässt sich flicken, aber diese Konvulsionen!«

»Und welcher hat die Kugel abbekommen?«

»Welche Kugel?«, fragte Durac.

»Es hat sich angehört, als hätte jemand geschossen.« Gerwin krempelte sich die Hemdsärmel hoch und trat mit Hippolyt an den Tisch.

»Wir sehen uns später«, hörten sie Hinrik sagen, bevor er den Saal verließ.

Der Verwundete warf den Kopf hin und her. Das Gesicht war durch Platzwunden und Schwellungen entstellt, Haarsträhnen klebten über Stirn und Augen des Mannes. Noch während Gerwin half, die schmutzigen Kleidungsstücke zu entfernen, konnte er sich des Gedankens nicht erwehren, dass er diesen Mann schon einmal gesehen hatte.

Durac zeigte auf einen tiefen Hieb in der Leistengegend des Mannes, dessen bunte Pluderhosen ihn als Landsknecht auswiesen. »Ich wollte beginnen, den Schnitt zu nähen, doch die Konvulsionen gaben mir zu denken.«

Die Pluderhosen wurden zur Gänze aufgetrennt, doch die Beine waren kaum verletzt. »Dreht ihn um!«, befahl Hippolyt.

Zwei Helfer und Gerwin brachten den Mann mit Mühe in eine halb seitliche Lage. »Ah, da ist die Kugel!«, rief Gerwin und deutete auf ein Loch neben der Wirbelsäule.

Durac zuckte mit den Schultern. »So weit waren wir noch nicht. Ihr seht selbst, was hier alles anliegt.«

Hippolyt achtete nicht auf seinen Kollegen, sondern beugte sich über die saubere Einschussstelle, aus der kaum Blut austrat. Dann zog er eine zusammengebundene Lederrolle aus seiner Tasche, schnürte sie auf und breitete sie auf dem Fenstersims aus. Sauber nebeneinander aufgereiht steckten in eingearbeiteten Taschen seine chirurgischen Instrumente. Rasch wählte Hippolyt eine schmale Zange aus.

Der Landsknecht zuckte wild und gab unartikulierte Laute von sich. Gerwin und die beiden jungen Helfer mussten ihre ganze Kraft aufbringen, um den Verletzten in der Seitenlage zu halten. »Brauchst du das Wundwasser?«

»Gleich. Zuerst muss die Kugel heraus. Festhalten!« Mit zusammengebissenen Zähnen fuhr er mit der Zange in das Schussloch und bohrte so lange darin herum, bis er eine daumengroße Pistolenkugel herausgezogen hatte. Sobald die Kugel heraus war, entspannten sich die Glieder des Landsknechts, und er sank mit einem tiefen Seufzer in sich zusammen.

Anerkennend hob Durac die Brauen. »Die Kugel hat also die Konvulsionen verursacht. Fürwahr, Ihr versteht Euer Handwerk, Meister Hippolyt. Das werde ich mir merken. Darüber solltet Ihr eine Abhandlung schreiben.«

»Monsieur Durac, bitte kommt. Da ist eine Frau mit ihrem Kind, das am Fieber gestorben ist, aber sie will es nicht loslassen und …«, rief ein verzweifelt aussehender Jüngling in schwarzer Kutte. Er gehörte zu den Mönchen aus umliegenden Klöstern, die ihre Hilfe angeboten hatten.

Durac nickte. »Denkt an meine Worte, Meister. Ein Stuhl an der Universität wäre Euch sicher!« Damit eilte der Arzt zu seinem nächsten Patienten.

»Das fehlte mir gerade!«, murmelte Hippolyt und machte sich mit Gerwins Hilfe ans Säubern der Wunden.

Als sie den nun vollkommen ruhigen Landsknecht auf den Rücken drehten und Gerwin die Schwellungen mit einem Schwamm kühlte, durchzuckte ihn die Erkenntnis wie ein Blitz. Angewidert zog er die Hand zurück und starrte auf den Bewusstlosen.

»Was ist? Hier, du kannst den langen Schnitt nähen.« Hippolyt reichte ihm Nadel und Faden.

»Das ist Franz«, kam es fast lautlos über Gerwins Lippen.

»Ach ja? In diesem Moment liegt da nur ein Verwundeter. Also los, zeig mir, wie du nähst!«, sagte Hippolyt ungerührt.

»Der Kerl hat Jeanne vergewaltigt, uns angegriffen und wer weiß wie viele Menschen auf dem Gewissen!«, stieß Gerwin voller Zorn hervor.

»Versorg jetzt diesen Mann, oder unsere Wege trennen sich hier.«

Mit Tränen der Wut nahm Gerwin die Nadel und stach in das Fleisch des Mannes, dem er am liebsten einen Dolch ins Herz gerammt hätte. Mit jedem weiteren Stich und jedem Knoten, den er band, dachte er an Jeanne und daran, wie leicht es wäre, ihren Peiniger hier sterben zu lassen.

»Franz ist ein durch und durch verderbter Mensch und hat sein Recht auf Leben schon lange verwirkt«, sagte Gerwin, ohne aufzusehen.

»Und wer bist du, über ihn zu richten? Du bist Arzt und hast dich und dein Wissen in den Dienst der Menschen gestellt. Wir retten Leben, wir nehmen es nicht. Rein und fromm werde ich mein Leben und meine Kunst bewahren. Diesen Satz hast du mir nachgesprochen, genau wie viele Generationen von Ärzten vor uns sich an die Leitsätze des Hippokrates hielten.« Hippolyt begutachtete die Naht. »Gut. Jetzt gieß von dem Wundwasser darüber und reibe die Schwellungen in seinem Gesicht ein.«

Widerwillig gehorchte Gerwin, gestand sich aber ein, dass Hippolyt recht hatte. Franz' Lider zuckten, und Gerwin befürchtete, in die Augen des Mordgesellen sehen zu müssen. Er drückte Hippolyt den Salbentiegel in die Hand und ging hinaus. Im kalten Korridor setzte er sich auf den Schemel mit ihren Umhängen und barg den Kopf in zitternden Händen.

Es dauerte nur Augenblicke, bis Hippolyt zu ihm kam und sich neben ihn stellte. »Er schläft. Renal verbindet ihn. Wären wir an der Universität, würde ich dir heute deine Doktorwürde verleihen.«

Erstaunt hob Gerwin den Kopf.

Hippolyt grinste schief. »Schneiden, Kurieren, Klistieren, und was wir noch so alles können, ist eine Sache, aber Selbstlosigkeit und menschliche Größe in Augenblicken größter Zweifel oder Not zu zeigen macht den wahrhaft Berufenen aus. Ich habe mich nicht in dir getäuscht. Komm jetzt, wir gehen frühstücken und trinken einen kräftigen Muskateller. Das belebt dich wieder.«

Sie griffen nach ihren Umhängen und verließen das Hospital, einen von vielen Orten in und um La Rochelle, an denen sie ihre ärztliche Kunst ausübten. Während sie eine Wirtschaft ansteuerten, in der es um diese Stunde frisches Brot gab, sagte Gerwin: »Und was wird aus Franz? Ich kann nicht einfach vergessen, was er getan hat! Sollte ich ihn nicht einem Gericht vorführen?«

»Wir sind im Krieg. Die Leute haben andere Sorgen. Das Fieber grassiert. Aber wir können Hinrik einweihen, und dann sollen die Generäle entscheiden, ob sie auf einen Soldaten verzichten können. Mörder sind wohl die meisten von ihnen.« Hippolyt stieß die Tür zum Wirtshaus auf, aus dem der angenehme Duft von gebratenen Eiern und frischem Brot strömte.

Gerwin folgte seinem Meister in die warme Gaststube, in deren Mitte ein munteres Feuer brannte, an dem auch gekocht wurde. Einfach gezimmerte Tische und Bänke standen entlang den Wänden. Der Qualm und die Dämpfe aus den Töpfen behinderten die Sicht, und so waren sie vollkommen überrascht, als plötzlich jemand rief: »Hier herüber, Junker Rechberg!«

Die Vergangenheit schien ihn an diesem Morgen zwiefach einzuholen, dachte Gerwin mit wachsendem Unbehagen. Hippolyt schien ähnlich angespannt, doch beide Männer lachten erleichtert auf, als sie den Tisch in der hinteren Ecke der Wirtschaft erreichten, von dem aus ihnen ein schlanker, dunkelhaariger Mann zuwinkte.

»Seraphin!«, rief Gerwin erfreut und schloss den Freund aus Dresden in die Arme.

Seraphin drückte ihn fest an sich und umarmte dann Hippolyt. Nachdem sie sich gesetzt hatten, musterte der Medicus Seraphin aufmerksam. »Du bringst keine guten Nachrichten, Jerg?«

Traurig nickte Seraphin, dessen lange Haare im Nacken zusammengebunden waren. Seine Reisekleidung war staubbedeckt, lederne Hosen und kniehohe Stiefel zeigten an, dass er geritten war. »Er hat es geahnt, noch während ihr dort wart. Vor drei Monaten warf ihn der schwerste Fieberanfall, den ich mit ihm erlebt habe, aufs Lager.« Die dunklen Augen des Tänzers schimmerten feucht. »Er war ein großartiger Mensch. Ich verdanke ihm so viel, und ich habe ihn aufrichtig geliebt.«

Hippolyt schloss die Augen, drückte seine gefalteten Hände gegen Mund und Nase und holte mehrere Male tief Luft. Als er sich wieder gefasst hatte, fragte er: »Hat er gelitten?«

»Nein. Wir waren vorbereitet. Er hat zum Schluss zwei Pfeifen am Tag geraucht und ist aus einem seiner Träume nicht mehr aufgewacht.« Seraphin sprach so leise, dass sie Mühe hatten, ihn in der lauten Wirtsstube zu verstehen.

Eine Magd in einem frischen blauen Kleid bat um ihre Bestellung.

»Gebratene Eier, Speck, Brot und Grütze und Muskateller für drei«, orderte Gerwin.

»Jerg hat mich als seinen legitimen Erben eingesetzt«, erklärte Seraphin. »Dabei habe ich es nie gewollt, das Gut oder den Titel.«

»Was geschah dann, Seraphin?«, fragte Gerwin und sah sich um, doch die übrigen Gäste, zumeist Seeleute, Hafenarbeiter oder Händler, schienen keine Notiz von ihnen zu nehmen. Hippolyt nahm einen Schluck von dem Muskateller, den die Magd eben eingegossen hatte.

Das Gesicht des Tänzers war schmaler geworden. Trauer und die Strapazen der Reise hatten Spuren hinterlassen. Er seufzte und begann zu erzählen: »Ich wusste seit einiger Zeit, wie es um die Gesundheit von Herrn Jerg stand, und wollte nicht von seiner Seite weichen, doch er schickte mich immer wieder an den Hof nach Dresden. Denn dort spitzten sich die Ereignisse nach eurer Abreise zu. Deutlich wandte sich der Kurfürst von Leibarzt

Peucer und seinen Leuten ab und den strengen Lutheranern zu. Im Übrigen kehrte Ritter von Alnbeck schon bald nach der Bestattung seiner Gattin an den Hof zurück, frisch vermählt. Skandalös!« Er machte eine bedeutsame Pause.

»Etwa mit Adelia?«, entfuhr es Gerwin.

»Mit ebenjener Giftschlange. Sie schmeichelte sich beim Kurfürsten und seiner Gattin ein, so dass dem Ritter schon bald eine Grafschaft zugewiesen wurde. Damit stand Alnbeck über meinem geliebten Herrn, und es war ihm ein Leichtes, allerlei Fragen über euch und eure Verbindung zu Herrn Jerg zu stellen. Erschwerend kamen die Briefe aus England hinzu, von denen die höfischen Agenten erfahren haben.« Seraphin bleckte die Zähne. »Glaubt mir, der Judas auf unserem Gut hat seinen Verrat teuer bezahlt.«

Hippolyt horchte auf. »Briefe aus England?«

»Ich zeige euch alles im Quartier, nicht hier. Es sind Nachrichten von Bruder Walter. Sie betreffen euch und Hauptmann Hinrik. Dem Schönberg in Dresden traue ich nicht länger, der laviert hin und her, und dass die Köpfe von Peucer und seinen Leuten rollen, ist nur eine Frage der Zeit. Die Veränderung am Hof kann man förmlich riechen. Ihr könnt es euch nicht vorstellen. Es stinkt dort nach Engstirnigkeit, Verrat und Hinterlist! Ich war im Begriff, ein Ballett mit Antonio unter Scandellos Regie einzustudieren, als der hübsche Bursche des neu ernannten Grafen Alnbeck mir steckte, dass sein Herr sich die richterliche Vollmacht zu einer Durchsuchung des Gutes eingeholt hatte.«

»Doch nicht unseretwegen? Grollt er uns noch immer?«, fragte Hippolyt.

»Die Rache wegen eures angeblichen medizinischen Fehlers ist die eine Sache. Herrn Jergs Konspiration mit der englischen Königin kam ihm aber auch gelegen, da er scharf auf das Gut und die Ländereien war! Zudem ging es Herrn Jerg immer schlechter. Wir haben an Bewaffneten zusammengerufen, wen wir auftreiben konnten, und uns auf dem Gut verbarrikadiert. Das waren die längsten vier Tage meines Lebens.« Seraphin schloss einen Moment die Augen, schluckte und fuhr dann fort: »Beten ist mir fremd, aber in diesen Stunden habe ich alle mir geläufigen Gebete und magischen Formeln gesprochen, damit es meinem geliebten Herrn erspart bliebe, dass der Graf sein Gut durchsucht und womöglich plündert. Und er schlief tatsächlich in meinen Armen ein und fand seinen Frieden. Er hatte sein Testament gemacht und mir die wichtigsten Dokumente übergeben. Am Tag, nachdem wir ihn in der Familiengruft des Dorfes bestattet hatten, kam Alnbeck, dieser Spross eines Natterngeschlechts, mit einer ganzen Rotte. Wir waren machtlos, deshalb floh ich, um wenigstens die Dokumente zu retten. Niemals hätte ich gegen Alnbeck meine Ansprüche durchsetzen können.«

»Später, Seraphin. Irgendwann gehen wir zurück und holen uns das, was dir zusteht.«

Die dunklen Augen des Tänzers funkelten im Halbdunkel der Wirtsstube. »Wir werden sehen. Es gibt dringendere Dinge, die unserer Tatkraft bedürfen.«

»Was hast du vor, Seraphin? Wohin zieht es dich jetzt?« Hippolyt lehnte sich zurück und strich über den Rand seines Bechers.

»Ich bin gerade angekommen, oder nicht? Wollt ihr mich schon wieder loswerden?«

»Aber nein! Es tut gut, einen Freund, einen Bruder hier zu haben!«, sagte Gerwin, und die Worte kamen von Herzen. »Aber denkt ihr nicht, es ist nun endlich an der Zeit, mich einzuweihen? Was genau tut Bruder Walter in England, und welchem Ziel habt ihr euch verschrieben? Bitte!«

Hippolyt nickte nachdenklich, sah von Seraphin zu Gerwin und goss ihnen Muskateller nach. »*Tempori cedere semper sapientis est habitum.*[1]«

»Verzeiht, Messieurs, Plumeaut mein Name, Fleischer von Be-

1 Den zeitlichen Umständen nachzugeben hat immer als weise gegolten.

ruf«, wurden sie von einem Herrn mittleren Alters unterbrochen, der sich unter einiger Mühe verneigte. Schweißperlen standen ihm auf der Stirn, der fettleibige Körper hob und senkte sich. »Ihr seid doch die berühmten Ärzte aus Sachsen. Darf ich Euren Rat erbitten?« Plumeaut, dessen Name so viel wie Federwisch bedeutete, schob seine Leibesfülle dicht an Gerwins Stuhl heran und zog eine Münze aus seinem Geldbeutel.

Hippolyt runzelte die Stirn, ließ den ungebetenen Gast jedoch gewähren.

Plumeaut legte einen Écu auf den Tisch. »Sagt mir, was ich nehmen muss, um besser Luft holen zu können und …« Hier senkte er die Stimme. »Wie ich meinen Leib von Gasen freihalten kann.«

»Guter Mann, nehmt Euren Écu.« Hippolyt schob dem verdutzten Fleischer die Münze hin. »Mäßigt Eure Fresslust, trinkt wenig Wein, bewegt Euch viel an frischer Luft, und ich versichere Euch, dass der Leib sich verringert und Euer Wohlbefinden um ein Vielfaches steigen wird.«

»Aber das ist ja unerhört!«, entrüstete sich Plumeaut, und sein massiger Brustkorb wogte. »Mein Geld ist Euch wohl nicht gut genug!«

»Im Gegenteil. Doch ich nehme für einen guten Rat, der nur gesunden Menschenverstands bedarf, kein Honorar. Einen guten Tag, Monsieur«, beendete Hippolyt das Gespräch.

Der Fleischer beugte sich vor und schien zu einer wütenden Erwiderung ansetzen zu wollen, doch Seraphin, der sich im Hintergrund gehalten hatte, richtete sich auf, legte eine Hand an seinen Degen, und Monsieur Plumeaut stapfte schnaufend davon.

»Ihr hättet das Geld einstecken und ihm eine Arznei empfehlen sollen«, meinte Seraphin. »Dann wäre er zufrieden wieder abgezogen. Jetzt habt Ihr einen Feind in La Rochelle.«

»Ach was, ein uneinsichtiger Narr ist das. Seraphin, heb deinen Becher. Und du, Gerwin. Auf Jerg, den besten Freund und

Bruder! Auf Freundschaft und Treue!«, sprach Hippolyt und sah den beiden jüngeren Männern in die Augen.

Doch da wurden sie erneut unterbrochen. Diesmal von Hauptmann Hinrik, der sich ohne Umschweife einen Schemel holte und sich zu ihnen setzte. Als die Magd das Essen auf einer Platte brachte, zog er sie kurz an sich, was sie mit einem koketten Kichern quittierte. »Einen Becher für mich, Täubchen, und einen neuen Krug Wein. Ich wusste, ich finde euch hier, denn das ist das einzige Lokal mit anständigem Essen.« Dann musterte er den jungen Tänzer. »Du bist Seraphin, nicht? Da du allein hier bist, gehe ich davon aus, dass etwas mit Jerg ist?«

Sie klärten Hinrik auf, der mehrmals hustete und sich blinzelnd die Augen rieb. Dann stürzte er einen Becher Wein hinunter. »Verflucht, ich hätte Jerg besuchen sollen. In all den Jahren habe ich es wieder und wieder aufgeschoben. Und jetzt?«

»Er hat oft von euch gesprochen, besonders in den letzten Wochen«, sagte Seraphin. »Und es klang immer so, als wäret ihr alle euch nahe, obwohl Jahre und Länder oder gar Meere euch trennten.«

»Wir sollten hingehen und diesen Dreckskerl Alnbeck zerhacken und an die Hühner verfüttern. Sich das Gut unter den Nagel zu reißen!«, wetterte Hinrik und ballte die Fäuste.

Die Leute an den Nebentischen horchten auf, und Hippolyt legte dem Freund beruhigend eine Hand auf den Arm. »Wir haben Wichtigeres zu tun. Seraphin hat Walters Briefe dabei.«

»Ah!« Erwartungsvoll sah Hinrik Seraphin an. »Können wir auf die Unterstützung der englischen Königin zählen?«

»Ist es das? Arbeitet ihr für Elisabeth von England?«, fragte Gerwin ungeduldig und bemüht, seine Stimme nicht mehr als ein Flüstern sein zu lassen.

»Nicht für Elisabeth, Gerwin, aber in diesem Fall mit ihr, weil sie unsere Sache befürwortet, wenn auch nicht offiziell«, erklärte Hippolyt. »An wen sollen wir uns hier wenden?«

»Sie schicken einen weiteren Agenten nach Paris, Walsingham, und eine gewisse Lady Dousabella hat wohl beste Kontakte zum Hof. Seltsamer Name«, bemerkte Seraphin.

»Exzentrisch, genau wie seine Trägerin«, sagte Hippolyt mit einem feinen Lächeln. »Hat sie nicht einen Brief für dich nach Paris mitgenommen, Gerwin?«

Gerwin wurde rot. »Ich, ja, aber ich wusste nicht, dass sie …«, stotterte er.

»Etwa eine Liebesbotschaft? Sag nicht, du bist noch immer hinter dieser Lautenspielerin her?«, fragte Seraphin mit spöttischem Blick.

»Aber das ist doch unter diesen Umständen sogar ganz passend!« Hinrik lächelte. »Die Guisen würden keinen Verdacht schöpfen, wenn Liebesbotschaften aus unseren Reihen nach Paris gehen. Auf diese Weise könnten wir mit unseren Leuten dort in regelmäßigem Kontakt stehen.«

»Ich weiß doch noch nicht einmal, wie sie zu mir steht. Vielleicht hat sie mich vergessen. Außerdem ist sie verheiratet«, wandte Gerwin ein.

»Was denkst du, Hippolyt, sollten Seraphin und Gerwin nicht unbedingt unsere hugenottischen Verbündeten in Paris aufsuchen?«, fragte Hauptmann Hinrik.

Hippolyt kratzte sich nachdenklich den Kopf. »Eine Überlegung ist das wert.«

23

Der zahnlose Mund war weit aufgerissen. Die winzigen Fäuste ballten sich wütend, der Säugling brüllte aus Leibeskräften.Regungslos stand Jeanne in der Tür zum Kinderzimmer und starrte auf das schreiende Wesen, dem sie das Leben geschenkt hatte und dem sie keine Liebe entgegenzubringen vermochte.

»Madame, verzeiht mir, aber das Kind schreit, weil es Hunger hat!« Die Amme kam herbeigeeilt und hob den Säugling aus seinem Bettchen. Sofort hörte der Kleine auf zu schreien, lächelte und machte schmatzende Geräusche. »Oh, du kleiner Mann hast so großen Hunger! Wirst mal ein kräftiges Bürschlein!«

Liebevoll drückte sich die Amme den Kleinen gegen die Brust, an der er sich sichtlich wohlfühlte. »Soll ich ihn zu Euch bringen, wenn er satt ist?«

»Nein!«, entgegnete Jeanne schärfer als beabsichtigt und fügte milder hinzu: »Nein, du kennst dich am besten aus mit ihm.«

Seit der Geburt im November waren vier Monate vergangen. Ostern stand vor der Tür, und Jeanne sehnte die warmen Frühlingstage herbei. Wider Erwarten war die Geburt ohne Komplikationen verlaufen. Nach wenigen Tagen schon hatte sie das Wochenbett verlassen können. Alle im Haus, ihr Mann und Guillemette eingeschlossen, versetzte der Anblick des Kleinen in Verzücken. Nur sie selbst nicht. Er hatte Franz' Augen. Einmal hatte sie sich über sein Bettchen gebeugt und ihm über die seidigen Haare gestrichen. Der kleine Mund, der jetzt an der prallen Ammenbrust sog, hatte sich geöffnet und ein gurgelndes Geräusch gemacht. Unwillkürlich dachte sie an den Überfall, das Blut, die Schreie und Franz, der sie packte und würgte. Den Triumph in seinen Augen würde sie nie vergessen. Und ihr eigener Sohn blickte sie mit den hellen Augen seines Vaters an, der eine Bestie war.

Die Amme hatte sich mit dem Kind auf einen Stuhl gesetzt, ein Bild vollkommenen Friedens. Jeanne presste sich eine Hand gegen die Lippen und unterdrückte ein Schluchzen. Sie wollte dieses Kind so gerne lieben! Aber sie konnte nicht vergessen, wie es gezeugt worden war. Selbst ihr Vater hatte die Ähnlichkeit mit Franz bemerkt, das hatte sie gespürt, doch er hüllte sich in Schweigen. Zeit, dachte Jeanne, ich brauche Zeit, irgendwann werden die alptraumhaften Erinnerungen verblassen. Sie sprach mit niemandem über ihre Gefühle, die Ängste, die sie packten, sie lähmten und in eine dunkle Höhle zwangen, in der sie ihre Schmerzen herausbrüllte, ohne dass jemand sie hörte. Nur wenn sie ihre Laute im Arm hatte, verspürte sie eine Art von Geborgenheit, und sobald sie die Saiten anschlug und die Töne aufstiegen, hüllte die Musik sie gnädig ein und drängte die schrecklichen Bilder ihrer Erinnerung zurück.

»Manchmal könnte man glauben, Ihr hasst Euer eigenes Kind.«

Sie hatte Cosmè nicht kommen hören und sah ihn erschrocken an. Er verstand sie nicht. Einmal hatte sie versucht, ihm ihre Gefühle zu erklären, doch er hatte ihr verboten weiterzusprechen. Gottes Wille sei geschehen, und dem habe sie sich zu fügen.

»Das ist nicht wahr, aber …«

Cosmè packte sie am Handgelenk. »Er ist unser Kind. Ihr habt ihn geboren. Was ist bloß mit Euch? Jede normale, gottesfürchtige Frau empfindet Liebe oder zumindest Zuneigung für die Frucht, die sie im Leibe trug. Ihr aber spielt lieber auf Eurer Laute. Oder seid Ihr doch eine Hexe?«, flüsterte er ihr ins Ohr.

Jeanne erschauerte. »Seid nicht albern. Ihr wusstet, dass mein Herz und meine Seele der Musik gehören.«

An seiner dunklen Kleidung hing ein blondes Haar, und er roch nach den Säften der Liebe.

»Ihr habt bei ihr gelegen. Lasst mich in Frieden – oder habe ich nicht genug gelitten?«, zischte Jeanne. Sie konnte seine Nähe nicht ertragen, obwohl sie sich im Klaren darüber war, dass sie und ihr Vater auf sein Wohlwollen angewiesen waren.

Einen Moment spiegelte sich Mitgefühl in seinen Zügen. »Gott sei mein Zeuge, ich habe Euch nie Gewalt angetan.«

Jeanne nahm all ihren Mut zusammen. »Wir wissen beide, dass diese Ehe aus vielerlei Gründen, doch nicht aus Liebe geschlossen wurde. Ich habe Euch einen Vorschlag zu machen.«

Er sah die neugierig lauschende Amme und zog Jeanne mit sich fort in sein Arbeitszimmer, dessen Tür er hinter ihnen schloss.

»Ehen werden nicht aus Liebe geschlossen, und Ihr seid nicht in der Position, Bedingungen zu stellen, Madame.«

»Und Ihr lebt nicht das gottesfürchtige Leben, das von einem Mitglied des *consistoire* erwartet wird«, erwiderte sie fest.

Cosmè legte den Kopf schief und überlegte. »Sprecht.«

»Die Herzogin von Nemours ist wieder in der Stadt und hat nach mir geschickt. In ihrem Hôtel verkehren die Großen des Hofes. Wenn ich meine Ohren aufsperre, erfahre ich Dinge, die für unseren Religionskampf von Bedeutung sein können. Ich berichte Euch, und dafür besteht unsere Ehe nur noch auf dem Papier. Ihr geht Eurer Wege und ich meiner.«

Seine Augen wurden schmal. »Greift nicht nach Trauben, die weit über Eurem Kopf hängen, Jeanne. Ihr wollt mir Hörner aufsetzen? Ist es das, was Ihr meint?«

»Natürlich nicht.«

»Habt Ihr etwa einen heimlichen Liebhaber?« Drohend machte er einen Schritt auf sie zu, so dass sie sich beim Zurückweichen an der Tischkante stieß.

»Aber nein!«

»Das möchte ich Euch auch nicht geraten haben. Ihr gehört mir, vergesst das nicht. Nun zu Eurem so genannten Vorschlag. Ihr habt meine Einwilligung, bei Hofe und in den Häusern von Morel, der Herzogin, und wer von der Noblesse Euch sonst noch zu hören wünscht, zu verkehren. Ich glaube zwar nicht, dass man in Eurer Gegenwart irgendetwas von Bedeutung für unsere Sache verlauten lassen wird, doch bitte, teilt mir mit, was Euch wichtig erscheint. Eure Kontakte werden förderlich für mein Geschäft sein. Darüber hinaus seid Ihr von Euren ehelichen Pflichten keinesfalls entbunden und werdet mir eine Nacht in jeder Woche zur Verfügung stehen«, endete er mit einem überheblichen Lächeln.

»In jeder zweiten Woche. Ich kann riechen, dass Ihr bei Guillemette wart!«, fauchte sie.

»Heute Nacht, Madame, klopfe ich an Eure Schlafzimmertür und werde sie offen finden. Ihr habt das Wochenbett überwunden. Andere Frauen wohnen ihrem Gatten in weit kürzerer Zeit nach einer Geburt bei.«

»Zweimal im Monat«, wiederholte Jeanne, ihre Wut mühevoll unterdrückend. »Guten Tag, Monsieur.«

Hoch erhobenen Hauptes verließ sie das Arbeitszimmer ihres Mannes. Sie hatte keinen Sieg, doch eine Schlacht gewonnen. Das war zumindest ein Anfang. Außerdem gab es etwas, das er nicht wusste und niemals erfahren durfte: Während eines ihrer Besuche bei den Morels hatte sie sich Lady Dousabella anvertraut, die in Liebesdingen erfahren war, und um ein Mittel gebeten, eine weitere Schwangerschaft zu verhüten. Voller Scham hatte sie sich in die Geheimnisse des weiblichen Körpers einführen lassen und feststellen müssen, wie dumm und naiv sie in dieser Hinsicht bisher gewesen war. Jetzt versetzte sie ihr neu erworbenes Wissen zumindest bis zu einem gewissen Grad in die Lage, selbst über eine mögliche Empfängnis zu bestimmen. Wenn Cosmè heute Nacht zu ihr kam, war das sogar günstig, gehörte dieser Tag doch zu jenen, an denen sie nach ihren Berechnungen mit Hilfe des Mondkalenders nicht empfangen konnte.

Das Hôtel de Nemours lag links der Seine, zwischen der Kirche Saint-André des Arts und einem Augustinerkloster nahe der Pont Saint-Michel. Der Eingang des riesigen Gebäudekomplexes ging zur Rue Pavée, die ihr von Besuchen bei den Morels vertraut war. Verglichen mit dem Straßenzug, den die Gebäude des Hôtel de Nemours einnahmen, war das Haus der Morels bescheiden zu nennen. Nun, dachte Jeanne, Herzogin Anna war eine verwitwete Guise und jetzt Gattin des Herzogs von Nemours und Savoyen, was gewiss weder ihren Finanzen noch ihrem gesellschaftlichen Status geschadet hatte. Ganz im Gegenteil. Königinmutter Katharina buhlte geradezu um die Gunst der Herzogin, die neben hervorragenden Kontakten zu Italien freundschaftliche Beziehungen zu den regierenden Königinnen Elisabeth von Österreich und Luise von Lothringen pflegte.

Nachdem Jeanne ihre Einladung gezeigt hatte, ließ der bewaffnete Schweizer am Tor sie und ihre unvermeidliche Begleiterin Guillemette hindurch. Im Foyer nahm ein livrierter Diener ihre Karte entgegen. »Einen Moment bitte, Madame.«

»Wenn ich es nicht besser wüsste, würde ich sagen, wir sind im Palast des Königs!«, sagte Guillemette ehrfürchtig, als sie das riesige Foyer betraten. Silberne Kerzenleuchter, chinesisches Porzellan und mit kostbarem dunkelblauem Samt bezogene Sitzgelegenheiten zeugten vom Reichtum der herzoglichen Familie. Prächtiger Marmor schmückte Boden und Wände, Porträts der Familien Nemours und Guise und ein riesiges Wappenschild hingen über dem Treppenaufgang. Als verwitwete und wieder verheiratete Fürstin nutzte die Herzogin ein gespaltenes Wappen, welches auf einer Seite die Löwen, Pferde und Einhörner der Lothringen-Guise beziehungsweise der Savoyen-Nemours und auf der anderen den schwarzen Doppeladler der Este trug. Drei goldene Lilien im blauen Feld zeigten ihre Herkunft als Tochter der Renée de France und damit ihre königliche Abstammung an.

Jeanne öffnete ihren seidig gefütterten Umhang und drückte ihn Guillemette in die Arme. Ihr rubinrotes Kleid hatte sie sich eigens für diesen Anlass machen lassen. Der hohe weiße Kragen war unbequem, doch entsprach er der Mode, und als Gast der Herzogin wurde entsprechende Kleidung erwartet. Das kostbare Perlencollier und die Ohrringe, die sie trug, hatte ihr Cosmè zur Geburt ihres Sohnes geschenkt. Gabriel, dachte Jeanne, sie konnte seinen Namen nicht über die Lippen bringen, den Namen ihres Sohnes.

Der Lakai kehrte zurück. »Wenn Ihr mir folgen wollt.«

Durch hohe, bleiverglaste Fenster fiel das letzte Licht eines kühlen Märztages in die Galerie, die sie durchschritten. An einen

Innenhof grenzten Wirtschaftsgebäude und ein großer Garten. Der Lakai führte sie durch ein Gewirr aus Gängen und Treppenaufgängen in die Gemächer der Herzogin, die zu Jeannes Überraschung fast ausschließlich in Schwarz gehalten waren. Schwarze Samtvorhänge, die Stühle waren mit schwarzem Damast bezogen, und die Tapeten waren aus schwarzem, mit Silberbesatz versehenem Leder. Auffallend war die große Anzahl kleiner und großer Standuhren verschiedenster Ausführung. Und immer wieder tauchte der Doppeladler als dekoratives Element auf. Jeanne dachte an die schöne Laute, die ihr Vater gefertigt und in deren ausgefallene Rosette er einen Doppeladler eingearbeitet hatte.

»Bitte.« Der Lakai warf einen abschätzigen Blick auf Jeannes Laute und blieb vor einer mit reichem Schnitzwerk geschmückten Tür stehen. Er schien sie als Musikerin und damit als zum Personal gehörig einzustufen, doch ihre Einladung hob sie in eine übergeordnete Position. »Ihre Durchlaucht lässt bitten.« Er legte eine behandschuhte Hand auf den Türknauf und verzog das Gesicht, als auch Guillemette Anstalten machte hindurchzugehen. »Du wartest hier.«

Jeanne war froh, die Kammerdienerin los zu sein. Die Tür öffnete sich lautlos und schloss sich sogleich hinter ihr. Nach dem drückenden Schwarz der durchquerten Räume war sie erleichtert, hier Grün und Weiß als die dominierenden Farben vorzufinden. Der Saal war mit Gästen in erlesenen Roben gefüllt. Im Zentrum der Gesellschaft stand eine blonde Frau, deren Schönheit und Eleganz durch kostbares Geschmeide und ein aufwendig gearbeitetes Kleid unterstrichen wurden. Doch allein ihre Haltung hätte Jeanne erkennen lassen, dass es sich um die Herzogin de Nemours handelte.

Seit jenem ersten Besuch im Hause Morel hatte sie viel über die Herzogin gehört, die sich meist auf den Besitztümern ihres Gatten in Annecy, Nanteuil oder zur Kur in Plombières aufhielt. Die fortschreitende Schwangerschaft hatte Jeanne damals ans Haus gefesselt und weitere Ausflüge verhindert, doch nun war die Herzogin für einige Tage in Paris, und es war Monsieur Morel zu verdanken, dass sie heute Abend auf der Einladungsliste stand. Während Jeanne unter den Anwesenden nach vertrauten Gesichtern suchte, kam eine hübsche junge Frau in einem Kleid aus flirrenden Seidenstoffen auf sie zu.

»Wie reizend, dass Ihr gekommen seid, Madame«, wurde sie von der Dame Bianca gegrüßt, welche Jeanne bereits vor Monaten eine Empfehlung der Herzogin überreicht hatte.

»Es ist eine große Ehre für mich«, erwiderte Jeanne höflich und legte die Hände um den Lautenkorpus.

Biancas beringte Hände fuhren fahrig durch die Luft, während sie nahezu ununterbrochen redete und Jeanne mit den Namen der Anwesenden überschüttete. Schon bald schwirrte Jeanne der Kopf bei der Fülle neuer Gesichter und Namen, hinter denen bedeutsame Persönlichkeiten standen. In gefahrvollen Zeiten wie diesen durfte man es sich mit niemandem verderben, wusste man doch nicht, wem der Krieg im nächsten Monat die Zügel in die Hand gab. Also setzte Jeanne ein verbindliches Lächeln auf, eingedenk der Ratschläge ihrer neu gewonnenen Freundin Lady Dousabella, und beschränkte sich auf Begrüßungsfloskeln.

»Ihre Durchlaucht ist eine große Kennerin der schönen Künste mit einer Vorliebe für Chronometer«, sagte Bianca und blieb vor einem runden Tisch stehen, auf dem eine mit Edelsteinen besetzte Uhr stand.

»Sehr hübsch«, sagte Jeanne und dachte an die Nürnberger Taschenuhr, die ihr von Cosmè zur Hochzeit geschenkt worden und die bei dem Überfall verloren gegangen war. Kein großer Verlust, wie Jeanne fand, die nun ein dreieckiges Tasteninstrument auf der anderen Seite des Raumes entdeckt hatte.

Bianca folgte ihrem Blick und ging mit Jeanne zu dem reich mit Einlegearbeiten verzierten Instrument. »Ihr seid doch Musikerin. Darf ich Euch das Clavecin zeigen, welches eine Neuerwerbung Ihrer Durchlaucht aus Brügge ist?«

»Verzeiht, Madame, Antwerpen. Dieses Clavecin kommt aus Antwerpen, wo es von der ehrenwerten Familie Ruckers gebaut wurde«, berichtigte sie ein junger Mann mit halblangen blonden Locken. Seine verträumten grünen Augen waren mehr an Jeanne interessiert als an der Hofdame. Als er sich verneigte, fielen Jeanne die schlanken Finger auf. Seine Kleidung war höfisch, doch nicht so aufwendig wie die der Herrschaften, die sich um die Herzogin scharten.

»Unser geschätzter Maestro Adriaen Hobrecht. Vielleicht stimmt Ihr Euch ein, denn die Herzogin wünscht Euch in Bälde zu hören.« Bianca nickte und ließ die beiden Musiker allein.

»Habe ich sie verärgert? Das wollte ich nicht«, sagte Jeanne und sah der Hofdame nach.

»Bianca ist ein launisches Frauenzimmer. Zum Glück ist die Herzogin anders. Ihr seid offensichtlich eine Lautenspielerin. Verratet Ihr mir Euren Namen?«, fragte der Niederländer, dessen Französisch stark von seinem Akzent gefärbt war.

»Jeanne. Jeanne Paullet.« Der neue Familienname kam ihr nur schwer über die Lippen. »Mein Vater ist Lautenbauer, ein Meister.« Zum Beweis wickelte sie ihre Laute aus und zeigte sie Adriaen, der sie anerkennend begutachtete und anspielte.

»Ein treffliches Instrument. Wo habt Ihr zuletzt gespielt?« Der Maestro war groß und sehnig und schien ständig in Bewegung. Sorgsam reichte er ihr die Laute.

»Oh, ich war auf Reisen und bin erst seit kurzem in Paris. Mein Vater und ich haben einiges durchlebt.« Sie zeigte auf das Clavecin. »Ich habe ein ähnliches Instrument am Dresdner Hof gesehen.«

»Dann kennt Ihr Maestro Scandello?« Adriaen setzte sich an das Clavecin, knetete die Finger und ließ sie spielerisch über die Tasten gleiten.

»Ich habe für ihn gespielt, wenn auch nur kurz, weil …« Sie verstummte und stimmte ihre Laute auf das Clavecin ein, um dann in die Melodie einzufallen.

Die Töne des Clavecins verloschen schnell, doch Adriaen verzierte die Grundmelodie mit allerlei Trillern und Umspielungen. Nach einigen Takten dämpfte Jeanne die Saiten ihrer Laute und fragte: »Warum singt das Clavecin nicht? Die Töne sind so kurz.«

Adriaen nickte. »Wenn Ihr in den Klangkasten schaut, seht Ihr, dass die Saiten von Rabenkielen angerissen werden, dadurch entsteht ein kurzer, scharfer Ton.«

»Es klingt sehr schön, und wenn Ihr schnelle Folgen spielt, ist es wie eine Welle aus prasselnden Regentropfen, die auf und ab wogt«, meinte Jeanne und zupfte an ihrem steifen Kragen.

»Ihr habt ein ausgezeichnetes Gehör, und Euer Spiel ist meisterlich. Ich hoffe, dass wir noch oft Gelegenheit haben werden, gemeinsam zu musizieren.« Während er sprach, glitten seine Finger wie von selbst über die weißen und schwarzen Tasten und entlockten dem Instrument komplexe Tonfolgen und Akkorde.

»Adriaen Hobrecht. Ich habe Motetten von einem Jakob Hobertus gespielt. Seid Ihr verwandt?«

Der Maestro hob die Schultern. »Kann sein. Wahrscheinlich. Mein Großvater hat immer erzählt, dass ein Onkel von ihm als Musiker nach Ferrara gegangen sei. Allerdings ist der Name Hobrecht nicht selten, und der ehrenwerte Hobertus war ein echter Schwerenöter.«

Jeanne bemerkte, wie sich die Gäste langsam in ihre Richtung orientierten. Durch einen weiteren Eingang kamen weitere Musiker herein.

»Ich sollte Euch jetzt unser Programm erklären.« Adriaen nahm einige Notenblätter hervor und reichte sie ihr. »Wir beschließen unser kleines Konzert mit einer Improvisation wie eben. Ist Euch das recht?«

»Gern«, sagte Jeanne und sah den Musikern erwartungsvoll entgegen.

Während des Konzerts lauschte die Herzogin de Nemours aufmerksam, während die meisten ihrer Gäste, wie es üblich war, ihre Konversationen leise weiterführten. Eine junge Adlige, welche ihr als Herzogin de Montpensier vorgestellt worden war, tuschelte ununterbrochen mit einem edel gewandeten Höfling und warf Jeanne immer wieder versteckte Blicke zu.

Kaum waren die letzten Töne verklungen, klatschte die Herzogin de Nemours begeistert Beifall, und ihre Gäste fielen ein. Jeanne bedankte sich bei Adriaen und den anderen Musikern, als es plötzlich ganz still wurde. Jeanne wandte sich um. Die Herzogin stand vor ihr und lächelte sie wohlwollend an.

Erschrocken sank sie in einen tiefen Knicks. »Euer Durchlaucht.«

Ein Fächer wurde sanft unter ihr Kinn gelegt und zwang sie zum Aufstehen. »Bianca hat nicht zu viel versprochen. Euer Spiel ist außergewöhnlich, und ich überlege, wo ich Euch schon einmal gehört haben könnte.«

Anna d'Este, Herzogin von Nemours, war doppelt so alt wie Jeanne und schien in der Blüte ihrer Jahre zu stehen. Ihrem zweiten Gatten hatte sie im vergangenen Juli das zweite Kind geschenkt, doch die Schwangerschaften hatten weder ihrer schlanken Figur noch ihrem schönen Gesicht zum Schaden gereicht. Sie strahlte die innere Stärke und Ruhe einer Frau und Regentin aus. Als verwitwete Guise, Tochter einer königlichen Mutter und Frau eines der mächtigsten französischen Adelshäuser war sie eine ernst zu nehmende Rivalin für Katharina de Medici. Schwer wog darüber hinaus Annas Sohn Henri de Guise, der heimlich, doch immer öfter, als König von Paris beschworen wurde. Dazu trug seine Liaison mit Katharinas schöner, leidenschaftlicher Tochter Margot bei. Eine Heirat war für Henri und seine Familie erstrebenswert, für Katharina und König Karl dagegen ein unkalkulierbares Risiko, das es um jeden Preis zu verhindern galt.

All dies wusste Jeanne, und sie ahnte, dass die Herzogin vor Jahren ihre Mutter, Christine de Bergier, spielen gehört hatte. Die Erinnerung an diesen Namen durfte jedoch in keinem Fall geweckt werden. Deshalb wehrte sie vehement ab: »Nein, Durchlaucht. Ich hatte ganz sicher nicht das Vergnügen, bereits für Euch zu spielen. Heute ist das erste Mal, und ich bedanke mich sehr für diese Einladung.«

»Ein schönes Instrument, das Ihr da spielt. Ich sammle alles Schöne und Wertvolle. Woher habt Ihr die Laute?«

»Mein Vater hat sie gemacht, Euer Durchlaucht. Er ist ein Meister seines Fachs«, sagte Jeanne voller Stolz.

»Wie seine Tochter. Das gefällt mir. Er soll mir seine Instrumente bei Gelegenheit zeigen«, sagte die Herzogin huldvoll und entließ sie mit einem Nicken.

Adriaen sagte leise: »Ihr habt großen Eindruck gemacht. Selbst ihre Tochter hat Euch bemerkt. Ob das gut oder schlecht ist, müsst Ihr selbst herausfinden.«

»Ihre Tochter? Bitte, sprecht nicht in Rätseln. Ich bin mit den höfischen Ränken nicht vertraut«, beschwerte sich Jeanne.

Der Clavecinspieler zog die Augenbrauen in die Höhe, was seinem Gesicht einen leicht diabolischen Ausdruck verlieh. »Ihr wisst nicht, dass Catherine de Montpensier die Tochter der Herzogin aus erster Ehe mit François de Guise ist? Catherine hat vor zwei Monaten den alten Louis de Bourbon, Herzog von Montpensier, geheiratet. Eine Verbindung auf höchster Ebene – einem stolzen jungen Füllen wie Catherine jedoch sicher nicht nur zur Freude.«

Jeanne wunderte sich über die vertrauliche Art, wie Adriaen über Catherine sprach. »Wie lange, sagtet Ihr, seid Ihr schon Maestro im Hause Nemours?«

»Ich sagte gar nichts, aber ich bin seit zwei Jahren in den Diensten Ihrer Durchlaucht.« Er fuhr über die Tasten des Clavecins. »Sie lässt mir allen Freiraum, den ich zum Komponieren benötige. Eine bessere und gütigere Herrin kann man sich nicht wünschen. Und Ihr? Wie stellt Ihr Euch Eure musikalische Zukunft vor?«

Betrübt strich Jeanne über ihre Laute. »Das hängt leider nicht allein von mir ab. Mein Gatte ist Mitglied des *consistoire* der Pariser Hugenottengemeinde.«

»Oh.« Doch in diesem einen Wort lag das Verständnis von jemandem, dem der Glaube nicht fremd war.

»Nun, wir werden sehen«, ging Jeanne darüber hinweg und freute sich, dass Jean Morel auf sie zusteuerte.

»Jeanne, meine Liebe! Bitte, auf ein Wort.« Der Edelmann reichte ihr den Arm und führte sie in eine Ecke, in der sie ungestört plaudern konnten. Als ein Diener mit einem Silbertablett, auf dem winzige Fisch- und Eipasteten angerichtet waren, vorüberkam, hielt er ihn an. »Von allem zweimal und zwei Gläser von dem vorzüglichen Burgunder.«

Sie standen vor einem riesigen venezianischen Spiegel, dessen Goldrahmen allein ein Vermögen wert war. Auf einem marmornen Konsoltisch stand eine Tischuhr in Form eines Türmchens und daneben eine bemalte Figur des heiligen Johannes. Sie ließen sich auf einer Truhe nieder, als der Diener die Erfrischungen servierte.

»Es ist so schön, Euch wieder spielen zu hören und Euch wohlauf zu sehen. Wie geht es Eurem Sohn?«, fragte Morel.

»Danke, gut. Monsieur Morel, warum macht Maestro Adriaen solch zweideutige Bemerkungen über Madame de Montpensier? Sie scheint sehr jung, was könnte sie gegen mich haben?«

Morel schluckte das Stück Pastete hinunter, das er sich eben in den Mund gesteckt hatte, und schnippte einen imaginären Fussel von Ärmel seines Wamses. »Der Maestro kennt die Familie Nemours beziehungsweise Guise ein wenig durch seine Anstellung hier, aber macht Euch keine Gedanken. Catherine de Montpensier ist als durchtriebenes, intrigantes Frauenzimmer bekannt, das ist kein Geheimnis. Wo ihre Mutter tolerant ist, zeigt Catherine eine fast trotzige papistische Gesinnung.«

Verstohlen musterte Jeanne die berüchtigte Montpensier. Die junge Herzogin war nicht hässlich, aber die Schönheit ihrer Mutter hatte sie nicht geerbt. Sie war klein, zierlich und wirkte zäh, was auch an den verkniffenen Zügen und ihrem kühl abschätzenden Blick lag. Zudem konnte sie ein leichtes Hinken nicht ganz verbergen.

»Solange Ihr kein Geheimnis habt, das sie aufdecken könnte, denn dafür hat Catherine eine Vorliebe, braucht Ihr Euch nicht zu sorgen.«

Jeanne fühlte eine vage Angst aufsteigen und beschloss, Morel ihr Herz zu öffnen. »Ich muss Euch etwas anvertrauen. Himmel, ich hätte niemals gedacht, dass es von Bedeutung wäre.« Die folgenden Worte flüsterte sie Morel ins Ohr: »Meine Mutter war Christine de Bergier. Ihr Bruder ist Julian de Bergier, und er war beteiligt an dem Attentat auf den seligen Herzog de Guise.« Ihre Hände zitterten. »Aber das ist Jahre her! Sie haben ihre Rache gehabt, und meine Mutter gehörte zu den Opfern …« Ihr brach die Stimme.

Erschrocken ergriff Morel ihre Hände. »Lasst Euch nichts anmerken und sprecht um Gottes willen mit niemandem darüber. Je weniger Menschen davon wissen, desto besser. Catherine ist ein merkwürdiges Frauenzimmer, von einem unmäßigen Stolz auf die Guisen besessen, und sie vergöttert ihren Bruder Henri, der die Mörder seines Vaters noch immer verfolgt. Obwohl das Gerichtsurteil die Sache beigelegt hat und Admiral Coligny und seine Leute von jeder Schuld freigesprochen wurden.«

Als Jeanne am späten Abend mit einem Kerzenleuchter in der Hand durch die stillen Gänge ihres ehelichen Heimes schritt, kam ihr ein Gedanke. In der Werkstatt ihres Vaters brannte noch Licht. Sie klopfte und trat ein. Ihre festliche Robe raschelte über die Dielen, doch ihr Vater bemerkte sie nicht. Sein Gehör ließ nach, und manchmal schien er abwesend und orientierungslos. »Vater.«

»*Mignonne*, so spät noch? Ist etwas geschehen?« Besorgt sah Endres von seiner Werkbank auf und legte eine halbfertige Rosette aus der Hand.

Jeanne legte ihm den Arm um die Schultern und küsste ihn auf die Schläfe. Ihr enges Mieder nahm ihr den Atem, und sie zog an den Schnüren. »Diese Mode ist grässlich, vor allem dieser alberne hohe Kragen!«

»Er steht dir aber sehr gut.«

Die neue Laute mit dem Doppeladler in der Rosette hing an der Wand. »Sag mir, Vater, für wen hast du sie gebaut?«

»Sie ist kein Auftragswerk, das weißt du doch«, erwiderte Endres erstaunt und rieb sich die müden Augen.

»Vater, ich war vorhin im Hôtel de Nemours und habe das Wappen der Herzogin gesehen. Die Este führen einen Doppeladler in ihrem Wappen wie in dieser Rosette. Ist das Zufall?«

Endres deutete ein Lächeln an. »Nun, vielleicht nicht gänzlich. Immerhin bist du dorthin eingeladen worden, und ich dachte, dass die Herzogin sich möglicherweise für meine Instrumente interessiert, wenn sie dich erst spielen gehört hat.«

»Genauso ist es. Aber da ist noch etwas. Sie glaubte, mich schon früher einmal gehört zu haben. Da das nicht sein kann, frage ich mich, ob sie eventuell bei einem von Mutters Konzerten war? Wir gleichen uns wohl sehr in Aussehen und Spiel.«

»Jeanne, wenn dem so wäre, hätte ich dir verboten, hier in Paris zu spielen!« Entrüstet sah ihr Vater sie an. »Was denkst du denn von mir? Ich komme in die Jahre, und meine Hände gehorchen mir nur noch widerwillig, doch ich bin nicht vergreist! Allerdings, wenn ich darüber nachdenke … Deine Mutter hat an Höfen im Süden gespielt, oft in Montpellier, es ist nicht auszuschließen, dass die Herzogin bei einem ihrer Auftritte unter den Zuhörern gewesen ist.«

Nachdenklich nagte Jeanne an ihrer Unterlippe. »Es wäre aber sehr unwahrscheinlich, dass sie sich an den Namen einer Lautenspielerin erinnert. Außerdem wart ihr da ja schon verheiratet!«

»Mach dir keine unnötigen Sorgen. Was ich über die Herzogin gehört habe, spricht für ihre Intelligenz und Toleranz. Sie steht ihrer Mutter, der protestantischen Renée de France, sehr nahe, und ich gehe davon aus, dass sie ihren Katholizismus nur nach außen hin derart betont. Leg dich schlafen, Jeanne, es ist spät geworden.« Er tätschelte ihr die Hand, und sie spürte die Narben seiner Handinnenflächen.

»Du solltest ebenfalls Schluss machen, Vater.« Er war sehr blass, und die dunklen Ränder unter den Augen wollten seit Wochen nicht mehr verschwinden.

Endres hob das Schnitzmesser auf. »Lass mich noch ein wenig hier herumwerkeln. Manchmal vergisst der Schlaf, bei mir Einkehr zu halten.«

Sie drückte ihm einen Kuss auf die grauen Haare und zog beim Hinausgehen leise die Tür hinter sich zu. Auf dem Weg zu ihrem Schlafgemach musste sie am Kinderzimmer vorbeigehen, hielt jedoch nicht inne, um nach ihrem Sohn zu sehen, und schämte sich.

Drei Tage später erreichte sie eine versiegelte Nachricht von Lady Dousabella, die zurück in Paris war. Jeanne hatte ihren Diener Pierre bestochen, der ihre Briefe abfing und sie ihr direkt überbrachte. Denn zuvor war es öfter vorgekommen, dass Cosmè ihre Briefe öffnete, bevor er sie ihr weiterreichte.

Neugierig las sie die wenigen Zeilen der Lady:

Kommt heute Abend in das blaue Haus in der Rue Saint-André des Arts, das am nächsten zur Porte de Buci liegt.

Bisher hatte sie Lady Dousabella immer bei Morel getroffen, anscheinend hatte sie nun endlich ein eigenes Domizil in Paris. Wenn sie nur die unerträgliche Guillemette loswerden könnte! Doch der Zufall meinte es gut mit Jeanne. Cosmè war zu einer Versammlung des *consistoire* im Haus des Ältesten abberufen, und Guillemette lag mit einer Darmverstimmung danieder.

Um den Anstand zu wahren, ließ sie sich von Pierre begleiten, der froh war, dem strengen Regiment des Majordomus für einige Stunden zu entkommen.

Vor der angegebenen Adresse, einem stattlichen, blau getünchten Haus mit einem säulenbestückten Portal, half Pierre Jeanne beim Aussteigen, damit sie nicht in den stinkenden Straßenkot treten musste. Bevor sie durch die Tür ins Haus ging, hörte sie hinter sich jemanden rufen: »Hugenottengesindel! Schert euch zur Hölle!«

Sie wollte sich umdrehen, doch Pierre drängte sie weiter. »Hört nicht hin. Die Pariser sind immer gegen irgendjemanden.«

In der schmalen Eingangshalle wurde ihr von einem Diener der Umhang abgenommen, und man geleitete sie ohne Fragen eine breite Treppe hinauf in den ersten Stock, in dem es nach frischen Kräutern duftete. Lady Dousabella liebte getrocknete Blüten und Kräuter und trug immer ein Säckchen davon in ihrem Beutel.

Pierre wurde unten in der Küche verköstigt. Für diesen eher intimen Abend hatte Jeanne ein schlichteres Kleid ausgewählt und fragte sich nun angesichts der eleganten Räumlichkeiten, ob sie angemessen gekleidet war.

»Bitte, Madame, Ihr werdet erwartet.« Der Diener öffnete ihr eine Tür und verneigte sich, während sie an ihm vorüberschritt.

Es verschlug ihr die Sprache, und sie rang nach Luft. Ihre Hände hätten ins Leere gegriffen, wäre ihr nicht jemand zu Hilfe geeilt. Im nächsten Moment schwanden ihr die Sinne.

24

Ein schwacher Lufthauch berührte ihre Wangen. Mit einem tiefen Seufzer öffnete sie die Augen und versuchte zu begreifen, was geschehen war und wo sie sich befand. Der Duft von Orangenblüten und Lavendel weckte Erinnerungen, und plötzlich war sie hellwach und fuhr aus den Kissen auf.

»Bleibt ruhig noch einen Moment liegen, Jeanne.« Lady Dousabella saß neben ihr auf der Bettkante und klappte einen bestickten Fächer zusammen. »Ich wollte Euch nicht erschrecken mit meiner kleinen Überraschung, doch eine Ankündigung schien mir zu gefährlich.«

»Cosmè versucht, meine Briefe abzufangen und zu lesen, bevor ich sie erhalte. Doch ich habe Vorkehrungen getroffen!« Jeanne richtete sich auf. Man hatte ihr Mieder geöffnet, damit sie besser atmen konnte, und sie lag in einem duftend weichen Baldachinbett.

»Mein Schlafgemach lag am nächsten. Ich hoffe, Ihr hattet nichts dagegen, dass wir Euch hierher gebracht haben.« Lady Dousabella musterte sie prüfend und stand auf. »Die Farbe kehrt in Eure Wangen zurück. Doch wenn wir schon einen Arzt im Haus haben, soll der noch einmal nach Euch sehen, bevor Ihr Euch wieder zu uns gesellt.«

»Aber ich bin nicht, es schickt sich nicht …«, protestierte sie schwach und sehnte sich gleichzeitig danach, ihn zu sehen. Er war hier! Doch ein düsteres, bedrohliches Bild drängte sich nach vorne. Das Gesicht von jemandem, den sie aus ihrem Leben verdrängt hatte.

»Glaubt mir, es hat alles seine Ordnung.« Lady Dousabella zwinkerte ihr zu und zog an einer Kordel, die neben dem Bettpfosten hing. Augenblicklich erschien ein Diener. »Bitte den Medicus zu uns«, sagte die Lady.

Gegenüber dem Bett brannte ein Feuer im Kamin, denn noch waren die Nächte kalt und feucht. Eine Öllampe und ein mehrarmiger Kerzenleuchter ließen erahnen, dass die Wände des geschmackvoll dekorierten Raumes mit cognacfarbenen Stoffen bespannt waren. Ein orientalischer Teppich dämpfte die Schritte des Dieners und ließ auch den Medicus lautlos eintreten. Lady Dousabella drückte ihm im Vorbeigehen die Hand und verschwand durch einen Vorhang, hinter dem sich eine weitere Tür befand.

»Gerwin«, flüsterte Jeanne und streckte langsam die zitternden Hände aus.

Es bedurfte nur dieser Geste, um Gerwin an ihre Seite zu bringen. Er nahm sie in die Arme und drückte sein Gesicht in ihre Haare, um ihren Duft in sich aufzusaugen. »So lange habe ich auf diesen Augenblick gewartet. So lange …«, murmelte er.

Jeanne fühlte, wie sich Tränen unter ihren geschlossenen Lidern hervorstahlen, doch dieses eine Mal waren es Tränen des Glücks. Sie legte den Kopf zurück, um ihn ansehen zu können. Fast ein Jahr war seit ihrer letzten Begegnung vergangen. Er trug einen kurz gestutzten Bart und die Haare schulterlang. Seine Züge waren härter geworden, eine tiefe Linie hatte sich zwischen den Brauen eingegraben, doch in den dunklen Augen lag noch immer diese unergründliche Mischung aus Wissen, Stolz und Verletzlichkeit. Zu weiteren Betrachtungen kam sie nicht, denn seine Lippen legten sich sanft auf ihre und ließen sie alles andere vergessen.

Als sie wieder gleichmäßiger atmete, lehnte sie sich zurück, hielt seine Hände jedoch fest umschlungen. »Ich hätte Euch geschrieben …«, begann sie und hielt inne.

»Lady Dousabella hat mir erzählt, dass Ihr Mutter geworden seid«, brach Gerwin das eintretende Schweigen.

Ihre Lippen wurden schmal, und sie zog ihre Hände zurück. »Darüber möchte ich nicht sprechen.«

Gerwin betrachtete sie voller Mitgefühl. »Wir haben beide viel erlebt, und es gibt Dinge, über die es zu sprechen lohnt, und Dinge, die nur Schmerz verursachen.« Zärtlich strich er ihr eine Locke aus der Stirn. »Wenn Ihr wollt, sehen wir den heutigen Tag als Anfang.«

Sie lächelte. »Ein Anfang ist etwas Hoffnungsvolles.« Seine Nähe war verwirrend und löste die widersprüchlichsten Gefühle in ihr aus, doch hier war weder die Zeit noch der Ort, ihnen nachzugeben. Als er sich vorbeugte, legte sie sanft die Hände gegen seine Brust und spürte seinen Herzschlag. Unter Aufbringung all ihrer Willenskraft sagte sie: »Nicht, Gerwin. Die anderen wissen, dass wir allein sind, und es wäre unschicklich ...«

Es fiel Gerwin schwer, sie nicht zu berühren. »Ich werde Euch das Kammermädchen der Lady schicken, damit sie Euch beim Ankleiden hilft, denn so, wie Ihr ausseht, führt Ihr einen Heiligen in Versuchung.«

Jeanne schenkte ihm ein dankbares Lächeln. »Und dann erzählt Ihr mir alles, was Euch widerfahren ist!«

Kaum war sie allein, kehrte die Angst zurück, und als sie wenig später mit gerichteter Garderobe im Salon erschien, drückte sie die Hände gegen das Mieder, um nicht wieder in Ohnmacht zu fallen. Neben Lady Dousabella stand ein eleganter Mann von ebenmäßigem Wuchs mit einem Gesicht, das einer griechischen Statue gleichkam. Er war in ein vertrautes Gespräch mit Gerwin vertieft. Hatte sie ihn nicht am Dresdner Hof gesehen? Doch dann wanderte ihr Blick zu dem älteren Mann, dessen Gesicht abgewandt war. Sein Anblick ließ ihr den Atem stocken. Der Grauhaarige musste im Alter ihres Vaters sein und trug die außer Mode gekommene Kleidung eines Landadligen aus dem Süden Frankreichs. Das konnte nicht sein! Er würde es nicht wagen! Gerwin bemerkte ihre Unsicherheit, eilte zu ihr und reichte ihr den Arm. »Was ist mit Euch? Wollt Ihr Euch noch etwas hinlegen?«

»Nein.« Sie winkte ab und deutete auf den Grauhaarigen, der mit einem Unbekannten in Uniform sprach. »Wer ist das?«

Bevor Gerwin sie aufklären konnte, wandte der Grauhaarige sich um und starrte sie an. Es dauerte nur Sekunden, bis er sich gesammelt hatte und sie mit einem aufgesetzten Lächeln begrüßte. Mit ausgebreiteten Armen kam er auf sie zu.

Jeanne erstarrte und klammerte sich an Gerwins Ärmel. »Onkel Julian«, flüsterte sie mit brüchiger Stimme.

Julian de Bergier wollte sie umarmen, doch Jeanne wich ihm aus. »Wollt Ihr Euren Onkel nicht begrüßen? Wo sind Eure Manieren, Jeanne?« Seine abgetragene Kleidung entsprach nicht dem eleganten Onkel, den sie in Erinnerung hatte.

»Wie könnt Ihr es wagen, hier zu erscheinen und alle in Gefahr zu bringen?«, entrüstete sich Jeanne.

Gerwin sah erstaunt von einem zum anderen und schließlich hilfesuchend zu Lady Dousabella, die mit Seraphin zu ihnen trat.

»Jeanne, meine Liebe, was ist denn? Kennt Ihr Bernard von früher?«, fragte die Lady.

»Bernard? Das ist mein Onkel Julian de Bergier. Er war an dem Attentat auf François de Guise vor sieben Jahren beteiligt. Es ist seine Schuld, dass meine Mutter sterben musste!«, brach es aus Jeanne heraus.

Das Lächeln auf Lady Dousabellas Gesicht gefror. »Ist das wahr?«

Julian hob die Schultern. »Niemand hat mich erkannt! Wie sollte ich ahnen, dass ausgerechnet meine Nichte hier aufkreuzt?«

»Dann stimmt es also, und Ihr habt uns belogen!« Lady Dousabella winkte einem kräftigen Diener. »Martin, bring den Monsieur hinaus!«

»So haltet doch ein und hört mich an!«, bat Julian de Bergier. Martin stand hinter ihm, bereit, sofort Hand anzulegen. »Diese unwichtige Kleinigkeit ist das Einzige, was ich Euch verschwiegen habe. Der Admiral hatte Bedenken, dass Ihr mich andernfalls nicht empfangen würdet«, verteidigte sich Bergier.

»Und damit hat er recht. Als Vertraute der englischen Königin stehe ich ohnehin auf Katharinas Liste und weiß oft nicht, wer Freund und wer Feind ist und welches meiner Worte weitergetragen wird ans Ohr der königlichen Mutter. Da brauche ich nicht noch einen, der sich als Weinhändler ausgibt und sich als Todfeind der Guisen erweist und mich in schlimmsten Verdacht bringt! Ich verstehe mich gut mit Anna d'Este und sogar mit ihrer intriganten Tochter, doch wenn sie herausfinden, wer Ihr seid, bin ich geliefert!« So wütend hatte Jeanne ihre Freundin noch nie erlebt. Betreten sah sie zu Boden, schließlich war Julian ihr Onkel.

Bergier war kein Mann, der sich schnell geschlagen gab. Im Gegensatz zu ihrem Vater wirkte er kämpferisch, und Jeanne wusste, dass er mit Degen und Schusswaffen umzugehen verstand.

»Wer sollte es herausfinden, wenn alle, die hier im Raum sind, schweigen? Kämpfen wir nicht für dieselbe Sache?« Herausfordernd sah er sich um.

Außer Lady Dousabella, Seraphin, Gerwin und Jeanne waren Jean Morel und ein Engländer mit langem Gesicht und wachen Augen anwesend. »Walsingham, was meint Ihr?«, wandte sich die Lady an ihren Landsmann, der in unprätentiöses Schwarz und ein Wams mit weißem Kragen gekleidet war.

Der Angesprochene trat aus dem Hintergrund, in dem er sich bescheiden gehalten hatte, und sagte bedächtig: »Von uns erfährt sicher niemand, wer er ist, doch wenn die Königlichen oder die Guisen ihn enttarnen und uns mit ihm in Verbindung bringen, wäre das von großem Nachteil.«

»Milde ausgedrückt«, fügte Morel hinzu.

»Was ist nur in Admiral Coligny gefahren, jemanden wie Euch nach Paris zu schicken?«, beschwerte sich Lady Dousabella und schlug sich mit ihrem Fächer in die Handfläche.

Bergier neigte bittend den Kopf. »Wenn Ihr erlaubt: Die Vorzeichen haben sich geändert. In den Niederlanden haben die protestantischen Rebellen ihre Taktik geändert. In offenen Schlachten sind sie den Spaniern unterlegen und haben sich auf plötzliche Überfälle aus dem Hinterhalt verlegt. Diese Art des Untergrundkrieges verunsichert Herzog Alba und seine Schergen und bringt ihnen empfindliche Verluste bei. Die Spanier brauchen alle Soldaten, und Katharina wartet vergeblich auf die von Philipp versprochenen Truppen.«

»Ich dachte, diese wären schon auf dem Weg nach Paris?«, meinte Lady Dousabella.

»Unsinn!« Bergier machte eine wegwerfende Handbewegung. »Die Königlichen lassen immer wieder solche Gerüchte streuen, um den Ihren Mut zu machen. Coligny akquiriert im Süden neue Truppen, und dann erobern wir alle Städte zurück!«

»Ist das so, Walsingham?«, erkundigte sich Lady Dousabella.

Der Engländer nickte. »Meine Quellen sagen das Gleiche. Katharina wird ihren Sohn dazu überreden, einen neuen Friedensvertrag mit den Hugenotten zu schließen. Das Geld geht ihnen aus, und die spanischen Truppen werden nicht kommen.«

»Dann steht es gut für uns?«, wagte Jeanne eine hoffnungsvolle Frage.

Der kluge Walsingham legte die gefalteten Hände an die Lippen. »Ich denke schon, doch von einem wahrhaftigen Frieden sind wir noch weit entfernt. Es ist die Geldnot, die Katharina zum Handeln drängt. Die königlichen Truppen werden immer unzufriedener, und das Land droht im blutigen Bürgerkrieg zu versinken.«

»Was geschieht, wenn Soldaten ihren Sold nicht erhalten, braucht Ihr nicht zu erörtern. Wir haben es in La Rochelle leidvoll erlebt«, seufzte Gerwin.

Erst jetzt wurde Jeanne gewahr, dass sie noch immer Gerwins Arm hielt, und beließ es dabei.

»Und wie steht die englische Königin zur Hugenottenfrage? Wird sie uns helfen?«, wandte sich ihr Onkel an Walsingham, der die Nachfolge von Sir Henry Norris als Botschafter in Frankreich antreten würde.

»Die ehrwürdige Königin ist in einer überaus schwierigen Situation. Papst Pius V. hat den Bann über sie ausgesprochen und mit seiner Exkommunikationsbulle auch Elisabeths katholische Untertanen von ihrem Treueid entbunden. Vor diesem Hintergrund glaubt Ihr nicht ernsthaft, dass die englische Königin ein weiteres Schlachtfeld auf dem Kontinent eröffnet, oder?«

»Damit ist wohl alles gesagt, oder meint Ihr nicht, Monsieur Bergier?«, sagte Lady Dousabella. »Martin wird Euch hinausgeleiten. Wenn Ihr den Admiral seht, könnt Ihr ihm sagen, dass er seine Boten besser auswählen soll. Die Tür meines Hauses bleibt Euch in Zukunft verschlossen.«

»Ich, ein Bote! Ha!«, stieß Julian de Bergier mit finsterer Miene hervor und warf Jeanne einen bitterbösen Blick zu. »Wir sprechen uns noch!«

Erst als er den Raum verlassen hatte, entspannte sich Jeanne und nahm die Hand von Gerwins Arm. Sein Ärmel war feucht und zerknittert. »Tut mir leid«, sagte sie verschämt.

»Ihm sollte es leidtun!« Gerwin und Seraphin wechselten einen nachdenklichen Blick, bevor Gerwin sagte: »Ihr erinnert Euch an meinen Freund Seraphin?«

Jeannes Augen leuchteten. »Aber ja, jetzt fällt er mir wieder ein! Der unvergleichliche Tänzer! Der Dresdner Hof wird Euch schmerzlich vermissen.«

»Ich denke, darüber ist man geteilter Meinung«, sagte Seraphin skeptisch. »Die orthodoxen lutherischen Kräfte haben den Kurfürsten und seine Gemahlin zur Gänze vereinnahmt, und jeder, der anders denkt, lebt gefährlich.«

»Wirklich? Wie schade!« Lady Dousabella winkte einem Diener mit ihrem Fächer zu, das Klirren von Gläsern und Tellern kündigte einen späten Imbiss an. »Von allen deutschen Fürstentümern, die ich bereist habe, erschien mir Kursachsen immer besonders friedlich. Die Leute wirkten satt und zufrieden.«

»Das sind die meisten auch, und deshalb nimmt es dem Kurfürsten auch niemand krumm, wenn er Leute, die sich verdient gemacht haben, fallen oder gar einsperren lässt, nur weil sie Philippisten sind«, erklärte Seraphin, und die Männer verfielen in eine angeregte Diskussion, die sich auch während des Essens fortsetzte.

Jeanne ertappte sich immer wieder dabei, wie sie Gerwin beobachtete. Sie trug seinen Brief stets in ihrem Gürtelbeutel und hatte ihn so oft gelesen, dass sie ihn auswendig kannte. Dieser Brief und jene Nacht im Wirtshaus hatten in ihr das Bild eines zärtlichen und einfühlsamen Mannes entstehen lassen, und sein Kuss hatte ihren Körper in nie gekannten Aufruhr versetzt.

Als die Männer sich einem scharfen Pflaumenschnaps widmeten, bat Jeanne die Gastgeberin um ein vertrauliches Gespräch. Lady Dousabella nahm ihre Hand und setzte sich mit ihr auf eine gepolsterte Truhe in einer durch Wandschirme geschützten Ecke des Salons.

»Ich mag Euren Gerwin sehr, Jeanne. Es war jedoch nicht meine Absicht, Euch mit meiner Überraschung aus der Fassung zu bringen. Verzeiht Ihr mir?«

»Natürlich, allerdings wundere ich mich noch immer über die Dreistigkeit meines Onkels, sich hier einzuschleichen.«

»Oh, ich nicht! Er ist einer dieser Fanatiker, die eine Fahne der Rechtfertigung vor sich hertragen und damit wedeln, wenn sie einmal mehr den Tod oder das Unglück Unschuldiger verursacht haben. Seht Euch vor! Euer Onkel wird gewiss bei Euch auftauchen und um irgendetwas bitten.«

»Und wenn er mich erpresst?«, fragte Jeanne besorgt.

»Womit? Er muss doch selbst auf seinen Kopf achten.«

Jeanne seufzte. »Hmm. Wie lange bleibt Gerwin in Paris?«

»Ein bis zwei Wochen, soweit ich weiß. Das Leben kann so kurz sein«, sagte sie mit einem zweideutigen Lächeln.

»Mylady.« Jeanne räusperte sich. »Dieses Zählen der Kalendertage ist eine Sache, aber wenn … Manchmal wünscht mein Mann meine Gesellschaft, wenn es nicht passend ist. Ihr versteht?«

Anstelle einer Antwort erhob sich Lady Dousabella und führte Jeanne in ihr Schlafgemach. Dort hob sie den Deckel einer reich ornamentierten Truhe und nahm eine Schatulle heraus, die sie auf einen Tisch stellte.

»Passt auf. Ich habe Euch die Salbe gegeben, die aber nur eine zusätzliche Hilfe ist, und das Rezept für den abortiven Trank. Erst kürzlich habe ich ein sehr nützliches und, wie man mir versicherte, wirksames Mittel gegen die Empfängnis von einer lieben

Freundin aus London erhalten. Sie ist eine angesehene Kurtisane und weiß, wovon sie spricht.«

Fasziniert betrachtete Jeanne das Sammelsurium aus Schwämmchen und Phiolen, Tiegeln und einem seltsamem Gewirk aus altem Tuch und einem Granatapfel, das von Lady Dousabella ausgebreitet wurde. Sie nahm einen kleinen Schwamm. »Diese Methode ist uralt und für Frauen geeignet, die nicht empfangen wollen, ohne dass der Mann, der ihnen beischläft, davon weiß. Ihr tränkt den Schwamm mit dem Mittel aus dieser Phiole und führt ihn ein.« Sie machte eine eindeutige Handbewegung, bei der Jeanne errötete und verschämt nickte.

»Kein Grund zu erröten, denn schließlich werden andere Dinge in unsere Körper geführt, oder nicht?«

Jeanne hüstelte. »Ja.«

Die Engländerin füllte die Hälfte des Phioleninhalts in eine kleine Flasche und stellte sie mit einem Schwamm zur Seite. Dann griff sie nach dem Tuchgewirk. »Das hier war auch neu für mich. Larissa, meine Freundin, sagt, dass es sich um eine spezielle Mischung aus Wolle und Blättern der Trauerweide handelt. Vor Gebrauch träufelt man den Saft der Trauerweide darauf.« Sie tippte auf die andere Phiole.

Skeptisch beäugte Jeanne das raue Gemisch aus Wolle und Blättern und schüttelte den Kopf. »Das kann ich nicht.«

»Dann versucht das hier. Es soll wahre Wunder wirken.« Lady Dousabella nahm den Granatapfel in die Hand und zeigte auf einen Tiegel. »Das Fruchtfleisch des Granatapfels wird mit Alaun gemischt und eingenommen. Larissa spricht von einer regelmäßigen Einnahme über längere Zeit und fand die Wirkung überraschend zuverlässig. Der einzige Nachteil ist, dass die Ingredienzien teuer und selten sind.«

»Was ist Alaun?« Neugierig öffnete Jeanne den Tiegel und musterte die pulverige Substanz.

»Eine Art Salz aus Mineralien. Ihr könnt es in gut sortierten

Apotheken kaufen, aber fürs Erste gebe ich Euch von meinem Vorrat.«

»Ich kann das nicht annehmen! Zu tief schon stehe ich in Eurer Schuld, und ich verfüge kaum über eigene Mittel«, wehrte Jeanne die Großzügigkeit ihrer Freundin ab.

»Ah, papperlapapp! Ihr nehmt es und spielt auf einem meiner Feste für mich. Dann kann ich mit Euch angeben! Man spricht bereits in den höchsten Kreisen von der schönen Lautenspielerin, die mit ihrer Musik die Zuhörer verzaubert. Seid gewiss, dass Ihr von der Königinmutter eingeladen werdet, sobald der Hof wieder in Paris ist.«

Jeanne sah zu, wie Lady Dousabella die Utensilien geschickt in Papier wickelte und in einen Lederbeutel steckte. Sie würde keinen Ehebruch begehen, denn sie kannte die äußerst strengen Bestrafungen durch das *consistoire*. Aber sie wollte auch keine Kinder von Cosmè, der sich mit anderen Frauen vergnügte. Er tat ihr keine Gewalt an, doch sobald er sie berührte, versteinerte sie innerlich wie äußerlich. Während Cosmè sich auf ihr abmühte, sah sie die verzerrte Fratze von Franz vor sich, was bewirkte, dass sie sich noch mehr verkrampfte und vor Schmerz am liebsten geschrien hätte. Doch sie tat, was von einer fügsamen Ehefrau erwartet wurde, und biss die Zähne zusammen. Jeanne nahm den Granatapfel in die Hand und strich über die pralle rote Haut. Sie seufzte und dachte an Gerwins sanften Kuss.

25

Jeanne trat aus der Apotheke und winkte Guillemette und Pierre, die an eine Hauswand gelehnt auf sie warteten. Ein Blick zum wolkenverhangenen Himmel drängte zur Eile. Sie waren zwei Querstraßen von ihrem Heim entfernt, der Louvre befand sich in Sichtweite, und von der Seine schallten die Rufe der Schiffer und Händler herauf. Guillemettes strenge Hugenottentracht erregte immer wieder den Unmut der Pariser, doch sie weigerte sich, wenigstens ein buntes Schultertuch anzulegen, was Jeannes Verdacht auf eine Schwangerschaft des Kammermädchens verdichtete. Auch die Darmverstimmung war ein Indiz dafür. Im Grunde war es Jeanne einerlei, ob und mit wem ihr Mann Bastarde zeugte. Eine Schwangerschaft Guillemettes bedeutete jedoch auch, dass das Mädchen ihrem Mann für einige Wochen nicht beischlafen konnte. Nun, sie würde ein anderes junges Ding finden, das ihren Gatten zerstreuen konnte.

Diesem Gedanken folgend lenkte sie ihre Schritte in eine schmale Gasse, die zum Seineufer hinunterführte.

»Madame, hier ist es nicht sicher«, warnte Pierre, zog seinen Dolch und hielt mit der anderen Hand seine Pistole schussbereit.

Die einstöckigen Häuser neigten sich einander zu, Toreingänge und dunkle Winkel boten genügend Raum für Gesindel. Es gab einige zwielichtige Tavernen, in denen Flussschiffer und Tagelöhner verkehrten, doch genauso fand man in den Straßen hinunter zum Wasser Gewerbe, die unsauber waren, Dreck machten oder deren Ausdünstungen zum Himmel stanken. Dazu gehörten Fleischer, Sulzer, Färber und Sliemer, welche Fenster aus ölgetränktem Papier und anderen Rohstoffen fertigten.

»Dort vorn wohnt der Sulzer Jacob«, sagte sie und wies auf ein baufälliges Haus, vor dem ein dunkles Rinnsal im Sand der ungepflasterten Gasse versickerte.

Guillemette verzog das Gesicht. »Dieser Gestank ist widerlich!«

»Das ist Blut, liebes Kind. Blut und Innereien, die du so gern isst. Sie werden unter anderem zu Sülze verarbeitet«, sagte Jeanne mit zuckersüßem Lächeln.

»Was wollen wir hier? Monsieur sieht es nicht gern, wenn Madame sich herumtreibt«, schnappte die freche Kammerdienerin.

Pierre schob lose Ziegel zusammen. »Bitte, Madame, tretet darauf. Zwei Schritte, und Ihr gelangt sauberen Fußes ins Haus.«

Sie standen vor der offenen Haustür, aus der noch üblerer Gestank kam. Jeanne hielt sich ein Taschentuch vor Nase und Mund, holte kurz Luft und rief: »Jacob, hier ist Madame Paullet.«

Es dauerte nicht lang, und ein dicker kleiner Mann trat heraus. Sein nackter Oberkörper wurde halb von einer blutverschmierten Schürze verdeckt. In einer Hand hielt er ein riesiges Messer. Klebrige Haarsträhnen bedeckten seinen Schädel, die Füße steckten in dreckigen Pantoffeln. »Ah, Madame Paullet daselbst. Wenn das keine Überraschung ist. Womit kann ich dienlich sein? Wünscht Ihr ein neues Stück Schweinssülze oder von der Leberwurst?«

»Danke. Eigentlich komme ich wegen deiner Tochter«, sagte Jeanne, bemüht, die aufsteigende Übelkeit zu unterdrücken.

Guillemette kapitulierte bereits und übergab sich auf die Straße.

»Welche, Madame? Der Herr hat mich mit zehn Töchtern gestraft!«

»Die Kleine, die uns deine Waren liefert. Coline?«

»Ah, meine Coline.« Er grinste und schrie laut nach seiner Tochter.

Es polterte oben im Haus, dann auf den Treppen, und Coline sprang ihnen förmlich entgegen. Der grüne Rock war ordentlich geflickt, das weiße Mieder sauber. Als sie lachte, sah man, dass die seitlichen Zähne fehlten, doch ihr Gesicht war rund und frisch, die Augen blickten freundlich, und ihre Haut war rosig. Als sie Jeanne sah, machte sie einen artigen Knicks.

»Coline, du hast doch einmal gesagt, dass du gern eine feste Anstellung hättest. Würde es dir gefallen, bei uns im Haus zu arbeiten? Es wäre leichte Arbeit, Wäschemachen und Putzen, vor allem die Räume von Monsieur. Du bekommst an Lohn, was auch Guillemette erhält.«

Coline war ein verständiges Mädchen und legte den Kopf schräg. »Oh, das tät' mir schon gefallen. Ihr habt ein schönes Haus in vornehmer Gegend! Vater, was sagst du dazu?«

Der Sulzer steckte das lange Messer in den Gürtel seiner Schürze und warf einen kurzen Blick hinaus zu Guillemette, deren Gesicht die Farbe eines Leichentuchs angenommen hatte, doch sie sah wohlgenährt und verglichen mit Coline wie eine Edeldame aus. »Von mir aus. Aber dass du nicht deine Eltern vergisst, die dich gekleidet und dir ein Dach über dem Kopf gegeben haben.«

»Ich lasse dich morgen von Pierre abholen, Coline. Er bringt dir ein Kleid mit und, um den Trennungsschmerz zu lindern, ein Geschenk für deine Eltern«, sagte Jeanne, die sehr zufrieden war mit dem Ausgang dieses Gesprächs.

Auf dem Rückweg fragte Guillemette: »Was wollten wir denn dort? Haben wir nicht genug Wurst …«

»Geht es dir besser, Guillemette?«, fiel Jeanne ihr ins Wort.

»Wie? Ja, nur eine kurze Übelkeit wegen des elendigen Gestanks. Das war ja …«

»Deine Übelkeit rührt nicht eher von einer Schwangerschaft her?«

Die Dienerin errötete und schwieg.

»Nun, Coline wird dir zur Hand gehen, da du ja bald nicht mehr in der Lage sein wirst, deine Aufgaben angemessen auszuführen. Und ich meine alle Aufgaben.« Es war keine Frage, was sie damit meinte.

»Monsieur wird das aber nicht recht sein«, fauchte Guillemette wütend.

»Ich denke schon. Und jetzt kein Wort mehr davon!«

Jeanne behielt recht, was Coline anging. Ihr Gatte bemängelte die zusätzlich anfallenden Lohnkosten nicht, und die junge Sulzerstochter war ein verständiges und bereits erfahrenes Frauenzimmer, was die von ihr erwarteten Liebesdienste betraf.

Einige Tage darauf saß Jeanne nach einem Besuch bei Lady Dousabella in der Kutsche und kuschelte sich eng in ihren Umhang, denn die Nachtluft war empfindlich kühl. Sie hatte mit zwei englischen Musikern einige neue Kompositionen vorgetragen, die von den Zuhörern mit viel Beifall bedacht worden waren. Lady Dousabella war eine reizende Gastgeberin und eine unverbesserliche Romantikerin in Liebesdingen, denn sie hatte Gerwin eingeladen. Seine Anwesenheit hatte Jeanne in jeder Faser ihres Körpers gespürt. Als sie vor ihm stand, hatte sie sogar den Geruch seiner Haut wahrgenommen. Sie seufzte. Es war schwer genug, sich nicht durch ihr Verhalten zu verraten, doch sie wusste, dass die Blicke, die sie mit Gerwin getauscht hatte, genügen konnten, um sie in den Verdacht der Unanständigkeit zu bringen.

Die Geräusche der nächtlichen Stadt zogen wie in weiter Ferne an ihr vorüber. Als der Wagen unvermittelt hielt und sie Pierres Stimme hörte, spähte sie argwöhnisch durch das Wagenfenster.

»Was ist denn los, Pierre?«, rief sie.

»Das Pferd scheute vor einem Hund.« Der Hausdiener, der sich als treuer und verschwiegener Begleiter erwiesen hatte, knallte mit der Peitsche.

Nachdem sich der Wagen wieder in Bewegung gesetzt hatte, wurde plötzlich die Tür aufgerissen, und ein Mann sprang zu ihr herein. Der Schrei erstarb ihr auf den Lippen, als sie ihren Onkel erkannte. »Raus! Sofort hinaus!«, zischte sie und suchte nach dem schmalen Dolch, den sie für Notfälle mit sich führte.

Julian de Bergier ließ sich nicht beeindrucken und setzte sich ihr gegenüber auf die winzige Bank, wobei seine Stiefel auf ihr Kleid traten, denn das Wageninnere bot gerade Platz für eine Dame mit ausgreifendem Reifrock. »Euer Diener hat nichts bemerkt. Lasst es dabei, und Ihr seid mich schnell wieder los.«

Jeanne umfasste den Dolch in ihrer Rocktasche. »Was wollt Ihr von mir?«

Sein Atem roch nach Wein und Zwiebeln. »Ihr seid doch ein kluges Mädchen. Nun, da der Zufall uns zusammengeführt hat, sollten wir die Gelegenheit nicht ungenutzt verstreichen lassen. Ihr könnt Eurem alten Onkel einen Gefallen tun.«

»Nein!«, fauchte sie. »Schert Euch hinaus! Der Tod meiner Mutter ist allein Eure Schuld! Ihr habt Unglück über die ganze Familie gebracht!«

Die scharfen Züge ihres Onkels zeichneten sich im Laternenschein ab. »Unsinn! Wir sind im Krieg. Alle müssen Opfer bringen.«

»Mein Gott, seid Ihr kaltschnäuzig! Meine Mutter war Eure Schwester! Tut Euch denn nicht wenigstens leid, was geschehen ist?«

»Natürlich, aber es war notwendig, diesen Hundsfott Guise zu eliminieren. Es hat uns einen strategischen Vorteil verschafft.«

»Vielleicht den, dass die Guisen jetzt einen persönlichen Rachefeldzug gegen die Hugenotten im Allgemeinen und Euch und Admiral Coligny im Besonderen führen?«

»Dummes Frauenzimmer. Was wisst Ihr schon von der Politik!« Er packte Jeanne an den Armen. »Hört mir jetzt zu! Ihr kennt die Herzogin de Nemours und werdet mich empfehlen, weil meine Weine von gar so vortrefflicher Qualität sind.«

»Und was wollt Ihr dort? Die Herzogin erschießen, wenn Ihr sie seht?« Sie lachte freudlos.

»Das ist keine üble Idee, doch gedenke ich, etwas subtiler vorzugehen. Im Zentrum meines Interesses steht der Sohn des seligen Herzogs von Guise, Henri, der sich heimlich König nennen lässt! Wenn ich herausfinden kann, wann er ins Haus kommt, seine Gewohnheiten erkunde, dann wird ihn bald das Schicksal seines Vaters ereilen!« Seine Stimme zitterte vor Hass. »Er ist schlau und lässt sich bewachen, aber wir werden ihn überlisten.«

»Ihr seid ja wahnsinnig! Alle miteinander! Die Herzogin ist ein wunderbarer Mensch. Sie hat an allem keine Schuld. Lasst sie da raus!«, forderte Jeanne. »Und im Übrigen werde ich nichts von dem tun, was Ihr verlangt, und nach Pierre rufen!«

»Macht das, und Euer Mann wird glücklich sein zu erfahren, dass seine Gattin ihm Hörner aufsetzt.«

»Ich habe konzertiert – und das bei einer Freundin, Lady Dousabella. Dagegen hat Cosmè nichts, ganz im Gegenteil.«

»Vielleicht, vielleicht auch nicht! Ich kenne die strengen Moralapostel des *consistoire*, der richtige Verdacht, hier und dort gestreut …«

Die Räder ratterten laut über die unebenen Steine, durch das Fenster schlug kühle, feuchte Nachtluft herein. Es roch nach Flussschlamm, altem Fisch und Kot.

»Und wenn ich es so bedenke, habe ich auch schon den passenden Liebhaber – den jungen deutschen Medicus!«, schleuderte Bergier ihr triumphierend entgegen. »Ich habe Euch beobachtet. Wie die Turteltäubchen!« Er lachte gehässig auf.

»Das ist eine Lüge!«

»Wie gesagt, Euer werter Gatte ist ein besonders gestrenger Glaubensbruder. Er würde nicht zögern, Euch und Euren Vater auf die Straße zu setzen – natürlich, nachdem er Euch bestraft hat.«

Jeanne rang die Hände. »Habt Ihr nicht genug Unglück über uns gebracht? In Gottes Namen, ich tue, was Ihr verlangt, und jetzt verschwindet endlich!«

»Meine Empfehlungen an den Herrn Gemahl, und vergesst nicht: Bernard aus dem Languedoc, erstklassiger Clairette ist meine Spezialität.« Er stieß die Wagentür auf und sprang auf die Straße.

Jeanne schloss die Augen. Wenn Cosmè sie verstieß, wären sie noch schlechter dran als vor ihrer Ehe, denn jetzt war ihr Vater kränklich, und sie hatten keine Ersparnisse. Cosmè würde sie bestrafen lassen, aus der hugenottischen Gemeinde verstoßen und ihnen damit die Türen aller aufrechten Glaubensgenossen verschließen. In Frankreich herrschte Krieg. Sie musste die Entdeckung ihres Onkels hier in Paris verhindern. Jeden, den sie um Hilfe bitten könnte, würde sie in Lebensgefahr bringen. Die Herzogin de Nemours war tolerant, doch nicht, wenn es ihre Familie betraf. Und wenn es um den Tod des allseits verehrten und mittlerweile glorifizierten François de Guise ging, war keinem Mitglied der Guisen zu trauen. Unter den gegenwärtigen Umständen gab sie im Fall einer Aufdeckung ihrer Verwandtschaft mit einem Mörder des Herzogs de Guise keinen müden Centime für ihr Leben oder das ihres Vaters.

Der Wind stand ungünstig und wehte ihr den Gestank verfaulender Leichname vom Cimetière des Innocents in die Nase. Der größte Friedhof von Paris lag nördlich der Rue Saint-Honoré und bot trotz seiner Größe nicht genügend Platz für all die Toten. Immer wieder brachen in Teilen der Stadt Seuchen aus und forderten Hunderte und Tausende von Opfern innerhalb kürzester Zeit. Schon lange gab es keine anständigen Grabstellen mehr, die meisten Leichname endeten in Massengräbern, doch selbst diese waren voll. Weil die Körper keine Zeit zum Verwesen hatten und nicht genügend tief in der Erde lagen, stank der Verwesungsgeruch zum Himmel.

Gerwin und Seraphin saßen an der Tafel von Lady Dousabella. Ehrengast war der neu ernannte Botschafter Ihrer Majestät Elisabeth I., Francis Walsingham, der Paris noch heute Mittag Richtung Blois verlassen würde.

»Auf unsere reizende Gastgeberin, Lady Dousabella!«, sagte Walsingham und hob sein Glas.

»Gute Reise, mein lieber Walsingham!«, erwiderte Lady Dousabella, die heute ein schlichtes, doch höchst kostbares Kleid trug, dessen flammendes Rot ihre Haare und den schneeweißen Teint leuchten ließ.

Gerwin hatte wohl bemerkt, dass Seraphin ganz hingerissen von der Engländerin war, und seine Bewunderung schien auf fruchtbaren Boden zu fallen. »Monsieur, darf ich fragen, was neben einem möglichen Frieden Gegenstand der Verhandlungen mit der Königinmutter sein wird?«, erkundigte sich Gerwin, der

Walsingham nicht durchschaute. Der Mann war wie ein Aal, den man nicht greifen konnte. Doch er schien über alles Bescheid zu wissen und verfügte über eine schier unendliche Fülle an Informationen. Das Einzige, wozu Walsingham sich ohne Umschweife bekannte, war seine unverbrüchliche Loyalität seiner Königin gegenüber.

Die intelligenten dunklen Augen des Botschafters wurden schmal. Er überlegte kurz, bevor er sich äußerte. »Nun, Königin Johanna von Navarra ist auf ausdrücklichen Wunsch von Katharina de Medici mit ihrer Tochter nach Blois gereist, um die Heirat von Heinrich von Navarra und Prinzessin Margot zu verhandeln.«

»Ist die Prinzessin nicht in Henri de Guise verliebt?«, fragte Seraphin, der von den Gerüchten gehört hatte.

»Verliebt? Die beiden unterhalten seit Monaten ein Liebesverhältnis. Das macht Margots Mutter und König Karl IX. wütend, sie sind außer sich vor Zorn! Der König ist darüber hinaus eifersüchtig, denn ich weiß aus sicherer Quelle, dass Margot und ihre Brüder ein unzüchtiges Verhältnis hatten.«

Seraphin hob grinsend eine Augenbraue. »Pikant!«

»Es erschwert die Heiratsverhandlungen!«, entrüstete sich Walsingham. »Als wäre es nicht schwierig genug, die Eheleute unterschiedlicher Konfession in eine Kirche zu bringen. Dabei könnte diese Heirat Frankreich endlich Frieden bringen.«

Gerwin nickte nachdenklich. »Ich habe Heinrich von Navarra kennengelernt und halte sehr viel von ihm. Obwohl er jung ist, respektieren ihn die Soldaten, und er ist nicht so ein Fanatiker wie der Admiral.«

»Ja, ja, Coligny spaltet selbst die Hugenotten, aber solche charismatischen Männer braucht der Protestantismus in Frankreich auch«, meinte Lady Dousabella. »Ihr kommt aus La Rochelle, Gerwin. Wollt Ihr dorthin zurück, oder werdet Ihr dem Admiral in den Süden folgen?«

»Der Admiral hat darum gebeten, dass Hippolyt und ich uns ihm wieder anschließen, sobald sich die Lage in La Rochelle beruhigt hat.« Gerwin räusperte sich. »Wir hätten Euch die Nachrichten von Walter von Mühlich per Boten zukommen lassen können, doch Hippolyt hielt es für eine gute Idee, dass Seraphin und ich selbst nach Paris reiten, bevor wir ihn mit dem Heer in Burgund wieder treffen.«

»Ich schätze Euren Meister sehr, Gerwin, und halte ihn nicht nur für einen überragenden Medicus, sondern auch für einen weisen Mann«, lächelte Lady Dousabella.

Walsingham ignorierte die amourösen Anspielungen. »Mit welchem Heer?«, schnarrte er. »Soweit ich weiß, gab es nur unbedeutende Scharmützel mit wechselnden Siegen auf beiden Seiten. Und beide Parteien sind inzwischen gleichermaßen erschöpft, am Ende ihrer Kräfte und ihres Nachschubs.« Der Botschafter blinzelte und hob den Zeigefinger. »Diese beidseitig aussichtslose Lage ermöglicht neue Friedensverhandlungen.«

Die Glocken von Saint-Germain des Prés läuteten zur Mittagsstunde, und der Botschafter verabschiedete sich. Während Lady Dousabella ihn hinausbegleitete, aßen Gerwin und Seraphin kandierte Früchte und gossen sich süßen Dessertwein ein.

»Ich dachte, die deutschen Fürsten wollten noch mehr Truppen und Waffen schicken?«, wunderte sich Seraphin.

»Hm, anscheinend haben sie sich anders entschieden. Vielleicht sind sie den Geusen in Flandern zu Hilfe gekommen. Wir sollten bald Richtung Burgund aufbrechen, Seraphin. Ich möchte Hippolyt nicht allein lassen.«

Seraphin lehnte sich entspannt zurück. »Der ist gewitzt und schlägt sich durch. Ich mag unsere Gastgeberin wirklich sehr und bleibe wohl noch etwas in Paris. Heute Abend gibt die Herzogin von Nemours ein Dinner im Hôtel de Guise. Wir sollten Lady Dousabella begleiten.«

»Ins Hôtel de Guise? Das ist die Höhle des Löwen!«

»Und eine gute Gelegenheit, dem Feind auf den Zahn zu fühlen, deshalb sind wir schließlich gekommen.« Seraphin machte eine Pause und fügte lächelnd hinzu: »Unter anderem.«

Gerwin raufte sich die Haare. »Himmel, ich weiß nicht, wo das hinführen soll! Für diese politischen Spielchen bin ich nicht gemacht. Gib mir einen Verwundeten, lass die Därme heraushängen oder ihm die Ohren blutig schwären. Damit kann ich umgehen, aber diese Gesellschaften sind wie ein Tanz auf heißen Nadeln!«

»Getanzt wird dort auch, und du wirst sehen, dass wir nicht aus dem Takt kommen.«

26

»O Herr, zeige mir deine Wege und lehre mich deine Steige. Leite mich in deiner Wahrheit und lehre mich. Denn du bist der Gott, der mir hilft, täglich harre ich auf dich …« Mit bedeutungsschwerer Leidensmiene deklamierte der Prediger den Psalm.

Gerwin konnte den ewig gleichen Sermon der Prediger nicht mehr ertragen und wandte sich ab. Auf die Einhaltung täglicher Gebete und Gottesdienste legte Admiral Coligny großen Wert und hatte für die stete Anwesenheit einiger Prediger bei den Truppen gesorgt. Wer sich nicht als frommer Hugenotte zeigte, wurde misstrauisch beäugt und gemaßregelt. In dieser Hinsicht war Coligny unerbittlich. Gerwins Blick glitt über die erschöpften und ausgezehrten Soldaten, die sich für eine kurze Rast am Rande eines Waldes niedergelassen hatten.

»Wie lange soll das noch so gehen?«, murmelte Gerwin. Seit er Paris vor einem Monat ohne Seraphin verlassen hatte und auf den kläglichen Truppenrest der Hugenotten in der Nähe der Loire-Quellen getroffen war, stellte er sich täglich diese Frage. Er sehnte sich nach Jeanne, die ihm bei ihrer letzten Begegnung quälend nah und doch unerreichbar fern gewesen war. Sich versteckte

Blicke zuzuwerfen war ihm nicht mehr genug. Er wollte sie in die Arme nehmen und ihre zarte weiße Haut mit den Lippen berühren. Die Vorstellung, dass ihr Ehemann, der sie nicht liebte, sie haben durfte, machte ihn unsagbar wütend. Dieser bigotte Hugenotte, der sich für heiliger als heilig hielt und nicht wusste, was wahrhaftige Liebe bedeutete!

Hippolyt kam schweren Schrittes auf ihn zu und verstaute einen Salbentopf in seiner Tasche. Seufzend ließ er sich neben ihm im feuchten Gras nieder. »Wenn sie nicht durch Schwerter oder Kugeln sterben, dann durch den Hunger und den Mangel an frischem Gemüse.«

Die beiden Ärzte hatten in den letzten Tagen selbst kaum genug zu essen bekommen. Beide trugen struppige Bärte, und ihre Kleidung war zerschlissen und starrte vor Dreck. Gerwin kratzte sich am Kopf. »Verfluchte Läuse. Hast du dir den langen Württemberger angesehen? Die Beulen am Hals wachsen und scheinen sich zu vermehren.«

Der lange Württemberger war der Spitzname eines Söldners, dessen Körpergröße und Muskelkraft beeindruckten, doch selbst dieser unverwüstliche Kerl musste vor den Folgen des Hungers kapitulieren.

»Ich weiß, aber ich schneide sie nicht auf. Sein Blut ist unrein, und es würden nur neue entstehen. Ich habe so etwas oft während des Krieges in Rumelien erlebt.« Hippolyt rupfte einige Halme aus. »Iss das. Wilde Kräuter. Ein Wunder, dass überhaupt noch welche zu finden sind. Die Soldaten haben den Bauern bereits alle Wurstvorräte und zwei Milchkühe gestohlen. Das kann nicht gut enden!«

Der armselige Haufen, der die Bezeichnung Truppe kaum verdiente, bestand aus verarmten Bauern, abenteuerlustigen Landadligen, Rittern und Söldnern, die nichts mehr zum Plündern fanden und sich deshalb wieder einem Heer anschlossen.

Als das Signal zum Weiterziehen kam, ließen Gerwin und Hippolyt sich Zeit. »Wohin geht es jetzt? Ich habe nicht den Eindruck, dass Coligny genau weiß, was er tut.«

Hippolyt hüstelte, und Gerwin sah sich erschrocken um. Er hatte Heinrich von Navarra nicht kommen hören. Der Prinz hatte sich im Wald erleichtert, schnürte sich den Hosenlatz zu und stand nun neben ihnen. Sein ernsthaftes Jungengesicht verriet keinen seiner Gedanken. »Messieurs«, sagte er bedächtig und kratzte sich den Bart. »Verratet mich nicht, doch ich denke wie Ihr. Der Admiral ist ein großartiger Anführer, doch diese ziellosen Streifzüge, die uns nichts als Verluste bringen, scheinen mir ein Ausdruck verzweifelten Fanatismusses.« Der sehnige junge Mann streckte das Kreuz. »Ich sehe dies als eine Art Prüfung an. Wenn wir das hier überleben, können wir alles erreichen.« Mit einem Finger tastete er nach seiner Halsbeuge, in der eine dunkelrote Narbe sichtbar war. »Dank Euch für Eure saubere Arbeit. Diese leidigen Furunkel sind qualvoll, aber Ihr habt sie entfernt, ohne dass ich Schmerzen hatte.«

Hippolyt, der sich ebenfalls erhoben hatte, neigte dankend den Kopf. »Wir tun, was in unseren Kräften steht.«

Navarra musterte die beiden Ärzte prüfend. »Ihr könntet ein Vermögen machen, wenn Ihr Euch in einer hübschen reichen Stadt niederlassen würdet. Warum nehmt Ihr diese Strapazen auf Euch? Und sagt nicht, es wäre unseres Glaubens wegen. Ich habe Euch während der Gebetsstunden, die der Admiral regelmäßig abhalten lässt, beobachtet. Ihr hört nicht hin.«

»Oh, aber das ist nicht wahr! Mit dem Herzen sind wir dabei, doch gehört unsere ganze Aufmerksamkeit den Leiden des menschlichen Körpers«, versicherte Hippolyt eilig.

»Und der Mensch leidet an vielem, immerzu. Nun, ich bin froh, dass Ihr Euch diesem Feldzug angeschlossen habt. Aus welchen Gründen auch immer«, fügte Heinrich von Navarra mit einem spitzbübischen Lächeln hinzu und ging zu seinem Pferd, das ihm zugeführt wurde.

»Was war denn das?«, stieß Gerwin leise hervor.

»Eine Warnung, Gerwin. Eine Warnung.« Hippolyt griff nach seiner Tasche und wandte sich zum Gehen.

»Nein, warte!« Gerwin zog seinen Freund am Ärmel. »Ich finde, es ist an der Zeit, dass du mir mehr über deine Brüder erzählst. Damit hängt doch alles zusammen, oder etwa nicht?«

Jedes Mal, wenn Gerwin seinen Meister gedrängt hatte, endlich das Geheimnis seiner Vergangenheit zu lüften, hatte Hippolyt sich geschickt aus der Affäre gezogen.

Hippolyt nickte. »Komm schon. Ich erzähl's dir, während wir reiten.«

In gespielter Verzweiflung hob Gerwin die Arme. Was konnte er anderes tun, als zu hoffen, dass Hippolyt endlich mehr preisgab.

»Irgendwer hat mir erzählt, er habe Franz gesehen«, bemerkte Hippolyt und schwang sich in den Sattel, ohne sein angeschlagenes Bein zu belasten.

Sofort verfinsterte sich Gerwins Miene. »Möge der Hurensohn in der Hölle verrotten! Mir tut es jetzt noch leid, dass ich ihm in La Rochelle geholfen habe.« Nach seiner Genesung war der Froehnersohn von Hinrik Huntpiss dem Lagervorsteher vorgeführt worden. Da es nie genügend Söldner gab, war die Bestrafung milde ausgefallen. Wahrscheinlich hatte Franz sich über die paar Peitschenhiebe ins Fäustchen gelacht. Dann war er während eines Scharmützels verschwunden. Niemand vermochte zu sagen, ob er tot oder flüchtig war.

»Es war richtig, was du getan hast, und du solltest nicht solche hasserfüllten Reden führen. *Quemcumque miserum videris, hominem scias.*[1]« Hippolyt lenkte seinen Braunen unter einem tiefhängenden Ast hindurch.

»Du hast gut reden, Hippolyt. Er hat Jeannes Leben zerstört!

1 Wen du auch elend siehst: Wisse, dass er ein Mensch ist.

Sie kann einfach nicht vergessen, und wer könnte ihr das verdenken!«, entgegnete Gerwin und drängte seine Stute an Hippolyts Seite.

»Aber hilft es ihr, wenn du Franz umbringst? Du bist nicht der Mensch, einen kaltblütigen Mord auf dein Gewissen zu laden.«

Das Schweigen seines jungen Freundes als Zustimmung deutend, fuhr Hippolyt in seiner Rede fort: »Du hast nach unserer Bruderschaft gefragt.«

Sie ritten durch hügeliges Gelände. Ein leichter Nieselregen ging herab, welcher die satten grünen Wiesen und mit Weinreben bepflanzten Hänge verschleierte. Sie hielten auf den kleinen Ort Arnay-le-Duc zu. Gerwin hörte Hinrik Huntpiss Befehle brüllen. Die Hauptleute hatten ihre Mühe mit den entkräfteten Soldaten, die von Sold schon lange nur noch träumten.

Während die Geräusche der Pferdehufe vom weichen Boden gedämpft wurden, begann Hippolyt zu erzählen. »Als unschuldiger Junge von fünf Jahren kam ich nach Metten zu den Benediktinern und verließ das Kloster mit gebrandmarkter Seele. Ich habe dir bereits von den nächtlichen Entführungen aus unserem Schlafsaal erzählt.«

»Ich kann mir vorstellen, was euch widerfahren ist.«

Der Medicus warf Gerwin einen fast mitleidigen Blick zu. »Nein, das kannst du nicht. Du warst nicht dabei. Es gab ein Badehaus, in das man uns Jungen brachte, und unter diesem Badehaus befand sich ein Gewölbe, das Teil einer uralten Krypta war. Ich könnte dir jeden Winkel dieses Ortes aufzeichnen, der für uns jene Hölle war, mit der uns die Mönche ständig drohten. In der Krypta standen in Nischen Steinsarkophage, leere und solche mit Knochenresten von lange verstorbenen Mönchen. Als ich das erste Mal dort hinuntergebracht wurde, fragte ich mich, wozu die Holzbänke mit eingelassenen Löchern und Riemen waren.«

Gerwin betrachtete seinen Freund von der Seite. Hippolyt wirkte konzentriert, als müsse er alle Kraft für diese Erinnerungen sammeln. In diesem Moment bedauerte Gerwin, ihn dazu gedrängt zu haben.

»Welch teuflischem Gehirn konnten solche Perversionen entspringen? Der Teufel hatte einen Namen – Ignazius. Er war der Vorsteher der Bibliothek.« Hippolyt hustete. »Welche Ironie! Der Hüter des Wissens hatte sich in die Folterliteratur vertieft, um seine eigenen Lüste zu befriedigen. Ignazius war ein großer Mann um die dreißig, knochig, aber unglaublich kräftig. Alle hatten Angst vor ihm. Bei den Auspeitschungen offizieller Bestrafungen schlug er viel heftiger zu als die anderen Mönche. Seine Peitschenhiebe hinterließen tiefe Wunden, obwohl der Abt das nicht wollte. Der Abt war kein übler Mensch, aber wir vermuten, dass Ignazius ein Geheimnis kannte, mit dem er ihn erpresste. Niemand von uns Jungen sprach über das, was in der Krypta vor sich ging.« Hippolyt seufzte tief. »Ignazius drohte mit den schrecklichsten Strafen, und vor Scham und Angst hätte sowieso keiner geredet.«

»Hippolyt, nicht!«

»Nein, Gerwin, es ist gut. Ich erzähle es, damit du begreifst, was Hass anrichten kann.« Er sah seinen jungen Freund an. »Wie Hass aus einem selbst ein Monster machen kann.«

Nervös umklammerte Gerwin die Zügel. Der Abstand von den vor ihnen laufenden Soldaten wurde größer, und der Nieselregen senkte sich wie ein Vorhang dazwischen.

»Ignazius hatte Helfer, aber das waren dumme junge Novizen ohne finanziellen oder familiären Hintergrund, die sich einen Karrieresprung erhofften, indem sie sich zu seinen Schergen in seiner privaten Folterkammer machen ließen. Der Teufel hatte eine Vorliebe für die ganz Schmächtigen unter uns Jungen. Sobald wir eine gewisse Größe erreichten und die Behaarung im Gesicht und an den Genitalien einsetzte, verlor er das Interesse. Ich war nie ein hübsches Kind, im Gegensatz zum armen Jerg. Er hatte das Gesicht eines Engels und einen wohlproportionierten Körper. Wir kamen im selben Jahr ins Kloster von Metten.«

Hippolyt schwieg eine Zeit lang, bevor er mit rauer Stimme fortfuhr: »Ignazius war von der Natur mit einem riesigen Geschlecht ausgestattet, einem Gemächt, das einem Bullen Ehre gemacht hätte. Doch es gehörte einer Bestie, die damit das Innere zarter Jungenkörper quälte, zerriss, blutig stieß und demütigte, bis man sich nur noch den Tod wünschte. Es gab einige mysteriöse Unfälle, bei denen Jungen ihr Leben ließen und rasch und ohne Aufsehen bestattet wurden. Den Eltern wurde irgendeine Geschichte aufgetischt. Der Vater Abt war ein großartiger Märchenerzähler.

Jerg hatte das Bett neben mir, und er war wie ein Bruder für mich. Als er wieder einmal blutig, mit eingerissenen Mundwinkeln und sich kaum auf den Beinen halten könnend zurückgebracht wurde, beschloss ich, dass etwas geschehen musste. Anderenfalls hätte Jerg sich umgebracht, oder er wäre im Keller der Bestie gestorben.« Hippolyt warf Gerwin einen kurzen Blick zu. »Hier kommen Hinrik und Walter ins Spiel. Sie hatten dasselbe durchgemacht, waren aber zwei Jahre älter als wir und von robusterer Konstitution. Auch zu ihrer Zeit hatte es einen Jungen wie Jerg gegeben, welcher der unglückselige Liebling des teuflischen Bibliothekars wurde und sein Leben gelassen hatte. Nun, ich stellte Jerg vor die Wahl – durch weitere Folter langsam sterben oder den Teufel vernichten. Wir vier Jungen von zwölf und vierzehn Jahren verschworen uns, die Bestie von Metten zu töten. Es war nicht schwer, Ignazius mit Jerg als Lockvogel an einen abgelegenen Ort im Klostergarten zu bringen. Dort hatten sich Hinrik und Walter versteckt. Sie haben Ignazius, der geifernd vor Lust auf den scheinbar willigen Knaben war, von hinten mit Steinschlägen auf den Kopf betäubt. Aber was wir dann getan haben, Gerwin, das machte uns so niedrig wie unseren Peiniger. Wir haben diesen Körper auf alle unvorstellbaren Arten geschändet, erstaunt darüber, was man in den Anus eines Mannes stopfen kann. Irgendwann war kaum noch Leben in ihm, und wir ekelten uns vor uns selbst. Er wimmerte noch, als wir ihn gemeinsam zum Brunnen schleppten und hineinwarfen.«

Stumm ritt Gerwin neben seinem Freund und Meister. Auf einen Mord aus Notwehr war er gefasst gewesen, aber nicht darauf. Der Weg führte einen Hügel hinauf, rechts und links stand dichter Mischwald.

»Wir sahen Ignazius zum letzten Mal, als sie ihn aus dem Brunnen holten, mit grünem Schlamm überzogen, aus seinem Schlund kroch Getier. Dieser Anblick verfolgt mich noch heute in meinen Träumen, Gerwin. Der Teufel war zwar tot, aber jetzt hatte ich einen Teufel mit Namen Schuld in mir, und er peinigte mich Nacht für Nacht, legte sich auf meine Brust wie ein schwerer Felsblock, ein Alp, der mir die Luft abschnürte.« Hippolyt räusperte sich. »Wir vier Jungen schlossen in der Nacht unserer Rache einen Pakt, den wir mit unserem Blut besiegelten. Niemals würden wir verraten, was geschehen war, niemals würden wir einen der Unseren im Stich lassen. Wir verschrieben uns der Gerechtigkeit und …« Hippolyt hielt inne und starrte nach vorn, wo die Soldaten zum Stehen gekommen waren.

»Was ist da los?«, rief Gerwin, als Hinrik auf sie zusprengte.

»Ruhe! Um Himmels willen, seid leise! In der Ebene lagert das königliche Heer«, sagte der Hauptmann, während er sein Pferd neben ihnen zum Stehen brachte.

Die Soldaten hatten sich ebenfalls umgewandt und marschierten eilig den Weg zurück, den sie gekommen waren.

»Und was wird nun?«, fragte Gerwin.

»Wir schicken Späher aus, um festzustellen, wie stark das Heer ist. Es wird zum Kampf kommen, das ist unausweichlich!«

Die Hugenotten zogen sich auf die Rückseite der Anhöhe, des mit blühendem Ginster bewachsenen Mont Saint-Jean, zurück. Der Duft der gelben Blüten war betörend, doch bemerkte das keiner der Soldaten. Ihnen war die Anspannung des bevorstehenden Kampfes anzusehen, als sie sich zwischen die Bäume hockten, die Klingen ihrer Schwerter und Spieße schärften und Pistolen- und Arkebusenläufe säuberten.

Hippolyt und Gerwin standen neben ihren Pferden im Schutz überhängender Fichtenzweige. »Und wie ist es weitergegangen, Hippolyt? Was geschah, als die Leiche von Ignazius gefunden wurde?«

»Oh, die Mönche haben schon gesehen, dass ihr Bibliothekar nicht durch einen simplen Unfall zu Tode gekommen war. Es war ein denkwürdiger Morgen. Fast alle Bewohner des Klosters standen im Hof und starrten auf den nackten, schlammigen Leichnam. Der Vater Abt wurde gerufen, um den Toten mit den vielen Wunden zu besehen. Ich schwöre, dass Erleichterung in seiner Stimme mitklang, als er verkündete, dass der Mann durch eigene Unachtsamkeit beim Wasserholen in den Brunnen gefallen sei. In der folgenden Stille hätte man eine Feder zu Boden fallen hören. Es gab einige verunsicherte Blicke von den Hilfsschergen des Verstorbenen, doch das war alles. Der Abt hat uns und einige andere kurz befragt, aber niemand hat über die Grausamkeiten des Toten gesprochen. Die Scham war zu groß. Wir Jungen haben heimlich mit angesehen, wie die Krypta unter dem Badehaus zugemauert wurde. Damit war für den Abt die Sache erledigt. Als ob nichts gewesen wäre«, schnaubte Hippolyt.

»Und nachdem ihr das Kloster verlassen habt? Was habt ihr dann getan?«

»Ich ging bei einem Wanderchirurgen in die Lehre. Wir alle hatten unsere Lehr- und Wanderjahre, bis jeder von uns seine Bestimmung gefunden hatte. Unsere Bruderschaft gewann an Bedeutung, je mehr sich einige von uns in die Politik der Großen einmischten.«

»Ah!«, entfuhr es Gerwin, als Schüsse die unnatürliche Stille zerschnitten, die auf Männern und Pferden gelastet hatte. Ein Späher kam über den Hügel galoppiert und rief: »Es ist Marschall Cossé-Brissac, der Gouverneur der Normandie, der dort unten mit dreitausend Berittenen, fünf- bis sechstausend Fußsoldaten und schwerem Geschütz lagert!«

Ein nervöses Raunen ging durch die Männer. Admiral Coligny stellte sich vor sie. Seine soldatische Gestalt und das asketische Antlitz beeindruckten die Soldaten. Dieser Mann hungerte und litt wie sie. »Navarra und seine Leute werden jetzt das Gelände sondieren, danach wird entschieden, wie wir vorgehen. Reißt euch am Riemen, Männer. Eine entscheidende Schlacht steht bevor!«

Gerwin sah Martial, den langen Prediger, mit zitternden Händen seine Bibel hervorholen. Der schwarz gewandete Mann glich einer gerupften Krähe. »Steck die Bibel ein, Mann. Was wir brauchen, sind Geschütze und mehr Soldaten! Mit Worten schlagen wir die übermächtige Streitmacht nicht in die Flucht!«, ätzte Gerwin.

Der Prediger hob den Zeigefinger. »Mehr Gottvertrauen würde auch den Herren Ärzten besser zu Gesicht stehen. Was der Mensch nicht erreicht, wird der Herr richten! Amen!«

»*Veritatem dies aperit*[1]«, sagte Hippolyt mit einem demütigen Lächeln.

Der hagere Zeigefinger wurde wie eine Waffe auf sie gerichtet. »Ich behalte euch im Auge. Und wenn der Sieg unser ist, wird es Zeit, sich mit solchen ketzerischen Geistern, wie ihr es seid, zu befassen.«

»Wenn dein Kopf dann noch auf deinen frommen Schultern ruht«, meinte Gerwin. Und Hippolyt fügte ein trockenes »Amen« hinzu.

1 Der Tag offenbart die Wahrheit.

27

Noch jetzt, Wochen später, trat Jeanne der kalte Schweiß auf die Stirn, wenn sie an die furchtbaren Stunden im Hôtel de Guise zurückdachte. Immer wieder hatte sie an das Gesicht ihres Onkels denken müssen, wie er hasserfüllt im Halbdunkel der Kutsche vor ihr gesessen hatte. Gerwin, Lady Dousabella und Seraphin waren ebenso dort gewesen wie Jean Morel. Gerwin! Wann immer sie die Augen schloss, sah sie sein fein geschnittenes Gesicht vor sich und meinte, seine vor Sehnsucht brennenden Augen auf der Haut zu spüren. Doch für ihre Liebe gab es keine Zukunft. Sie durfte ihren Gefühlen, die sie sich viel zu lange nicht eingestanden hatte, nicht nachgeben. Vor Gott war sie verheiratet und Mutter eines Sohnes. Ihr Vater brauchte sie. Sie hatte Pflichten. Glücklich zu sein gehörte nicht dazu. Doch nein – ihr blieb die Musik, die konnte ihr niemand nehmen.

An jenem furchtbaren Abend hatte sie ein Lautenkonzert von Willaert gespielt, das die Zuhörer begeistert hatte. Die Tochter der Herzogin von Nemours war nicht anwesend gewesen, sonst wären Jeanne die verräterischen Worte vielleicht nicht über die Lippen gekommen. Ganz nebenbei, wobei ihr fast die Gabel aus den Fingern geglitten wäre, hatte sie die Empfehlung für die Weine von Bernard, ihrem verhassten Onkel, fallen lassen.

Sie seufzte und strich über das enge Mieder ihres Tageskleids. Die warme Junisonne schien durch das geöffnete Fenster auf die Wiege ihres Sohnes und hüllte sein kleines Gesicht in goldenen Schimmer. Vorsichtig streckte sie eine Hand nach ihm aus, um die weiche Haut zu liebkosen, und hielt im letzten Moment inne. Die Berührung konnte den schlafenden Jungen wecken, dann würde er die Augen öffnen und sie ansehen. Sie schlug die Hände vors Gesicht und drehte sich um.

»Was ist nur los mit Euch? Was seid Ihr nur für ein Weibsbild, dass Ihr Euren eigenen Sohn nicht in die Arme nehmt?« Cosmès Erscheinen zerstörte die friedliche Stille des Kinderzimmers.

Wie eine ertappte Sünderin hob Jeanne den Blick und wischte sich die Tränen von den Wangen.

»Tränen! Sicher nicht für unser Kind. Nehmt ihn auf. Jetzt! Ich befehle es!«

Seine laute Stimme weckte das schlafende Kleinkind. Gabriel begann zu schreien und strampelte mit den Beinen. »Nehmt ihn in die Arme, oder ich prügle Euch, dass Ihr betet, nie geboren worden zu sein!«, brüllte Cosmè außer sich. Die Amme kam aus dem Nebenzimmer gelaufen und blieb wie angewurzelt in der Tür stehen.

»Gott, vergib mir!«, schluchzte Jeanne und stand wie gelähmt vor der Wiege, in der Gabriel nun aus Leibeskräften schrie. Sie presste sich die Hände auf die Ohren, doch in ihrem Innern hörte sie die Schreie der Landsknechte, das Röcheln der Sterbenden und sah Franz, der sie quälte. »Nein, nein, lass mich!«, stammelte sie.

Der Kleine lief bereits dunkelrot an, und die Amme nahm Gabriel endlich aus der Wiege, um ihn zu beruhigen. Wütend stürzte sich Cosmè auf Jeanne und schlug wie von Sinnen mit einem Handstock auf sie ein. Gerade gelang es ihr noch, die Arme vors Gesicht zu reißen, dann prasselten die Schläge auf sie nieder wie die Steine einer Lawine. Ohne einen Laut sackte Jeanne in sich zusammen. Als sie auf dem Boden lag, trat ihr Mann mit den Füßen nach ihr und schrie: »Ihr seid gottlos und beschämt mein Haus mit Eurem unnatürlichen Verhalten! Die Dienerschaft redet schon!« Ein letzter Tritt traf ihre Magengrube und nahm ihr den Atem.

Nach Luft ringend krümmte sie sich zusammen. Das enge Mieder tat ein Übriges. Während ihre Augenlider flatterten und sie würgte und hustete, sah sie ihren Vater und Guillemette hereineilen.

»Monsieur, was tut Ihr? Himmlischer Vater, steh uns bei!« Guillemette, der man die fortschreitende Schwangerschaft ansah, ergriff Cosmès Hände und küsste sie besänftigend.

Endres beugte sich zu Jeanne und murmelte: »*Mignonne*, mein liebes Kind. Bitte, steh auf. Hier, meine Hand.«

Etwas Warmes floss ihr über die Stirn in die Augen. Benommen raffte Jeanne ihre Röcke und griff nach der Hand ihres Vaters, der sie langsam in ihr Zimmer führte, wo sie am ganzen Leib zitternd auf ihr Bett sank.

»Du blutest!« Endres suchte nach einem Tuch, als Coline die Nase zur Tür hereinsteckte.

Die Sulzerstochter war ihr mehr zugetan als Guillemette und lag im ständigen Streit mit der schwangeren Kammerdienerin, die sich standesmäßig über ihr wähnte. »Ich werde einen Medicus holen lassen, Madame. Das sieht böse aus.«

»Ist gut, Coline, und dann komm zurück und bring Wasser und noch mehr Leinen«, sagte Endres und setzte sich zu seiner Tochter auf die Bettkante.

Jeanne schloss die Augen und spürte, wie die Schmerzen langsam übermächtig wurden. Vielleicht war eine Rippe gebrochen.

Sacht tupfte Endres ihr das Blut vom Gesicht. »Was hast du nur getan, ihn so zu reizen? Er war doch bisher immer ein umgänglicher Mann.«

»Ach, Vater, du weißt es, ich habe es in deinen Augen gesehen. Gabriel ist die Frucht der Bestie Franz. Jedes Mal, wenn ich ihn ansehe, kommt alles zurück! Es ist so schrecklich, und ich schäme mich! Cosmè wollte, dass ich Gabriel in den Arm nehme, aber ich konnte es nicht. Ich hasse ihn doch nicht, aber … O Gott im Himmel …«, flüsterte sie und rang nach Luft.

Mit seinen vernarbten Händen strich Endres ihr über die Wange und atmete hörbar ein. »Arme Jeanne, aber dein Kind kann nichts dafür, dass es durch Gewalt gezeugt wurde. Mein liebes Mädchen, so viel musst du erdulden …«

»Cosmè würde nie zugeben, dass Gabriel nicht sein Sohn ist. Aber …«

Endres legte ihr einen Finger auf die Lippen. »Nicht. Dann lass es dabei. Der Junge braucht einen Vater.«

Coline kehrte mit einem Krug kalten Wassers zurück. »Soll ich mir die Wunde ansehen? Ich weiß ein wenig darüber. Mein Vater und die Gesellen schneiden sich dauernd, und meine Brüder prügeln sich die dummen Schädel grün und blau. Pierre holt den Meister Malar, der beim Fischmarkt gleich neben dem Friedhof wohnt.«

Als sie Endres' skeptischen Blick sah, fügte sie hinzu: »Ist ein verständiger Mann, nimmt seinen Preis, weiß aber mit der Nadel umzugehen, und die wird wohl nötig sein.« Coline betastete die aufgeplatzte Kopfhaut an Jeannes Haaransatz, bevor sie ein nasses Tuch auf die blutende Wunde drückte.

Es war bereits dunkel, und eine Öllampe warf ihren schwachen Schein auf Jeannes Bett, als Cosmè hereinkam und sich einen Stuhl an ihr Bett zog. »Jeanne, ich muss mit Euch sprechen.«

Aus einem unruhigen Halbschlaf erwachend drehte sie mühsam den schmerzenden Kopf. »Was wollt Ihr noch?«, flüsterte sie heiser. »Seht mich an! Genügt Euch das nicht?« Der Arzt hatte ihr schmerzhafte Blutergüsse vorausgesagt und die Platzwunde am Kopf mit drei Stichen genäht. Die Nadel war ihr bei vollem Bewusstsein durch die Haut gestochen worden, und sie hatte sich auf die Zunge gebissen.

»Ich habe den Herrn bereits um Vergebung gebeten für meine Sünde, auch wenn sie im Vergleich mit Eurer wahrlich gering ist«, sagte ihr Gatte kühl.

»Es gibt also eine Waagschale für menschliche Verfehlungen?«, schnaubte Jeanne verächtlich.

»Reizt mich nicht noch einmal. Es ist allein Eure Schuld, wenn ich die Beherrschung verliere.«

Angewidert wandte Jeanne den Blick zum Fenster. Sie hörte, dass er mit den Zähnen knirschte.

»Ich befehle Euch, in Gegenwart der Dienerschaft mütterliches Gebaren an den Tag zu legen. Das Gerede muss aufhören! Hört Ihr mich?« Er schlug mit der flachen Hand auf das Bettlaken. Sie rührte sich nicht, und er beugte sich dicht über ihr Ohr. »Sonst gibt es Mittel und Wege, mich Euer zu entledigen.«

Ganz langsam wandte sie sich ihm zu und sah ihm direkt in die Augen. »Warum tut Ihr es dann nicht?«

»Ich bin ein guter Christ.«

»Ha!«

Mit einer Hand packte er sie am Hals und drückte so lange, bis sie röchelte. Im nächsten Moment ließ er sie los und schleuderte einen Brief auf den bestickten Saum ihrer Zudecke. »Zudem bin ich ein guter Kaufmann, der ein lukratives Geschäft zu würdigen weiß. Seine Majestät und die Königinmutter sind wieder in Paris und haben Euch vorgeladen. Das habt Ihr der Protektion der Herzogin de Nemours und Eurer englischen Freundin zu verdanken. Über Lady Dousabella kursieren die wildesten Gerüchte, doch sie steht hoch in der höfischen Gunst.«

Bei Hof! Das bedeutete, dass sie im Louvre spielen würde! Theater und Ballett standen hoch im Kurs der Königinmutter. Jeder wusste, dass sie den höfischen Tanz förderte. Plötzlich leuchtete die Zukunft in helleren Farben. Sie würde mit den besten Musikern des Landes spielen und die neuesten Kompositionen kennenlernen.

»Ich kann Eure Gedanken förmlich lesen. Doch Euer Leben spielt sich hier ab. Ihr seid Teil meines Haushalts, und wenn der Hof zurück nach Blois geht, werdet Ihr mit Guillemette und den Kindern aufs Land zu meinem Sohn Arnauld ziehen und den Winter in frommer Abgeschiedenheit verbringen. Und Ihr werdet die schwarze Kleidung einer ehrbaren hugenottischen Frau tragen. Ausgenommen sind nur Auftritte bei Hof.« Cosmè erhob sich. »Guillemette!«, rief er, und die Kammerdienerin trat hinter einem Vorhang hervor.

Jeanne tastete nach dem Brief und hielt die wertvolle Einladung fest.

»Setz dich hier neben das Bett deiner Herrin und lies ihr erbauliche Psalmen aus der Bibel vor.« Guillemette ließ sich mit raschelnden Röcken auf dem Stuhl nieder, auf dem eben noch Cosmè gesessen hatte.

So weit war es nun schon gekommen, dass sie einer Dienerin zuhören musste, doch in Jeannes Kopf pochte es, und als sie den Versuch unternahm, sich zu erheben, wurde sie von Schwindel gepackt.

»Entsündige mich mit Isop, dass ich rein werde, wasche mich, dass ich schneeweiß werde. Lass mich hören Freude und Wonne, dass die Gebeine fröhlich werden, die du zerschlagen hast. Verbirg dein Antlitz vor meinen Sünden, und tilge all meine Missetaten …«, trug Guillemette den Bußpsalm in monotonem Singsang vor.

»Mädchen, wenn du schon nicht singen kannst, dann lies einfach nur die Worte vor. Das erträgt keine arme Seele«, murmelte Jeanne.

»Ihr solltet von Eurem hohen Ross herunterkommen, Madame. Hier in meinem Leib wächst mein Kind heran, und ich freue mich mit jeder Faser meines gesegneten Körpers darauf, diesem Wesen sein Leben zu schenken. Und Ihr nehmt Euren Sohn nie in den Arm! Das ist Sünde!« Demonstrativ legte sich die Dienerin die Hände auf den gerundeten Leib.

»Dann lass mich doch lieber die erbaulichen Verse hören«, ergab sich Jeanne in ihr Schicksal und versuchte, die Außengeräusche auszublenden und sich an jede Note einer Sonate von Willaert zu erinnern. Als sie an der Stelle angelangt war, an der sie die Kadenz neu arrangieren wollte, wurde ihr bewusst, dass es still geworden war in ihrem Schlafzimmer. Guillemette war gegangen und die Öllampe heruntergebrannt.

Die Wunden verheilten, doch der Rest an Achtung, den sie für ihren Mann gehegt hatte, war unwiderruflich zerbrochen. Jeanne mied ihn, soweit dies möglich war, und verkroch sich meist in der Werkstatt ihres Vaters. Endres jedoch schien sich immer mehr in seine eigene Welt zurückzuziehen und zeigte ihr dieselben Teile einer Laute, die er bereits vor Wochen geschnitzt hatte. Sie brachte es nicht übers Herz, ihm zu sagen, dass sie den Korpus und die Rosette bereits gesehen hatte, wenn sie beobachtete, mit welcher Liebe er über das schön polierte Holz strich.

Es war ein warmer Junimorgen. Durch die Fenster trug eine leichte Brise die Geräusche des Hofes und die Gerüche von Pferden und Küche herauf. Jeanne spielte eine Melodie, die sie selbst erdacht dachte und die sie vor Katharina de Medici erstmals öffentlich darbieten wollte.

»Christine, wir werden in Montpellier erwartet. Pack deine Laute ein, dann sollten wir aufbrechen«, sagte ihr Vater, während er abwesend den Hobel über einen Span zog.

Entsetzt ließ Jeanne den Federkiel sinken, mit dem sie die Saiten angezupft hatte. »Vater!« Sie setzte die Laute ab, stand auf und umarmte den alt gewordenen Mann. Still legte sie ihr Kinn auf seine immer noch vollen grauen Haare. »Ach, Vater«, flüsterte sie und ließ ihre Tränen achtlos über die Seide des neuen schwarzen Kleides tropfen. Vergessen waren Verbitterung und Groll über Endres' verhängnisvolle Entscheidung, nach Sachsen zu gehen. Wie konnte sie ihrem Vater vorwerfen, dass er das Beste für sie gewollt hatte? Es war lange her, dass sie an Thomas Froehner gedacht hatte, der mittlerweile gewiss seinen Frieden gefunden hatte. Gott sei seiner armen Seele gnädig, dachte Jeanne und drückte ihren Vater fest an sich.

»Mein Kind, du erdrückst mich noch!«, sagte Endres plötzlich und schien wieder ins Hier und Jetzt zurückgekehrt.

»Ich habe dich nur so furchtbar lieb, Vater«, flüsterte sie, bevor sie sich wieder hinsetzte und nach der Laute griff.

Es kam der Tag, an dem Jeanne sich in ihre festliche Robe schnüren ließ, um der königlichen Familie im Louvre ihre Aufwartung zu machen. Der einzige Wermutstropfen an diesem Abend war Cosmè, der sie begleiten würde, denn es war ihm bisher nicht gelungen, in die unmittelbare Gegenwart des Königs vorzudringen. Kaufleute, selbst hochgeschätzte, wurden gewöhnlich im Vorzimmer von Sekretären abgefertigt.

Jeanne drehte und wendete sich vor dem Spiegel in ihrem nach neuester Mode geschnittenen Kleid, dessen Vertugade in nichts hinter den überdimensionalen Reifröcken der Hofdamen zurückstand, denn nur in angemessen höfischer Kleidung durfte sie vor dem König erscheinen. Das Zurschautragen der Religionszugehörigkeit durch die rabenschwarze hugenottische Tracht wurde als Affront angesehen.

»Jetzt tief Luft holen, Madame«, sagte Coline und zog die Schnüre des Mieders noch ein wenig enger.

»Ah! Genug!«, keuchte Jeanne und hätte beinahe den schönen Wasserkrug umgestoßen, der auf dem kleinen Toilettentisch stand. »Ich soll mich setzen und Laute spielen und nicht sofort ohnmächtig werden.«

»Werdet Ihr schon nicht, wenn Ihr den König und die Italienerin seht. Oh, ich wünschte, ich könnte einmal in den Louvre!«, seufzte Coline.

Jeanne reckte die Arme in die Luft, damit Coline das Überkleid anlegen konnte. Sie hatte nicht bereut, das Sulzersmädchen ins Haus geholt zu haben, denn Coline war ihr zugetan und erfüllte ihre Pflichten ordnungsgemäß. Manchmal plagte Jeanne das schlechte Gewissen, dass sie das Mädchen praktisch in das Bett ihres Gatten geführt hatte. »Sag, Coline, der Herr behandelt dich doch gut? Ich meine, wenn, also …«

Das Mädchen grinste. »Mir macht das nichts aus, Madame. Ich habe Erfahrung mit den Männern, und oft genug habe ich dabei ja auch meinen Spaß.«

»Oh«, kam es ungläubig von Jeanne.

»Er gibt mir hin und wieder etwas extra, und er tut mir nicht weh. Ph, da gibt es ganz andere …«

»Ich glaube nicht, dass ich das hören will!«, wehrte Jeanne beschämt ab und fügte leise hinzu: »Danke, Coline. Ich bin sehr froh, dass du hier bist.« Sie meinte das ehrlich – und nicht nur, weil das Mädchen eine hilfreiche Verbündete im Weiterleiten von Briefen und bei geheimen Treffen mit Gerwin sein könnte, sobald dieser wieder nach Paris kam.

Coline half ihr, die Haare aufzustecken, und klatschte begeistert in die Hände, als das letzte Kämmchen neben perlenbesetzten Nadeln in den Locken saß. »Ihr seht aus wie eine Herzogin!«

Bei dem Gedanken an die Herzogin de Nemours, deren Tochter und den Herzog de Guise gefror Jeannes Lächeln, und sie deutete hastig auf die weiße Schminke. »Weiß mich noch etwas, Coline, und dann gib auch von der Lippenfarbe auf die Wangen.«

Unter dem unnatürlichen Weiß fühlte Jeanne sich geschützt, und es fiel ihr leichter, ihre Mimik zu kontrollieren. Es klopfte, und Cosmè trat herein.

»Seid Ihr bereit?« Er taxierte seine Gattin und öffnete vor ihren Augen ein schmales Holzkästchen. »Tragt es heute Abend und verliert es nicht. Morgen muss ich es dem Juwelier zurückgeben.«

Coline schlug ehrfürchtig die Hand vor den Mund. Jeanne betrachtete das glitzernde Collier mit nüchterner Gelassenheit. »Perlen. Die Tränen des Meeres. Wie passend.«

Cosmè nahm das dreireihige Collier aus dem Kästchen und legte es Jeanne um. »Es liegt allein bei Euch. Verhaltet Euch wie eine ehrbare, gläubige Hugenottin, und Ihr habt nichts zu befürchten.«

Unwillkürlich berührte Jeanne die noch schmerzende Narbe an der Stirn. »Ihr habt eine unmissverständliche Art, Euch auszudrücken, Monsieur.«

Die düsteren, fast schwarzen Mauern des Louvre zogen sich die Seine und auf der anderen Seite die Rue de Rivoli entlang. Das Königsschloss wirkte mit seinen gedrungenen Türmen, breiten Gräben voll stinkenden Brackwassers und unübersichtlichen kegelförmigen Dächern wie eine Festung. Doch der Eindruck verflüchtigte sich, sobald sie die von Schweizern bewachten Tordurchgänge durchfahren hatten und in einem der vielen Innenhöfe der weitläufigen Anlage zum Halten kamen, wo bereits zahlreiche Gäste warteten.

Jeanne hätte sich gerne im Cour Carrée umgesehen, dessen Fassaden mit prachtvollen Reliefs des Bildhauers Jean Goujon geschmückt waren. Es war eine warme, helle Sommernacht, und die Fackeln warfen bizarre Schatten über die Reliefs, auf denen die Giganten zu tanzen schienen.

»Madame!«, zischte ihr Gatte und deutete ungeduldig auf den livrierten Lakai, der ihnen winkte, sich dem Strom der Gäste in rauschenden, farbenprächtigen Roben anzuschließen. Unter einer Woge aus aufgeregtem Getuschel, gelegentlich aufklingendem Gelächter und einer stinkenden Duftwolke, deren Hauptbestandteil Schweiß, ranzige Haarteile und süße Parfums waren, reihten sie sich ein. Das dunkelblaue Wams des Edelmanns vor Jeanne wies bereits Schweißränder unter den Achseln auf, und der Mann kratzte sich die von Pomade schmierigen weißen Haare.

Jeanne trug ihre Laute wie immer selbst, was in der aufwendigen Robe allerdings nicht ganz einfach war, da der steife Kragen nicht nur ihre Sicht, sondern auch ihre Bewegungen behinderte. »Wer denkt sich solch unbequeme Mode aus! Und das bei diesen Temperaturen!«, schimpfte Jeanne leise und zog das Band ihrer Lautentasche über die Schulter, von der es ständig herunterzurutschen drohte.

Der Lakai, parfümiert und geschminkt wie seine Herrschaft, streckte die Hand aus. »Was tragt Ihr dort? Ein Geschenk? Das muss ich kontrollieren, bevor es in den Palast gebracht wird.«

Jeanne machte keine Anstalten, ihre Laute aus der Hand zu geben. »Meine Laute.«

»Ich will sie sehen!«, forderte der Lakai in herablassendem Befehlston.

Widerwillig holte Jeanne die Laute aus dem gepolsterten Samtsack, den sie hatte anfertigen lassen.

Der Lakai nahm das wertvolle Instrument, drehte es hin und her und schüttelte es so, dass Jeanne besorgt die Hände nach der geliebten Laute ausstreckte.

»Du zerbrichst sie noch! Gib sie her, Tölpel!«, sagte Jeanne lauter als beabsichtigt, und einige der wartenden Gäste drehten neugierig die Köpfe.

Der Lakai setzte eine abweisende Miene auf. »Wir haben unsere Anweisungen. Verdächtige werden einer Leibesvisitation unterzogen. Stellt Euch dort hinüber!«

»Das ist unerhört!«, fauchte Jeanne, wurde jedoch grob von ihrem Gatten zur Seite gestoßen.

»Madame, Ihr habt bereits genug Aufsehen erregt. Tut, was man von Euch verlangt!«, befahl er mit zusammengebissenen Zähnen.

Hilfe kam von unerwarteter Seite in Gestalt des schönen Seraphin. »Jeanne! Wie schön, Euch hier zu sehen!« Der Tänzer nahm ihre Hand und berührte sie leicht mit den Lippen. Dem Lakaien warf er einen vernichtenden Blick zu. »Dein ungebührliches Verhalten wird Konsequenzen haben.«

Der Livrierte stammelte eine Entschuldigung und verschwand aus ihrem Blickfeld.

Jeanne packte die Laute ein und räusperte sich. »Ich bin mit meinem Gatten hier.«

Höflich neigte Seraphin den Kopf, der auf einem tellerartigen weißen Kragen ruhte. Trotz der Wärme trug er einen kurzen, an den Armen befestigten Umhang. Die Ärmel seines Wamses waren geschlitzt, von unterschiedlicher Farbe und bauschten sich.

Dazu trug er eine eng anliegende, gefältelte Kniehose und violette Strümpfe. An einem Ohr blitzte ein Diamantohrring. »Monsieur. Verzeiht, aber ich muss Euch Eure Gattin entführen, denn sie wird auf besonderen Wunsch der Königinmutter spielen.«

Cosmè musterte Seraphin und schien zu überlegen, woher er ihn kannte. »Dresden! Wart Ihr nicht auch am Dresdner Hof?«

»Es war mir vergönnt, mit Maestro Scandello zu arbeiten. Doch nun muss ich Jeanne wirklich mit mir nehmen, denn Katharina de Medici ist wahrlich eine Kunstkennerin und würde jeden Misston hören. Wir müssen uns noch mit dem Ensemble einstimmen.« Ohne auf Cosmès Antwort zu warten, nahm er Jeannes Hand und ging mit ihr an den Wartenden vorbei.

»Seraphin! Ist Gerwin auch hier? Und warum sehen Euch die Leute so ehrfürchtig an?« Weder die Reaktion des Lakaien noch die Blicke einiger Edelleute waren ihr entgangen.

Seraphins dunkle Augen funkelten. »Ich kenne die richtigen Leute. Hier entlang.«

Die säulengeschmückten Korridore erschienen Jeanne endlos. Mehrfarbiger Marmor bedeckte in geometrischen Mustern den Boden, mannshohe Vasen mit den königlichen Lilien standen in Nischen, und an den Decken schimmerte es golden.

»Gerwin ist mit Hippolyt bei Coligny und Navarra.« Seraphin sah sich rasch um, doch außer einigen Dienern und den schwerbewaffneten Wachen vor vergoldeten Flügeltüren war niemand zu sehen. »Beim Mont Saint-Jean ist es zu Kämpfen gekommen. Das Heer der Königlichen soll überlegen sein, aber noch kommt es immer wieder zu Scharmützeln mit Verlusten auf beiden Seiten. Gerwin und Hippolyt haben dort alle Hände voll zu tun.« Er verzog den Mund. »Das Geld ist knapp, und die deutschen Fürsten schicken den versprochenen Nachschub nicht.«

»Aber es geht Gerwin gut?«, fragte Jeanne leise.

»Macht Euch keine Sorgen.« Seraphin blieb stehen. »Die Chancen auf einen Friedensvertrag stehen gut, und dann könnte er sicher länger in Paris sein«, sagte er mit einem zuversichtlichen Lächeln.

Jeanne seufzte.

»Nun kommt. In unsicheren Zeiten muss man viele Freunde haben. Ihr habt bereits eine Freundin in Lady Dousabella gefunden, und die Herzogin de Nemours ist Euch gewogen. Wenn Ihr jetzt noch die Königinmutter auf Eure Seite bringt, dürft Ihr Euch glücklich schätzen, ganz gleich, wie der Krieg ausgeht.«

Seraphin machte eine ausgreifende Armbewegung. »Für die großen Umbauten hier im Louvre zeichnet der Architekt Pierre Lescot verantwortlich. Er hat allem seinen französischen Stempel aufgedrückt, doch der italienische Einfluss ist immer noch unverkennbar. In den Gemächern des Königs werdet Ihr die Holzvertäfelung von Meister Scibec di Carpi sehen, der auch die vergoldeten kassettierten Decken entworfen hat.«

Der Tänzer machte einen eleganten Sprung, drehte sich einmal um sich selbst und landete lautlos vor Jeanne auf den Zehenspitzen. »Und dann habe ich den unglaublichen Baltazarini Baldassarino di Belgioioso kennengelernt. Bei Hofe nennen sie ihn Balthazar de Beaujoyeaux. Eigentlich Geiger, aber im Herzen ein Tänzer, und er hat großartige Choreographien entwickelt!«

»Und Ihr tanzt für ihn?«

»Ja doch! Für heute Abend haben wir eine kleine Einlage geplant. Ihr werdet sehen. Genial!« Seraphin sprühte vor Begeisterung, und Jeanne versuchte, sich anstecken zu lassen. Es gab nicht viele Gelegenheiten dafür in ihrem Leben.

Sie durchquerten eine Halle, an deren Ende eine verwirrende Säulenformation stand. Dahinter verborgen war eine schmale Tür, die Seraphin mit einem Schlüssel öffnete. »Der königliche Pavillon nimmt den ehemaligen Südwestflügel ein. Das hat Lescot sehr geschickt angelegt. Die Räume Seiner Majestät liegen direkt über dem Salle de Conseil und dem Tribunal. Im Dachgeschoss sind die Appartements für die Damen.«

Eine steile Treppe führte in den ersten Stock.

»Seid Ihr denn mit dem König bekannt?«, fragte Jeanne und bestaunte dreiarmige goldene Girandolen, in denen teure Bienenwachskerzen leuchteten.

Seraphin lachte leise. »Der König? Gott vergib mir, aber Karl ist ein degenerierter Trottel, nein, kein Trottel, dafür ist er zu grausam. Sein Bruder, der Herzog von Anjou, ist es, den ich das Vergnügen habe näher zu kennen. Er soll Euch sehen, bevor Ihr der Meute vorgeführt werdet.« Der schöne Tänzer drehte sich zu ihr um. »Egal, was man über Anjou sagt, er ist ein guter Mensch. Karl dagegen ist eine Marionette seiner Mutter, doch selbst Katharina hat manchmal Angst vor dem unberechenbaren Monster.« Er stand eine Stufe über ihr, beugte sich plötzlich vor und legte seine Lippen an ihr Ohr. »Aber ich sage Euch, jeder hier sollte vor allem Angst vor Katharina haben. Sie ist eine Medici, durch und durch. Überall sind ihre Spione. Sie hat Löcher in die Wände bohren lassen, damit sie nach Lust und Laune die Menschen hier im Palast bespitzeln kann.«

Ein eiskalter Schauer rieselte Jeannes Wirbelsäule entlang. »Ich will nicht!«, entfuhr es ihr, und sie verharrte wie versteinert auf den Stufen.

»Doch. Natürlich wollt Ihr. Ich sehe es Euch doch an. Ihr werdet die Königinmutter und ihre Schlangenbrut sehen. Ihr werdet für sie spielen und Bewunderung erringen. Und welcher Künstler wollte das nicht?« Ein schwer zu deutender Ausdruck lag in Seraphins Augen, gefährlich, verführerisch und mitleidig.

Schwer atmend folgte Jeanne ihm die letzten Stufen hinauf. Worauf hatte sie sich da eingelassen? Jetzt gab es kein Zurück mehr.

Auf ein rhythmisches Klopfzeichen hin wurde eine Tür am Ende der Treppe geöffnet, und ein Diener ließ sie in einen Raum treten, der mit verschwenderischem Luxus ausgestattet war. Dicke Wandteppiche flandrischer Webkunst hingen an den Wänden. An der Stirnseite des langgestreckten Zimmers stand ein Baldachinbett, auf dem drei kleine weiße Hunde schliefen, gegenüber befand sich eine Sitzgruppe vor weit geöffneten Fenstern. In einer Ecke saß ein junger Mann und zupfte verträumt eine Harfe. Vor dem Fenster stand ein großer Edelmann in der Pose einer antiken Statue, sein Gewicht lässig auf Stand- und Spielbein verteilt, eine Hand in die Hüften gestemmt und die andere elegant auf einen Sessel gelegt, in dem ein Jüngling mit einem Weinkelch saß.

Seraphin verneigte sich tief, und Jeanne fiel in einen Hofknicks, bis eine sanfte Stimme sagte: »Bitte erhebt Euch. Seraphin, mein Lieber, wen bringst du mir?«

»Euer Gnaden, darf ich Euch Jeanne Paullet vorstellen? Sie ist eine unvergleichliche Virtuosin auf der Laute und für heute Abend von Eurer werten Mutter geladen worden.«

Der große Mann winkte sie huldvoll zu sich heran. Anjou war von schlankem, ebenmäßigem Wuchs. Er trug Weiß, und sein Wams war reich mit Perlen und Edelsteinen verziert. Auf dem schwarzen Haar saß ein mit einer *aigrette* geschmücktes Barett. Das Gesicht war nicht im eigentlichen Sinne schön, denn er hatte die lange Nase der Valois, doch die intelligenten dunklen Augen unter geschwungenen Brauen lenkten davon ab. Die Lippen wurden von einem dünnen Schnurrbart gerahmt, der den leicht spöttischen und zugleich melancholischen Ausdruck um den Mund des Herzogs betonte. Anjou war geschminkt, was Jeanne befremdlich fand, doch hatte der Herzog unter all seiner höfischen Zier eine einnehmende Art.

»Eine Virtuosin?«, spöttelte er und neigte den Kopf zur Seite.

Ein starker Duft von Veilchen und Vanille ging von ihm aus, nicht unangenehm, doch unpassend für einen Mann, wie Jeanne fand.

»Vielleicht möchten Eure Hoheit eine Probe meiner Kunst hören?«, erbot sich Jeanne.

Die schönen Brauen des Herzogs von Anjou hoben sich. »Warum nicht? Eine Improvisation. Ich liebe alles Spontane! Schaut den Nachthimmel über der Stadt und hört den alten Fluss unten vor dem Fenster in seinem Bett rauschen, wie er es seit Jahrhunderten tut. Spielt das Lied der Seine!«

Seraphin schob ihr einen Hocker zu und nahm den Samtbeutel entgegen, aus dem Jeanne ihre Laute holte. Der Harfenist hielt in seinem Spiel inne, und nachdem sie kurz die Saiten gestimmt hatte, ließ sie die ersten Töne wie ein leichtes Rauschen kleiner Wellen durch den Raum perlen. Die Melodie kam wie von selbst zu ihr, vermengt mit Bildern aus ihrer Kindheit im Languedoc, glücklichen Tagen, die sie mit ihren Eltern am Meer verbracht hatte, dann sprach ihre Musik von den tiefen Wassern des Rheins, jenen Momenten tiefster Qual, die sie mit der Reise dorthin verband, und schließlich kehrte sie nach Paris zurück. Was sie von dieser Stadt zu erwarten hatte, wusste sie noch nicht, doch die Wogen der Seine sprachen vom ewig wiederkehrenden Zirkel des Lebens, seinen Untiefen und reißenden Strömungen. Was auch geschehen mochte, die dunklen Wasser würden sich weiter ihren Weg durch das alte Flussbett bahnen. Der letzte Akkord verklang, traurig, hoffend und voller Leben.

Einen langen Moment war es still im Gemach des Herzogs, dann nahm er ein Taschentuch aus seinem Wams, tupfte sich die Augen und verneigte sich elegant vor Jeanne. »Ihr habt mein Herz mit Eurer Musik berührt, Madame. Seid meiner Protektion versichert.«

Es klopfte. Anjou runzelte unwirsch die Stirn und winkte dem jungen Mann im Sessel. »Sieh nach!« Nachdem dieser einige Worte mit dem Diener an der Tür gewechselt hatte, kehrte er mit düsterer Miene zurück. »Euer königlicher Bruder wünscht Eure sofortige Anwesenheit im großen Saal.«

Anjou ballte eine Faust und zischte: »Diese dumme Kreatur wagt es …« Wütend verließ er mit seinem jugendlichen Begleiter den Raum.

Seraphin reichte Jeanne den Samtbeutel. »Kommt, wir sollten ebenfalls gehen. Ihr habt Eure Sache großartig gemacht!«

»Es hat ihm gefallen. Aber sagt, Seraphin, wieso hat der Herzog gerade so reagiert?«

»Nun, er hasst seinen Bruder. Karl ist jähzornig, aber er ist der Ältere und der König. Und das lässt er Anjou bei jeder Gelegenheit spüren. Einmal hat er Anjous Lieblingshund eigenhändig erwürgt und dann mit seinem Dolch zerfleischt.«

»Eine liebreizende Familie.«

»Es ist in jedem Fall besser, sie zum Freund zu haben«, orakelte Seraphin düster, woraufhin Jeanne ihre Laute mit zitternden Fingern an sich drückte.

28

Aus der Ferne wirkte die gedrungene, schwarz gewandete Gestalt wie eine fette Kröte zwischen den schönen jungen Hofdamen in ihren flirrenden Kleidern. Aufgeregt näherte sich Jeanne der königlichen Tribüne im großen Festsaal und war erstaunt, wie klein die Königinmutter war. Das Krötenhafte verflüchtigte sich, sobald man Katharina de Medici aus der Nähe sah, denn ihre Bewegungen waren flink, den aufmerksamen Augen unter schweren Lidern entging nichts. Neben ihrem Prunksessel standen eine Schale mit Naschwerk und Likörflaschen auf einem Tisch. Ohne ihre Beobachtungen zu unterbrechen, griff die Florentinerin in die Schale und stopfte sich die Süßigkeiten in den Mund. Ihre Wangen waren aufgequollen, die Lippen hingen schlaff herunter, was bei Jeanne den Eindruck erweckte, dass die Königinmutter nicht nur übergewichtig, sondern auch krank war. Und Kranke waren launisch, dachte sie und setzte ein freundliches Lächeln auf.

»Ah, die vielgepriesene Lautenspielerin! Kommt schon, kommt

her, damit ich Euch ansehen kann.« Ungeduldig winkte Katharina sie zu sich heran.

Seraphin, der neben ihr ging, flüsterte: »Lächelt und sagt so wenig wie möglich.«

Von einer Seite des Saales drangen Musikfetzen herüber, vermengt mit dem leisen Tuscheln hunderter Höflinge, Damen und geladener Gäste unterschiedlichster Herkunft. Von riesigen Kronleuchtern tropfte das Wachs unzähliger Kerzen. Obwohl die Fenster weit offen standen, war die Luft bereits verbraucht und durchzogen von Bratengeruch, süßlichen Duftwässern, Schweiß, den säuerlichen Ausdünstungen Weinseliger und dem stets präsenten stechenden Uringestank.

Die meisten Damen, so auch Jeanne, trugen ein duftendes Taschentuch in ihrem Beutel, das sie sich an die Nase hielten, wenn der Gestank ihnen in den engen Korsagen die Luft zu rauben drohte. Nachdem die Königinmutter Jeanne aus ihrem unbequemen Hofknicks erlöst hatte, konnte sie die königliche Familie aus der Nähe betrachten. Anjou stand neben seiner Mutter und schenkte ihr – oder vielleicht eher Seraphin – ein wohlwollendes Lächeln. Neben ihm saß ein hübsches, wohlgerundetes Mädchen mit Schmollmund und spielte mit ihrem Fächer. Das musste Prinzessin Margot sein. Der König saß mit gekreuzten Beinen in seinem vergoldeten Sessel und trug eine gelangweilte Miene zur Schau. Auf seiner weißen Gesichtshaut zeigten sich hektische rote Flecken. Er war eher mager und schien rastlos getrieben, wie seine zuckenden Glieder andeuteten. Wo Anjou elegant und überlegen wirkte, schien Karl unsicher und blickte lauernd und verschlagen.

»Mein Sohn sprach von Eurer Laute. Zeigt sie mir!«, forderte Katharina, und es blieb Jeanne nichts anderes übrig, als dem Pagen, der zu ihr heruntergeschickt wurde, ihre geliebte Laute zu geben, damit die Königinmutter sie sich ansehen konnte.

Weder der König noch Margot nahmen von ihr Notiz. Wie

Jeanne später von Seraphin erfuhr, sehnte sich Karl nach seiner protestantischen Geliebten, Marie Touchet, die in Orléans das erste gemeinsame Kind zur Welt brachte, während Margot für niemand anderen als für den Herzog de Guise Augen hatte, in den sie unsterblich verliebt war.

Katharina drehte und wendete das Instrument, zupfte an den Saiten und ließ es Jeanne zurückgeben. »Schlicht, aber von hervorragender Handwerksarbeit. Spielt für mich, was Ihr für den Herzog gespielt habt.«

Unwillig schlug Karl mit einer Hand auf die Sessellehne. »Was soll das jetzt? Lasst den Tanz beginnen!«

Anjou stieß einen abfälligen Laut aus, was den König noch mehr zu reizen schien, denn er winkte dem Zeremonienmeister mit zusammengekniffenen Lippen. Prinzessin Margot atmete hörbar auf und richtete ihre Röcke, während Katharina dem königlichen Sohn einen vernichtenden Blick zuwarf.

»Ihr seid entlassen. Verneigt Euch und kommt zurück!«, zischelte Seraphin.

Jeanne gehorchte, hatte jedoch Mühe, nicht über ihre Röcke zu stolpern, als sie sich umdrehte. Erleichtert legte sie die Hand auf Seraphins Arm und ließ sich von ihm unter den neugierigen Blicken des Hofvolks zu einem langen Tisch an einer Wand führen, auf dem Wasser- und Weinkrüge standen. »Ein Becher Wein täte Euch sicher gut.« Seraphin nickte einem Diener in blauer Livree zu, der ihnen Weißwein in Silberbecher goss.

Als Jeanne an dem Clairette nippte, dachte sie unwillkürlich an ihren Onkel und sah sich ängstlich um. Doch letztlich war es unwahrscheinlich, dass er sich als Weinhändler eine Einladung in den Louvre erschlichen haben sollte. Nachdem Jeanne ihr Glas ausgetrunken hatte, begaben sie sich zur Balustrade, hinter der die Musiker saßen, die ihre Instrumente stimmten.

»Maestro Baldassarino!«, rief Seraphin, und im nächsten Moment trat der Geiger auf sie zu.

Baldassarino di Belgioioso verkörperte den feinsinnigen Musiker genauso wie den eleganten Tänzer. Mit drei Fingern hielt er Geige und Bogen fest, mit der freien Hand malte er anmutig eine Schleife in die Luft. Dunkles Haar umspielte ein fein geschnittenes Gesicht mit hellen Augen. »Ah, wenn Ihr so spielt, wie Ihr ausseht, seid mir willkommen!«

Errötend nahm Jeanne den angewiesenen Platz ein, hörte sich die Erklärungen des Maestros für den geplanten Ablauf an und überflog die notierten Tabulatursätze. Da sie ausgezeichnet nach dem Gehör spielte, bedurfte es nur weniger Informationen, und der Maestro schien zufrieden mit dem, was er hörte und sah. Neben einem weiteren Geiger vervollständigten eine Chalumeau, zwei Flöten, eine Viola da Gamba und eine Harfe das kleine Ensemble.

»Wir begleiten das Ballett, danach seid Ihr entlassen. Für ausgedehnte Lautensoli ist heute nicht der passende Rahmen«, sagte Baldassarino freundlich zu ihr und lehnte den durchtrainierten Körper gegen die Balustrade. »Aber Ihr habt bereits im intimen Kreis der Herzogin de Nemours gespielt, nicht wahr?«

»Ja, durch sie wurde ich an den Hof empfohlen.« Jeanne beobachtete Seraphin, der sein Wams ablegte und sich zusammen mit den anderen Tänzern dehnte und streckte.

Die Männer trugen Lederhosen und schlichte weiße Hemden und vollführten präzise Schritte und Bewegungen, wie Jeanne sie in dieser Perfektion und Einheitlichkeit noch nicht gesehen hatte.

»Euer Freund ist ein Naturtalent. Er hat die schwierigen Bewegungen innerhalb kürzester Zeit gelernt. Habt Ihr von Domenico di Piacenza gehört?«, erkundigte sich der Maestro und gab den Tänzern Anweisungen per Fingerzeig.

»Nein. Ein Musiker?«

»Ich würde ihn den ersten ernsthaften Ballettmeister nennen. Er hat vor einigen Generationen am Hof von Ferrara gearbeitet und ›De arte saltandi et choreas ducendi‹, eine Anweisung für die Kunst des Springens und einen Chor zu leiten, verfasst. Ein Werk, das meine Vorstellung von Tanz geprägt hat. Hier in Frankreich hatte ich das Glück, in der Königinmutter auf eine Landsmännin und Kunstverständige zu treffen. Katharina de Medici liebt das Ballett und lässt mir alle künstlerische Freiheit. Ich bin davon überzeugt, dass der Tanz allein das Entscheidende ist und der Inhalt sich unterordnen muss. Diese gewaltigen Kostüme, unter denen die Tänzer ersticken! Nein! Der Körper ist das Kunstwerk! Das Spiel der Muskeln, wenn sich der Körper im Einklang mit der Musik bewegt, sie sprechen lässt – wenn Gedanken durch die Bewegung des Tänzers Gestalt annehmen! Das ist meine Vision!« Baldassarino unterstrich seine Worte mit ausdrucksvollen Gesten, und Jeanne begriff, dass hier jemand etwas Neues schuf.

»Aber die Herrschaften sind doch ganz vernarrt in diese festlichen Aufzüge mit den prunkvollen Kostümen«, gab sie zu bedenken.

Der Maestro winkte lächelnd ab. »Ah, ich werde ihnen nicht die geliebten mythologischen Themen vorenthalten, in denen sie sich allzu gern selbst verkörpern. Auch diese königliche Familie tanzt gern selbst und lässt sich dabei bewundern. Natürlich! Aber es wird eben auch ein neues Ballett geben, eine intimere Tanzfläche, auf der sich die Tänzer darstellen und nach meiner Choreographie bewegen. Nicht herumspringen wie die Hupfdohlen! Madonna! Als Erstes habe ich die übergewichtigen Hofschranzen mit der Androhung von ausgiebigen Übungsstunden hinausgeekelt. Ha!«

Der Maestro nickte Jeanne noch einmal zu, legte seine Geige unters Kinn und hob den Bogen. Die Musiker konzentrierten sich auf den ersten, im Dreiachteltakt gehaltenen Tanz. Da auch bei diesem Stück Verzierungen und Improvisationen nicht notiert waren, wurden sie von den Musikern nach Gefühl eingefügt.

Während sie sich der Musik hingab, nahm Jeanne die kraft- und kunstvollen Sprünge, Drehungen und ausdrucksstarken Bewegungen der ausschließlich männlichen Tänzer wahr. Maestro Baldassarino durfte wahrlich stolz auf seine Arbeit sein, denn was dort auf dem Parkett innerhalb eines von Zuschauern umstandenen Quadrats dargeboten wurde, hatte nichts mehr mit den höfischen Tanzereien zu tun, die vom Darsteller keine besondere Kunstfertigkeit verlangten. Jeanne konnte die Bewunderung für die neue Kunst in Katharina de Medicis Gesicht lesen. Auch die Miene Anjous spiegelte seine Begeisterung für Tänzer und Musik.

Während sie die Laute absetzte und drei weiteren Geigern Platz machte, die nun zum allgemeinen Tanz aufspielten, fühlte sie sich beobachtet. Sie hob suchend den Blick, sah aber nur gelangweilte, stark geschminkte Höflinge, die sich nebst Damen zum würdevollen *danse basse* formierten. Der ruhige Tanz erlaubte es auch den Damen in ihren unbequemen Kleidern, sich daran zu beteiligen.

Jeanne wickelte sorgsam ihre Laute ein, hängte sie sich über die Schulter und zwängte sich hinter den Musikern aus der Balustrade.

»Wohin wollt Ihr, Jeanne?«, rief Seraphin und kam verschwitzt zu ihr.

»In den Garten. Ich brauche frische Luft.« In ihrer Nähe standen einige gepuderte Höflinge, die nicht mit anzüglichen Bemerkungen über die aufreizenden Kleider einiger Damen geizten. Wenige Schritte entfernt öffnete sich eine Tür in der Wandverkleidung, und ein älterer Aristokrat, der sich noch die Schamkapsel zuschnürte, trat samt einem Fliegenschwarm heraus. Der Gestank aus dem Abort drang bis zu Jeanne und Seraphin herüber.

Seraphin rümpfte die Nase. »Aber Ihr solltet nicht allein gehen. Ohne bewaffnete Begleitung geht hier niemand allein durch dunkle Gänge. Wenn doch nur Lady Dousabella hier wäre, aber …« Er knetete sich die Unterlippe. »Euer Gatte?«

»Bitte nicht! Ich bin froh, dass er noch nicht bis hierher vorgedrungen ist«, wehrte Jeanne ab.

»Madame, darf ich Euch meinen Schutz anbieten und Euch sicher in den Garten geleiten?«, ertönte unerwartet eine sonore Männerstimme.

Gleichzeitig hoben Jeanne und Seraphin die Köpfe und sahen sich einem stattlichen jungen Adligen gegenüber. Sein festliches Wams war aus kostbarer mitternachtsblauer Seide und mit winzigen Edelsteinen bestickt. Aus einem gut geschnittenen Gesicht musterten sie dunkle Augen, die Interesse, Bewunderung und Selbstvertrauen ausdrückten. Die gewellten hellbraunen Haare waren lässig aus dem Gesicht gestrichen.

»Eure Hoheit.« Seraphin verneigte sich, und Jeanne folgte seinem Beispiel. »Seine Hoheit, der Herzog de Guise«, stellte Seraphin den Unbekannten vor.

»Ich hatte das Vergnügen, im Hause Eurer Mutter zu spielen«, kam es Jeanne spontan über die Lippen. Sie kannte den Ruf des Schürzenjägers und befürchtete, dass ihm an mehr als einem unverfänglichen Spaziergang im Garten gelegen war.

»Sehr schön.« Er hielt ihr den Arm entgegen. »Erzählt mir davon, während wir die Nachtluft genießen.« Henri de Guise fragte nicht, er befahl.

Jeanne warf Seraphin einen flehentlichen Blick zu, doch der nickte ihr nur aufmunternd zu. Während sie an der Seite von Henri de Guise den Saal verließ, folgten ihr die neiderfüllten Blicke vieler Damen, und auch der Königinmutter entging die kleine Szene nicht.

Fackeln und Laternen säumten den Weg in die ausgedehnten Gärten, die Katharina de Medici hatte anlegen lassen. Überall waren an diesem Abend Wachen postiert, die sich mit Würfelspielen und ähnlichen Vergnügungen die Zeit vertrieben.

»Ihr solltet einmal am Tag herkommen, Madame. Die Königinmutter hat die Tuilerien durch einen Korridor mit dem Louvre verbinden lassen, so wie in Florenz der Palazzo Pitti mit den Uffizien verbunden ist. Sehr italienisch, aber sie ist ja auch Italienerin, genau wie meine Mutter.« Er schenkte ihr ein herzliches Lächeln.

Es war eine jener lauen Sommernächte, in denen kaum jemand an Schlaf dachte, sondern nach den Verlockungen des süßen Lebens in den warmen Armen der Natur suchte. Wenn sie diesen Abend mit Gerwin teilen dürfte ... In der Nähe plätscherte Wasser. »Ich war noch nie in den Tuilerien, überhaupt im Louvre«, sagte sie und sah sich um. Je weiter sie sich von den hell erleuchteten Fenstern des Louvre entfernten und in die stillere Welt des Parks eintauchten, desto größer wurde ihr Unbehagen. Vollkommen still war es nicht, denn hinter Büschen und Hecken hörte sie Gelächter und wollüstige Seufzer.

Die Wassergeräusche wurden lauter, und dort, wo vier Wege sich kreuzten, trafen sie auf einen Brunnen, auf dessen Rand große grüne Frösche saßen. Erstaunt streckte Jeanne die Hand nach einem der glänzenden Tiere aus.

»Sie sind das Werk von Bernard Palissy, Protestant, dennoch ein großer Keramikkünstler. Er arbeitet an einer Grotte, dem zukünftigen Heim dieser grünen Kreaturen hier.«

Henri stellte sich dicht vor Jeanne und legte ihr eine Hand unter das Kinn. Bevor er sie küssen konnte, sagte Jeanne: »Ihr mögt Protestanten nicht. Ich bin eine.«

Die Laute rutschte ihr von der Schulter, und Henri schob sie sorgfältig zurück, wobei er mit den Händen ihre Schultern und dann die Halslinie entlangstrich. »Bei schönen Frauen mache ich gern eine Ausnahme.« Und ohne auf weiteren Protest zu achten, zog er sie an sich und küsste sie, wobei seine Hände ihr Mieder entlang und unter ihre Röcke zu gleiten suchten.

Entrüstet stieß Jeanne ihn von sich und machte einen Schritt zurück. »Monsieur! Ich bin eine verheiratete Frau!«

Henri lachte und streckte erneut die Hände nach ihr aus. »Das sind die meisten, und es hält sie nicht davon ab, der Liebe zu frönen. Außerdem kommt Euer Protest reichlich spät. Habt Ihr gedacht, ich will mich mit einer Lautenspielerin über Palissys Keramiken unterhalten?«

»Monsieur, bitte entschuldigt mich.« Wütend drehte sie sich um und wollte davonlaufen, doch er packte sie am Handgelenk.

»Nein, Madame. Was ich angefangen habe, beende ich auch. Ich bekomme immer, was ich will.« Als er sie diesmal an sich zog und sich gegen sie drängte, spürte sie seine bereite Männlichkeit.

Jeanne wurde von Panik ergriffen. Wie hatte sie nur so dumm sein können zu glauben, sie könnte die Spiele der Hofgesellschaft spielen, ohne von sich etwas preisgeben zu müssen? Wie sollte sie das hier Gerwin erklären? Die Laute glitt ihr von der Schulter und fiel mit einem dumpfen Knall zu Boden. Die Saiten vibrierten, und die Töne klangen fremd durch die Nacht.

»Wollt Ihr, dass ich Euch züchtige?« Guise lachte kehlig und machte sich an ihren Röcken zu schaffen, als eine Frauenstimme hysterisch schrie: »Henri! Wo seid Ihr? Ich weiß, Ihr versteckt Euch! Henri!«

Augenblicklich ließ Henri de Guise Jeanne los, richtete seine Hose und flüsterte: »Wir sind noch nicht miteinander fertig, Madame, und Ihr solltet Euch wirklich nicht vor mir fürchten. Noch hat sich keine Frau über meine Liebeskünste beschwert.« Er blies ihr einen Handkuss zu und lief in Richtung der rufenden Frau.

»Meine Prinzessin, warum hat es so lange gedauert, bis Ihr mich gefunden habt? Ich warte schon eine kleine Ewigkeit auf Euch!«, hörte sie Henri Prinzessin Margot umschmeicheln.

Jeanne riss ihre Laute an sich und rannte, so schnell es ihr Kleid erlaubte, über die kiesbedeckten Wege zurück zum Louvre. Kurz vor dem Treppenaufgang zum Flügel mit dem großen Saal entdeckte sie Seraphin. »Warum habt Ihr nichts unternommen? Er hätte mich beinahe ... Ach, zum Teufel!«

»Ist denn die liebliche Margot nicht aufgetaucht?«, erkundigte sich Seraphin und half der aufgelösten Jeanne die Treppen hinauf.

Jeanne stutzte. »Ihr habt sie uns hinterhergeschickt?«

Seufzend tätschelte Seraphin ihre Hand. »Habt Ihr denn mein Zwinkern nicht bemerkt? Ich kann mir schon vorstellen, was Henri vorhatte. Er hatte Euch sofort ins Visier gefasst und seine dralle Margot darüber ganz vergessen. Ts, ts, der Schelm, dabei hat er vor, bei Katharina um ihre Hand anzuhalten.«

»Ist das wahr? Aber wenn er Margot heiratet, vereinen sich die beiden mächtigsten Häuser Frankreichs! Dann wäre es für ihn ein Leichtes, den Thron für sich zu beanspruchen!«

»So ist es, und ich glaube kaum, dass unser lieber Karl von dem Antrag entzückt sein wird. Nein, nein, Katharina hat Heinrich von Navarra für ihre Tochter auserkoren. Der König hasst und fürchtet Henri. Zu Recht, denn Henri de Guise wird vom Volk vergöttert, während man für den kränklichen, abartigen Karl nur Spott übrig hat.« Langsam stiegen sie die Treppe hinauf, während Seraphin im Plauderton fortfuhr: »Immerhin hat Karl eine Geliebte, die ihm im Bett geben kann, was er begehrt. Das Gerede über die Grausamkeiten, die er seinen Gespielinnen zugefügt hat, wurde immer lauter.«

»Was für Gerede?« Es klapperte in Jeannes Laute, und sie fürchtete, dass das Instrument den Sturz nicht unbeschadet überstanden hatte.

»Nun, Karl hat diese blutrünstige Ader schon als Kind entwickelt. Es macht ihm Freude zu quälen. Er lässt sich Tiere in den Hof treiben, nennt es Jagd, sticht mit dem Messer auf die armen Kreaturen ein und weidet sich an deren Angstgeschrei, wühlt in den Gedärmen und im Blut, bis er selbst über und über damit verschmiert ist. Ich habe das einmal mit eigenen Augen gesehen, und es schaudert mich noch immer! Mit den Frauen hatte er am Anfang seine Schwierigkeiten, konnte sie nicht beglücken. Das gelang ihm erst, nachdem er sie gedemütigt, mit scharfen Klingen verletzt und schlimmstenfalls beim Akt selbst getötet hatte.«

»Große Güte!«, entfuhr es der entsetzten Jeanne.

»Wenn es sich um arme Dirnen handelte, wurden sie einfach entsorgt, wie sie es mit allen Leichen tun, die nahezu allmorgendlich im Louvre herumliegen. Nur bei Bürgerstöchtern kam es zu hohen Entschädigungssummen, sehr zum Ärger von Katharina.« Seraphin sprach so leise, dass nur Jeanne ihn verstehen konnte. »Und dann erst seine nächtlichen Streifzüge! Sein Bruder Alençon und, wenn sie hier sind, auch die Prinzen von Geblüt müssen sich maskieren und Karl begleiten. Es geschieht alles auf Drängen des Königs. Sie gebärden sich wie eine Horde Banditen, bestehlen Passanten, prellen die Zeche in Wirtshäusern, plündern Läden und pissen gegen Türen!«

»Aber er ist der König!«, flüsterte Jeanne ungläubig.

Sie gingen langsam durch einen langen Korridor. Hinter einer Säule tuschelte ein Paar. Seraphin stieß hörbar die Luft aus. »Das ist längst nicht alles. Letztens sind sie in das Haus einer Kurzwarenhändlerin eingebrochen, die ein Verhältnis mit einem Edelmann aus der Picardie unterhielt, Moissan war sein Name, wenn ich mich recht entsinne. Nun, der König und seine Bande haben das heimliche Paar überrascht, die Frau mehrfach vergewaltigt und den armen Moissan verprügelt und nackt in der Gosse liegen gelassen. Und als wäre das nicht genug, haben sie auf dem Rückweg eine Laterne auf einen mit Heu beladenen Kahn in der Seine geworfen und sich an den armen Leuten ergötzt, die sich mühten, das Feuer von den anderen Heukähnen fernzuhalten.«

Sie erreichten den Festsaal, und Seraphin setzte ein Lächeln auf.

Fassungslos murmelte Jeanne: »Woher wisst Ihr das alles?«

Doch Seraphin musste die Antwort schuldig bleiben, denn ein Lakai wandte sich an Jeanne. »Bitte folgt mir. Ihre Hoheit, die Königinmutter, wünscht Euch zu sprechen.«

»Vielleicht möchte sie Euch noch einmal spielen hören«, versuchte Seraphin die ängstlich blickende Jeanne zu beruhigen.

»Bitte, Madame. Kommt!«, drängte der Lakai.

»Ihr findet mich beim Orchester. Ich gebe Eurem Mann Bescheid, falls ich ihn sehe«, sagte Seraphin.

Der Lakai führte sie über eine Hintertreppe in einen intimen Salon. Katharina de Medici lag seitlich auf einem Tagesbett. Neben ihr auf dem Boden hockte eine verunstaltete Zwergin und spielte mit einem Hündchen. Eine Kammerfrau reinigte die bloße Hinterseite der fettleibigen Frau und zog die Röcke schließlich wieder an ihren Platz. Katharina drehte sich aufatmend auf den Rücken.

»Wie steht es, Medicus?«, fragte sie einen Mann in schwarzem Rock, der die Nase über einen Nachttopf hielt, schnüffelte und den Topf mit einem Tuch bedeckte.

»Weniger Wein und weniger Naschwerk, Eure Hoheit. Das ist meine Empfehlung«, sagte der Medicus, bei dem es sich um niemand anderen als den berühmten Ambroise Paré handelte.

»Ja, ja, jetzt lasst uns allein!«, entließ sie den ungeliebten Gesundheitsberater und winkte Jeanne zu sich.

Da es nur einen Sessel neben dem Bett der Königinmutter gab, ließ sich Jeanne dort nieder. Anscheinend hatte der Arzt Katharina mit einem Einlauf von ihrem Stuhl befreit. Der noch im Raum hängende Gestank und die anhaltenden Blähungen der Liegenden sprachen dafür.

Die Florentinerin, die ihren königlichen Gatten und fünf ihrer Kinder bereits überlebt hatte und jetzt die eigentliche Regentin Frankreichs war, musterte Jeanne prüfend. Es schien ihr nichts auszumachen, dass diese Zeugin einer intimen ärztlichen Behandlung geworden war, entspannt lag sie in ihren Kissen. »Eine Lautenspielerin seid Ihr. Hugenottin.«

Jeanne setzte die Laute ab und faltete die Hände in ihrem Schoß. »Ja, Eure Hoheit.«

»Ihr seid sehr hübsch. Das ist auch dem Herzog de Guise aufgefallen«, bemerkte Katharina und legte eine dickliche, beringte Hand neben sich auf das Leintuch.

Jeanne starrte auf die Lilien, die mit Goldfäden in das edle Leinen gestickt waren.

»Ich bin alt, werde fett und leide an der Gicht, aber ich weiß genau, was um mich herum geschieht. Das Leben hat mich durch eine harte Schule gehen lassen.« Katharina schwieg, und Jeanne stellte sich vor, dass sie an Heinrich II. und ihre verhasste Nebenbuhlerin Diane de Poitiers dachte, die sie nach dem Tod des Gatten vom Hof verbannt hatte. »Ich persönlich bin gegen den Krieg, der unser Land ausbluten lässt«, fuhr die Monarchin fort. »Aber es steht nicht in meiner Macht, einen dauerhaften Frieden zu schaffen. Es geht nicht mehr allein um die Religion. Es geht um Frankreichs Thron.«

Im Hintergrund hantierte die Kammerfrau mit Waschschüssel und Wasserkrug.

Die dicken Finger wurden zu einer Faust geballt. »Der Thron steht meiner Familie zu, den Valois! Oh, die Guisen wollen den Krieg um jeden Preis fortsetzen, aber nicht, weil es ihnen um die wahre Religion geht, sondern weil sie den Thron wollen! Ich weiß es, und da kann der hübsche Herzog Henri noch so süß lächeln, er will meine Margot und vor allem den Lilienthron!«

Die Zwergin gab ein gackerndes Gelächter von sich. »Er will die Lilie pflücken! Und hat es doch schon längst!«

»Sei still!«, schimpfte Katharina, doch die Zwergin kreischte vor Vergnügen, und der Hund fing an zu kläffen, bis die Kammerfrau die beiden Störenfriede zum Schweigen brachte.

»Entschuldigt meine Unwissenheit, aber wäre das nicht Hochverrat, und könntet Ihr ihn dann nicht anklagen?«, sagte Jeanne.

Interessiert hob Katharina die Augenbrauen. »Glaubt mir, ich habe schon ganz andere Möglichkeiten bedacht ... Aber das Volk liebt Henri de Guise. Und ich schätze seine Mutter Anna, Herzogin de Nemours, mit der Ihr ja bekannt seid. In Anna d'Estes Adern fließt italienisches Blut, auch wenn ihre Mutter die Tochter eines französischen Königs ist.«

Henris Großmutter war die Tochter Ludwigs XII. und Anne de Bretagnes, deren Schwester wiederum mit Franz I. verheiratet gewesen war. Der Herzog de Guise würde also durchaus ernst zu nehmende Ansprüche geltend machen können, wenn er sich mit Margot vermählte.

»Darf ich fragen, warum Ihr mir das erzählt?«

»Ihr habt die Aufmerksamkeit des Herzogs auf Euch gezogen und werdet diesen Vorteil in meinem Sinne ausspielen. Hört Ihr? Ich will alles über Henri wissen, was es zu wissen gibt. Wenn er im Schlaf spricht, dann sagt es mir! Ihr werdet mir jede noch so unbedeutende Kleinigkeit aus seinem Leben berichten! Und Ihr werdet mir einen Beweis für eine Liebesnacht mit ihm bringen, den ich meiner dummen Tochter zeigen kann.«

»Ich bin eine verheiratete Frau! Mein Mann würde das niemals …«, wehrte sich Jeanne.

Katharina lachte trocken. »Euer Gatte hat nichts dagegen, dass Ihr in prächtigen Kleidern bei der Herzogin de Nemours zu Gast seid. Er ist ein Kaufmann und denkt wirtschaftlich.«

Schweigend griff Jeanne nach ihrer Laute und umklammerte das Instrument.

»Ich bin nicht undankbar, Madame. Also, bringt mir einen Beweis für eine Nacht mit Henri, der meiner Tochter ins Ohr säuselt, dass sie die einzige Liebe seines Lebens ist. Ha!«

»Eure Hoheit, ich bitte Euch inständig, verlangt das nicht von mir! Hier bei Hofe sind viele weitaus schönere Frauen, die dieser Aufgabe besser gewachsen sind als ich!«

»Ihr tut, was ich sage!« Katharina beugte sich vor und lächelte kalt. »Stellt Euch vor, ich hätte Euch gebeten, mit Böhme, Henris Diener, zu schlafen. Der Kerl ist für seine Brutalität bekannt.«

Jeanne schluckte.

»Ihr seid entlassen.«

Mit weichen Knien verließ Jeanne den Salon und folgte dem wartenden Lakaien zurück in den Festsaal. Sie fand Seraphin im

Gespräch mit Baldassarino. Die Musiker pausierten, während die Gäste sich von einer lebhaften *Volta* erholten, einem aufreizenden Tanz, bei welchem der Herr die Dame um die Leibesmitte packte und in die Luft hob.

»Ihr seht aus, als wäre Euch der Leibhaftige begegnet«, sagte Seraphin besorgt.

»O ja«, erwiderte Jeanne zähneknirschend. »Der Teufel ist fett und trägt ein schwarzes Kleid.« Zum ersten Mal seit langem sehnte sie sich nach den sicheren Mauern ihres Heims. Sie wollte mit ihrem Vater sprechen. »Habt Ihr Cosmè gesehen? Ich will nach Hause.«

Ihr Vater würde die Laute reparieren, sie in die Arme nehmen und alles in Ordnung bringen, ganz so wie damals im sonnigen Languedoc ihrer Kindertage. Was hätte sie dafür gegeben, die Zeit zurückdrehen zu können. Doch auch wenn das Schicksal sein launenhaftes Spiel mit ihr trieb – sie würde weiterkämpfen, bis zum Ende!

29

»Verfluchte Sümpfe!«, schimpfte Hippolyt und ließ sein Pferd halten.

Es war heiß, Fliegen, Bremsen und Mücken umschwirrten die schwitzenden Männer und Tiere. Die blutgierigen Insekten stachen und bissen und zermürbten den Tross der erschöpften Soldaten noch zusätzlich zu den Kämpfen.

»Weißt du, Gerwin, ich habe mehr Männer durch das Fieber der Sümpfe sterben sehen als durch den Krieg, und was dann noch übrig blieb, wurde von Fliegen und Maden getötet.« Resigniert überblickte Hippolyt die müden Ochsen, Maultiere und Pferde, die Fußsoldaten, die immer öfter vom Weg abkamen, bis zu den Oberschenkeln im Morast einsanken und von ihren Kameraden mit letzter Kraft wieder auf den festen Boden gezogen wurden. »Glaubst du mir jetzt, dass es sich auszahlt, wie ein Weib zu riechen?«

Gerwin grinste, holte ein Fläschchen aus seinem Gürtelbeutel, entkorkte es und spritzte sich einige Tropfen in die Hände. Ein Duftgemisch aus Lavendel, Thymian und Salbei verbreitete sich, und die Insekten hielten Abstand. Den Rest aus seinen Handinnenflächen rieb Gerwin auf dem Pferdehintern ab. »Ich lerne nicht aus und werde dich nie wieder verlachen, wenn du mir aufträgst, mich zu parfümieren!«, sagte Gerwin.

»*Usus magister est optimus.*[1]«

»He, ihr Klugscheißer da vorn! Bewegt euch! Wir wollen hier keine Wurzeln schlagen!«, schrie ein schwäbischer Söldner hinter ihnen.

»Die Herren Doktoren auf ihren Gäulen palavern, und wir krepieren im Schlamm!«, fluchte ein anderer Söldner, stieß seinen Spieß in den Boden und sprang dicht hinter Gerwins Pferd, so dass dieses vor Schreck einen Satz nach vorn machte.

»Schon gut.« Mit Mühe hielt Gerwin sein Pferd auf dem Weg und war froh, als sie ihren Lagerplatz erreicht hatten. In dieser Nacht starben über zwanzig Männer am Fieber, weitere zehn erlagen ihren Verwundungen, von den Kranken und Verletzten ganz zu schweigen.

Die protestantischen Truppen von Admiral Coligny hinterließen verbrannte Erde und Herzen voller Hass bei den Bewohnern des Loire-Tales, und so war es nicht verwunderlich, dass sich die Bewohner des idyllischen Städtchens La-Charité-sur-Loire anfangs weigerten, die Truppen aufzunehmen. Der Übermacht des zwar geschwächten, doch noch immer über tausend Mann starken Heeres hatten die Städter nichts entgegenzusetzen. Das einst-

1 Erfahrung ist der beste Lehrmeister.

mals prächtige Cluniazenser-Priorat, welches La-Charité-sur-Loire, am Pilgerweg nach Santiago de Compostela gelegen, bekannt gemacht hatte, war bereits vor elf Jahren den Kriegswirren zum Opfer gefallen. In den Resten der Kirche Sainte-Croix Notre Dame hatten sich einige Mönche eingerichtet, die das wenige, was sie hatten, mit den ausgehungerten Soldaten teilten. Als Gerwin und Hippolyt die Ordensbrüder beim Verteilen von Brot und Früchten beobachteten, murmelte Gerwin in seinen Bart: »Was tun wir eigentlich? Erst zerstören wir ihr Gotteshaus, im Gegenzug schlachten sie unsere Glaubensgenossen ab, und jetzt geben sie uns ihre letzten Brotkrumen?«

Hippolyt, der bereits vom Pferd gestiegen war und sich sein malträtiertes Hinterteil rieb, sagte: »*Saevit amor ferri et scelerata insania belli, ira super.*[1]«

»Blasphemie! Aus deinen Worten spricht Blasphemie!«, schnarrte Martial, der lange Prediger, und streckte die knochige Hand nach ihnen aus. Der Hunger hatte ihn noch weiter ausgezehrt, so dass er sich nur mit Mühe den Hügel zum erhaltenen Westturm hinaufschleppte.

»Schau dich um, Mann Gottes, und sag mir, dass das, was du siehst, gut ist!« Hippolyts Stimme war scharf und verfehlte ihre Wirkung nicht.

Tatsächlich blieb Martial stehen und folgte Hippolyts Aufforderung. Vor ihnen ersteckten sich die einst fruchtbaren Felder des Loire-Tals, die verwüstet oder bereits vor der Zeit abgeerntet waren. Entlang des Flusses lagerten die Soldaten, teilweise zu erschöpft, um sich in die kühlenden Fluten zu werfen. Die Bewohner von La Charité hatten bereits einen Vertreter aus ihrem Rat entsandt, der das Schlimmste verhindern sollte, denn die Truppen hatten die Stadt bereits vor wenigen Monaten heimgesucht.

1 Es wütet die Gier nach dem Schwerte und des Krieges schändlicher Wahnsinn, Zorn noch dazu.

Die große, hagere Gestalt des Admirals stand neben dem Prinzen von Navarra vor dem händeringenden Ratsherrn. Sie konnten nicht hören, was gesprochen wurde, doch die Mienen der Männer sprachen für sich, und es war abzusehen, dass die Städter die Truppen ein zweites Mal verfluchen würden.

Hippolyt löste die Schnallen am Sattel seines müden Gauls und ließ das Tier grasen. Dann hängte er sich seine Medizintasche um, und Gerwin griff sich die beiden Lederbeutel und ein sauberes Messer. »Wir kümmern uns jetzt um die Kranken. Verteil du nur weiter gute Worte, Martial, das wird dem Herrn gefallen.«

»Ihr solltet das hier lesen, dann wüsstet ihr auch wieder, worum es in diesem großen Krieg geht!« Wütend zog der Prediger ein schwarzes Büchlein aus seinem zerschlissenen Wams und fuchtelte damit vor Hippolyts Nase herum. »Hier drinnen findet ihr die Briefe großartiger gläubiger Hugenotten! Männer, die selbst in tiefster Not, in Gefangenschaft und unter der Folter unseren Glauben nicht verleugnet haben, die fröhlich als Märtyrer für uns in den Tod gegangen sind!«

»Fröhlich! Dass ich nicht lache …«, schnaubte Gerwin.

Martial hielt nun auch ihm das Buch vor. »Heimliche Briefe, von Crespin veröffentlicht, womit er sein Leben riskiert! Das sind Zeugnisse wahren Glaubens, tiefster, ehrfürchtigster Gottesfurcht!«

»Dann lies diese wunderbaren Ergüsse doch den Männern dort unten vor«, sagte Hippolyt kühl, machte einen Schritt auf den Prediger zu und tippte auf das Buch. »Und wenn du sie damit vom Fieber heilst, dann hänge ich meine Tasche an den Nagel und werde ebenfalls Prediger.«

Wütend kniff Martial die Lippen zusammen.

»Und ich glaube wieder an Wunder!«, rutschte es Gerwin heraus.

Hippolyt zog ihn am Ärmel mit sich fort. »Das reicht! Komm schon.« Seite an Seite liefen sie den Hügel zum Flussufer hinunter. Neben einer riesigen Trauerweide, deren lange, dünne Äste ins Wasser hingen, stand ein Wagen mit offener Tür. Eine junge Frau war dabei, das Pferd aus seinem Geschirr zu befreien, was die magere Person sichtlich anstrengte. An ihrem Wagen hingen bunte Tücher, und eine zweite Frau in aufreizend geschnittenem Kleid kletterte mühsam die steile Stiege herunter. Sie war hochschwanger, was sie jedoch nicht von der Ausübung ihres Gewerbes abzuhalten schien, denn sie winkte Gerwin. Die Frauen gehörten zu jener Schar von Huren, die jedem Kriegstross folgten, gleich, welcher Konfession er angehörte. Manche verkauften nebenbei Kurzwaren, die meisten nur ihren Körper.

»Komm doch rüber, mein Hübscher. Ich besorg's dir, dass du …« Die schwangere Hure hielt inne, als sie Hippolyt erkannte. »Ach, die Herren Ärzte. Die sind sich zu fein für unsereins.« Sie nahm einen Eimer und ging zum Fluss.

Die andere Dirne hob den Kopf. »Was hast du gesagt, Pauline?« Ihr Französisch war gebrochen, und sie sprach mit deutschem Akzent.

Erschüttert blieb Gerwin stehen und starrte die verhärmte Frau an, die in diesem Moment aus dem Schatten trat. Wie hatte er sie nicht erkennen können? »Uda!«

»Zum Teufel!«, fluchte sie wütend auf Deutsch und machte einen Schritt auf ihn zu, schlug sich aber die Hand vors Gesicht, als sie ihren Bruder erkannte.

Hippolyt klopfte Gerwin auf die Schulter und ging weiter.

»Uda!«, sagte Gerwin leiser und verstummte, so entsetzt war er über den Anblick seiner Schwester, von deren einstmals hübschem Gesicht nichts mehr geblieben war. Die hellblauen Augen waren leer und bar jeder Hoffnung. Tiefe Furchen hatten sich um Nase und Mund gegraben, nur wenige Zähne waren noch vorhanden. Über den spitzen Wangenknochen spannte sich dünne, schrundige Haut. Uda war ein Abbild ihres Lebens, der Hölle.

»Was willst du? Scher dich weg! Ich brauch' dein Mitleid

nicht!«, fauchte sie. Magere Arme sahen aus farblosen Lumpen hervor. Dunkle Flecken und eitrige Pusteln überzogen die Brüste. Ihr Haar war bereits ergraut und so dünn, dass die Kopfhaut durchschimmerte.

»Lass mich dir helfen, Uda.« Er streckte eine Hand nach ihr aus, doch sie wich vor ihm zurück, bis sie mit dem Rücken an den Wagen stieß.

Einen kurzen Augenblick funkelte sie ihn zornig an, dann sackte ihr ausgemergelter Körper in sich zusammen, und sie hockte sich auf die Erde. »Mir kann niemand mehr helfen, Gerwin.«

Wortlos setzte er sich neben sie und nahm ein Fläschchen aus einem Beutel. »Ich bin jetzt ein richtiger Medicus, Uda, vielleicht gibt es …«

»Nein, Gerwin!« Sie riss ihr Mieder auf und zeigte ihm den mit eitrigen Schrunden übersäten Leib, doch erst als er die Schwellungen unter den Armen und am Unterbauch sah, begriff er das Ausmaß ihrer Krankheit. Aus den Schwellungen würde stinkende Materie laufen, wenn er sie öffnete, und es wäre ohne Nutzen, denn der ganze Körper war befallen. Ihre Tage waren gezählt. Sie bedeckte sich wieder.

»Was ist mit Franz? Hat er dich nicht geheiratet?«, fragte Gerwin und umklammerte das Fläschchen in seinen Händen.

»Dieser Haufen Dung? Versprochen hat er mir alles, als ich ihm helfen sollte, aus Mulda fortzukommen. Anfangs habe ich das Geld für uns verdient, bis er eine Bande von Hurensöhnen fand, mit der wir Richtung Westen gezogen sind. Von den Überfällen haben wir recht gut gelebt.« Sie hustete, und Gerwin wartete, bis sie weitersprechen konnte. »Gesindel, alle miteinander. Söldnerpack, Hurenböcke! Ich habe es satt! Und dann dieses Weibsstück, das Franz nicht aus seinem verfluchten Schädel bekommt. Er hat sie gehabt. Ich weiß nicht mehr, wo wir da waren. Immer hat er von ihr gesprochen und sie verflucht, sie sei an allem schuld, dass sie ihn aus dem Haus geworfen haben und alles! Ihm hätte die Werkstatt vom Froehner einmal gehören sollen!« Ihre blassen Augen waren blicklos auf ihre kaputten Hände gerichtet. »Was hätten wir für ein Leben führen können, wenn sie nicht gekommen wäre!«

Gerwin schluckte. Sie wusste es nicht. Seine Schwester wusste nicht, dass er Jeanne liebte. Woher auch?

»Von wem sprichst du, Uda?«, fragte er.

Argwöhnisch sah sie zu ihm auf. »Du hast sie doch gesehen, in Helwigsdorff. Die schöne Französin, die mit ihrem Vater gekommen ist, um den alten Froehner um sein Geld zu betrügen.«

Er öffnete den Mund, um zu protestieren, besann sich jedoch eines Besseren. »Ja, ich erinnere mich.«

»Franz hat gesagt, dass ihr ihm in La Rochelle das Leben gerettet habt. Hättest du nicht machen sollen, er hat es nicht verdient. Ist einfach abgehauen und lässt mich hier verrecken!«

»Wo ist er hin?«

»Was weiß ich! Sobald ihm klar war, dass er an mir nichts mehr verdienen kann, war er verschwunden. Hundesohn! Warum hilfst du solchem Abschaum?«

»Wenn jemand in Not ist, darf ein Arzt seine Hilfe nicht verweigern.«

»Ha!«, machte sie spöttisch und hustete erneut. »Und was ist der Dank?«

»Darum geht es nicht.«

»Ach, verflucht. Du hast dich schon immer für was Bessres gehalten.«

»Nein, das ist nicht wahr. Ich wollte nur nie so werden wie Vater, Gott hab' ihn selig.«

Sie hob den Kopf. »Der alte Bock ist tot?«

In Erinnerung an die schrecklichen Todesumstände von Friedger Pindus nickte Gerwin nur.

»Möge er auf ewig in der Hölle am Rost schmoren!« Uda erhob sich mühsam und stützte sich am Wagen ab. Sie hatte allen

Grund, den Vater noch nach seinem Tod zu hassen, hatte er sie doch damals ins Badehaus nach Mulda verkauft.

»Hast du Kinder?«, fragte Gerwin.

»Drei Totgeburten und ein Mädchen, das nach einer Woche gestorben ist. Ist ihr viel erspart geblieben.« Sie verzog traurig den Mund, und braune Stumpen kamen zum Vorschein.

»Uda, ich bringe euch nachher zu essen, wenn die Versorgung kommt. Und hier, nimm das.« Er drückte ihr das Fläschchen in die Hand. Die kurze Berührung genügte, um ihm zu bestätigen, was er sah. Udas Leiden würde nicht mehr lange währen. »Das hilft gegen Schmerzen. Ein Schluck, höchstens zwei.« In der Flasche befand sich verdünntes Opiat. Hippolyt mochte ihn dafür schelten, doch seine Schwester hatte Erleichterung bitter nötig, und seien es nur wenige Stunden, in denen sie aus ihrer irdischen Hölle befreit wurde.

Sie steckte das Fläschchen in eine Rocktasche. »Mutter hat mal gesagt, dass du nicht sein Sohn bist.«

»Was? Was hat Mutter gesagt?« Wenn das stimmte und Friedger nicht sein leiblicher Vater war! Jahrelang hatte sich Gerwin nichts sehnlicher gewünscht.

»Lass mich. Da kommt Kundschaft. Später, Gerwin, später.« Uda drückte die Schultern zurück und ging mit schwingenden Hüften auf einen Söldner zu, der direkt auf sie zusteuerte.

»Bist du fertig? Hat sie dich gut gekratzt?«, sagte der Söldner anzüglich, und Gerwin wandte sich angewidert ab.

Er fand Hippolyt in den Überresten des Langhauses der Kirche Sainte-Croix, wo er mit Hilfe der Mönche ein Krankenlager eingerichtet hatte.

»Hier, schau. Ist das nicht der Schwabe, der im Sumpf noch groß lamentiert hat?« Hippolyt zeigte auf einen Kerl, der kurzatmig auf einer Pritsche lag.

»Ja, du hast recht. Sumpffieber?«

»Und die Lustseuche. Er hat entzündeten Ausschlag. Komm

mit.« Der Medicus deutete auf eine Reihe von sitzenden und liegenden Kranken, darunter auch Dirnen. »Sie alle haben Fieber, viele haben Krätze oder anderen eitrigen Ausschlag. Aber der rührt vom Dreck. He, ihr Leute!«, richtete Hippolyt seine Worte an die Kranken. »Wir haben nicht genügend Medizin für jeden, und ich empfehle euch, geht euch im Fluss waschen, reinigt eure Kleidung, dann kommt wieder her und holt euch ein Abendessen. Morgen sehen wir weiter.«

Unwilliges Murren war die Antwort, doch viele erhoben sich und zogen davon.

Ein Mönch trat zu ihnen. Er trug eine schwarze Kutte, ähnlich der, die Gerwin einst bei Hippolyt in der Truhe gesehen hatte.

»Medicus, wir haben nicht genügend Vorräte, um die Leute zu versorgen, wenn sie wiederkommen.« Der Mönch hatte einen deutschen Akzent und mochte die siebzig überschritten haben, doch er war drahtig und seine Augen wach.

Hippolyt sagte: »Bruder, macht Euch keine Sorgen, so wie ich die Lage einschätze, geben die Bewohner von La Charité lieber ihr letztes Mehl, als dass sie die Söldnerhorde noch einmal durch die Stadt ziehen lassen.«

Der alte Mönch kniff die Augen zusammen. »Ihr erinnert mich an meine Zeit in deutschen Landen. Vor vielen Jahren war ich Novize in Köln und dann in Metten, bevor ich hier in Frankreich eine neue Heimat fand. Aber die Religionskriege haben auch hier alles zunichte gemacht, was wir aufgebaut haben. Alles zerstört!« Er breitete die Arme aus und sah sich traurig in der einstmals prächtigen Kirche um.

Gerwin sah, wie Hippolyt seine Tasche umklammerte. »Entschuldigt uns, Bruder, wir werden noch anderenorts gebraucht.«

»Gott segne Euch«, verabschiedete der Mönch sie.

Während Gerwin mit Hippolyt das Langhaus verließ, hatte er das Gefühl, als verfolge der Alte sie mit seinem Blick. »Kanntest du ihn, Hippolyt?«

Nachdenklich schüttelte Hippolyt den Kopf. »Nein. Das ist so lange her. Sieh mich an, ich habe keine Ähnlichkeit mehr mit dem Jungen von damals. Wie war sein Name?«

»Soll ich fragen?«

»Später. Sag mir erst, was mit deiner Schwester ist und ob sie weiß, wo Franz ist.«

Gerwin berichtete ihm, was er erfahren hatte. »Ich muss sie unbedingt noch einmal wegen der Sache mit meinem Vater befragen. Warum hat Mutter nie mit mir darüber gesprochen?«

»Vielleicht wollte sie dir Ärger ersparen. Wer weiß, wer dein richtiger Vater ist«, überlegte Hippolyt.

»Jeder wäre mir lieber als Friedger Pindus!«

»Sag das nicht, manchmal treibt man auch den Teufel mit dem Beelzebub aus.«

Hauptmann Hinrik kam auf sie zu. »Ah, hier seid ihr!«, rief er und winkte hinter sich. »Kommt nur, Monseigneur.«

»Messieurs«, begrüßte Heinrich von Navarra sie. In seiner zerschlissenen Kleidung unterschied er sich kaum von seinen Soldaten. Auch legte er Wert darauf, nicht besser zu schlafen oder zu essen als seine Männer, was dem jungen Prinzen bereits viel Respekt verschafft hatte. Inzwischen wusste Gerwin, dass Heinrich als Kind bei einfachen Bauern auf dem Land aufgewachsen war. Königin Johanna war eine kluge Frau, die in ihrem religiösen Eifer zu weit gehen mochte, doch hatte sie ihrem Sohn eine Erziehung angedeihen lassen, die aus Heinrich einen mit Intelligenz, Umsicht und Mitgefühl versehenen Mann machte. Der Gegensatz zwischen dem jungen Heinrich und den Söhnen der Katharina de Medici oder dem herrischen Herzog de Guise hätte größer nicht sein können.

»Messieurs, Prediger Martial hat sich über Euch beschwert, nicht zum ersten Mal, und es scheint mir, dass Ihr nicht regelmäßig an den Gottesdiensten teilnehmt.« Ernst musterte der Prinz sie.

»Aber Monseigneur, Ihr wisst doch, wie es um die Männer

steht«, sagte Hippolyt milde. »Wir sind Tag und Nacht im Einsatz, und dennoch gelingt es uns nicht, uns um alle Verwundeten und jetzt die vielen Fieberkranken zu kümmern. Außerdem haben wir keine Arzneien mehr.«

Die Strenge verflog aus Heinrichs Zügen. »Das ist mir bewusst, und ich habe bereits Sorge getragen, dass aus der Stadt Nachschub geschickt wird, obwohl die Leute selbst kaum genug haben. Dieser Krieg dauert bereits viel zu lange.«

Die Männer nickten. Hauptmann Hinrik runzelte sorgenvoll die Stirn und horchte zum Fluss hinunter, von wo das Geschrei wütender Soldaten herauftönte. »Sie werden unzufriedener. Kein Sold, und viele Huren ziehen weiter oder sind bereits krepiert. Der Hunger!«

Bei der Erwähnung der Dirnen verdüsterte sich Heinrichs Miene. »Mir ist Nachricht von einem schrecklichen Verbrechen zugetragen worden. Hauptmann Strozzi, der Schlächter, hat das Problem der Huren, die seinem Tross folgten, das Tempo verlangsamten und die Vorräte noch knapper machten, auf übelste Weise gelöst. Frühmorgens hat er befohlen, sich des unnötigen Ballasts zu entledigen, indem er die Frauen einfach in den Fluss werfen ließ. Die Soldaten mussten so lange mit Spießen nach ihnen stoßen, bis auch die letzte Dirne in den Fluten der Loire elendiglich ertrunken war.«

»Filippo Strozzi hat es zu weit getrieben. Das wird selbst dem blutrünstigen Karl nicht gefallen haben«, meinte Hinrik. »Es ist für alle Seiten ein Segen, dass der Admiral seinen Schwiegersohn endlich zur Aushandlung eines dauerhaften Friedens nach Paris geschickt hat.«

»Und jetzt wird tatsächlich ein Dokument unterzeichnet?«, fragte Gerwin skeptisch.

Heinrich von Navarra nickte. »Ob der Friede von Dauer sein kann, wird sich zeigen. Guise will Rache und Krieg, Philipp von Spanien will die Niederlande mit Hilfe Albas unter seine Knute zwingen. Aber die Geusen wehren sich nach Kräften. Ich wünschte, wir könnten ihnen mehr Unterstützung geben. Der Admiral will den offenen Krieg mit Spanien. Ich halte das für zu gefährlich und falsch.« Navarra strich sich die widerspenstigen Haare aus der Stirn. »Wir müssen im eigenen Land beginnen. Dieser Vertrag wird ein wichtiger Schritt für die Anerkennung der Protestanten in Frankreich sein. Wir haben ausgehandelt, dass uns die Universitäten offenstehen, Gewissensfreiheit und die Ausübung unserer Religion sind uns erlaubt, und auf zwei Jahre erhalten wir La Rochelle, Montauban, Cognac und La Charité.«

»Na, jetzt haben sie sich hier schon an uns gewöhnt«, witzelte Hinrik.

»Messieurs, Ihr werdet mich nach Paris begleiten. Wir brechen morgen auf«, verkündete Heinrich. »Ihr wisst, dass auch Admiral Coligny bereits auf dem Weg in die Hauptstadt ist.«

»Aber die Kranken!«, protestierte Hippolyt.

»Sie werden eben ohne Euch auskommen müssen. Ich möchte Euch dabeihaben, weil ich Euch vertraue«, sagte Heinrich. »Und es gibt nur wenige Menschen, von denen ich das behaupten kann. Der Louvre ist eine Schlangengrube, und mir graut es allein bei dem Gedanken an die königlichen Vipern. Morgen früh bei Sonnenaufgang brechen wir auf.«

Abrupt drehte sich Heinrich um und schritt davon. Gerwin sah fragend von Hippolyt zu Hinrik.

»Wir halten Heinrich für einen vielversprechenden jungen Mann und haben ihn von Walters Bemühungen in England unterrichtet. Auch die nicht unerhebliche Summe, die mit Jergs Hilfe damals aus Sachsen kam, hat er nicht vergessen. Navarra denkt wie wir, Gerwin. Er ist nicht solch ein Fanatiker wie der Admiral«, erklärte Hippolyt.

»Dann weiß er von eurer Bruderschaft?«

Hinrik schüttelte den Kopf. »Nein. Das geht nur uns vier …« Er räusperte sich. »Es geht nur uns drei etwas an. Entscheidend ist die Mission, der wir uns verpflichtet haben, und das, was daraus entstanden ist.«

»*Pro libertate, pro caritate*[1]«, murmelte Hippolyt.

»Ich möchte euch beistehen«, sagte Gerwin.

»Wir haben unser Leben einem höheren Ziel verschrieben, dem sich alles bedingungslos unterzuordnen hat. Jeder von uns hat eine Schuld abzutragen, du nicht, Gerwin. Dein Leben liegt noch vor dir, und du hast die Gabe des Heilens. Niemand sollte mehr von dir verlangen.« Hippolyt sprach mit großer Eindringlichkeit und legte seinem Freund die Hände auf die Schultern.

»Aber was kann ich tun?«

»Für jetzt ist es genug, dass Navarra dir genauso vertraut wie uns. Dieser junge Prinz ist ein Hoffnungsträger. Er ist kein Kriegstreiber, deshalb unterstützen wir ihn. Wir gehen also mit Heinrich nach Paris. Navarra will Frieden für Frankreich, Coligny unterstelle ich hingegen, dass er sich nur Luft verschaffen will, um neue Truppen zu sammeln.« Hippolyt seufzte. »*Paritur pax bello.*[2]«

Hinrik lachte freudlos, und auch Gerwin sah die Zukunft in düsteren Farben. Er dachte an Uda. Als er später nach einem letzten Rundgang durch das Krankenlager auf einem Mauerrest hockte und einen Boten auf sich zukommen sah, hoffte er auf eine Nachricht von Jeanne. Doch der Brief war von Seraphin und verstärkte seine Sorgen noch. Zunächst berichtete er über seine neuen Kontakte am Hof von Katharina, hob einen gewissen Maestro Baldassarino hervor und bedauerte, dass Lady Dousabella abgereist war, ohne ihm zu sagen, wohin. Dann hieß es:

Wir sind Freunde, Brüder, Gerwin, und Du sollst von mir hören, was Dir vielleicht sonst von anderer Seite verfälscht zugetragen wird. Jeanne ist von Katharina in den Louvre geladen worden, und es hat

1 Für Freiheit und Nächstenliebe.
2 Frieden erhält man durch Krieg.

sich ergeben, dass der Herzog de Guise ein Auge auf sie geworfen hat. Die arme Jeanne hat nicht ahnen können, in welche Meute gieriger Raubtiere sie am Hof gerät und dass dort jeder jeden benutzt. Die italienische Kröte hat überall Augen und Ohren und Jeanne noch am Abend des Festes zu sich zitiert und will sie zu einem Mitglied ihrer »fliegenden Schwadron« machen.

Fassungslos las Gerwin weiter. Über die »fliegende Schwadron« Katharinas waren zahlreiche Gerüchte im Umlauf. Es hieß, Katharinas Hofdamen seien ihre Agentinnen und bespitzelten auf Geheiß der Königinmutter die von ihr bestimmten Liebhaber. Bei Versagen, Ungehorsam oder Verrat wurde die Hofdame, abhängig von der Schwere ihrer Verfehlung, entweder unauffällig beseitigt oder verbannt. Da sich die Beteiligten vor weiteren Repressalien fürchteten, wusste man jedoch nichts Genaueres.

Jeanne war zutiefst unglücklich über die Bitte der Medici-Schlange, sich mit dem Herzog einzulassen mit dem Ziel, die Eifersucht von Prinzessin Margot anzustacheln, um die Heirat von de Guise und Margot zu hintertreiben. Nach dem Fest hat sie sich ins Haus ihres Gatten verkrochen und war für niemanden zu erreichen. Sie sorgt sich darüber hinaus sehr um ihren Vater, der kränklich ist.

Gerwin kannte Jeanne gut genug, um zu wissen, dass sie ihren Vater niemals im Stich lassen oder gefährden würde.

Aber das ist nicht alles. Jeannes Onkel, den sie bei der Herzogin de Nemours empfehlen musste, wurde eines Morgens neben dem Tor von Jeannes Haus gefunden. Es war kein normaler Straßenraub, der Bergier das Leben gekostet hat, denn sein Körper war von Folter gezeichnet. Entweder wollte sich Bergier zu seiner Nichte flüchten, oder er wurde dort als Warnung platziert. Jeanne hat die Leiche erkannt und mir sofort Nachricht zukommen lassen. Als ich zu ihrem Haus kam, wurde mir mitgeteilt, dass sie fortgegangen sei. Von ihrem Diener Pierre, dem Einzigen, dem Jeanne im Haus vertraut, erfuhr ich, dass sie von einem herrschaftlichen Wagen abgeholt worden ist. Das war gestern, und seitdem ist sie nicht zurückgekehrt. Vielleicht hat sich alles bald aufgeklärt, doch ich musste Dir Nachricht geben. Lady Dousabella ist hoffentlich bald zurück und kann helfen. Dennoch: Falls es Dir irgend möglich ist, komm nach Paris, auch hier herrscht Krieg!

Gerwin faltete den Brief zusammen und stopfte ihn in seinen Gürtelbeutel. Nachdenklich stand er auf und ging zu seinen Freunden. Hippolyt lag neben Hinrik unterhalb der Kirchenruine. Die Zelte Heinrich von Navarras und der anderen Befehlshaber waren nur wenige Schritte entfernt. Gerwin hockte sich neben Hippolyt und Hinrik und trank einen Schluck Bier, bevor er von Seraphins Brief berichtete.

Hippolyt drückte Gerwins Arm. »Dass wir Heinrich begleiten sollen, ist ein Wink des Schicksals.«

»Ich verabschiede mich noch von meiner Schwester.« Ein Abschied für immer, dachte Gerwin und erhob sich langsam.

30

Versengtes Land, verlassene Höfe und abgeholzte Wälder säumten ihren Weg. Abgemagerte Gestalten schleppten sich von einem Weiler zum nächsten; wenn deren Bewohner ihrer ansichtig wurden, folgte ihnen eine Flut von Verwünschungen und Flüchen. Heinrich von Navarras Miene war abzulesen, was in ihm vorging – er verfluchte die Sinnlosigkeit dieses Bruderkriegs, der ihr schönes Land ausblutete.

Sie näherten sich den Toren von Paris. Im Umkreis der Hauptstadt standen die Felder in vollem Korn, und sobald man Heinrich von Navarra erkannte, wurden die Mienen feindselig und verschlossen. Waren ihnen auf dem Land nacktes Elend und die Ohnmacht der Schwachen entgegengeschlagen, so bekamen sie hier den Hass religiöser Eiferer und blinder Fanatiker zu spüren. Ein königlicher Bote kam ihrer schwer bewachten Eskorte entgegen, um sie zu ihrem Quartier im Louvre zu geleiten.

Gerwin, der neben Hippolyt ritt, sagte unwillig: »Warum müssen wir dort mitten unter unseren Feinden wohnen? Das ist ja Selbstmord!«

»Gerwin, um Himmels willen, sei still! Wir sind hierher gekommen, um einen Friedensvertrag zu unterzeichnen! Niemand wird den Prinzen oder sein Gefolge hinterrücks ermorden.«

»Schau, nein, hör sie dir doch an, die Pariser! Sie hassen uns! Was auch immer auf dem Papier steht, es wird nicht von Dauer sein.«

Sie hatten die Porte d'Orléans bereits passiert, als sie plötzlich zum Halten gezwungen wurden, da eine seltsame Prozession an ihnen vorüberzog. Eine aufgebrachte Menge zog eine aus Weidenruten gebastelte Gestalt hinter sich her. Die Figur mit grausiger Fratze war in die rote Uniform der Schweizergarde des Louvre gewandet und trug einen blutigen Dolch in der Hand. Auf der Brust der Puppe baumelte ein Schild, auf dem »Marienschänder« stand. Gut ein Dutzend Priester in Chorhemden folgten der Puppe rückwärtsgehend und beteten eine Marienstatue an, die von bewaffneten Kerlen hinter ihnen hergetragen wurde. Weitere Priester liefen nebenher und schwangen Weihrauchfässer, um die Leiden der blutigen Jungfrau zu mindern.

Gerwin war fassungslos angesichts der Hysterie, in die sich die Menschen der Prozession hineingesteigert hatten. Frauen und Männer, selbst Kinder schwangen Beile, Forken oder Spieße und schrien ihren Hass auf Juden, Hugenotten und alle Ketzer hinaus. »Auf den Scheiterhaufen! Brennen soll die Höllenbrut!« Gerwin lief es kalt den Rücken hinunter.

Ein Soldat Navarras, der aus der Hauptstadt stammte, erklärte ihnen hinter vorgehaltener Hand, dass diese Prozession auf ein über hundertvierzig Jahre zurückliegendes Ereignis zurückgehe. Damals hatte ein betrunkener Schweizergardist seinen Sold im Glücksspiel verloren und sich anschließend in seiner Wut auf eine Marienstatue gestürzt, die auf der Straße vorübergetragen wurde.

Die roten, wutverzerrten Gesichter der Leute verhießen nichts Gutes. »Vielleicht sollten wir unsere Kopfbedeckungen abnehmen und uns bekreuzigen«, schlug Hippolyt vor.

Navarra, der in Hörweite war, drehte sich um und rief: »Niemals! Vorwärts jetzt!«

Gerwin stieß seinem Pferd die Sporen in die Seiten, dass es einen Satz machte und einen grobschlächtigen Pariser zur Seite schubste. Bevor der Rasende seine Waffe nach ihm schleudern konnte, waren sie in die nächste Gasse abgebogen.

Im Louvre teilte sich Gerwin eine Kammer mit Hippolyt. Außer zwei Strohsäcken und einer wurmstichigen Truhe, in der sich Maden zwischen Mäusekot tummelten, befand sich nur ein Schemel in der feuchten Kammer. Zumindest ein Fenster, das sich öffnen ließ, gab es. Der Topf für die Kammerlauge war nicht geleert und stank dermaßen, dass Hippolyt ihn aus dem Fenster warf. Sie befanden sich im Trakt der Königinmutter, die ihren zukünftigen Schwiegersohn anscheinend nicht aus den Augen lassen wollte.

Gerwin warf seine Habseligkeiten in eine Ecke und hockte sich erschöpft auf die einfache Bettstatt, die trotz ihrer Bescheidenheit nach den Monaten im Feld komfortabel schien. »Was jetzt, Hippolyt?« Er rieb sich die Augen und vermied es, an seiner durchgeschwitzten Kleidung zu riechen.

»Immerhin sind wir in Paris. So nahe, wie du deiner Jeanne sein kannst. Zuerst sprechen wir mit Seraphin. Ich habe bereits nach ihm geschickt.« Der Medicus legte sich rücklings auf sein

Lager und massierte sich das Bein. »Die Bewegung tut mir gut, aber diese Stunden im Sattel sind für einen Mann meines Alters eine Herausforderung.«

»Die Entbehrungen waren für alle hart, aber im Vergleich mit Sachsen kenne ich dich kaum wieder! Du scheinst um Jahre verjüngt! Was dir gefehlt hat, waren Schlachten und Abenteuer!«, scherzte Gerwin.

»*Poscimur.*[1]«

»Ach Hippolyt.« Gerwin fühlte sich wie erschlagen. Er war nicht nur müde von den Strapazen der Reise, er hatte seine Schwester kaum wiedergesehen und schon wieder verloren, und zu allem Übel sorgte er sich um Jeanne. Nur der Glaube an diese wahrscheinlich unerfüllbare Liebe erfüllte ihn mit Zuversicht. Prediger Martial hätte ihn für diese Blasphemie dem Scheiterhaufen übergeben. »Ich stinke wie ein Schweinestall, obwohl das in dieser Jauchegrube von Kammer nicht auffällt. Müssen wir heute noch unsere Aufwartung bei Hofe machen?«

»Wer kennt die Launen der Mächtigen? Waschen möchte ich mich auch, und in einem solchen Palast sollte man anständige Baderäume finden.« Der Medicus grinste und kratzte sich den struppigen Bart und den kahlen Schädel. »Zumindest habe ich da oben keine Läuse!«

Es klopfte, und Hinrik Huntpiss kam herein. Er trug einen Krug und drei Becher in einer Hand und einen Laib Brot und ein Stück Schinken unter dem Arm. Gerwin schob den Schemel in die Mitte, auf den der Hauptmann seine willkommenen Gaben legte. Dann setzte er sich neben Gerwin. »Hugenotten niederen Ranges werden nicht gerade bevorzugt behandelt. Obwohl wir in Kürze den königlichen Kammerherrn erwarten dürfen.«

»Ach, der Schomberg ist hier?«, fragte Hippolyt und schnüffelte an dem Weinkrug.

1 Man verlangt uns.

»Nur für wenige Tage, dann begleitet er eine französische Gesandtschaft nach Sachsen«, erklärte Hinrik.

»Schomberg? Klingt irgendwie vertraut.« Gerwin stopfte sich ein großes Stück Schinken in den Mund.

»Schomberg ist die französische Form von Schönberg. Guter Tropfen, schenk ein, Hinrik«, bat Hippolyt. »Caspar von Schomberg ist der älteste Sohn des Wolf von Schönberg.«

»Der gefürchtete Herr des Erzgebirges, alter Gauner«, grunzte Hinrik.

Hippolyt fuhr fort: »Caspar müsste jetzt um die dreißig sein, denke ich. Er hat es weit gebracht, seit er vor zehn Jahren die Akademie des Johannes Sturm in Straßburg verlassen hat. In Straßburg war er allerdings mehr für seine Duelle bekannt.«

»Ein rechter Draufgänger, der Caspar, aber ein kluger Kopf, denn selbiger sitzt ihm noch immer auf den Schultern!« In Hinriks Stimme hielten sich Sarkasmus und Anerkennung die Waage.

»Der junge Caspar hat zweiundsechzig geholfen, Angers zu verteidigen, und musste dann zu Condé nach Orléans fliehen.« Hippolyt nahm einen tiefen Zug und biss von dem Brotstück ab, das Hinrik ihm hingelegt hatte. »Lass mich nachdenken, ja, sechsundsechzig hat Caspar am Türkenzug teilgenommen und dabei die Freundschaft von Henri de Guise gewonnen, die seitdem andauert. In jenem Jahr ist er von Karl IX. zum Kammerherrn ernannt worden.«

Hinrik wischte sich den Mund mit dem Handrücken ab und sprang plötzlich auf, um die Wände zu untersuchen. Nachdem er hier und dort geklopft und die Paneele auf ihre Festigkeit überprüft hatte, setzte er sich wieder. »Keine Löcher für Spione. Hier muss man mit allem rechnen. Hinter Vorhängen verstecken sich gern Katharinas Zwerge, aber in diesem Verschlag vermutet man wohl nichts Belauschenswertes. Nun, unser Caspar hat sich ganz dem Dienst an der französischen Krone verschrieben und während der Bruderkriege sogar gegen seinen protestantischen Verwandten, Dietz von Schönberg, gekämpft, irgendwo im Süden, vor zwei Jahren. Dabei verliert er nie das große Ganze aus den Augen.« Hier machte Hinrik eine Pause und sah Hippolyt an.

Gerwin hörte stumm kauend zu.

Der Medicus nahm den Faden auf. »Caspar hat diplomatisches Gespür, und es ist zu einem guten Teil ihm zu verdanken, dass Oranien seine Truppen abgezogen hat. Im letzten Jahr war er am Sieg von Montcontour beteiligt und wurde daraufhin zum *Colonel des Bandes noires* ernannt.«

»Und das alles hat er als Protestant erreicht?«, fragte Gerwin nun ungläubig.

Mit schiefem Lächeln meinte Hippolyt: »Oh, er ist zum Katholizismus konvertiert. Das war unvermeidlich, um bei Hofe Karriere zu machen. *Necessitas est lex temporis.*[1] Aber die Gedanken sind frei, nicht wahr?«

Gerwin runzelte die Stirn. »Er ist ein Freund des Herzogs de Guise!«

»Es ist immer von Vorteil, seine Feinde zu kennen, besonders einen so mächtigen wie die Guisen. Ich hatte gelegentlich mit dem alten Schönberg zu tun, als der noch politisch aktiv war. Ein Mann, auf dessen Wort Verlass ist. Aber der andere Sohn, Hans Wolf, ist ein schwieriger Charakter, ein Jahr älter als Caspar und eifersüchtig auf dessen Erfolge. Damals auf Gut Alnbeck und in Dresden hielt ich es nicht für ratsam, ihn anzusprechen. Wenn Hans Wolf wüsste, dass Caspar heimlich gemeinsame Sache mit uns macht, hätte er uns womöglich verraten, nur um seinem Bruder zu schaden. Intelligente und gewandte Männer wie Caspar sind selten und von großer Wichtigkeit, wenn man etwas erreichen will!«, sagte Hippolyt eindringlich und fuhr auf, als es klopfte.

Ohne eine Antwort abzuwarten, wurde die Tür aufgestoßen,

1 Notwendigkeit ist das Gesetz der Stunde.

und ein Höfling betrat die Kammer. Trotz der Hitze trug der schlanke Mann einen kurzen Umhang. Sein Barett wurde von einer Feder geschmückt, das stolze Kinn mit kurzem Bärtchen ruhte auf einem steifen weißen Kragen. Ohne das kantige Gesicht mit den spöttischen hellbraunen Augen hätte man den Mann für einen Laffen gehalten, doch die muskulösen Beine und kräftigen Hände, von denen eine auf dem Degenknauf lag, straften den ersten Eindruck Lügen. Dieser Mann wusste sich mit Schwert und Zunge gleichermaßen zu verteidigen.

»Welch Glanz in dieser Hütte!«, spöttelte er, schloss die Tür und trat mit einem herzlichen Lächeln auf sie zu. Hinrik und Hippolyt standen auf und schüttelten ihm die Hand.

»Caspar von Schomberg! Verzeiht unsere verschmutzte Kleidung …«, wollte Hinrik sich entschuldigen, doch der Colonel hob abwehrend die Hand und erwiderte: »Nicht doch! Ihr kommt direkt von der Front. Ich weiß, wie es da zugeht. Ich werde mich darum kümmern, dass man Euch bessere Quartiere zuweist. Ich habe kurz mit Navarra gesprochen, und mehr denn je glaube ich an die Prophezeiung des Michel de Nostredame. Navarra wird eines Tages König von Frankreich sein! Auf diesem jungen Prinzen aus dem rauen Gebirge liegt die Hoffnung dieses Landes. Und Katharina wird täglich daran erinnert, wenn sie ihren pervertierten Sohn Karl sieht, der nie den Thron hätte besteigen dürfen!«

Schomberg senkte die Stimme: »Wisst Ihr, wo der König von Frankreich ist? In der Schmiede! Wie ein Irrer schlägt er mit dem Hammer auf glühendes Eisen, bis er keine Luft mehr bekommt und Blut schnaubt und spuckt. Dabei begafft er die halbnackten Männer an den Blasebälgen und zieht ein beseligtes Gesicht, wenn er das Feuer riecht und den Amboss dröhnen hört. Das erinnert ihn an die Scheiterhaufen, die sein Vater ihm einst gezeigt hat!«

»Was sagen die Ärzte, wie es um die Gesundheit des Königs bestellt ist?«, erkundigte sich Hippolyt.

»Es braucht keinen Hellseher, um diesem Blut schwitzenden Körper anzusehen, dass seine Zeit auf Erden begrenzt ist. Ich kenne niemanden, der dem König eine Träne nachweinen wird, ausgenommen seine Geliebte und vielleicht noch seine Mutter. Doch glaubt mir, letztlich kann auch sie es nicht erwarten, ihren Liebling Anjou auf dem Thron zu sehen.« Die letzten Worte flüsterte Schomberg.

»Aber zwischen Anjou und dem Thron steht noch Alençon«, warf Hinrik ein.

»Bah, das cholerische Pockengesicht! Ist nicht aus den Augen zu lassen, aber ebenfalls von schwacher Konstitution.« Schomberg schüttelte leicht den Kopf. »Katharina wünscht Euch zu sehen, Hippolyt. Sie möchte Euch wegen ihrer Gicht konsultieren. Noch heute Abend, aber erst solltet Ihr Euch umkleiden.«

»Da wäre noch eine Sache, Caspar.« Hippolyt fasste kurz die Umstände von Jeannes Verschwinden zusammen.

Interessiert hob der Höfling eine Braue und schien etwas sagen zu wollen, da klopfte es, und Seraphin stürmte herein. Gerwin und sein Freund fielen sich in die Arme.

»Ihr braucht dringend ein anderes Quartier, bei dem Andrang, der hier herrscht …«, meinte Schomberg trocken und musterte neugierig den schönen Tänzer.

»Ihr seid Euch noch nicht bekannt gemacht worden? Seraphin war Jerg von Rechbergs Vertrauter bis zu dessen letzter Stunde«, unterrichtete Hippolyt den Colonel und erwähnte kurz den Überfall auf das Gut unter Beteiligung von Ritter Alnbeck.

»Der Alnbeck? Ja, ich habe davon gehört. Ein unangenehmer Mensch, dauernd in irgendwelche Händel verwickelt. Nun, ich reise in vier Tagen mit einer königlichen Gesandtschaft nach Sachsen und werde mir vor Ort ein Bild machen.«

»Das ist sehr freundlich von Euch«, sagte Seraphin mit einer Verneigung, dann wandte er sich wieder Gerwin zu: »Ich habe einen Zeugen aufgetrieben, der behauptet, dass er einen Kutscher von de Guises Schwester, der Montpensier, auf dem Wagen erkannt hat, mit dem Jeanne abgeholt worden ist.«

»Hoffentlich ist sie am Leben«, murmelte Gerwin.

Schomberg sah ihn aufmerksam an. »Auch in dieser Angelegenheit werde ich meine Fühler ausstrecken. Geduldet Euch bis morgen früh und unternehmt bis dahin nichts. Ich werde Euch in Eurem neuen Quartier aufsuchen.« Er verabschiedete sich.

Es war nach Mitternacht, als Hippolyt von seinem Besuch bei Katharina de Medici zurückkam. Nur zwei Türen weiter hatte man ihnen einen größeren Raum zugewiesen, in dem sich neben einem breiten Bett Stühle und ein Waschtisch befanden, auch das Nachtgeschirr war akzeptabel. Müde legte Hippolyt Gürtel, Tasche und Wams ab, zog sich die Stiefel aus und sank rückwärts neben Gerwin auf das leidlich frische Leinenzeug. »Sie ist alt geworden, alt und verzweifelt.«

Durch das offene Fenster drang das modrige Duftgemisch, das typisch für die Seine war. Wenn man sich konzentrierte, konnte man allein am Geruch unterscheiden, welche Güter auf den Kähnen transportiert wurden.

»Was wollte sie von dir? Sie hat doch die berühmtesten Ärzte des Landes um sich.«

»Sie wollte von mir wissen, was ich von Navarra halte, wie der Friede einzuschätzen ist. Sie mag aussehen wie eine fette Kröte, aber manchmal sehe ich die junge, stolze Medici-Prinzessin vor mir, deren Gemahl sie öffentlich mit seiner Geliebten gedemütigt hat. Doch Katharina hat gekämpft. Sie ist klug, Gerwin, aber die verschiedenen Parteien machen es ihr unmöglich, sich offensiv für Toleranz einzusetzen.«

»Darüber habt ihr gesprochen?«

»Ich hatte vor vielen Jahren einmal die Gelegenheit, sie wegen einer Geschwulst am Ohr erfolgreich zu behandeln. Ich habe in ihr eine kluge und umsichtige Frau kennengelernt, die viel Gutes für Frankreich wollte und noch immer will. Hätte sie nach dem Tod ihres Mannes den Thron besteigen dürfen, wäre ihr mehr Respekt entgegengebracht worden, und ihre Vision von einem Frankreich, in dem die Konfessionen friedlich nebeneinander existieren, wäre vielleicht schon Wirklichkeit geworden. Sie bat mich und die Brüder um Hilfe, und wir haben sie nicht verweigert. Bis heute nicht. Katharina hat in jedem Lager Verbündete, jeder intelligente Herrscher hat das.«

Gerwin starrte an die Decke, von der sich eine große Spinne in Richtung eines Bettpfostens herunterließ. »Das hättest du mir sagen können. Hast du sie nach Jeanne gefragt?«

»Ich habe es angedeutet, Gerwin. Aber sie hat sehr abweisend reagiert. Jeannes Gatte ist Mitglied des *consistoire*, welches sich zurzeit keiner großen Beliebtheit erfreut. Wenn Katharina verärgert ist, sollte man ein Thema nicht weiter verfolgen.« Hippolyt tätschelte ihm die Schulter. »Denk nicht, dass ich dir nicht vertraue. Ich würde mein Leben in deine Hände legen, das weißt du, aber es ist sicherer für dich, nicht alle Geheimnisse zu kennen. Du bist kein Ränkeschmied und kein Diplomat, und das liebe ich an dir. Du bist ein grundehrlicher Mensch, mitfühlend und mit der Gabe des Heilens gesegnet.« Hippolyt lachte leise. »Leider wären deine Kräfte bei Katharina verschwendet, sie liebt die Völlerei, und solange sie sich nicht einschränkt, wird auch ihre Gicht nicht besser.«

»Du hättest mir das alles viel früher erzählen können. Hast du nicht einmal gesagt, ich wäre fast ein Sohn für dich? Würde ein Vater vor seinem Sohn Geheimnisse haben?« Gerwin drehte sich auf die Seite.

»Wenn er damit das Leben seines Sohnes schützt, sicher. Schlaf jetzt. Morgen haben wir einiges vor. Träum von deiner Jeanne. *Bella gerant alii, Gerwin amet!*[1]«

1 Eigentlich: Bella gerant alii, Protesilaus amet! »Andere mögen Kriege führen, Protesilaus soll lieben!«

»Was philosophierst du da schon wieder, Hippolyt?« Gerwin war zu müde, um weiter über den Sinn oder Unsinn von Hippolyts Latein nachzugrübeln. Wenn Jeanne von einem Wagen der Montpensier abgeholt worden war, bestand die Möglichkeit, dass ihr Bruder, Henri de Guise, dahintersteckte. Ob Jeanne sich tatsächlich für die Machenschaften der Medici einspannen ließ? Er wollte es nicht glauben, doch die Ereignisse sprachen für sich.

Mit diesen beunruhigenden Gedanken glitt Gerwin in Morpheus' Arme.

31

Nach Tagen der Dunkelheit in einer fensterlosen Kammer, ohne zu wissen, wo sie sich befand, war dieses schäbige kleine Zimmer eine Erholung. Durch das schmale Fenster drang zwar nur der Schein des silbernen Mondes herein, doch Jeanne war dankbar für die Lichtquelle. Ihre zitternden Hände umschlossen den Becher, der vor ihr auf dem Tisch stand. Gierig trank sie den stark gewürzten Wein und benetzte die rissigen Lippen. Selbst die Nächte brachten keine Kühlung. Es war drückend heiß, ihr Kleid war durchgeschwitzt. Es war dasselbe Kleid, das sie getragen hatte, als man sie vor … ja, vor wie vielen Tagen hatte man sie aus dem Haus gelockt? Spielte das eine Rolle? Niemand schien sie zu vermissen und nach ihr zu suchen. Sie barg das Gesicht in den Händen. Vielleicht wusste ihr Vater gar nicht mehr, dass sie existierte, weil er in der Vergangenheit versunken war. Bitte nicht, nur das nicht, flehte sie. Lass ihn da sein, wenn ich jemals hier herauskomme!

Der Wein hatte ihren schwachen Puls beschleunigt und ihren Appetit angeregt. Sie griff nach dem kalten Hühnerfleisch auf dem Teller und stopfte sich auch von den gedünsteten Karotten in den Mund. Nach endlosen Tagen und Nächten, in denen

Wasser und dünne Suppe ihre einzige Nahrung gewesen waren, kam ihr dieses Mahl fürstlich vor, und es scherte sie nicht, ob es womöglich vergiftet war. Ohnehin hätte man sich dann nicht die Mühe machen müssen, sie gefangen zu halten. Es wäre ein Leichtes gewesen, sie wie ihren Onkel zu entsorgen. Eine Leiche mehr in der Seine oder in einer dunklen Ecke der Pariser Gassen wäre kaum aufgefallen.

Sie spülte das trockene Hühnerfleisch mit Wein hinunter und horchte auf. Schritte näherten sich, machten vor ihrer Tür Halt, und eine maskierte Frau kam mit einer Öllampe in der Hand herein. Die Frau bemühte sich, den Stuhl auf der anderen Seite des Tisches mit zwei Schritten zu erreichen, doch Jeanne war das leichte Hinken nicht entgangen. Sie wischte sich den Mund ab und brachte ein spöttisches Lächeln zustande. »Madame de Montpensier, Ihr braucht Euer Gesicht nicht zu verbergen.«

Die junge Frau schnaubte, stellte die Lampe auf den Tisch und riss sich die schwarze Maske herunter. »Nun gut, Ihr werdet dieses Gebäude ohnehin nicht lebend verlassen. Lautenspielerin! Ha! Eine Spionin seid Ihr!«

Jeanne faltete ihre bebenden Hände, bemüht, Haltung zu bewahren. »Ich eine Spionin! Ihr macht Euch lächerlich, Madame.«

»Keinesfalls. Legen wir die Karten auf den Tisch. Ihr habt Euren Onkel, Monsieur de Bergier alias Bernard, als Weinhändler dem Haushalt meiner Mutter, der Herzogin de Nemours, empfohlen. Bergier!« Sie spie den Namen aus. »Er gehörte zu den Mördern meines Vaters!« Jetzt schrie sie. »Ihr verfluchten Hugenotten habt nichts als Unglück über unser Land gebracht! Kriecht zurück unter die Steine, unter denen ihr hervorgekommen seid! Es gibt nur eine von Gott gewollte Ordnung, und der Papst ist Gottes Stellvertreter auf Erden. Wer das nicht anerkennt, ist ein Ketzer, und Ketzer gehören auf den Scheiterhaufen!«

»Was kann ich für meinen Onkel? Meine Mutter hat nie etwas Unrechtes getan!«, sagte Jeanne mit fester Stimme, obwohl sie vor Angst zitterte. »Christine de Bergier war die gütigste und reinste Seele, die je auf Erden wandelte! Eure Leute haben sie abgeschlachtet wie ein Stück Vieh! Ist das noch immer nicht genug? Was wollt Ihr denn noch? Meinem Vater hat es das Herz gebrochen, und er ist nur ein einfacher Instrumentenbauer. Meine Mutter liebte die Musik, genau wie mein Vater und ich. Ist das Ketzerei?«

»Haltet den Mund! Das Leben eines Herzogs de Guise ist nicht mit tausend Hugenottenleben aufzuwiegen. Euer Gesäusel betört vielleicht einen Mann, aber nicht mich! Also sagt mir, warum habt Ihr Euren Onkel bei meiner Mutter empfohlen? Plante er einen Anschlag?«

»Wenn Ihr schon alles wisst, warum fragt Ihr dann?« Wütend fegte Jeanne Becher und Teller vom Tisch, dass das Geschirr scheppernd auf dem Boden zu Bruch ging.

Sofort sprang die junge Herzogin auf, griff an ihren Gürtel und stürzte sich auf Jeanne. »Ihr kennt mich nicht, sonst würdet Ihr es nicht wagen, mir zu widersprechen!«

Jeanne fühlte die Spitze eines Dolches unterhalb ihres Kinns. »Ich kann Euch nichts sagen, was Ihr nicht schon wisst.«

»Überlasst es mir, das zu beurteilen. Seid Ihr nicht mit der englischen Lady Dousabella bekannt? Plant die intrigante Kuh ein Komplott gegen meine Familie? Ich weiß, dass ihre Königin uns und Philipp von Spanien verabscheut.« Die Dolchspitze bohrte sich in Jeannes Fleisch.

Jeanne stammelte unter Tränen: »Ich weiß es doch nicht!«

Die Montpensier zog den Dolch fort und musterte Jeanne. »Ihr seid entweder mutig oder einfach nur dumm. Wie kann ich Euch zum Reden bringen? Die Gefangenschaft hat Euch nicht mürbe genug gemacht. Habt Ihr nicht ein Kind?«

Jeanne presste die Lippen zusammen und wischte sich mit dem Ärmel das Blut vom Hals.

Die kühlen Augen beobachteten sie genau. »Es bedeutet Euch

nichts? Euer Gatte? Es soll ja vorkommen, dass Ehegatten einander zugeneigt sind!«

Jeanne verharrte stumm auf ihrem Stuhl und starrte auf die blanke Tischplatte.

»Wen gibt es noch in Eurem Leben? Einen Geliebten vielleicht? Nicht im Leben einer prüden Hugenottin.«

Erleichtert entkrampften sich Jeannes Finger.

»Ich hab's! Euer Vater!«, rief die Montpensier.

»Nein!«, entfuhr es Jeanne, und sie reckte die gefalteten Hände. »Tut meinem Vater nichts! Bitte, im Namen Gottes, tut ihm nichts, ich flehe Euch an!«

Catherine de Montpensier stieß triumphierend den Dolch in die Tischplatte und lehnte sich mit dem Rücken an die Wand unterhalb des Fensters. Ihr schlichtes Kleid unterstrich ihre zierliche, knabenhafte Figur. Der Griff, mit dem sie Jeanne gepackt hatte, sprach von unerwarteter körperlicher Kraft. Wie konnte diese Person die Tochter der souveränen und großherzigen Anna d'Este sein?

»Was kann ich tun, damit Ihr mir glaubt, dass ich von keiner Verschwörung weiß?«, sagte Jeanne leise.

»Vermutlich nichts. Doch wenn Ihr kooperiert, habt Ihr mein Wort, dass Eurem Vater kein Leid widerfährt.« Das Lächeln der Montpensier war kalt und überheblich.

Ohne zu überlegen, sprang Jeanne auf und war mit einem Satz an der Tür, die von innen nicht verriegelt war. Es gelang ihr, sie aufzureißen und sich in den Korridor zu werfen, bevor die Montpensier sie am Rock packen konnte.

»Lasst mich! Hilfe!«, schrie Jeanne.

»Was geht da oben vor?«, rief jemand aus dem Treppenhaus am Ende des Korridors.

»Steht auf!«, fauchte Catherine de Montpensier, der es nicht gelang, die um sich schlagende Jeanne durch die Tür zu schleifen. »Sonst steche ich Euch gleich hier ab!«

Der Dolch blitzte auf, und Jeanne glaubte sich ihrem Ende nah, als eilige Schritte die hölzerne Wendeltreppe emporgelaufen kamen.

»Catherine!«, herrschte Henri de Guise seine Schwester an. »Lasst sie los!« Er hielt einen Kerzenleuchter in die Höhe, in dessen flackerndem Licht das wutverzerrte Gesicht seiner Schwester einer Fratze glich.

Widerstrebend ließ Catherine von Jeanne ab und steckte den Dolch zurück in den Gürtel.

Henri kam näher und hielt die Kerze so, dass der Schein auf Jeannes Gesicht fiel. »Bei der Heiligen Jungfrau! Was habt Ihr hier zu suchen? Und Ihr stinkt!«

»Das müsst Ihr Madame fragen. Ich bin nicht freiwillig hier, wo auch immer wir sind!«, zischte Jeanne, die langsam wieder zu Atem kam.

»Wo? Wir sind im Hôtel de Guise.« Henri sah seine Schwester fragend an, die mit vor der Brust gekreuzten Armen und erhobenem Kinn vor ihm stand. »Nun, ich werde diese Sache aufklären, denn wir befinden uns in meinem Haus!«

Henri rief einen Diener und trug ihm auf, Jeanne ein Bad einzulassen und ihr frische Kleider zu geben. »Ich bin sicher, dass sich unter den Kleidern meiner Schwester etwas Passendes findet«, beendete er seine Anweisungen, und Jeanne folgte dem Diener, der sie um einen Kopf überragte. Jeanne versuchte dennoch, ihm durch einen verzweifelten Spurt zu entkommen, doch der Mann holte sie rasch ein, packte sie am Arm und sagte höflich: »Bitte, Madame, ich möchte Euch nicht wehtun. Aber der Herr hat befohlen, dass Ihr auf ihn wartet.«

Ergeben ließ Jeanne sich in ein großes Schlafgemach im ersten Stock des Hôtel de Guise führen, das die Ausmaße eines Palastes zu haben schien. Durch hohe Fenster meinte Jeanne im Vorbeigehen zwei Innenhöfe zu erkennen. Angesichts dieser Dimensionen musste es für Catherine de Montpensier ein Leichtes gewesen sein, Jeanne unbemerkt in einem Turm zu verstecken. Im Nebenraum des Schlafgemachs wurde ein Zuber mit warmem Wasser gefüllt. Als der Diener den letzten Eimer Wasser gebracht hatte, frage Jeanne: »Es ist so still im Haus. Ist denn niemand hier?«

»Es ist tief in der Nacht, Madame, und Ihr befindet Euch im Flügel Seiner Herzoglichen Durchlaucht. Außer Euch hat derzeit niemand die Ehre, hier zu weilen.« Er verneigte sich und ging hinaus. Ein Schlüssel wurde umgedreht, und Jeanne war erneut eine Gefangene, nur diesmal in angenehmerer Umgebung.

Der widerliche Gestank, der von ihr ausging, stieg ihr in die Nase. Sie setzte sich in den Zuber, wusch und schrubbte sich, bis ihre Haut rot war. Sie spülte den Mund und rieb sich die Zähne mit einem Tuch sauber. Ihre Haare klebten vor Schmutz und Fett, dass es eine Schande war, und sie brauchte ein ganzes Stück Seife, um die langen Locken zu säubern. Schließlich stieg sie aus dem Zuber, wickelte sich in ein Leinentuch und setzte sich an das offene Fenster, durch das warme Nachtluft strömte. Seufzend machte sie sich an die mühevolle Arbeit des Kämmens, um die Läuse zu entfernen.

Als sie sich halbwegs sauber fühlte, ging sie hinüber in den Schlafraum und fand ein hellgrünes Tageskleid auf dem Bett. Das Kleid war in der Taille zu eng, die Röcke zu kurz, denn die Montpensier war kleiner und zierlicher als sie. Dessen ungeachtet schlüpfte Jeanne in die Unterröcke. Sie wollte dieses Haus so schnell wie möglich verlassen. Als hätte sie sie beobachtet, trat im nächsten Moment eine Dienerin herein und half ihr beim Schnüren des Mieders. Die Frau sagte kein Wort und vermied direkten Blickkontakt. Danach brachte sie ein Tablett mit Pastete, Pfirsichen, Brot und Wein.

Als Jeanne wieder allein war, nahm sie ein kleines Messer von dem silbernen Tablett und prüfte es auf seine Schärfe. Die Glocken von Saint-Germain läuteten zur dritten Morgenstunde. Sie steckte das Messer in ihren Ärmel und begann hin und her zu wandern. Außer kleinen Bronzestatuetten nach griechischem Vorbild, einem Bücherregal und einem Gemälde, das eine Hirschjagd zeigte, entdeckte Jeanne keine Hinweise auf den Bewohner des Zimmers und kam zu dem Schluss, dass es sich um ein Gästegemach handelte. Vielleicht empfing der Herzog hier seine Mätressen? Möglicherweise gab es eine Geheimtür. Jeanne tastete die Wände in beiden Räumen ab, konnte jedoch nichts finden.

Sie aß ein Stückchen Brot, spülte es mit etwas Wein hinunter und ging in den kleineren Nebenraum, in dem außer dem Zuber nur eine Wäschetruhe stand. Bevor sie sich mit dem kleinen Messer an dem Türschloss zu schaffen machte, legte Jeanne das Ohr gegen die Tür, um sich zu vergewissern, dass niemand auf dem Gang war. Kaum hatte sie leise damit begonnen, das Schloss zu bearbeiten, als eine Stimme auf der anderen Seite sagte: »Madame, bitte, unterlasst das. Ich muss Euch sonst fesseln.«

Sie hätte es wissen müssen, erwiderte aber trotzdem: »Ich könnte schreien.«

Der Diener des Herzogs sagte ruhig: »Niemand würde Euch hören, und ich müsste Euch knebeln.«

Entmutigt ging Jeanne in den Schlafraum und legte sich aufs Bett. Es dauerte nicht lange, bis sie in einen Schlaf der Erschöpfung sank.

Als sie eine Bewegung neben sich spürte, fuhr sie erschrocken auf. Die ersten Sonnenstrahlen fielen bereits durch die Fenster. Jeanne blinzelte.

»Ihr seht besser aus, und Ihr riecht besser!«, konstatierte Henri de Guise, der lässig ausgestreckt in Hemd und Hose neben ihr auf dem Bett lag.

Alarmiert setzte Jeanne sich auf und wollte aus dem Bett springen, wurde jedoch am Handgelenk zurückgehalten.

»Nicht. Ihr seht zauberhaft aus. Ich möchte mich in aller Form für das entschuldigen, was meine Schwester Euch angetan hat. Sie ist sehr emotional und schießt oft über das Ziel hinaus. Aber

Ihr würdet das nicht weitererzählen, nicht wahr? Schon gar nicht der lieben Katharina de Medici. Sie würde es überbewerten und dann – ach du liebe Zeit!« Spielerisch zog er an den Schnüren von Jeannes Mieder. »Unsere besorgte Landesmutter würde das zum Anlass nehmen, uns Rachsucht und Unversöhnlichkeit vorzuwerfen. Das wiederum würde sie gleichsetzen mit einem Versuch, den Friedensschluss zu boykottieren. Aber das wäre übertrieben! Wirklich.« Er zog das Mieder auseinander und strich ihr über die Wirbelsäule.

Jeanne rang nach Luft, aber nicht, weil die Berührung seiner Hand sie in Verzücken versetzte, sondern weil sie Todesangst verspürte. Er ließ ihr keine Wahl. Wollte sie das Hôtel lebend verlassen, musste sie sich auf sein Spiel einlassen.

»Natürlich sind wir Guisen stolz auf unseren Glauben. Wir sind der katholischen Kirche und dem Heiligen Vater in Rom seit jeher verbunden. Es ist nicht verwunderlich, dass ein so frommer Herrscher wie Philipp von Spanien deshalb unsere Freundschaft sucht. Daran ist nichts Verwerfliches, nicht wahr?« Er rückte dichter an sie heran und schob ihre Röcke nach oben, bis er das nackte Fleisch ihrer Schenkel fühlte.

Jeanne verharrte regungslos und starrte aus dem Fenster. Eine Hand krallte sie in die Laken, mit der anderen suchte sie Halt am Bettpfosten. Der Atem des Herzogs beschleunigte sich, und er drängte seine Hand zwischen ihre Beine.

»Nicht wahr?«, wiederholte er seine Frage.

»Ja, ich meine nein, niemand könnte Euch deswegen einen Vorwurf machen«, stammelte Jeanne mit Tränen in den Augen und zuckte zusammen, als sie seinen Finger in sich spürte.

Plötzlich ließ er sie los. »Euer Körper begehrt mich. Gebt Euch mir hin, und Ihr könnt gehen, ohne dass Euch oder Eurer Familie ein Haar gekrümmt wird. Mein Wort darauf, und das schließt meine Schwester mit ein.«

O Gott, hilf mir! Sie wollte das hier nicht, sie schämte sich zutiefst, noch mehr als damals bei Frankfurt. Franz hatte rohe Gewalt angewendet, der sie hilflos ausgeliefert gewesen war. Der Herzog jedoch spielte mit ihr wie die Katze mit der Maus, aber in welchen Winkel hätte sie sich vor den Guisen flüchten können? Während der Herzog sich nahm, was er begehrte, dachte sie an Gerwin und fragte sich, wie sie ihm je wieder in die Augen sehen konnte …

Als plötzlich jemand laut an die Tür hämmerte, brüllte Guise: »Zum Henker! Was ist los?«

»Monseigneur, Colonel Schomberg wünscht Euch in äußerst dringender Angelegenheit zu sprechen«, rief der Diener durch die Tür.

»Teufel auch!«, fluchte der Herzog, stieß Jeanne zur Seite und stand auf.

Jeanne vergrub ihr Gesicht im Kissen und schluchzte, doch Selbstmitleid half jetzt nicht. Sie stand auf, richtete ihre Kleidung und flocht ihre Haare zu einem Zopf. Als gedemütigte Hure würde sie dieses verfluchte Haus nicht verlassen!

Vor der Tür entspann sich ein heftiger Wortwechsel zwischen Henri de Guise und Schomberg. Jeanne fiel Katharina de Medicis Auftrag wieder ein, und sie sah sich nach einem Gegenstand um, der ihre Anwesenheit im Hôtel de Guise beweisen konnte. Die Wäschetruhe im Nebenraum! Sie rannte hinüber, riss den Deckel auf und wühlte zwischen Laken, Tüchern und Kissenbezügen, bis sie ein Taschentuch fand, das mit dem herzoglichen Wappen bestickt war. Das musste genügen. Sie versteckte es in ihrem Beutel.

»Madame, wo seid Ihr?«, rief der Herzog plötzlich, und Jeanne fiel der Deckel aus der Hand.

Sie hüstelte. »Ich habe mich nur erfrischt, Monseigneur.« Mit gerafften Röcken lief sie in das Schlafgemach und fand den Herzog neben einem vornehm gekleideten Mann, der sie besorgt anblickte.

»Es scheint, wir haben dieselben Freunde, Madame«, bemerkte Henri de Guise.

»Geht es Euch wohl?«, erkundigte sich Schomberg.

»Danke, Monsieur.« Wer auch immer der Mann war, er schien auf ihrer Seite zu sein.

»Darf ich Euch meinen Wagen anbieten und Euch nach Hause bringen? Es wurde mir zugetragen, dass man sich bereits um Euch sorgt«, sagte Schomberg und reichte ihr den Arm.

Bevor sie ihn ergreifen konnte, nahm der Herzog sie zur Seite und flüsterte ihr ins Ohr: »Meint Ihr, ich hätte Euch gehen lassen?«

Sie blickte ihm direkt in die Augen, bemerkte das amüsierte Lächeln, das seine Mundwinkel umspielte, und flüsterte ihm ebenso leise ins Ohr: »Habt Ihr tatsächlich geglaubt, ich begehre Euch?«

Sein Lächeln verschwand.

Im halboffenen Wagen Caspar von Schombergs lehnte sich Jeanne zurück und atmete tief durch. »Ihr seid mein rettender Engel, Monsieur.« Die Räder holperten über die steinige Straße, und mit jeder Pferdelänge, die sie sich vom Hôtel de Guise entfernten, wuchs ihre Gewissheit, dass sie den Klauen ihres Peinigers tatsächlich entkommen war. Zitternd drückte sie sich eine Hand vor den Mund und blinzelte die Tränen fort.

»Madame, meine Intervention, wenn ich es so nennen darf, habt Ihr einem jungen Medicus zu verdanken, der im Louvre auf Euch wartet. Wir können dorthin fahren, wenn Ihr möchtet.«

»Nein!« Nicht in den Louvre und nicht zu Gerwin, dachte Jeanne.

Überrascht sah Schomberg sie an.

»Bitte nicht! Bringt mich ins Haus meines Gatten, Rue Saint-Honoré, Ecke Petits Champs«, sagte Jeanne, die sich nicht vorstellen konnte, Gerwin jemals wieder gegenübertreten zu können.

Der Colonel klopfte mit seinem Degenknauf gegen die Sitzbank des Kutschers, rief ihm die Adresse zu, wies ihn jedoch an, einen Umweg zu fahren. Der Wagen ratterte gemächlich über die schlecht gepflasterten Straßen. Es war noch früh am Tag, aber die Hitze staute sich bereits zwischen den Häusern. Die dicke Kotschicht, die ganz Paris zu ersticken drohte, war trocken, und der widerlich stinkende Staub klebte in allen Poren. Dünne Tücher vor den Fensteröffnungen schützten die Insassen des Wagens zumindest vor dem Staub.

»Madame, lasst mich die Lage kurz erklären, bevor ich Euch nach Hause bringe«, begann Schomberg.

»Was gibt es noch zu klären? Ich wurde entführt und zur Notzucht erpresst, und das von einem Mann, der es eigentlich nicht nötig hat, Frauen zum Beischlaf zu zwingen. Das heißt, niemand wird mir glauben.« Sie hob das Kinn und sah Schomberg direkt in die Augen.

»Ja, ein bedauerlicher Vorfall, wirklich, äußerst unangenehm, doch bedenkt den Ernst der politischen Lage! Die Tinte auf dem Friedensedikt von Saint-Germain – gelobt sei Gott dafür! – ist noch nicht trocken, und die Guisen und gestandene Feldherren sind gegen diesen Vertrag. Sie sagen, und das nicht zu Unrecht, dass sie die Hugenotten mit Waffengewalt geschlagen haben und jetzt mit teuflischen Urkunden besiegt werden! Wisst Ihr, wie die Pariser über das Edikt reden? Sie nennen es den Frieden des Teufels!«

Jeanne presste sich die Hände gegen die Schläfen. In ihrem Kopf drehte sich alles. »Seid Ihr Hugenotte? Ihr habt einen deutschen Akzent.«

»Ich stamme aus Sachsen. Mein Vater, Wolf von Schönberg, ist der Oberberghauptmann in Freiberg.«

»Wirklich?« Sie wischte sich den Schweiß von der Stirn. »Mein Vater und ich waren einige Zeit in Sachsen.«

»Madame, ich reise in einigen Tagen in die alte Heimat und könnte Briefe mitnehmen, falls Ihr das wünscht.«

»Nein, es gibt niemanden dort, dem ich etwas zu sagen hätte.«

Schomberg holte einen verschlossenen Krug unter seinem Sitz hervor. »Dünnbier. Möchtet Ihr?«

Sie schüttelte den Kopf. »Sind wir nicht bald da?«

»Wir sind dort, wenn ich es wünsche. Madame, hört mich an. Der Herzog hat es bereits angedeutet, doch ich sage es in aller Deutlichkeit: Ihr seid nie entführt worden. Weder der Herzog noch seine Schwester haben Euch ein Leid getan. Verinnerlicht das, und es wird Euch nichts geschehen! Ihr könnt sagen, dass Ihr der persönliche Gast des Herzogs wart, der Euer Lautenspiel hören wollte.«

»Das ist doch lächerlich! Niemand wird das glauben!«, stieß Jeanne verzweifelt hervor.

Er beugte sich vor, nahm ihre Hände und drückte sie sanft. »Ich bitte Euch, Madame. Der König wäre außer sich, wenn er von diesem Frevel der Guisen erführe, er nähert sich gerade Admiral Coligny an. Ein dauerhafter Friede ist möglich, aber er hängt an einem seidenen Faden. Paris ist ein Pulverfass!«

»Colonel, wir nähern uns dem Haus«, rief der Kutscher.

»Halt den Wagen einen Moment an«, erwiderte Schomberg und wandte sich erneut an Jeanne. »Ich halte Euch für klug, Madame, Ihr seid mit Hippolyt bekannt, den ich aus vielen Gründen sehr schätze, und deshalb mache ich mir die Mühe einer ausführlichen Erklärung.« Er seufzte. »Der Herzog de Guise ist mein Freund, und ich würde alles tun, um ihn zu schützen. Meine uneingeschränkte Loyalität gehört jedoch dem König, in dessen Diensten ich stehe. Das Wohl Frankreichs steht an erster Stelle, und ein dauerhafter Friede zwischen den Konfessionen ist dafür unabdingbar. Ihr wisst, wie schwer es die protestantischen Fürsten in deutschen Landen hatten, die neue Religion durchzusetzen, aber es hat sich ein Konsens gefunden! *Cuius regio, eius religio*[1] – das hat der Augsburger Religionsfriede geschafft!«

1 Wessen Gebiet, dessen Religion.

Jeanne hörte zu, es blieb ihr nichts anderes übrig. Doch dieser schneidige Höfling konnte noch so viele schöne Worte machen, ihr gedemütigtes Frauenherz würde er dadurch nicht besänftigen.

»Europa braucht nichts nötiger als Frieden! Die Türken bestürmen die Grenzen im Osten und das Mittelmeer. Wie sollen wir sie aufhalten, wenn jedes einzelne Land von blutigen Bruderkriegen überzogen ist? Von Eurem Verhalten hängt viel ab!« Er hüstelte. »Der Friede ist so wichtig, dass ein Menschenleben kein zu großes Opfer wäre ...«

Jeanne faltete die Hände in ihrem Schoß und sagte voll Bitterkeit und Resignation: »Ich habe wohl keine Wahl. Wenn Ihr oder der Herzog mich nicht zum Schweigen bringt, wird sich jemand anders finden.« Sie lugte aus dem Fenster. Bis zu ihrem Haus waren es nur wenige Schritte. Jeanne holte das Taschentuch des Herzogs de Guise hervor und drückte es Schomberg in die Hand. »Gebt das der Königinmutter. Sie weiß, was es bedeutet. Ich steige aus.«

Ohne Schombergs Reaktion abzuwarten, stieß sie die Wagentür auf und sprang auf die Straße, wobei sie über die schweren Röcke stolperte. Nachdem sie sich gefangen hatte, ging sie hoch erhobenen Hauptes auf ihr Haus zu. Hinter ihr rollte der Wagen an und folgte ihr langsam. Erst als sie durch das Hoftor getreten war, nahm er Fahrt auf und ratterte davon. Mit einem freudigen Begrüßungsruf sprang Pierre von einem Schemel auf und rannte auf sie zu. »Madame! Ihr seid zurück! Wir waren alle in großer Sorge ...«

Im Hof sägten und hämmerten Knechte an einem Gerüst, und vor der Küche saßen zwei Mägde und wuschen und schnitten Gemüse. Alle Bediensteten hielten in ihrer Beschäftigung inne und starrten Jeanne neugierig an. Im ersten Stock wurde ein Fenster aufgestoßen, und Guillemette stieß einen spitzen Schrei aus. »Und du falsche Schlange hast dich sicher schon als Herrin des Hauses gewähnt«, murmelte Jeanne mit einem Blick nach oben.

»Was ist Euch geschehen? Niemand wusste, wo Ihr wart! Der

Monsieur meinte nur, Ihr wäret bei Monsieur Morel geladen, aber ich habe mich erkundigt und ...« Pierre schien ernsthaft besorgt, und sie drückte ihm kurz die Hand.

»Nun bin ich ja wieder hier. Wo ist Monsieur Paullet? Und wie geht es meinem Vater?« Sie betrat das Haus durch die Küche, in der es nach gebratenem Speck und Zwiebeln duftete. Die Köchin tuschelte hinter vorgehaltener Hand mit einer Magd, und im Treppenhaus wurde sie vom Majordomus mit strenger Miene empfangen. »Wir sind nicht über Eure Ankunft unterrichtet worden.«

»Geh deiner Arbeit nach und mir aus dem Weg!«, herrschte Jeanne den Diener an, der ihr nie den nötigen Respekt entgegengebracht hatte. Sie war wütend, gedemütigt und am Ende ihrer Kräfte und wollte nur eines, ihren Vater sehen.

Der Bedienstete warf ihr unter scheinbar demütig gesenkten Lidern einen verschlagenen Blick zu und verschwand. Auf den ersten Stufen geriet Jeanne ins Straucheln, doch Pierre griff ihr unter die Arme und half ihr hinauf.

»Euer Gatte ist im Kontor. Der junge Monsieur Baptiste ist nicht wohl, sagte er. Nicht wohl! Ha! Der hat mal wieder die Nacht durchgezecht und sich mit den Mädchen im Badehaus vergnügt.« Pierre räusperte sich. »Verzeiht, Madame. Zum Glück ist der junge Herr selten hier. Er ist unleidlich.«

Jeanne hatte Baptiste nur wenige Male zu Gesicht bekommen und wusste um das Lotterleben von Cosmès Sohn. »Mein Vater?«

»Nicht so, wie es sein sollte, aber das wird sich ändern, wenn er Euch sieht. Bitte.« Sie hatten Endres' Räume erreicht. Pierre klopfte und öffnete vorsichtig die Tür, als es still blieb.

Jeanne fand ihren Vater in einem Sessel vor dem offenen Fenster. Auf der Werkbank lag ihre Laute. Endres hatte sie sorgfältig repariert, der Wirbelkasten saß wieder an seinem Platz, und der Riss im Klangkorpus war nicht mehr sichtbar. Endres Fry schlief. Der Kopf war zur Seite gesackt, die auf dem Leib gefalteten Hände zuckten.

Liebevoll strich sie ihrem Vater über die zerzausten Haare und setzte sich neben ihn, denn sie wollte ihn nicht erschrecken. Es dauerte nicht lange, bis er erwachte. Als er sie sah, lächelte er. »Christine, wo ist denn unsere Tochter? Sie müsste längst zurück sein.«

»Aber ich bin es doch …« Jeanne umarmte ihren Vater und verbarg ihr Gesicht schluchzend an seiner Schulter. Es dauerte einige Minuten, bis Endres ihr beruhigend über den Rücken strich und sagte: »Nicht weinen, *mignonne*. Was ist denn geschehen?«

Erleichtert richtete sie sich auf, wischte sich die Wangen trocken und berichtete Endres von ihrer Entführung. Die Notzucht durch den Herzog sparte sie aus.

Endres sah sie traurig an. Dann glitt sein Blick durch das Fenster hinaus über die Dächer der Hauptstadt. »Ich werde alt, *mignonne,* und manchmal spüre ich, wie mir die Gedanken entgleiten. Ich will sie festhalten, aber sie verflüchtigen sich einfach und lassen mich allein. Dieser Monsieur, der dich hergebracht hat, ich habe seinen Namen vergessen. Tu, was er sagt. Wer hätte gedacht, dass dieser Krieg so viele Jahre dauern könnte. So viel Blut, so viele Tränen …« Er schüttelte den Kopf und drehte sich um, dabei fiel sein Blick auf die Laute, und seine Augen leuchteten auf. »Sie ist so gut wie neu!«

Endres nahm das kostbare Instrument und legte es Jeanne in die Arme. »Was auch immer du verlierst, *mignonne,* die Musik bleibt deine treue Freundin. Sie umfängt dich mit tröstenden Armen in Kummer und Leid, sie verleiht deiner Sehnsucht Schwingen und trägt dein Herz empor zu denen, die du liebst.«

Sie nickte, unfähig zu sprechen, und küsste ihren Vater auf die Wangen. Hätte die Augustsonne nicht brennend am Himmel gestanden, Jeanne hätte geschworen, dass sie in diesem Augenblick die schwarzen Schatten drohenden Unheils über die Dächer der Stadt ziehen sah.

In der Ferne schlugen Kirchenglocken zur dritten Nachmittagsstunde. Jeanne hatte sich gewaschen und eines ihrer eigenen Kleider angezogen. Vorher hatte sie einen Blick in die Wiege ihres Kindes geworfen, das friedlich schlief. Die hochschwangere Guillemette hatte es sich nicht nehmen lassen, ihr vorzuhalten, sie habe sich auf herrschaftlichen Festen amüsiert und vernachlässige ihren Sohn. Zum Glück war Coline dazugekommen und hatte Guillemette hinausgelotst. Jetzt saß Jeanne in ihrem kleinen Salon und aß gebratenen Speck und gestopfte Birnen.

Coline hatte das Kleid der verhassten Montpensier per Boten seiner Besitzerin zurückgeschickt und leistete Jeanne Gesellschaft. »Ihr seht furchtbar traurig aus, Madame.«

Jeanne schob den Teller von sich und wischte sich eine Träne aus dem Augenwinkel. »Ich weiß nicht, was ich meinem Mann sagen soll ... Gott helfe mir, er wird mich totschlagen!« Sie schluchzte. Vielleicht hatte sie das sogar verdient. Gott strafte sie für ihre sündige Liebe zur Musik, dafür, dass sie ihr Kind nicht lieben konnte, wie es natürlich wäre, und ...

Plötzlich donnerten laute Stiefelschritte durch das Treppenhaus, und wenig später flog die Tür krachend auf. Cosmè Paullet stand mit hochrotem, wutverzerrtem Gesicht im Raum. »Raus!«, brüllte er Coline an und warf hinter ihr die Tür ins Schloss. In seiner Hand hielt er die Weidenrute, mit der er normalerweise das Gesinde züchtigte.

Jeanne war aufgesprungen und stand mit ängstlich geballten Händen vor ihrem Ehemann, der in seiner schwarzen Hugenottentracht wie ein Abgesandter des Jüngsten Gerichts wirkte.

»Was habt Ihr mir zu sagen, Weib? Ihr verschwindet, ohne Nachricht zu hinterlassen, und taucht wieder auf, als wäre alles ganz selbstverständlich. Meine Geduld mit Euch ist am Ende!«

»Monsieur, ich wollte Euch keinen Kummer bereiten und hätte Nachricht gegeben, wenn es mir möglich gewesen wäre, doch mir waren die Hände gebunden.« Wie um Himmels willen sollte sie diesem selbstgerechten Mann eine vernünftige Erklärung geben, ohne die Wahrheit zu sagen? »Ich bitte Euch inständig, mir zu glauben, dass ich in einer Notlage war, die mir keine Wahl ließ! Ich lüge nicht, Gott sei mein Zeuge!«

Der Schlag kam schnell und unerwartet. Ihre Wange brannte, und sie stolperte rückwärts. »Wagt nicht, den geheiligten Namen unseres Schöpfers in den Mund zu nehmen. Ihr habt Schande über mich und meine Familie gebracht! Im *consistoire* lachen sie über mich, den Hahnrei, dessen verhurtes Weib sich mit den Papisten vergnügt, sich auf Festen im Louvre herumtreibt und dem Herzog de Guise schöne Augen macht!« Die letzten Worte brüllte er, und die Adern an seiner Stirn traten gefährlich hervor.

»Aber das ist nicht wahr, es ist doch nicht wahr!«, schluchzte Jeanne.

»Haltet den Mund. Ihr speit Lügen wie eine Kröte Eier! Ich habe Euch auf dem Fest mit dem Herzog gesehen. Ihr wart bei ihm, oder nicht? Er ist Euer Liebhaber! Ihr schämt Euch nicht, es mit dem Teufel persönlich zu treiben. Dieser Hugenottenschlächter, der auch den Tod Eurer Mutter auf dem Gewissen hat.«

»Hört auf! Das ist nicht wahr! Ich habe mich im Auftrag von Katharina de Medici mit dem Herzog eingelassen«, wehrte sich die verzweifelte Jeanne.

»Ihr seid also eine Hure im Dienst der Florentinerin? Es gibt genügend Gerüchte über diese hübschen Hofdamen, die von der alten Hexe als Spioninnen eingesetzt werden! Wer hätte nicht von diesen verderbten Weibern gehört, die aus den höchsten Kreisen stammen. Genau wie Eure Freundin, diese englische Lady, nicht wahr?« Er hob die Rute, und die Schläge prasselten mit geballter Kraft und in rascher Folge auf sie nieder. Nur ihr Gesicht sparte er aus.

Sie kauerte sich auf den Boden, biss die Zähne zusammen und sagte sich, dass sie lieber diese Schläge ertrug als die Demütigungen des Herzogs.

Schwer atmend stand Cosmè über ihr, zerbrach plötzlich die Rute und warf sie zu Boden. »Steht auf! Euretwegen habe ich das Gesicht vor mir selbst und vor unserer Gemeinde verloren. Steht auf, sage ich!«, schrie er.

Vorsichtig erhob sich Jeanne, das Kleid von den Schlägen zerfetzt, der Rücken mit blutigen Striemen überzogen. Sie konnte in seiner Miene die widersprüchlichsten Gedanken lesen. Er schien abzuwägen, wie er sie strafen konnte, ohne selbst in Misskredit bei Katharina zu geraten, vielleicht fürchtete er auch den Zorn des Herzogs de Guise und seiner Mutter, in deren Gunst Jeanne stand. Die Situation war kompliziert, aus welchem Blickwinkel man sie auch betrachtete.

»Um meinen Ruf nicht noch weiter zu schädigen, werde ich Euch nicht dem Gemeindegericht überantworten. Wir werden Stillschweigen über die ganze Sache bewahren. Ihr wart bei Verwandten«, beschied er mit zusammengekniffenen Augen. »Oder wird sich der Herzog mit dieser Liaison brüsten?«

Sie schüttelte müde den Kopf. »Keinesfalls!« Welche Strafe er sich auch für sie ausdachte, es war ihr nun gleich. Sie lag bereits gedemütigt am Boden.

»In diesem Haus ist kein Platz mehr für Euch. Ich schicke Euch aufs Land. Im Haus meines Sohnes Arnauld könnt Ihr über Eure Verfehlungen nachdenken. Ihr werdet Euren Sohn mitnehmen und für ihn sorgen. Es wird Euch nicht gestattet sein, Musik zu machen, und Euer Vater bleibt hier. Ich werde alles Nötige in die Wege leiten. Ihr reist morgen früh.« Cosmè fuhr sich mit dem Handrücken über die verschwitzte Stirn und ging hinaus.

Erschüttert wankte Jeanne zum Fenster und öffnete den Mund, doch ihr Schrei blieb stumm.

32

»Gerwin, denk doch einmal in Ruhe darüber nach. Jeanne hat mehr durchlitten, als die meisten ertragen würden. Sie braucht Zeit und Abstand. Wahrscheinlich ist der Aufenthalt auf dem Land jetzt das Richtige für sie. Aber du darfst sie nicht im Stich lassen«, beschwor ihn Hippolyt.

Gerwin warf die wenigen Habseligkeiten in eine seiner beiden Ledertaschen. In der anderen befanden sich chirurgische Instrumente, Salben, Arzneien und Kräuter. Seufzend drehte er sich um und lehnte sich an den Tisch, auf dem noch die Reste ihrer Abendmahlzeit standen. Schomberg hatte sie vor wenigen Minuten verlassen. Die Abreise seiner Gesandtschaft war für morgen früh vorgesehen, und Gerwin wollte ihn nach Sachsen begleiten.

»Sie hat mir keine Nachricht geschickt. Nichts! Sie ist einfach so fortgegangen. Ich habe in ihrem Haus vorgesprochen. Ihr Mann war nicht zu sprechen. Nur durch den Diener Pierre weiß ich überhaupt, dass sie auf dem Gut der Paullets bei Châlons ist. Warum hat sie mir nicht wenigstens etwas durch Schomberg ausrichten lassen? Ich verstehe das nicht, Hippolyt.« Gerwin fuhr sich durch die dunklen Haare. »Diese Reise ist eine gute Gelegenheit, meine Mutter in der Heimat aufzusuchen. Sie muss mir die Wahrheit über meine Herkunft sagen. Außerdem führt uns der Weg an der Marne entlang nach Châlons. Ich werde Jeanne einen Besuch abstatten und mit ihr sprechen.«

»Und wenn man es dir nicht erlaubt?«, gab Hippolyt zu bedenken. »Vielleicht bereitest du ihr nur mehr Probleme, wenn du dort auftauchst. Manchmal ist es besser, etwas Zeit verstreichen zu lassen, damit die Wogen sich glätten. *Iam tempus illi fecit aerumnas leves.*[1]«

1 Schon hat ihm die Zeit den Kummer erleichtert.

»Das mag sein, aber ich muss sie sehen. Ich muss einfach, Hippolyt. Vielleicht verlässt sie ihren Mann und kommt mit mir. Wir könnten …« Die hilflose Geste seiner Hände entsprach seiner Ratlosigkeit.

»Das würde sie niemals tun! Dann wäre sie nicht die Jeanne, die du liebst. Ihr Vater braucht sie, und sie hat ein Kind.«

»Das Kind eines Unholds!«

Nachsichtig sah Hippolyt seinen jungen Freund an. »Trotzdem, sie ist eine Mutter. Ich würde dich gern von deinem Vorhaben abbringen, weil ich nicht glaube, dass die Reise dir Gutes bringen wird. Leider will Navarra mich in seiner Nähe haben, sonst würde ich dich zumindest begleiten. Er fürchtet hier bei Hofe um sein Leben. Unter seiner normalen Kleidung trägt er jetzt ein Kettenhemd, sobald er seine Räume verlässt, und ich kann es ihm nicht verdenken.«

Gerwin nickte. »Ich muss gehen, Hippolyt. Das wird mir den Kopf zurechtrücken.«

»Der sitzt am rechten Platz. Hast du dich schon von Seraphin verabschiedet?«

»Ja, er bespricht sich mit Anjou. Der Herzog ist ganz vernarrt in ihn und plant ein neues Ballett zusammen mit Baldassarino, der die Musik komponiert hat. Oh, ich gönne Seraphin seinen Spaß, endlich ist er in seinem Element. Außerdem darf er sich in Dresden und Umgebung nicht blicken lassen.«

»Und du schon? Nimm dich vor dem Alnbeck in Acht. Auch wenn über ein Jahr verstrichen ist, könnte er nachtragend sein.«

»Ich werde mich als Gefolgsmann von Schomberg ausgeben und ihm aus dem Weg gehen.«

»Wenn du Geld brauchst …«, setzte Hippolyt an, doch Gerwin winkte ab.

»Was ich zum Leben benötige, verdiene ich mir durch meine Heilkunst. Du hast mich so vieles gelehrt, Hippolyt, und ich gedenke, meine Erfahrungen während der Reise zu erweitern.«

»Das ist redlich gedacht, doch solltest du in Not geraten und von Schomberg getrennt sein, wird dir auch der alte Katzenberg helfen. Ich gebe dir einen Brief für ihn mit.« Hippolyt stand auf und suchte Papier und Feder.

Den jüdischen Goldschmied aus Erfurt hatte Gerwin beinahe vergessen. »Er wird enttäuscht sein, wenn ich ohne dich komme.«

»Ah, er wird sich freuen zu hören, wie es uns ergangen ist.« Hippolyt rieb sich den kahlen Schädel. »Mit den Jahren scheint die Zeit schneller zu verrinnen, und manchmal habe ich das Gefühl, ich sehe dem Sand zu, wie er durch das Stundenglas rieselt.«

Hippolyts Augen schimmerten feucht, als er mit einem Bogen Papier zurück an den Tisch kam. Gerwin umarmte seinen Mentor und sagte fest: »Ich bin kein grüner Junge mehr wie damals in Helwigsdorff. Wenn ich dir eine Nachricht schicke, dann über Lady Dousabella, nicht wahr?«

Der Medicus räusperte sich. »Ja. Bevor überhaupt eine Nachricht zu Navarra vordringt und die Hofinstanzen durchlaufen hat, ist sie sicher hundertmal gelesen worden. Seraphin hat erzählt, dass Katharina einen ganzen Stab von Leuten hat, die heimlich Briefe öffnen, kopieren, wieder verschließen und weiterschicken.«

In dieser Nacht fanden weder Gerwin noch Hippolyt viel Schlaf, und der Abschied am nächsten Morgen fiel beiden schwer. Die Reisegesellschaft bestand aus drei Wagen, in denen die Botschafter samt Gattinnen saßen, von Katharina ausgesuchte Höflinge, die Frankreichs Ansehen im Ausland erhöhen und die protestantischen Fürsten für sich einnehmen sollten, sowie ein Schatz- und Quartiermeister und andere Bedienstete. Schomberg und Gerwin bestiegen ihre Pferde, denn ein weicher Sattel war einer Fahrt in den ungefederten Wagen allemal vorzuziehen. Vervollständigt wurde der Reisezug durch zwei Gepäckwagen, Tragtiere und drei Dutzend bewaffneter Soldaten, deren Wams das königliche Wappen trug.

Langsam und behäbig setzte sich der Pulk in Bewegung, Gerwin drehte sich immer wieder um und winkte Hippolyt zu, der auf den Treppen stand und ihm nachsah. Als die vertraute Gestalt des Medicus aus seinem Blickfeld verschwunden war, wischte er sich verstohlen die Augen, doch niemand nahm von ihm Notiz. Schomberg ritt neben dem Hauptmann der Truppe und gab Anordnungen für den Reiseverlauf. Gerwin bildete das Schlusslicht des Zuges. Solange keine Gefahr im Verzug war, gab es keine vorgeschriebene Marschordnung.

Die königlichen Soldaten verschafften ihnen Respekt in den lebendig werdenden Straßen des morgendlichen Paris, wo sich manches Gesindel herumtrieb. Auf der Place de Grève standen zwei Galgen, an denen die Reste der Gerichteten hingen. Die Pariser scheuten sich nicht, auch Körperteile abzuschneiden. Verwirrt sah Gerwin zu einem Gehängten, dessen Kopf sich bewegte, doch es war nur eine Ratte, die sich durch eine Augenhöhle fraß. Heißer Augustwind trieb Staub- und Verwesungsschwaden vom Friedhof zu ihnen, und die Seine brachte den Geruch von Moder und Fäulnis herüber.

Sie verließen Paris durch eines der östlichen Stadttore und zogen durch den ausgedehnten Bois de Vincennes, die königlichen Jagdgründe. Durch die Bäume erhaschte Gerwin einen Blick auf das prächtige Château de Vincennes, in dem sich die Königsfamilie während der Jagdsaison aufhielt. Am späten Vormittag hatten sie den Wald hinter sich gelassen, und die Landschaft veränderte sich. Sanfte Hügel zogen sich zwischen schmalen Flussläufen dahin. Der kreideartige Boden war dürr und trocken. Die Augusthitze ließ auch den letzten gespeicherten Wassertropfen verdunsten und den staubigen Untergrund rissig werden. Genügsame Schafe waren hier die bevorzugten Weidetiere. Schomberg hatte entschieden, dass sie nicht den Windungen der Marne folgen, sondern über Coulommiers nach Montmirail reisen würden, wo sie ihr erstes Nachtlager aufschlugen.

Das Etappenziel des nächsten Tages war die Weinstadt Châlons am rechten Ufer der Marne. Auf dem Weg dorthin nahmen die mit Weinreben bepflanzten Hügel zu, und Schomberg erklärte Gerwin, dass der karge Boden der optimale Untergrund für den Anbau der Trauben war. Schließlich unterbrach er sich und sah Gerwin fragend an: »Ihr seid so schweigsam heute. Nicht mehr lange, und wir erreichen Thibie, wo sich unsere Wege eine Weile trennen werden.«

Schomberg hatte keine Einwände gegen Gerwins Besuch bei Jeanne gehabt. Es war vereinbart, dass Gerwin der Gesandtschaft auf deren Weg nach Metz folgen würde. Da ein Reiter schneller war als der behäbige Zug aus Wagen und Packtieren, würde er den Rückstand bald aufgeholt haben.

»Ich kann es noch immer nicht verstehen. Jeanne hat Euch wirklich nichts für mich aufgetragen?«

»Nein. Warum sollte ich Euch etwas vorenthalten?«, entgegnete der Colonel leicht brüskiert. »Die Lautenspielerin lebt. Was wollt Ihr? Es gibt wahrhaftig Wichtigeres! Zum Beispiel wäre da der Herzog de Guise, Liebling der katholischen Massen. Wenn wir zusammen durch die Straßen von Paris reiten, küssen die Leute ihm Hände und Füße, ja sogar die Hufe seines Pferdes!« Schomberg starrte düster auf die Mähne seines edlen Rappen. »Ich bin ihm in Freundschaft verbunden, doch ich sehe wohl die Gefahr in dieser Götzenanbetung durch den Pöbel!«

»Warum?«

»Karl IX. lässt sich vom Admiral beschwatzen, und der ist ein schlauer Fuchs! Er träumt von einem Feldzug nach Flandern, um es vom spanischen Joch zu befreien. Das aber würde den Untergang Frankreichs bedeuten, und die Guisen hätten leichtes Spiel, den Thron an sich zu reißen!«

»Aber Katharina wird das nicht zulassen! Sie will Frieden, immerhin hat sie den Hugenotten Rechte zugesprochen und …« Rüde wurde Gerwin von Schomberg unterbrochen.

»Und nichts sonst! Es ist noch ein langer und blutiger Weg bis zu einem stabilen Frieden. Ihr werdet noch an meine Worte denken, Medicus. Haltet Euch an die Medizin, und ich schlage mich durch das Dickicht intriganter Politik, eine Arbeit, die rascher zum Tode führen kann als ein schweres Fieber. Auf bald!« Er gab seinem Pferd die Sporen.

Bis zur Wegkreuzung bei Thibie hing Gerwin seinen Gedanken nach. Schomberg war ihm zu fremd und zu sehr Hofmann, als dass er sich mit ihm über seine Gefühle austauschen wollte. Erleichtert lenkte er daher eine halbe Stunde später sein Pferd auf einen steinigen Feldweg, der ihn zum Gut der Paullets bringen sollte.

Mit gemischten Gefühlen ließ er seinen Braunen dem Weg entlang der Weinberge folgen. Auf einer Wiese standen die Überreste eines niedergebrannten Gehöftes. Kaum ein Landstrich war vom Krieg verschont geblieben. Jeder Landbesitzer schützte sich nach Kräften, doch nicht immer waren genügend Männer zur Verteidigung in der Nähe. Das Gut von Paullet bestand aus einem Haupthaus im landestypischen Fachwerkstil, Stallungen, Wirtschaftsgebäuden und einem Gemüsegarten. Es war nicht befestigt wie das Anwesen des verstorbenen Jerg von Rechberg, doch schien man zumindest bewaffnet und wachsam, denn als Gerwin den Torbogen erreichte, stellte sich ihm ein junger Knecht mit einem Spieß in den Weg.

»Was wollt Ihr?«, fragte der Knecht, dessen Kiefer schief stand und seine Aussprache stark behinderte. Außerdem quoll vor der rechten Ohrmuschel eine pflaumengroße Beule hervor.

Gerwin sprang vom Pferd. »Ich bin ein Wanderchirurg, guter Mann, und auf der Durchreise. Meine Dienste stehen euch allen zur Verfügung.« Bewusst starrte Gerwin auf die Beule im Gesicht des Knechtes.

»Was glotzt Ihr mich an?«, fragte der Mann verunsichert.

»Rein berufliches Interesse. Ich verstehe mich auf das Entfernen solcher Abszesse, die, wenn sie unbehandelt bleiben, nach innen wachsen und den Körper vergiften, aber vielleicht ist das bei dir ja nicht so …« Gerwin winkte einer Magd, die einen Korb Birnen trug. Sie humpelte stark.

»He, gute Frau. Gib mir eine, und ich seh' mir dafür dein Bein an!«, rief Gerwin, und die Alte, deren Rücken von einem Buckel verunstaltet war, humpelte auf ihn zu.

»Ganz langsam, erst kuriert Ihr mich und dann die Alte«, befahl der Knecht und stieß zur Bekräftigung seinen Spieß auf den Boden.

Gerwin legte den Kopf schief. »Das kostet dich einen halben Silberling!« Er hob die Hand, um den Protest des Knechtes im Keim zu ersticken. »Gut, ich kuriere dich umsonst, wenn du mir die Madame aus Paris herbringst, die seit einigen Tagen hier logiert.«

Ein bauernschlaues Grinsen zog über das schiefe Gesicht, das von struppigen Haaren und einer speckigen Lederkappe gerahmt wurde. Die Kleidung des Wachmanns war abgetragen und schmutzig. Paullet schien kein großzügiger Herr zu sein, dachte Gerwin und beobachtete, wie sich die Alte mit ihrem Obstkorb näherte.

»Eh, *ganache*, halt nicht Maulaffen feil. Mach, was der Herr Medicus sagt. So eine Gelegenheit kommt nicht so schnell wieder.« Lauernd drehte und wendete sie ihren dürren Hals und wisperte: »Das Vieh behandeln sie besser als uns! Aber was war anderes zu erwarten von dem Hugenottengesindel.« Ihr verschwörerischer Blick traf die königliche Lilie auf der Satteldecke seines Pferdes.

Gerwin legte eine Hand auf seine Arzneitasche. »Was ist mit deinem Bein?« Offene Wunden, die nicht mehr verheilten, kamen bei alten Menschen häufig vor.

Der Knecht schnarrte: »Ich kann nicht einfach meinen Posten verlassen« und rief einen etwa fünfjährigen Jungen, der eine Gänseschar vor sich hertrieb. »Geh zu der Pariser Madame und sag ihr, dass ein Medicus hier ist.«

Gerwin warf dem Jungen eine Kupfermünze zu, und der Kleine schoss davon. Mit seinem Pferd am Zügel ging Gerwin nun in den Hof, in dessen Mitte er eine Wasserpumpe und eine Tränke sah. »Mein Pferd muss trinken, und etwas Hafer kann auch nicht schaden. Wenn du es versorgen lässt, können wir anfangen.«

»Erst wollt Ihr umsonst kurieren und jetzt dies und jenes!«, murrte der Knecht, doch die Alte gab ihm einen Klaps auf den Rücken.

»Jetzt mach schon! Was ist ein wenig Hafer dafür, dass er uns hilft. Das tut sonst keiner. Verehrter Medicus, hier ist eine Bank und dort ein Tisch. Da lasst Euch nieder.« Die Alte stellte ihren Obstkorb auf eine lange Bank, von der aus man das Tor und den Hof im Blick hatte.

Murrend brachte der Knecht Gerwins Pferd zur Tränke. Die Alte hob derweil ihren Rock an und zeigte Gerwin eine mit schmutzigen Lumpen umwickelte Wade und einen geschwollenen Fuß. Nachdem sie sich gesetzt hatte, schnitt Gerwin den Lumpen von der Wade, und der Gestank faulenden Fleisches stieg auf. An dem Lumpen klebte eine stinkende braune Masse. »Was ist das? Und wie lange hast du die Stelle schon?«

»Ach, was weiß ich, Wochen! Wenn ich nicht arbeite, jagen sie mich vom Hof.« Die Alte zuckte schicksalsergeben mit den knochigen Schultern. Fast stolz fügte sie hinzu: »Die Salbe mache ich selbst! Sie besteht aus Fett, Ringelblumensaft und zerstoßenem Zaunkönig.«

Gerwin schüttelte den Kopf, während die Alte weiterschwätzte: »Und ich kenne auch ein gutes Mittel gegen Gelbsucht. Man fängt sich eine Fledermaus, spießt sie noch lebend auf und bindet sie dann mit ihrem Rücken auf den Magen, bis sie tot ist. Das zieht die Gelbsucht aus dem Körper.«

Aus Erfahrung wusste Gerwin, dass er nicht viel für die Frau tun konnte. Die Wundränder waren zerfressen und der Knochen bereits zu sehen. Sie würde ihr Leben mit dem offenen Bein beenden. Vielleicht wusste sie es auch, doch ein sauberer Verband um die gereinigte Wunde konnte ihr immerhin Erleichterung verschaffen. Zum Schluss strich er über den geschwollenen Fuß und konzentrierte sich mit geschlossenen Augen auf das Wasser darin, das abfließen musste.

Als er die Behandlung beendet hatte, strich die Alte lächelnd über den sauberen Verband und suchte eine saftige Birne aus ihrem Korb. »Dank Euch, Monsieur Medicus. Ihr seid ein guter Mensch.«

Hungrig biss Gerwin in die süße Frucht, deren Saft ihm über das Kinn lief. Als er suchend über den Hof blickte, sah er den Knecht mit dem Pferd zurückkommen, doch von Jeanne oder dem Gänsejungen noch keine Spur. Er zog ein scharfes kleines Messer aus seiner Tasche und bat die Alte um eine Schale mit frischem Wasser. Der Knecht nahm den Platz der Alten ein und schloss die Augen, als Gerwin das Messer ansetzte. »Nicht zucken, sonst schneid' ich dein Ohr gleich mit ab!«, warnte Gerwin.

Mit angespannten Kiefermuskeln ließ der Knecht die schmerzhafte Prozedur über sich ergehen. Klumpiges gelbes Sekret, durchzogen von Blutfäden, ergoss sich über Wange und Ohr. Als Gerwin zum Säubern Ringelblumentinktur in die Wunde tropfte, schrie der Knecht auf. »Es muss brennen, dann wirkt es. Halt den Schnitt sauber, damit es nicht zu schwären beginnt. Ich empfehle, die Haare an der Stelle fortzuscheren, denn diese Art von Beulen bildet sich gern um Haarwurzeln.«

Zu weiteren Erläuterungen kam Gerwin nicht, denn im nächsten Moment stapfte ein offenkundig aufgebrachter Herr mit rotem Gesicht an der Tränke vorbei auf sie zu. Das ängstliche Verhalten des Gesindes machte Gerwin klar, dass es sich um den jungen Paullet handeln musste.

Arnauld zerrte den kleinen Gänsehirten am Handgelenk mit sich. »Was geht hier vor?«, brüllte er. »Wer hat dir erlaubt, einen Fremden einzulassen? Wo ist Aubert, dein verderbter Bruder? Wieder unter einem Rock zugange?«

Der Knecht war aufgesprungen und verbeugte sich tief. »Monsieur, nein, ich, er …«, stammelte der Arme, der für seinen Bruder die Wache übernommen hatte.

Arnauld sah Cosmè sehr ähnlich, wenn auch etwas beleibter, und seine bläuliche Nase zeigte an, dass er dem Wein, den er kelterte, ausgiebig zusprach. Dem weinenden Gänsehirten lief der Rotz aus der Nase, und Gerwin hatte ein schlechtes Gewissen.

»Monsieur, lasst mich erklären. Aber bitte, der Junge hat doch nichts getan«, begann Gerwin.

»Er hat mir nicht gehorcht und seine Arbeit vernachlässigt. Dafür wird er bestraft.« Arnauld schubste den Gänsehirten zu Boden. »Rühr dich nicht fort! Und jetzt zu Euch. Was fällt Euch ein, meine Leute von der Arbeit abzuhalten?« Sein Hemd spannte über dem mächtigen Bauch, der von einem silberbeschlagenen Gürtel geziert wurde, in dem Pistole und Dolch steckten. »Und wie kommt Ihr dazu, nach Madame Paullet zu fragen? Wer seid Ihr überhaupt?«

»Ich bin ein Leibarzt des Prinzen von Navarra«, sagte Gerwin mit größtmöglicher Herablassung und fand seine Notlüge vertretbar. »Derzeit begleite ich die Gesandtschaft von Colonel Schomberg nach Sachsen. Da mir Madame Paullet von früheren Konsultationen aus Paris bekannt ist und mir ihre überhastete Abreise zu Ohren kam, hielt ich es für angemessen, mich nach ihrem Befinden zu erkundigen.«

Arnauld Paullet hängte seine Daumen in den Gürtel und erwiderte höhnisch: »Wo ist denn der Colonel?«

»Die Gesandtschaft ist nach Châlons weitergezogen, wohin ich ebenfalls unterwegs bin.«

»Nun, Monsieur Leibarzt, Ihr habt Euch umsonst bemüht, denn Madame ist wohlauf und empfängt keine Besuche. Gehabt Euch wohl!«

So einfach wollte Gerwin es dem selbstherrlichen Gutsbesitzer nicht machen. »Das möchte ich von der Dame selbst hören,

Monsieur, oder ist sie Eure Gefangene? Das würde dem Colonel gar nicht gefallen.«

Der Gutsbesitzer lenkte ein. »Bitte, überzeugt Euch selbst. Keiner soll sagen, ich behandle meine Gäste nicht angemessen.« Arnauld ging schweren Schrittes auf das Gutshaus zu, das an der Stirnseite des Hofes lag.

Gerwin folgte ihm durch eine Halle, von der eine Treppe in den ersten Stock führte. Dort hielt Arnauld vor einer niedrigen Tür am Ende eines dunklen Korridors. Er klopfte kurz und stieß die Tür auf. »Madame, der Medicus ließ sich nicht abwimmeln.«

Gerwins Herz klopfte so laut, dass er meinte, Arnauld müsse es hören, als er an ihm vorbei in den engen, spartanisch eingerichteten Raum trat. Und dort saß sie, ein versteinertes Abbild ihrer selbst, und starrte teilnahmslos aus dem Fenster.

Jeanne trug die schwarze Hugenottentracht. Ihre Haare wurden von einer weißen Haube verdeckt. Außer einem schmalen Bett gab es nur einen Tisch und den Stuhl, auf dem sie saß. Die Wände waren weiß gekalkt, und nirgends entdeckte Gerwin Jeannes Laute. In einer Wiege lag ein schlafendes Kind. Langsam wandte Jeanne den Kopf. Gerwin erschrak bis ins Mark über ihre traurigen Augen, in denen nur tiefe Resignation zu lesen war.

»Danke, Monsieur. Lasst die Tür ruhig offen, der Medicus wird gleich wieder gehen«, sagte sie mit kühler Stimme. Sie wandte sich Gerwin zu: »Ihr hättet Euch den weiten Weg sparen können, Monsieur. Es fehlt mir an nichts. Wie Ihr seht, habe ich sogar meinen Sohn bei mir. Mein Vater zog das Stadtleben vor.«

Fassungslos starrte Gerwin sie an und streckte die Hände nach ihr aus. »Jeanne, bitte, kommt mit mir! Ich kann es nicht ertragen, Euch so zu sehen!«, flüsterte er und trat auf sie zu.

Jeanne sprang auf und hob abwehrend die Hände. »Monsieur, versteht doch. Ich habe mein Kind, für das ich ich sorgen muss!« Flehentlich sah sie ihn an.

»Aber wir … Ich reise mit Schomberg nach Sachsen. Kommt mit!«

»Nein, Monsieur! Es ist sehr gütig, dass Ihr Euch um mein Befinden gesorgt habt.« Vor der Tür knarrten Dielen, und Jeanne beeilte sich zu sagen: »Hier, bitte, das gehört Euch.« Sie nestelte an ihrem Gürtelbeutel und nahm die silberne Brosche heraus, die er ihr geschenkt hatte. »Gebt es jemandem, der es wert ist.« Sie legte ihm die Brosche in die Hand und umschloss sie kurz mit zitternden Fingern. Dann drehte sie sich um und stellte sich mit dem Rücken zu ihm ans Fenster. »Adieu!«, flüsterte sie leise.

Erschüttert ging Gerwin hinaus und wäre vor der Tür fast mit Arnauld zusammengestoßen. Unbemerkt ließ er die Brosche in seine Tasche gleiten und eilte aus dem Haus, als wären die Furien hinter ihm her.

Wie ein Besessener trieb er sein Pferd durch die Weinberge und lenkte es an der Wegkreuzung vor Thibie auf die Straße nach Châlons-sur-Marne. Weg von hier, war alles, was er denken konnte. Und Schombergs Gesandtschaft war die beste Möglichkeit, Abstand zu gewinnen – und Zeit. Und gehört Geduld auch nicht zu meinen herausragenden Tugenden, dachte Gerwin, so werde ich mich darin üben lernen! Wütend trieb er sein Pferd durch die Furt eines Nebenflusses der Marne. Die Staubwolke in der Ferne zeigte ihm, dass er Schombergs Truppe bis zum Abend einholen konnte.

33

Die Alte humpelte über den Hof, sammelte die herbstlich verfärbten Blätter und sah nach oben zum Fenster der schönen, traurigen Madame. Stundenlang stand die dort am Fenster und murmelte Gebete. Selbst wenn ihr Kind im Hintergrund schrie, hörte *La Sainte*, wie man sie heimlich nannte, nicht auf zu beten.

Jeanne nahm die alte Magd aus den Augenwinkeln wahr und schlug weiter mit den Fingern der rechten Hand den Takt auf den Knöcheln der linken. Die dachten, sie könnten sie einsperren und ihr die geliebte Musik nehmen! Dabei hörte sie die Lieder, die sie hundert-, nein, tausendmal gespielt hatte, in ihrem Innern, täglich, ständig. Sie schloss die Augen und summte ein Rondeau. Die Töne waren Vergangenheit und Gegenwart zugleich, sie sprachen zu ihr von fernen Tagen, erweckten die Sehnsucht der Erinnerung und schienen wie das Echo der Ewigkeit.

Nach dem Rondeau ging sie ein Madrigal von Cyprian de Rore durch, Note für Note, Akkord für Akkord, die Saiten ihrer Laute konnte sie fühlen. Ein Misston störte die aufsteigende Tonreihe in *mineur*. Sie öffnete die Augen und kehrte zurück in die verhasste Welt, in der sie leben musste.

Gabriel lag in seiner Wiege und schrie. Automatisch gab Jeanne der Wiege einen Stoß, dass sie hin- und herschwang und das störende Geschrei erstarb.

»Du bist hier. Und mein Vater, der mich braucht, ist allein in Paris bei diesem herzlosen *bigot*«, flüsterte sie und sah hinaus auf den Hof, auf dem ein kleiner Junge mit einer Schleuder nach Singvögeln schoss.

Alles Schöne muss sterben, dachte Jeanne. Wozu töten wir die winzigen Vögel, die kaum Fleisch geben? Ein Stein, der den zarten Schädel zertrümmert, oder der Tod im Netz, langsam, qualvoll. Am Ende wartet immer der Tod. Und da liegt ein junges Leben, das ich in die Welt gebracht habe, und es erinnert mich nur an die Schlechtigkeit dieser Welt. Vorsichtig drehte Jeanne sich um und sah von der Seite in die Wiege. Ihr Sohn war wieder eingeschlafen. Sie beugte sich vor, um ihm einen Kuss zu geben, doch da öffnete er die Augen, und sie zuckte zurück, als hätte sie einen Schlag erhalten. Er lag ganz ruhig und sah sie unverwandt an. »Sieh mich nicht an! Hörst du? Sieh mich nicht an!«, murmelte sie, wandte sich ab und weinte.

Kalte Winde zogen über die Weinberge. Mit dem November war die ungeliebte nasskalte Jahreszeit angebrochen. Jeanne stürzte zur Waschschüssel und übergab sich. Seit Tagen kämpfte sie gegen Übelkeitsanfälle. »Coline!«, rief sie und wischte sich den Mund.

Die Sulzerstochter kam mit einem strahlenden Lächeln herbeigelaufen. Cosmè war ihrer überdrüssig geworden und hatte sie vor die Wahl gestellt, nach Thibie aufs Land oder zurück zu ihrem Vater zu gehen. Sie war einen Monat nach Gerwins Besuch angekommen und hatte Jeanne mit Nachrichten von ihrem Vater und Geschichten aus der Stadt aufzumuntern versucht. »Madame! Übelkeit?«

Jeanne sank auf den Stuhl und ließ es zu, dass Coline ihr mit einem feuchten Lappen das Gesicht und den Nacken abwischte. »Kein Wort darüber! Es wird vergehen.«

Coline hatte, wie alle im Pariser Haus der Paullets, von ihrer angeblichen Affäre mit Henri de Guise gehört. »Madame, Ihr habt einen gesunden Jungen zur Welt gebracht. Bei einigen gesegneten Frauen verlaufen die Schwangerschaften ohne Komplikationen. Ich habe das bei meiner Cousine erlebt, die …«

Jeanne hob die Hand. »Nein! Es wird wieder vergehen, verstehst du? Ich bin nicht guter Hoffnung.«

»Aber … Euer Leib ist schon geschwollen, doch sonst seid Ihr viel zu mager geworden, knochig.« Das gutmütige Gesicht der Sulzerstochter war voller Mitgefühl.

»Die Übelkeit wird vergehen, weil ich eine Arznei einnehme, die sie vertreibt.« Vielsagend sah sie Coline an.

Das junge Mädchen riss die Augen auf und schlug sich die Hände vor den Mund. Mit gekräuselter Stirn schloss sie die Tür. »Wenn ich es recht verstehe, ist die Ursache Eurer Übelkeit im Hôtel de Guise zu suchen?«

Jeanne nickte und presste die Lippen aufeinander. Es gab keine andere Möglichkeit, denn nur während ihrer Gefangenschaft bei der Montpensier hatte sie keine Vorsorge zur Verhinderung einer Schwangerschaft treffen können. Aber sie würde nicht noch einmal durch die Hölle gehen. Auch wenn ihr Körper missbraucht wurde, so konnte sie zumindest versuchen, ihre Seele zu retten. »Ich möchte, dass du Gabriel mit in dein Zimmer nimmst, und wenn Arnauld fragt, sagst du, dass ich krank bin und das Kind nicht gefährden will. Ich werde viel Blut verlieren und benötige ausreichend Tücher.«

»Wann, Madame?«

»Heute Nacht, Coline. Ich bereite alles vor.« Ihr Blick fiel auf die Truhe, in der sie das Kästchen mit den Arzneien von Lady Dousabella aufbewahrte.

Spät an diesem Abend, als sie allein in ihrem kargen Zimmer war, nahm sie die Zutaten hervor und mischte den abortiven Trank, zu dessen Bestandteilen acht Unzen weißer Pfeffer, zwei Unzen Fenchel, acht Unzen Ingwer, zwei Unzen Geranien, Selleriesamen, Petersilie, acht Unzen Kreuzkümmel und Anis zählten. Vom Schlafmohn hatte sie nur eine winzige Menge, doch es musste eben so gehen. Entschlossen leerte sie den Becher in einem Zug und legte sich ins Bett.

Während sie auf die Wirkung des Abtreibungsmittels wartete, dachte sie an die Ereignisse der letzten Wochen und Monate. Herzog Henri de Guise hatte die verwitwete Katharina von Kleve heiraten müssen, nachdem er tatsächlich die Stirn gehabt hatte, bei Katharina de Medici um die Hand ihrer Tochter Margot anzuhalten. Solche Dreistigkeit hatte selbst Katharina überrascht. Mich nicht, dachte Jeanne und zog die Knie an. Ziehende Schmerzen machten sich in ihrem Unterleib bemerkbar. Es wäre besser gewesen, den Trank schon früher einzunehmen, doch es hatte sie Zeit und List gekostet, sich die fehlenden Bestandteile zu beschaffen, und dann hatte sie Zwischenblutungen gehabt und gehofft, das Ungeborene wäre abgegangen. Nun ja, es war nicht zu spät, nur würde es schmerzhafter werden. Um nichts in der Welt wollte sie die Frucht des Herzogs gebären.

Wäre es Gerwins Kind gewesen, sie hätte es mit Freuden ausgetragen. Schluchzend drückte sie den Kopf ins Kissen. Es war das einzig Richtige gewesen, ihn fortzuschicken! Sie war verderbt, nicht besser als die Dirnen in den Bordellen von Paris! Nein, sie war schlechter, weil sie nach dem Glanz des Hofes geschaut und sich in der Gunst ihrer Bewunderer gesonnt hatte. Ihre Sünde war Eitelkeit. Bitter verzog sie die Lippen. Das würde ihrem bigotten Ehegatten gefallen, eine Frau, die sich klein und schmutzig fühlte und vor den Moralpredigern im Staub kroch. Eine Welle des Schmerzes überfiel sie, doch es würde noch dauern, bis sich die Frucht aus ihrem Leib löste und hinausgestoßen wurde. So hatte es Lady Dousabella beschrieben.

Gleichmäßig atmen, ermahnte sich Jeanne und legte sich auf den Rücken. Das Edikt von Saint-Germain hatte den Hugenotten Rechte gegeben, Rechte, die auf dem Papier standen und in der Realität nicht existierten. Die Katholiken drangsalierten und schikanierten ihre protestantischen Nachbarn weiterhin auf jede erdenkliche Art und Weise. Nach und nach waren die Hugenotten aus allen wichtigen Ämtern verdrängt worden. Wer schützte einen Protestanten, wenn Richter, Bürgermeister und Büttel eines Ortes Katholiken waren, die sich heimlich darüber amüsierten, wenn protestantische Gefangene vom Mob in den Straßen angegriffen und getötet wurden?

Vor einigen Tagen hatte ein Bote die Nachricht vom Sieg der Heiligen Liga über die türkische Flotte bei Lepanto gebracht. Arnauld verlas den Brief aus Paris beim Essen. Jeanne hatte die heimliche Freude in den Gesichtern des zwangskonvertierten Gesindes gesehen. Hier in der Champagne gab es mehr Katholiken als Protestanten, doch wer einen strenggläubigen Hugenotten zum Herrn hatte, musste konvertieren. Was sollte daraus entstehen außer Verdruss und Hass auf die Herrschaft? Für Lutheraner und Hugenotten war der Sieg der Heiligen Liga gleichbedeutend mit einer Niederlage, wurde dadurch doch die katholische Übermacht in Europa gestärkt.

Jeanne biss in ihr Kissen. Nicht schreien! Arnauld und seine Frau ließen sie beobachten und belauschen und gaben jede Kleinigkeit in detaillierten Berichten an Cosmè weiter. Coline hatte den Hausherrn einmal in seinem Arbeitszimmer beim Schreiben eines solchen Berichts überrascht.

Die Krämpfe nahmen zu, die Schmerzen auch. Keuchend krallte Jeanne sich in den Laken fest. Eine fromme Hugenottin hätte in der Stunde der Not gebetet, doch Jeanne stieß die hässlichsten Flüche aus, und in jedem kamen der Name des Herzogs de Guise und der seiner boshaften Schwester vor.

In den frühen Morgenstunden kam es zu den ersehnten und gefürchteten Blutungen. Um möglichst wenig Spuren zu hinterlassen, hatte Jeanne das Bett mit alten Lumpen ausgelegt und ein verschlissenes Nachtgewand angezogen, das sie sich über die Hüften schob, während sie die unerwünschte Frucht in wehenartigen Krämpfen aus sich herauspresste. Sie vermied es zu sehen, was sie ihrem Körper entriss, und schlug die Tücher über dem blutigen Gekröse zusammen. Da sie keine Feuerstelle im Zimmer hatte, sondern nur ein Becken mit glühenden Kohlen, musste sie sich erheben und nach nebenan zu Colines Tür schleppen. Sie kratzte leise am Holz. Das Mädchen öffnete sofort und hielt einen Kerzenleuchter in die Höhe.

»Ihr seid bleich wie der Tod! Legt Euch wieder hin. Ich komme sofort.«

Jeanne drückte ihr das blutige Bündel in die Hand. »Verbrenn es unten im großen Feuer.« Die Sinne begannen ihr zu schwinden.

»Heilige Mutter Gottes«, entwich es Coline, doch keine der beiden Frauen gab etwas auf die Konfession der anderen. Hugenotten riefen weder die Heilige Jungfrau noch andere Heilige um Hilfe an. Coline setzte den Leuchter ab, packte Jeanne am Arm und half ihr ins Zimmer zurück, bevor sie mit dem verräterischen Bündel in die Halle hinunterging.

Erschöpft lag Jeanne auf ihrem Bett. Sie hatte sich notdürftig gewaschen und die Schüssel mit dem blutigen Wasser unter ihr Bett geschoben. Die Augen fielen ihr zu, und sie sank in einen Dämmerschlaf. Als sie erwachte, schien die Sonne hell in ihr Zimmer. Wo war Coline? Sie hatte doch sofort zurückkehren wollen? Böses ahnend strich sie sich die Haare aus dem Gesicht. »Coline?«, rief sie und schleppte sich zur Tür, doch die war verschlossen. Wütend rüttelte sie an dem Riegel und schlug gegen die Holzbretter.

Es dauert nicht lange, und jemand machte sich von außen an der Tür zu schaffen. »Beruhigt Euch, Madame! Wir haben Euch nur schützen wollen.« Arnauld und seine mausgesichtige Frau kamen herein.

»Vor wem denn? Redet keinen Unsinn! Wo ist Coline?« Ängstlich versuchte Jeanne, an den beiden vorbei auf den Korridor zu sehen.

»Oh, sie war nicht das richtige Mädchen für Euch«, sagte Madame Paullet mit einem zuckersüßen Lächeln. »Wir haben sie mit einem blutigen Bündel erwischt, das sie frühmorgens ins Feuer werfen wollte.«

»Das hat sie für mich getan! Ich hatte Blutungen, und sie hat die Tücher für mich fortgebracht!«, rief Jeanne aufgebracht. »Wo ist sie? Was habt Ihr dem armen Mädchen angetan?«

»Aber was denkt Ihr denn von uns? Wir haben ihr erklärt, dass wir ihre Dienste nicht länger benötigen, und sie ist auf dem Weg nach Paris.« Arnauld betrachtete Jeanne und ging zum Bett. Wohlweislich hatte sie die schmutzigen Tücher zusammengerollt und in die Truhe gestopft.

»Schert Euch aus dieser Kammer!«, fauchte Jeanne wütend. »Ihr hattet kein Recht, Coline fortzujagen. Sie ist ein herzensgutes Mädchen. Aber genau das ist es, was Euch stört, nicht wahr? Ihr duldet niemanden, der mir nahesteht.«

Arnauld und seine Frau warfen sich einen vielsagenden Blick

zu. »Sie spricht wirr. Lassen wir sie allein. Ein wenig Ruhe sollte ihr guttun.«

Bevor der Weinbauer und seine Frau die Tür schlossen, sagte Arnauld: »Ihr solltet Euch wie eine gute Hugenottin verhalten. Denkt an Euren Vater, Madame, er ist auf Hilfe angewiesen, und die Mildtätigkeit meines *père* ist nicht grenzenlos. Wir leben in harten Zeiten, und jedes zusätzliche Maul, das gestopft werden muss, belastet einen Haushalt. Marianne wird Euch gleich eine stärkende Suppe bringen.«

Zu schwach, um sich länger zu widersetzen, sank Jeanne auf ihr Lager. Arme Coline, dachte sie und hoffte, dass das Mädchen unbeschadet nach Paris gelangte. Von nun an würde sie eine mustergültige Hugenottin sein müssen, denn ihr Vater sollte nicht leiden. Und vielleicht fand sich irgendwann eine Möglichkeit, eine Nachricht an Lady Dousabella zu schicken. Wenn der Friede anhielt und Katharina und das Haus Valois die Guisen nicht länger fürchten mussten, konnte sich auch ihre Lage verbessern.

Manches Mal dachte sie in den folgenden Wochen mit Wehmut an die Monate mit ihrem Vater im sächsischen Helwigsdorff zurück. Und ganz selten erlaubte sie sich einen Gedanken an die sanften Augen eines jungen Medicus.

34

Der Frühling 1571 erlöste die gebeutelte Bevölkerung von einem langen, frostreichen Winter. Die Eisdecken auf Teichen und Weihern waren erst Ende April verschwunden. Gerwin schüttelte sich das Heu aus den Haaren und streckte sich. Die letzten zwei Monate hatte er bei einem Bauern verbracht, dessen Familie wie fast die Hälfte der zwischen Nierstein und Mainz lebenden armen Landbevölkerung der furchtbaren Seuche *Ignis sacer* zum Opfer gefallen war. Schomberg und sein Gefolge waren nach Aufenthalten bei verschiedenen kleinen Landesfürsten bereits nach Mainz weitergezogen, wo sie Aufnahme bei Kurfürst Daniel Brendel von Homburg fanden. Kurfürst von Homburg war 1555 zum Erzbischof des Kurerzstiftes Mainz gewählt worden und vor allem dem katholischen Frankreich freundlich gesinnt.

Gerwin klopfte sich den Staub aus den Kleidern und verließ den Heuboden über eine Leiter. Unten im Stall machten sich drei Kühe und eine magere Sau über ihre Morgenmahlzeit her. Als Gerwin Schombergs Gesandtschaft vorübergehend verlassen hatte, weil er das Elend der erkrankten Landbevölkerung nicht mehr hatte mit ansehen können, war es in der Hoffnung geschehen, die Ursache für die seltsame Krankheit finden zu können, die auch in Frankreich sporadisch auftrat und die Bevölkerung dezimierte.

»*Ignis sacer*, Heiliges Feuer, wo hast du deinen verteufelten Ursprung?«, murmelte Gerwin, während er auf den Hof hinaustrat und in den blauen Maihimmel blickte. Er ging zur Pumpe und wusch mit eiskaltem Wasser Kopf und Oberkörper, denn von Hippolyt hatte er gelernt, dass Reinlichkeit das erste Gebot für den Erhalt der Gesundheit war. Er vermisste seinen Freund und Mentor. Vor allem angesichts dieser Seuche, welche die armen Menschen wie die Fliegen dahinraffte und der er machtlos gegenüberstand.

Auch Bauer Johannes hatte sich gestern mit den gefürchteten Symptomen niederlegen müssen. Lähmungserscheinungen hatten Hände und Füße befallen. Wie viele andere klagte er über ein Pelzigsein der Haut, als liefen Tausende Ameisen in seinen Gliedmaßen herum. Manche Patienten wurden vom Wahnsinn befallen, bevor sie starben. Wenn es zum Äußersten kam, zeigten sich bei den Kranken Blasen auf der Haut, die Gliedmaßen wurden kohlschwarz, brandig und faulig, zuletzt lösten sich Hände und Füße einfach vom Körper ab. Sie faulen ab wie die morschen Äste von einem Baum, dachte Gerwin und zermarterte sich das Hirn, warum es manche traf und andere nicht. Es war nicht wie bei einem Fieber oder der Pest, wo alle Bevölkerungsschichten gleichermaßen dahingerafft wurden. *Ignis sacer* schien eine weitere Geißel der Armen zu sein, und Gerwin kam der Verdacht, dass die unzureichende Nahrung des schlechten Winters ein Grund für die Seuche sein könnte. Das Heilige Feuer schien immer im Zusammenhang mit Hungersnöten aufzutreten.

»Herr Medicus!«, rief die junge Bäuerin, eine verhärmte Frau mit tief liegenden blauen Augen. »Bitte, seht nach meinem Mann. Es steht schlecht um ihn.«

Gerwin streifte sich Hemd und Wams über, schnallte seinen Gürtel um und folgte der Frau, die außer ihrem kranken Mann fünf Kinder zu versorgen hatte, ins Wohnhaus. In der Küche bereitete eine Magd einen Brotteig vor. Auf dem gestampften Lehmfußboden saß ein zurückgebliebener Junge und rupfte ein Huhn, während ihm Schleim aus dem offen stehenden Mund tropfte. Das vormals kräftige, gesunde Kind war vor fünf Jahren von *Ignis sacer* befallen worden. Die Krankheit hatte einen verblödeten Krüppel mit verbogenen Gelenken und deformierten Händen aus ihm gemacht.

Im Vorbeigehen sah Gerwin in einer Schüssel schmutziges Mehl, und er dachte an Hippolyt, der immer betonte, dass unverdorbene Nahrung genauso wichtig war wie klares Wasser. Von allem, was faul war, solle man die Finger lassen und lieber darben als von Fäulnis Befallenes essen.

Sie gingen in die winzige Schlafkammer der Bauersleute. Die Wände waren feucht und schimmelig, die Laken, unter denen der zitternde Bauer lag, klamm. An Knien und Unterarmen verfärbte sich die Haut bereits, aber der Blick war noch klar. Gerwin legte die Hand auf die fiebrige Stirn des Kranken, schloss die Augen und konzentrierte sich. Außer dem unregelmäßigen Atem des Kranken war es still im Raum.

»Johannes, das Feuer wird dich nicht verzehren.« Gerwin nahm die Hand fort. Der Tod hatte seine Klauen noch nicht nach Johannes ausgestreckt.

Gertrud, die Bauersfrau, stieß einen erleichterten Schrei aus und rang die gefalteten Hände. »Dem Himmel und Euch sei Dank! Ich hätte nicht gewusst, wie ich mit allem fertigwerden soll. Die Obrigkeit presst uns aus, bis uns nichts mehr bleibt. Aber, Herr Medicus, die Glieder faulen ja schon! Und da soll er gesund werden?«

Da Gerwin ihr seine Fähigkeit, den nahen Tod zu fühlen, nicht erklären konnte, ohne der schwarzen Magie verdächtigt zu werden, betastete er Arme und Knie des Kranken. »Das Fleisch darunter ist fest und gesund. Gib deinem Mann kräftige Brühe und verdünnten Wein, Eigelb und Honig, wenn du hast.«

»Und Brot? Das mag er gern«, sagte Gertrud mit skeptischem Blick auf den fiebrigen Johannes.

»Macht ihr das aus dem schwarzen Mehl?«

Die Bäuerin zuckte die Schultern. »Das sind unsere Reste. Wir versuchen, das Hungerkorn nicht zu essen, aber jetzt ist nichts anderes mehr da.«

Wer es sich leisten konnte, kaufte nur das reine Korn. An einem großen Teil der reifenden Roggenähren bildeten sich kornartige Gebilde von schwarzvioletter Farbe, die größer waren als die normale Ähre. Diese wurmartigen, schwarzen Missbildungen wurden unter das Hungerkorn, das Korn für die Armen, gemischt.

»Es ist nur ein Rat, denn ich kenne die Ursache des Heiligen Feuers nicht. Doch nach allem, was ich hier gesehen habe, kann ich ausschließen, dass es von Mensch zu Mensch übertragen wird. Es kann in schlechter Luft, in stehendem Wasser oder in fauligem Essen sein. Koch Suppe aus Zwiebeln und Huhn, gib deinem Mann Milch zu trinken und mach Eierspeise, aber halte das schlechte Brot und wurmiges Fleisch von ihm fern.« Gerwin deckte den Kranken zu und ging mit Gertrud hinaus. Die Ausdünstungen des Kranken, Feuchtigkeit und Schimmel hatten ihm die Kehle zugeschnürt. Auf dem Hof sog Gerwin die frische Frühlingsluft ein. »Ich verlasse euch heute, denn meine Reise führt mich weiter nach Osten.«

Die Bauersfrau ergriff Gerwins Hand und drückte sie fest. »Ihr habt so viel für uns getan. Wie können wir Euch jemals dafür danken?«

»Dank mir nicht, ich habe ja oftmals nur beim Sterben zusehen können. Du hast zwei Töchter verloren.« Traurig zog Gerwin die Hand zurück. Hier war er an seine Grenzen gekommen, und er hatte zu verstehen begonnen, was es wirklich bedeutete, seine Heilkunst in den Dienst der Menschen zu stellen. An Hippolyts Seite war nichts unmöglich erschienen, weil sein Mentor für alles eine Erklärung hatte, und das bezog sich nicht nur auf dessen immenses Wissen. Der ehemalige Mönch hatte darüber hinaus ein tiefes Verständnis für die Verschiedenartigkeiten des Seins, für die verwinkelten Labyrinthe der menschlichen Seele, und er war voller Mitgefühl, rückhaltlos, ohne Einschränkung. Und davon, das hatte Gerwin sich eingestanden, war er noch weit entfernt.

»Es war Gottes Wille. Wir werden nicht vergessen, dass Ihr in dieser schlimmen Zeit für uns da wart. Lebt wohl, Medicus.« Gertrud wischte sich die Augen, nickte Gerwin zu und ging mit Schultern, die von jahrelanger Mühsal gebeugt waren, zurück zur Küche.

Am nächsten Abend trat sich Gerwins Pferd einen Nagel so unglücklich in den Huf, dass er es führen musste. Ein Flussschiffer, dem er eine ausgerenkte Schulter richtete, nahm ihn das letzte Stück auf dem Rhein mit. Aus dem gewaltigen Glockenturm des Mainzer Doms dröhnten fünf Schläge zu ihnen herunter. Vom Wasser aus wirkte die Stadt wie eine Festung, eine mächtige Burg blickte drohend über den Rhein.

»Ist das dort das kurfürstliche Schloss?«, fragte Gerwin den Schiffer.

Der Kahn trieb gemächlich auf dem ruhigen Wasser dahin. Gerwins Pferd stand ruhig inmitten der Ladung und schien die vorbeiziehende Landschaft zu betrachten.

»Vorn der trutzige Kasten ist die Martinsburg. Diether von Isenburg, der vormalige Kurfürst, hat sie bauen lassen. Die Burg war niedergebrannt, aber der Homburg lässt sie wieder herrichten.« Der Schiffer, ein Mann mit gegerbter Haut und unzähligen Falten um die Augen, spuckte aus. »Scheffelt die Gulden mit beiden Händen! Da kann er munter bauen lassen. Das Stapelrecht macht die da droben reich! Wir armen Schweine müssen zahlen, wie immer.«

»Stapelrecht?«

»Alles, was an Waren an Mainz vorbei- oder hindurchgeht, muss drei Tage zum Verkauf angeboten werden. Ihr werdet das Kaufhaus am Brand schon noch sehen. Das bringt dem Kurfürsten Gebühren, und das nicht zu knapp.«

»Ja, aber was ist denn mit Milch, Fleisch oder dergleichen verderblichen Waren?«

»Losschlagen musst du die, sonst geht's dir schlecht. Die droben kümmert's nicht, was wird. Entweder unsereins kann Stapelgeld zahlen, um durchziehen zu dürfen, oder es heißt drei Tage bleiben. Seit der Homburg auch noch zum Erzbischof gewählt wurde, gibt sich Mainz katholischer als der Papst, und dieses scheinheilige Jesuitenvolk ist eingezogen. Teufel auch, das hat uns gerade noch gefehlt …« Er hielt inne und blinzelte in die Sonne. »Welcher Konfession gehörtet Ihr noch an?«

»Ich habe nichts gesagt. Doch haben wir alle dasselbe Kreuz zu tragen, und der Tod macht alle gleich, ob Bettler oder Edelmann«, meinte Gerwin grinsend.

»Wahrlich, auch denen, die ihn fliehen, jagt der Schnitter hinterher«, unkte der Schiffer. »Wo soll ich Euch absetzen, Herr Medicus?«

Die Burg stand am Ende der Mainzer Stadtmauer, und wo das Ufer flach abfiel, gab es eine Anlegestelle. »Dort, wenn es möglich ist.« Gerwin hängte sich seine Taschen um und stand auf. Die langen Haare trug er im Nacken gebunden, den Bart stutzte er sich kurz. Seine Reisekleidung war aus robustem Leder, Waffen und Gürtel waren solide, aber nicht wertvoll. Er hatte stets einen leichten wollenen Umhang mit Kapuze bei sich, der ihm nachts als Decke oder Kissen diente und ihn beim Reiten vor Wind und Regen schützte. Fast zwei Jahre war es her, dass Gerwin Helwigsdorff verlassen hatte, und er hatte sich verändert. Vor allem die vergangenen zwei Monate hatten ihm viel abverlangt, und wenn er sein Spiegelbild sah, kannte er sich selbst nicht wieder.

Der Schiffer und seine beiden Bootsjungen brachten Gerwin und sein Pferd sicher an Land. »Gott mit Euch!«

»Und mit Euch!«, rief Gerwin und führte sein Pferd den Hang hinauf.

Die Wächter am Stadttor ließen ihn nach einem Blick auf die Satteldecke mit dem königlichen Wappen passieren. Man erklärte ihm, dass die französische Gesandtschaft nur einen Steinwurf entfernt in der Martinsburg logiere, und kaum war Gerwin durch das Tor, sah er auch schon einen königlichen Soldaten, den er kannte. Dieser zeigte Gerwin, in welchem Teil der Burg die Gesandtschaft untergebracht war, nahm Gerwins Pferd und übergab es im Hof der Obhut eines Stalljungen. Dann deutete er auf einen der mächtigen Wehrtürme, die mit Zinnen und Schießscharten versehen waren. »Gesinde und Soldaten logieren dort. Die Verpflegung ist in Ordnung, kein Grund zur Klage, doch es ist gut, dass Ihr wieder bei uns seid, Medicus. Wir hatten einen Unfall mit einem der Wagen, und zwei Burschen hat es übel erwischt.«

Wo die Quartiere der Männer waren, verriet der lauter werdende Lärm, während sie die Treppen hinaufstiegen. »Wie lange seid ihr schon hier, Battons?«

»Zwei Wochen. Bin froh, wenn es weitergeht. Obwohl es genug Papisten in der Stadt hat, ich kann die Leute hier nicht leiden. Die verspotten uns, und nicht zu wenig. Wir sprechen zwar das Deutsche nicht, aber das haben wir schon verstanden, dass einige uns hier nicht wohlgesinnt sind. Kommt!« Battons stammte aus der Normandie, stand seit fünfzehn Jahren in königlichen Diensten und kannte das Kriegsgeschäft und das Hofleben gleichermaßen.

Sie stiegen eine gewundene Treppe hinauf. Gerwin musste den Kopf einziehen, um sich nicht an den Steinstufen zu stoßen. Ein schmaler Gang, der nach innen offen war, so dass man in die Eingangshalle hinuntersehen konnte, führte zu den Quartieren. Durch die offenen Türen sah Gerwin die Männer beim Würfelspiel und Biertrinken. Weibergeschrei zeigte an, dass die Soldaten sich mit Huren vergnügten. Eine dralle Dirne rannte kichernd vor ihnen durch die Tür. Battons schüttelte den Kopf. »Versaufen und verhuren ihren ganzen Sold.«

Gerwin ging zu den Verletzten und behandelte einen offenen Unterschenkelbruch und einen entzündeten Fuß. Kurz vor Mitternacht legte er sich müde schlafen. Am nächsten Morgen wurde er von einem Boten Schombergs in die kurfürstlichen Gemächer im gegenüberliegenden Teil der Burg zitiert. War der Flügel mit den Quartieren karg und teils noch im Umbau befindlich, entfaltete sich in den Räumen des Kurfürsten die glanzvolle Pracht des Welt- und Kirchenfürsten. Homburg hatte eine rege Bautätigkeit entfaltet und das Jesuitenkolleg in der Mainzer Universität eingerichtet. Infolgedessen hatten die Jesuiten fast alle Lehrstühle der theologischen und der philosophischen Fakultät übernommen. Da der Kurfürst auch das reiche Mainzer Domkapitel mit vierundzwanzig Pfründen und einem eigenen Herrschaftsgebiet unter sich hatte, wurden Beamtenstellen bevorzugt an Katholiken vergeben.

Mit diesen Gedanken betrat Gerwin hinter einem kurfürstlichen Diener einen Empfangsraum. Ein vergoldeter Tisch, ein Dutzend ebensolcher Sessel, Wandteppiche mit Schlachtenszenen und über der Tür das geschnitzte Wappen des Fürsten und ein dekorativer Brustharnisch schmückten den Saal. Der prächtigste und erhöht platzierte Sessel war leer, in den anderen saßen Mitglieder des Hofrats, darunter auch Vertreter des Domkapitels, ringsumher standen Höflinge und Damen in Gespräche vertieft. Nach Schomberg und den Franzosen musste Gerwin nicht lange suchen, denn ihre schillernde Kleidung und die gezierte Haltung verrieten ihre Herkunft. Selbst in seinem besten Wams kam sich Gerwin noch schäbig im Vergleich mit der Hofgesellschaft vor.

»Ah, unser Medicus! Immer fleißig, kaum angekommen, habt Ihr gleich wieder kuriert«, begrüßte Schomberg ihn leutselig. »Wir haben Euch vermisst.« Er kam auf Gerwin zu und legte ihm vertraulich den Arm um die Schultern, wobei er den Duft von Puder und Parfum verströmte. Seine seidenen Schuhe glänzten genau wie seine polierten Waffen, an den Händen funkelten kostbare Ringe.

»Ihr seid zu gütig, Colonel. Dabei seid Ihr in Gesellschaft von weitaus geistreicheren Leuten als mir, einem schlichten Medicus«, erwiderte Gerwin bescheiden und nahm eine gewisse Unruhe in einer Gruppe am Fenster wahr.

Schomberg lächelte gewinnend. »Nicht alles, was glänzt, ist auch wertvoll, aber das wisst Ihr selbst. Wie ist es Euch ergangen? Habt Ihr die Ursache für die Seuche herausfinden können?«

Bevor Gerwin seine Erfahrungen darlegen konnte, kam es zu einem Tumult, und ein Aristokrat mit keck in die Stirn geschobenem Barett stellte sich herausfordernd vor die Franzosen. Die Damen und Herren aus seiner Gruppe lachten hinter vorgehaltenen Händen. Der Adlige zog sein Barett in übertrieben gezierter Manier und stellte den Fuß aus wie ein Tänzer. Dann flötete der blonde Hüne in gebrochenem Französisch, während er sich mit dem Barett Luft zufächelte:

»Ihr Edlen, welche Ehr,
Euch hier am Rhein zu sehn.
An unser Ohr Ihr bringt die Mär
von einem Frieden schön.«

Seine Freunde lachten jetzt laut, was den Spötter anstachelte fortzufahren:

»*Verzeiht mein holprig Verselein,*
bin nur ein Protestantelein,
fremd sind mir Pfaffenprasserei und Tand …«

»Lasst gut sein, Wilhelm!«, mahnte einer seiner Freunde und zog den Spötter am Ärmel.

Schomberg hüstelte verärgert, die Mitglieder seiner Gesandtschaft steckten die Köpfe zusammen und verließen mit finsteren Mienen den Raum. Gerwin folgte Schomberg, der verzweifelt die Hände in die Luft warf. »Alles umsonst! Warten, Lavieren – und ich dachte schon, wir hätten sie für uns gewonnen, jetzt kommt dieser Hitzkopf daher und macht alles zunichte!«

»Wer war das?«, erkundigte sich Gerwin.

»Ein Landgraf, nicht wichtig, aber hier in Mainz wäre es besonders förderlich gewesen, die Protestanten davon zu überzeugen, dass Katharina die Zugeständnisse im Edikt von Saint-Germain ernst meint. Der Kurfürst von Mainz ist Vorsitzender im Reichstag, steht Kaiser und Papst von allen deutschen Kurfürsten am nächsten. Ach, was rede ich. Lasst uns gehen!«

Die Abreise aus Mainz erfolgte am nächsten Tag. Schombergs Mission war nicht vollständig gescheitert, wie ihm Homburg beim Abschied versicherte, doch ein schaler Nachgeschmack blieb. Die französischen Höflinge gaben sich noch immer entrüstet und hätten am liebsten auf dem Fuße kehrtgemacht, doch Schomberg beschwichtigte sie und versprach auch den Soldaten einen zusätzlichen Gulden. Bei anhaltendem Nieselregen folgte der Reisezug dem Main hinauf in Richtung Frankfurt.

Gerwin war schweigsam, seine Gedanken kreisten um Jeanne und seine Mutter, von der er nicht wusste, ob sie überhaupt noch lebte. Als sie auf die Via Regia stießen, entfuhr ihm ein Stoßseufzer. Schomberg, der neben ihm ritt, fragte: »Plagt Euch etwas?«

»Geister der Vergangenheit.«

»Die können hartnäckig sein und einem das Leben schwer machen. Aber wir alle schleppen sie mit uns herum, nicht wahr?«, sinnierte Schomberg.

»Ihr habt Jeanne damals vom Hôtel de Guise abgeholt. Bitte, sagt mir alles, was sie Euch über ihre Gefangenschaft mitgeteilt hat. Jedes Wort!« Gerwin hatte lange versucht, die Gedanken an Jeanne zu unterdrücken, doch es half nichts. Bei jeder Gelegenheit schlichen sich Bilder ihrer gemeinsamen Augenblicke vor sein inneres Auge. Bei ihrer letzten Begegnung auf dem Gut von Paullets unausstehlichem Sohn hatte sie ihn zurückgewiesen und ihm deutlich zu verstehen gegeben, dass sie keinen weiteren Kontakt wünsche, und er hatte sich gekränkt abgewandt. Verletzter Stolz war schmerzhaft, und Gerwin gestand sich ein, dass er Jeannes Beweggründe nicht hinterfragt hatte. Er hätte sich viel früher bei Schomberg erkundigen müssen und schämte sich für sein selbstsüchtiges Verhalten.

»Immer noch die Lautenspielerin?« Der Colonel warf Gerwin einen mitleidigen Blick zu. »Sie hat kaum gesprochen, und es war ja keine Gefangenschaft im eigentlichen Sinne.«

»Wieso das?«

»Die Montpensier hat Eure Lautenspielerin, nun, sagen wir, nachdrücklich eingeladen, um mit ihr über diesen Julian de Bergier zu sprechen. Jeannes Onkel war an der Ermordung ihres Vaters beteiligt.«

»Ihr seid mit dem Herzog befreundet und wollt ihn und seine Sippe nur in Schutz nehmen!«, meinte Gerwin.

»Und was sagt Ihr dann dazu, dass Eure Jeanne mir ein Taschentuch des Herzogs gab, das ich der Königinmutter übergeben sollte? Jeanne sagte wörtlich, dass Katharina schon wisse, was es damit auf sich habe.«

»Das glaube ich nicht!« Gerwin sog scharf die Luft ein und zog sich die Kapuze ins Gesicht.

»Außerdem war die Situation, in der ich Henri und Eure Jeanne fand, recht eindeutig, und ich habe noch nie gehört, dass der Herzog eine Frau zu ihrem Glück zwingen musste. Im Gegenteil, sie fallen ihm wie reife Früchte in den Schoß und …«, fuhr Schomberg ungerührt fort.

»Genug! Hört auf!«, rief Gerwin.

Die Soldaten vor ihnen drehten sich neugierig um.

»Reißt Euch zusammen! Ihr seid zu empfindlich, Herr Medicus. Letzten Endes ist sie eine Frau, launisch, unberechenbar und eitel. Warum sollte sie sich nicht geschmeichelt fühlen, wenn ein Mann wie Guise ihr seine Gunst schenkt? Denkt darüber nach, und dann glättet Euren geschwollenen Kamm und macht die Augen auf. Das Leben ist zu kurz, um es nicht zu genießen!« Schomberg schnalzte mit der Zunge, drängte sein Pferd nach vorn und überließ Gerwin seinen trübsinnigen und ernüchternden Gedanken.

Es gab keinen Grund, an Schombergs Worten zu zweifeln. Jeanne hatte sich freiwillig mit dem Herzog eingelassen. Nein! Etwas stimmte nicht! Wie passte die Entführung ins Bild? Gerwin dachte an die Begegnung mit Jeanne auf dem Gut bei Thibie. Ihr Blick war schuldbewusst gewesen, und sie hatte ihm die Brosche zurückgegeben, weil sie sie nicht wert sei, wie sie sagte. Schuldbewusst, weil sie sich mit dem Herzog eingelassen hatte? Sollte er sich derart in Jeanne getäuscht haben? Hatte sie ihre Wirkung auf Männer entdeckt und setzte sie jetzt berechnend ein? Aber dann hätte sie keine Schuldgefühle gehabt! Er versuchte sich an Jeannes Gesichtszüge zu erinnern, doch die selbstgefällige Miene des Herzogs de Guise drängte sich davor und vergiftete Gerwins Gedanken.

In endlosen Stunden unter grauem Himmel entlang der schlammigen Fluten des Mains ließ Gerwin seinen Geist durch ein Labyrinth bedrückender Möglichkeiten wandern, und als sie an diesem Abend ihr Nachtlager erreichten, lehnte er das Angebot einer jungen Magd, ihm im Heu Gesellschaft zu leisten, nicht ab. Mit schweren Lenden stieg er am nächsten Morgen auf sein Pferd. Hatte er auch bis dahin nicht mönchisch gelebt, so doch nur selten einer Versuchung nachgegeben, denn die Sehnsucht nach Jeanne verursachte jedes Mal einen schalen Nachgeschmack. Damit sollte es nun ein Ende haben, entschied Gerwin und stürzte sich in erotische Abenteuer, wo immer sich eine Gelegenheit bot. Besser fühlte er sich danach nicht.

Nach dem unglücklichen Zwischenfall mit dem Landgrafen in Mainz setzten Schomberg und seine Gesandtschaft sich umso stärker für eine Versöhnung protestantischer Landesherren mit Frankreich ein. Gerwin nahm die politischen Aktivitäten nur am Rande wahr, denn nach jenem unerfreulichen Gespräch mit Schomberg hielt er sich von dem Diplomaten nach Möglichkeit fern. Falls er es bemerkte, ließ dieser es sich nicht anmerken. Man konsultierte Gerwin nach wie vor bei leichten oder gravierenderen Leiden, und je wärmer es wurde, desto häufiger fielen die Damen in Ohnmacht und bedurften anregender Arzneien.

Der Juli ging seinem Ende zu, als sie Erfurt erreichten. Die konfessionell geteilte Stadt, die vom Waidhandel lebte, war für die Gesandtschaft nur eine Station auf dem Weg nach Dresden, wo Schomberg sich viel von Kurfürst August erhoffte. Kurz vor dem Erreichen des Fischmarkts zügelte Gerwin sein Pferd und wollte sich ohne weitere Worte von der Gesellschaft trennen, denn er hatte bereits vorher vermeldet, dass er hier seiner Wege gehen werde. Doch Schomberg hatte sein Tier gewendet und brachte es an Gerwins Seite zum Stehen.

»Auf ein Wort, Herr Medicus. Ihr mögt mich für einen berechnenden Menschen halten, dessen Handeln nur von politischen Motiven gesteuert wird und machiavellistisch jedes Gefühl der Staatsräson opfert«, sagte Schomberg und sah Gerwin direkt an. »Die Veränderung in Eurem Verhalten ist mir nicht entgangen, und ich führe sie auf unser Gespräch über die Lautenspielerin zurück.«

»Nein, da täuscht Ihr Euch!«, entgegnete Gerwin mürrisch.

»Das denke ich nicht. Gebt die Frau, die Ihr offensichtlich mit aller Macht zu vergessen sucht, nicht aufgrund meiner Worte auf. Keiner von uns beiden kennt die ganze Wahrheit.« Schombergs Pferd tänzelte unruhig, als ein Hudler mit seinem Karren an ihnen vorbeizog.

Irritiert nahm Gerwin die Zügel kürzer. Dieser windige Kerl erging sich in endlosen Andeutungen und Halbwahrheiten. Sollte er seine Ränke mit seinesgleichen treiben. »Was wisst Ihr schon!«

Schomberg lächelte. »Nun, wir werden einige Monate in Dresden verbringen. Ihr seid willkommen, wann immer Euer Weg Euch wieder zu uns führt.«

»Gott mit Euch, Colonel.« Gerwin erwiderte das Lächeln nicht und lenkte sein Pferd in die Gasse, die ihn am Gasthaus »Zum roten Ochsen« vorbei- und zum Haus von Eli Katzenberg führte.

Er stieg ab und klopfte an das Tor mit dem kleinen vergitterten Guckloch, vor dem er schon einmal gestanden hatte, was eine Ewigkeit her zu sein schien. Gerwin konnte seine Enttäuschung nicht verbergen, als er erfuhr, dass Eli und seine Familie verreist waren.

»Sie sind in Klostermansfeld bei der Hochzeit eines Cousins«, erklärte Ari, ein dicklicher Mann mittleren Alters, dem die Schweißperlen über das runde Gesicht liefen, während er Gerwin hereinließ. »Aber kommt nur, kommt. Sie sind erst eine Woche fort. Vor September erwarten wir sie nicht zurück.«

Die Hufe von Gerwins Pferd klapperten im Hof des Katzenberg'schen Anwesens. »Wenn es keine Umstände macht, würde ich gern heute Nacht bleiben und morgen weiterziehen. Ich muss ohnehin noch nach Freiberg und würde dann auf dem Rückweg wieder herkommen.«

»Seid unser Gast, verehrter Medicus. Und wenn Ihr Euch von

der Reise gesäubert und gegessen habt, wäre es dann vielleicht möglich, dass Ihr nach meinem Sohn schaut?«, fragte Ari, der die Funktion eines Hausvorstehers hatte.

Die Beine von Aris Sohn waren von Warzen befallen, die sich auf erschreckende Weise vermehrten. Gerwin, der die Erfahrung gemacht hatte, dass seine Kräfte besonders auf Störungen des Hautbilds ansprachen, verlängerte seinen Aufenthalt in Erfurt um eine Woche, in der er den Jungen auf den Weg der Besserung brachte. Die Warzen verschwanden nicht über Nacht, das wäre Hexerei gewesen, doch sie hörten auf zu wachsen und juckten nicht mehr. Ari und seine Frau weinten vor Freude und warfen die Flasche Theriak fort, mit der sie die Haut bis dahin erfolglos eingerieben hatten.

Gerwin verließ Erfurt und ließ sein Pferd gemächlich durch die dicht bewaldeten Ausläufer des Erzgebirges trotten. Nachdem er die Saale bei Jena überquert hatte, mied er die Hauptstraße, auf der seit Wochen eine Bande Gesetzloser ihr Unwesen trieb, und hielt sich an die Siedlungen der Bergleute. Gegen Kost und Logis behandelte er Verletzte, denn in den Bergwerken kam es häufig zu schweren Unfällen, oder half bei Geburten, wenn die Hebammen am Ende ihres Lateins waren. Unzählige Male dankte er im Stillen Meister Hippolyt für dessen kluge Lehrstunden. Und wenn ihm dennoch eine Seele unter den Händen starb, fand Gerwin sich demütig und fragte verzweifelt nach dem Warum. Erfahrung hatte ihn gelehrt, dass nicht alle Leben gerettet werden konnten. Es schien einen höheren Plan zu geben, einen von Gott entworfenen Ablauf, in den man nicht eingreifen konnte. Gelang ihm die Rettung eines Patienten, dann war auch das Bestimmung. Mit dieser Sichtweise hatte Gerwin sich anzufreunden gelernt. Und doch war die Gabe des Heilens für ihn nach wie vor Fluch und Segen zugleich. Ob er jemals ganz mit Gott und sich ins Reine kommen würde, wer vermochte das zu sagen …

Je näher er Freiberg kam, desto düsterer wurde seine Stimmung. Er gestand sich ein, dass er die Ankunft absichtlich hinausgezögert hatte, denn im tiefsten Winkel seines Herzens fürchtete er sich vor dem Wiedersehen mit seiner Mutter, so sie denn noch am Leben war. Hatte er nicht doch etwas geahnt, als sie ihn den anderen Kindern vorzog? Nein, der Gedanke, dass Friedger Pindus nicht sein leiblicher Vater sei, war ihm nie gekommen. Dabei hätte er sich nichts sehnlicher gewünscht, als dass der stinkende Säufer nicht sein Erzeuger war.

Es kam der Tag, an dem er die Ufer der Flöha hinter sich gebracht hatte und Großhartmannsdorf vor ihm lag. Es war hochsommerlich warm, Vögel sangen, Insekten schwirrten über den sumpfigen Auen. Als die Hufe seines braven Pferdes über den steinigen Weg klapperten, der nach Helwigsdorff hineinführte, zog sich Gerwins Magen zusammen. Sein Elternhaus lag verfallen unten am Fluss. In der Dorfmitte standen noch immer die riesige Eiche und daneben die Häuser der Instrumentenmacher Froehner.

Ein Huhn lief über den staubigen Weg, und eine Katze döste auf einem Holzstapel. Die Sonne hatte den Zenit bereits überschritten. Gerwin stieg ab und band sein Pferd an einem Baum fest. Zögernd betrat er den mit Unkraut überwucherten Weg zu seinem Elternhaus. Das Dach war eingefallen, die Fenster nur noch offene Löcher. Jemand hatte die Rahmen entfernt. Gerwin steckte den Kopf durch den Eingang, der ebenfalls nicht mehr von einer Tür versperrt war. »Hallo?«, rief er. »Ist da jemand?«

Doch er hörte nur das Rascheln von winzigen Krallen auf morschem Holz und hier und da ein Quieken.

»Die sind schon lange fort! Lumpenpack das. Kann ich Euch helfen?«, erkundigte sich eine männliche Stimme von der Straße her.

Gerwin hustete, die modrige Luft im Haus legte sich auf die Lungen. Als er sich umdrehte und blinzelnd gegen das Licht nach hinten sah, erkannte er einen Mann, dessen Silhouette ihm vage vertraut war. »Wisst Ihr, wo sie hin sind?«

Langsam ging er auf den Mann zu, der ihn neugierig musterte. Gerwin erkannte den Vater von Franz Froehner sofort, die Ähnlichkeit war unverkennbar. Ulmann machte eine vage Geste. »Keiner weiß, was aus ihnen wurde, nachdem der alte Pindus gestorben war. Alter Säufer, Nichtsnutz, hat seiner Familie keinen blanken Heller hinterlassen.«

Du solltest nicht so schlecht reden, Ulmann, dachte Gerwin, wo doch dein eigener Sohn ein ganz und gar liederliches Subjekt ist. »Aber irgendwohin müssen sie gegangen sein.«

»Warum interessiert's Euch?«, fragte Ulmann argwöhnisch.

»Oh, ich komme von einem Notar aus Erfurt«, schwindelte Gerwin rasch. »Die Frau Gudrun Pindus, geborene Waldeck, hat eine kleine Erbschaft gemacht.«

»Na, wenn das keine Überraschung ist! Wahrscheinlich ist die ganze Sippe am Hunger verreckt, aber manchmal ist solch ein Volk ja zäh. Kommt mit, wir fragen Berna. Die kommt aus Freiberg und kennt mehr Leute als ich.« Ulmann ging auf das Haus gegenüber der Eiche zu, in welchem Thomas Froehner gelebt hatte.

»Ihr seid Instrumentenbauer?«, fragte Gerwin mit Blick auf das Türschild.

»Ja, seit Generationen. Aber seit dem Tod meines Vaters vor zwei Jahren ist das Geschäft schlecht geworden. In Freiberg oben machen sie es unter sich aus. Haben es uns bei Hof in Dresden verdorben. Wir machen nur noch Cistern für die Bergleute«, beschwerte sich Ulmann. Er stieg die Stufen zum Froehnerhaus hinauf und stieß die abgenutzte Tür auf. Der Wohlstand aus den Tagen des alten Thomas war lange Vergangenheit. »Afra! Berna! Wo sind denn alle?«, schrie Ulmann.

Es polterte im Treppenhaus, und eine junge Frau mit schmutziger Schürze und mürrischer Miene kam in den Eingang. »Ach, da bist du ja, Ulmann. Ich habe genug von deiner Alten. Nie zufrieden ist die alte Ziege! Kümmer dich doch selbst! In der Küche wartet Arbeit, die Wäsche muss auch gemacht werden. Und wenn deine dummen Söhne mich noch einmal betatschen, gehe ich fort!« Erst jetzt bemerkte sie Gerwin, der an den Stufen wartete.

Sie straffte die Schultern und strich sich eine blonde Haarsträhne aus der Stirn. »Hättest sagen sollen, dass wir Besuch erwarten. Außer Kohl und Gerstenbrei ist nichts da.«

Im Korridor stand das obligatorische Krautfass und erinnerte Gerwin an vergangene Tage.

»Sei nicht so frech, Berna. Sag mir lieber, ob du weißt, was aus der Witwe des Ochsentreibers Pindus geworden ist. Sind die nach Freiberg gegangen?« Ulmann wischte sich die Stirn mit dem Ärmel eines löchrigen Hemdes.

Berna runzelte die Stirn und zupfte an ihrem Dekolleté. Was kokett sein sollte, wirkte derb wie das Mädchen selbst. »Ach die, mit deren Tochter der Franz abgehauen ist? Sind die nicht alle bei dem Brand im Armenhaus krepiert?«

Gerwin hielt den Atem an und umklammerte seinen Degenknauf. »In Freiberg?«

Das Mädchen legte den Kopf schief. »Wo sonst? Ach nein, jetzt fällt's mir wieder ein. Die älteste Tochter hat einen Vogler geheiratet. Da hab' ich noch gedacht, was für ein Glück das dumme Ding hätte, einfältig und hässlich, wie die war.«

»Was geht da unten vor?«, ertönte die schrille Stimme von Afra Froehner, und Ulmanns Frau kam in einem Nachtgewand die Treppen heruntergehumpelt. Die Haare hingen wirr um ihr verhärmtes Gesicht. »Franz, bist du gekommen? Sag doch etwas! Ist mein Sohn da?«

Verärgert ging Ulmann zu seiner Frau, packte sie am Arm und schubste sie die Treppe hinauf. »Geh ins Bett, Frau. Du bist krank!«

Afra wimmerte, als Ulmann sie nach oben brachte. Berna grinste und tippte sich mit dem Finger an die Stirn. »Wirr, aber durchtrieben wie Satan selbst. Besser, Ihr reitet weiter, Herr. Ist ein trostloser Flecken, dieses Dorf. Die Vogler sind ja Wandervolk, aber der stammte aus Dörnthal. Fragt da nach, wenn's Euch wichtig ist.«

Gerwin hatte genug gesehen und gehört und verließ das Haus, in dem nichts von der Freundlichkeit des Thomas Froehner geblieben schien. Ausgerechnet Dörnthal, dachte Gerwin, während er sein Pferd über die schmalen Wege trieb, die er einst mit Hippolyt beschritten hatte. Vorbei an der Höllermühle durch den Wolfsgrund nach Obersaida ritt er, und dann sah er die Türme von Alnbecks Rittergut auf der Anhöhe. Dörnthal. Sein Herz schlug schneller, und er hielt Ausschau nach herrschaftlichen Reitern. Doch die drei Bauernhöfe lagen friedlich in der untergehenden Abendsonne. Er überlegte gerade, bei welchem Hof er anfragen könnte, als er einen Mann aus dem Wald kommen sah.

Der Fremde war nur mit einer Hose bekleidet und trug einen Kasten auf dem Rücken. In der Hand hielt er einen langen Stab.

»Es scheint, als hätte ich Glück«, murmelte Gerwin und drängte sein Pferd in Richtung des Fremden. Der Kasten entpuppte sich beim Näherkommen als Vogelkäfig, in dem ein Dutzend Singvögel umeinanderflatterten.

»Verzeiht, mein Herr, ich komme von Helwigsdorff, wo man mich hierher verwies. Ich bin auf der Suche nach einem Vogler, der mit Hedwig Pindus verehelicht ist«, sagte Gerwin höflich.

Der junge Mann kniff argwöhnisch die Augen zusammen, und seine Haltung versteifte sich. Struppige Haare und ein ebensolcher Bart gaben ihm das Aussehen eines Waldmenschen. »Wer will das wissen?«

»Ein Notar aus Erfurt. Eigentlich bin ich auf der Suche nach Gudrun, Hedwigs Mutter. Es geht um eine Erbschaft.«

»Dann folgt mir. Der Vogler bin ich selbst, Utz mein Name, und die Mutter meiner Frau lebt bei uns. Ist sehr krank. Mit der geht's zu Ende.«

»Dann sollten wir keine Zeit verlieren!«, rief Gerwin und drängte den überraschten Utz zur Eile.

Utz lebte in einem winzigen Haus auf der anderen Seite des Baches. Die ärmliche Behausung lag im Schutz von Fichten und einer alten Weide. Unzählige Vogelkäfige stapelten sich neben dem Haus, das aus Brettern ungelenk zusammengezimmert war. Aus den unverkleideten Fensteröffnungen hörten sie eine Frauenstimme ein einfaches Lied singen.

»Hedwig!«, rief Utz und stellte den Käfig auf einen Baumstumpf.

Das Haus stand inmitten einer Wildnis aus Gräsern, Kräutern, Wildblumen und durcheinanderwachsenden Gemüsepflanzen. Ein Trampelpfad führte zur Tür, die offen stand. Gerwin saß ab und ließ die Zügel aus den Händen gleiten, als er seine Schwester sah, die mit einem Kleinkind auf dem Arm zu ihnen trat.

Hedwig, seine kleine Schwester, die kaum älter als vierzehn oder fünfzehn Jahre alt war und kaum je ein Wort gesprochen hatte, stand dort mit ihrem Kind und schaute ihn an. Der Blick aus ihren großen hellen Augen traf ihn härter als jeder Vorwurf. Er hatte sie alle im Stich gelassen. »Hedwig!« Mehr brachte er nicht heraus.

Wortlos gab Hedwig ihrem Mann das Kind auf den Arm. Mit zwei Sprüngen war sie bei Gerwin und schlang die Arme um ihn.

»O Gott!«, schluchzte Gerwin und drückte seine Schwester an sich. Er spürte, wie sie an seiner Brust weinte, still, kaum hörbar, und als sie sich beruhigt hatte, löste sie sich von ihm und nahm Utz das Kind ab.

»Mutter«, war alles, was sie sagte, bevor sie ins Haus ging.

Gerwin wollte ihr folgen, wurde jedoch von Utz am Arm gehalten. »Notar, eh? Wer seid Ihr?«

»Gerwin, Hedwigs Bruder. Hat sie denn nicht von mir gesprochen?«

»Was sie eben gesagt hat, war mehr, als sie in einem halben Jahr spricht. Sie singt dem Kind vor. Keine Erbschaft?«, fragte Utz mit einem breiten Grinsen und zeigte braune Zähne.

Gerwin schüttelte den Kopf.

»Hätte mich auch gewundert.« Damit schien die Sache für ihn erledigt, und er wandte sich seinen Käfigen zu.

Das Haus bestand aus einem großen Raum, in dem eine Feuerstelle, ein Tisch, vier Schemel und in einer Ecke das Lager seiner Mutter waren. Eine Stiege führte hinauf auf einen offenen Boden, wo Gerwin die Schlafstätte von Hedwig und Utz vermutete. Hedwig stand mit dem Kind, das ihn fröhlich anlächelte, vor der einfachen Pritsche, die mit frischem Stroh bedeckt war. Darüber hatte man eine Decke und ein Laken gebreitet, und darauf lag Gudrun Pindus mit geschlossenen Augen. Ihr Atem ging schwer und röchelnd, aus dem ausgemergelten knochigen Körper schien das Leben langsam zu weichen.

Er setzte sich neben seine Mutter und ergriff ihre Hand. Auch ohne die Berührung hätte er gewusst, dass Gudrun dem Tode nahe war. Die schwarzen Schwingen warfen ihre langen Schatten bereits über sie und ließen Gerwin erschauern. Zärtlich strich er ihr über die Stirn. Die Augen lagen tief in den Höhlen, und die Wangenknochen stachen aus dünner Haut hervor. Es waren noch immer Spuren der ehemaligen Schönheit von Gudrun vorhanden, doch das grausame Leben hatte die Freude aus ihren Zügen getilgt.

»Mutter«, flüsterte Gerwin und küsste ihr die Wangen.

Gudruns Augenlider flatterten und öffneten sich. Nachdem sich die Pupillen verengt hatten, blieben sie ungläubig an Gerwins Gesicht haften. Sie sagte nichts, doch er spürte, wie ihre Finger sich um seine Hand schlossen.

»Hedwig, gib mir etwas Wasser!«, sagte er zu seiner Schwester, die ihm einen Becher reichte.

Vorsichtig benetzte Gerwin die Lippen seiner Mutter und tupfte ihr mit einem Tuch die Stirn ab. »Mutter, es tut mir leid. Ich hätte dich nicht im Stich lassen dürfen. Es war nicht recht, dich allein zu lassen, aber ich musste fort! Es ist so viel geschehen, Gott, hilf mir!« Er presste sich die Faust an die Lippen und versuchte, den Aufruhr in seinem Inneren zu bändigen.

Gudrun schloss die Augen und schüttelte den Kopf, was sie sehr anstrengte, ihr Atem ging schwerer, der Brustkorb hob und senkte sich, dass es eine Qual war, ihr dabei zuzusehen.

»Ach, Mutter, warum musstest du Friedger heiraten? Ausgerechnet diesen elendigen Nichtsnutz, der dir das Leben zur Hölle gemacht hat ... Du, du hättest einen Besseren haben können!«

Ein schwaches Lächeln umspielte ihre Lippen. »Gerwin«, flüsterte sie und bedeutete ihm mit einem Finger, sich zu ihr zu beugen. »Gerwin, mein hübscher, begabter Junge.« Dann flüsterte sie mit brüchiger, kaum hörbarer Stimme: »Auf deiner Schulter ist ein Mal, Gerwin. Es sieht aus wie eine Lilie.« Sie hustete, und ihre Finger krallten sich um Gerwins Hand. »Alnbeck hat das Mal, genau wie du.« Die Worte gingen in einem Pfeifen unter, das ihren Lungen entwich.

Entsetzt starrte Gerwin auf die Sterbende, die rasselnd nach Luft rang. »Nein! Das ist nicht wahr!«

»Sterbende lügen nicht, Gerwin. Ich habe nicht mehr viel Zeit. Hör mir zu!« Ihre Fingernägel gruben sich in seine Haut. »Die Waldecks waren nicht immer arm. Die Großeltern hatten bei Sayda ein Anwesen.« Sie hustete erneut, und Gerwin wischte den blutigen Schleim aus ihren Mundwinkeln. »Ich hätte dir längst alles sagen sollen, aber es schien immer, als hätten wir viel Zeit.«

»Mutter, ich hätte nicht gehen dürfen«, wiederholte er voller Reue.

Gudrun senkte die Augenlider und hatte Mühe, sie wieder zu heben. »Du bist ein guter Sohn. Ich war immer so stolz auf dich. Ich habe gewusst, dass du etwas Besonderes bist. Du bist nicht durch Gewalt entstanden, Gerwin. Ich hatte Gefühle für Christoph … Gott, vergib mir, dass ich dich, Gerwin, mehr liebte als meine anderen Kinder.«

Gerwin hörte, wie Hedwig, die hinter ihm stand, scharf die Luft einsog. »Nicht, sag das nicht, Mutter«, murmelte er.

»Ich muss mich bald für meine Sünden beim Schöpfer verantworten, und die Hölle schreckt mich nicht!« Sie bleckte die Zähne und versuchte zu lachen, brachte jedoch nur ein Husten heraus. »Wer mit Friedger Pindus verheiratet war, hat die Hölle bereits durchlebt. Gerwin!« Sie suchte seinen Blick. »Du siehst ihm ähnlich. So lange ist es her, so lange …«

Ein Zittern lief durch ihren Körper, während ihre Lungen nach Luft rangen und Gudrun ihren letzten Atem aushauchte.

Gerwin barg das Gesicht in den Händen und weinte hemmungslos. Seine Tränen galten seiner Mutter, ihrem freudlosen, bitteren Leben und dem Mann, den sie einmal geliebt hatte und der ihr und ihm selbst nichts als Leid gebracht hatte. Er verstand nun, dass Gudrun Friedger geheiratet hatte, weil sie mit ihm schwanger gewesen war. Alnbeck hätte Gudrun niemals geehelicht, welcher Art auch immer seine Gefühle für Gudrun gewesen sein mochten. »Und was hat dir diese Liebe gebracht, außer Unglück?«, murmelte er und schnäuzte sich.

Als er sanft über das Gesicht seiner toten Mutter strich und ihr die Augen schloss, betrachtete er die einstmals schönen Züge, die entspannt und frei von aller irdischen Qual waren. »Warum nur hast du es mir nicht gesagt?«

All die Jahre hatte dieses Geheimnis auf ihr gelastet. Er dachte an ihr Lächeln und verstand, dass es dieses Geheimnis gewesen war, das sie alles andere hatte ertragen lassen. Dieses Geheimnis, das sie fast mit ins Grab genommen hätte. Unwillkürlich kamen ihm Hippolyts Worte in den Sinn: »Manchmal treibt man auch den Teufel mit dem Beelzebub aus.«

Vierter Teil

Paris
Bartholomäusnacht

35
Paris 1572

Die Glocken von Saint-Germain des Prés läuteten zur Messe. Königin Johanna von Navarra rümpfte kurz die Nase und widmete sich weiter dem Betrachten der exotischen Tiere in den Käfigen nahe der schmalen Brücke Pont Neuf. Sie liebte diese Ausflüge, die sie von ihrer Krankheit und den trüben Gedanken ablenkten. Entgegen den Gepflogenheiten verzichtete die Königin auf das Tragen einer Maske und schlenderte erhobenen Hauptes durch die Menge.

Jeanne ging dicht neben Hippolyt, welcher von Heinrich beauftragt worden war, der schwerkranken Johanna beizustehen. Die Königin wurde zusehends dünner und schwächer, und Hippolyt befürchtete das Schlimmste. Es gab gute und schlechte Tage, Letztere häuften sich, doch heute fühlte sich Johanna lebendig und ließ sich von einem der verwegen aussehenden Tierfänger erklären, wo der Löwe eingefangen worden war.

»Was sagt Ihr zu den Tieren? Habt Ihr jemals Ähnliches gesehen?«, fragte Hippolyt.

Alle, die zu Johanna gehörten, trugen die schlichte schwarze Hugenottentracht, nur die Soldaten des Prinzen von Condé sahen etwas farbenfroher aus.

Den Schal enger um die Schultern ziehend, denn von der Seine wehte ein kalter Aprilwind herauf, sagte Jeanne: »Sie tun mir leid. Seht nur, wie der prächtige Löwe die Mähne schüttelt und den Kopf hin- und herschwenkt. Er wirkt traurig.« In einem winzigen Käfig hockten zwei Äffchen, die sich umklammerten und erbärmlich zitterten. »Wie sie frieren! Nein, warum schleppt man sie her?«

»Die Leute sind amüsiert. Im Louvre sind die Äffchen ganz groß in Mode«, meinte Hippolyt.

Jeanne erschauerte, wenn sie nur an die verderbte Gesellschaft des Louvre dachte, deren Opfer sie bereits geworden war.

»Bitte, geht doch nächstes Mal ohne mich zu Katharina. Sie macht mir Angst.«

»Vergesst nicht, wer Euch den Platz bei Johanna verschafft hat. Ah, Jeanne, Kopf hoch! Ihr seid eine mutige junge Frau. Seht nur, der Mann dort lässt seinen Hund auf den Vorderpfoten tanzen!« Der Medicus wies auf die bunte Menge von Schaustellern und Akrobaten, die sich regelmäßig an der Pont Neuf einfanden, um die Schaulustigen zu unterhalten.

Jeanne musterte den klugen Arzt, der eine geheimnisvolle Vergangenheit und Freunde in höchsten Kreisen hatte. Nachdem es ihr in Thibie gelungen war, eine Nachricht an Lady Dousabella zu schicken, hatte es vier Monate gedauert, bis ein Bote aus dem Louvre mit einer königlichen Order gekommen war. Es war Arnauld nichts anderes übrig geblieben, als den Anweisungen Folge zu leisten und sie mit einem Wagen nach Paris ins Hôtel Condé bringen zu lassen. Dort war Hippolyt der Erste gewesen, der sie begrüßt und am nächsten Tag zu einem vertraulichen Gespräch mit Katharina mitgenommen hatte. Die Königinmutter war überaus freundlich gewesen, hatte ihre Entführung mit keinem Wort erwähnt und ihr aufgetragen, Königin Johannas Nähe zu suchen und darauf zu achten, mit wem diese sich unterhielt. Katharina entschuldigte sich nicht. Eine Frau wie die Medici rechtfertigte keine ihrer Handlungen, und doch war diese Order, Jeanne in die Sicherheit des Hôtel Condé zu befehligen, eine Art Wiedergutmachung. Zumindest empfand es Jeanne so.

Seit zwei Wochen war sie nun wieder in Paris. In der Stadt herrschte eine Atmosphäre unterschwelliger Nervosität, eine Angespanntheit, die sich jeden Moment entladen konnte. Es musste an der bevorstehenden Hochzeit von Prinzessin Margot und Heinrich von Navarra liegen. Das katholische Paris war ein Pulverfass, das nur auf den Funken zu warten schien. Die Tinte auf dem Papier des Edikts von Saint-Germain war noch nicht trocken gewesen, als Jeanne auf das Landgut der Paullets verbannt worden war. Über eineinhalb Jahre hatte sie ihren Vater nicht sehen dürfen. Sie hätte Cosmè alles verziehen, aber diese Grausamkeit konnte sie ihm nicht vergeben.

Die Königin wankte, und Hippolyt stürzte nach vorn, doch ihr treuer Wächter, Melchior, stützte sie bereits und geleitete sie zu ihrer Sänfte, die bei jedem Ausflug mitgeführt wurde. Die Sänfte war mit schwarzem Samt ausgeschlagen und trug das Wappen der Bourbonen und Navarras, eine weitere Provokation für den Pariser Pöbel, doch Johanna rückte nicht von ihrer streng hugenottischen Überzeugung ab und ermunterte jeden in ihrer Umgebung, es ihr gleichzutun. Sie war eine Kämpferin, welche das Schwert erst aus der Hand legen würde, wenn das Blut in ihren Adern aufhörte zu fließen. Katharina de Medici wusste das und lud Johanna regelmäßig in den Louvre. Johanna konnte sich den Wünschen der Königinmutter nicht widersetzen, deren Einladungen nichts anderes als Befehle waren mit dem Zweck, Feinde zu kontrollieren oder an sich zu binden. Durch die für den August geplante Hochzeit von Johannas Sohn Heinrich und Katharinas Tochter Margot glaubte die Königinmutter, ein weiteres Instrument zur Beilegung des französischen Bruderkriegs gefunden zu haben.

»Wir kehren um!«, befahl Melchior, und die Soldaten formierten sich schützend um die schwarze Sänfte.

Hippolyt und Jeanne folgten der kleinen Prozession durch die engen Gassen bis zum Hôtel Condé nahe der mächtigen Benediktinerabtei Saint-Germain des Prés. Oft drang der Duft von frisch gebackenem Brot aus der Rue du Four, wo das Backhaus der Mönche stand, herüber.

In den Bezirken der Adligen und Wohlhabenden fanden sich neben den üblichen Berufsständen auch solch exklusive Unternehmen wie die Werkstatt des Seidennaters Veuillot. Werkstatt und Wohnhaus des Seidenstickers lagen gegenüber dem Hôtel Condé, und das goldene Wappen auf der am Eingang wartenden Sänfte zeugte von hochrangiger Kundschaft. Die Wachen der Königin von Navarra sicherten die Straße, während die Tore des Hôtel geöffnet wurden. Jeanne nahm eine Bewegung am Fenstervorhang der Sänfte wahr, dann blickte ein weibliches Gesicht mit vorgehaltener Maske hindurch.

»Hippolyt, seht. Wer ist das?«, fragte Jeanne leise.

Der Arzt wandte sich um, winkte der unbekannten Dame zu und zog Jeanne am Ärmel mit auf die andere Straßenseite. Dort verneigte er sich höflich, und Jeanne sank automatisch in einen tiefen Knicks.

»Eure Durchlaucht, welche unverhoffte Freude!«, grüßte Hippolyt die Herzogin von Nemours.

Die Herzogin nahm die Maske herunter, sah an Hippolyt vorbei und bedeutete Jeanne, näher zu treten. »Liebe, verehrte Madame, welch seltene Freude, Euch in Paris zu sehen! Ihr habt diese langweilige Stadt viel zu lange Eurer herrlichen Musik beraubt.« Anna, die Herzogin, schenkte Jeanne ein warmes Lächeln.

»Nun, Durchlaucht, es stoßen einem Widrigkeiten zu, die …«

»Bitte sprecht nicht weiter. Mir sind Gerüchte zu Ohren gekommen, denen ich keinen Glauben schenken kann, so phantastisch scheinen sie. Meine Gute, Ihr müsst einfach wieder bei mir spielen. Maestro Adriaen wäre ebenfalls entzückt, schwärmt er doch noch immer von Eurer Kunstfertigkeit.« Das Mitgefühl in den hellen Augen der Herzogin war echt, genau wie der fordernde Ton, was ihre Einladung betraf.

Stiefelschritte und klapperndes Degengeschirr kündigten eine königliche Wache an. »Die Tore werden jetzt für die Nacht geschlossen. Wenn Ihr bitte ins Hôtel hinüberkommen wollt?«

Hippolyt nickte. »Sofort.«

»Verzeihung, Durchlaucht. Derzeit logiere ich bei Königin Johanna und kann über meine Zeit nicht selbst verfügen«, sagte Jeanne.

»Oh? Ich hatte ganz vergessen, dass Ihr Hugenottin seid. Nun, wir werden einen Weg finden.« Die Herzogin kramte in der Sänfte nach etwas und reichte Jeanne ein Paar Handschuhe durch das Fenster. Sie waren aus reiner Seide, weiß und mit winzigen schwarzen Blüten bestickt. »Das dürften Eure Farben sein. Bitte, nehmt diese Kleinigkeit als Zeichen …«

Die Tür von Veuillots Haus öffnete sich, und eine junge Aristokratin trat mit schleppendem Schritt heraus. Madame de Montpensier! Jeanne brachte gerade noch ein »Adieu« heraus, bevor sie auf dem Absatz kehrtmachte und an der verdutzten Wache vorbei ins Hôtel Condé lief.

Hippolyt, dem sein Bein bei dem wechselhaften Aprilwetter Schwierigkeiten bereitete, eilte ihr nach. »Jeanne!« Im großen Hof neben dem Treppenaufgang holte er sie ein.

Ihr Gesicht war kreidebleich, und sie versuchte, die zitternden Hände in ihrem Schal zu verbergen. »Ich kann das nicht! Hippolyt, bitte, ich will niemals wieder in das Haus der Herzogin oder das ihrer grausamen Tochter! Habe ich denn nicht genug erleiden müssen?« Schluchzend verbarg sie das Gesicht in den Händen.

Da Melchior und die Dienerinnen um die Königin besorgt waren, fiel Jeannes Nervenzusammenbruch niemandem auf. Beruhigend streichelte Hippolyt ihr über den Rücken. »Kommt mit hinein. Wir trinken etwas Gewürzwein, dann geht es gleich besser.«

Die langen Monate der Isolation auf Arnaulds Gut, der Schock, als sie ihren kranken Vater wiedergesehen hatte, der sie nicht erkannt hatte, die Audienz bei Katharina, die Cosmè schriftlich aufgefordert hatte, seine Frau in den Dienst Königin Johannas zu stellen – all das war zu viel gewesen. Und heute musste sie die Mutter ihrer Peinigerin und schließlich die bösartige Person selbst sehen! Hippolyt hatte sie in eine Ecke der riesigen Küche im Haupthaus gelotst und ihr einen Becher vor die Nase geschoben. Der Duft von Kräutern und Gewürzen brachte sie zur Besinnung.

»Jeanne, so schwer es auch für Euch sein mag – lasst Euch nichts anmerken! Euer Onkel ist tot, und damit ist die Sache, was Eure Familie betrifft, für die Guisen erledigt«, beschwor Hippolyt sie.

»Wenn ich das nur glauben könnte.« Sie trank den kräftigen Wein und spürte die wärmende Flüssigkeit im Magen. »Ich möchte meinen Vater sehen. Warum nur lässt Cosmè meinen Vater nicht gehen? Was hat er davon, dass er einem alten Mann seine einzige Tochter vorenthält?«

»Die Gewissheit, dass Ihr leidet. *At vindicta bonum vita iucundius ipsa.*[1]«

»Und ich darf die Wahrheit nicht sagen, um meine Ehre zu verteidigen. Welche Ironie!«

»Ich kann Euch ja verstehen, Jeanne, aber warum nur habt Ihr Gerwin damals fortgeschickt? Eure Rettung hattet Ihr ihm zu verdanken.«

»Warum? Mein Gott! Ich schäme mich vor mir selbst, ich hasse meinen missbrauchten Körper! Wie kann ich da erwarten, dass Gerwin mich will? Von Liebe spreche ich nicht. Ich weiß ja gar nicht, was das ist! Mein Kind erinnert mich täglich an Franz, diese Ausgeburt der Hölle, die mich seit Sachsen verfolgt. Und durch meine Eitelkeit ließ ich mich an den Hof verführen, und was dann geschah, ist doch auch meine Schuld! *Mea culpa*, Hippolyt, *mea culpa* …«, flüsterte Jeanne mit brüchiger Stimme und Tränen in den Augen.

»Ihr dürft nicht so streng mit Euch sein«, versuchte der Arzt sie zu trösten.

»Ich kann gar nicht streng genug mit mir sein! Hätte ich mich

1 Aber Rache ist ein ergötzlicheres Gut als das Leben selbst.

gottesfürchtig verhalten und nicht den Ruhm und die Bewunderung bei Hofe gesucht, dann wäre es gar nicht so weit gekommen.« Sie hatte sich wieder gefasst und stand auf.

Hippolyt hielt ihre Hand fest. »Setzt Euch wieder hin und hört mir zu, und dann urteilt noch einmal über die Schwere Eurer Schuld.«

Zwei Tage später stand Jeanne im Haus ihres Ehemanns, der sich im Kontor aufhielt. Jedes Wort von Hippolyts erschütterndem Bericht über seine Zeit im Kloster Metten hatte sich ihr ins Gedächtnis gebrannt. Fassungslos hatte sie die Beichte des Arztes angehört und geglaubt, er spreche von einem Fremden. Sie war ihm dankbar, dass er seine Last mit ihr geteilt hatte. Geschehenes konnte nicht ungeschehen gemacht und vergessen werden, aber man konnte daraus lernen. Und genau das gedachte sie zu tun.

Außer Pierre durfte niemand wissen, dass sie im Haus war, vor allem Guillemette nicht, die sich seit der Geburt ihres Sohnes Martial wie die Herrin aufführte. Der junge Diener hob den Finger an die Lippen, und Jeanne drückte sich in die dunkle Ecke vor dem Treppenaufgang.

»Was stehst du da herum, Pierre? Ich finde sicher eine Aufgabe für dich, wenn du nichts zu tun weißt«, ertönte die schnippische Stimme von Guillemette, die in einem schwarzen Kleid aus edlerem Stoff, als einer Dienerin zukam, vor Pierre stehen blieb.

»Daran zweifle ich nicht, Guillemette. Und jetzt kümmer dich um deine Angelegenheiten. Hast vielleicht schon ein zweites Brot im Ofen? Sorgst fürs Alter gut vor!«, schoss Pierre zurück.

Mit einem unterdrückten Fluch rauschte Guillemette davon.

»Beim heiligen Honorius! Rasch, Madame«, drängte Pierre und ließ Jeanne vor sich die Treppe zur Werkstatt ihres Vaters hinaufeilen.

Während er die Tür aufhielt, flüsterte er: »Ich kratze zweimal, wenn Ihr gehen müsst.«

Jeanne nickte und schlüpfte hindurch. Sie fand ihren Vater in Gedanken versunken vor der Werkbank und befürchtete das Schlimmste, doch als er sich umwandte, seufzte sie erleichtert, ging zu ihm und umarmte ihn.

»*Mignonne*«, murmelte Endres, und Jeanne entfuhr ein unterdrückter Klagelaut.

Sie erstickte ihr Schluchzen an seiner Brust.

»Meine Kleine, ist ja gut.« Ihr Vater klopfte ihr beruhigend den Rücken. »Komm, setz dich zu mir. Es gibt viel zu erzählen. Die Tage rinnen mir wie Sand durch die Finger.« Er ließ sie los und zog einen Stuhl heran. »Komm hierher, ganz dicht zu mir.«

Überglücklich, ihren Vater bei wachem Verstand vorzufinden, ließ sich Jeanne neben Endres nieder und griff nach seiner Hand.

»Deine Mutter hat mich vergangene Woche besucht, oder war es gestern? Sie sah nicht wohl aus, aber sie kam gerade von einer Reise in die Champagne zurück. Ich weiß nicht mehr, warum …« Nachdenklich kräuselte er die Stirn.

»Vater, das war ich! Mutter ist schon lange tot!«, sagte Jeanne kummervoll.

Endres rieb sich die Schläfe. »Was rede ich für Unsinn! Du darfst mich nicht so wirr daherplappern lassen, Jeanne.« Er lächelte und zeigte auf seine Werkbank, auf der sich seit ihrem letzten Besuch kaum etwas verändert hatte. »Schau, ich baue eine Theorbe für den Kurfürsten August. Die spielst du auf dem Dresdner Hofball nach Himmelfahrt, und dann werden die Bestellungen nur so fließen!«

Sie brachte es nicht übers Herz, ihm die Freude zu nehmen, denn seine Augen leuchteten. »Ja, Vater.«

Er griff nach einer Dreikantfeile und schärfte eine schmale Säge. »Ich muss mich ranhalten!« Plötzlich hielt er inne. »Kannst du diesem Mann, der mich manchmal besucht, nicht sagen, dass er mich nicht maßregeln soll? Ich weiß schon, was ich zu tun habe! Das habe ich immer gewusst!«

Jeanne schluckte. Es musste etwas geschehen! Sie konnte ihren Vater nicht länger in diesem Haus belassen. Sie musste ihn zu sich holen, um für ihn zu sorgen. Es kratzte an der Tür, und sie erhob sich rasch.

»Ich muss gehen, Vater. Aber ich komme bald wieder, und dann haben wir mehr Zeit füreinander. Das verspreche ich dir. Sag bitte niemandem, dass ich hier war, hörst du?« Sie küsste ihn auf das weiße Haar.

»Bist ein gutes Kind. Aber jetzt geh, *mignonne*, ich habe noch viel zu arbeiten.« Eifrig zog er die Säge hin und her.

Vor der Tür wartete Pierre und zischte aufgeregt: »Madame, Ihr müsst sofort durch den Hintereingang verschwinden. Der Herr ist unerwartet zurückgekehrt.«

Sie raffte ihre Röcke und folgte dem Diener. Hinter einem Schrank gab es eine schmale Geheimtür, die in ein enges Treppenhaus führte, in dem es nach Mäusedreck und Küchenabfällen roch. Je näher sie dem Erdgeschoss kamen, desto deutlicher wurden die Küchengeräusche, bis sie wieder erstarben, als sie der dunklen Stiege in den Keller hinunter folgten. Pierre hielt eine Öllampe, um nicht auf den glitschigen Holzstufen auszugleiten. Sie gelangten in einen schmalen Gang. Eine endlose Weile gingen sie über feuchten Boden, und wenn sie mit der Hand versehentlich die Wand berührte, zuckte sie angewidert zurück. Alles war modrig und stank nach Fäulnis und Verfall. »Hier war ich noch nie! Wohin führt der Keller?«, fragte Jeanne.

Pierre blieb stehen und drückte ihr die Lampe in die Hand. Dann fingerte er am Schloss einer Tür vor ihnen herum, die quietschend aufschwang. »Haltet Euch immer rechts, nicht auf den Boden sehen, und Ihr kommt zu einem Gittertor, das Ihr nur aufzustoßen braucht. Diese Gänge, Madame, sind so alt wie Paris. Hier gab es uralte Steinbrüche, und dazu gehört ein unterirdisches Gangsystem, das von ehrbaren Leuten genauso wie von Gesindel genutzt wird. Aber dieser Teil ist sicher. Adieu!«

Sie hörte, wie er die Tür hinter ihr verriegelte, und ging fröstelnd weiter. Schwarze Schatten huschten an den Wänden entlang, und wenn sie dagegenstieß, quiekte es. »Ratten …« Jeanne leuchtete den Boden ab und hätte fast die Lampe fallen lassen – alles war voller Knochen und Schädel, und die Ratten kletterten die Wände hoch, die aus Sarkophagen und menschlichen Gebeinen bestanden. »Herr im Himmel, steh mir bei!«

Sie musste zweimal abbiegen. Die letzten Meter stolperte Jeanne mit zittrigen Knien, rüttelte an den Eisenstäben des Tores und fiel draußen direkt vor die Füße eines Totengräbers.

»Was sucht Ihr denn hier, Püppchen? Wollt Ihr denen dort Gesellschaft leisten?«, grölte der derbe Mann und zeigte einen zahnlosen Mund. Hände, Schuhe und Kleidung waren über und über mit Lehm und Dreck verschmutzt, und er stützte sich am Rand einer riesigen Grube auf einen Spaten.

Aus der Grube stieg Verwesungsgestank. Jeanne hielt sich die Hand vor den Mund, warf die Lampe fort und rannte, so schnell sie konnte, zwischen den feixenden Totengräbern der Petits Champs hindurch.

Am frühen Nachmittag erreichte Jeanne in bemitleidenswertem Zustand das Hôtel Condé. Die neugierigen Dienstboten beobachteten sie, wie sie alle zu belauern schienen, die sich in den Räumen des Hôtel bewegten. Jeanne wusste mittlerweile aus eigener Erfahrung, woher Katharina ihre Informationen bezog, gewiss stand mehr als einer von Condés Dienern in den Diensten der Königinmutter.

Sie teilte sich das winzige Zimmer mit einer Kammerfrau der Königin. Immerhin waren die Betten mit frischem Stroh gefüllt und die Wände trocken. In der Mitte des Raumes stand unter dem schmalen Fensterschlitz ein Waschtisch. Jeanne wusch sich Gesicht und Hände und machte sich an das Ausbürsten ihres dreckverkrusteten Kleides. Dabei dachte sie an Coline, die durch ihre Schuld von Arnauld verstoßen worden war. Doch das kecke

Mädchen war eine Überlebenskünstlerin, wie Jeanne zu ihrer großen Erleichterung von deren Vater erfahren hatte. Coline hatte auf dem Weg nach Paris einen Pastetenbäcker getroffen, der sie bald darauf geheiratet hatte und mit dem sie nicht weit von der Place de Grève lebte. Aufgrund der regelmäßig stattfindenden Hinrichtungen mangelte es nie an hungrigen Schaulustigen.

Es klopfte an der Tür, und Jeanne rieb sich einen Rest Friedhofsstaub aus den Augen. »Ja, bitte.«

»Störe ich?«

»Nein, kommt nur.« Sie machte eine einladende Bewegung, und Hippolyt kam mit seinem leicht schleppenden Gang herein.

Er trug ein Tablett mit einer zugedeckten Schüssel, einem Weinkrug, Bechern und einem Brief, dessen Siegel bereits erbrochen war. Nachdem er seine Last auf den Waschtisch gestellt und sich auf einen Schemel gesetzt hatte, streckte er ein Bein aus und knetete die Kniescheibe. »Wetterfühliges Knie, ein Souvenir aus meiner bewegten Jugend.« Er grinste und hob den Deckel der Schüssel. Der Duft von geschmortem Huhn, Zwiebeln und Karotten zog durch den Raum, und Jeanne lief das Wasser im Mund zusammen.

Sie legte die Bürste fort, griff nach dem Löffel und probierte hungrig von dem Eintopf. »Wunderbar!« Sie setzte sich auf das Bett, aß schnell einige Löffel und spürte, wie die heiße Speise ihren Magen wärmte.

»Ah, so gefallt Ihr mir schon besser! Ihr esst zu wenig. Jemand sollte sich um Euch kümmern.« Er tippte auf den Brief. »Ich halte viel von diesem Jemand.«

Ihr Herzschlag beschleunigte sich. »Von Gerwin?«

Hippolyt nahm den Brief und steckte ihn in sein Wams. »Ich vergaß, dass Ihr nichts mehr von ihm wissen wollt. Etwas Wein? Ein würziger Burgunder.« Er goss die Becher voll und trank einen Schluck. »Wie geht es Eurem Vater?«

»Nicht gut. Sein Geist ist zunehmend verwirrt, und es tut mir weh, ihn allein lassen zu müssen. Aber Cosmè will ihn nicht gehen lassen! Was habe ich ihm nur getan?«

»Seinen Stolz verletzt. Wo ist Euer Sohn?«

»Noch auf dem Gut, aber er wird ihn nach Paris holen, und dann wird Guillemette ihn zusammen mit ihrem Bastard aufziehen. Und wisst Ihr, mir ist das lieb! Sie ist sicher eine viel bessere Mutter. Nun, was heißt besser – ich bin keine Mutter, und deshalb muss ich bestraft werden. So steht es in der Bibel.« Sie bedeckte ihr Gesicht mit den Händen. Ihre Ehe mit Cosmè war vor Gott geschlossen worden, es gab kein Entrinnen. Bis dass der Tod uns scheidet. Amen.

»Es wird sich alles weisen, Jeanne.«

»Bitte, Ihr seid der Einzige, der Katharina bitten kann, meinen Vater hierher zu lassen. Er kann doch in einer kleinen Kammer ...«

Hippolyt seufzte. »Auf Katharinas Mitgefühl hofft Ihr vergebens. Und sie wird Cosmè, ein Mitglied des *consistoire*, zu nichts nötigen, weil jede Provokation den schwelenden Hass auflodern lassen würde – auf beiden Seiten! Seid zufrieden, dass Ihr hier sein dürft.« Er reichte ihr den Brief. »Lest selbst.«

Als sie Gerwins Handschrift sah, schluchzte sie. Blinzelnd überflog sie die Zeilen und stieß einen Schrei aus. »Alnbeck? Ritter Alnbeck ist sein Vater? Das kann doch nicht sein!«

»Warum sollte Gerwins Mutter auf dem Sterbebett lügen? Seht Ihr nun, dass Gerwin Euch braucht? Er bedarf Eurer Liebe, wie Ihr der seinen bedürft«, sagte Hippolyt eindringlich.

»Ich bin nicht frei, werde es nie sein!«

»Solange Ihr Eure Gefühle nicht verleugnet, habt Ihr Hoffnung! *Fata viam invenient.*[1]«

Jeanne strich über den Brief. »Gerwin hat sich einige Monate bei einem Juden in Erfurt aufgehalten.« Sie las weiter:

1 Das Schicksal wird seinen Weg finden.

Eli Katzenberg ist ein großartiger Mann. Es ist schändlich, wie die Juden behandelt werden. Speyerer Privileg, dass ich nicht lache! Eli sagt, dass der kaiserliche Schutz nur auf dem Papier besteht, denn die Räte und Polizisten nutzen jede Möglichkeit, weitere Steuern und Abgaben für die Erneuerung der Aufenthaltserlaubnis, Handelsprivilegien, oder was ihnen einfällt, zu erheben.

An anderer Stelle hieß es:

Ich habe Schomberg mitgeteilt, dass ich nicht nach Dresden kommen werde. Wie sollte ich auch? Stell Dir vor, ich hätte dort den Alnbeck und seine neue Frau getroffen! Ich wüsste nicht, wie ich mich verhalten sollte. Es geht mir zu viel im Kopfe herum. Sag Seraphin nichts davon, nachher will er mich nicht länger zum Freund haben, wo doch das Blut des verderbten ritterlichen Mörders in meinen Adern fließt.

Jeanne biss sich sorgenvoll auf die Lippen.

Die Pest war ausgebrochen in einem Nest bei Erfurt. Aber es hat sich nicht ausgeweitet. Die Leute haben sich nach den ausgehängten Regeln verhalten und den schwarzen Tod nicht weiter ins Land getragen.

Es folgten detaillierte Schilderungen vom Krankheitsverlauf bei einem jungen Mann, der die Pest überlebt hatte, und Gerwin erwähnte zwei Hexenprozesse.

Ich habe viel mit Eli gesprochen. Er ist ein großer Gelehrter der Alchemie und Astronomie. Was Du mir über die anorganischen Substanzen gesagt hast, hat Eli vertieft. Die Lehre vom Arcanum *und dem* Aurum portabile *finde ich faszinierend. Wir müssen darüber diskutieren, wenn ich zurückkomme. In mancherlei Hinsicht bedaure ich meinen Fortgang aus Paris, und dass ich Dich im Stich gelassen habe, doch dies war ein Gang, den ich tun musste. Seit ich mich mit dem Gedanken an die Rückreise trage, denke ich öfter an Jeanne. Schomberg hat mir etwas über sie gesagt, das bitter zu nehmen war, doch entgegen jeder Vernunft hege ich noch Hoffnung. Mag ich auch ein Narr sein. Ich höre förmlich, wie Du sagst:* »Amare et sapere vix deo conceditur«[1] *oder etwas in der Art. Erwarte mich in Paris, mein lieber Freund!*

Jeanne strich immer wieder über den Brief und fragte schließlich leise: »Wann, denkt Ihr, wird Gerwin zurück sein?«

»Noch vor der königlichen Hochzeit«, sagte Hippolyt, und in seiner Stimme lag eine gewisse Zufriedenheit.

»Wo ist Heinrich von Navarra jetzt? Sollte er nicht bei seiner Mutter sein? Es geht ihr schlecht, auch wenn alle hier schweigen und so tun, als wäre sie nur erkältet«, entrüstete sich Jeanne.

Ernst erwiderte Hippolyt: »Heinrich ist in Pau und regelt Angelegenheiten mit dem Parlament von Béarn. Es gab Unruhen, weil Benediktinermönche Hetzreden gegen Hugenotten gehalten haben. Außerdem berichtete Hinrik von regelrechten Jagden, die sie im Süden auf plündernde Papistenbanden veranstalten. Heinrich weiß, wie es um seine Mutter steht, aber ich glaube, dass er sie zu sehr liebt, als dass er es ertragen kann, sie sterben zu sehen. Johanna wird die Hochzeit ihres Sohnes nicht erleben.«

»Der arme Heinrich, dann steht er ganz allein gegen die Guisen und die Valois'«, meinte Jeanne traurig. Die Lage schien aussichtslos.

1 Zu lieben und dabei den Verstand zu bewahren ist selbst einem Gott kaum möglich.

36

Das Fell des Grauschimmels glänzte. Sie waren scharf geritten, und die Augustsonne brannte auf Pferd und Reiter herab. Beide waren verschwitzt, und dem Pferd tropfte Schaum aus Nüstern und Maul. Seit Châlons war Gerwin von einer Rastlosigkeit, die ihn selbst überraschte. Er sehnte sich nach Hippolyt, Seraphin und der Frau, die ihm so viele Rätsel aufgab. Die kleine silberne Brosche, die sie ihm zurückgegeben hatte, steckte in seinem Gürtelbeutel.

Die unübersichtlichen und trotz königlicher Patrouillen gefährlichen Wege des Bois de Vincennes lagen hinter ihm, und er hörte bereits die Glocken der Kirchen von Paris. Der Andrang vor den Stadttoren war gewaltig. Hugenotten aus ganz Frankreich hatten sich aufgemacht, die Hochzeit ihres Heinrich von Navarra mit der katholischen Prinzessin Margot de Valois zu sehen. Eine lange Schlange schwarz gekleideter Männer und Frauen wartete geduldig auf Einlass. Die Menschenmenge flößte Gerwin Unbehagen ein, nicht, weil er sich vor Menschenaufläufen fürchtete, sondern weil er sich vorstellte, wie die Katholiken auf die unerwünschten Hochzeitsgäste in ihrer provozierend schlichten Kleidung und mit dem strengen Gebaren reagieren würden.

Er drängte sein Pferd aus der Menge heraus und stieg ab, als er einen Wasserträger sah. Die Leute fielen in der Hitze um wie die Fliegen, von denen Tausende über den übel ausdünstenden Wartenden schwirrten. »Was kosten ein Eimer Wasser für mein Pferd und eine Kanne für mich?«

Der krummbeinige Kerl schwang seinen Wassersack nach vorn, dass die Zinnbecher an seinem Gürtel klapperten, und schnarrte mit hängender Unterlippe: »Für Euren Gaul? Ei, das wird teuer, Monsieur! Ich schenk' nur Becher aus, für einen Heller.«

»Was? Das ist ja Wucher! Einen Heller für Wasser, das du aus der Seine schöpfst?«

»Dann geht doch selbst und holt Euch welches! Was seid Ihr überhaupt für einer, ein Jude?«, fragte der Mann argwöhnisch mit Blick auf Gerwins lange Haare, den vollen Bart, das feine Leinenhemd und das teure Sattelzeug.

»Ein Christ bin ich, wenn's recht ist. Und jetzt gib mir zwei Becher und mach diesen Ledersack voll.« Er hängte seinem Pferd den Futtersack um, der auch Wasser hielt.

Der schöne Grauschimmel war ein Geschenk von Eli, genau wie die gute Kleidung, die Gerwin trug. In Katzenberg hatte er einen geistreichen Freund gefunden, dessen Großzügigkeit ihn in Verlegenheit gebracht hatte. Er musste noch jetzt lächeln, wenn er daran dachte, wie Eli mit den Händen wedelte und sagte: »Wärmen mir die goldenen Talerchen im Grab einst die Füße? Nein! Also nimm und denk an den alten Juden und tanz mit einem hübschen Fräuleinchen in den Mai!«

»Eh, Euer Wasser, Monsieur!« Der Krummbeinige hielt ihm einen Becher vor die Nase.

Gerwin schnüffelte. Es roch nicht faulig und sah klar aus.

»Ist Euch mein Wasser nicht gut genug? Wer meint Ihr zu sein mit Eurem seltsamen Dialekt?«, blies der beleidigte Wasserträger sich auf.

»Hier – und jetzt halt dein Maul!« Gerwin drückte dem Mann, der die Aufmerksamkeit der Stadtwache auf sie zu ziehen begann, zwei Silberlinge in die Hand. Durstig stürzte er den Becher hinunter. »Und jetzt gib dem Pferd!«

Der Wasserträger prüfte die Münzen mit den Zähnen und goss Wasser in den Futtersack. Gierig soff das durstige Tier, und Gerwin klopfte ihm die zitternden Flanken.

Der Krummbeinige schulterte seinen Sack und zog schimpfend weiter: »Fremde, Ketzerpack allesamt! Der Tag kommt, an dem wir unser schönes Paris von allem Ungeziefer befreien …«

Gerwin hörte nicht länger zu, sondern rieb sein Reittier trocken, um sich bald darauf wieder in die Schlange der Wartenden einzureihen. Auf den Monat genau vor zwei Jahren hatte er die Stadt verlassen. Zwei Jahre, dachte er, und was hat sich geändert? Die große Hochzeit, auf der alle Hoffnungen ruhten, die verfeindeten Konfessionen endgültig zu versöhnen, stand bevor, doch selbst der einfachste Wasserträger spie seinen Hass laut heraus. Zweifelnd beobachtete Gerwin die lärmende Menge, die aus den entlegensten Winkeln des Landes kam, um dem gepriesenen Ereignis beizuwohnen.

In der Stadt folgte Gerwin der Seine bis nach Saint-Germain, denn er hoffte, Hippolyt im Hôtel Condé anzutreffen. Hinter Metz war er auf Schomberg und eine kleine Gesandtschaft getroffen, die erneut auf dem Weg nach Sachsen war. Der Diplomat war zwischenzeitlich nach Paris zurückgekehrt, um sich mit einer wohlhabenden Witwe zu vermählen. Durch Schomberg hatte Gerwin vom Tod Königin Johannas erfahren. Der Verlust des starken, unbestechlichen Hugenottentums hatte das brodelnde Paris zu einer Mördergrube werden lassen.

Als Gerwin sein Pferd durch die stinkenden Gassen und die von Menschen, Lasttieren und Karren überfüllten Straßen lenkte, wurde ihm schmerzhaft klar, dass Schomberg nicht übertrieben hatte. Heimtückische Blicke folgten ihm, und er musste gierig an ihm reißende Hände forttreten. Eine Prozession von Mönchen, der eine johlende Menge folgte, bog in eine Nebenstraße ein, wo sie auf eine Gruppe Protestanten trafen. Die folgende Schlägerei war unvermeidlich. »Wir sind die Kinder Israels, weil wir befreit sind von Aberglauben und der Furcht vor dem Tod!«, brüllten Hugenotten und wurden dafür mit Hieben und den immer lauter werdenden Rufen: »Ketzer! Brennen sollt ihr!« von den Katholiken bedacht.

»Die Jungfrau ist keine Heilige!«, schrie ein Hugenotte. »Sie hat den Herrn geboren wie …«

Der Rest seines Satzes ging in Gurgeln und Stöhnen über.

Gerwin versuchte, unauffällig zu bleiben, denn wenn die rasende Menge auf ihn aufmerksam wurde, würden sie ihn ebenfalls niederprügeln. Mehr als einmal entdeckte er auf seinem Weg zum Hôtel eine Leiche in einem dunklen Hauseingang oder halb verborgen unter Müll. Aus den Gasthäusern drang schon zur Mittagszeit das Grölen von Betrunkenen, und die Dirnen hatten kaum Zeit, die Röcke wieder glatt zu streichen.

Der Louvre lag auf der anderen Flussseite, und Gerwin grauste es davor, die finsteren Gemächer mit ihren verderbten Bewohnern zu betreten. Gegenüber dem imposanten Hôtel Condé standen mehrere Wagen, deren Insassen jedoch in das Haus auf der anderen Straßenseite strebten. Auf dem Schild über der Tür waren Nadel und Faden zu sehen. Gerwin saß ab und klopfte an das Tor des Hôtel.

Hinter dem vergitterten Guckloch erschien ein Wächter und fragte: »Wer begehrt Einlass?«

»Ich bin einer der Leibärzte des Königs von Navarra und suche Meister Hippolyt.«

»Der ist im Louvre bei der alten Medici. Hoffentlich gibt er ihr ein Kraut, an dem sie verreckt, so wie sie unsere gute Königin Johanna hat meucheln lassen!«, schimpfte der Wächter und wollte die Luke wieder zuschlagen, doch ein kleiner Mann drängte sich neben Gerwin vor und schlug ans Tor.

»Mach auf! Ich hab' was abzugeben für den Prinzen Condé!«

Gerwin betrachtete den Boten, der in feinste violette Seide gekleidet war und ein schmales Päckchen in den Händen hielt. Seine gebundenen Haare verströmten den Duft eines süßen Parfums, und er war trotz der Hitze gepudert.

Die schwere Tür wurde aufgezogen. »Unser Veilchen! Was bringst du denn Feines, mein Täubchen?«, witzelte der Wächter, ein baumlanger bewaffneter Kerl.

Der Bote stellte geziert einen Seidenschuh aus und näselte: »Melde mich dem Kammerherrn Seiner Hoheit, des Prinzen.«

»Ich dachte, es wäre wieder etwas für die hübsche Lautenspielerin, die am Hof so hoch im Kurs steht«, bemerkte der Wächter, machte einen Schritt in den Hof und rief nach jemandem.

Unruhig tippte Gerwin dem Boten auf die Schulter. »Lautenspielerin?«

»Ihr seid wohl nicht von hier?« Abschätzig musterte er Gerwins schmutzige Reisekleidung, schien den Wert des Pferdes jedoch zu erkennen und ließ sich zu einer Erklärung herab. »Brünette Hugenottin, von Herzog Anjou und der Königinmutter protegiert, nicht nur, wenn Ihr mich fragt …« Er grinste anzüglich. »Der Herzog de Guise gehört zu ihren Liebhabern … Im Louvre geht es hoch her!«

Der Wächter kam in Begleitung eines schwarz gekleideten Dieners zurück, und der Bote fügte noch hinzu: »Aber der größte Skandal ist die allgemein bekannte Liaison des Herzogs de Guise und unserer Prinzessin Margot! Nun, sie mag wohl ein schamloses Frauenzimmer sein. Doch in zwei Wochen den Landburschen Navarra ehelichen zu müssen … Armes Prinzesschen …«

»Was schwätzt du da, gib dein Paket, und dann troll dich wieder rüber zum Veuillot!«, befahl der Kammerherr verärgert.

In trübsinnige Gedanken versunken machte sich Gerwin auf den Weg zur Pont Neuf. Er registrierte die Marktschreier, ohne sie zu hören, entging nur knapp einem Schwall Kammerlauge, die jemand achtlos aus dem Fenster kippte, und traf auf eine Gruppe italienischer Komödianten, die sich über einen Knoblauch fressenden Navarra lustig machten, der reihenweise Weiber bestieg. Angewidert verließ Gerwin das Brückenviertel und wandte sich auf der anderen Seite der Seine dem Louvre zu, der sich düster und drohend über dem schmutzigen Fluss erhob. Der Getreidehafen war aufgrund der anhaltenden Hitze ausgetrocknet, und die Tränke stank zum Himmel. Eine Böe blies den Verwesungsgeruch der Friedhöfe durch die Stadt.

Wütend drängte Gerwin sein Pferd durch die lärmenden Menschen. Je näher er dem Louvre kam, desto lauter und unerträglicher wurde es: Peitschenknallen, das Waffenklirren der Schweizergardisten; Kutschen, Reiter, Sänften drängten sich durch die Tore. Das Klappern der Pferdehufe ging unter im Getöse eisenbeschlagener Wagenräder, und als Gerwin das Haupttor unter Berufung auf Hippolyt passiert hatte, lagen seine Nerven blank. So hatte er sich seine Rückkehr nicht vorgestellt. Diese Stadt lebte nicht im Freudentaumel einer bevorstehenden Hochzeit, sondern hier brannte an jeder Ecke und in jeder verzerrten Fratze fanatischer Wahn. Eine Lunte, in diesen Schwefelbrand geworfen, würde Paris in Flammen aufgehen lassen.

Gerwin stieg ab und führte sein müde hinter ihm hertrottendes Pferd in den Hof. In der unübersichtlichen Menge hielt er nach bekannten Gesichtern Ausschau. Die bunten Uniformen der Hofparteien waren vertreten, haufenweise Gardisten und überraschend viele Hugenotten, die von den Katholischen geringschätzig behandelt wurden. Gerwin vermisste Navarras Leute, von denen er den einen oder anderen hier draußen vermutet hätte. Missmutig steuerte er die Stallungen an und übergab sein Pferd einem Stallburschen.

»Wenn Ihr über Nacht hierbleibt, Monsieur, kostet das extra. Wir sind überfüllt und brauchen noch Plätze für die Gäste des Königs, der heute von der Jagd zurückkehrt.« Der blonde Bursche übertrieb nicht, das konnte Gerwin mit einem flüchtigen Blick in die riesigen Stallungen sehen, in denen sich die Tierleiber drängten.

»Wo finde ich den König von Navarra und sein Gefolge?«, fragte Gerwin und gab dem Burschen einen Heller.

»Navarra ist noch auf Château Madrid. Soweit wir das wissen, kommt der Bräutigam erst kurz vor der Vermählung zurück. Und dann wird es hier noch voller sein, dabei weiß ich schon jetzt nicht mehr, wohin mit den Tieren!«

Aus einer Box wurde nach dem Stallburschen gerufen, der

Gerwins Pferd an den Zügeln nahm. »Ich muss mich ranhalten, Monsieur. Noch einen Heller, und ich geb' Eurem Gaul nur den besten Hafer!«, grinste er.

Gerwin warf ihm die Münze zu, schwang sich sein Gepäck über die Schulter und machte sich auf die Suche nach Hippolyt. Warum plagte der sich mit der alten Königinmutter, die von einem Ärztestab umgeben war, darunter der berühmte Ambroise Paré? Hippolyt sollte bei Navarra sein, der seiner Hilfe sicher mehr bedurfte.

Unter der Last seiner Satteltaschen und des Reisesacks lief Gerwin der Schweiß über Rücken und Gesicht, und sein Hemd klebte ihm am Körper. Die vielen Grünpflanzen und der im nächsten Hof beginnende Garten ließen die Luft etwas besser werden, doch Staub und Hitze drückten nicht viel weniger als in den Straßen von Paris.

Es bedurfte einiger Heller und eines Behandlungsversprechens, bis ihm ein Diener endlich den Weg zu Hippolyts vermutetem Aufenthaltsort wies.

»Sie sind alle draußen bei der Menagerie in den Tuilerien.« Der Livrierte musterte ihn. »So dreckig könnt Ihr dort nicht hin, Monsieur.«

Gerwin stöhnte und ließ die Taschen fallen. »Ihr habt ja recht. Ich stinke und sehe aus wie ein Hudler.«

Es kostete ihn weitere drei Heller, und der Diener zeigte ihm einen Waschraum. Einigermaßen erfrischt und umgekleidet machte Gerwin sich endlich zum Jardin des Tuileries auf. Sein Gepäck hatte er in einer Truhe einschließen lassen.

Die ausgedehnte Parkanlage vor dem Palais des Tuileries, das sich noch im Bau befand, lag am rechten Seineufer und wurde im Norden von der Rue de Rivoli begrenzt. Katharina de Medici hatte ihren Garten nach dem Vorbild italienischer Parkanlagen gestalten lassen. Wasserspiele an den Stirnseiten spendeten Kühle, welche die durch den Park Wandelnden auch in den Seitenwegen im Schatten von Lorbeer- und Myrtenbäumen und Buchshecken fanden. Kunstvoll gestaltete Kompartimente zogen die Aufmerksamkeit durch spielerisch verwundene geometrische Formen auf sich. In gebührender Entfernung waren ringsherum Gardisten postiert, doch von jenseits der Mauern drang trotz der Musikanten und der lärmenden Tiere in ihren Käfigen das Geschrei des Pöbels herüber. Ab und an flogen faule Eier oder Dung in den Garten, wie Gerwin befremdet feststellte.

Er sah die ersten Hofdamen, und zwischen den Beeten und Bosketten flanierte die übrige Gesellschaft der Königin. Und endlich entdeckte er die unverkennbare Gestalt seines Freundes, der nachdenklich zur Mauer sah. »Hippolyt!«, rief Gerwin lauter als beabsichtigt.

Einige Damen drehten sich um und begannen aufgeregt zu tuscheln. Hippolyt fuhr herum und strahlte. Gerwin rannte zu ihm und wurde mit ausgebreiteten Armen von seinem Freund empfangen, der ihn fest an sich drückte und nicht mehr loslassen wollte.

Immer wieder klopfte er Gerwin auf den Rücken, bis er ihn endlich auf Armeslänge von sich hielt und prüfend ansah. »Zwei Jahre, Gerwin. Zu lang für mich! Tu das nicht wieder, hörst du?«, versuchte er zu scherzen, doch sein angestrengtes Blinzeln verriet, dass er sich die Tränen verkneifen wollte.

Verschämt rieb Gerwin sich selbst die Augen und murmelte: »Ich weiß auch nicht, weshalb es sich so hinzog …«

»Ah, jetzt bist du wieder hier! Großartig, wunderbar! Es gibt so viel zu bereden, mein lieber Freund!«, sagte Hippolyt und kratzte sich den kahlen Schädel unter dem Barett. »Leidige Kopfbedeckung, höfischer Mummenschanz …«

»Ja, wenn das keine Überraschung ist!«, rief eine vertraute Stimme auf Deutsch, und Gerwin wurde auf das Herzlichste von Seraphin begrüßt. »Was auch immer du erlebt hast, es war deinem Aussehen zuträglich. Die langen Haare, der verwegene Ausdruck ...« Seraphin nickte anerkennend. »Die Damen verrenken sich schon die Hälse nach dir. Sollen sie wohl. Ha! Wo die Hälfte der Männer hier mehr Augen fürs eigene Geschlecht hat.«

Nach einer Weile freundschaftlichen Geplauders wurde Hippolyts Miene ernst. Er legte Gerwin den Arm um die Schultern, nickte Seraphin zu, und gemeinsam begaben sie sich außer Hörweite der kichernden Damen und Höflinge, die sie beobachteten. Ein Wurfgeschoss des Pöbels fiel durch die Gitterstäbe des Löwenkäfigs und traf eines der dösenden Tiere. Das Löwengebrüll animierte die Papageien zu ohrenbetäubendem Kreischen.

Hippolyt wartete, bis die Tiere leiser wurden. »Gerwin, die Lage hier in Paris ist angespannter denn je. Wir machen uns Sorgen wegen der Hochzeit, die die Gemüter erhitzt.«

»Wird Heinrich konvertieren?«, fragte Gerwin.

Hippolyt schüttelte vehement den Kopf. »Keinesfalls! Das wäre ein Sakrileg seiner verstorbenen Mutter gegenüber. Nein, das kann er vor seinem Gewissen nicht verantworten.«

»Für die Heirat wird ein päpstlicher Dispens benötigt, aber der ist noch nicht eingetroffen. Es heißt, der neue Papst, Gregor XIII., habe sich mit der Angelegenheit noch nicht befasst. In Wahrheit ist dieser Papst eine spanische Marionette und wird seine Zustimmung zur Heirat verweigern, um Philipp nicht vor den Kopf zu stoßen.« Seraphin schnaubte verächtlich. »Karl hat nun verkündet, dass eben sein eigener Dispens genügen müsse! Er will seine Schwester höchstpersönlich zum Altar führen und zum Jawort zwingen. Die wiederum kann die Finger immer noch nicht von Henri de Guise lassen, was Karl und seinen Bruder Anjou rasend macht. Katharina natürlich auch. Die Alte kocht vor Wut. Aber bei den Brüdern spielt zu alledem auch noch schnöde Eifersucht mit.«

Von den schändlichen inzestuösen Beziehungen der königlichen Geschwister sprach man allerorten. »Hat denn diese Ehe überhaupt eine Chance? Ich meine, werden sie Heinrich überhaupt akzeptieren?«, fragte Gerwin.

»Katharina braucht ihn. Er soll das Reich einen.« Hippolyt horchte kurz zur Mauer, hinter der die Rue de Rivoli lag. »Das Volk ist gespalten. Es kann nicht ewig so weitergehen, sonst geht Frankreich zugrunde. Es wird schwer genug für Heinrich. Stell dir vor, es geht sogar das Gerücht, Königin Johanna sei im Auftrag von Katharina durch den königlichen Parfümeur, den Florentiner Renato, vergiftet worden. Es sollen vergiftete Handschuhe gewesen sein.«

»Ich habe davon gehört. Aber das kann doch nicht wahr sein!« Gerwin schüttelte zweifelnd den Kopf.

Eine Laute wurde angeschlagen, und Gerwin zuckte zusammen. Die Musik kam von jenseits der Hecken.

»Katharina leugnet es, und ich halte sie nicht für so ruchlos und kalt«, sagte Hippolyt. »Sie wusste, wie sehr Heinrich an seiner Mutter hing. Außerdem war ich bei der Autopsie dabei, und Spuren von Gift waren nicht zu finden. Johannas Lungen waren krank, und sie hatte mehrere eitrige Geschwülste, die aufgebrochen sind und letztlich zum Tode führten. Ah, dabei fällt mir ein, dass ich deine heilenden Hände benötige. Es gibt hier eine Dame, deren Haut nicht heilen will.«

Später am Abend kehrte der König samt Jagdgesellschaft aus dem Bois de Boulogne zurück. Hörner schallten durch den Louvre, Hunde bellten, Wagenräder ratterten durch die Toreinfahrten in die Höfe, und Karl sprengte wild mitten hindurch, ließ seinen Hengst aufsteigen und warf einen blutigen Tierkadaver in die Hundemeute.

Gerwin stand neben Seraphin an einem der offenen Fenster im ersten Stock und beobachtete das abstoßende Treiben des Königs. »Er sieht krank aus. Schau, wie er hustet! Jede Anstrengung bringt ihn seinem Ende näher. Sagen ihm das denn seine Ärzte nicht?«

Seraphin lehnte im Fensterrahmen. »Natürlich, aber sie stoßen auf taube Ohren und einen bornierten und nicht sehr regen Geist. Seine neueste Leidenschaft gilt jetzt Admiral Coligny!«

»Wie das?«

»Der Admiral ist ein schlauer Bursche und hat sich das Vertrauen des Königs erworben, indem er ihm den Floh vom Flandernfeldzug ins Ohr gesetzt hat. Er flüstert ihm täglich zu, dass er ein rechter Mann und König wäre, wenn er die Spanier aus Flandern vertriebe. Karl nennt Coligny ›meinen Vater‹!«

Wie aufs Stichwort brüllte Karl unten: »Wo ist mein Vater? Ich will ihn sehen!«

Die Höflinge warfen sich konsternierte Blicke zu, denn die Neigung des Königs für den fanatischen Hugenottenführer musste den Katholiken und allen voran den Anhängern der Guisen übel aufstoßen.

Auf dem Gang hinter ihnen kam Bewegung in die träge Gesellschaft. »Ah, hier finde ich Euch!«

Der Bruder des Königs, der Herzog von Anjou, trat mit seinem Gefolge hübscher Edelmänner und einem Rudel weißer Zwerghunde zu ihnen. Vertraulich beugte er sich zu Seraphin und sagte verschwörerisch: »Und wer ist dieser Jüngling, den Ihr mir vorenthalten habt?«

»Gerwin gehört zu Navarras Leibärzten, Hoheit.«

»Ah.« Anjous Interesse sank merklich. Dann fiel sein Blick in den Hof, wo sein Bruder abgestiegen war und die Hunde anstachelte, die sich um die blutigen Fleischfetzen rissen. »Abstoßend! Auswurf!« Wen er damit meinte, war unmissverständlich. »Kommt, meine Hübschen!« Edelmänner und Zwerghunde folgten der Aufforderung und hinterließen eine Wolke süßlichen Parfums und eine Lache Hundeurin.

»Der Hass zwischen Karl und Anjou ist beidseitig«, erklärte Seraphin mit einem Achselzucken. »Hippolyt will dich zu einer Konsultation mitnehmen. Er wartet an der großen Treppe auf dich. Ich bringe dich hin.«

»Da finde ich allein hin!«

»Das weiß ich, aber ob du lebend ankommst, ist die Frage.« Seraphin führte seinen Freund durch einen der verwinkelten Seitentrakte des Louvre, vorbei an dunklen Ecken, in denen sich Meuchelmörder oder Liebespaare verstecken konnten. Hinter einer der vielen Türen klirrten Degen aufeinander.

Gerwin sah zu einem Wächter, der teilnahmslos auf seinem Schemel hockte. »Sollte man ihn nicht auf die Waffengeräusche hinweisen?«, fragte Gerwin.

»Besser, wir passen auf uns selbst auf. Da vorn ist Hippolyt. Ich habe noch eine Verabredung, mein Freund. Aber morgen nehmen wir uns Zeit. Dann musst du mir berichten, wie es dir ergangen ist, und ich will jedes Detail wissen.« Er küsste Gerwin auf die Wangen und eilte mit seinem federnden Gang davon.

Hippolyt trug einen leichten Umhang und seine Tasche. »Hier entlang. Die Dame empfängt nur heimlich, denn das Leiden zerstört ihren Hals, und sie fürchtet nun um ihr Gesicht.«

»Hat sie Schrunden? Oder Beulen? Einen Jungen aus dem Gesinde von Eli habe ich wegen seiner Warzen an den Beinen kuriert. Eli hat mich übrigens nach Michel gefragt!«

»Hm, ja, nachher.« Hippolyt klopfte leise viermal in einem bestimmten Rhythmus an eine Tür und trat dann ein.

Der Mond schien durch das Fenster auf ein Baldachinbett, einen runden Tisch und zwei Sessel. Als sie näher traten, löste sich aus dem Dunkel hinter dem Bett eine verhüllte Frauengestalt.

»Bitte, Madame, das ist der junge Medicus, von dem ich sprach. Wenn Ihr ihn die kranke Stelle sehen lassen wollt?«, sagte Hippolyt.

Die Frau schlug die Kapuze zurück, und Gerwin erstarrte. »Jeanne.«

Hippolyt beugte sich über seine Tasche, als er Gerwins vorwurfsvollen Blick auffing. »Sieh nicht mich an. Ihr habt euch sicher viel zu sagen.«

»Nun, ich bin mir nicht sicher. Wenn die Gerüchte wahr sind, dass Jeanne den Herzog vorzieht …«, begann Gerwin kühl.

Der verzweifelte Schluchzer Jeannes unterbrach ihn. Ohne nachzudenken, ging er zu ihr und nahm sie in die Arme. Sie hielten sich fest umschlungen.

Hippolyt trat zur Tür. »Ich klopfe, sobald jemand nach Jeanne fragt. *Si vis amari, ama!*[1]«

Gerwin murmelte an Jeannes Haaren: »Wie recht er hat. Ich habe ihn und seine spitzfindigen Weisheiten vermisst.«

»Es tut mir so leid …«, begann Jeanne, doch Gerwin drückte sanft einen Finger auf ihre Lippen.

»Erzähl mir, was geschehen ist, Jeanne. Wir haben uns nichts vorzuwerfen.«

Sie hatten sich lange noch nicht alles erzählt, als Hippolyt klopfte und nach ihnen rief. »Kommt, rasch. Die Lieblingszwergin der Alten schleicht hier herum. Wir können nicht riskieren, dass sie euer Geheimnis an Cosmè verkauft.«

Der Mond schien hell über Paris, und die Sterne funkelten, als gewährten sie der Stadt einen Moment des Innehaltens, ein Atemholen vor dem großen Sturm, der über die Stadt hinwegfegen und sie in Blut ertränken sollte. Mit dem Läuten der Glocken zur Frühmesse erwachte der Louvre zum Leben. Von der Seine schallten die Rufe der Schiffer und Packer herauf, und die Händler, Handwerker und Stadtbewohner nahmen ihr Tagwerk auf.

»Komm schnell! Seraphin braucht unserer Hilfe!« Hippolyt rüttelte Gerwin wach und riss ihn aus süßen Träumen. Die Jahre im Feld und auf der Straße hatten ihn gelehrt, sofort hellwach zu sein. Er sprang von dem Lager auf, das er sich mit Hippolyt geteilt hatte, kleidete sich an und fuhr sich durch die Haare. »Was gibt es?«

1 Wenn du geliebt werden willst, liebe!

Hippolyt stand mit einem bis an die Zähne bewaffneten Schweizergardisten vor ihm und packte ihn am Arm. »Komm!«

Gemeinsam rannten die drei Männer durch die Korridore des Louvre, vorbei an Zechern, die neben ihrem Erbrochenen eingeschlafen waren. Zwei Diener wickelten einen Körper in ein Laken und schleiften ihn fort. Auch diese Nacht hatte ihre Opfer gefordert. Hippolyt eilte mit Riesenschritten voraus und sagte keuchend: »Es wird von Nacht zu Nacht schlimmer! Joachim Kreyfuß hier wird uns in der Stadt beschützen. Seraphin hat nach uns geschickt. Es ist etwas mit Lady Dousabella.«

Dank Kreyfuß' militärischem Äußeren konnten sie die Kontrollen innerhalb des Palastes passieren und verließen die düsteren Mauern.

»Dann war Seraphin gestern bei ihr?«, fragte Gerwin, wich einem Gemüsekarren aus und stapfte dafür in einen Kothaufen.

»Ja. Sie ist wieder in Paris, genau wie Walsingham. Jesuiten!« Angewidert deutete Hippolyt auf zwei schwarz gewandete Ordensbrüder, deren verschlossene, asketische Gesichter wenig anziehend wirkten. »Schlimme Aufwiegler sind das.«

Sie kamen am Hôtel Condé vorbei, von wo es nur noch zwei Querstraßen bis zur Porte de Buci waren. Kreyfuß stieß sich näherndes Gesindel einfach zur Seite, so dass sie unbehelligt bis zum Haus von Lady Dousabella gelangten. Vor der Tür hielt der große Martin bereits nach ihnen Ausschau.

»Das Ihr so schnell kommen konntet, ist ein Segen, Monsieur! Unsere liebe Madame ist plötzlich erkrankt. Aus heiterem Himmel!« Aufgeregt lief Martin vor ihnen die Treppe hinauf in den ersten Stock, wo sich das Schlafgemach der Lady befand.

Seraphin eilte ihnen mit tränenüberströmtem Gesicht entgegen. »Endlich seid ihr hier! Sie schwebt seit etwa einer Stunde zwischen Wachen und Schlafen.«

Die schöne englische Aristokratin lag unter einem Laken auf ihrem Bett. Eine Flut rötlichen Haares umgab ihr helles Gesicht, auf dessen Wangen sich rote Flecken abzeichneten. Hippolyt zog das Laken zurück und stieß einen leisen Schrei aus: »Welche Perfidie! Man hat sie vergiftet!«

Gerwin beugte sich vor und sah den dunkelroten Streifen, der sich vom Brustansatz bis zum Hals zog. Die Haut war stellenweise bereits schwarz und warf Blasen. »Gift?«

Mit gerunzelter Stirn warf Hippolyt seine Taschen auf das Bett. »Die Form des Ausschlags sieht danach aus. Hat sie etwas berührt, sich neuen Schmuck umgelegt oder dergleichen?«

Seraphin dachte nach und sah dann auf seine linke Hand, auf der sich ähnliche Rötungen zeigten. »Das Tuch!« Er ging zu einem Sessel und wollte nach einem Seidenschal greifen, doch Hippolyts Schrei hielt ihn zurück.

»Nicht anfassen! Nimm es mit einem Messer auf und leg es in eine Schüssel. Dann werde ich es mir ansehen. Gerwin, wir müssen sie waschen, und sie muss viel frisches Wasser trinken.«

Martin brachte, wonach die Ärzte verlangten, und Seraphin hielt ihnen die Schüssel mit dem bunten Schal zur Begutachtung vor. Hippolyt hob das Gewebe mit der Dolchspitze an, hielt es ins Licht und schüttelte es leicht. »Kein Pulver«, murmelte er. »Ich brauche ein Stück Papier.«

Martin legte einen Bogen auf das Bett. Mit dem Dolch hob Hippolyt das Tuch auf und ließ den federleichten Seidenstoff auf das Papier sinken. Als er es wieder aufhob, waren kleine Flecken zu sehen, als hätte jemand ein Stück fettiges Brot fallen lassen.

»Was ist das?«, fragte Gerwin und wollte mit dem Finger über das Papier fahren.

»Nicht!« Hippolyt packte seine Hand. »Das Tuch wurde mit giftigem Öl getränkt. Riech mal!«

Gerwin schnupperte an dem Tuch und nahm einen herben Geruch wahr. »Wacholder? Aber der ist nicht giftig.«

Seraphin benetzte vorsichtig die entzündete Haut Lady Dousabellas und schluchzte: »Wird sie es überstehen?«

»Ich denke, ja. Es sieht schlimmer aus, als es ist«, beruhigte Hippolyt ihn. »Mit dem Wacholder liegst du nicht ganz falsch, Gerwin. Es handelt sich um einen Verwandten des heilkräftigen Wacholders, den giftigen Sadebaum, *Juniperus sabina*. Äußerst selten, und ich frage mich, wer sich solche Mühe macht … Ist sie nicht eben erst aus Vignay zurückgekehrt?«

»Ja, sie war bei Michel«, sagte Seraphin.

»Nun, das wäre ein Grund«, murmelte Hippolyt und zog an seinem Spitzbart.

Seraphin war mit dem Säubern der Haut fertig und rieb nun die eigene Hand ab, auf der ebenfalls zwei große Blasen zu sehen waren.

»Wie fühlst du dich?«, fragte Gerwin mit Blick auf die mit Flüssigkeit gefüllten Blasen.

»Ah, mir geht es gut.«

»Die Blasen werden wir öffnen müssen. Das Sekret muss abfließen, damit die Haut heilen kann. Siehst du die schwarzen Stellen, Gerwin?« Hippolyt holte Fläschchen und scharfe Messer hervor und breitete sie auf dem Bett aus.

»Die Haut scheint abzusterben.«

»In Konstantinopel habe ich einen Hirten behandelt, der von einer Schlange gebissen worden war. Er hat überlebt, aber ihm ist der Fuß abgefault. Die Haut sah genauso aus wie die Stellen dort. Es bleibt uns also nichts, als alles faule Gewebe herauszutrennen. Die Lady ist ansonsten eine gesunde Frau, und ihr Körper wird neue Haut bilden.« Hippolyt krempelte seine Ärmel auf und bestrich die gesamte rote Hautpartie mit einer verdünnten Tinktur. »Eine Pflanze aus der neuen Welt. Sie nennen sie Zaubernuss, und ich finde sie wirksam beim Reinigen von Wunden und bei Hautveränderungen. Ich schneide jetzt die Blasen auf, und du machst dasselbe bei Seraphin. Dann hilfst du mir bei den schwarzen Stellen.«

Sie arbeiteten schweigend Hand in Hand, als wären sie erst

gestern gemeinsam mit Navarras Soldaten ins Feld gezogen. Als Seraphins Hand verbunden war, sagte der: »Wir sollten ihn nicht wieder fortlassen, nicht wahr, Hippolyt? Er macht seine Sache sehr gut.«

Hippolyt nickte nur, denn er konzentrierte sich auf einen Schnitt oberhalb des Brustansatzes. »Wenn es zu stark blutet, musst du sofort nähen, Gerwin.«

Gerwin legte Nadel und Faden kurz in eine Ringelblumentinktur und beobachtete den erfahrenen Hippolyt bei seiner Arbeit. An zwei Stellen waren je drei Stiche notwendig. Schließlich bandagierten sie den Oberkörper. Während der gesamten Prozedur hatte Lady Dousabella nur den Kopf hin- und hergedreht, die Augen jedoch nicht geöffnet. »Warum spürt sie die Schmerzen nicht?«, fragte Gerwin.

»Das Gift lähmt und betäubt die Haut. Hätte sie den Schal auf den Arm gelegt, wäre es weniger arg geworden, doch so konnte das Gift durch die Haut zum Herzen vordringen. Seraphin, sorg dafür, dass sie viel Wasser trinkt, sobald sie aufwacht.«

Die Ärzte wuschen sich die Hände und tranken einen Becher Wein, der von Martin bereitgestellt worden war.

»Warum wäre ihr Besuch bei Michel ein Grund, Lady Dousabella etwas anzutun?« Auch von Eli hatte Gerwin nur wenig über Michel de l'Hôpital, den ehemaligen Kanzler Katharina de Medicis, erfahren.

»Derzeit stehen die Zeichen wieder auf Krieg, jedenfalls von Seiten der Guisen und der Konservativen. Die Hochzeit zwischen Heinrich und Margot erhitzt die Gemüter mehr als geplant. Ich befürchte, Katharina hat ihre Gegner unterschätzt«, seufzte Hippolyt. »Michel war lange Jahre ihr Kanzler und Berater, und er hatte es mit seinen liberalen Ansichten von Anfang an nicht leicht. Zuerst hat das Blutbad von Vassy seinen Erfolg mit dem Edikt von 1562 zunichte gemacht. Auf Druck der Guisen und des päpstlichen Legaten zog sich Michel danach das erste Mal aus der

Politik zurück. Nach dem Frieden von Amboise rief Katharina ihn wieder an den Hof, und er wirkte erneut auf eine tolerante Religionspolitik hin. Michel hat viel für die Rechte der Protestanten in Frankreich getan.«

Lady Dousabella hustete und öffnete die Augen. Mit den Verbänden, die an manchen Stellen bereits durchbluteten, bot sie einen bemitleidenswerten Anblick.

»Bleibt liegen, Mylady!«, sagte Hippolyt und trat an ihr Lager.

Seraphin saß auf der anderen Seite und strich ihr über Stirn und Haare. »Es ist alles gut gegangen, meine Liebe.« Er gab ihr Wasser zu trinken.

Müde flüsterte sie: »Es war der Seidenschal, nicht wahr? Er wurde gestern Abend geschickt, in einer Schachtel von Veuillot. Das Geschenk eines Verehrers, stand darauf.« Ihre Augenlider flatterten. »Ich habe ihn kurz umgelegt und dachte noch, wie seltsam, dass er sich so ölig anfühlt. Aber dann kam Seraphin, und ich legte ihn zur Seite.«

Hippolyt nickte. »Das passt zusammen, denn die Wirkung des Giftes setzt nicht sofort ein. Wir können nachfragen, wem Veuillot den Schal verkauft hat, aber ich hege wenig Hoffnung, dass uns das weiterbringt.«

Lady Dousabella verzog schmerzhaft das Gesicht, als sie mit den Fingern den Verband betastete. »Es war eine Warnung. Sie hätten mich getötet, wenn sie gewollt hätten.«

»Wer sind die?«, fragte Gerwin ungeduldig.

»Henri de Guise, sein Bruder, Gaspard de Saulx, Luigi di Gonzaga und viele andere. Darunter auch der neue Kanzler, Birague. Katharina hat diesen und noch zwei ultrakatholische Italiener in den königlichen Rat berufen. Es sieht so aus, als gehe sie nun ganz von ihrem Toleranzkurs ab!«, sagte Hippolyt.

»Michel befürchtet großes Unheil, denn seit kurzem verschließt sich Katharina allen unseren Vorschlägen. Sie empfängt mich nicht mehr!«, sagte Lady Dousabella mit brüchiger Stimme.

»Das letzte Mal sah ich sie umgeben von ihren Zwergen und den Hunden, und sie fraß wie ein Schwein! Gleich danach ließ sie sich ein Klistier geben, und wir Hofdamen konnten mit ansehen, wie sie rülpste und sich erleichterte! Es kam mir so vor, als wolle sie uns – Walsingham und drei Niederländer waren ebenfalls dort – richtiggehend demütigen.«

»Das klingt gar nicht nach Katharina. Sie hat mich doch extra gerufen und sich mit mir über die Vorschläge Michels unterhalten!«, meinte Hippolyt und fügte an Gerwin gewandt hinzu: »L'Hôpital ist Katholik, setzt sich aber für eine Politik der liberalen Mitte ein, man nennt ihn und seine Anhänger die *politiques*.«

Gerwin hob die Brauen. »Du gehörst zu diesen mysteriösen *politiques*?«

»Oh, die *politiques* sind kein Geheimnis, aber es scheint, als wären wir dabei, in Ungnade zu fallen.« Hippolyt rief nach Martin, der draußen mit Kreyfuß wartete.

»Martin, wer hat gestern das Paket von Veuillot gebracht?«

»Ein Straßenjunge. Den finden wir nicht wieder.«

»Das dachte ich mir«, sagte Hippolyt. »Es wird Zeit, dass Heinrich nach Paris kommt. Mittlerweile denke ich, dass Katharina ihn absichtlich nach Madrid verbannt hat. Nicht um ihn zu schützen, sondern um hier ihre Intrigen zu spinnen. Haben wir uns alle von der Medici an der Nase herumführen lassen?«

In den Köpfen der Anwesenden formte sich der schier unvorstellbare Gedanke, dass die Heirat vielleicht nur ein Vorwand für eine Abrechnung mit Vassy war, dass die Anführer der Hugenotten und die vielen hundert hugenottischen Edelleute nur aus einem Grund nach Paris beordert worden waren – um sich ihrer endgültig zu entledigen. Und weil alle denselben grauenvollen Gedanken von einem in Blut ertrinkenden Paris hatten, legte sich eine erdrückende Stille über den Raum.

»Nein!«, brach Hippolyt das Schweigen. »Nein, das würde sie nicht tun!«

37

Jeanne saß mit anderen Hofdamen im Tageszimmer der Königinmutter und spielte ein Volkslied aus dem Languedoc. Mit geschlossenen Augen zupfte sie die traditionelle Melodie und gab sich den glücklichen Momenten der vergangenen Nacht hin. Die kläffenden Hunde, das Tuscheln der Hofdamen und das alberne Plärren der Zwerginnen waren nur eine Geräuschkulisse. Nach dem Tod von Königin Johanna, dieser ernsten und mit sich und dem Leben strengen Frau, hatte Katharina sie als Hofdame in den Louvre beordert, wo sie jeden Nachmittag für die Damen musizieren musste. Das Musizieren an sich war eine Freude für Jeanne, nur das Leben im Louvre war ihr verhasst. Jeder beobachtete hier jeden, und Geheimnisse wurden sogleich in bare Münze umgesetzt, denn jede Information hatte einen Käufer. Außerdem war sie ständig den begierigen Blicken der Höflinge ausgesetzt.

Die Hitze war unerträglich. Selbst ihre Hände schwitzten, und die Fingerkuppen glitten auf den Saiten ab. Die Bünde aus gezurrten Darmsaiten verrutschten, so dass Jeanne ständig nachstimmen musste. Die Damen fächelten sich Luft mit ihren spanischen Fächern zu, ohne verhindern zu können, dass ihnen die Schminke verlief und sich hässliche Ränder an Nacken und Kragen bildeten. An den Gestank im Louvre hatte Jeanne sich gewöhnt, doch heute war es geradezu pestilenzartig, und immer wieder musste sie einen Brechreiz unterdrücken. Eines der Hoffräulein vor ihr kratzte sich eitrige Pusteln am Nacken auf, und Jeanne konnte sich nicht länger beherrschen. Mit vorgehaltener Hand rannte sie in das Vorzimmer, in dem sich ein Abort befand.

Sie übergab sich in das Loch in der Mitte der hölzernen Bank. Auch in ihrem Magen rumorte es, und sie hob ihre Röcke. Da hörte sie, wie sich vor der Tür leise einige Herren unterhielten.

»Und ich sage, dass er ihn in der Hand hat!«

»Red keinen Unsinn, Luigi. Das ist nichts weiter als eine der königlichen Launen. Er wird sich nicht darauf einlassen«, sagte ein anderer.

Eine tiefe Stimme mischte sich ein: »Dein Gottvertrauen in allen Ehren, Saulx, aber ich gebe Luigi recht. Frankreich wird von Coligny regiert! Der Admiral lenkt den König wie seine Marionette! Er wird den Flandernfeldzug bewilligen, und was das bedeutet, wissen wir!«

»Die Spanier haben das am besten ausgerüstete Heer Europas. Greifen wir in Flandern ein, hat Philipp endlich einen Grund, über uns herzufallen. Dazu darf es nicht kommen!«, flüsterte der erste Sprecher erregt.

»Aber wir können ihn nicht einfach umbringen! Das würde der König uns nie verzeihen, und die Hugenotten, die wie schwarze Asseln über unsere Stadt herfallen, würden uns das niemals vergeben! Wie viele protestantische Soldaten lagern draußen vor der Stadt? Tausend, zweitausend?«

»Nein, das wäre zu gefährlich. Pscht! Ah, unser lieber Guise! Ihr seht so zufrieden aus«, begrüßten sie den Herzog.

»Meine Herren, wird hier konspiriert?«, scherzte er, und alle lachten.

»Nicht doch! Dürfen wir nicht alle voller Freude der Hochzeit entgegensehen? Ich meine, für Euch wird sich doch nichts ändern! Ihr kommt doch gerade von der reizenden Margot. Schwerenöter!«

Mit einem unschönen Geräusch entleerte sich der Rest aus Jeannes gequältem Darm.

»Ah, widerlich! Verfluchte Tapetentüren! Lasst uns gehen!«

Die Herren entfernten sich, und Jeanne hörte noch, wie einer fragte: »Ob man uns belauscht hat?«

»Was denn, wir haben nichts …«

Jeanne wartete noch eine Weile, um sicher zu sein, dass die Mitglieder des königlichen Rates verschwunden waren. Dann öffnete sie die Tür einen Spalt breit und schlüpfte hindurch. Sie war fast um die Ecke zu Katharinas Empfangssalon, da drehte sie sich einem plötzlichen Impuls folgend noch einmal um. Aber nur ein Rascheln und der leicht schleppende Schritt zartbeschuhter Frauenfüße waren aus dem Nebenraum zu hören, bevor eine Tür klappte. Jeanne raffte ihre Röcke und hastete an erstaunten Damen vorbei in den angrenzenden Salon. Die Tür in der blauen Wandbespannung war geschlossen. Wer auch immer gesehen hatte, dass sie Zeugin dieser Unterhaltung geworden war, hatte sich bereits aus dem Staub gemacht. Mit einer unguten Ahnung kehrte Jeanne zu ihrer Laute und den schwätzenden Damen zurück.

Den Rest des Tages verbrachte Jeanne in bangem Warten auf eine Nachricht von Gerwin und Hippolyt. Sie teilte sich eine Kammer mit dem Kammerfräulein einer Herzogin, die sich jedoch nicht ständig im Louvre aufhielt. Morgen würde sie zurück sein und dann bis zur Hochzeit im Louvre weilen.

Es war bereits die elfte Stunde, als es leise klopfte und Gerwin und Hippolyt zu ihr kamen.

»Wir machen Krankenbesuche, Jeanne. Wenn dich morgen jemand fragt, sagst du, dass dich Fieber plagte«, erklärte Gerwin und hauchte ihr einen Kuss auf die Wange.

»Ich warte schon den ganzen Tag auf eine Gelegenheit, euch zu berichten, was ich belauscht habe«, platzte Jeanne heraus.

Die beiden Männer hörten aufmerksam zu. Hippolyt spritzte sich Wasser aus der Waschschüssel ins Gesicht und sagte ernst: »Was Ihr gehört habt, Jeanne, gibt Anlass zur Sorge, doch ich kann mir nicht vorstellen, dass Guise und der Rat Coligny etwas antun werden. Das würde eine Katastrophe auslösen, und das wissen sie! Paris platzt aus allen Nähten. Es gibt kein Quartier mehr, die Leute schlafen auf den Straßen, nur um diese Hochzeit zu sehen!«

»Und Katharina gibt sich solche Mühe, die Gemüter zu beruhigen. Sie spricht in den höchsten Tönen von Heinrich!«, sagte

Jeanne. »Margot läuft mit sauertöpfischer Miene umher und wird dauernd von ihrer Mutter zurechtgewiesen, dass Heinrich ein guter Mann sei und diese Ehe Frieden und Versöhnung bringe.«

»Und was ist mit Coligny? Ist es nicht wahr, dass der König ihm hörig ist? Katharina muss um ihren Einfluss fürchten.« Gerwin stand am Fenster und konnte den Blick nicht von Jeanne lösen, die verlegen mit einem Schleifenband spielte.

»Coligny ist nicht erst seit gestern der Vertraute und Berater des Königs. Warum sollte Katharina ausgerechnet jetzt etwas unternehmen und damit die mühevolle diplomatische Arbeit von Jahren aufs Spiel setzen?«, versuchte Hippolyt die anderen und auch sich selbst zu beruhigen. »Katharina ist ohne Glaubenseifer. Sie ist ein Freigeist, ein Machiavelli im Weiberrock, wie sie geschimpft wird. Doch das hat auch ein Gutes, denn sie will Frieden in Frankreich. Sie hasst nicht die Protestanten, sondern nur diejenigen, die Unruhe stiften!« Hippolyt seufzte. »Sie jetzt zu bedrängen wäre sinnlos. Aber nach der Hochzeit müssen wir mit ihr sprechen und über weitere Zugeständnisse verhandeln.«

»Nach der Hochzeit, Jeanne, sprechen wir vor allem über unsere Zukunft«, flüsterte Gerwin ihr ins Ohr, bevor er sie verließ.

Wie?, wollte sie fragen, doch dann nickte sie nur und sah den beiden Männern noch nach, als die Tür ins Schloss gefallen war. Gerwin hatte so zuversichtlich geklungen, dass sie ihm glauben wollte.

Endlich war der Tag der Hochzeit gekommen. Das Volk drängte in Hochstimmung durch die Straßen, die von Kot und Schmutz gesäubert waren, über die Brücken zur Île de la Cité und hin zur Kathedrale. Königliche Gardisten und Bogenschützen hatten große Mühe, die Menge im Zaum zu halten. Immer wieder stiegen Hasstiraden und Psalmen im Wechsel auf, gefolgt von aufbrandenden Schlägereien, Geschrei und Waffengeklirr. »Ihr Hundsfotte, ihr Ketzerhunde! Zur Messe werden wir euch prügeln!«, schallte es von den Katholischen, und sofort kam es von protestantischer Seite: »Ihr armen Irrgläubigen! Maria war eine Frau wie alle anderen! Nur mit Dummheit Geschlagene glauben an Heilige und Wunder und bezahlen für einen Ablass!«

Heinrich von Navarra hatte die Nacht vor seiner Hochzeit mit seinen Getreuen Condé und La Rochefoucauld im Louvre verbracht. Bis in die frühen Morgenstunden war er ruhelos wie ein Tiger im Käfig in seinem Zimmer umhergelaufen. Dann zog er die schwarze Hugenottentracht an und sagte lapidar: »Bringen wir es hinter uns.« Wie musste der junge Prinz sich fühlen, wenn er jetzt neben der Frau knien sollte, die lieber seinen Erzfeind geheiratet hätte?

Jeanne saß zwischen ihrem Vater und ihrem Mann auf einer der vielen Tribünen vor der Kathedrale Notre Dame. Ein strahlend blauer Himmel wölbte sich über Paris, und Jeanne hielt Endres' Hand umfasst, der guter Dinge und wachen Geistes war. Gerwin und Hippolyt saßen weiter vorn in der Nähe Navarras, der mit ernstem Gesicht an der Seite seiner schönen Braut auf einer Estrade kniete. Der päpstliche Dispens war nicht eingetroffen, doch man hatte Gegenteiliges verlauten lassen und Raffinesse beim Arrangieren der Feierlichkeiten gezeigt. Das Bischofspalais, in welchem die Braut die Nacht vor der Vermählung verbracht hatte, war durch einen Holzsteg mit dem Eingangsportal von Notre Dame verbunden worden. Davor hatte man die Estrade errichtet, auf der nun die Trauung vollzogen wurde.

Die Prinzessin hatte keine Hemmungen, ihrem Geliebten Henri de Guise Blicke zuzuwerfen, und es kam beinahe zu einem Skandal, als Margot auf die Frage des Kardinals von Bourbon, der die Zeremonie leitete, stumm blieb. Auch als der Kardinal seine Frage wiederholte, weigerte sich die Prinzessin, laut das Jawort zu geben. Aufgeregt begann die Menge zu tuscheln. Nachdem der Kardinal seine Frage ein drittes Mal gestellt hatte, sprang der König auf und stieß seiner Schwester wütend den Kopf nach vorn. »Meine Schwester hat Euch ihre Zustimmung erteilt, Eure Eminenz«, verkündete der König.

»Sie weint«, flüsterte Jeanne voller Mitleid. Auch das bleiche Gesicht Navarras rührte sie.

Die Messe dauerte vier endlose Stunden. Wer sich erleichtern musste, tat dies in eigens dafür geformte Flaschen, die sich durch Schlitze unter die Röcke führen ließen. Der Gestank, der von den durchgeschwitzten Miedern, den aufgeweichten Kragen der Herren, ranziger Schminke und dem Urin ausging, war unerträglich. Anschließend wurde im großen Saal des Bischofspalais zu einem späten Mittagessen geladen. Gerwin verglich die bedrückte Stimmung während des Essens später mit einer Totenmesse.

Jeanne verbrachte den Tag an der Seite ihres Vaters, den sie am frühen Abend in das Haus ihres Mannes zurückbrachte.

»Weißt du, Vater, ich glaube jetzt, dass alles gut wird«, sagte sie und half Endres aus seinem durchgeschwitzten Wams.

Endres sank seufzend in einen Sessel. »Ach, *mignonne*. Ich wünsche mir sehr, dass es so wäre. Warst du bei deinem Kind? Ein prächtiger kleiner Bursche. Jeanne, ich sehe nur dich, wenn ich ihn anschaue. Kann dir das nicht auch gelingen?«

Sie umarmte ihren Vater. »Ich versuche es ja, ich versuche es …«

Beim Hinuntergehen hörte sie Geschrei aus dem Kinderzimmer. Sie ging kurz hinein und versicherte sich, dass es Gabriel gut ging. Ihr Mann stand in der Halle und beobachtete sie. »Was treibt Ihr bei Hof? Betrügt mich nicht! Es würde Euch schlecht bekommen! Ich habe auch meine Quellen!«

»Wollt Ihr mich wieder schlagen? Wollt Ihr Euer Recht als Ehemann in Anspruch nehmen? Bitte. Ich bin Eure Dienerin. So steht es doch in der Bibel. Ich werde gehorsam sein.«

Sie standen sich gegenüber, und Jeanne wappnete sich bereits, dass er sie wieder packen und zwingen würde, doch er trat einfach zur Seite. »Geht, wenn Ihr Euch um Euren Vater sorgt, und macht mir keine Schande bei Hof. Meine Lagerhäuser sind fast leer. Ich habe so viel Profit gemacht wie sonst in zwei Jahren! Das habe ich nicht zuletzt Eurer Beliebtheit bei Hof zu verdanken – und natürlich der Hochzeit! Mit Navarra als Mitglied des Königshauses werden wir dem einzig wahren Glauben zu goldenen Zeiten verhelfen. Vor den Toren der Stadt stehen viertausend unserer Soldaten! Wir sind die Soldaten Christi, das auserwählte Volk! Und wir werden das Volk vom Aberglauben befreien, denn wir sind die wahren Kinder Israels!«

Vor dem Haus wartete Kreyfuß auf sie, denn ohne Begleitung wäre sie nicht unbeschadet in den Louvre zurückgelangt. Im Schutz des Hünen drängte sie durch die aufgekratzte Menge, die sich ausgelassenen Gelagen hingab. Ihre Gedanken rasten, denn so hatte sie ihren Mann noch nie reden hören. Er klang nicht nur selbstgefällig, sondern siegessicher, und das machte ihr Angst, denn es konnte bedeuten, dass das *consistoire* und die Anführer der Hugenotten einen Aufstand planten. Und selbst wenn sie sich nicht zu einem solch mörderischen Schritt erkühnen würden, so schürte das fordernde Gehabe der Hugenotten den Hass der Katholiken nur noch mehr.

Kreyfuß brachte sie sicher durch einen Nebeneingang in den Westflügel des Louvre, wo sich Hippolyt und Gerwin gemeinsam über einen Verletzten beugten. »Ein Dolchstoß von hinten in die Niere«, sagte Gerwin.

»Wer ist das?« Neugierig starrte Jeanne auf den Verwundeten, der auf dem Bauch lag.

Hippolyt zuckte die Schultern. »Ein junger Hitzkopf aus dem Süden. Hat sich mit einem von Anjous Gefährten angelegt.«

»Und der hat ihn feige von hinten erstochen?« Dann fielen ihr Cosmès Worte ein, und sie berichtete ihren beiden Freunden davon.

Hippolyt war wenig beeindruckt. »Heute spielen alle verrückt! Es ist kein Aufstand geplant, das wäre blanker Irrsinn! Einige

Hitzköpfe geraten immer aneinander. Warten wir das Ende der Feierlichkeiten ab. Danach werden die Fronten neu geklärt.«

Das Fest zog sich über mehrere Tage: ein Bankett im Hôtel Anjou, Bälle im Louvre und eine denkwürdige Darbietung im Hôtel Bourbon. Jeanne saß mit den Musikern neben der Bühne und sah den Rücken Adriaen Hobrechts, der das Clavecin spielte. Halbnackte Nymphen und Satyrn boten Dekadenz und Lustbarkeit in respektloser Weise dar, ein Affront für die hugenottischen Gäste. Darüber hinaus hatten sich der König und seine Brüder noch eine weitere Provokation einfallen lassen: In prächtigen weißen Roben verteidigten Anjou, Karl und Alençon ein Paradies aus Pappmaché gegen schwarz gewandete Ritter und Dämonen. Die Symbolik war eindeutig, und Jeanne beobachtete ängstlich die versteinerten Gesichter von Coligny, Condé und Navarra.

Auch bei dem Ritterturnier im Hof des Louvre, das am Ende der Feierlichkeiten stand, ließen Karl und seine Brüder keinen Zweifel daran, in welcher Rolle sie die Hugenotten sahen: Während die königlichen Brüder als Amazonen kostümiert das Feld betraten, mussten Heinrich, Condé und La Rochefoucauld in türkischen Gewändern den Kampf aufnehmen.

Jeanne stand auf einem Balkon inmitten kreischender Hoffräulein und Hofdamen. Katharinas Lieblingszwergin hockte auf der Brüstung und schrie: »Tötet die Türken! Tötet die Antichristen!« Niemand verwies sie in ihre Grenzen, im Gegenteil, johlend und klatschend wurde die Zwergin zu weiteren Schmährufen angefeuert. Heinrich und seine Begleiter schlugen sich tapfer, doch die Anspannung war in ihren Gesichtern zu lesen.

Eine hugenottische Edeldame stand neben Jeanne und starrte mit wütender Miene auf das Spektakel im Hof. »Welche Schande wollen sie uns noch antun? Diese verhurte Brut! Unser guter Heinrich muss ins Bett dieser Dirne steigen. Hätte sie doch gleich einen ihrer Brüder auf pharaonische Art heiraten sollen!«

»Aber Madame, das kann nicht Euer Ernst sein!«, sagte Jeanne und warf einer katholischen Baronin, die bereits verärgert die Brauen runzelte, ein freundliches Lächeln zu.

»Und wie ernst mir das ist! Das pfeifen doch die Spatzen von den Dächern. Margot hat es mit ihren drei verderbten Brüdern getrieben, bis sie den Guise in ihr Bett holte. Und jetzt verfolgen sie ihre Schwester mit brutaler Eifersucht. Schandbar!«, entrüstete sich die Hugenottin.

»Megäre! Gib acht, was du in nächster Zeit isst, und sieh dich um, vielleicht stößt man dir einen Dolch durch deinen verhurten Ketzerleib!«, fauchte die Baronin und schubste die Hugenottin im Vorbeigehen zur Seite.

Sie wäre zu Boden gestürzt, hätte Jeanne sie nicht aufgefangen. »Was habe ich gesagt?«

»Soll ich mich etwa vor diesem Abschaum fürchten? Es gibt nur einen wahren Glauben, und der wird von Calvins Jüngern gepredigt!«

Wortlos verließ Jeanne den Balkon. Als sie die Hugenottin wiedersah, lag sie auf einem Tisch im Zimmer der Ärzte. Sie war erstochen in einer Buchshecke der Tuilerien gefunden worden.

38
Die Blutnacht von Paris

Man schrieb den zweiundzwanzigsten August im Jahre des Herrn 1572. Gerwin kam von einem Krankenbesuch in Saint-Germain. Er hatte die Pont Neuf verlassen und sah zu seiner Linken bereits den Louvre, als die Schüsse fielen, die das Pulverfass zum Explodieren bringen sollten. In der Rue des Poulies brach Admiral Coligny verwundet zusammen. Gerwin sah eine Gruppe Hugenotten aufgeregt umherflattern. Instinktiv lief er schneller und schrie auf, als er den blutenden Admiral am Boden liegen sah.

»Hätte er sich nicht gebückt, um seine Mappe aufzuheben – die Kugel hätte ihn ins Herz getroffen!«, rief ein Baron und schlug sich die Hände vors Gesicht.

Gerwin half bei der Erstversorgung. Eine Kugel hatte den Mittelfinger an der rechten Hand des Admirals zerfetzt, die zweite den linken Ellbogen getroffen. Coligny wurde von seinen Gefolgsleuten in sein Haus in der Rue de Béthisy gebracht, wo kurz darauf Ambroise Paré eintraf, der berühmte Chirurg und Leibarzt Katharinas.

»Von wo kam denn der Schuss?«, fragte Gerwin den Diener des Admirals.

»Es wurde aus dem ersten Stock eines vergitterten Fensters gefeuert. Das Haus unmittelbar neben dem Kloster Saint-Germain-l'Auxerrois. Hauptmann Monins hat die noch heiße Arkebuse des Mordschützen gefunden. Das Wappen des Guise soll darauf gewesen sein.« Der Diener weinte und rang die Hände.

Der Hauptmann straffte die Schultern: »Paris hat Blut gerochen! Werter, verehrter Admiral, wir müssen Euch fortschaffen aus diesem Schlachthaus! Überall werden wir verhöhnt und beleidigt. Die Papisten stürzen sich auf jeden, den sie für einen Hugenotten halten. Dieses Mal seid Ihr dem Tod um Haaresbreite entkommen, doch sie werden nicht ruhen, bis sie Euch gemordet haben!«

Coligny, ein großer, sehniger Mann, der noch auf dem Krankenlager Ehrfurcht und Respekt einflößte, erhob seine Stimme: »Nun los, fangt an zu schneiden, Paré. Ich seh' es Euch doch an. Euch dürstet nach meinem Fleisch.«

Gerwin bewunderte den tapferen Mann und beobachtete, mit welcher Präzision Paré, der Tausende Verwundete auf den Schlachtfeldern Frankreichs behandelt hatte, das Skalpell ansetzte und den Mittelfinger sauber abtrennte. Das zerfetzte Fleisch hätte Wundbrand verursacht. Der Admiral wurde bleich, und auf seiner Stirn stand kalter Schweiß, doch er gab keinen Laut von sich. Nachdem die Hand verbunden war, tastete Paré die Elle ab und schnitt dann mit dem Skalpell in das Einschussloch. Mit einer feinen Zange zog er die Kugel heraus, die sich fest zwischen Elle und Speiche gebohrt hatte.

»Die Kugel könnte vergiftet sein, Monsieur. Ich gebe eine giftziehende Salbe darauf«, sagte Paré zum Admiral, der schwach nickte und sich in die Kissen sinken ließ.

»Gut, gut. Jetzt lasst mich ruhen«, sagte der Verwundete, und seine Leute zogen sich leise zurück.

In großer Aufregung kehrte Gerwin in den Louvre zurück. Während er durch die Gänge eilte, hatte er das Gefühl, dass sich die Stimmung verändert hatte. Die papistischen Höflinge schienen fast ausgelassen, und die vormals übermütig selbstsicheren Hugenotten zeigten sich nur in Gruppen. Ängstlich und mit gezückter Waffe drückten sie sich durch die Gänge. Die Nachricht vom Anschlag auf den Admiral musste sich bereits verbreitet haben. Gerwin traf Hippolyt mit Hauptmann Hinrik in Navarras Ankleidezimmer.

»Ihr wisst es bereits?«, fragte Gerwin atemlos.

Die beiden Männer nickten. »Setz dich. Heinrich ist bei Coligny«, sagte Hinrik, der seit ihrem letzten Treffen schmaler geworden war. »Wir sollten Paris verlassen, aber Navarra will nicht gehen. Außerdem wird ihn der König nicht ziehen lassen.«

»Karl ist ebenfalls ans Bett des Admirals geeilt. Er war außer sich, hat geschrien, er wolle die Schuldigen bis an die Pforten der Hölle jagen!« Hippolyt stieß ein bitteres Lachen aus. »Da hätte er sich nicht auf sein Pferd schwingen müssen …«

»Man hat eine Waffe von Guise gefunden«, meinte Gerwin.

»Das passt, nicht wahr?«, sagte Hinrik trocken.

»Was tun wir?« Ratlos stützte Gerwin das Kinn in die Hände.

»Abwarten. Wenn Navarra zurück ist, wissen wir mehr.« Hippolyt kramte in seiner Tasche und überprüfte die Vorräte. »Wir haben nur noch wenig adstringierendes Tonikum, und Quecksilbersalbe benötige ich auch, ah, und Digitalis purpurea. Sei so gut, Gerwin, und hol mir etwas aus der Apotheke.«

Gerwin erhob sich. »Roten Fingerhut? Der ist giftig!«

»In zu hohen Dosen ja, aber die richtige Menge hilft gegen die Wassersucht. Der alte Ferrières leidet daran.«

Ferrières war ein Mitstreiter Colignys. Auch Gerwin war dessen aufgeblähter Leib schon aufgefallen. »Wo ist Jeanne? Hast du sie heute schon gesprochen?«

»Sie besucht Lady Dousabella und danach ihren Vater. Ich habe ihr Zitronenmelisse und Benediktenkraut zur Hebung der gesunkenen Körperkräfte mitgegeben.«

»Vielleicht sollte ich auch bei beiden vorbeischauen und sie mir ansehen«, sagte Gerwin im Hinausgehen.

»Mach das, aber sei vorsichtig!«

»Hier, Gerwin, häng es dir um den Hals!« Hinrik drückte Gerwin ein silbernes Medaillon in die Hand. »Der heilige Christophorus«, erläuterte er und grinste. »Ich habe noch eine Barbara und eine Madonna. Hier, nimm die Madonna gleich mit für deine Jeanne.«

Verdutzt fing Gerwin die zweite Medaille auf. »Was soll ich damit?«

»Umhängen! Na los! Es sind Schutzheilige, Nothelfer! Was glaubst du?«

Warum nicht, dachte Gerwin, band sich den Christophorus um und steckte das Medaillon mit der Madonna in seine Tasche. War es tatsächlich so weit gekommen, dass sie sich als Katholiken ausgeben mussten, um unbeschadet die Straßen von Paris betreten zu können? Er wollte die Tür aufstoßen, wurde jedoch unsanft zurückgedrängt, denn Navarra und seine Gefolgsleute kehrten zurück.

Der frisch vermählte König von Navarra sah blass aus und wirkte erschöpft. »Hippolyt, Huntpiss! Ihr wisst es bereits?«

Rochefoucauld und Condé, die ihn begleiteten, zogen finstere

Mienen, und der Prinz sagte: »Paré hat die Wunden versorgt, aber wenn die Kugeln vergiftet waren, stirbt der Admiral, und dann gnade Gott uns allen!«

»Der König wird nicht zulassen, dass die Situation eskaliert«, entgegnete Heinrich scharf. »Karl war außer sich. Er hat geweint und die ganze Zeit über Colignys Hand gehalten!«

Condé schnaufte. »Wann weint der nicht ... Aber er war überrascht, da gebe ich Euch recht. Mit dem Attentat hat er nichts zu tun, das geht wohl auf das Konto von Guise und Anjou, wenn nicht gar Katharina dahintersteckt.«

»Nein! Sie hätte kein Motiv!«, erwiderte Hippolyt vehement.

Condé zuckte müde mit den Schultern. »Letztlich kommt es auf dasselbe heraus, oder nicht? Was hat Coligny dem König ins Ohr geflüstert? Ihr standet dichter, Navarra.«

Heinrich rieb sich die Stirn. »Er hat Karl darum gebeten, Spanien den Krieg zu erklären und die Protestanten in Flandern zu unterstützen. Es ist seinem Starrsinn zu verdanken, dass unser herrliches Land sich seit Jahren durch ein Jammertal der Trostlosigkeit quält. Coligny hätte, ohne mit der Wimper zu zucken, Tausende Leben geopfert für das Evangelium! Und dennoch – eine Bluttat kann nur weiteres Blut fordern! Das ist Irrsinn, wir leben in einem Tollhaus!«

Eine Dienerin steckte den Kopf zur Tür herein. »Monseigneur, Eure Gemahlin erwartet Euch in ihrem Gemach.«

»Sie will mich bestellen – wie ihr Hündchen. Ich komme gleich.« Heinrich winkte sie fort.

»Zu dieser Stunde, hat sie gesagt«, beharrte die Dienerin.

»Ich komme, wenn ich so weit bin, und jetzt verschwinde!«, rief Heinrich wütend, woraufhin die Dienerin davoneilte.

Gerwin erspähte eine schöne Aristokratin auf dem Korridor, die Navarras Quartier zustrebte. »Hochrangiger Damenbesuch im Verzug, Hoheit.«

Heinrich seufzte. »Das wird Madame de Sauves sein. Sie soll

kurz warten, und dann lasst sie zu mir.« Damit verschwand er in seinem Schlafgemach.

Gerwin warf im Hinausgehen einen flüchtigen Blick auf die schöne Charlotte de Sauves, eine von Katharinas weiblichen Spionen. Diese hinreißende Person mit den vollen Lippen hätte wohl kein Mann von der Bettkante gestoßen, dachte Gerwin und machte sich auf den Weg in die Stadt. Navarra war kein Kostverächter, genauso wenig wie Margot, die keinen Hehl daraus machte, dass sie Guise noch immer liebte.

Die Apotheke lag auf dem Weg zur Pont Neuf. Gerwin machte die gewünschten Besorgungen und begab sich dann ans Krankenlager der schönen Lady Dousabella, der bereits Seraphin Gesellschaft leistete.

»Und nun dieses Attentat auf den Admiral«, flüsterte sie und fächelte sich Luft zu, denn die Hitze lag wie Blei auf Paris. »Können wir uns sicher fühlen? Der Mob ist unberechenbar.«

Seraphin, der in Hemd und Kniehosen in einem Sessel saß und verdünnten Wein trank, sagte düster: »Nicht nur der Mob ist außer Rand und Band, Mylady. Ich bin sehr enttäuscht von Anjou. Ich wusste, dass sein Hass auf Karl groß ist. Schon als sie Kinder waren, hat er sich mit Henri gegen Karl verbündet. Aber ein solcher Racheakt, der eine Lawine aus Blut auslösen könnte? Ich mag es nicht glauben.«

»Sie suchen fieberhaft nach dem Täter, doch die Waffe mit dem Wappen der Guise ist ein überzeugender Beweis«, sagte Gerwin und begutachtete die Verbände Lady Dousabellas.

»Nun, wir werden sehen, wie die Dinge sich entwickeln«, sagte sie vorsichtig. »Kein Herrscher bei Verstand will einen Bürgerkrieg im eigenen Land. Also wird auch Katharina dafür sorgen, dass Karl das Richtige tut.«

An einer Wunde trat eitriges Sekret aus. Gerwin trug frische Salbe auf und betrachtete nachdenklich die verletzte Haut.

»Ich kann Eure Gedanken förmlich lesen, Medicus. Es macht mir nichts aus, dass Narben zurückbleiben. Die Blüte meiner Jugend ist ohnehin vorüber«, sagte Lady Dousabella.

»Sprecht nicht so, Mylady!« Seraphin ergriff ihre Hand. »Wäre ich ein Poet, ich dichtete die herrlichsten Verse auf Eure Schönheit, den Liebreiz Eures Angesichts, den Schmelz Eurer Augen, die …«

Lady Dousabella lachte und legte dem schwärmerischen Tänzer einen Finger auf die Lippen. »Genug! Ich glaube Euch aufs Wort.«

»Meine Arbeit ist getan. Ich sehe Euch in bester Obhut und werde mich verabschieden. Habt Ihr schon Pläne für die Zeit nach Eurer Genesung?«, fragte Gerwin, während er seine Utensilien zusammenpackte.

»Ihr meint, ob ich mich wieder an den Hof wage? Ich denke nicht. Königin Elisabeth wird Verwendung für mich in England haben.«

»Ich begleite dich hinaus«, sagte der Tänzer zu Gerwin.

Auf der Treppe begegneten sie Martin mit einer geladenen Arkebuse. »Man muss vorbereitet sein, nicht wahr?«

Als Seraphin seinen Freund zum Abschied umarmte, entdeckte er das Medaillon und runzelte die Stirn. »Bist du jetzt konvertiert?«

Gerwin grinste. »Keineswegs. Hinrik hat es mir gegeben. Wenn es mich vor fanatischen Katholiken bewahrt, glaube ich sogar an den heiligen Christophorus.«

Seraphin lachte. »Ich bleibe hier, solange niemand nach mir schickt. Baldassarino plant ein neues Ballett, in dem Jeanne ein Lautensolo spielen soll. Aber den schönen Dingen widmen wir uns erst wieder, wenn sich dieser kollektive Wahn gelegt hat.«

»Auf bald, mein Freund!« Hoffnungsfroher gestimmt betrat Gerwin die Straße, deren schmierige Dreckschicht nicht vermuten ließ, dass sie vor einer Woche gereinigt worden war.

Abgesehen von dem Versuch eines Straßenräubers, ihm seine Tasche zu stehlen, den der Dieb mit einem Degenhieb auf seinen Unterschenkel bezahlte, gelangte Gerwin unbeschadet über die

Pont Neuf. Eine Horde Söldner kam grölend aus einer Hafenwirtschaft getaumelt. Zwei der mit Spießen und Pistolen bewaffneten Kerle trugen das königliche Wappen auf ihrem Überrock, einer das Rot Anjous, und Gerwin kniff die Augen zusammen, um besser sehen zu können, doch die Männer wankten davon, ohne dass er ihre Gesichter erkennen konnte. Während er auf die Rue de Rivoli zusteuerte, sah er, wie eine Gruppe Pariser Weiber eine schwarz gekleidete Hugenottin an den Haaren über die Straße zerrte.

»Verstreu dein Gift woanders, Dirne. Dir werden wir zeigen, wer wahrhaftig glaubt!«

»Kindermörderin! Menschenfresserin!«, brüllte eine andere.

»Heda, ihr Weibsbilder! Lasst die arme Frau!«, schrie Gerwin und vergaß die Soldaten. Er zog seinen Degen und ging entschlossen zwischen die aufgebrachten Frauen, die sich jedoch nicht so einfach vertreiben ließen.

»Was wollt Ihr? Das ist eine Ketzerin, die ihr Kind getötet und gegessen hat!«, schrie eine korpulente Wäscherin mit hochrotem Gesicht. Sie hielt die Haare der armen Hugenottin gepackt, deren blutige Kopfhaut darauf hinwies, dass man ihr bereits Büschel ausgerissen hatte. Das Gesicht war zerkratzt. Ihr Blick war ein einziger Hilferuf.

»Red keinen Unsinn, Weib! Niemand isst sein eigenes Kind. Jetzt lass sie gehen, oder muss ich nachhelfen?« Drohend schwang er den Degen.

»Seid Ihr auch ein Hugenotte?«, keifte eine andere, doch dann fiel ihr Blick auf Gerwins offenes Hemd und das Medaillon des Christophorus. »Ihr seid einer von uns! Warum habt Ihr das nicht gleich gesagt?«

Die Wäscherin stieß ihr Opfer von sich. »Hast Glück gehabt. Da, nehmt die Ketzerin mit. Aber seht selbst nach, in ihrem Suppentopf schwimmt das Kind!« Kreischend zogen die furchtbaren Weibsbilder davon.

»Danke, Monsieur! Euch hat der Himmel geschickt!«, schluchzte die Hugenottin und spuckte Blut und einen Zahn auf das Pflaster. »Diese Papistenbrut wird sich noch wundern! Verzeiht, Euch meine ich nicht …«, sagte sie, doch Gerwin winkte ab.

»Schon gut. Geh nach Hause und halt dich mit Beschimpfungen der anderen Konfession zurück.«

Obwohl sie gerade erst einem Verderben entgangen war, ballte sie wütend die Fäuste. »Ich habe keine Furcht vor dem Tod! Wir sind die Kinder Israels, wir …«

Kopfschüttelnd ging Gerwin weiter und steckte im Gehen seinen Degen ein.

Ein unfreundlicher Diener ließ ihn eintreten, nachdem er sich als Medicus für Endres Fry angemeldet hatte. Jeanne saß bei ihrem Vater, der teilnahmslos aus dem Fenster starrte, einen halbfertigen Lautenkorpus in den Händen.

»Gerwin!« Jeanne drückte ihm die Hand und strahlte ihn an. Leise sagte sie: »Mein Mann ist im Haus.«

Gerwin nahm die Kräuter aus seiner Tasche. »Daraus kochst du einen starken Tee für deinen Vater. Außerdem muss er viel Knoblauch und Früchte essen.«

Er ging vor Endres in die Knie und zeigte auf den Lautenkorpus. »Was baut Ihr, eine Laute oder eine Theorbe?«

Endres hob langsam den Kopf. Es dauerte einige Augenblicke, bis sein Blick Gerwin erfasste. Die weißen Haare umstanden struppig sein Haupt. »Eine Laute für meine Christine.« Seine Pupillen waren weit und dunkel, als er Gerwin anlächelte. »Wir haben eine kleine Tochter, und sie spielt ihr immer vor.«

Jeanne legte ihm einen Arm um die Schultern. »Vater.«

Im nächsten Moment stieß Cosmè die Tür auf und starrte erbost seine Frau an. »Was fällt Euch an, unangemeldeten Besuch zu empfangen?«

Jeanne stellte sich neben ihren Vater, der nervös über den halbfertigen Lautenkorpus strich. »Er hat Angst vor Euch. Reicht es nicht, wenn Ihr mich demütigt?«

»Schweigt!« In seiner schwarzen Tracht hatte der hochgewachsene Cosmè eine bedrohliche Präsenz.

Doch Gerwin ließ sich nicht beeindrucken. »Verzeiht, Monsieur. Als Arzt bin ich es gewohnt, ohne viele Förmlichkeiten Beistand zu leisten. Und da Ihr Meister Hippolyt und mich bereits kennt, mögt Ihr mir verzeihen. Weder Pierre noch Madame trifft eine Schuld.«

Cosmè verzog den Mund. »Das zu beurteilen liegt allein bei mir. Was habt Ihr dort?«

»Kräuter für ein Elixier, das die Lebensgeister von Monsieur Fry wiederbeleben soll«, erklärte Gerwin höflich.

»Seht ihn Euch an! Seit Wochen schnitzt er sinnlos an einem Stück. So hatte ich mir seinen Beitrag zum Leben unter meinem Dach wahrlich nicht vorgestellt«, ätzte Cosmè.

Jeannes Augen füllten sich mit Tränen. »Erst gestern habt Ihr mir gesagt, wie gut die Geschäfte laufen und dass meine Empfehlung bei Hof dazu beigetragen hat!«

»Ich denke, dass Monsieur kaufmännisch denkt, wo Menschlichkeit und Mitgefühl über Profit stehen sollten. Aber gewiss meint Euer Gatte es nicht so, wie es geklungen hat«, warf Gerwin ein.

»Ihr seid recht vorlaut geworden für den Gehilfen eines Quacksalbers.« Cosmè ließ seinen Blick aufmerksam zwischen Jeanne und Gerwin hin- und herwandern. »Madame wird bis auf weiteres die Pflege ihres Vaters übernehmen. Ihr wollt mir nicht erzählen, dass eine Lautenistin derzeit unabkömmlich am Hof ist.«

Ein Kind begann aus Leibeskräften zu schreien, und Jeanne fuhr zusammen. »Bitte, Medicus, wo Ihr schon hier seid, seht auch nach den Jungen. Vielleicht haben sie Würmer. Oft hat einer einen aufgeblähten Bauch, und zu Koliken neigen sie auch.«

Cosmè begleitete sie in das Kinderzimmer und ließ Gerwin bis zum Verlassen des Hauses nicht mehr aus den Augen.

Nach diesem unangenehm verlaufenen Besuch war Gerwin froh, den Abend in Hippolyts und Hinriks Gesellschaft und mit den Resten des königlichen Mahles verbringen zu können.

Hungrig aß er sich durch Erdnüsse an Orangensauce, grüne Bohnen, gefüllte Kalbsbrust, Wachteln und eine Birnentorte. Dazu sprach er dem Rotwein kräftig zu und ließ sich satt und trunken ins Bett fallen.

»Was hast du den Kindern gegen die Würmer gegeben?«, fragte Hippolyt, bevor sie einschliefen.

»Schwarzkümmel«, murmelte Gerwin.

»Warum nicht die Arznei aus drei Teilen Pfirsichblättern?«

»Die Kinder neigen zu Koliken, da hilft der Kümmel besser. Lass mich schlafen, Hippolyt. Ich bin müde!« Gerwin drehte sich auf die Seite.

»*Haud stulte sapis.*[1]«

Als Katharina am Nachmittag des folgenden Tages in finsterer Stimmung mit ihren Damen, den Zwergen und den kläffenden Hunden aus dem Garten zurückkam, stellte sich ihr unvermittelt ein Edelmann in den Weg, rief: »Antoine de Pardaillan ist mein Name, Majestät!« und legte eine Hand an seinen Degen.

Die Damen schrien auf, schon wollten sich die königlichen Wachen auf ihn stürzen, doch Katharina hob die Hand, so dass der aufgebrachte Edelmann weitersprechen konnte. »Majestät, wir fordern Gerechtigkeit vom König! Es muss gehandelt werden, und wenn Ihr es nicht tut, werden wir es tun!«

Katharina kniff die Augen zusammen und ging weiter, während der dreiste Pardaillan ihr folgte und sich in Drohungen und Schmähungen erging. Kurz bevor sie in ihre Gemächer verschwand, sah Gerwin, wie sie François de Montmorency ein Zeichen gab, woraufhin der Unruhestifter beseitigt wurde.

1 Du bist nicht dumm in deiner Weisheit.

Den Rest des Tages verbrachte Katharina in brütender Zurückgezogenheit, bis sie sich nach einem ausgedehnten Fressgelage purgieren ließ und nach Kanzler Birague rief.

Gerwin und Hippolyt waren den ganzen Tag über mit von Schwächeanfällen geplagten Damen, einem wassersüchtigen Baron und in Zweikämpfen und Prügeleien Verletzten beschäftigt gewesen. Als sie müde und blutverschmiert von der letzten Operation in ihr Quartier gehen wollten, erreichte sie die Nachricht einer von Ohrenschmerzen geplagten Dame aus Margots Gefolge.

Gerwin klopfte Hippolyt auf die Schulter. »Ich mache das. Lass mir bitte einen Zuber Wasser eingießen. Es wird nicht lange dauern. Ist morgen nicht Sonntag?«

»Ja, der Tag von Sankt Bartholomäus. Dann werden sich die Gemüter beruhigt haben. Heute sind sie herumgerannt wie angestochene Bienen«, sagte Hippolyt kopfschüttelnd. »Verabreich der Dame Lavendel und komm schlafen. Dieses schwüle Wetter macht alle kirre.«

»Ist gut. Bis gleich.«

Kurz vor Mitternacht sank Gerwin todmüde neben Hippolyt auf das Lager. Wie lange er sich bereits in einem unruhigen Schlaf hin und her geworfen hatte, hätte er nicht zu sagen vermocht, als er von einem leisen Kratzen an der Tür erwachte. Im nächsten Moment kam Hinrik mit einem Kerzenleuchter in der Hand herein. »Gerwin, Hippolyt, schlaft ihr?«

»Jetzt nicht mehr!«, brummte der Arzt und setzte sich auf. »Was ist denn los? Brauchst du mich?«

Hinrik trug noch Degen und Wams, unter dem sein Kettenhemd hervorsah. Sein zerfurchtes Gesicht verhieß nichts Gutes. »Irgendetwas geht vor! Hört ihr es nicht?«

Gerwin horchte in den nächtlichen Palast. »Nichts! Alles ruhig.«

»Eben! Es ist viel zu ruhig! Wo sind die Zecher, die Weiber, die

Würfelspieler? Die Gänge sind wie ausgestorben. Ich habe meine übliche Runde durch den Louvre gemacht und neben den königlichen schweizerische und schottische Wachabteilungen in voller Montur gesehen, wie sie Aufstellung im Hof nahmen. Die Palasttore waren bereits zur achten Stunde verschlossen, sonst sind sie das erst zur zehnten. Einer meiner Leute hat mir eben berichtet, dass die Stadttore verbarrikadiert wurden, sie haben Sperrketten vor die Brücken gehängt, und Bürgerwehren bewachen Plätze und Brücken!« Hinrik trat zum weit geöffneten Fenster.

Hippolyt sprang aus dem Bett und stellte sich neben den Hauptmann. »Das sind Vorbereitungen für einen Kampf.«

Fröstelnd stieg Gerwin in seine Hosen. »Hat Coligny einen Aufstand befohlen? Befehligt Navarra die Soldaten?«

»Nein, mein junger Freund.« Hinriks Stimme war brüchig. »Heinrich liegt mit seiner Frau im Bett und Coligny siechend in seinem Haus. Sie haben die Tore verschlossen, um unsere Soldaten draußen zu halten, während hier das Schlachten beginnt.« Er packte Gerwin an der Schulter und zog ihn ans Fenster. »Hörst du, wie sie die Messer wetzen?«

Von unten waren unterdrückte Rufe zu vernehmen, Pferde, deren Hufe man mit Lappen umwickelt hatte, bewegten sich über das Pflaster, und nachdem Gerwins Ohren für die ungewohnten Geräusche geschärft waren, kroch lähmende Angst in ihm hoch. »Was machen wir jetzt?«

Da läuteten die Glocken von Saint-Germain-l'Auxerrois Sturm, und die Blutnacht von Paris öffnete ihre alles verschlingenden Höllentore.

39

Ich bin der Eingang in die Stadt der Schmerzen,
ich bin der Eingang in das ewige Leid :..
Tu, der du eintrittst, alle Hoffnung ab.

Dante Alighieri, »Die Göttliche Komödie«, Dritter Gesang

»Was ist passiert? Brennt es?« Jeanne war durch das dumpfe Dröhnen einer Kirchenglocke erwacht. In das durchdringende Tönen fielen mit Macht alle anderen Kirchenglocken der Stadt ein, so dass die Mauern zu erzittern schienen.

Sie stürzte zum Fenster und sah, wie die Pariser aus den Häusern stürmten. Fackeln wurden hochgehalten, einige Männer trugen blitzende Brustpanzer, und Piken, Hellebarden, Degen und Säbel wurden kampflustig geschwungen.

»Sie greifen die Stadt an!«, schrie Jeanne und rannte auf den Korridor, wo sie Guillemette begegnete, die aus Cosmès Schlafzimmer kam.

Die blonden Haare hingen wirr um ihren üppigen Körper, der sich unter einem dünnen Batisthemd abzeichnete. Die junge Frau begann zu kreischen.

»Hör auf, du dumme Kuh!«, fauchte Jeanne und schlug ihr mit der flachen Hand ins Gesicht.

Sofort war Guillemette still und starrte Jeanne mit großen, tränennassen Augen an.

»Geh zu den Kindern und beruhig sie!«, befahl Jeanne, denn die Jungen hatten sich lautstark zu Wort gemeldet. Sie selbst lief zu ihrem Vater, der aufrecht im Bett saß und sich die Ohren zuhielt.

»Vater, wir müssen aufstehen und uns anziehen! Schnell! Kannst du das allein?«, fragte Jeanne und schlug das Laken zurück, doch Endres stieß sie energisch fort.

»Natürlich. Sag mir lieber, was los ist.«

Erleichtert, dass er bei klarem Verstand schien, goss sie Wasser in eine Schüssel und spritzte es sich ins Gesicht. »Wenn ich das wüsste. Zieh dich an, ich bin gleich zurück.«

Aus dem Erdgeschoss hörte sie Cosmès Stimme und rannte die Treppe hinunter. Ihr Mann stand, nur mit einem langen Hemd bekleidet, in der Halle und verteilte Pistolen und Stichwaffen, die sonst an den Wänden hingen. Als er sie sah, rief er: »Kleidet Euch an, in Gottes Namen, oder wollt Ihr sofort vergewaltigt werden?«

»Was ist denn nur los? Stehen die Spanier vor Paris?«

»Ha! Unsere eigenen Landsleute wollen uns an den Kragen! Die Glocken läuten zur Hatz auf uns! Wir sind das Wild, das es zu jagen gilt, und sie werden nicht ruhen, bis unser Blut in Strömen durch die Gassen fließt! Pierre, wenn sie das Tor im Hof nicht halten können, lass alle ins Haus kommen. Verbarrikadiert die Türen mit allem, was ihr findet!«

Entsetzt eilte Jeanne wieder hinauf und zog sich das malvenfarbene Kleid an, mit dem sie vor zwei Tagen aus dem Louvre gekommen war. Wenn sie Jagd auf Hugenotten machten, wäre die schwarze Tracht ihr Todesurteil. So gut es ging, schnürte sie sich das Mieder und rannte zu ihrem Vater, der bereits Hose, Hemd und Schuhe trug und nach seinem schwarzen Wams griff.

»Nicht, Vater! Die Katholiken machen Jagd auf uns. Wo ist das alte Wams aus Dresden?« Panisch durchsuchte sie die Truhe unter dem Fenster und fand endlich ein zerschlissenes dunkelgrünes Wams, das sie ihm reichte.

Der Lärm auf den Straßen nahm zu: Pistolenschüsse, Schmerzensschreie, Wimmern – über allem Kampfgeräusche und das Geläut der Kirchenglocken, die Paris zur Messe riefen, einer Totenmesse, in welcher die Märtyrer von den Gläubigen geschlachtet wurden.

Wie lange würden sie dieses Haus verteidigen können gegen den wahnsinnigen Mob, der sich in einen Blutrausch zu metzeln schien? Schaudernd wandte Jeanne den Blick zum Fenster. Auf der anderen Straßenseite war ein Krämerladen, aus dessen erstem Stock in diesem Moment ein Wickelkind geworfen wurde. Es fiel auf das Pflaster. Der Schädel zerbarst mit einem grausigen Geräusch, das Jeanne die Haare zu Berge stehen ließ. Im nächsten Moment schlugen Flammen aus dem Haus. Als sie kurz darauf einen weiteren Blick wagte, lagen nackte Leiber in den grotesken Stellungen des Todes auf der Straße. Die Menge war nicht mehr zu halten. Greise, Kinder, Frauen, Mädchen, alle fielen den Schlächtern zum Opfer.

Auch die Mauern ihres Hauses würden dem Ansturm bald nachgeben. Die Schläge dröhnten bereits am Tor und an den Türen.

»Bist du so weit, Vater?«, fragte sie ängstlich.

Endres schnallte seinen Gürtel um, steckte einen Dolch ein und betrachtete die Theorbe, die an der gegenüberliegenden Wand hing. Jeanne nahm ihn an der Hand und zog ihn mit sich auf den Gang. »Wir müssen fort von hier! Ich weiß einen Weg hinaus!«, sagte sie.

Pierre stürmte die Treppen herauf. Der Säbel in seiner Hand war blutig. »Madame, Ihr kennt den Weg zum Friedhof. Versteckt Euch in den Gewölben! Wir können die Türen nicht länger halten!«

Jeanne rannte mit ihrem Vater zu der kleinen Tür, die in die Katakomben führte. »Warte hier! Die Jungen!«, rief sie und rannte zum Kinderzimmer.

Im Erdgeschoss barsten mit ohrenbetäubendem Lärm die Türen unter dem brutalen Ansturm der wahnsinnigen Mordbande. Pierre stellte sich auf den Treppenabsatz und schlug auf die ersten Angreifer ein, die mit verzerrten Gesichtern die Treppe heraufstürmten.

Jeanne stieß die Tür auf und riss ihr Kind aus dem Bettchen. Gabriel begann sofort zu schreien. »Nicht doch, nicht schreien!«, schluchzte Jeanne. »Guillemette, was machst du? Komm endlich!«

Guillemette ließ eine Tasche fallen und ergriff die Hand ihres Kindes. Draußen sahen sie, wie Pierre nach Kräften Hiebe austeilte, doch der blutrünstigen Meute mit ihren Beilen, Äxten und Säbeln war er nicht gewachsen. »Rennt um Euer Leben!«, brüllte er noch, bevor ihn der Axtstreich eines bulligen Kerls, der eine weiße Binde am Arm trug, niederstreckte. Der nächste Schlag spaltete ihm den Schädel.

Ihr Vater ging auf die Mörder zu. »Vater!«, brüllte Jeanne in höchster Verzweiflung und schob ihren Sohn zu Guillemette, um ihren Vater zurückzureißen. Da fuhr die Axt auch auf Endres nieder und hieb ihm den Arm an der Schulter ab. Jeanne taumelte rückwärts und sah, wie ihr Vater zu Boden ging. »Nein! Vater!«, brüllte sie, halb wahnsinnig vor Schmerz und Wut.

Ein schriller Schrei hinter ihr ließ sie herumfahren, und sie sah entsetzt, wie ein Soldat der Schweizergarde Guillemette und ihr Kind in ein Zimmer drängte. Gabriel lag ein Stück weiter reglos auf dem Boden. Jeanne bückte sich, nahm ihr Kind und rannte zur geheimen Tür hinter dem Schrank. Blindlings stolperte sie die Stufen hinunter. Mit dem Kind in den Armen stürzte sie weiter, hinunter in die modrige Unterwelt, die ihre einzige Hoffnung war. Blindlings rannte sie in die Finsternis der feuchten Gänge und konnte nichts anderes denken, als dass ihr Vater tot war. Aber sie hatte ihr Kind gerettet.

»Was ist mit dem Admiral?« Zusammen mit Gerwin und Hauptmann Hinrik stand Hippolyt im Ankleidezimmer von Margot, Königin von Navarra, die ihnen und dem verletzten Hugenotten, einem Herrn von Léran, Schutz vor den mordenden königlichen Garden gewährte.

Margot selbst war zu ihrer Mutter geeilt, um für das Leben ihres Gatten zu bitten, der eben mit seinem Vetter Condé abgeführt worden war. Léran, dessen Schnittwunde am Hals Gerwin versorgte, brachte krächzend hervor: »Guise und die Männer von Anjou haben Coligny auf schändlichste Weise ermordet. Ich war in der Rue de Béthisy und habe gesehen, wie sie ihn vom Dach auf die Straße warfen und ihm Kopf und Genitalien abgeschlagen haben. Diese Bestien!«

»Guise und Anjous Männer.« Hippolyt rang zitternd die Hände. »Sie hätte das nicht zugelassen! Das kann nicht sein …«

Gerwin befestigte den Verband und wusch sich die Hände. Seit dem Einsetzen des Sturmgeläuts waren mehrere Stunden vergangen. Die Morgensonne warf bereits ihr warmes Licht auf den Louvre und seine Höfe, in denen sich die Leichen zu Bergen stapelten. Die barbarische Grausamkeit und die Kaltblütigkeit, mit der die Räume systematisch nach Hugenotten durchsucht und diese auf der Stelle exekutiert wurden, übertraf die furchtbarsten Schlachten, die Gerwin erlebt hatte.

»Glaubt mir, Messieurs, der Befehl zu Colignys Ermordung kam vom König selbst, und was das bedeutet, wissen wir alle. Auf meinem Weg zurück in den Louvre habe ich weiße Kreuze an den Türen unserer Brüder gesehen. Die haben die Soldaten vor dem Losschlagen aufgetragen, damit sie ihre Opfer in der Nacht leichter finden«, sprach Léran. Das Atmen fiel ihm schwer.

»Kreuze an den Türen! Und Jeanne ist bei ihrem Mann, der dem *consistoire* angehört! Lieber Gott, lass sie am Leben sein. Ich muss zu ihr!« Verzweiflung schnürte Gerwin die Kehle zu. Wahllos warf er Messer und Fläschchen in seine Tasche.

Hinrik packte ihn an der Hand. »Nichts überstürzen, Gerwin. Wenn wir jetzt auf die Straße gehen, werden wir abgeschlachtet wie tumbes Vieh.«

»Und was sollen wir tun? Hier warten, bis sie tot sind?«, schrie Gerwin.

Hippolyt sah ihn mit resigniertem Blick an. »Du hast recht, Gerwin. Lass uns gehen. Aber vorher will ich mit ihr sprechen.«

Léran saß in seinem Stuhl, der Verband an seinem Hals blutete bereits durch. »Mit ihr, mit Katharina, dieser italienischen Hexe, dieser Giftmischerin, dieser Mörderin, dieser Mutter einer Schlangenbrut, die nichts als Unglück über unser Land gebracht hat? Zur Hölle mit der ganzen Familie!«

Hinrik zog seinen Stichdegen, drückte Gerwin eine geladene Pistole in die Hand und ging zur Tür. »Haltet euch dicht hinter mir!«

Auf dem Gang erwarteten sie Leichen und Verwundete, deren Blut das Parkett dunkel färbte. Der erste Ansturm schien vorüber, doch als sie sich den königlichen Gemächern näherten, erwartete sie die nächste entsetzliche Überraschung. Von weitem sahen sie den König lachend eine Büchse anlegen. Ein Schuss knallte, und das beifällige Klatschen und Kreischen von Hofdamen ertönte. »Wieder einer, Majestät!«

Sie duckten sich in einen Türbogen. »Er jagt Hugenotten! Dieser Perversling ergötzt sich am Erschießen hilfloser Menschen. Mein Gott, Hippolyt, wie haben wir nur jemals glauben können, dass sich etwas ändern würde ...« Hinrik stieß die Tür vor sich auf und hätte sich fast übergeben, denn neben dem Bett lag die Leiche einer protestantischen Edeldame, der man den Leib aufgeschlitzt und das ungeborene Kind herausgerissen hatte.

Gerwin hielt sich die Hand vor den Mund und stieg über die Leichen von Dienern und halbnackten Edelleuten. Wankend vor Abscheu und Furcht gingen die Männer weiter in den nächsten Raum. Dort stießen sie auf Gardisten, die sich an Hugenottinnen vergingen. Einer der Schlächter packte die Frau, die er vergewaltigt hatte, am Schopf und schnitt ihr die Kehle durch. Das Blut spritzte nach allen Seiten und traf auch Gerwins Gesicht.

Ohne zu zögern, feuerte Gerwin seine Pistole ab, und der überraschte Soldat fiel wie ein gefällter Baumstamm zu Boden. Die anderen beiden Soldaten stießen die Frauen zu Boden und stürzten sich mit Säbeln auf Hinrik und Gerwin, die sich ihnen entgegenwarfen und die Kerle mit wenigen Hieben und Stichen zur Strecke brachten. Als Gerwin sich umwandte, hielt Hippolyt ebenfalls einen Säbel in der Faust.

Vor den Räumen der Königinmutter warteten Bogenschützen und Schweizergardisten mit gekreuzten Spießen. Hippolyt erkannte einen von ihnen, den er von Gallensteinen befreit hatte, und ließ seinen Säbel wieder sinken. »Du kennst mich. Ich muss mit der Königinmutter sprechen.«

»Tut mir leid, Monsieur. Hier darf niemand durch, wir müssen Euch festnehmen lassen. Tut mir wirklich leid«, sagte der Schweizer und rief nach einer Wachmannschaft.

Durch die seitlichen Türen blickten sie auf eine Balustrade. Zwei Frauen standen dort nebeneinander – Katharina und ihre Tochter Margot. Beide sahen hinunter in den Innenhof.

»Eure Majestät! Auf ein Wort!«, rief Hippolyt, während die Wachen näher kamen.

»Was wollt ihr Irren hier?«, höhnte ein Wachmann und zog sein Schwert.

»Pro libertate, pro caritate!«, schrie Hippolyt so laut, dass Katharina de Medici es hören musste.

Gebannt starrten Gerwin und Hinrik auf den Rücken der alten Königinmutter. Margot stand wie gelähmt an der Balustrade und rührte sich nicht.

Der Wachmann hob sein Schwert. »Kannst latinisieren, wie du willst, du gehst den Weg, den alle Ketzer gehen müssen!«

»Halt!« Die scharfe Stimme Katharinas brachte das Schwert in seine Scheide zurück, ohne dass die Klinge Blut geleckt hatte. »Bringt sie her!«

Das aufgedunsene Gesicht der alternden Herrscherin glänzte ölig, auf der Oberlippe sammelten sich Schweißperlen. Der schwarze Stoff ihres Kleides zeigte weiße Ränder unter den Achseln, und die vielen Ringe schnürten in das weiche Fleisch ihrer dicken Finger. Wie ein Triumphator sah sie nicht aus. Der

Ausdruck ihrer konzentriert blinzelnden Augen war müde. »Geh zu deinem Mann, Margot. Überzeug ihn davon, dass er und sein Vetter Condé konvertieren müssen, wenn sie in diesem neuen Frankreich leben wollen.«

Margots Kleid war blutverschmiert. »Heinrich wird nicht von seinem Glauben lassen! Würdet Ihr das, Messieurs? Nein! Mein Gott, im Namen aller Heiligen und der Barmherzigkeit, die Euch, in deren Adern das Blut der Medici und der Borgia fließt, fremd ist …«

»Halt den Mund, Margot, und geh zu deinem Mann! Tu, was ich gesagt habe, wenn dir an ihm liegt, denn du scheinst ja trotz allem Gefallen an ihm gefunden zu haben.«

Margot presste die Lippen zusammen und rannte davon.

Hippolyt stand zwei Schritte von der Frau entfernt, in deren Dienst er und seine Brüder ihr Leben gestellt hatten. Katharina de Medici sah ihn an. Es zuckte um ihre Mundwinkel, und plötzlich wandte sie sich ab und suchte Halt an der Balustrade. Ihr gebeugter Rücken hob und senkte sich im engen Korsett ihres schwarzen Witwenkleides, doch heute trug sie Trauer für Tausende unschuldige Tote. Sie hob einen Finger und zitierte Hippolyt neben sich. »Seht Ihr das?«

»Natürlich, Majestät, und …«, begann Hippolyt, wurde jedoch unterbrochen.

»Glaubt Ihr denn, ich weiß nicht, was Ihr sagen wollt? Glaubt Ihr denn, ich kann Euren vorwurfsvollen Mienen nicht ansehen, welche Gedanken Ihr hegt? Glaubt Ihr denn, ich habe das gewollt?«, sagte sie, ihre Stimme klang alt, matt und brüchig.

»Ihr habt es zugelassen, Majestät«, sagte Hippolyt und starrte unverwandt in den Hof, in dem sich die Leichen stapelten. In der Hitze setzte der Verwesungsprozess umgehend ein. Es war eine Frage von Stunden, wann die Pest ausbrechen würde.

Gerwin konnte die schwarzen Schatten sehen, die sich über die nackten Leiber bewegten. Die Ratten feierten Sankt Bartholomäus auf ihre Weise.

»Nein, nein, das habe ich nicht gewollt! Der Admiral und die Wortführer mussten sterben, aber dann hat sich das Morden verselbständigt. Seht Ihr?« Sie deutete in den Hof, wo die Henkersknechte mit ihren Hellebarden hinter Flüchtenden herpreschten, sie aufspießten, ihnen die Kleider vom Leibe rissen und sie plünderten. Wenn der Ring nicht vom Finger wollte, wurde der Finger abgeschnitten.

Gerwin atmete schwer und hätte die Medici am liebsten über die Brüstung gestoßen, doch Hinrik hielt ihn am Arm gepackt und murmelte: »Ruhig, Gerwin. Wenn wir hier lebend herauskommen, konvertiere sogar ich.«

»Ich sehe es, Majestät, und es war nicht anders zu erwarten. Jeder, der Paris in den vergangenen Wochen erlebt hat, hätte diesen Wahnsinn vorhersagen können, und deshalb sage ich noch einmal: Ihr habt es zugelassen.«

Die dicken Finger krallten sich fest um die Balustrade. »Es war zu spät. Ich konnte sie nicht mehr aufhalten.«

Hippolyt trat einen Schritt zurück und verneigte sich. »Unter diesen Umständen bitte ich Eure Majestät in aller Demut, uns aus Euren Diensten zu entlassen. Unter diesen Umständen, Majestät, fühle ich mich meinem Eid nicht länger verpflichtet.«

Katharina sprach mehr zu sich selbst als zu Hippolyt: »Niemand kann diesem Wahnsinn ein Ende setzen, nicht einmal der König!«

Von der Galerie auf der anderen Seite klangen hysterische Schreie und Gelächter herüber, und sie sahen, wie der König mit einer Armbrust auf Flüchtende zielte.

»Wie fröhlich er ist! So ausgelassen ist er sonst nur auf der Hirschjagd …«, sinnierte die Königinmutter.

Hippolyt drehte sich um und winkte seinen Freunden, ihm zu folgen. Als die Stimme der Medici sie erreichte, erstarrten sie, und Hinrik legte die Hand auf seinen Degen.

»Unter den gegebenen Umständen, Meister Hippolyt, blieb

mir keine Wahl. Da es mir nicht gelang, geliebt zu werden, musste ich mich dafür entscheiden, gefürchtet zu werden«, sagte die Königinmutter.

»Ihr habt Euren Machiavelli schlecht gelesen, Majestät. Wenn ein Fürst sich die Liebe seines Volkes nicht erhalten kann, so darf er zwar gefürchtet, doch nicht gehasst werden. *Sola deis aequat clementia nos*[1], Majestät.«

Gerwin würde nie den Ausdruck von Trauer und Schuld in den Augen Katharina de Medicis vergessen, nur einen Wimpernschlag lang, dann versteinerte ihre Miene und ließ keinen Zweifel daran, wer der wahre Herrscher Frankreichs war.

In einem der Gänge in dem Schlachthaus, zu dem der Louvre geworden war, stießen sie auf den Schweizergardisten Kreyfuß, der sie zu einem Nebenausgang an der Rue de Rivoli brachte. Sie kamen überein, zuerst Jeanne und ihren Vater zu suchen, bevor sie sich im Haus von Lady Dousabella, die – so hofften sie – diplomatischen Schutz genoss, treffen wollten, um dort über das weitere Vorgehen zu entscheiden.

Kaum hatten sie die Rue de Rivoli erreicht, wurden sie vom wütenden Strom der entfesselten Massen mitgerissen. Ohne Unterlass brüllten die Irrsinnigen nach mehr Blut und rochen in jedem Haus Hugenotten. »Heraus mit den Ketzern! Tötet die Teufel!«

Wer sich nicht als Katholik ausweisen konnte, weder eine weiße Armbinde noch ein weißes Kreuz am Gürtel trug, war dem Tode geweiht. Mehr noch als der Hass auf den anderen Glauben trieb die Schlächter ihre Gier nach Beute an. Gerwin, Hippolyt und Hinrik versuchten, sich nicht aus den Augen zu verlieren, während sie hilflos zusehen mussten, wie der Pöbel die Häuser von Hugenotten nach Waffen, Stiefeln, Silber, Geld und allem, was wertvoll schien, durchsuchte.

1 Nur Milde macht uns den Göttern ebenbürtig.

»Ich nehme mir den Laden von Bertin vor! Mit dem habe ich noch ein Hühnchen zu rupfen!«, rief ein blutbeschmierter Mann vor Gerwin seinem Kumpan zu, der sich neben erbeutetem Schmuck ein Paar Stiefel umgehängt hatte.

In der Rue Saint-Honoré trafen sie auf den ersten Wachtposten der Bürgerwehr. »Sag kein Wort, Gerwin. Dein Akzent würde dich verraten«, zischte Hinrik ihm ins Ohr.

»Wie ist die Losung?«, fragte der grobschlächtige Kerl und richtete die Pistole auf Hippolyt, der seine Tasche festhielt und nach Luft rang.

»Wir sind gute Katholiken! Bei der Heiligen Jungfrau schwöre ich, dass wir auf dem Weg zum Hôtel de Guise sind, um dort medizinischen Beistand zu leisten. Ich begleite diese ehrenwerten Ärzte, die der Königinmutter selbst dienen«, erklärte Hinrik mit großer Würde und einer Hand am Degen.

Gerwin war bereit, seinen Dolch zu ziehen, um ihn dem ersten Wachtposten, der sich ihm in den Weg stellen würde, zwischen die Rippen zu rammen.

»Zum Herzog? Warum sagt Ihr das nicht gleich?« Er nannte ihnen die Losung, mit der sie weitere Sperren passieren konnten, und sie wurden durchgelassen.

»Schau dir den Geldsack an! Der sieht mir doch ganz wie ein hugenottischer Adeliger aus!«, brüllte der Wachtposten und schüttete sich schier aus vor Lachen über einen, der sich nicht so geschickt zu verkaufen wusste wie Hinrik.

Je näher sie dem Cimetière des Innocents kamen, desto leerer wurden die Straßen. In den Boulevards und Gassen dieses Bezirks hatte der Pöbel gleich nach dem Mord an Coligny gewütet. Die Leichen lagen nackt in grausamen Verrenkungen auf dem Pflaster.

»So muss die Hölle aussehen«, murmelte Gerwin. Straßenköter und Ratten taten sich an den blutigen Leichen gütlich und zerrissen selbst den zarten Körper eines Neugeborenen. Gerwin übergab sich an einer Hauswand. Als er die Hand fortnahm, mit der er sich abgestützt hatte, klebte sie von Blut.

»Komm. Da vorn ist das Haus von Paullet. O Himmel, sie waren schon dort!«, sagte Hinrik. »Lass mich zuerst nachsehen!«

»Nein!«, schrie Gerwin und stürzte durch die aus den Angeln gerissene Tür in die Halle. Er zog seinen Degen und suchte nach bekannten Gesichtern unter den Leichen.

Am Treppenabsatz lag Cosmè, nur mit einem Hemd bekleidet. Eine abgebrochene Pike steckte in der Brust. Gerwin erkannte den alten Majordomus, eine der Dienerinnen und einige Knechte. Zitternd vor Angst, was ihn oben erwartete, stieg er die Treppen hinauf. Das Geländer war zerbrochen, Stufen geborsten. Möbel, Teppiche, Geschirr und Schmuck waren verschwunden.

»Gerwin, warte!«, rief Hippolyt.

Doch er hatte den ersten Stock bereist erreicht, schrie auf und fiel auf die Knie. »Endres! Hippolyt, hier liegt Endres!«

Sein Freund legte Gerwin die Hand auf die Schulter. »Wir können nichts mehr für ihn tun. Wer ist die junge Frau dort? Kennst du sie?«

»Guillemette!«, schluchzte Gerwin und warf die Arme in die Luft, als er die Überreste ihres Kindes sah. »Jeanne!«, brüllte er. »Jeanne!«

»Da sind noch Ketzer!«, rief jemand draußen auf der Straße.

»Hippolyt, Hinrik, gebt acht!«, warnte Gerwin seine Freunde und zog seine Pistole aus dem Gürtel.

Von den drei Kerlen, die ins Haus drängten, trug einer die roten Farben Anjous, die anderen beiden die bunte Tracht der Landsknechte. Als der mittlere, dessen rotblonde Mähne ihm über die Schultern fiel, mit wildem Blick zu ihnen hinaufstarrte, hielt Gerwin in der Bewegung inne. Das waren die Männer, die er in der Schenke am Seineufer gesehen hatte. Jetzt wusste er, warum er unbewusst auf sie aufmerksam geworden war. »Franz!«, brüllte Gerwin und feuerte seine Pistole auf den Verhassten ab.

Franz taumelte, ging halb zu Boden und griff sich an die Schulter. Im nächsten Moment stürmte er wie ein blutender Stier auf sie zu.

Hinrik wehrte ihn auf der Treppenmitte mit dem Degen ab und schrie: »Ich halte sie auf! Rettet euch!«

»Wir lassen dich nicht im Stich!«, schrie Gerwin und sprang die Stufen hinunter.

Hippolyt kam ebenfalls und hieb mit seinem Säbel auf die Angreifer ein. Hinrik versetzte Franz einen Streich auf den Schenkel, doch der Kerl schien aus Eisen und focht weiter, während seine Hose sich dunkel färbte. Durch die offene Eingangstür drängten weitere kampflustige Soldaten, und Hinrik rief: »Es sind zu viele! Zurück!«

Plötzlich krachte die Treppe, deren angebrochene Pfeiler dem Ansturm nicht länger standhielten. Hinrik, Gerwin und Hippolyt retteten sich in den ersten Stock, während Franz mit dem berstenden Holz in die Halle auf seine Kumpane stürzte. »Zur anderen Seite!«, brüllte der Sachse auf Deutsch. »Du hättest mich nicht retten sollen! Ihr entkommt uns nicht, und wenn du Jeanne nicht findest, ich finde sie!«

»Gerwin, sieh in den Zimmern nach, während die Kerle einen anderen Aufgang suchen«, sagte Hinrik leise und sah selbst in die Räume zu seiner Rechten und Linken.

In Windeseile stieß Gerwin die Türen auf, doch Jeanne war nicht unter den Toten. »Der Keller! Sie hat von einem unterirdischen Gang gesprochen, durch den Pierre sie zum Friedhof gebracht hat.«

Gemeinsam suchten sie nun nach einer versteckten Tür und fanden sie, als sie die Söldner über das Dach kommen hörten.

»Ihr zuerst!«, befahl Hinrik, zog die schmale Tür hinter ihnen zu und legte den Riegel vor, der den Schlägen der Söldner jedoch nicht lange standhalten konnte.

Gerwin und Hippolyt stolperten blindlings die engen, gewundenen Treppen hinunter in die ungewisse Finsternis. Es dauerte nicht lange, und die Söldner waren ihnen auf den Fersen.

»Medicus!«, brüllte Franz, und seine Stimme hallte durch das Treppenhaus, das sie jetzt verließen. Sie spürten den feuchten Untergrund der alten Abwasserkanäle.

Als sie auf eine Gittertür stießen, wurde Gerwin von Panik erfasst, doch die Tür gab nach und schwang quietschend auf. Sie ließen sie wieder ins Schloss fallen, doch ein Verriegeln war in der Dunkelheit nicht möglich.

Als sie an die erste Abzweigung kamen, entschied sich Hippolyt für den rechten Tunnel. »Wenn mich mein Orientierungssinn nicht täuscht, liegt der Friedhof in dieser Richtung.«

So schnell es die Umstände erlaubten, liefen sie über den schlüpfrigen Boden, stolperten über Steine oder Knochen, wie Gerwin vermutete, nachdem er einmal gestürzt war, und rannten weiter.

»Hier liegt jemand!«, rief Hippolyt leise. »Hilf mir, Gerwin.«

»Eine Frau. Jeanne? Bist du das, Jeanne?« Gerwin tastete im Dunkeln nach dem Gesicht der Ohnmächtigen und zog sie an sich. Es war so dunkel, dass man die Hand nicht vor Augen sehen konnte.

»Vater …«, murmelte Jeanne, und ihr Kopf sackte an Gerwins Schulter. »Ich trage sie«, sagte Gerwin und legte sich den zarten Frauenkörper über die Schulter.

»Mein Kind«, murmelte Jeanne.

Hinrik hatte sie gehört und hob ein Bündel vom Boden auf. »Weiter!«

Durch die Last wurden sie langsamer, und die Söldner holten auf. Sie hatten sich aufgeteilt, was ihre lauten Stimmen verrieten, die durch alle Gänge hallten. Hier und da flackerte eine Fackel auf, und wenn sie nicht bald den Ausgang erreichten, würden sie ihr Ende im Hades von Paris finden. Keuchend schleppte Gerwin sich vorwärts, darauf bedacht, den Kontakt zur Wand nicht zu verlieren und nicht auf dem unebenen Boden zu stürzen. Sie lebt, dachte er nur, betete um ein Wunder, an das er zu glauben bereit war, und verdrängte die stechenden Schmerzen in den Lungen. Endlich schimmerte in der Ferne Licht, Tageslicht!

»Wir sind gleich da!« Hippolyt beschleunigte seine Schritte.

»Da vorn sind sie!«, brüllte Franz hinter ihnen, und Fackelschein erfasste sie von hinten.

Gerwin packte Jeanne fester, denn mit jedem Schritt schien der bewegungslose Körper schwerer zu werden, und warf einen Blick zurück, konnte jedoch nur Hinriks Rücken sehen, der sich gegen den Schein einer am Boden liegenden Fackel abzeichnete. Franz musste sie aus der Hand geworfen haben, um Hinriks Angriff abwehren zu können. Klingen schlugen aufeinander, gefolgt von dumpfen Kampfgeräuschen. Hippolyt hatte das Tor zum Friedhof erreicht und es aufgestoßen.

»Komm her, schnell!«, rief er und kam zurück, um Gerwin zu helfen.

Gemeinsam legten sie Jeanne neben einem Busch ab, warfen kurz einen Blick auf die Leichenberge und die offenen Massengräber und sahen noch, wie sich die Totengräber und eine Horde bewaffneter Bürger in ihre Richtung bewegten, bevor sie Hinrik zu Hilfe eilten. Der tapfere Hauptmann taumelte ihnen entgegen, den Degen mit Mühe haltend, und Gerwin sprang vor und hieb dem rasenden Franz auf den Schwertarm.

Der Sachse brüllte auf, ließ die Waffe fallen und wollte sich auf Gerwin stürzen, doch der hielt ihm den Degen entgegen und spürte, wie die Klinge durch Leder und Fleisch fuhr. Franz brach mit einem gurgelnden Laut zusammen. Aus der Finsternis der alten Abwasserkanäle näherten sich die Verfolger, und Gerwin zog den Degen aus dem Sterbenden, packte zusammen mit Hippolyt den verwundeten Hinrik und brachte ihn nach draußen zu Jeanne.

Dort standen bereits die Leichenfledderer und rissen an

Jeannes Kleidern. »Lasst sie in Frieden!«, schrie Gerwin und hob den Degen. »Jeanne ist nicht tot!«

»Aber sie sieht so aus!«, kreischte ein Alter mit einer zahnlosen Mundhöhle. »Und gleich werdet ihr ebenso aussehen, und wir werfen euch einfach in die Grube. Was wollt ihr dagegen tun?«

Die Beutegierigen johlten und feixten und schoben sich immer dichter an sie heran. Gerwin und Hippolyt standen Seite an Seite und sahen dem Tod bereits ins Auge, als eine helle Frauenstimme die Masse zum Stehen brachte.

»Lasst mich durch! Wo ist diese Jeanne?« Coline trat vor und schlug sich die Hand vor den Mund, als sie die ohnmächtige Jeanne erblickte. »Bei der Heiligen Jungfrau, ihr Simpel! Das ist meine Cousine aus der Bretagne. Lasst sie zufrieden! Rancurôle, komm her und hilf!«

Gerwin und Hippolyt senkten ihre Waffen. »Ihr seid ein Engel!«, sagte Gerwin zur Sulzerstochter, die ein weißes Kreuz auf ihre Schürze genäht hatte.

Ihr rundes, rosiges Gesicht strahlte. »Monsieur, das ist mein Mann, der berühmte Rancurôle. Berühmt für die besten Pasteten von Paris!«, sagte sie stolz und wies auf einen wohlgenährten jungen Mann, an dessen Arm eine weiße Binde befestigt war.

»Coline, was befehligst du schon wieder?« Mit gerunzelter Stirn schob er sich durch die unruhige Menge, die noch immer auf Beute hoffte.

Aus dem Gang hinter ihnen stürzten Franz' Kumpane und blieben angesichts der bewaffneten Menge stehen. »Das sind unsere! Wir haben die Ketzer verfolgt. Sie gehören uns!«, sprach ein rot gewandeter Söldner.

»Du hast hier gar nichts zu sagen! Ich bin der Viertelmeister Rancurôle, und diese Leute stehen unter meinem Befehl«, erwiderte der dicke Pastetenbäcker mit gerecktem Kinn. Die Horde bewaffneter Meuchler hinter ihm gab ihm recht.

»Dann lasst uns passieren!«, forderte der Söldner.

»Geht dahin, woher ihr gekommen seid!«, befahl Rancurôle, und die furchteinflößenden Gestalten seiner Horde machten einen Schritt auf die Söldner zu, die sich in die Dunkelheit der Kanäle verzogen.

»Deine Cousine und ihr Gatte, nehme ich an?«, meinte Rancurôle und grinste. »Und das sind deine Onkel?«

»Ja, das sind sie. Oh, wie lange haben wir uns nicht gesehen!«, sagte Coline. »Schnell jetzt, kommt mit in unser Haus! Ihr habt euch eine wahrhaft gottlose Zeit ausgesucht, Paris zu besuchen.«

»Und der da? Der sieht doch aus wie ein Hauptmann der Garde von Navarra«, sagte ein Kerl, der ein Beil geschultert trug.

»Der ist ein braver Katholik!«, sagte Hippolyt schnell und zeigte den Umstehenden das Medaillon einer Madonna, das Hinrik um den Hals trug. Hinrik atmete schwer und hielt sich den Bauch. Durch die Finger sickerte Blut, und Gerwin befürchtete das Schlimmste.

»Los jetzt!«, drängte Coline.

Jeanne war wieder bei Bewusstsein und sah sich suchend um. »Mein Kind. Ich habe es gerettet. Ich habe es nicht im Stich gelassen.«

»Hinrik?«, fragte Gerwin verzweifelt.

Der Verwundete schüttelte den Kopf. »Es tut mir so leid. Er ist tot.« Jeanne sackte weinend zu Boden.

Die Place de Grève war nur wenige Straßen vom Friedhof entfernt, doch mit dem verwundeten Hinrik, der von Hippolyt gestützt wurde, und Jeanne, die noch unsicher auf den Beinen war, benötigten sie mehr als zwei Stunden, bis sie in die Nähe des Platzes kamen.

»Wohin wollen die alle?«, fragte Gerwin, der Jeanne fest im Arm hielt.

Jeanne flüsterte: »Die vielen Menschen. Sie treiben unsere Brüder und Schwestern wie Vieh!«

Coline drehte sich um. »Madame, ich flehe Euch an, sprecht

nicht so. Ab heute seid Ihr Katholikin und meine Cousine aus der Bretagne. Seht nicht hin.«

Aber wie hätten sie nicht sehen können, was das entfesselte Höllenvolk tat? Die Hugenotten wurden auf die Seine zugetrieben, wenn sie sich noch auf den Beinen halten konnten, oder nackt durch den Straßenkot zum Ufer geschleift. Der Boden war nass, doch es war kein Wasser, welches die Erde tränkte, sondern das Blut Tausender unschuldiger Menschen. Verzweifelte, die im Wasser um ihr Leben rangen, wurden mit Stangen und Spießen vom Ufer oder von Booten aus immer wieder hineingestoßen, bis sie in den rot gefärbten Fluten der Seine verendeten. Das Mordgebrüll der Schlächter mischte sich mit den Todesschreien der Hingeschlachteten, Pistolenschüsse knallten, und unter den Schlägen der Plünderer barsten die Türen protestantischer Häuser. Wohin sie auch die entsetzten Blicke wandten, sahen sie nur noch größere Scheußlichkeiten, von denen sie niemals geglaubt hätten, dass Menschen dazu fähig wären.

»Gerwin«, sagte Jeanne matt und ließ den Kopf an seine Schulter sinken. »Sind wir schon tot und in der Hölle?«

»Die Teufelin sitzt in ihrem schwarzen Rock im Louvre und weist jede Schuld von sich. Aber wir werden einen Weg aus diesem Inferno finden, mein Herz.«

»*Vicit et superos amor*[1]«, sagte Hippolyt.

Inmitten des Infernos mussten Hippolyts Worte jedem, der noch bei Verstand war, wie das Stammeln eines Irrsinnigen erscheinen, doch für Gerwin klangen sie auf bizarre Weise hoffnungsvoll.

1 Die Liebe hat selbst Götter schon besiegt.

Windsor Castle, Berkshire
Augustus 1573

Vor wenigen Minuten hatte es aufgehört zu regnen. Die Erde dampfte noch, und die Vögel kamen hungrig herbeigeflogen, um nach den Würmern zu picken, die sich vorwitzig aus der Erde gewagt hatten. Ein heftiges Gewitter war dem Sommerregen vorausgegangen und hatte die Hofgesellschaft von der Außenterrasse in die Galerie getrieben. Jetzt wurden die Türen wieder geöffnet, und die Königin trat als Erste hinaus. Elisabeth von England lachte, breitete die Arme aus, deutete einen grazilen Tanzschritt an und rief: »Musik! Es soll getanzt werden!«

Sofort brachten Lakaien Stühle und Tische heraus, und binnen weniger Augenblicke saßen die Musiker in einem Halbkreis und stimmten eine Galliarde an. Jeanne spielte mit unbeteiligter Miene. Man hatte ihr eine Laute von guter Qualität gegeben, doch mit dem außergewöhnlichen Instrument ihres Vaters konnte sie sich nicht messen. Die unvergleichliche Laute, auf der aus Noten Sehnsüchte und Träume wurden. Sie schluckte. Zuerst ihre Mutter, nun ihr Vater, ihr Mann, ihr Sohn, Guillemette und Hinrik, der tapfere Hauptmann, ohne dessen selbstlosen Einsatz sie alle in den Abwasserkanälen ihr Ende gefunden hätten, alle waren tot. Mechanisch spielte sie die Galliarde. Sie hatte überlebt, aber um welchen Preis? Für Jeanne hatte die Musik ihren Zauber verloren.

Ein stattlicher Mann fortgeschrittenen Alters tauchte hinter den Tanzenden auf. Er hatte das wettergegerbte Gesicht eines Seemanns und die Manieren eines Höflings. Ihre Stimmung hellte sich auf. Walter Mühlich war Hippolyts Gefährte aus Klostertagen, ein stets gut gelaunter und unterhaltsamer Mann. Ihm hatten sie ihre Aufnahme am Hof zu verdanken, und es war seiner unermüdlichen Sorge um Hippolyt zuzuschreiben, dass der gelehrte Arzt sich langsam von seiner tiefen Melancholie befreite, in die er nach der Bartholomäusnacht gefallen war.

Die letzten beiden Takte der Galliarde verklangen. Jeanne legte die Laute auf ihren Stuhl und ging zu Walter, der am Rand der Terrasse auf sie wartete. Sie hatten sich angewöhnt, Deutsch miteinander zu sprechen, die Sprache, die Gerwin und Hippolyt am geläufigsten war.

»Wie geht es der schönen Braut?«, fragte er mit einem warmen Lächeln.

Jeanne errötete. Morgen früh würde sie mit Gerwin in der Schlosskapelle den heiligen Bund der Ehe eingehen. Königin Elisabeth hegte eine starke Abneigung gegen die Genfer Lehre, die in ihrer lutherischen Erziehung begründet war, doch weder Gerwin noch Jeanne hatten Einwände, sich nach dem lutherischen Ritus trauen zu lassen. »Danke, Walter. Gerwin und Hippolyt sind im Kräutergarten. Bringt Ihr Neuigkeiten?«

Walter war eng mit Walsingham befreundet, der aus Paris zurückgekehrt war und sich das Amt des Innenministers mit Sir Thomas Smith teilte. »Es ist wieder ein Schiff mit Glaubensflüchtlingen aus Spanien und Frankreich in London angekommen. Das englische Volk will Maria Stuarts Kopf rollen sehen. Sie nennen sie die Pest der Christenheit. Schließlich ist sie eine Verwandte der Guisen. Nun, ich muss Euch nicht sagen, wofür dieser Name steht!«

Jeannes Miene verdüsterte sich. Sie hatte davon gehört, dass der Bischof von London Elisabeth dazu drängte, ihre Erzfeindin zu töten. Doch diese weigerte sich, eine Königin hinrichten zu lassen. Jeanne warf einen Blick auf die schlanke englische Monarchin, die mit einem ihrer Verehrer flirtete, ohne ihn allzu sehr zu ermuntern. Diese Frau war klug und mitfühlend. Kurz nach ihrer Ankunft vor acht Monaten hatte Jeanne sie in einem persönlichen Gespräch erlebt und tiefe Zuneigung zu ihr gefasst. »Ich kann die Königin verstehen. Die Medici würde keine Sekunde zögern.«

»Nein, die alte Kröte hätte sofort ihre blutige Unterschrift unter den Hinrichtungsbefehl gesetzt. Sie hat übrigens wieder einen Gesandten geschickt, den Elisabeth jedoch in London warten lässt. Die Medici hat es sich gründlich mit Elisabeth verdorben und sich mit dem Massaker der Bartholomäusnacht ins eigene Fleisch geschnitten. Es ist mehr denn je Elisabeths Ziel, die Franzosen aus den Niederlanden fernzuhalten. Sie will den niederländischen Adel stärken, damit Spanien das Land nicht als Basis gegen England benutzen kann.«

»Da kommt Burghley«, bemerkte Jeanne.

»Der gute Geist«, zitierte Walter Elisabeths Spitznamen für ihren engsten Berater. »Bevor ich es vergesse, liebe Jeanne.« Er nahm ihre Hand in seine und drückte sie freundlich. »Wenn alles gut geht, dürft Ihr heute Abend eine Überraschung erwarten.«

»Oh, macht es nicht so spannend! Was ist es?«

Walter schüttelte den Kopf. »Dann wäre es doch keine Überraschung! Ah, mein guter Burghley!«, begrüßte er den behäbigen, schwarz gekleideten Staatsmann.

Jeanne ging zurück zum Orchester und beobachtete während des Spielens einen eleganten Tänzer. Auch wenn Gerwin ständig versuchte, sie aufzumuntern, spürte sie doch, dass seine Fröhlichkeit oft nur gespielt war. Die Sorge um das ungewisse Schicksal von Seraphin und Lady Dousabella hing wie eine dunkle Wolke über ihnen. Die Flucht aus Paris und später aus dem ebenso verwüsteten Frankreich hatte Monate gedauert. Monate, in denen sie immer wieder in Lebensgefahr geraten waren, Hunger und Entbehrungen durchlitten hatten und oft an den Rand ihrer Kräfte gekommen waren. Täglich hofften sie auf Nachricht von

Seraphin oder Lady Dousabella, doch niemand schien von den beiden gehört zu haben.

Die Blutnacht von Paris hatte alles verändert. Vor Sankt Bartholomäus hatte sie Hippolyt als Gelehrten, als einen Mann, der immer einen Ausweg oder einen Rat wusste, kennen und schätzen gelernt. Doch das Massaker hatte ihn gebrochen, hatte seinen Glauben an eine bessere Welt zerstört, der ihn ein Leben lang angetrieben hatte. Er konnte nicht verwinden, dass Katharina ihn und seine Bruderschaft verraten hatte. Und was noch schlimmer war: Er verzieh sich nicht, dass er sich von der Medici hatte täuschen lassen.

Michel de l'Hôpital hatte es nicht vor der Bartholomäusnacht nach Paris geschafft und war am Leben geblieben, doch es hieß, er sei zutiefst verbittert und sehne den Tod herbei. Ganz Frankreich war vom Wahn des Mordens erfasst worden, die Nachrichten von immer neuen grauenvollen Massakern rissen über Monate nicht ab. Nur wenige Hugenottenführer waren entkommen. Hippolyt hatte nie viel gesprochen, aber nach Paris war er so schweigsam geworden, dass es schmerzte, seine traurige Miene und die leeren Augen zu sehen.

Die Tänzer verneigten sich, und die Musiker waren für den Nachmittag entlassen. Jeanne erhob sich und machte sich auf den Weg in den Kräutergarten. Windsor Castle war eine von Elisabeths Lieblingsresidenzen. In den mächtigen Mauern der festungsgleichen Anlage fühlte sie sich sicher. Der kleine Kräutergarten lag am Rand der riesigen Parkanlage und der Wälder, die Windsor bis hinunter zur Themse umgaben. Hippolyt zog sich oft stundenlang in die Abgeschiedenheit der Pflanzenwelt zurück.

Sie entdeckte die beiden Freunde kniend vor einem Beet. Voller Zärtlichkeit betrachtete sie Gerwin, der die weiche Erde um die Kräuter festdrückte. Er und sie hatten die Zeit der Ruhe in England gebraucht und sich in langen Zwiegesprächen ihre leidvollen Erfahrungen von der Seele geredet. Jeanne hatte gemerkt, dass es ihr half, über ihre Dämonen zu sprechen, denn dadurch verloren sie an Kraft. Sie war Gerwin unendlich dankbar für seine Geduld mit ihr, wenn es um körperliche Nähe ging. Durch liebevolle Gesten und Worte, deren er nie müde wurde, lernte sie wieder zu vertrauen und zu lieben.

»Braucht ihr Hilfe?«

Gerwin erhob sich und wischte sich die erdigen Hände an seinem Kittel ab. »Küsst du einen Gärtner?«

»Nur, wenn er mich morgen heiratet.« Es sollte leicht klingen, und Jeanne drückte ihm flink einen Kuss auf die Wange, doch obwohl ihr Herz vor Liebe überfloss, hielten die Schatten der Vergangenheit sie mit ehernen Krallen. Sie gab sich die Schuld am Tod ihres Kindes und erwartete, dafür bestraft zu werden. Und wenn sie Gerwins Liebe zuließe, würde etwas Furchtbares geschehen …

»Jeanne!« Gerwin nahm ihre Hand. »Zweifelst du an morgen?«

Sie drückte ihm die Hand. »Nein. Ich habe nur solche Angst, dich wieder zu verlieren …«

Wortlos zog er sie an sich.

»Müsst euch schon noch bis morgen gedulden, ihr Turteltäubchen.« Hippolyt hielt sich das Kreuz und drohte scherzend mit dem Zeigefinger.

Jeanne machte sich von Gerwin los und hob Hippolyts Stock auf. »Es freut mich, Euch in so guter Stimmung zu finden.«

»Danke.« Hippolyt nahm den Gehstock und kratzte sich den kahlen Schädel. »*Sine amicitia vita est nulla.*[1]« Er lächelte, und zum ersten Mal seit langer Zeit erreichte das Lächeln auch seine Augen. »Vergessen können wir alle nicht, und Hinriks Tod hat eine Wunde hinterlassen, die sich niemals schließen wird. Es war schwer für mich, mir eingestehen zu müssen, dass ich mich all die Jahre in Katharina getäuscht habe. Wir haben so große Hoffnung

1 Ohne Freundschaft gibt es kein Leben.

auf diese Frau gesetzt!« Er stieß den Gehstock in den sandigen Boden. »Navarra und Condé sind konvertiert und stehen unter Hausarrest.« Mit einer unerwartet schwungvollen Bewegung beförderte er mit seinem Stock einen Stein aus einer Furche und tat einen tiefen Atemzug. »Lavendel, Salbei, Thymian! Heilende Kräuter! Viele bedürfen unserer Hilfe.« Gedankenverloren blickte er über den Garten zum Schloss. »Eigentlich hatte ich für mich beschlossen, der Politik den Rücken zu kehren.« Er legte den Kopf schief und blinzelte verschmitzt. »Aber wisst ihr, ich mag Elisabeth, sie ist eine interessante Frau …«

Es war bereits dunkel und die königliche Tafel abgeräumt. Die Gesellschaft hatte sich in der Galerie versammelt, wo man den langen Gang hinauf- und hinunterspazierte, Staatsgeschäfte anbahnte, Kontakte knüpfte oder sich einfach nur amüsierte. In einer Ecke spielte jemand auf dem Clavecin, eine junge Hofdame sang ein Lied über eine verlorene Liebe. Jeanne verabschiedete sich von den Musikern und ging zu Gerwin und Hippolyt, die im Begriff waren, sich zur Nachtruhe zu begeben. Sie war enttäuscht, dass Walter Mühlich sich den ganzen Abend über nicht hatte blicken lassen.

Gerwin hob die Hand an seine Lippen. »Ich habe schon Pläne für London, Jeanne. Nach unserer Rückkehr mieten wir uns ein Haus. Dann allerdings werde ich noch einmal nach Sachsen reisen, um etwas mit einem gewissen Ritter zu klären.«

Ängstlich sah sie ihn an. »Muss das sein, Gerwin? Alnbeck ist unberechenbar und skrupellos. Ich habe Angst, dass er dir etwas antut!«

»Er schuldet Seraphin ein Gut und mir …« Gerwin schluckte. »Wir werden das entscheiden, wenn wir Seraphin wiedersehen. Ich weiß, dass er am Leben ist, ich spüre es einfach.« Er hielt inne, weil sie jemandem zuwinkte.

»Entschuldige. Es ist Walter, er hatte von einer Überraschung gesprochen!« Erwartungsvoll sah sie dem Hofmann entgegen, der über das ganze Gesicht strahlte. »Bitte, folgt mir!«

Gerwin tippte Hippolyt auf die Schulter, während sie durch die erleuchteten Flure gingen. »Hast du eine Ahnung?«

»Nicht die Spur«, antwortete der Arzt fröhlich.

Walter ließ sie in ein enges Kabinett treten. Bedächtig ging er um den Tisch herum und hob eine längliche Kiste auf den Tisch. »Das kam mit dem letzten Flüchtlingsschiff nach London. Ich denke, es wird euch alle erfreuen, aber Jeanne ganz besonders.«

Er hob den Deckel, und Jeanne stieß einen Schrei aus. »Meine Laute!«

In einem Bett aus Stroh lag ihre geliebte Laute. Unversehrt. Mit bebenden Fingern nahm Jeanne das wertvolle Instrument aus der Kiste. Sie streichelte die vertraute bauchige Form und roch den unverkennbaren Geruch von Esche und Harz. Ihre Augen füllten sich mit Tränen.

Gerwin und Hippolyt räusperten sich. »Verrätst du uns, wer sie gebracht hat?«

»Das ist der zweite Teil meiner Überraschung. Seraphin und Lady Dousabella waren auf dem letzten Schiff und kurieren in London ein Fieber aus.« Walter hob beschwichtigend die Hände, als er die ängstlichen Blicke der anderen sah. »Kein Grund zur Sorge! Im beiliegenden Brief steht, dass die Herzogin von Nemours großen Anteil an der Rettung des Instruments hatte.«

Jeanne wusste nicht, ob sie lachen oder weinen sollte, doch als Gerwin sanft ihre Hand nahm und sie den Lautenkorpus an ihren Körper drückte, klangen die Saiten nach, und es war eine Melodie voller Zuversicht.

Nachwort

Von der Musik wird alles erfasst, was Leben hat, da sie die Seele des Himmels ist.

Marcus Tullius Cicero

Musik berührt die Seele, der Musiker kann sich durch sein Instrument mitteilen und die Zuhörer in Bann ziehen. Und doch ist das Musikinstrument viel mehr als ein Instrument, das Noten in Klänge umwandelt – es hat selbst eine Geschichte, und alles, was ein Instrument erlebt hat, jede Note, die darauf gespielt wurde, klingt mit, wenn die Musikerin eine Saite ihrer Laute anschlägt.

Ich hatte dieses Bild von einer jungen Lautenspielerin im Kopf, die sich gedankenverloren ihrer Musik hingibt. Eine junge Frau wie meine fiktive Heldin Jeanne, die zu einer Zeit geboren wird, in der Hugenotten und Katholiken in Frankreich in dauerhaften kriegerischen Auseinandersetzungen um die einzig wahre Religion kämpfen. Das kulturell und wirtschaftlich blühende Land wird von einem Bruderkrieg ins Elend geworfen, in dem sich beide Seiten an grauenhaften Freveln in nichts nachstehen.

Der Religionskrieg gipfelt 1572 in der Bartholomäusnacht oder Blutnacht, wie sie zutreffend genannt wird, einem der vielen grausamen Massenmorde der neuzeitlichen Geschichte. Bereits in der »Tochter des Tuchhändlers« beschäftigte mich ein ähnliches Ereignis, der Sacco di Roma. Den Zeitgenossen war diese Verwüstung Roms Anfang des sechzehnten Jahrhunderts undenkbar erschienen, und dennoch ließen sie sie geschehen. In der »Malerin von Fontainebleau« stand die Kunst im Vordergrund, doch auch die Arbeit eines genialen Künstlers wie Rosso Fiorentino lässt sich nicht losgelöst von der Politik seines Mäzens, König Franz' I., betrachten. Während der Regierungszeit des kunstsinnigen Franz brechen die Religionskonflikte in Frankreich zum ersten Mal gewaltsam auf und münden in den vierziger Jahren des sechzehnten Jahrhunderts in der Vernichtung von Waldenserdörfern im Luberon.

Hugenotten, die Anhänger von Calvins Lehre und Lutheraner brachten das Weltbild und die von der katholischen Kirche etablierte Weltordnung ins Wanken. Dies nahm in den deutschen Kurfürstentümern seinen Anfang.

In Sachsen gab es eine lange Tradition von Instrumentenmachern. Meine Nachforschungen führten mich ins vogtländische Erlbach, wo mir Hans-Peter Dietrich und sein Sohn Markus Einblick in ihre seit vielen Generationen bestehende Instrumentenwerkstatt gewährten. Wunderschöne Renaissancelauten und Theorben hingen an den Wänden der Werkstatt, auf den Werkbänken lagen zum Verleimen vorbereitete Späne, verschiedene kunstvolle Rosetten und all die Werkzeuge und Utensilien, von denen ich noch nicht wusste, welche Rolle sie beim Lautenbau spielen. Vater und Sohn Dietrich nahmen sich viel Zeit, mich in die Kunst des Lautenbauens einzuweihen, natürlich nicht in die Geheimnisse, die kein Kunsthandwerker je preisgeben würde. Unzweifelhaft ist es eine große Kunst, Renaissancelauten nach altem Vorbild und mit den traditionellen Werkzeugen zu fertigen. Damit war die nächste Figur meines Romans geboren: Endres Fry. Von Violinen war mir bekannt, dass der Lack die Qualität des Klangs mitbestimmt. Da es bei den Lauten nicht anders ist, lag die Idee mit der besonderen Lackkomposition nahe, die Jeannes Laute für sie unersetzlich macht.

Im sechzehnten Jahrhundert waren Lautenmacher im sächsischen Raum noch selten, und sie wurden oft Leyermacher oder

Cistermacher genannt. Cistern waren beliebte Instrumente der sächsischen Bergleute. Meine Recherchen ergaben, dass in Randeck und Helbigsdorf einige Instrumentenmacher schon im sechzehnten Jahrhundert ansässig waren, darunter die Familie Klemm. Auf deren Existenz beruht die fiktive Froehnerfamilie.

Zentrum der Hofmusik war Dresden unter Kurfürst August von Sachsen. August vertrat ein orthodoxes Luthertum und ließ später die Anhänger Melanchthons, die Philippisten, verfolgen. Die Philippisten standen in der Abendmahlsfrage dem Calvinismus nahe. Der Kurfürst war darauf bedacht, Bergbau, Handel und Gewerbe in Sachsen zu fördern, er ließ das Spitzenklöppeln einführen, unterstützte Veredelungsbetriebe in der Land- und Forstwirtschaft und erließ den »Codex Augusteus«, einen Vorläufer moderner Gesetzgebung. Nachdem bereits sein älterer Bruder Moritz Dresden zur kursächsischen Haupt- und Residenzstadt erhoben hatte, führte August die kulturelle Entwicklung seiner Erblande fort. Die Frauenkirche und die Kunstkammer im Dresdner Schloss gehören zu seinen Gründungen, und er machte sich um die Ausrichtung opulenter höfischer Feste verdient. Der Katalog des Kupferstich-Kabinetts der Staatlichen Kunstsammlungen Dresden »Eine gute Figur machen, Kostüm und Fest am Dresdner Hof« ist hierzu empfehlenswert.

Zu den berühmtesten Künstlern, die August nach Dresden berief, gehörten: Johann Maria Nosseni, ein aus Lugano stammender Architekt, der unter anderem die Ausstattung der Feste betreute; die Kapellmeister der Dresdner Hofkapelle Johannes Walter, Matthäus Le Maistre und schließlich Antonio Scandello, der das Amt bis zu seinem Tode 1580 innehatte.

Kurfürstin Anna von Sachsen, Prinzessin von Dänemark (1532–1585), war eine bemerkenswerte Frau, zu ihren Lebzeiten hochgerühmt für ihre Kenntnisse des Agrarwesens. Sie befasste sich ausgiebig mit Pharmazie, Landwirtschaft, Medizin und Alchemie und gilt als Pionierin der sächsischen Garten- und Landwirtschaft. Beispielsweise wusste sie im Detail darüber Bescheid, wie man aus Schafsmilch schmackhaften Käse herstellt, der auch bei Hof zu Tisch gebracht werden könne. Ein Arzneibüchlein wurde von ihr verfasst, und mit Dr. Luther, Martin Luthers Sohn, führte sie in Annaburg in einem gut ausgestatteten Laboratorium alchemistische Experimente durch, die sie in den Ruf der Zauberei brachten. Sie gab die von ihr erfundenen Mixturen unentgeltlich an die Armen ab. Vor diesem Hintergrund hielt ich es für wahrscheinlich, dass Anna Mitleid mit Jeanne haben würde. Der Philippist Kaspar Peucer wird von mir etwas früher zum Leibarzt des kurfürstlichen Hofes berufen, und auch Dr. Paul Luther darf die Kurfürstin einige Monate eher besuchen, als es historisch belegt ist.

Katharina de Medici wurde zuerst durch ihre leidvolle Rivalität mit Diane de Poitiers berühmt. Als junge Frau musste sie sich am französischen Hof behaupten und tat dies mit bemerkenswerter Stärke und Klugheit. Solange Heinrich II. lebte, konnte er die religiösen Streitigkeiten mit harter Hand unterdrücken. Nach seinem frühen Tod 1559 musste Katharina die Regentschaft für ihre noch unmündigen, kränklichen Söhne übernehmen, und die Konflikte der religiösen und politischen Parteien verschärften sich. Nicht nur, dass der Zeitgeist eine regierende Frau nicht begünstigte, Katharina war noch dazu Italienerin und als Fremde in Frankreich verhasst. In verschiedenen Biographien begegnete mir eine pragmatische Frau, der es in erster Linie um den Erhalt der Familie und die Verteidigung des Thrones ging. In religiösen Fragen gab sich Katharina offen, sie glaubte an die italienische *virtù* im Sinne Machiavellis. Ihre Liebe zur Macht beruhte wohl auch auf den Anfangsjahren ihrer Ehe mit Heinrich II., der sie von politischen Geschäften ferngehalten hatte.

Katharina liebte ihre Kinder: Selbst den regierungsunfähigen, kränklichen, von perversen Neigungen geleiteten Karl IX. schützte sie bis zum Ende, obwohl der Herzog von Anjou ihr Liebling war. In ihrem Bestreben, sich gegen politische Intrigen zu behaupten, spielte sie jeden gegen jeden aus und brachte es darin zu einer Meisterschaft. In der Literatur wird darüber diskutiert, ob Katharina eine intelligente Frau war. Klugheit und Gewitztheit kann man ihr nicht absprechen, doch sie musste sich in einer äußerst schwierigen Situation behaupten und trägt durch ihre Entscheidungen einen Großteil der Schuld am Massaker der Bartholomäusnacht. Dabei hatte sie mit ihren Friedensbemühungen und dem Zustandekommen einer relativen Toleranz gegenüber den Hugenotten durch das Edikt von Saint-Germain 1562 den Willen zu einer friedlichen Lösung des Konflikts bewiesen.

Entscheidend für das Ausbrechen des Bruderkriegs war das von den Guisen verübte Massaker von Vassy im selben Jahr. Diese schweren Jahre der französischen Geschichte wurden auf unvergleichliche Weise von Robert Merle in seinem mehrbändigen Romanzyklus thematisiert. Reminiszenzen im Kapitel über die Blutnacht sind eine Hommage an diesen großen Schriftsteller, der mit seinem Werk einen Meilenstein gesetzt hat. Der Aufstieg der Guisen führte zur Bildung der mächtigen katholischen Partei, die die Kirche auf ihrer Seite wusste. Das protestantische Lager wurde von den Bourbonen unter dem Prinzen von Condé geführt. Die Adligen Frankreichs waren in zwei Lager gespalten und durch Blutfehden und abgrundtiefen Hass schier unüberbrückbar getrennt. Innerhalb dieser mächtigen Interessengruppen agierte Katharina und musste mit ansehen, wie ihr Sohn Karl IX. immer mehr unter den Einfluss des charismatischen Admirals Coligny geriet. Eine tragische und verhängnisvolle Situation, denn Coligny favorisierte eine antispanische Politik, und ein Krieg gegen das mächtige Spanien hätte Frankreich ruiniert. Hinter der Heirat von Katharinas Tochter Margot mit dem protestantischen Heinrich von Navarra stand der Gedanke der Aussöhnung. Die genauen Umstände des Attentats auf Coligny sind nicht geklärt, doch die alte Fehde der Guisen mit Coligny überschattete das Ereignis, und die Verbindung des Attentäters zu den Guisen löste eine schicksalhafte Kette von Ereignissen aus. Fest steht, dass es Befehle zum Töten der Hugenottenführer gab, nicht jedoch für ein Massaker.

Der gescheiterte Anschlag auf Coligny brachte Paris, das sich bereits im Aufruhr befand, zum Kochen. Die Katholiken befürchteten Racheakte der Hugenotten, und diese hatten ohnehin Angst um ihr Leben. Was die Blutnacht von Paris so grauenvoll und unvorstellbar macht, ist das plötzlich ausbrechende Ausmaß einer Gewalt, die sich von der Hauptstadt aus über das ganze Land zog. Unter dem Deckmantel des Anspruchs auf religiöse Wahrheit mordeten Menschenmassen in unkontrollierbarer Wut und aus den niedrigsten Beweggründen. Leider zeigt die Geschichte, dass solch ein Ereignis kein Einzelfall geblieben ist.

Zu Katharinas engsten Freundinnen gehörte die kluge Anna d'Este (1531–1607), die Mutter des Herzogs Henri de Guise, eine Frau in ähnlicher Position wie Katharina. Sie war die Tochter der toleranten Humanistin Renée de France, in erster Ehe mit François de Guise verheiratet, der im Februar 1563 einem Attentat zum Opfer fiel. Der Mörder wurde gefasst, doch vermuteten die Guisen Coligny als Auftraggeber hinter dem Mord. Anna prozessierte jahrelang, um Coligny juristisch zu belangen, doch im Januar 1566 wurde der Admiral vom königlichen Rat für unschuldig erklärt, und es wurde ewiges Schweigen in dieser Angelegenheit angeordnet.

Anna d'Este verfügte über ein riesiges Netzwerk an Beziehungen und Kontakten zum europäischen Adel, sie vermittelte zwischen den Höfen von Frankreich und Ferrara, verwaltete die Güter ihrer Ehemänner und passte sich in Fragen der Konfession dem Augenblick an. Sie ging sowohl zur Beichte als auch zur Predigt. Auf Betreiben ihrer protestantischen Mutter gewährte

Anna während der Blutnacht Hugenotten Zuflucht. Das Leben von Anna d'Este, Herzogin von Guise und von Nemours, hat Christiane Coester in »Schön wie Venus, mutig wie Mars« eingehend beleuchtet.

Michel de l'Hôpital (1505–1573) war ein studierter Jurist, diente zuerst Kaiser Karl V. und dem päpstlichen Hof und wurde nach seiner Rückkehr nach Frankreich Rat am Parlement von Paris. L'Hôpital galt als neutral und tolerant gegenüber Andersdenkenden und wurde von Heinrich II. ebenso als Berater und Diplomat geschätzt wie von Franz II. und Katharina de Medici als Kanzler. Auf ihn geht das hugenottenfreundliche Edikt von Romorantin zurück, und er unterband sämtliche Ketzerprozesse. Zu seinen wichtigsten Veröffentlichungen zählen »Traité de la réformation de la justice« und »Mémoire sur la nécessité de mettre un terme à la guerre civile«.

Als Kanzler setzte er 1562 für Katharina de Medici das Edikt von Saint-Germain durch, doch nach dem Massaker von Vassy zog er sich resigniert auf sein Gut Bélesbat zurück. 1563 kehrte er nach dem Friedensschluss von Amboise an den Hof zurück und begleitete Karl IX. und Katharina zwischen 1564 und 1566 auf ihrer Rundreise durch die französischen Provinzen. Seine Politik war auf Toleranz und Ausgleich bedacht, weshalb man ihn als Mitbegründer der *politiques*, einer Partei gemäßigter Katholiken, bezeichnet. Er stellte das Staatsinteresse über das religiöser Parteien und hatte auf Seiten der Konservativen viele Feinde. Seine Ehefrau war Calvinistin, und es ist nicht belegt, ob er selbst konvertierte, doch hielt er die Konfession für zweitrangig. Nach der Bartholomäusnacht zog er sich verbittert auf sein Gut zurück, wo er im Jahr darauf verstarb.

Seine weitsichtige tolerante Haltung und seine Nähe zu Katharina, die ihn sehr schätzte, veranlassten mich dazu, ihn Hippolyt und seinen Freunden nahezubringen. In dieser Konstellation war es durchaus vorstellbar, dass Katharina sich Hilfe von den klugen und diplomatischen Männern erhoffte, sie benutzte und schließlich durch ihren verhängnisvollen Befehl zur Ermordung der Hugenottenführer bitter enttäuschte.

Heinrich von Navarra (1553–1610), der junge Bourbonenprinz, wurde bald nach dem Tod seines Vaters zum Hoffnungsträger der protestantischen Partei in Frankreich. Seine Mutter, Königin Johanna, ließ ihm eine strenge, doch bodenständige Erziehung angedeihen, die aus ihm später den beliebten König des Volkes machte. Es gibt zahlreiche Publikationen, die sich mit Heinrich von Navarra, dem späteren Heinrich IV., beschäftigen, genannt sei hier Michel Peyramaures »Ein Kind auf dem Thron«, eine lebendige Romanbiographie über die Jugend des Königs.

Vor allem im Hinblick auf Heinrichs spätere humane Politik habe ich mir erlaubt, ihn ins Zentrum der Aufmerksamkeit von Hippolyt und seinen Freunden zu stellen. Zudem hatte auch Katharina großen Respekt vor diesem jungen Mann, der mit knapp neunzehn Jahren ihre Tochter ehelichte und dem von Nostradamus die Besteigung des Lilienthrons prophezeit wurde. Während der Blutnacht wurden er und sein Cousin, der Prinz von Condé, vor die Wahl gestellt, sich zwischen Bastille, Galgen und Konversion zu entscheiden. Sie konvertierten. Dass Heinrich trotz seiner leidvollen Erfahrungen am französischen Hof ein toleranter Herrscher wurde, spricht für seinen gefestigten Charakter.

Caspar von Schomberg (1540–1599) war der Sohn von Wolf von Schönberg auf Schönau. Er studierte in Straßburg, kämpfte mit Condé in Orléans und erhielt von Kurfürst August die Erlaubnis, in den Dienst der französischen Krone zu treten. Während des Türkenzugs 1566 freundete er sich mit Henri de Guise an. Bald darauf wurde er zum Kammerherrn Karls IX. ernannt. Schomberg betrieb eine erfolgreiche militärische und diplomatische Karriere und führte 1571 tatsächlich eine Gesandtschaft nach Mainz. Die Versöhnung von Hessen mit der französischen Krone gelang ihm, doch Kurfürst August empfing ihn nicht, sondern ließ ihn verfolgen. Schomberg floh nach Paris, wo er eine reiche französische Witwe heiratete.

Katharina de Medici und Elisabeth I. von England waren die Monarchinnen ihrer Zeit, und da viele Glaubensflüchtlinge in England eine neue Heimat fanden, durften auch Jeanne, Gerwin und Hippolyt dort ein neues Leben beginnen. Noch dazu war Elisabeth eine Förderin der Musik und des Tanzes und hätte an einer begabten Lautenistin sicher Gefallen gefunden.

Personen

[* kennzeichnet historische Personen]

Sachsen

Helwigsdorff

Endres Fry
Jeanne Fry
Christine Fry † (geb. de Bergier)
Thomas Froehner (Instrumentenbauer)
Agathe, seine Frau
Ulmann, ihr Sohn
Afra, Ulmanns Frau
Franz, Sohn von Afra und Ulmann
Friedger Pindus
Gudrun Pindus
Hedwig, ihre Tochter
Gerwin Pindus

Hippolyt, Medicus
Jerg von Rechberg
Hinrik Huntpiss
Walter Mühlich
Seraphin
Ritter Christoph von Alnbeck
Elisabeth, seine Frau
Adelia, Elisabeths Zofe
Hans Wolf von Schönberg*

Dresden

Kurfürst August von Sachsen*
Kurfürstin Anna von Sachsen*
Antonio Scandello*, Hofkapellmeister
Kaspar Peucer*, Arzt und Philippist
Georg Cracow*, Geheimrat
Christian Schütz*, Hofprediger
Johannes Stössel*, Superintendent
Paul Luther*, Arzt, Sohn von Martin Luther

Paris

Cosmè Paullet
Arnauld, sein ältester Sohn
Guillemette, Dienerin im Haus Paullet
Coline, Jeannes Dienerin
Julian de Bergier, Jeannes Onkel
Jean Morel*, Edelmann und Kunstmäzen
Lady Dousabella, engl. Agentin im Dienst von Elisabeth I.
Francis Walsingham*, engl. Agent im Dienst von Elisabeth I.
Maestro Adriaen Hobrecht
Baltazarini Baldassarino di Belgioioso* (in Frankreich Balthazar de Beaujoyeaux), Ballettmeister und Musiker

Anna d'Este*, Herzogin de Nemours, verwitwete de Guise
Herzog Henri de Guise*, ihr Sohn
Catherine de Montpensier*, Annas Tochter
Katharina de Medici*
Karl IX.*, Katharinas Sohn
Margot*, spätere Frau von Heinrich von Navarra, Katharinas Tochter
Herzog von Anjou*, später Heinrich III., Katharinas Sohn
François d'Alençon*, Katharinas Sohn

Filippo Strozzi*, Feldherr im Dienst der frz. Krone

Königin Johanna von Navarra*
Heinrich von Navarra*, Johannas Sohn
Prinz de Condé*, Heinrichs bourbonischer Vetter
Caspar von Schomberg*, Diplomat, Bruder von Hans Wolf von Schönberg
Michel de l'Hôpital*, führender Kopf der *politiques*
Gaspard de Coligny*, Hugenottenführer
Montgomery*, hugenottischer Feldherr
Wilhelm von Oranien* (Wilhelm der Schweiger), protestantischer Heerführer

Glossar

Affront: grobe Beleidigung

aigrette: Silberreiherfeder

bigot: Frömmler

Chalumeau: später auch Schalmei, Blasinstrument mit einfachem oder doppeltem Rohrblatt, Vorgänger von Oboe und Klarinette

Clavecin: Cembalo, Clavizimbel, auch Cymbal. Seit dem sechzehnten Jahrhundert neben dem Clavichord das am weitesten verbreitete Klavier. Die dreieckige Form ergibt sich aus der Anordnung der Saiten, die in Richtung der Tasten verlaufen. Da jede Saite eine eigene Taste hat, ist das Cembalo bundfrei. Bezeichnend ist der kurze, schnell verlöschende, scharfe Klang des Cembalos, der entsteht, weil die Saiten mit Federn oder Metallhäkchen angerissen werden.

consistoire: Presbyterium der Hugenottengemeinden, bestehend aus dem *pasteur* (Pfarrer), den *anciens* (Ältesten) und den *diacres* (Diakonen), gewählt vom *peuple* (den Hausvätern) und zuständig für die religiös-kirchliche Selbstverwaltung

fama: ital. Gerücht

ganache: frz. Trottel, Schafskopf

Hôtel: vornehmes Haus

Ignis sacer: Heiliges Feuer, auch Antoniusfeuer genannt. Epidemisch auftretende Krankheit, die durch den Verzehr mutterkornhaltigen Roggenbrots und -mehls verursacht wird. Vergiftungserscheinungen mit dramatischem, meist tödlichem Verlauf. Der Naturforscher Johann Taube stellte 1782 in seinem Buch »Die Geschichte der Kriebelkrankheit« erstmals einen ursächlichen Zusammenhang zwischen dem Verzehr von verunreinigtem Roggen und der Krankheit her.

Laute: arab. *al'ud*, Schildkröte, ital. *liuto*, ein bereits im Altertum bekanntes Zupfinstrument, das aus Arabien über Spanien und Süditalien nach Mitteleuropa gelangte. Ihre größte Beliebtheit erfuhr die Laute ab dem fünfzehnten bis ins siebzehnte Jahrhundert. Sie wurde zur Liedbegleitung und in der Instrumentalmusik benutzt.

Anders als die Gitarre hat die Laute keine Zargen. Der halbbirnenförmige Lautenkörper wird aus Spänen zusammengesetzt und hat einen abgeknickten Wirbelkasten. Das Griffbrett ist mit sieben bis zwölf Bünden versehen, die bei den Renaissancelauten aus gespanntem Darm bestanden. Die oft doppelten Saiten wurden gezupft oder mit dem Federkiel gerissen. Lautenmusik wurde in der speziell entwickelten Tabulatur verfasst.

méreau: spezielle Münze, die von den Ältesten der Hugenottengemeinde in Troyes an fromme Gläubige für die Teilnahme am Abendmahl herausgegeben wurde.

Michel de Nostredame: bekannt als Nostradamus (1503–1566), frz. Arzt und Astrologe aus Saint-Rémy. Er war jüdischer Abstammung und studierte in Avignon und Montpellier. Als Arzt war er in Agen tätig, wurde später wegen seiner Behandlung Pestkranker in Salon bekannt. 1555 wurde unter dem Titel »Jahrhunderte« ein Buch mit seinen Prophezeiungen in Versform veröffentlicht. Obwohl nebulös und symbolhaft, bewahrheiteten sich doch einige dieser Prophezeiungen und bescherten Nostradamus großen Ruhm und die Gunst Katharina de Medicis und Karls IX.

mignons: eine Gruppe von Günstlingen, die Henri, Herzog von Anjou (später Heinrich III.), als Leibwache um sich scharte. Berüchtigt wurden diese Männer, die sich wie ihr Gönner in Frauenkleidern zeigten, durch ihr zügelloses Treiben.

Milchmarie: junge Magd, die die Kühe molk und die Milch brachte
Morillenbaum: der heutige Marillenbaum
politiques: Partei gemäßigter Katholiken, die während der Religionskriege um Ausgleich bemüht war
Pomeranze: bittere Apfelsinenart, deren Blätter in der Heilkunde verwendet werden
Rhapontica: Nachtkerze, lat. *Oenothera biennis*. Blüten, Blätter und Stängel wirken adstringierend und beruhigend und wurden vielseitig eingesetzt. Im Öl der Nachtkerze wurde vor allem bei Hautirritationen gute Wirkung nachgewiesen.
Stiehler: Stuhldrechsler
Theorbe: ital. *archiliuto,* Basslaute mit verlängertem Hals, der nicht, wie bei der Laute, geknickt ist. Sie hat zwei Wirbelkästen, einen für die über das Griffbrett laufenden Saiten und einen zweiten für die Bordunsaiten. Ein ähnliches Instrument ist die Chitarrone. Beide Instrumente werden zur Generalbassbegleitung genutzt.
Vertugade: weiter Reifrock, dessen Trägerinnen kaum durch die Türen passten
Vocativus: Schelm

Danksagung

Mein Dank gilt allen, die mir bei der Entstehung dieses Buches geholfen haben.

Ganz besonders danken möchte ich Markus und Hans-Peter Dietrich, den Instrumentenbauern aus Erlbach. Den Besuch in ihrer Werkstatt, in der ich kunstvoll gefertigte Lauten und Theorben sehen und den Duft edler Hölzer und des unvergleichlichen Lacks wahrnehmen durfte, werde ich nicht vergessen.

Des Weiteren gilt mein Dank Johannes Meinel vom Musikinstrumentenmuseum in Markneukirchen, Frau Dr. Lorenz vom Stadtarchiv Freiberg, Dr. Ingo Negwer für musikwissenschaftliche Informationen, Dr. André Thieme von der TU Dresden für historische Hinweise und Veit Heller von der Universität Leipzig für fachliche Beratung in der historischen Instrumentenkunde.

Und natürlich gilt mein Dank meiner Familie für ihre liebevolle Unterstützung.